DESTRUIDOR DE DESTINOS

Também de Victoria Aveyard:

SÉRIE A RAINHA VERMELHA

vol. 1: *A rainha vermelha*
vol. 2: *Espada de vidro*
vol. 3: *A prisão do rei*
vol. 4: *Tempestade de guerra*
extra: *Trono destruído*

SÉRIE DESTRUIDOR DE MUNDOS
vol. 1: *Destruidor de mundos*
vol. 2: *Destruidor de espadas*

VICTORIA AVEYARD

DESTRUIDOR DE DESTINOS

Tradução
GUILHERME MIRANDA

Copyright © 2024 by Victoria Aveyard

O selo Seguinte pertence à Editora Schwarcz S.A.

Grafia atualizada segundo o Acordo Ortográfico da Língua Portuguesa de 1990, que entrou em vigor no Brasil em 2009.

TÍTULO ORIGINAL Fate Breaker
CAPA Sasha Vinogradova
MAPA Francesca Baraldi © & ™ 2021 Victoria Aveyard. Todos os direitos reservados.
PREPARAÇÃO Sofia Soter
REVISÃO Ingrid Romão e Paula Queiroz

Dados Internacionais de Catalogação na Publicação (CIP)
(Câmara Brasileira do Livro, SP, Brasil)

Aveyard, Victoria
  Destruidor de destinos / Victoria Aveyard ; tradução Guilherme Miranda. — 1ª ed. — São Paulo : Seguinte, 2025. (Destruidor de mundos ; 3)

  Título original: Fate Breaker.
  ISBN 978-85-5534-386-5

  1. Ficção norte-americana I. Título. II. Série.

24-235350   CDD-813

Índice para catálogo sistemático:
1. Ficção : Literatura norte-americana   813

Cibele Maria Dias – Bibliotecária – CRB-8/9427

Todos os direitos desta edição reservados à
EDITORA SCHWARCZ S.A.
Rua Bandeira Paulista, 702, cj. 32
04532-002 — São Paulo — SP
Telefone: (11) 3707-3500
www.seguinte.com.br
contato@seguinte.com.br

*Àqueles que caminham nas trevas,
mas nunca perdem a esperança e
a mim quando eu tinha catorze anos,
procurando por esta história
finalmente a encontrei.*

1

OS DEIXADOS PARA TRÁS

Charlon

UM SACERDOTE DESTITUÍDO chamou seus deuses e rezou a cada um deles.
Syrek. Lasreen. Meira. Pryan. Immor. Tiber.
Nenhum som saiu de seus lábios, mas isso não importava. Os deuses o escutariam de uma forma ou de outra. *Mas escolheriam ouvir?*
Na época da igreja, Charlie se questionava se os deuses existiam. Se as esferas além de Todala ainda esperavam do outro lado de uma porta fechada.
Ele finalmente sabia a resposta. Estava quase doente de tanto saber.
Os deuses existem, e as esferas distantes estão aqui.
Meer no deserto, seu Fuso inundando o oásis. As Terracinzas no templo, um exército de cadáveres marchando das profundezas.
E, por fim, Infyrna, queimando a cidade diante de seus olhos.
A chama amaldiçoada saltou contra o céu preto, ao mesmo tempo que uma nevasca soprava a fumaça. A esfera flamejante consumiu a cidade de Gidastern e ameaçou consumir seu exército também.
Charlie assistiu com o resto de seu bando esfarrapado, todos os guerreiros horrorizados e pasmos. Anciões e mortais, saqueadores jydeses e soldados trequianos. E os Companheiros também. Todos com o mesmo medo no rosto.
Isso não os impediu de avançar, o grito de batalha ecoando através da fumaça e da neve.
Todos cavalgaram na direção da cidade, do Fuso e das chamas do inferno.
Todos, menos Charlie.
Ele se ajeitou na sela, mais à vontade sobre o cavalo do que antigamente. Mesmo assim, seu corpo doía, e sua cabeça latejava. Ele desejava o

alívio das lágrimas. *Elas congelariam ou ferveriam?*, ele se perguntou, vendo o mundo que parecia se abrir.

A nevasca, o ardor. O grito de batalha de Anciões e jydeses. Flechas imortais zuniam e aço trequiano chacoalhava. Duzentos cavalos atravessaram o campo árido, avançando na direção dos portões flamejantes de Gidastern.

Charlie queria fechar os olhos, mas não conseguia.

Devo tanto a eles. Se não posso lutar, posso ao menos vê-los partir.

Ele prendeu a respiração.

Posso ao menos vê-los morrer.

— Que os deuses me perdoem — murmurou.

Seu alforje de penas e tinta pesava ao lado do corpo. Mais do que qualquer outra coisa, eram aquelas as suas armas. E, no momento, eram totalmente inúteis.

Portanto, ele retornou à única arma que lhe restava.

A oração veio devagar, dos recantos escondidos de outra vida.

Antes daquele buraco em Adira. Antes de eu desafiar todos os reinos da Ala e arruinar meu futuro.

Enquanto recitava as palavras, lembranças reluziram, aguçadas como facas. A oficina embaixo da Mão do Sacerdote. O cheiro de pergaminho na sala de pedra úmida. A corda da forca ao redor do pescoço. O calor da mão em seu rosto, os calos de Garion mais familiares do que qualquer coisa na esfera. A mente de Charlie se deteve em Garion e no último encontro. Ainda doía, uma ferida nunca cicatrizada.

— Fyriad, o Redentor — continuou, nomeando o deus de Infyrna. — Que suas chamas nos purifiquem e queimem o mal deste mundo.

A oração causou um mal-estar, mas já era alguma coisa. Algo que ele poderia fazer pelos amigos. Pela esfera.

A única coisa, pensou, amargurado, vendo o exército avançar.

— Sou um sacerdote dedicado a Tiber, um servo de todo o panteão, e que os deuses me escutem como escutam os seus...

Um uivo cortou o ar como um raio, e o cavalo estremeceu embaixo dele.

Do outro lado do campo, os portões da cidade cederam, sacudidos por alguma coisa. Alguma criatura grande e potente, várias, todas gritando como uma matilha de lobos fantasmagóricos.

Com um arrepio de terror, Charlie entendeu que não estava longe da verdade.

— Pelos deuses — blasfemou.

Os Companheiros e seu exército não vacilaram em momento nenhum, a muralha de corpos avançando. Rumo às chamas... e aos monstros dentro delas. Os portões da cidade ruíram, revelando demônios infernais que ele só tinha visto em manuscritos religiosos.

Colunas flamejantes, sombras acinzentadas.

— Cães infernais — murmurou.

Os monstros saltaram no exército sem medo. Seus corpos queimavam, as chamas nascendo da pelagem, as patas compridas demais e pretas como carvão. Neve silvava no pelo ardente, fazendo nuvens de vapor subirem. Seus olhos incandesciam como brasas vivas, suas bocas abertas cuspindo ondas de calor.

Os manuscritos não eram nem de longe tão temíveis quanto a realidade, Charlie pensou vagamente.

Nas páginas dos livros antigos da igreja, os cães infernais eram nítidos e pequenos, queimados e retorcidos. Não esses lobos galopantes, letais, maiores do que cavalos, com presas pretas e garras cortantes.

Os manuscritos estavam errados sobre outra coisa também.

Os cães infernais podem morrer, Charlie constatou, ao ver um se reduzir a cinzas sob um golpe da espada de Domacridhan.

Algo como esperança, por menor e mais desagradável que fosse, cresceu dentro do sacerdote destituído. Charlie prendeu a respiração, vendo os Companheiros atravessarem a barreira de cães para entrar na cidade em chamas.

Deixando Charlie sozinho com os ecos.

Era tortura observar os portões vazios, fazer forçar para enxergar lá dentro.

Será que encontraram o Fuso?, ele se perguntou. *Os cães foram defendê-lo? Taristan ainda está lá, ou o perdemos de novo?*

Todos vão morrer e deixar a função de salvar a esfera para mim?

Ele estremeceu. Tanto por si como pelo mundo.

— Não mesmo — disse em voz alta.

O cavalo relinchou em resposta.

Charlie fez carinho no pescoço dele.

— Obrigado pela confiança.

Voltou a olhar Gidastern, uma cidade de milhares reduzida a um cemitério flamejante. E talvez a uma armadilha.

Ele mordeu o lábio, puxando a pele com os dentes. Se Taristan estivesse lá, como eles desconfiavam, o que seria dos Companheiros? De Corayne?

Ela não passa de uma criança, com o peso do mundo nas costas, Charlie se afligiu. *E aqui estou eu, um homem feito, esperando para ver se a garota sai viva.*

Suas bochechas arderam de calor, e não pelas chamas. Ele se arrependeu profundamente de não ter impedido que ela entrasse na batalha. Chegou a se encolher, com uma facada de remorso no peito.

Você nunca teria como salvá-la disso.

Outro barulho veio da cidade, um único grito gutural. Vinha de muitas bocas, tanto humanas como sobrenaturais. Soava como um sino mortal. Charlie o conhecia bem até demais. Ouvira a mesma coisa no templo no sopé da montanha, vindo de inúmeros mortos-vivos.

O resto do exército do Fuso está aqui, ele se deu conta, assustado. *Os terracinzanos, filhos de Taristan.*

De repente, agarrou as rédeas com dedos ágeis, em um aperto ferrenho.

— Que se danem as chamas, os cães e os cadáveres — murmurou Charlie, jogando o manto para trás para liberar os braços e levando a mão à espada curta. — E eu que me dane também.

Com um estalo das rédeas, ele instigou a égua, que desatou a correr. O coração batia forte, no ritmo dos cascos do animal no chão coberto de cinzas. A nevasca rodopiou, as nuvens vermelhas de chama, o mundo inteiro transformado em inferno. E Charlie cavalgou diretamente para ele.

O portão assomou, diante das ruas em chamas. Um caminho aberto, chamando o sacerdote fugitivo.

Pelo menos não tem como piorar, ele pensou.

Até que algo pulsou no céu, atrás das nuvens, como um coração imenso. Charlie gelou.

— *Merda.*

O rugido do dragão estremeceu o ar com toda a fúria de um terremoto.

A égua gritou e empinou nas patas traseiras, os cascos dianteiros balançando inutilmente. Charlie precisou de toda a força de vontade para se manter na sela. A espada caiu no chão, perdida nas cinzas e na neve. Ele arregalou os olhos, hipnotizado.

O monstro imenso atravessou as nuvens escuras sobre a cidade, o corpo incrustado de joias vermelhas e pretas, dançando com a luz da chama. O dragão se contorceu, fruto do deus Tiber e da esfera cintilante de Irridas. *A esfera deslumbrante*, Charlie sabia, lembrando da escritura. Um lugar cruel de ouro e joias, e seres terríveis corrompidos pela ganância.

Fogo saiu da boca do dragão e suas garras reluziram como aço preto. Uma rajada de vento quente soprou sobre as muralhas, carregando neve e cinzas, junto com o cheiro sangrento e fétido do dragão. Só restava a Charlie assistir ao monstro do Fuso que descia sobre a cidade, derrubando torres e pináculos.

Sua pena havia traçado muitos dragões ao longo dos anos, esboçando chamas e escamas, garras e presas. Asas de morcego, rabos de serpente. Como os cães de Infyrna, a realidade era muito mais horrível.

Não havia espada que ele pudesse levantar contra um demônio daqueles. Nada que um mortal pudesse fazer contra um dragão de uma esfera distante.

Nem mesmo os heróis sobreviveriam a algo assim.

Os vilões tampouco.

Que dirá eu.

Vergonha subiu pela garganta, ameaçando sufocar Charlon Armont.

Nem por toda a Ala, por todas as esferas, ele conseguiria avançar.

As lágrimas que desejava finalmente chegaram, queimando e gelando em igual medida. As rédeas se contraíram em sua mão, puxando o cavalo para longe da cidade, longe do Fuso, longe dos Companheiros. Longe do começo do fim do mundo.

Restava apenas uma pergunta.

Até onde consigo ir antes de o fim também me alcançar?

Em todos os seus vinte e três anos, Charlie nunca tinha se sentido tão sozinho. Nem mesmo a forca era tão desoladora.

Já passava do anoitecer quando finalmente saiu da nevasca e das nuvens de cinzas. Porém, o cheiro de fumaça ficou gravado em sua pele como uma marca de ferro quente.

— Eu mereço — murmurou Charlie.

Ele passou a mão no rosto de novo, limpando as lágrimas já secas. Seus olhos estavam vermelhos e irritados, o coração, partido.

— Mereço todas as coisas horríveis que me acontecerem agora.

A égua bufou com força, seus flancos fumegando sob o ar invernal. Exausta, ela diminuiu o ritmo, e Charlie cedeu, freando-a. Desceu da sela desajeitadamente, dolorido e com as pernas tortas.

Charlie não conhecia o mapa da Ala tão bem quanto Sorasa ou Corayne, mas era um fugitivo, não um idiota. Sabia se orientar melhor do que a maioria das pessoas. Fazendo uma careta, tirou um mapa de pergaminho dos alforjes, e o desdobrou, forçando a vista. Faltavam alguns quilômetros para ele entrar na floresta Castelã. Mais adiante, a mata imensa consumia o horizonte distante, uma muralha preta sob a lua prateada.

Ele poderia continuar a leste para entrar na floresta, usando as árvores grossas como cobertura contra qualquer perseguição. Adira ficava no sentido oposto, ao oeste distante, em território inimigo. Ele pensou na pequena oficina sob a igreja quebrada. Entre as penas e tintas, os carimbos e selos de cera.

Vou estar a salvo lá, Charlie sabia. *Até o fim. Conquistadores devoram os podres por último.*

Infelizmente, o caminho de volta a Adira passava perto demais de Ascal. Ele não sabia mais aonde ir. Havia estradas demais a seguir.

— Não sei — resmungou para a égua.

Ela não respondeu, já adormecida.

Charlie fechou a cara para ela e enrolou o pergaminho. Se voltou para os alforjes, ainda intactos, com seus materiais e alimentos. *Suficiente*, observou, verificando os suprimentos. *Suficiente para chegar à próxima cidade e mais um pouco.*

Ele não se arriscou a acender uma fogueira. Não se achava capaz disso. Tinha passado a maioria de seus dias de fugitivo em cidades, não na selva. Quase nunca esteve sem uma taberna barata por perto ou um porão onde dormir, e sem seus documentos forjados e moedas falsas em mãos.

— Não sou Sorasa, nem Andry, nem Dom — murmurou, desejando a presença de qualquer um dos Companheiros.

Até Sigil, que o arrastaria pessoalmente à força em troca de um saco de ouro.

Até Corayne, que seria tão inútil quanto ele sozinha na floresta invernal.

Furioso, apertou o manto com mais força. Apesar da fumaça, ainda cheirava a Volaska. Lã boa, *gorzka* derramada e o calor de um fogo crepitante no castelo trequiano já tão distante.

— Não tenho como fazer nada de útil aqui.

Era bom falar, mesmo que para ninguém.

— Talvez elas possam me ouvir — disse, olhando com tristeza para as estrelas.

Elas pareciam zombar dele. Se pudesse arrancá-las uma a uma dos céus, é o que faria. Mas se contentou em chutar a terra, espalhando pedras e folhas caídas.

Seus olhos arderam de novo. Desta vez, ele pensou nos Companheiros, e não nas estrelas. Corayne, Sorasa, Dom, Sigil, Andry. Até Valtik. Todos deixados para trás. Todos reduzidos a cinzas.

— Fantasmas, todos eles — sussurrou, secando os olhos lacrimejantes.

— Antes um covarde do que um fantasma.

Charlie se arrepiou e quase caiu para o lado, de choque e incredulidade.

A voz era tão familiar quanto as próprias penas de Charlie, seus próprios selos traçados minuciosamente à mão. Trinava, melódica, um levíssimo sotaque madrentino se enroscando na língua primordial. Antigamente, Charlie comparava aquela voz à seda que esconde uma adaga. Suave e perigosa, bela até o momento que decide deixar de sê-lo.

Charlie piscou, grato pelo luar. Transformava o mundo em prata, e as bochechas de Garion em porcelana. O cabelo cor de mogno escuro caía em cachos na testa.

O assassino estava a poucos metros, uma distância segura, com uma rapieira ao lado do corpo. Charlie também conhecia a arma, uma espada leve feita para velocidade e bloqueios rápidos. O verdadeiro perigo era a adaga de bronze escondida na túnica de Garion. A mesma que todos os amharas usavam, a marca dos melhores e mais mortais assassinos da Ala.

Charlie mal conseguia respirar, que dirá falar.

Garion avançou um passo largo, tranquilo e letal.

— Não que eu ache você um covarde — Garion continuou, erguendo a mão enluvada. — Você tem seus momentos de valentia, quando quer. E já foi à forca quantas vezes? Três? — Ele contou nos dedos. — E não se mijou em nenhuma.

Charlie não se atreveu a se mexer.

— Você é um sonho — sussurrou, rezando para que a imagem não desaparecesse.

Mesmo se não for verdade, espero que ele fique.

Garion apenas sorriu, exibindo os dentes brancos. Seus olhos escuros brilhavam enquanto ele chegava mais perto.

— Você tem jeito com as palavras, sacerdote.

Soltando o ar devagar, Charlie notou que um pouco da sensação voltava às mãos congeladas.

— Eu não fugi. Entrei na cidade e queimei com o resto deles, não foi? Estou morto e você é...

O assassino inclinou a cabeça.

— Quer dizer que sou seu paraíso?

Charlie franziu o rosto. As bochechas queimaram sob o ar gelado, e seus olhos arderam, a vista rodando.

— Odeio dizer isso, mas você fica muito feio quando chora, meu querido — falou Garion, a silhueta se turvando.

Ele não é real, já está desaparecendo, um sonho dentro de um sonho.

Isso só fez as lágrimas chegarem mais rápido, até a própria lua ser encoberta.

Mas Garion ficou. Charlie sentiu o calor dele, e o toque áspero da mão enluvada no rosto. Sem pensar, Charlie pegou a mão dele. A sensação era familiar mesmo sob as camadas de couro fino e pelo.

Piscando devagar, Charlie voltou a olhar para Garion. Pálido sob o luar, de olhos escuros mas brilhantes e vivos. E *reais*. Por um momento, a esfera parou. Até o vento deixou de soprar nas árvores e os fantasmas em sua mente silenciaram.

Não durou muito tempo.

— Onde você esteve? — perguntou Charlie com a voz áspera, soltando a mão de Garion.

Ele deu um passo para trás e conteve uma fungada nada charmosa.

Garion deu de ombros.

— Hoje? Bom, primeiro esperei para ver se você correria para dentro de uma cidade em chamas. Agradeço muito por não ter feito isso. — Ele sorriu. — Virar um herói ao menos não esgotou seu bom senso.

— Herói — bufou Charlie, com vontade de chorar de novo. — Um herói teria entrado em Gidastern.

O sorriso de Garion desapareceu como uma lousa apagada.

— Um herói estaria morto.

Morto como todo o resto. Charlie estremeceu, a vergonha como uma facada no estômago.

— E onde você estava antes de hoje? — questionou Charlie. — Onde esteve nos últimos *dois anos*?

Garion corou, mas não saiu do lugar.

— Talvez eu tenha me cansado de salvar você da forca?

— Como se alguma vez tivesse sido difícil.

Charlie se lembrava muito bem da última. A corda áspera no pescoço, os dedos raspando a madeira do cadafalso. O alçapão embaixo dele, prestes a ser aberto. E Garion na multidão, esperando para resgatá-lo.

— A última era só um posto avançado de merda com uma guarnição de jumentos — murmurou Charlie. — Você mal suou a camisa.

O assassino deu de ombros, parecendo orgulhoso.

Isso só enfureceu Charlie.

— *Onde você estava?*

Seu apelo pairou no ar gelado.

Garion finalmente baixou a cabeça, encarando as botas engraxadas.

— Espiei Adira sempre que pude — disse com a voz baixa e taciturna. — Entre um contrato e outro, quando os ventos e o clima permitiam. Cheguei até a calçada várias vezes. E *sempre* estive atento às notícias. Não... não sumi.

Charlie inspirou uma golfada fria de ar.

— Sumiu *para mim.*

Garion encontrou seus olhos de novo, o rosto subitamente tenso.

— Mercury me deu uma advertência. Ele nunca dá mais de uma.

A menção ao senhor dos amharas, um dos homens mais mortais da esfera, silenciou os dois. Foi a vez de Charlie baixar os olhos. Chutou a terra, constrangido. Até ele sabia que era melhor não contrariar Lord Mercury, nem provocar sua raiva. Garion tinha lhe contado histórias suficientes sobre amharas decaídos. E Sorasa era prova. Seu destino foi misericordioso, até. Apenas expulsa, desonrada e exilada. Não torturada e morta.

— Estou aqui agora — murmurou Garion, dando um passo hesitante à frente.

A distância entre eles pareceu grande demais de repente, e também curta demais.

— Então não vou acordar amanhã e descobrir que você não está mais aqui? — perguntou Charlie, quase sem ar. — Descobrir que isso tudo foi...

— Um sonho? — completou Garion, sorrindo. — Vou repetir. Não é um sonho.

A esperança deplorável cintilou de novo, teimosa e obstinada.

— Acho que está mais para pesadelo — resmungou Charlie. — Com o fim do mundo e tudo.

O sorriso de Garion aumentou.

— O fim do mundo pode esperar, meu ratinho de igreja.

O antigo apelido despertou uma chama dentro de Charlie, até o ar ficar quente na pele.

— Meu raposo — respondeu o sacerdote sem pensar.

O assassino se aproximou com elegância tranquila, nem devagar, nem rápido. Mesmo assim, pegou Charlie de surpresa quando envolveu seu rosto com as mãos enluvadas e lhe deu um beijo, os lábios muito mais quentes do que o ar, firmes e conhecidos.

Ele tinha gosto de verão, de outra vida. Daquele momento tranquilo entre dormir e acordar, quando tudo ficava em silêncio. Por uma fração de segundo, Charlie esqueceu os Fusos. A esfera destruída. E os Companheiros mortos atrás dele.

Mas isso não podia durar. O momento acabou, como tudo mais.

Ele recuou devagar, de mãos dadas com Garion. Eles se encararam, ambos procurando a coisa certa a dizer.

— Mercury vai perseguir você? — perguntou Charlie por fim, com a voz trêmula.

— Quer a verdade, meu amor?

Charlie não hesitou, embora entrelaçasse os dedos nos de Garion.

— Estou disposto a trocar um coração partido por um corpo vivo.

— Você sempre foi um homem de belas palavras. — Garion sorriu, embora seus olhos estivessem frios.

— O que fazemos agora? — murmurou Charlie, abanando a cabeça.

Para sua surpresa, Garion riu.

— Seu tonto. Vamos *viver.*

— Por quanto tempo? — Charlie bufou, baixando as mãos.

Ele olhou de relance para a escuridão, para a cidade em chamas e o Fuso ainda aberto.

Garion virou para trás, seguindo seu olhar. Havia apenas as trevas da noite, o frio amargo da lua.

— Você acredita mesmo, não? — perguntou, em voz baixa. — No fim da esfera?

— É claro que acredito. Eu vi. Eu sei — Charlie retrucou.

Apesar da frustração, era bom brigar com Garion. Significava que ele era real e imperfeito, falho como Charlie lembrava. Não uma alucinação resplandecente.

— A cidade atrás de nós está queimando, você também viu.

— Cidades vivem queimando — Garion respondeu, floreando a rapieira pelo ar.

Charlie estendeu a mão, e o assassino parou, a espada leve pendurada ao lado do corpo.

— Não assim — murmurou Charlie, com a maior firmeza que conseguia. Ele queria que seu amado escutasse, ouvisse seu terror. — Garion, o mundo está acabando. E nós *vamos* acabar também.

Com um suspiro demorado, Garion embainhou a espada.

— Você sabe mesmo quebrar o clima, não é, querido? — Ele balançou o dedo para ele. — É a culpa religiosa que todos os sacerdotes carregam ou algo da sua personalidade?

Charlie deu de ombros.

— Sei lá. Deve ser as duas coisas. Não posso me permitir um único momento de felicidade, não é?

— Ah, talvez um, só.

Desta vez, Charlie não se encolheu quando Garion o beijou, e o tempo não parou. O vento soprou frio, sacudindo os galhos no alto. Agitou a gola de Charlie, fazendo subir o cheiro de fumaça.

Se crispando, Charlie deu um passo para trás e franziu a testa.

— Vou precisar de outra espada — disse, olhando a bainha vazia no quadril.

Garion abanou a cabeça e suspirou, frustrado.

— Você não é um herói, Charlie. Eu também não.

O sacerdote ignorou o assassino. Pegou o mapa de novo, estendendo-o no chão.

— Mas ainda há algo que podemos fazer.

Garion se agachou ao lado dele, uma expressão de divertimento no rosto.

— O quê, exatamente?

Charlie analisou o pergaminho, traçando uma linha pela floresta. Depois de rios e vilas, no meio da mata.

— Vou descobrir — murmurou, e desenhou com o dedo uma linha pela floresta no mapa. — Em algum momento.

— Você sabe o que sinto em relação à floresta Castelã — disse Garion, com irritação na voz.

Ele crispou a boca com repulsa, e um pouco de medo também.

Charlie quase revirou os olhos. Havia histórias demais de bruxas na floresta, nascidas dos ecos deixados pelos Fusos. Mas bruxas amaldiçoadas pelo Fuso eram as menores das suas preocupações. Ele sorriu devagar, o ar frio entre os dentes.

— Confia em mim, não fugi de um dragão para morrer no caldeirão de uma velha estridente — disse. — Agora me ajuda a encontrar um caminho que não me faça ser morto.

Garion riu baixo.

— Vou tentar.

2

MORTE, OU COISA PIOR

Andry

Que bênção é arder.

A oração antiga ecoou na cabeça de Andry. Ele se lembrava da mãe rezando, sobre a lareira de casa, as mãos marrons estendidas ao deus redentor.

Estou longe de me sentir abençoado, ele pensou, tossindo mais uma lufada de fumaça enquanto corria. A mão de Valtik era fria na sua, os dedos esqueléticos surpreendentemente fortes enquanto os guiava pela cidade.

O exército morto-vivo de Taristan avançava pelas ruas atrás deles. A maioria era de terracinzanos, nascidos de um mundo destruído, mal passavam de esqueletos apodrecidos até o osso. Mas alguns eram *frescos*. Os mortos de Gidastern lutavam com Taristan, os cidadãos do reino dele transformados em soldados-cadáveres. O destino deles era quase incompreensível de tão horrível.

E mais se juntariam a eles, Andry sabia, pensando nos soldados que entravam em Gidastern. Todos os corpos deixados para trás. Os saqueadores jydeses. Os Anciões. A tropa de guerreiros trequianos.

E os Companheiros também.

Sigil.

Dom.

Os dois gigantes ficaram para trás para defender a retirada e ganhar todo o tempo possível para Corayne. Andry só poderia rezar para que o sacrifício fosse suficiente.

E que Sorasa bastasse para proteger Corayne sozinha.

Andry estremeceu com esse pensamento.

Eles correram pelo que parecia o próprio inferno, um labirinto cheio de cães monstruosos, o exército de cadáveres, Taristan, seu feiticeiro vermelho e nada menos do que um dragão. Sem mencionar os perigos da cidade em si, os prédios queimando e desabando ao redor deles.

Sabe-se lá como, Valtik se mantinha à frente de tudo, guiando Andry para as docas.

Poucos barcos continuavam no porto, a maioria já saindo mar afora. Soldados se amontoavam em todas as superfícies flutuantes, atravessando os baixios ou pulando das docas. Cinzas cobriam as armaduras e os rostos de fuligem pesada, escondendo qualquer insígnia ou cor de reino. Trequianos, Anciões, jydeses... Andry mal conseguia diferenciar uns dos outros.

Todos são iguais diante do fim do mundo.

Só Valtik conseguia de alguma forma escapar das cinzas que caíam ao redor deles. Seu vestido simples ainda estava branco; seus pés descalços e suas mãos, limpos. Ela parou para olhar a cidade em chamas, todas as ruas ecoando a morte. Sombras atravessaram a fumaça e entraram no porto.

— Comigo, Valtik — Andry disse, ríspido, cruzando o braço no dela.

Comigo. O velho grito de batalha dos cavaleiros gallandeses devolveu certa força a suas pernas. Andry sentiu esperança e medo em igual medida. *Ainda podemos sobreviver ou ser deixados para trás.*

— Sem as estrelas, sem o sol, o caminho é vermelho, nenhum farol — a velha rimou baixo.

Eles correram juntos, na direção de um barco de pesca já em movimento, a vela desfraldada. A velha não hesitou, parecendo caminhar pelo ar, e pousou com segurança no convés do navio, nenhum fio de cabelo fora do lugar.

Andry embarcou com menos elegância, saltando atrás dela.

Caiu com um baque no convés, mas sentia o corpo estranhamente leve. Alívio atravessava suas veias enquanto o barquinho saía do ancoradouro em chamas, deixando o exército de cadáveres se arrastando na praia.

O navio era pouco mais do que uma barcaça fluvial, grande o bastante para uns vinte homens, talvez. Mas estava em condições de navegar, e isso era mais do que eles podiam pedir. Um grupo heterogêneo de soldados, saqueadores e imortais tripulava o convés, impulsionando o barco.

Fumaça se estendia sobre as ondas, dedos pretos se alongando até o horizonte. Uma única faixa de luz do sol permanecia, brilhando baixo sobre o mar. Um lembrete de que nem toda a esfera era esse inferno.

Por enquanto.

Andry se voltou com o ar sombrio para a cidade em ruínas.

Gidastern queimava e ardia, colunas de fumaça subindo para o céu infernal. Luz vermelha e sombras pretas disputavam controle, com cinzas caindo sobre a cidade como neve. E, por baixo disso tudo, havia os gritos, os uivos, os sons de madeira lascada e pedra crepitante. A batida distante e trêmula de asas gigantescas em algum lugar nas nuvens. Era o som da morte, ou coisa pior.

— Corayne — murmurou, o nome dela uma oração.

Ele tinha esperança de que os deuses conseguissem ouvi-lo. Esperança de que ela já estivesse fora daquele lugar, segura com Sorasa e a última espada de Fuso.

— Ela está segura? — perguntou ele, e se virou para Valtik. — Me diz, ela está segura, está viva?

A bruxa apenas se virou, escondendo o rosto.

— VALTIK! — A própria voz dele soava distante.

Com a vista turva, Andry a viu ir até a proa do barquinho, retorcer as mãos para baixo, os dedos curvados em garras pálidas e mexer a boca, formando palavras que ele não conseguia distinguir.

Acima deles, a vela se encheu de uma rajada de vento frio, empurrando-os mais e mais rápido para os braços gelados do mar Vigilante.

Peixes roxos nadavam pelo laguinho no pátio, suas barbatanas criando ondas. Observando, Andry inspirou fundo. Tudo cheirava a jasmim e sombra fresca. Ele nunca estivera lá, mas conhecia o pátio. Era a casa de Kin Kiane, a família de sua mãe em Nkonabo. Do outro lado do mar Longo, o mais longe possível do perigo.

Do outro lado do lago, sua mãe sorriu, o rosto marrom familiar mais vibrante do que ele lembrava. Ela estava sentada em uma cadeira sem rodas, envolta por um manto verde simples. A casa de Valeri Trelland combinava com ela de um jeito que o norte jamais combinaria.

O coração de Andry palpitou ao olhar para ela. Ele queria ir até a mãe, mas seus pés não deixavam, arraigados nas pedras. Ele abriu a boca, mas nenhum som saiu.

Estou com saudade, tentou gritar. *Espero que esteja viva.*

Ela apenas sorriu em resposta, rugas franzindo os cantos dos olhos verdes.

Ele sorriu também, por ela, embora seu corpo gelasse. A jasmim passou, substituída pelo cheiro forte de água salgada.

Isto é um sonho.

Andry acordou sobressaltado como se atingido por um raio. Por um momento, ficou suspenso na própria mente, tentando entender seu entorno. O balanço das ondas, o convés duro do barco. Uma coberta surrada sobre o corpo. O ar congelante na face. O cheiro de água salgada, não de fumaça.

Estamos vivos.

Um vulto baixo e largo se assomava sobre o escudeiro, iluminado pelo luar e pelas lanternas penduradas nos cordames. *O príncipe de Trec*, Andry se deu conta com mais um susto.

— Não sabia que Galland permitia que seus escudeiros dormissem em serviço — príncipe Oscovko disse, com um sorriso perverso.

— Não sou escudeiro de Galland, alteza — respondeu Andry, se forçando a sentar.

O príncipe sorriu e mudou de posição, as lanternas iluminando mais de seu rosto. Ele estava com um olho roxo e muito sangue por toda a roupa de couro. Não que Andry se importasse. Estavam todos com uma cara péssima.

Devagar, Oscovko estendeu a mão. Andry a pegou sem questionar, levantando com os pés vacilantes.

— Não deixam vocês fazerem piadas também, não é? — Oscovko disse, dando um tapinha no ombro do jovem. — Bom ver que sobreviveu.

Andry tensionou o maxilar. Apesar da simpatia, ele viu raiva nos olhos de Oscovko, e medo também.

— Muitos não tiveram a mesma sorte — acrescentou o príncipe, voltando o olhar para a costa.

Mas havia apenas escuridão atrás deles. Não restava sequer um vislumbre da cidade em chamas.

Não adianta olhar para trás, Andry sabia.

— Quantos homens o senhor tem? — perguntou bruscamente.

Seu tom pegou Oscovko de surpresa. O príncipe empalideceu e apontou para o pequeno barco. Rapidamente, Andry contou doze no convés, incluindo Valtik e a si mesmo. Os outros sobreviventes estavam tão abatidos quanto Oscovko. Mortais e imortais. Saqueadores, Anciões e soldados. Alguns feridos, outros adormecidos. Todos apavorados.

Além da proa e da popa, em todas as direções, luzinhas balançavam adiante em seu próprio ritmo. Forçando a vista, Andry distinguiu vultos escuros sob o luar, lanternas parecendo estrelas baixas.

Outros barcos.

— Quantos, milorde? — perguntou Andry de novo, mais ríspido do que antes.

Na ponta do convés, os outros sobreviventes se viraram para espiar a conversa. Valtik continuava na proa, o rosto voltado para a lua.

Oscovko bufou e abanou a cabeça.

— Importa para você?

— Importa para todos nós. — Andry corou, as bochechas ardendo sob a friagem. — Precisamos de todos os soldados que puderem lutar...

— Já dei isso para vocês. — Oscovko o interrompeu com um aceno da mão machucada, cortando o ar como uma faca. Seu semblante se fechou, dividido entre tristeza e desespero. — Olha aonde nos trouxe. *Nós dois.*

Andry se manteve firme, obstinado, mesmo diante de um príncipe. Seus dias na corte real ficaram para trás fazia tempo, e ele não era mais um escudeiro. Cortesia pouco importava. Só pensava em Corayne, na espada e na esfera. Se render não era uma opção.

— Coma, beba. Cuide de suas feridas, Trelland — disse Oscovko por fim, suspirando para passar a raiva.

A cólera se transformou em pena, seu olhar se suavizando de uma forma que Andry detestava. Devagar, Oscovko tocou seu ombro.

— Você é jovem. Nunca tinha visto uma batalha como essa antes, não sabe as baixas que ela causa.

— Vi mais do que o senhor, milorde — murmurou Andry.

O príncipe apenas abanou a cabeça, com pesar. Qualquer raiva que carregasse era ofuscada pela dor.

— Para você, é uma jornada mais longa de volta para casa do que para mim — Oscovko respondeu, dando um aperto em seu ombro.

Algo pegou fogo em Andry Trelland. Ele se desvencilhou da mão do príncipe e entrou na frente dele, bloqueando o convés.

— Não tenho casa a que voltar, e você também não, Oscovko — grunhiu. — Não se abandonarmos a esfera agora.

— *Abandonar?* — A raiva de Oscovko voltou, dez vezes maior. — Tem razão, Andry Trelland. Você não é um escudeiro. Tampouco um cavaleiro. Não faz ideia do quanto esses homens deram de si. Não se está pedindo mais deles.

— Você viu a cidade. Viu o que Taristan vai fazer com seu reino, com o *resto do mundo*.

Oscovko era um guerreiro tanto quanto era um príncipe, e segurou Andry pela gola com uma velocidade ofuscante. Ergueu os olhos furiosos, rangendo os dentes, e baixou a voz em um sussurro hostil e ameaçador:

— Deixe esses homens voltarem para suas famílias e morrerem com glória. A guerra está chegando, e vamos lutar de dentro de nossas fronteiras, apoiados por todo o poderio de Trec. Deixe que tenham isso, Trelland.

Andry não vacilou, encarando o príncipe. Seu sussurro era igual em fúria:

— Não se pode morrer com glória se não restar ninguém para lembrar seu nome.

Uma sombra perpassou o rosto de Oscovko. Ele rosnou como um animal privado de uma presa.

— Um copo rachado não armazena água alguma.

A voz ecoou pelo barco, com a mesma frieza do vento gelado. Andry e Oscovko se viraram e encontraram outra silhueta perto da amurada. Mais alta do que Andry, mais alta até do que Dom, com o cabelo ruivo-escuro em tranças. Sua pele brilhava mais branca do que a lua, da palidez do leite. E, como Dom, tinha a aparência dos Anciões. Imortal e distante, antiga, destacada do resto deles.

Rapidamente, Andry baixou o rosto.

— Lady Eyda — murmurou.

Ele lembrou da chegada dela com os jydeses e outros imortais, seus barcos saindo da nevasca. Ela era temível como qualquer guerreiro, e mãe do monarca ancião de Kovalinn. Quase uma rainha.

Oscovko soltou a gola de Andry, voltando sua frustração contra a imortal.

— Essas charadas vão fazer mais sucesso com a bruxa dos ossos — ele disparou, apontando a mão para Valtik à proa. — Os lobos de Trec não têm paciência para os disparates imortais.

Eyda deu um passo letalmente silencioso à frente. O silêncio do movimento dela era inquietante.

— Os enclaves pensaram o mesmo, príncipe de mortais. — Ela disse o título de Oscovko como um insulto. — Isibel em Iona. Valnir em Sirandel. Karias em Tirakrion. Ramia. Shan. Asaro. E todo o resto.

Andry lembrava de Iona, e de Isibel. Tia de Domacridhan, a monarca, de olhos prateados, cabelo dourado e semblante pétreo. Ela chamou os Companheiros para seu castelo e expulsou tantos deles para irem de encontro à própria morte. Havia outros Anciões como ela, escondidos nos enclaves, ignorando o fim do mundo.

Os grandes salões frios dos imortais pareciam tão distantes. Andry imaginava que eram sempre assim.

Eyda continuou, os olhos nas estrelas. Rancor escorria de suas palavras.

— Todo o meu povo, contente atrás de seus muros e guerreiros, como ilhas na cheia do mar. Mas as águas vão afogar todos nós — bradou, se voltando para Oscovko e Andry. — As ondas já estão nos portões.

— Fácil para uma Anciã desprezar os mortais falecidos — retrucou o príncipe.

Escudeiro ou não, Andry se encolheu.

A imortal não vacilou. Ela se agigantou diante dos dois, os olhos brilhando como pederneira acesa.

— Conte nosso número, lobo — respondeu com desdém. — Demos tanto de nós quanto você.

Como Oscovko, ela carregava sinais da batalha por toda a armadura. O aço outrora fino estava amassado e riscado, o manto vermelho-escuro, rasgado em farrapos. Se tivera uma espada, a perdera fazia tempo. O príncipe a fitou de cima a baixo e voltou os olhos para o mar, para os barcos que persistiam adiante pela noite.

Apesar da oposição de Oscovko, Andry se sentiu fortalecido pelo apoio de Eyda. Encontrou os olhos da dama imortal, cujo olhar firme o encheu de uma determinação ferrenha.

— Devo pedir que deem ainda mais.

Andry mal reconheceu a própria voz, que se projetou sobre o barco. Soava mais velha do que ele se sentia, e mais valente do que sabia ser.

Com um suspiro, Oscovko encarou seu olhar fulminante.

— Não posso fazer isso — disse, desesperado.

Dessa vez, foi Andry quem pegou o ombro do príncipe. Ele sentiu a atenção da dama imortal cravada em suas costas, o olhar penetrante. Isso apenas fortaleceu sua determinação. *Uma aliada é melhor do que nada.*

— Agora existe uma espada de Fuso — disse.

Andry desejou que Oscovko sentisse o desespero de seu coração. E a esperança também, por menor que fosse.

— Uma chave para quebrar a esfera. E Taristan do Velho Cór *não tem*.

As palavras assentaram devagar. Cada uma como uma faca na armadura de Oscovko.

— Está com a menina — murmurou Oscovko.

Ele passou a mão na cabeça, com incredulidade nos olhos.

Andry chegou mais perto, o aperto firme.

— O nome dela é Corayne — disse Andry, quase em um grunhido. — Ela ainda é nossa última esperança. E *nós*, a dela.

Em resposta, Oscovko não disse nada. Não concordou. Tampouco discordou. E era o bastante para Andry Trelland. Por ora.

Ele deu um passo para trás, soltando o ombro do príncipe. Com um sobressalto, percebeu que o barco todo estava observando. Os saqueadores jydeses, os Anciões e os próprios homens de Oscovko. Até Valtik se virou na proa, os olhos azuis como duas estrelas no céu noturno.

No passado, Andry teria desabado sob tanta atenção. Não mais. Não depois de tudo que tinha visto e enfrentado.

— Você nem sabe se ela está viva — murmurou Oscovko, baixo o bastante para apenas Andry escutar.

Andry resistiu a uma onda de asco.

— Se ela estiver morta, nós também estamos — disparou em resposta, sem se dar ao trabalho de sussurrar.

Que todos me ouçam agora.

— Vocês viram como é uma esfera destruída. — Andry apontou para as trevas atrás deles, para a parte do céu sem estrelas. — Viram a cidade em chamas, os mortos-vivos andando, os cães infernais e um dragão descendo sobre nós. Sabem que destino aguarda Todala, e todas as coisas nela. Seus lares, suas famílias.

Uma onda atravessou o convés enquanto os soldados trocavam olhares pesados e sussurros. Até os imortais se desconcertaram.

— Nenhum de nós pode escapar do que está por vir, não se desistirmos agora. — Desespero atravessou o corpo de Andry como uma onda.

Ele precisava de todas as espadas e lanças, por mais quebradas e derrotadas que estivessem.

— Pode não parecer muito, mas ainda temos esperança. Se continuarmos lutando.

Lady Eyda já estava com ele, mas ofereceu a Andry um único aceno sério. Os Anciões dela reagiram da mesma forma e baixaram a cabeça para Andry. As lanternas se refletiram em suas armaduras e peles, dançando por rostos pálidos e escuros, cabelos dourados e pretos. Mas seus olhos eram todos iguais. Profundos como a memória, fortes como aço. E resolutos.

Os jydeses seguiram seu exemplo sem hesitar, brandindo suas armas. Restaram apenas os guerreiros trequianos, aguerridos e exaustos. E leais. Eles olharam para seu príncipe em busca de orientação, mas Oscovko não saiu do lugar. Observou Andry sob as lanternas, silencioso e soturno.

— Retornarei a Vodin com meus homens — disse, a voz retumbante.

No convés, os soldados trequianos pareceram murchar. Alguns suspiraram de alívio. Andry rangeu os dentes, querendo gritar de frustração. Sentiu o resto da paciência se esgotar.

Mas Oscovko não tinha terminado.

— Vou retornar e convocar o resto dos exércitos de Trec, para combater essa guerra propriamente — continuou. — Para defender meu povo e toda a esfera.

O rosto de Andry ardeu, e ele ficou agradecido pelas sombras.

— Galland derramou *nosso* sangue em Gidastern — Oscovko gritou, batendo o punho no peito. Seus homens acenaram em resposta, alguns punhos se cerrando. — Vamos retribuir o favor.

Andry se assustou quando Oscovko jogou a cabeça para trás e uivou, ladrando para o céu feito um lobo. Seus homens responderam da mesma forma. No escuro, soldados trequianos nos outros barcos responderam o chamado, seus uivos ecoando como fantasmas na água.

Quando o ar frio tocou suas bochechas, Andry percebeu que estava sorrindo.

Oscovko sorriu em resposta, e era o sorriso de um lobo.

— E você, Trelland? — perguntou, apontando. — Para onde vai?

Andry engoliu em seco.

Os outros ficaram olhando, à espera de uma resposta. À proa, Valtik se mantinha firme, sem piscar e em silêncio. Andry hesitou por um momento, esperando por sua orientação exasperante. Não veio.

Oscovko insistiu, um brilho nos olhos.

— Aonde *sua menina* vai?

Com determinação, Andry tirou o olhar de Valtik e se voltou para Lady Eyda. Mas, em sua mente, era outra monarca anciã que ele via.

Pensou em Corayne também, e em tudo que sabia sobre ela. Em posse da última espada de Fuso, ela era um alvo ainda maior do que antes. Buscaria algum lugar protegido, forte o bastante para se manter segura de Taristan. Forte o bastante para resistir a ele.

E algum lugar que todos conheçamos, pensou, lembrando da esperança frágil que Corayne mantinha viva. *Ela só vai aonde pensa que podemos seguir.*

— Iona — Andry disse, convicto. A grande cidade dos Anciões imortais surgiu em sua memória, murada por névoa e pedra. — Ela vai para o enclave ancião, no reino de Calidon.

E eu vou atrás.

3

PARA QUE EU PUDESSE VIVER

Corayne

O CAVALO GRIS CORREU por um mundo gris.

Cinzas e neve se misturavam em espirais, quente e frio.

Corayne não sentiu nada. Nem o cavalo a galope. Nem as lágrimas na bochecha, desenhando linhas no rosto sujo. Nada atravessou seu escudo. O vazio era a única defesa que ela tinha contra tudo que deixava para trás.

Contra a morte. A perda. E o fracasso também.

Empunhou o escudo invisível até não aguentar mais, segurando-o com força diante do coração. Não se atrevia a olhar para trás de novo. Não suportaria ver Gidastern consumida por fumaça e chamas. Um cemitério para tantos, incluindo seus amigos.

De certo modo, o campo vazio era pior do que a cidade morta.

Ninguém seguia. Ninguém esperava.

Ninguém sobrevivia.

Corayne fez, portanto, o que sabia fazer de melhor, o que sua mãe teria feito. Mirou no horizonte e seguiu o cheiro de água salgada.

Sua única companhia era o mar Vigilante, cujas ondas férreas batiam na costa. A noite caiu, deixando apenas o som do mar. Até a nevasca passou. Corayne ergueu o olhar penetrante para as estrelas, lendo-as como se fossem um mapa. As antigas constelações que conhecia ainda estavam lá. Não haviam queimado como o resto do mundo. Sobre o mar, o Grande Dragão segurava a Estrela do Norte em suas presas. Ela tentou se consolar naquela familiaridade, mas achou até as estrelas sem brilho, sua luz fria e distante.

O cavalo continuou, sem nunca diminuir o ritmo. Corayne sabia que era alguma magia de Valtik, um último presente.

Se ao menos ela me desse a mesma força, pensou com amargura.

Não sabia quantas horas haviam passado na cidade em chamas. Pareciam anos, seu corpo, abatido e exausto, tinha envelhecido um século. Sua garganta queimava, ainda seca pela fumaça. E seus olhos ardiam de tantas lágrimas derramadas.

Relutante, ela testou as rédeas. Em parte duvidava que o cavalo obedecesse, vinculado a uma bruxa morta numa cidade incendiada.

Mas, pelo contrário, a égua imediatamente diminuiu o ritmo e a encarou com tristeza.

— Desculpa — Corayne se forçou a dizer, a voz tão áspera quanto a garganta.

Ela franziu o rosto. *Todos os meus amigos morreram e agora estou pedindo desculpas para um cavalo.*

Devagar, desceu da sela, o corpo dolorido depois de horas na estrada. Doía andar, mas era melhor do que cavalgar. Com as rédeas na mão, ela se forçou a seguir em frente, a égua acompanhando o ritmo ao lado.

Na cabeça, ouviu as vozes do exército de mortos-vivos, quase bichos, gemendo e gorgolejando ao mesmo tempo. Unidos sob Taristan e Erida, e o Porvir acima de todos.

Corayne se apoiou no flanco do cavalo, buscando o calor da égua. Lembrando que não estava sozinha, não de verdade. O cavalo cheirava a fumaça, sangue e algo mais frio, quase familiar. Pinho e lavanda. Gelo.

Valtik.

Corayne sentiu um aperto no peito e as lágrimas voltaram a se acumular, ameaçando caírem.

— Não — se forçou a dizer. — Não.

Joias brilharam no canto de sua visão. Ela olhou para a espada de Fuso na bainha, amarrada à sela do cavalo. As pedras preciosas no cabo cintilavam a cada passo do animal, refletindo fracamente as estrelas no céu. Corayne conhecia bem até demais as pedras e o aço. Perfeitamente iguais à espada de Fuso de seu pai, despedaçada em um jardim em chamas.

— Gêmea — Corayne disse, em voz baixa.

Espadas gêmeas, irmãos gêmeos. Dois destinos. E um futuro terrível.

Embora nunca o tivesse conhecido, Corayne queria estar com o pai, Cortael do Velho Cór. Ao menos para passar o fardo de volta para ele e abandonar todas as esperanças de salvar o mundo sozinha.

Por que eu?, Corayne pensou, como tinha pensado tantas vezes. *Por que devo salvar a esfera?*

Corayne não se atreveu a tocar a espada, nem mesmo para conferir o aço. Andry Trelland a ensinara a cuidar de uma lâmina, mas ela mal conseguia olhar para a arma, que dirá limpá-la. A espada de Fuso tirara a vida de seu pai. Tirara incontáveis vidas.

Enquanto caminhavam, ela passou os dedos pelo gibão de couro e pela cota de malha surrada, depois pelo par de avambraços finos. Apesar da sujeira da batalha, a ornamentação de escamas, banhada em ouro, ainda reluzia.

Dirynsima. Garras de dragão, Sibrez os tinha chamado. Um presente de Ibal, de Isadere e seus Dragões. *Em outra vida.*

Ela virou o braço, examinando um dos avambraços sob a luz das estrelas. Espinhos de aço cercavam a beira do antebraço, afiados como lâminas. Alguns estavam vermelhos, encrostados de sangue.

O sangue de Taristan.

— Você é invulnerável a muitas coisas, Taristan — disse Corayne em voz alta, repetindo o que dissera para o tio horas antes. — Mas não a todas.

As garras de dragão eram duplamente abençoadas, tanto por Isadere como por Valtik. O que quer que fizessem, fosse a magia de ossos jydesa ou a fé ibalete, bastava para ferir Taristan. O pensamento lhe deu algum consolo, por menor que fosse. Mas não o suficiente para dormir. Por mais cansada que estivesse, Corayne não conseguia parar de andar.

Estou perto demais de abrir o Fuso, ela sabia. *Perto demais do Porvir. Ele espera por mim em meus sonhos.*

Mesmo acordada, ela quase sentia a presença d'Ele, como uma névoa vermelha nos cantos da visão. Lembrava de quando caíra pelo Fuso no velho templo. Árido, amaldiçoado, um mundo morto, corrompido e conquistado. As Terracinzas eram uma esfera destruída, aberta para Asunder, a esfera infernal do Porvir. Ele a encontrou lá, a presença d'Ele uma sombra sem um homem que a projetasse.

O rei de Asunder esperava por ela nos recantos da mente, com a mão estendida. Pronta para puxá-la para baixo.

Ela lembrava de cada palavra que Ele tinha dito.

Como detesto essa chama em você, esse seu coração inquieto, Ele sussurrara.

Ela sentia o coração, ainda batendo obstinadamente.

Você nem imagina as esferas que vi, Ele dissera, a sombra se encrespando de poder. *As eras infinitas, ganância e medo sem limites. Solte a espada de Fuso. E eu a tornarei rainha de qualquer reino que desejar.*

Ela mordeu o lábio, a dor abrupta o suficiente para a trazer de volta. A voz se apagou na memória.

Apesar do ódio, Corayne se pegou encarando a espada de novo, observando-a como faria com uma criatura perigosa. Como se a própria espada pudesse saltar da bainha e golpeá-la também.

Rapidamente, antes que pudesse se dissuadir, ela sacou a espada em um movimento sibilante.

O aço nu refletiu o rosto dela.

Olheiras profundas carregavam sua feição. A trança preta estava emaranhada, e a pele, normalmente bronzeada pelo sol, empalidecida sob o inverno do norte. Os lábios estavam rachados de frio, e os olhos, vermelhos por causa da fumaça e da fuligem. Mas ainda era ela, sob o peso do destino da esfera. Ainda era Corayne an-Amarat, com o semblante carregado do pai e a determinação obstinada da mãe.

— Será que é suficiente? — perguntou no silêncio. — Será que sou suficiente?

Ela não sabia a resposta. Nem a direção. Nem o rumo, nem o caminho a seguir.

Pela primeira vez na vida, Corayne não fazia ideia de qual rota pegar.

O cavalo se assustou, erguendo a cabeça e as orelhas de uma forma que fez Corayne tremer.

— O que foi?

O cavalo, sendo um cavalo, não deu resposta alguma.

Mas não precisava. O medo do animal já dizia tudo.

Ela se virou para o horizonte, na direção de Gidastern. Algo como uma vela queimava no escuro. Ao menos, parecia uma vela. Até que o vento frio soprou, trazendo cheiro de sangue e fumaça.

Corayne não hesitou em subir na sela. Atrás dela, a luz cresceu e soltou um uivo assombroso.

Cão de Infyrna.

Ela rangeu os dentes, observando a vela se dividir em muitas, os latidos ferozes ecoando por quilômetros. O cavalo avançou a galope, lembrava tão bem quanto Corayne dos cães flamejantes de Taristan.

O exército dele não deve estar muito atrás, Corayne sabia. Sentiu um nó se formar no estômago. *Se não o próprio Taristan.*

Ela bateu os calcanhares, desejando que o cavalo fosse ainda mais rápido. Mal conseguia pensar enquanto galopavam pela costa escura. Apesar do corpo dolorido de exaustão, ela não podia cair.

Pois as esferas caem comigo.

A magia de Valtik durou, e o cavalo seguiu em frente.

A luz cresceu devagar no leste, tornando azul-escuro o preto do céu. As estrelas batalharam com valentia contra o nascer do sol, mas, uma a uma, foram piscando até se apagarem.

A escuridão continuava na terra atrás dela, se acumulando na sombra das colinas e das árvores. Uma coluna de fumaça escura subia a oeste, os últimos resquícios de Gidastern. Rastros menores de fumaça manchavam o céu, como bandeiras marcando os cães que atravessavam a floresta.

Alguns estavam perto, a pouco mais de um quilômetro.

Corayne tentou pensar apesar da névoa da exaustão. Encontrar uma saída, qualquer que fosse. Se estivessem ali, Sorasa e Charlie diriam para ela ir para a vila mais próxima, voltar uma guarnição desavisada contra os cães. Dom se viraria e lutaria, com Sigil rindo atrás dele. Andry faria algum sacrifício valente idiota a fim de ganhar tempo para o resto deles. E Valtik, impossível e imperscrutável, certamente tinha algum encantamento para reduzir os cães a pó. Ou simplesmente desapareceria, ressurgindo quando o perigo tivesse passado.

Mas e eu?

Em parte, Corayne se desesperou, mas sabia que não podia. A esfera não sobreviveria nem ao sofrimento, nem ao fracasso dela.

Pensou no mapa, na paisagem ao redor, o extremo norte de Galland. *Reino de Erida. Território inimigo.*

A floresta Castelã, porém, estava perto, a grande mata do continente setentrional. Se estendia por quilômetros infindáveis em quase todas as direções. A sul ficavam as montanhas Cordents, depois Siscaria e o mar Longo. *Casa.* O coração de Corayne se apertou diante da possibilidade. Quis apontar o cavalo para o sul e cavalgar até dar de cara com as ondas de águas conhecidas.

A leste ficavam mais montanhas. Calidon. *E*, ela sabia, *Iona*. O enclave de Domacridhan, uma fortaleza anciã. E talvez o último lugar da Ala onde ela poderia encontrar ajuda.

Parecia impossível. Quilômetros de distância, no limite de um sonho que se desfazia mais e mais.

Mas o enclave cravou um buraco em sua mente, o nome um sussurro em seus ouvidos.

Iona.

O enclave ainda ficava a centenas de quilômetros, depois da floresta Castelã e do outro lado das montanhas, escondido em Calidon. Corayne mal conseguia conceber como era o enclave, envolto por névoa e vale. Tentou lembrar de como Andry e Dom haviam descrito Iona, sem lembrar de Andry e Dom em si. Era uma tarefa impossível.

Ela viu o rosto de Andry, seus olhos gentis e calorosos, seus lábios curvados num leve sorriso. Pura gentileza e alegria. Corayne duvidava que o escudeiro tivesse pensado mal de alguém algum dia. Ele era bom demais para todos eles.

Bom demais para mim.

Acima de tudo, ela lembrou do beijo abrasador dele na palma de sua mão, nos lábios dele encostados em sua pele na única despedida que eles poderiam ter.

A mão dela ardeu nas rédeas, ameaçando queimar como todo o resto.

Até que o cheiro de fumaça subiu, conseguindo ser mais pesado que sua dor insondável.

Era sufocante, mas não tão terrível quanto o grito pungente de um cão do inferno que avançava como um raio pela colina atrás dela. As patas pretas compridíssimas consumiam a paisagem, deixando um rastro ardente. Chamas saltavam por toda a coluna da fera, e a boca aberta incandescia como carvão em brasa.

Corayne sentiu o próprio grito subir pela garganta, mas apenas apertou os calcanhares. O cavalo obedeceu, ganhando ainda mais velocidade.

O cão avançou, abrindo a boca e latindo. Seus irmãos responderam, os uivos ecoando para além da alvorada.

— Que os deuses me ajudem — murmurou, se debruçando no pescoço do cavalo.

Apesar do cavalo galopante, o cão diminuiu a distância entre eles. Por uma hora enlouquecedora, foi alcançando, centímetro por centímetro. Cada batida de seu coração parecia uma vida. Cada passo em falso, um relâmpago no peito de Corayne.

O sol subiu, derretendo o gelo ao longo da estrada. Corayne sentia apenas o calor das chamas do cão.

Ele arreganhou as presas escuras e ardentes para morder os cascos do cavalo.

Desta vez, Corayne não chamou os deuses.

Ela viu os Companheiros em sua mente, todos mortos atrás dela.

Mortos para que eu pudesse viver.

Não será em vão.

Em um único movimento, puxou as rédeas do cavalo e sacou a espada de Fuso, o aço brilhando sob o sol matinal. Chamejava ainda mais forte do que o próprio cão, que rosnou ao saltar na direção do cavalo, como uma flecha soltando o arco.

Com toda a força, Corayne brandiu a espada, como um lenhador com um machado.

A lâmina cortou chama e carne. Não houve sangue quando a cabeça do cão caiu. O cadáver se reduziu a brasas e cinzas, e deixou apenas um rastro queimado.

O mundo ficou terrivelmente silencioso, exceto pela batida do coração de Corayne e o uivo do vento. As cinzas sopraram devagar, até as brasas se apagarem.

Com suor escorrendo do rosto, Corayne soltou um suspiro trêmulo.

Seu coração batia forte, ela em estado de choque e ao mesmo tempo tomada por uma onda de triunfo. Mas havia pouco tempo para celebrar, ou mesmo dar um suspiro de alívio. O silêncio cresceu de novo, mais um alerta.

Você está sozinha, Corayne an-Amarat, ela pensou, o coração transbordando de angústia. *Mais sozinha do que jamais pensou que estaria.*

Ela virou o cavalo de novo, de volta à trilha, rumo à floresta distante. Cinzas caíram da espada de Fuso. Ela a limpou na manga, pensando em Andry e como ele cuidava de suas lâminas com as mãos firmes. A memória a fez perder o ar, apenas por um momento. Com um estalo, guardou a espada na bainha de couro.

Fez o que pôde para não pensar na última coisa que a espada de Taristan havia matado.

Seu melhor não era suficiente.

O sol atravessou o céu e as horas passaram. A floresta Castelã não chegava nunca, mas tampouco os cães de Infyrna. Talvez a perda de seu irmão os mantivesse longe.

Monstros sentem medo?, Corayne se perguntou enquanto avançava.

Taristan é um monstro. E vi medo nele, pensou, lembrando do rosto dele em seus últimos momentos juntos. Quando ela tomara a espada de Fuso dele, e um dragão descera sobre a cidade. Naquele momento, ele sentira medo, os olhos vermelhos arregalados de terror, por mais que tentasse esconder. Nem Taristan, nem Ronin controlavam a criatura grandiosa, que vagava livremente, destruindo o que bem entendesse.

Onde o dragão estaria, Corayne nem imaginava. E não queria gastar energia preciosa pensando nisso. Não havia nada a ser feito quanto a um dragão solto sobre a Ala, obediente a nada nem ninguém.

Bem quando ela pensou que a égua de Valtik poderia cavalgar para sempre, seu ritmo inexorável começou a diminuir. Apenas um pouco, mal dava para notar, mas suor espumava nos flancos dela e a respiração começou a arfar. Qualquer que fosse a magia com que Valtik havia imbuído o animal estava chegando ao fim.

— Muito bem — murmurou Corayne, acariciando o pescoço cinza da égua. — Não tenho muito a lhe dar além de gratidão.

O cavalo relinchou em resposta e mudou de direção.

Corayne não teve coragem de voltar a puxar a rédea, e deixou que o cavalo saísse da estrada velha e descesse por uma ribanceira arborizada. Havia um córrego embaixo, obstruído por gelo. A água, no entanto, era limpa, e Corayne também estava com sede.

Quando a égua se abaixou para beber, Corayne desceu da sela, caindo sobre pernas moles e doloridas. Ela se crispou, cansada até os ossos e incomodada pela montaria. Tudo dentro dela queria deitar e dormir, independentemente do perigo. Corayne tentou pensar no que Sorasa faria.

Primeiro, soltou a espada de Fuso da sela do cavalo e a pendurou no ombro. Sua confiança na magia de Valtik tinha limite, e um cavalo assustado poderia causar um desastre. Depois examinou o entorno com o olhar atento, notando a inclinação da margem e os galhos emaranhados pendendo sobre o córrego. Boa proteção do céu, caso um dragão espreitasse. O chão formava um pequeno vale com o córrego no centro, cuja profundidade era pouco maior do que a altura dela, mas oferecia certa proteção também. Não era seguro dormir ali, mas poderia ter um momento de paz. Recuperar o fôlego, mesmo que só um pouco.

— Iona.

Corayne testou o nome enquanto refletia sobre as possibilidades. Sabia pouco sobre a casa de Dom, mas bastava. Era uma cidade-fortaleza, bem escondida nos vales de Calidon. E cheia de Anciões imortais. Se ao menos metade deles fosse tão temível quanto Dom, seria mesmo um lugar seguro.

Isso se abrirem os portões para mim, pensou com tristeza. *Iona nos recusou ajuda uma vez. Podem fazer isso de novo.*

Mesmo assim, era sua melhor opção.

Talvez a única.

Enquanto a égua bebia, Corayne voltou a encher os cantis no riacho, depois tentou lavar o rosto. A água gelada foi um choque, despertando-a um pouco.

De novo, ela voltou os olhos para o céu, espiando entre os galhos. O sol se inclinava, frio e dourado, entre as nuvens. Belo demais para suportar um dia tão terrível.

Viu a égua de cabeça e orelhas em pé, alerta.

Imediatamente, Corayne pegou a espada de Fuso nas costas, fechando as mãos no cabo em questão de segundos. Porém, antes que ela pudesse sacar, uma voz baixa ecoou pelo córrego.

— Não lhe desejamos o mal, Corayne do Velho Cór.

4

A LEOA

Erida

DEVEM SE AJOELHAR OU CAIR.

Siscaria e Tyriot se ajoelharam.

Assim ela se tornou a Rainha de Quatro Reinos.

Erida de Galland, Madrence, Tyriot e Siscaria. Seu domínio agora se estendia das costas do oceano Aurorano até o frio intenso do mar Vigilante. Da extensa Ascal às ilhas incrustadas dos estreitos tyreses. Florestas, fazendas, montanhas, rios, cidades antigas e portos movimentados. Todos se ajoelharam sob o comando de Erida, e seu alcance cresceu muito.

Meu império, sem fronteiras além dos contornos da própria esfera. Toda a esfera em minhas mãos.

No caminho para casa, ela teve tempo mais do que suficiente para pensar no destino, pois a jornada demorou mais do que o previsto. Partes do mar Longo eram perigosas demais para a rainha velejar, mesmo cercada por uma frota. Piratas se multiplicavam em tempos de guerra, e espreitavam as águas como lobos famintos. Erida e sua companhia foram forçadas a viajar por terra de Partepalas a Byllskos, onde ela recebeu a rendição de Tyriot. Ou, melhor, o abandono de Tyriot. O Príncipe do Mar e seus primos reais fugiram de seus palácios, em vez de se renderem à conquista. Erida riu ao ver suas mansões e docas vazias. Deixou alguns lordes para administrarem as cidades costeiras e seguiu em frente, passando pelo continente como uma onda inexorável.

Siscaria se rendeu facilmente. Erida pôs o tio, duque Reccio, no controle da capital siscariana. Seu laço de sangue o tornava mais leal do que a maioria dos nobres.

Ela havia reencontrado a armada pouco depois, e uma centena de navios, galés e cocas viraram para o norte, rumo a Ascal. Os nobres estavam ansiosos para chegar em casa, mas nenhum tanto quanto a própria Erida. Guiando o caminho estava a capitania dela, uma galé de guerra imensa convertida em barcaça de passeio, com todos os confortos de um palácio real.

Depois de dois meses de viagem, Erida a detestava.

Ela aturou um sem-número de reuniões, banquetes e juramentos, todo o seu tempo absorvido por cortesãos asquerosos em busca de favor. Tudo parecia ao mesmo tempo infinito e imediato. Alguns dias desapareciam num piscar de olhos. Alguns segundos se arrastavam a ponto de arranhar a pele. Ela se sentia assim durante os últimos quilômetros agonizantes do longo caminho de volta para casa.

Paciência, Erida disse a si mesma. *Essa tortura está quase no fim.*

Ela sabia o que esperava em Ascal. E quem.

Taristan já estava lá, regressado de Gidastern. Suas cartas tinham sido vagas, escritas na letra pontiaguda de Ronin, mas ela entendera o suficiente. Taristan também fora vitorioso.

Ela não esperava nada menos. Ele era sua versão masculina, em todos os aspectos.

Erida forçou a vista para o norte, onde as costas da baía do Espelho se estreitavam na embocadura do Leão Grandioso. Ascal se espraiava, a cidade de ilhas e pontes estendida sobre o rio. Seu coração palpitou, o corpo contraído de expectativa.

Ela estaria em casa antes do anoitecer. Até a maré subiu a seu favor, impulsionando a frota, um vento favorável enchendo suas velas.

— Compensamos o tempo — disse Lord Thornwall, segurando a amurada ao lado dela.

Sua barba ruiva finalmente ficara toda grisalha. A conquista tinha sido dura para seu maior comandante.

Lady Harrsing estava do outro lado dela, escorada no navio, curvada e encapotada em peles para se proteger do frio úmido. Erida a teria mandado descer, mas sabia que Harrsing apenas diria que não se preocupasse. Em seus muitos anos sobre a Ala, a velha tinha enfrentado coisa pior do que um inverno.

— Qual é a contagem final? — Erida perguntou ao comandante, com o olhar sério.

Thornwall soltou um suspiro pesado. Ele fez o possível para condensar dois meses de conquista.

— Mil dos homens de Lord Vermer foram perdidos para os rebeldes tyreses antes da rendição — disse. — E recebemos de Lord Holg a informação de que os príncipes tyreses ainda atacam de suas ilhas.

Erida resistiu ao impulso de revirar os olhos.

— Confio na capacidade de Holg de defender Byllskos em minha ausência. Ainda mais contra príncipes covardes que fogem ao primeiro sinal de perigo.

— Perdemos nove navios para os piratas da costa da Imperatriz. — O rosto de Thornwall ficou austero.

Erida fez pouco caso.

— Piratas se dispersam ao primeiro sinal de perigo. Eles não passam de carniceiros.

— Carniceiros, sim — concordou ele. — Mas inteligentes, organizados de alguma forma. Estão se infiltrando em portos sob bandeiras reais e bons documentos de passagem. Passando facilmente por patrulhas, para então roubar tesouros e incendiar portos. Não vejo um fim a isso, a menos que fechemos toda e qualquer passagem. — Ele respirou fundo e acrescentou: — Acredito que tenham se aliado aos príncipes tyreses.

Erida praticamente riu na cara dele.

— Nunca ouvi tamanho absurdo — disse. — Os príncipes caçam piratas por esporte. Eles têm uma longa história de carnificina.

Ao lado dela, Lady Harrsing suspirou.

— Um inimigo em comum cria aliados estranhos.

— Pouco me importo com os príncipes errantes, e ainda menos com piratas decrépitos — retrucou Erida, sentindo a paciência se esgotar.

— Vossa majestade ganhou três coroas da Ala em três meses — disse Thornwall, mudando rapidamente de assunto. Ele olhou para a testa de Erida, onde ela em breve usaria uma coroa digna de uma imperatriz. — Não é pouco o que conquistou.

Desde sua coroação, Erida reconhecia o valor of Thornwall. Era inteligente, estratégico, valente, leal e, o mais estranho de tudo, honesto. Ela via a sinceridade nele, por mais hesitante que o homem estivesse.

— Obrigada — respondeu ela, também sincera.

Ele não era seu pai, mas ela valorizava o elogio como se fosse. E, como comandante dos exércitos de Galland, Lord Thornwall entendia mais de guerra do que praticamente qualquer um. Ele franziu levemente a boca, revelando uma ruga.

— Ajoelhar ou cair — murmurou, ecoando as palavras que reverberavam pela esfera. — A ameaça funcionou em Siscaria e metade de Tyriot.

Thornwall baixou os olhos para as mãos. Estavam calejadas pelo cabo da espada, os dedos manchados de tinta por mapas e documentos.

— Larsia seguirá o exemplo, ainda esgotada pela guerra. — Ele contou nos dedos. — Talvez os reinos fronteiriços também. Trec, Uscora, Dahland, Ledor. Os deuses sabem que eles odeiam Temur mais do que a odeiam, e prefeririam ser aliados de vossa majestade a ficarem entre uma cavalaria temurana e um legião gallandesa.

Erida observou o rosto dele atentamente, como faria com qualquer cortesão. Ela viu a exaustão nele, e o conflito. *Dividido entre a lealdade a mim e a própria fraqueza*, Erida pensou, cerrando os dentes.

— Mas Ibal, Kasa, o imperador de Temurijon. — Thornwall retribuiu seu olhar penetrante. Erida manteve o rosto sereno, embora a frustração crescesse dentro de si. *Há medo nele também.*

— São guerras que esta esfera nunca viu — Thornwall disse, suas palavras como uma súplica. — Mesmo com o continente sob vossa majestade. Mesmo com Taristan a seu lado.

Ela ouviu o que ele queria dizer.

Você não vai vencer.

A descrença dele foi como um tapa na cara.

— Somos o Velho Cór renascido, Taristan e eu. — Sua voz ficou dura e inflexível como aço. — O império é nosso para reconquistar e reconstruir. É a vontade dos deuses, assim como é a minha. Ou você perdeu sua fé nos deuses, em santo Syrek, que nos guia rumo à vitória?

Seu comandante corou e gaguejou, desestabilizado pela menção de seu deus.

— É claro que tenho fé — balbuciou, se recompondo.

Lady Harrsing estalou a língua.

— É a vontade dos deuses, Lord Thornwall.

A vontade de um *deus, pelo menos*, Erida refletiu. Só de pensar no mestre de Taristan, o estômago se embrulhou, e um calor envolveu seu peito. Ela baixou todas as peles para não suar.

Ao seu lado, Thornwall fez uma grande reverência, os olhos alternando entre a rainha e a velha.

— Sei que vossa majestade tem o... — ele hesitou, buscando a palavra certa — exército *divino*.

Erida quase riu alto. Tinha muitas palavras para o exército de cadáveres de Taristan, mais ao norte. Nenhuma delas chegava perto de *divino*.

— Mas somos apenas homens — continuou ele, baixo. — Legiões de milhares, mas ainda homens. Cansados da guerra. Ansiosos para voltar para casa e desfrutar da vitória. Deixe que cantem canções à vossa majestade, sua glória, sua grandeza. Deixe que recuperem suas forças para que possam se reerguer a fim de lutar por vossa majestade de novo. E de novo. E de novo.

Isso bastou para fazer Erida hesitar. Ela torceu a boca, pensando no conselho do comandante. Como na juventude, se pegou olhando para Lady Harrsing em busca de orientação. A velha retribuiu seu olhar, a testa franzida em mil rugas de preocupação. Depois de tantos anos, seu rosto era fácil de interpretar.

Escute.

— Não é de sua natureza titubear, majestade. Sei disso. Vossa majestade não se cansa, não fraqueja, nem esmorece — continuou Thornwall, implorando. — Mas os homens não são vossa majestade.

Erida acenou de leve. Seu comandante não era um cortesão pomposo. Sua bajulação era desajeitada mas verdadeira.

— Entendo seu argumento, Lord Thornwall — disse ela, entre dentes. — Vamos discutir isso mais a fundo quando estivermos de volta à segurança da capital. Está dispensado.

Ele sabia que era melhor não discutir, e fez uma grande reverência.

— Sim, majestade.

Ela não o viu sair a passos largos, contente em contemplar Ascal no horizonte.

Bella Harrsing continuou, observando-a sob as dobras do gorro de pele, o olhar astuto.

— Suas vitórias são o maior golpe que você poderia dar contra Lord Konegin — disse. — E a quem quer que pudesse apoiar as tentativas traiçoeiras dele de usurpar seu trono.

Erida se arrepiou com a menção do primo. O nome dele era uma faca no coração. Ela fechou a cara e mostrou os dentes.

— Consigo pensar em coisa pior — rosnou.

A cabeça dele numa estaca.

Bella Harrsing deu uma risadinha gutural, o som um estertor úmido.

— Tenho certeza que consegue, minha querida. Imperatriz em Ascensão, a corte a chama — acrescentou, baixando a voz. — Ouvi os rumores até aqui.

— Eu também. — Erida se comprazia da ideia, seus olhos safira reluzindo. — Até os lordes que antes riam da minha cara. Agora beijam minha mão e imploram favores, atentos a cada comando meu.

Seu corpo vibrou de entusiasmo, espanto e orgulho glorioso, tudo ao mesmo tempo. Como sempre, Erida queria uma espada para si, uma espada para usar como todos os homens usavam. Até seus cortesãos imprestáveis que mal conseguiam segurar um garfo carregavam espadas para se sentirem perigosos. Ela não tinha nada além de suas saias e coroas.

— Rainha de Quatro Reinos — sussurrou.

Devagar, tirou uma luva, revelando o anel de esmeralda de Estado, que cintilou em seu dedo, um olho verde reluzente. Lady Harrsing encarou a joia também, como se estivesse em transe.

— Velho Cór renascido — murmurou, repetindo as palavras de Erida. — Era o sonho de seu pai. E do pai dele.

— Eu sei — respondeu Erida, sem pensar.

Essas esperanças foram imbuídas nela de nascença.

— E você chegou mais perto do que qualquer rei que veio antes.

Devagar, hesitante, ela estendeu a mão enluvada, aproximando-a do braço de Erida. Por instinto, Erida se recostou no toque familiar da velha. Por mais infantil que fosse.

— Ele estaria orgulhoso de você.

O sussurro pairou no ar, quase arrancado pelo vento. Erida o apanhou mesmo assim, guardando-o dentro do peito.

— Obrigada, Bella — murmurou, a voz trêmula.

À frente, Ascal crescia como uma nódoa. Muralhas douradas e torres de catedral se erguiam, estandartes de ouro e verde cintilando sob as nuvens vermelho-sangue. Ascal era a maior cidade da esfera, lar de meio milhão de vidas. O palácio dela ficava no coração, murado em sua própria ilha, uma cidade por si só.

Erida traçou o horizonte familiar, notando todas as torres, todas as bandeiras, todas as pontes, todos os canais e domos de templos. Em sua mente, atravessou o caminho que a aguardava, o percurso do desfile grandioso do convés do navio até o Palácio Novo. Haveria comemorações de plebeus, flores espalhadas à frente de seu cavalo, gritos de triunfo e adoração. Era uma conquistadora retornando, uma Imperatriz em Ascensão. A maior líder que seu reino já conhecera.

E seu reinado estava apenas começando.

Ela apertou a amurada com mais força, se mantendo parada. Precisava de todo o autocontrole para não pular na água e nadar de volta a seu palácio, a seu trono e, acima de tudo, a Taristan.

Devagar, se desvencilhou da mão de Harrsing. A velha a soltou, incapaz de impedir uma rainha de fazer qualquer coisa. Ela estreitou os olhos para Erida, que não explicou nada, a mente distante. Sem uma palavra, virou as costas para Lady Harrsing e para a cidade.

Deixe-me ficar, querida.

Ela estava acostumada à voz àquela altura. Quando a escutou, não se esquivou, nem se assustou. Apenas fechou os olhos por alguns segundos e se virou para o céu vermelho. Nem era meio-dia, embora parecesse ocaso em todas as direções.

Deixe-me entrar.

Como sempre, ela respondeu da mesma forma, quase provocante.

Quem é você?

O Porvir falou com a voz aveludada de costume, envolvendo a mente dela.

Você já sabe. Deixe-me ficar. Deixe-me entrar.

O toque d'Ele perdurou, até restarem apenas ecos.

5

ABANDONO O RAMO

Corayne

Corayne assumiu uma postura guerreira com a espada apontada na direção da voz. Sorasa Sarn havia lhe ensinado bem.

Muitas silhuetas cercavam a ribanceira acima dela. O sol resplandecia nas costas das pessoas, esmaecendo seus contornos, e Corayne precisava forçar a vista para vê-las com clareza naquela luz.

— Não lhe desejamos mal — disse um deles de novo, dando um passo à frente.

Ele não temia a espada na mão dela, por mais letal que fosse.

Corayne duvidava que algum Ancião temesse.

Imortais, todos eles. Ela soube no mesmo instante. Tinham a mesma aparência de Domacridhan, os olhos profundos e distantes, os semblantes sérios. O mais próximo dela se mexia com uma graça sobrenatural, seus movimentos tão fluidos quanto o córrego a seus pés.

Ele tinha a mesma pele branca como leite de Dom, porém nada mais era igual. Seu cabelo era ruivo-escuro, e os olhos, dourados, como os de um falcão. Enquanto Dom era largo e imponente, uma montanha carrancuda, esse mais lembrava um salgueiro, com membros compridos e finos. Os Anciões atrás deles tinham a mesma tez, todos os seis.

Usavam cota de malha e couro sob os mantos, em tons variados de roxo e dourado, como folhas caídas. Eram habitantes da floresta, de vestes apropriadas para camuflagem nas árvores. No entanto, se destacavam estranhamente nas colinas vazias.

— Vocês são da floresta Castelã — disse ela, a voz aguda e fria.

O imortal baixou a cabeça e apontou para trás com o braço gracioso.

— De Sirandel, Lady Corayne.

Corayne revirou a memória em busca de qualquer fragmento que soubesse sobre o enclave dele. Encontrou pouco, só que Anciões de

Sirandel morreram com o pai dela. Eles combateram Taristan uma vez e perderam.

Vão lutar de novo?

Ela ergueu o queixo.

— Como você sabe meu nome?

Os olhos de falcão do Ancião se suavizaram ao fitá-la. Sua compaixão causou um arrepio em Corayne.

— A essa altura, seu nome é conhecido em todos os enclaves da Ala — murmurou.

Corayne tratou isso com naturalidade.

— E *você*, quem é?

O Ancião baixou a cabeça de novo, depois se ajoelhou. Em outra vida, outro Ancião tinha se ajoelhado diante de Corayne. Sob a sombra de sua antiga cabana, não em um vale no fim do mundo.

Corayne mordeu o lábio para não gritar.

— Sou Castrin de Sirandel. Filho de Bryven e Liranda, nascido em Glorian.

Ela fez que não.

— Não precisa disso.

Castrin levantou em um piscar de olhos, torcendo as mãos.

— Perdão, milady.

Desta vez, memórias de Dom e seus incessantes pedidos de desculpa, seus títulos inúteis, quase jogaram Corayne no chão. Ela virou o rosto e baixou a espada, escondendo o rosto do crivo do Ancião. Seus olhos arderam e sua garganta se apertou, cada respiração ofegante e conquistada a duras penas. Ela desejava que Dom estivesse com ela, que todos estivessem. No fundo se perguntou: se procurasse muito, com toda a determinação em seu corpo, eles apareceriam?

— Milady, está ferida?

Ela precisou de todo o autocontrole para não ser ríspida com o Ancião, por mais desnorteado que ele estivesse. Lembrou de Dom muito tempo antes, quando não tinha tanto conhecimento dos hábitos mortais. Castrin conseguia ser pior.

— Não — disse ela, cortante, voltando a virar.

Devagar, devolveu a espada de Fuso à bainha.

Os outros Anciões baixaram os olhos inquietantes, espreitando-a, como lobos na beira de uma clareira. Por incrível que pareça, ela sentiu certo alívio. Estava segura na companhia deles, isto é, o máximo que se poderia estar em uma esfera se despedaçando.

— Acho que devo perguntar por que me buscaram — disse ela, se apoiando na égua. O corpo quente do animal era agradável sob seu braço. — Mas acho que sei. Seu monarca ouviu a voz da razão, agora que um Fuso queima às portas de sua floresta?

Castrin contraiu os lábios. Ele olhou para trás dela, na direção de Gidastern. *Ele vê a fumaça da cidade incendiada ou o rastro carbonizado dos cães de Infyrna soltos pela Esfera? Ele sabe o que deixei para trás?*

A julgar pelo horror no rosto dele, Corayne achava que sim.

Abanando a cabeça, Castrin voltou o olhar para ela.

— Pedimos que venha conosco, para a segurança de Sirandel, e a proteção de nosso monarca. Valnir está ansioso para conhecê-la.

Encostada no cavalo, Corayne cruzou os braços.

— Estou indo para Iona — disse ela, a boca mais rápida do que o cérebro.

O plano se formou enquanto ela falava. Parecia certo de alguma forma, quase predestinado. *Pois não há outro plano a fazer.*

— Vocês podem me proteger até seu enclave e me oferecer repouso por uma noite. Esse Valnir e eu vamos conversar, mas devo seguir caminho.

Atrás de Castrin, os guerreiros anciões trocaram olhares lentos e chocados. Castrin franziu a testa, igualmente confuso. Eles claramente não esperavam sua oposição. Esses Anciões tinham pouca experiência com mortais.

Finalmente, ele se curvou de novo.

— Muito bem, milady.

Corayne fechou a cara, o título como areia na boca.

— Meu nome basta, Castrin.

Ele aquiesceu.

— Muito bem, Corayne.

Os olhos dela arderam de novo, embora menos do que antes. Quanto mais dor ela sentia, mais entorpecida ficava. Como passar tempo demais no frio, até não haver mais frio algum.

— Ouvi falar de seus companheiros, Corayne. Vigorosos e astutos. Todos nobres heróis — acrescentou Castrin, observando seu rosto. Corayne fez o possível para manter a calma. — Onde eles estão?

A voz dela falhou, a boca se fechou. Ela não conseguia dizer, mas o Ancião não desistiu.

— Domacridhan de Iona? — insistiu Castrin. — Ele é meu amigo.

Corayne prendeu a respiração e deu meia-volta, ficando de costas para os Anciões. Praticamente pulou na sela, o sangue latejando nos ouvidos.

— Era meu amigo também — sussurrou.

Cada quilômetro atrás dela, cada dia que passava, era mais uma pedra no muro ao redor do coração de Corayne. Ela se concentrou no ritmo do cavalo. Era mais fácil contar os tropéis do que pensar nos Companheiros e no destino deles. Mesmo assim, eles a assombravam, os rostos deles rondavam seus sonhos.

A floresta Castelã era antiga e entranhada, um labirinto de raízes, arbustos e galhos. A princípio, todas as direções pareciam a mesma. Cinza de inverno, verde de pinheiro, marrom de carumas e folhas mortas no chão. Contudo, os Anciões conheciam caminhos que nenhum mortal teria como encontrar, e seus cavalos atravessaram os galhos que formavam túneis. Corayne só podia seguir, se sentindo perdida, devorada pelo labirinto de árvores. Ela até perdeu a conta dos dias, acompanhando o grupo como um fantasma aflito.

— Corayne an-Amarat — gritou Castrin, atravessando a névoa da memória.

Ela puxou a rédea até parar e virou para os cavaleiros imortais já desmontados.

Eles olharam para ela com expectativa, seus olhos amarelos como dardos de luz do sol através das árvores. Castrin se curvou e apontou o braço gracioso, o retrato de um cavalheiro cortês.

— Chegamos.

Ela franziu a testa, confusa. A floresta ao redor deles não parecia diferente, cheia de rochas, raízes e córregos congelados. Pinheiros se avultavam sobre carvalhos desfolhados. Os choupos tremeluziam, alguns ainda apegados às folhas douradas. Os pássaros cantavam mais alto ali, e o som da água sobre pedra era mais musical, mas pouco além disso mudara.

— Eu não... — começou ela, os olhos vacilando.

Até que sua visão se ajustou, e surgiu Sirandel.

As duas árvores atrás de Castrin não eram madeira, mas pedra lavrada, o preto esculpido por mãos magistrais. Tinham até raízes, saindo da terra. As poucas folhas remanescentes nos galhos não eram folhas, na verdade, mas vidro colorido, intricado e impossível. Vermelho, dourado e roxo, projetavam sombras cintilantes sobre o chão da floresta. As árvores se arqueavam juntas, formando um tipo simples de passagem.

Ou portão.

— Vamos guiar os cavalos a pé a partir daqui — explicou Castrin, pegando as rédeas da montaria. — Até você saberá o caminho.

Corayne se irritou um pouco, mas ele estava certo. Nem em mil anos ela teria encontrado o caminho para Sirandel sozinha.

Ela desceu da sela e suas botas encontraram rocha em vez de terra. Havia pedra sob a vegetação rasteira, camuflada como o resto, que atravessava o portão numa estrada secreta. Raposas esculpidas vigiavam dentre as raízes das árvores, uma de cada lado, como um par de guardiões. Corayne sentiu seus olhos cegos. Ela desconfiava que havia guardas de verdade nas árvores, Anciões de Sirandel escondidos, que vigiavam o portão.

— Um enclave é como uma cidade? — perguntou ela, forçando a vista através da floresta.

Ela não enxergava nenhum guarda, mas as árvores de pedra iam ficando mais numerosas a cada passo. As folhas de vidro reluziam como os olhos de Castrin.

Ele deu de ombros. Seu cavalo o seguia sem ser guiado, de tão acostumado que estava com o tutor e a estrada de Sirandel.

— Depende. Alguns enclaves são pouco mais do que entrepostos, já outros, vilas ou castelos. Ghishan é uma imponente fortaleza no penhasco, uma joia na Coroa de Neve. Tirakrion, uma ilha. Iona, sim, é uma cidade propriamente dita, o mais antigo de nossos enclaves. É por onde a maioria de nosso povo entrou nesta esfera, vindos de um Fuso há muito deslocado.

— Deslocado?

— Os Fusos não apenas se abrem e fecham, milady. Eles se movem. Ao longo de séculos, claro. Levará longos anos até o Fuso ardente de Gidastern aparecer em outro lugar.

Corayne arregalou os olhos. Ela imaginou a agulha dourada que era o Fuso, cuspindo fogo enquanto atravessava a Ala.

— Não sabia — disse, mordendo o lábio. — Foi pelo Fuso ioniano que você chegou aqui, tendo nascido em Glorian?

Uma sombra perpassou o rosto de Castrin enquanto eles andavam. Desta vez, era Corayne quem fazia as perguntas dolorosas, e o imortal que as tentava evitar.

— Fiz a travessia quando criança, muitas centenas de anos atrás — disse ele, rígido. — Fomos exilados de um reino de que não me lembro. Primeiro pela Encruzilhada e, depois, sim, para a terra que se tornou Iona.

Exilados. Corayne guardou as palavras de Castrin como joias para serem avaliadas mais tarde.

— A Encruzilhada? — murmurou, um retrato da curiosidade inocente.

— A porta para todas as portas, dizíamos antigamente. — Os olhos de Castrin ficaram distantes, e Corayne desejou enxergar dentro da memória dele. — Uma esfera atrás de todas as esferas. Com um Fuso para cada terra existente. Seus portões estão sempre em movimento, sempre mudando de lugar.

Essa última parte apertou a garganta de Corayne.

— Mas a Encruzilhada está perdida, como Glorian.

— Está — respondeu Castrin, seco. — Por ora.

Ela não deixou de notar que o olhar amarelo dele se demorou, primeiro no rosto dela. Depois na espada de Fuso. Um calafrio percorreu Corayne, mas ela o escondeu bem. Usava seu antigo eu como disfarce, deixando que sua natureza deslumbrada e curiosa se erguesse como um escudo.

Havia um Fuso em Iona no passado, uma porta para todas as portas. Uma maneira de os Anciões voltarem para casa. Mas não mais.

Um assobio cortou seus pensamentos, e ela voltou o olhar para Castrin. Ele assobiou de novo, um som baixo e inquietante. Com um sobressalto, Corayne percebeu que ele imitava uma coruja perfeitamente. Outro assobio respondeu, piando dentre as árvores.

Em um piscar de olhos, os imortais ao redor dela se duplicaram, mais guardas aparecendo dentre as árvores. Usavam roupas de couro roxo suaves, gravadas com o selo da raposa. Metade era ruiva e de olhos amarelos como Castrin. Os outros eram de cores tão variadas quanto qualquer aglomeração numa cidade portuária. Peles bronzeadas ou pálidas como a lua, cabelos pretos ou loiros, até um cinza-prateado.

Castrin ergueu a mão para os guardas, a palma aberta em sinal de amizade.

— Trago Corayne an-Amarat a Sirandel, sob o comando do monarca.

Um dos guardas estreitou os olhos e farejou o ar.

— Traz também os cães de Infyrna, Castrin.

O coração de Corayne se apertou.

— Eles ainda estão nos seguindo? — sussurrou ela, olhando para o caminho por onde vieram.

Ela quase achou que veria corpos flamejantes atravessando as árvores. Castrin bufou algo semelhante a uma risada.

— Ainda estão seguindo *você* — disse ele. — Mas vamos dar um jeito neles. A floresta os deixou mais lentos, como imaginei, e você está protegida dentro de Sirandel. Mesmo de criaturas da esfera flamejante.

Corayne engoliu um pouco do medo.

— E a floresta Castelã?

O imortal continuou olhando.

— Não entendi.

— Sua floresta. Suas terras. — Corayne acenou para os bosques ao redor deles, antigos e se estendendo por quilômetros em todas as direções. — Os cães vão deixar um rastro de destruição enquanto me caçam?

Castrin trocou olhares confusos com seus imortais, todos inexpressivos.

— Isso não nos diz respeito — disse ele, por fim.

Com a mão, fez sinal para ela continuar pela trilha.

Corayne ergueu a cabeça, tão confusa quanto Castrin, embora por motivos muito diferentes.

— Essa esfera não é nossa, Corayne. Não cabe a nós cuidar dela — explicou o Ancião, que voltou a andar, forçando-a a seguir. — Nem a você, filha do Velho Cór.

Um gosto amargo encheu a boca de Corayne. Seu terror não desapareceu, apenas mudou. Ela voltou a observar os imortais a seu redor, distantes e descolados de Todala, como as próprias estrelas. Ancorados no céu solitário, condenados a assistir e nunca interferir. *Mas esses imortais não estão condenados. Escolheram ficar de fora.* Ela mordeu o lábio para não dizer nenhuma grosseria cheia de ódio. Triste, pensou em Dom de novo. Antes, ela o achava tolo e idealista. Agora, sentia falta de sua idiotice nobre.

Pelo menos, ele se importava com o resto do mundo.

Ela ficou em silêncio, observando Castrin e os outros com cautela, passo por passo.

O caminho se transformou em uma estrada propriamente dita, e as árvores de pedra ao seu redor ficaram mais altas. Tão perfeitos eram seu posicionamento e seu primor que Corayne mal notou que tinha entrado em uma estrutura, as arcadas sobre ela formadas por vegetação viva e pedra esculpida, entrelaçadas por mãos imortais. As folhas de vidro se tornaram janelas e claraboias, filtrando o sol em lascas de cor. Pássaros voavam entre os galhos, e Corayne avistou o fulgor vermelho de uma raposa viva entre as raízes, correndo por entre suas primas de pedra.

— Sirandel — ela murmurou.

Cidade ou palácio, ela não sabia. Outros Anciões passavam por entre as colunas, e Corayne desconfiava que aquele fosse um salão nobre. Eles entravam e saíam de seu campo de visão como a raposa, ao mesmo tempo rápida e lentamente demais, se camuflando no enclave sem dificuldade. Suas roupas — aço, couro ou seda — eram modeladas em roxo e ouro, todas à semelhança de folhas caídas.

Arcos se afunilavam através das árvores, assim como escadas em espiral. Algumas subiam até a copa alta, para torres de vigia sobre os galhos. Outras desciam nas raízes, em câmaras secretas. Não havia muros para proteger o enclave, apenas a floresta Castelã em si. Sirandel mais parecia uma catedral do que uma fortaleza, sozinha na mata.

— Sua casa é linda — disse Corayne.

Castrin respondeu com um sorriso verdadeiro.

Depois de um tempo, eles chegaram a um terraço, suspenso sobre as raízes, largo e plano o bastante para servir de salão de banquete. *Ou uma sala do trono*, Corayne compreendeu, perdendo o fôlego.

Na ponta, as árvores de pedra se entrelaçavam, formando uma parede curva, com mais vidro colorido entre os galhos. Raízes curvadas se juntavam num grande assento. No alto, as árvores vivas davam lugar apenas a pedra. Eles tinham entrado em um lugar completamente fechado, sem que Corayne sequer se desse conta. E estavam cercados, com guardas de armaduras roxas por todo o perímetro. Eram seres temíveis, mas não tanto quanto o Ancião sentado no trono de Sirandel.

— Majestade — disse ela, e sua voz ecoou pelo grandioso salão alto. Sem hesitar, Corayne se ajoelhou diante do monarca de Sirandel.

Lord Valnir a observou de seu assento, contorcendo os lábios. Mexeu apenas os olhos amarelos, acompanhando o movimento de Corayne.

Como Castrin, ele era alto e esguio feito um salgueiro, de pele pálida como porcelana e cabelo em matizes ruivas e prateadas. Tinha o porte de um rei, mas não usava coroa, apenas anéis de pedras preciosas em todos os dedos. Um manto roxo pendia de seu ombro, preso por ouro e ametista. Ele piscou os olhos amarelos de cílios escuros, olhando para ela de cima a baixo. A luz turva da floresta, filtrada pelo vitral, se projetava estranhamente sobre ele, que parecia um predador, astuto como a raposa símbolo de seu enclave.

Devagar, ele se inclinou para a frente sob a luz mais forte. Corayne não deixou de notar a cicatriz ao redor do pescoço, quase invisível acima da gola do manto. Branco e rosa se destacavam na pele branca, contornando a garganta como uma corrente.

Ele não carregava nenhuma arma que ela conseguisse ver, apenas um ramo de álamo no colo, o casco prateado e as folhas douradas, tremendo sob um vento fantasma.

— Levante, Corayne an-Amarat — disse ele. Sua voz era baixa, rouca até. Ela se perguntou se a cicatriz tinha algo a ver com isso. — Seja bem-vinda aqui.

Ela obedeceu ao comando, se esforçando para não tremer. Mesmo depois de Erida e Taristan, era difícil não se sentir intimidada por um governante ancião.

— Obrigada pela recepção — Corayne se forçou a dizer. Ela queria tanto que Andry estivesse ali. Ele saberia agir no salão de um grande lorde. — Infelizmente, não posso ficar muito.

Valnir franziu a testa, confuso.

— Imagino que vocês, mortais, estejam sempre com o tempo contado.

Por um momento, Corayne não disse nada. Depois levou a mão à boca, contendo uma risada.

Em seu trono, Valnir olhou de relance para Castrin, perplexo.

Corayne apenas riu mais. Era o único escape que ela tinha, uma breve trégua da desgraça que aguardava todos.

— Peço desculpas, majestade — disse, tentando se acalmar. — Não é comum escutar piadas sobre minha inevitável morte.

Valnir franziu a testa.

— Não foi minha intenção.

— Eu sei — respondeu ela. Seu tom ficou sério. — Domacridhan de Iona era igual, por um tempo.

Silêncio caiu sobre a sala, pesado como uma nuvem.

No trono, Valnir abanou a cabeça. O pouco de cor que restava em seu rosto já pálido se esvaiu.

— Então ele morreu.

— Não posso dizer com certeza. — Corayne sufocou a esperança que ainda resistia no coração. — Mas só a morte ou correntes o separariam de mim.

Um rosnado baixo escapou dos lábios do monarca. Seus dentes reluziram, e Corayne quase esperou encontrar presas.

— Como Rowanna, como Marigon, como Arberin — silvou ele, cerrando o punho. Fúria se agitou sob a máscara de frieza imortal. — Sangue vederano derramado por esta esfera maldita. Mortos a troco de nada.

— A morte dele não será em vão enquanto eu viver, majestade. — Corayne voltou o corpo para o trono e levou a mão à bainha em suas costas. — E enquanto eu carregar a última espada de Fuso sobre a Ala.

Por todo o salão, os guardas de Valnir colocaram as flechas nos arcos, num movimento rápido que os olhos mortais de Corayne não conseguiram acompanhar. Eles observaram, prontos para atacar, enquanto ela sacava a espada de Fuso, deixando a lâmina refletir as muitas luzes do salão.

Valnir olhou com fúria para a espada, a sobrancelha ruiva franzida numa linha inclemente. Com um gesto de desdém, ele acenou para os guardas baixarem as armas.

Corayne apoiou a espada nos ladrilhos, as pedras preciosas incandescendo como carvões na lareira.

— Vejo que vossa majestade conhece essa espada. E sabe o que ela representa.

Por mais velozes que fossem os Anciões, eram mais aterrorizantes quando decidiam se mover devagar. Foi o que Valnir fez ao levantar do trono. Segurava o ramo de álamo, as folhas douradas tremendo a cada passo. Olhou com escárnio para a espada de Fuso enquanto avançava a passos largos das pernas compridas. Outro silvo escapou de sua boca.

Corayne resistiu ao impulso de fugir, todos os instintos alertando que ela não passava de uma presa diante do rei imortal.

— Conheço essa espada melhor do que você pode imaginar — disse ele, de olhos arregalados e fulminantes. Não para Corayne, mas para a espada de Fuso. — A princesa de Iona veio a nós alguns meses atrás, contando histórias fantásticas. Trouxe a notícia da morte de meus compatriotas, e da esfera à beira da ruína. Pediu por guerreiros, que meu enclave inteiro entrasse na batalha.

Corayne fechou a cara.

— E vossa majestade deu as costas para ela.

— Melhor dar as costas para uma do que para muitos — retrucou ele.

Mais uma vez, ela quis fugir, mas se manteve firme.

— Ela está morta também, sabe — disse Corayne, baixo. Valnir se encolheu, como se golpeado. O rosto dele ficou tenso de angústia. — A princesa Ridha queimou com o resto em Gidastern.

O monarca se voltou para seus compatriotas, avançando tão rapidamente que mal se viam suas pernas. Apontou o galho dourado como uma lança.

— É verdade?

Sem hesitar, Castrin se ajoelhou e baixou a cabeça com pesar.

— Não chegamos à cidade. Nossas ordens eram buscar Corayne e voltar. — Ele olhou de esguelha para a jovem, abatido. — Mas Gidastern queima no horizonte, e cães de Infyrna vagam pela Ala.

Corayne deixou que Valnir absorvesse as palavras. Ele encarou a espada de novo, sua dor tremeluzindo com uma raiva imensa.

— Mais um Fuso aberto, milorde — disse ela.

Valnir não tirou os olhos da espada.

— O último, porém, se você fala a verdade — ele murmurou. — Se essa for a última espada do Fuso na esfera, e você, sua portadora, não temos mais nada a temer de Taristan do Velho Cór.

— Queria com todo o coração que isso fosse verdade. — Corayne suspirou e deu um passo na direção do monarca, por mais perigoso que parecesse. — Mas meu tio não age sozinho. Ele é servo do Porvir, que busca quebrar esta esfera e tomar os pedaços para Si.

Valnir fez um aceno de desdém.

— Pelos Fusos, sim. Ridha disse isso, e Isibel antes dela, quando todo esse absurdo começou. Mas Taristan não tem como abrir mais Fuso nenhum sem a espada na mão. Se mantivermos a espada longe do seu tio, a esfera estará segura.

Algo reluziu nos olhos dele.

— Melhor ainda, nós a destruímos — grunhiu ele. — E garantimos que nenhum conquistador com sangue de Cór possa ameaçar as esferas de novo.

Corayne avançou, parando entre o Ancião e a espada do Fuso. Ergueu a mão como se, sozinha, pudesse deter Valnir caso ele decidisse agir.

Felizmente, o imortal parou e estreitou os olhos, confuso e enraivecido.

— Deseja ficar com ela? Para *quê*? Para si?

Corayne praticamente bufou de frustração.

— O estrago de Taristan já está feito. Fechei dois Fusos, mas ainda há dois abertos. Um em Gidastern, além do alcance de todos. E um... não sei onde. Se soubesse, já estaria lá. Mas os Fusos abertos vão corroer o mundo, como rachaduras se abrindo no vidro. Até tudo se estilhaçar. E o Porvir...

— Não estar mais por vir. — Valnir se virou, o manto comprido arrastando no chão. Folhas circundaram seu rastro enquanto ele vagueava de volta ao trono. Com um suspiro, desabou no assento, o ramo de novo no colo. — Até o Rei Destroçado de Asunder conquistar esta esfera como tantas outras.

Corayne tensionou o maxilar.

— Tantas *outras*? — ecoou, de testa franzida.

Valnir lançou um olhar firme para ela.

— Acha que esta é a primeira esfera que o Porvir busca conquistar e consumir?

Um rubor quente banhou o rosto e o pescoço de Corayne.

— Não. Vi as Terracinzas com meus próprios olhos — ela se forçou a dizer, tentando soar tão severa quanto Valnir.

Em sua cabeça, viu a esfera destroçada do outro lado do Fuso do templo, uma terra de poeira e calor e morte. Nada crescia. Nada sobrevivia. Havia apenas cadáveres rastejando uns sobre os outros, e um sol fraco sob o céu banhado de sangue. *Quantas esferas sofreram o mesmo destino? Quantas outras vão cair depois de nós?*

O olhar de Valnir mudou, ao menos um pouco, ficando mais reflexivo. E, talvez, um pouco impressionado. Ergueu a mão de dedos compridos e massageou a cicatriz, traçando a linha antiga de pele irregular. Com um sobressalto, Corayne entendeu o que causara a cicatriz.

Não uma lâmina.

Uma forca.

Ela ficou zonza. *Quem, em todas as esferas, tentaria enforcar um rei ancião?*

— Me conte sobre sua jornada, Corayne an-Amarat — disse Valnir por fim, de olhos ainda distantes. — Nos conte tudo.

Exaustão pairava sobre Corayne, ameaçando esmagá-la, mas ela não podia vacilar. A princesa Ridha não conseguira convencer Valnir e seu povo. Corayne sabia que não tinha mais o luxo do fracasso.

Ela falou o mais rápido possível, como se pudesse fugir da própria tristeza. Àquela altura, já conhecia bem a história.

— Minha mãe é Meliz an-Amarat, capitã da *Filha da Tempestade*, conhecida como Mel Infernal nas águas do mar Longo.

Os Anciões a olharam, inexpressivos. A reputação temível de sua mãe tinha pouco peso para os imortais da floresta.

— E meu pai era Cortael do Velho Cór, um príncipe de nascença, herdeiro do império há muito morto.

Ela estremeceu ao ver o reconhecimento que perpassou Valnir e seus guardas, e até Castrin.

Corayne mordeu o lábio.

— Sei que membros deste enclave, do seu próprio povo, morreram com meu pai, quando o primeiro Fuso foi aberto.

Anciões não estavam habituados à perda e a expressavam mal. Valnir fechou a cara com a menção dos mortos.

— Vossa majestade sabe que Domacridhan sobreviveu e partiu à minha procura, assim como a princesa Ridha partiu à caça de aliados entre os enclaves.

O monarca estava ainda menos acostumado com a vergonha. O sentimento azedou seu rosto, e Corayne quase achou que ele bufaria como uma criança.

Ela continuou:

— Não acreditei nele na época, quando me disse quem era meu pai. Sangue do Cór. Nascido no Fuso. Um filho da travessia, como todos vocês. Tampouco acreditei que isso me tornava sangue do Cór também, herdeira do antigo império. E mais uma portadora da espada do Fuso. Pensei que… — Sua voz vacilou, assolada pela memória. — Vi isso como uma chance de sair da jaula da minha mãe. Ver o mundo.

Valnir ergueu a sobrancelha escarlate.

— E?

Ela conteve um riso de deboche.

— Vi o mundo até demais desde então.

E mundos além deste também.

Corayne continuou, fazendo o possível para não perder o embalo. Quando terminou, sua boca estava seca, e seu coração, acelerado no peito, revivendo toda a dor da jornada.

Compaixão brilhou nos olhos de Valnir, sua testa franzida de preocupação.

— Você realizou muitos feitos grandiosos, Corayne an-Amarat. Demais, diriam até. — Ele passou a mão no rosto antes de tocar a cicatriz de novo. — Vamos fazer orações por Domacridhan e Ridha hoje, e o resto de seus mortos. Os homens de Trec? Seus Companheiros?

— Os jydeses também — respondeu ela, rouca. Sua voz começava a falhar. — E os Anciões de Kovalinn.

Valnir não se levantou, mas seu corpo se retraiu no trono. Seu rosto ficou tenso e as mãos apertaram o ramo de árvore no colo, os dedos envolvendo o álamo frágil.

— *Kovalinn?* — chiou.

— Eles nos encontraram na costa diante de Gidastern, velejando ao nosso auxílio — explicou ela. — Bem a tempo.

Bem a tempo de serem massacrados com o resto de nós.

— E quem os liderava? — questionou Valnir, erguendo a voz a ponto de sacudir as pedras. — Certamente não Dyrian. Ele não passa de uma criança.

Corayne abanou a cabeça.

— A mãe do monarca liderou o povo. Eles a chamavam de Eyda.

Valnir se levantou num rompante, os olhos amarelos se enchendo de lágrimas quentes e raivosas. Ainda apertavam o galho, estendendo-o como um escudo.

Luz do sol brilhava sob seu cabelo vermelho e grisalho, as mechas como sangue. Corayne percebeu que vira um cabelo como aquele antes, nas costas do mar Vigilante: Lady Eyda. Os olhos eram diferentes, mas a monarca tinha o mesmo cabelo ruivo e a mesma pele pálida como leite. *Ela é igualzinha a ele, na verdade*, Corayne se deu conta, as peças do quebra-cabeça se encaixando.

— Eyda de Kovalinn. Eyda dos Exilados, desterrados de Glorian como o resto de nós. — O monarca ofegou, seu peito subindo e descendo sob o brocado. Quase rosnou de novo. — Ela sobreviveu?

— Não sei, majestade...

Ela se calou quando o galho foi partido ao meio, o som como um estrondo de trovão. As folhas douradas se espalharam sobre o chão de pedra e um vento forte soprou pelo enclave, agitando o mundo.

Corayne se crispou quando Castrin deu um salto à frente, de mãos estendidas.

— Milorde... — gritou, mas Valnir o interrompeu com um gesto cortante.

— Abandono o ramo — disse o monarca de Sirandel, a força de sua voz sacudindo o ar.

Corayne sentiu uma magia fervilhante ondular pelas palavras, como o bater de asas de uma ave. Reverberou pelo salão e os Anciões se ajoelharam, como se atingidos pelo poder do lorde.

Valnir estendeu a mão vazia, os dedos compridos curvados.

— Tomo o arco — disse ele.

Soava como o fim de um feitiço ou de uma oração.

Das sombras, outra guarda surgiu, de armadura e cota de malha como o resto. Carregava um grande arco de teixo na mão, a curva da madeira perfeita e lisa. Corayne esperava ver mais pedras preciosas e entalhes artísticos, mas a madeira preta não tinha ornamentos. Apenas a corda do arco reluzia, lubrificada a uma perfeição mortal.

Sem uma palavra, a guarda anciã se ajoelhou ao lado de Valnir, estendendo o arco para ele.

O monarca, trêmulo, encarou a arma por um longo momento. A garganta de Corayne se apertou, seu coração batendo tão forte que ela sabia que os imortais ouviriam tudo.

— Queria que a estrada a sua frente fosse mais fácil. Lamento o caminho que deva percorrer — disse Valnir, encontrando os olhos dela. Ele fechou os dedos compridos na empunhadura do arco e o ergueu. — Mas vou percorrê-lo com você. Até a morte ou a vitória.

6

UM LOBO À PORTA

Erida

ERIDA SABIA COMO O AMOR DO POVO era importante para sua sobrevivência. Assim como o respeito dos nobres. Era difícil manter esse equilíbrio, entre amor e medo. Ela jogara o mesmo jogo na primeira coroação. Na época, mal tinha completado os catorze anos, ainda uma criança, ascendendo ao trono do maior reino da esfera. Usava seda verde e joias douradas, uma bandeira só dela. Era tudo que poderia fazer, na esperança de parecer mais velha, destemida, digna de reinar como a primeira rainha de Galland.

Agora parecia uma deusa, digna do trono de imperatriz.

A seda verde ficou para trás, substituída por um vestido e uma armadura dourados, um bom equilíbrio entre rainha e conquistadora. O peitoral couraçado mais parecia joia, com metal moldado a seu tronco, incrustado de pedras incandescentes que reluziam toda vez que ela respirava. Um cinturão de pedras preciosas cercava sua cintura, um arco-íris de cores para representar os reinos agora sob seu comando. Esmeraldas para Galland, rubis para Madrence, granadas roxo-escuras para Siscaria e as águas-marinhas verde-água de Tyriot. A capa era de fio de ouro com barras de veludo, o tecido flamejante como o próprio sol.

No dedo, a esmeralda de Galland ardia sob a luz vermelha do sol. Mais brilhante do que tudo.

Erida respirou fundo, se acalmando enquanto o navio seguia em frente, e os clamores da cidade ao redor deles cresciam. Eram como o som de uma cachoeira distante, um burburinho estrondoso, constante e ininterrupto. Ela ergueu a cabeça e fechou os olhos, deixando que o som a banhasse.

Devoção, reverência, adoração.

É assim que os deuses se sentem?, ela se perguntou.

Ela abriu os olhos e o mundo se turvou, uma profusão de cores e sons. Nem pensou nos outros cortesãos que se amontoavam atrás dela, grandes lordes e comandantes militares entre eles. Erida só conseguia se concentrar nos passos à frente, com cuidado para nunca vacilar, não ir rápido nem devagar demais. Mal notava o fedor de Ascal.

Sua galé era grande demais para o porto do Viandante e atracou na enseada da Frota, junto com outros navios da marinha gallandesa. As docas circulares eram profundas e largas o suficiente para atracar vinte grandes navios de guerra como cavalos no estábulo. Marinheiros observavam de todos os conveses, se esticando para enxergar sua formidável rainha.

Erida desceu do convés com cuidado, os servos segurando as barras de suas saias e da capa comprida. Ela manteve a cabeça erguida e os olhos voltados para a frente, o rosto em uma máscara perfeita.

Muito havia se discutido sobre como ela atravessaria a cidade. Uma carruagem seria o mais seguro, mas a esconderia do público. Uma liteira seria lenta demais. Um único cavalo poderia se assustar em meio à multidão, jogando a rainha nos paralelepípedos.

Portanto, uma biga aguardava. Dourada como seu vestido, um escudo no formato de um leão rugindo na frente do carro. Um cavaleiro da Guarda do Leão aguardava pacientemente, segurando as rédeas de seis corcéis brancos arreados ao jugo.

Ela subiu ao lado dele, deixando que os criados ajeitassem suas saias enquanto erguia a mão para o povo que enchia as ruas, vielas, janelas e margens do canal. O resto da Guarda do Leão entrou em formação ao redor da biga, montados nos próprios cavalos. Então estalaram as rédeas, e a biga andou. Erida perdeu o equilíbrio, por apenas um segundo.

Se sentiu uma noiva de novo, a caminho de se casar com seu destino.

Eles pegaram a via Divina, a avenida mais larga da cidade, pavimentada com calcário liso. Soldados da guarnição da cidade cercavam a rua, contendo plebeus e nobres. O inverno estava muito avançado para que todos tivessem flores para jogar, mas os ricos atiraram rosas em seu caminho, fazendo pétalas voarem como jorros de sangue fresco. O séquito de Erida atirou moedas em resposta, atiçando o frenesi da multidão, que entoou o nome de Erida até a cabeça dela girar.

A Leoa, alguém a chamou. *Imperatriz*, gritaram outros. Erida se sentiu inebriada pelo amor deles, inebriada pelo próprio poder.

Estátuas de antepassados observavam seu desfile, contemplando de praças e pedestais diversos. Ela conhecia todos por nome, o próprio pai entre eles.

A estátua de Konrad III era de uma semelhança perfeita, esculpida em mármore branco. A própria Erida a havia encomendado após a morte dele, convocando os escultores mais talentosos de toda a esfera. Parecia o mínimo que ela poderia fazer quando ele jazia frio e morto.

Ao passar de biga, Erida só podia contemplar, traçando o rosto imóvel e os olhos cegos do pai. Mesmo vitoriosa, fazia o coração dela doer.

Sou o que você desejava, Erida queria dizer a ele. *Uma conquistadora.*

Olhos vazios de mármore a encaravam em resposta, a boca sisuda fechada para sempre.

Por mais que ela ansiasse, por mais fervorosamente que buscasse, seu pai estava além de seu alcance. A morte separava todas as coisas, de imperatriz a insetos. Mesmo assim, ela desejava e buscava, torcendo para sentir algum sinal do amor e do orgulho dele.

Havia apenas vazio.

Eles seguiram pela ponte de Fé antes de dar a volta na torre da magnífica catedral Konrada. Construída pelo bisavô de Erida, a Konrada reverenciava todos os vinte deuses da Ala.

Em seu coração, Erida conhecia a falsidade desses deuses.

E a verdade de um, o rosto dele esculpido em sombras em vez de pedra.

Deixe-me entrar.

Os sussurros ainda ecoavam, sempre no fundo da mente. Sempre à espera.

Deixe-me entrar e farei de você a rainha mais grandiosa que esta esfera há de conhecer.

Eles seguiram em frente, deixando a Konrada para trás. Erida voltaria para sua tripla coroação, mas, no momento, seus pensamentos se limitavam ao Palácio Novo, que se agigantava à frente deles, uma fera de pedra. O palácio era sua própria ilha, no meio de Ascal, uma cidade por si só.

Seu coração se apertou enquanto eles passavam sobre a ponte de Valor, com o canal Grandioso correndo por baixo. Ela o havia atravessado mil vezes na vida, mas nunca assim. Cem soldados da guarnição do palácio cercavam a ponte, as espadas erguidas formando um túnel de aço.

Celebrações ecoavam ao longo dos canais, de todos os cantos da cidade. O mundo inteiro parecia estar gritando por ela.

Erida tentou se deleitar sem se deslumbrar. Olhou para a frente, para os portões do palácio, uma boca de presas de ferro. As mãos dela apertavam a barra, tanto para se equilibrar como para esconder os dedos trêmulos.

Eles atravessaram os portões em um piscar de olhos, a muralha grossa do palácio passando por cima dela. Os cavalos diminuíram a velocidade ao entrarem no grande pátio, levantando poeira e cascalho. As muralhas reluziam, limpadas à perfeição. Lord Cuthberg, seu senescal, tinha preparado bem o palácio para o retorno dela.

O sol vermelho tingia a esfera, e tudo assumia um tom rosado. Era como olhar através de um vitral.

Vagamente, Erida se perguntou se era um sonho.

Seus pés doloridos diziam que não.

O cavaleiro freou suavemente enquanto o resto da Guarda do Leão se enfileirava. Entraram em formação atrás da biga, permitindo que Erida descesse entre eles. Em sua armadura dourada, ela era praticamente um soldado.

Algo vibrou em seus ouvidos, um zumbido que abafava todo o resto. Seu olhar pousou nos degraus do palácio e nas grandes portas de carvalho. Sede do trono, do salão nobre e de sua residência real.

Ela quase enxergou através do senescal e dos outros cortesãos reunidos, seus rostos se turvando. Todos fizeram reverências, como flores no campo se curvando para o sol.

Apenas dois olhos se mantiveram fixos no rosto dela. O corpo dele não se moveu, sua cabeça baixando apenas alguns centímetros. Era o bastante.

Taristan era uma visão em vermelho-sangue, assim como ela era uma visão em ouro.

Erida se compadeceu de qualquer que fosse o servo que havia forçado seu marido a vestir uma túnica de veludo, uma corrente de rubi e botas pretas polidas. Ele não usava manto, apesar do frio do inverno. Isso o fazia se destacar dos outros pavões encapotados em peles lustrosas. Até Ronin, que por incrível que parecesse se curvava, se escondia num manto vermelho-escuro.

O príncipe do Velho Cór estava exatamente como três meses antes, quando cavalgara para o norte rumo a Gidastern com o feiticeiro ranhoso e um exército de cadáveres.

Erida mal tivera notícias desde então. Cartas curtíssimas, escritas meio em código, aludindo a mais um Fuso aberto, mais uma dádiva alcançada. Mais uma vitória. Pouco além disso.

Ela manteve a máscara erguida, mas contorceu as mãos, escondidas pelas pregas da capa comprida. Tentou pensar na coroa, no trono, no Porvir e no sussurro em um canto de sua mente. Em qualquer coisa que não no marido.

Isso significa que você é minha?, Taristan perguntara três meses antes, quando estavam a sós em seus aposentos. Ela não respondera na hora, e, conforme se dava conta, nem depois.

Ele a encarou, sem piscar, enquanto o resto do mundo baixava os olhos.

Olhando mais de perto, havia algo estranho no rosto dele. Um risco vermelho, a pele rasgada. Uma ferida mal cicatrizada, por mais impossível que isso fosse para alguém como Taristan, invencível, mais forte do que qualquer pessoa que andava pela Ala.

Um fio se esticou entre os dois, e Erida mal suportava a tensão. Queria mais que tudo ir até lá. Queria saber o que havia acontecido em Gidastern, queria envolvê-lo em seus braços. Precisou de todas as forças para esperar.

— Viva Erida, a Leoa, rainha de Galland, rainha de Madrence, rainha de Tyriot e rainha de Siscaria — gritou o senescal, a voz ecoando pelas muralhas do pátio.

Erida mal ouviu.

Pelos longos metros que os separavam, Taristan sustentou seu olhar. Os olhos dele reluziam com o resplendor vermelho habitual. Pelo Porvir ou do céu sangrento, Erida não sabia dizer.

— A glória do Velho Cór renascido — Thornwall exclamou, ajoelhado na fileira.

Ele levantou.

Ao lado, Lady Harrsing respondeu ao grito:

— Imperatriz em Ascensão.

— Imperatriz em Ascensão — ecoou a multidão.

Taristan mexeu a boca junto com eles, a voz abafada em meio às outras.

Quando o silêncio voltou a cair, interrompido apenas pelos burburinhos da cidade, Erida deu um levíssimo aceno para a corte.

— É bom estar em casa — disse, devagar, sua voz majestosa e cuidadosa.

Lord Cuthberg correu até ela, como um inseto cravejado de joias. Tagarelou incessantemente, as palavras banhando Erida em uma onda entorpecente.

— ... o embaixador temurano chegou ontem com sua comitiva. Eu os coloquei na torre da Dama por enquanto. O embaixador Salbhai solicita uma audiência...

O maxilar de Erida se cerrou, os dentes rangendo. *Prefiro incendiar a torre com todos os temuranos dentro*, pensou. Em vez disso, forçou um sorriso dolorido.

— Muito bem, cuide disso — retrucou.

Só então Taristan se moveu, indo até ela com passadas largas, as botas engraxadas esmagando o cascalho.

Erida sentiu como se o ar tivesse sido sugado do pátio. Ficou parada, de queixo erguido, sem se abalar diante dos olhos de toda a corte. Em pensamento, xingou seu coração trovejante. Taristan era um príncipe do Velho Cór, abençoado pelo Porvir, o mortal mais perigoso a andar sobre a terra. Eram muitos os motivos para temê-lo.

Erida temia apenas sua indiferença, a distância e mais um segundo fora dos braços dele.

Lembrava bem até demais das cicatrizes brancas no peito dele, do vazio preto de seus olhos quando o brilho vermelho passava. Do coração dele batendo sob a palma de sua mão.

Torcia para que essas coisas não continuassem apenas na memória.

Quando ele se ajoelhou diante dela, seu medo evaporou.

Os dedos dela se aqueceram de repente na mão ardente que ela já conhecia tão bem. Ele encostou os nós dos dedos dela na própria testa febril e seca. Taristan não estava doente. Era o normal dele, a pele ardia pelo poder do Porvir. Reverente, o príncipe beijou a mão de Erida e voltou a levantar, com a velocidade de um guerreiro.

— Minha rainha — disse com a voz rude, a mão ainda na dela.

Erida não podia sorrir. Mesmo naquele momento, não daria à corte a satisfação de sua felicidade. Era algo para os dois compartilharem a sós.

Seu olhar perpassou o rosto dele, traçando o corte estranho na face.

Queria tanto tocá-lo.

— Meu príncipe.

Erida abominou a ideia de casamento pela maior parte da vida.

Não tinha nenhum desejo de entrar na jaula matrimonial e trocar seu trono por um lorde obeso. A maioria de seus dias era fugindo de pretendentes, jogando príncipes estrangeiros uns contra os outros enquanto deslocava seus exércitos. A sobrevivência dela dependia do apoio dos nobres, e o apoio deles se baseava no que ela poderia lhes oferecer. Em vez de casamento, prometeu glória, ouro e conquista. O renascimento do império.

Mesmo assim, seus conselheiros insistiam no casamento. Harrsing e Thornwall queriam que a rainha se casasse pela própria segurança dela. Seu primo asqueroso, Konegin, queria que ela se casasse pelo próprio benefício dele. Ela se esquivou de todos. *Encontrem-me um paladino*, dissera certa vez, sabendo que era um alvo impossível.

Mas foi Taristan quem a encontrou, oferecendo sua mão e toda a esfera.

O Conselho da Coroa relutou diante da união. Taristan não era ninguém. Sem terras, sem títulos, sem ouro. Alegava ter sangue do Cór, mas pouco além disso, se declarando o sucessor do Velho Cór, um príncipe do império decaído. Também não era o bastante para Erida.

Mas era o bastante para atiçar sua curiosidade. Ela viu, com os olhos arregalados, quando o pária charmoso sacou uma adaga e cortou uma linha na palma da mão. Ela lembrava que o sangue dele era escuro demais, mais do que ela imaginava possível. Mesmo assim, chegou mais perto, e viu esse mesmo sangue cicatrizar diante de seus olhos. Viu o escarlate de outro ser brilhando no olhar dele.

Erida chegou a se perguntar se viria a se arrepender da decisão de se casar com Taristan do Velho Cór.

Agora, ria da ideia, o rosto no peito dele. Apenas seda a separava do músculo definido e da pele quente. Ele ardia através das roupas, e ela se entregou à sensação, embora uma gota de suor escorresse por suas costas sob o vestido.

Eles estavam a sós, finalmente, de volta ao solário grandioso dos aposentos reais. A longa galeria dava para a lagoa do palácio, onde a barcaça de passeio dela estava atracada. Pelas janelas, o céu brilhava vermelho com o poente, e as primeiras estrelas ganhavam vida. Uma pequena parte de Erida queria que o tempo parasse e os deixasse suspensos ali, trancados juntos, sem nada além de seus corações pulsantes.

A leoa dentro dela venceu, pedindo mais. Ávida para devorar o resto da esfera.

Ela resistiu, se permitindo encarar Taristan. O rosto dele estava barbeado, seu cabelo ruivo-escuro, penteado para trás. Tirando o corte na cara, ele poderia se passar por um príncipe bonito e paparicado.

Taristan retribuiu o olhar, examinando-a com o mesmo escrutínio intenso. Sorrindo, segurou o cinto cravejado de joias na cintura dela e o puxou de novo.

— Temi o pior — disse Erida.

Taristan ergueu a sobrancelha.

— Morte?

A rainha deu de ombros, um sorriso torto.

— Ah, não me preocupo com isso. Não com você.

Seu consorte era um homem de poucas palavras, mesmo a sós com a esposa. Ele assumiu o silêncio habitual, o rosto pétreo. Antes, ela pensava nisso como um muro entre eles. Agora, Erida enxergava com clareza.

Era um convite.

Ela se encostou mais. O calor dele irradiava, mesmo através da armadura e da seda.

— Pensei que poderia ter... — disse, perdendo o fôlego. Para sua irritação, ela corou. — Me esquecido.

Taristan soltou uma risada rouca e se abaixou até quase encostar a testa na dela, seus olhos pretos como o abismo capazes de engoli-la por inteiro. Erida se perguntou o que encontraria se mergulhasse neles.

Existe apenas trevas? Ou o Porvir está em algum lugar ali no fundo, uma presença vermelha escondida nas sombras, esperando para vir à tona?

Deixe-me entrar. Deixe-me entrar, ela lembrou. *Ele também escuta isso?*

— Você é a Rainha de Quatro Reinos — Taristan murmurou. A vida na corte não havia mudado seu jeito direto e franco. — O menor dos pedintes nas ruas sabe seu nome.

Erida crispou a boca e se manteve firme, imóvel. Taristan se agigantava, mas ela se sentia igualmente alta; o poder de quatro coroas era como aço em sua coluna.

— Não foi isso que eu quis dizer.

— Eu sei — respondeu ele, tão baixo que ela quase não escutou.

Ele tomou com firmeza os lábios dela. Enquanto tinha um abismo nos olhos vazios e impossíveis de interpretar, a boca era um inferno que não deixava dúvidas: queimava sobre ela, explorando lábios, queixo. Ela não hesitou, agarrando seus cabelos, arranhando suas costas. Taristan perdeu o fôlego sob o toque, e ela sorriu, abocanhando o lábio dele.

O brilho vermelho cintilou no fundo do preto, um raio no céu vazio. Ela viu o Porvir tomar a mente de Taristan. Era apenas uma pequena lembrança, e Erida levou isso com naturalidade. Ela não tinha aberto a própria mente para o Rei Destruído, mas Ele permanecia mesmo assim. Ela sabia que ele esperava, arranhando a porta, um lobo uivando para ser acolhido.

O Porvir poderia esperar um pouco mais, assim como todo o resto.

Ela passou os dedos pelo rosto de Taristan, descendo até o queixo. De novo, observou o corte desfigurando a pele bonita.

Tocou com delicadeza, traçando-o. A pele dele ardia sob a dela. Ele não se crispou, mas os olhos endureceram, totalmente pretos de novo. O Porvir desapareceu, voltando a mergulhar nas profundezas. Por ora.

Ela lembrou dos cortes que Corayne deixara no rosto de Taristan na última vez. Três rasgos, pouco mais do que arranhões. Cicatrizaram, mas não tão rápido quanto deveriam para alguém como Taristan. *Algum tipo de magia*, ele dissera a ela na época.

Esse ferimento era pior, formando casquinha na linha escura.

— Foi Corayne? — perguntou ela, examinando os olhos dele.

Com delicadeza, ele afastou a mão dela e tomou certa distância. Erida sentiu um calafrio ao perder o calor dele.

— Corayne e a bruxa dela — respondeu.

Um rubor raro cobriu as maçãs do rosto dele.

Erida franziu a testa. Viu vergonha em Taristan, por mais que ele tentasse esconder.

— E o que mais?

O pescoço dele se mexeu, veias pálidas formando uma teia na pele. Ela notou um ponto vermelho, brilhando em carne viva.

Sem hesitar, puxou a gola de veludo, revelando uma queimadura. Arregalou os olhos. Estava cicatrizando, mas lentamente. *Normalmente.* Como um mortal qualquer.

Erida sentiu o queixo cair de espanto. Pegou a mão da espada dele e ergueu os dedos. A pele branca estava rosada, exibindo talhos e arranhões comuns. Parecia a mão de qualquer espadachim do exército dela, qualquer cavaleiro no pátio de treinamento.

Combalida, desgastada.

E mortal.

Ela sentiu o olhar dele como um peso sobre os ombros. Com o semblante severo, o encarou.

— Taristan, o que é isso?

Soou como uma acusação.

Taristan soltou um suspiro longo e lento. O rubor desceu pelo rosto, fazendo as veias brancas de seu pescoço se destacarem.

— Corayne e os Companheiros dela fecharam o primeiro Fuso — disse, se esforçando para manter a voz firme. Mesmo assim, ela ouviu a raiva vibrar nele. — O primeiro que abri.

O coração dela se apertou. Peças do quebra-cabeça se encaixaram em sua mente, e ela odiou a imagem.

— O primeiro dom recebido — Erida silvou. — Então, se um Fuso se fecha, você perde...

— O que Ele me deu. — Vermelho voltou a se esgueirar lentamente em seus olhos. Taristan se contraiu, e Erida se perguntou o que ele sentia, o que ouvia em sua cabeça. — É a natureza do fracasso, creio eu.

— Então volte! — Erida apoiou a mão no peito dele, fazendo pressão. — Agora. Leve uma legião inteira, se for preciso.

Por mais que quisesse levar Taristan para o quarto, queria aquilo ainda mais. Ela o pegou pelos ombros e o empurrou com tanta força que ele chegou a cambalear, surpreso pela ferocidade.

Ela não deu trégua, empurrando-o de novo. Desta vez, ele se segurou, firme como um muro de tijolos. A vista dela começou a ficar turva e o cômodo girou.

— Leve a espada e *rasgue* o Fuso de volta — rosnou Erida. De repente, sentiu a gola apertada demais, a armadura pesada e sufocante. O aposento inteiro pareceu se fechar. — Você está vulnerável demais assim.

No empurrão seguinte, Taristan segurou os punhos dela, com uma firmeza gentil mas inabalável.

— Passei a maior parte da vida vulnerável — disse, ríspido, olhando no fundo de seus olhos.

A cabeça de Erida latejou no ritmo do coração. Ela baixou os olhos para a cintura dele, para a bainha que sempre estivera lá. Até então.

Seus joelhos quase cederam.

— Cadê sua espada, Taristan? — murmurou, em desespero.

Por mais estoico que ele fosse, Erida viu sua própria raiva refletida nele. No maxilar cerrado, no estreitar dos olhos. A vergonha estava lá também, terrível e desconhecida.

— Imagino que você possa me arranjar outra — respondeu ele, com secura, a voz vazia.

Ele nunca fora de piadas, nem mesmo na vitória. Na derrota, era como ver um peixe tentar andar.

Erida se soltou.

— Não há nenhuma espada de Fuso nos cofres de Galland.

Com as mãos trêmulas, ela desafivelou o cinto cravejado de joias e o jogou no chão. A armadura cerimonial saiu em seguida. O ferro banhado em ouro caiu com um clangor surdo. Trêmula, Erida se dirigiu até uma cadeira perto da janela e desabou ali, passando os dedos no cabelo até desfazer as tranças, bagunçando o trabalho das criadas. Inspirou fundo para se estabilizar, controlando a respiração. Se esforçou para se acalmar, pensar logicamente, por mais que tudo girasse. Um a um, ela deixou cair os muitos anéis, as pedras preciosas do tamanho de uvas rolando pelos carpetes requintados. Restou apenas a esmeralda gallandesa, fogo verde em seu dedo. Absorvia a luz vermelha do poente, o coração da joia escuro e infinito.

Ela o encarou. Por um segundo, pensou vislumbrar um brilho vermelho-sangue.

Ergueu os olhos de volta a Taristan.

— Onde está Corayne an-Amarat? — rosnou.

Silêncio foi a única resposta.

Erida quis bater nele de novo.

— Ela escapou de você. Certo. — Ela fez um gesto de desprezo, a esmeralda cintilando. — Mandou patrulhas atrás dela?

Ele colocou a mão na cintura, se inclinando para compensar a espada magnífica que não carregava mais.

— Meu exército não é de... patrulhar — disse com a voz grossa.

Erida só pôde escarnecer. Ela lembrava da horda terracinzana, meio apodrecida e cambaleante. Letais mas descerebrados. Em alguns casos literalmente.

— Vou pedir para Thornwall despachar cavaleiros para todos os cantos da Ala. E vou triplicar a recompensa por ela — disse, levantando de um salto. — Ela vai ser encontrada, e a espada de Fuso dela também.

O suspiro baixo de Taristan a deteve.

— *Minha* espada de Fuso. Destruí a dela.

Rangendo os dentes, Erida se voltou contra ele.

— Como aquela menina conseguiu roubar uma espada das suas mãos?!

Ela tentou imaginar, tentou equilibrar o lorde mercenário contra a camundonga asquerosa da sobrinha dele.

— Taristan, o que aconteceu em Gidastern? — perguntou, com a voz trêmula.

— A esfera ardente faz jus a sua reputação.

Lá fora, o sol vermelho descia sobre o horizonte, seu esplendor desaparecendo. O salão ficou escuro e frio num piscar de olhos, as velas apagadas, a lareira fraca e baixa.

— Quantos morreram? — murmurou Erida.

Ela passou a mão no braço, tremendo sob a seda fina.

Taristan fez que não sabia.

— Quantos viviam em Gidastern?

Ele se recusava a olhar nos olhos dela. Erida se deu conta de que não conhecia o remorso no rosto dele, nem sequer sabia que ele era capaz de senti-lo.

Seu próprio remorso era menor do que o esperado. Havia apenas a lógica severa e necessária para ponderar.

— Alguém escapou? Alguém sabe que você fez isso a minha cidade?

A seda vermelha de Taristan ficou preta à medida que as sombras cresciam e se projetavam sobre ele.

— A horda entrou logo depois de mim. Duvido que alguém tenha sobrevivido para contar o que aconteceu.

— Ótimo.

A palavra saiu quase rápido demais, uma flecha disparada antes de o arqueiro conseguir mirar. Era mais fácil do que parar para pensar na cidade em cinzas, seu povo trucidado. Seu próprio estandarte pisoteado e sangrento. Erida deixou o pensamento verter dentro de si, apenas por um segundo. Lembrou do exército de cadáveres, escabroso e violento, um pesadelo à luz do dia.

E uma arma também.

Ela sentiu o olhar relutante de Taristan, observando as balanças se equilibrarem na cabeça dela.

A equação era fácil, no fim.

De queixo erguido, Erida se empertigou e cruzou as mãos, se portando como todos os dias de sua vida real. Ela era de mármore e ouro, insensível, uma rainha.

Uma imperatriz. E impérios nascem com sangue.

— Gidastern queimou num incêndio terrível. Acontece — disse, com um gesto de desdém. Fechou as mãos. — O que é uma cidade para um império?

Nos recônditos da sua mente, algo sorriu. Ela sentiu o movimento, lábios estranhos se curvando sobre dentes afiados demais.

Taristan a observou com uma espécie de fascínio. Ela reconheceu aquele olhar também. Via em seus próprios cortesãos o tempo todo.

— E o dragão? — murmurou Erida, se voltando para a janela, como se pudesse vislumbrar a criatura.

Fruto de outro Fuso. Erida sabia melhor do que quase todos, estava no Castelo Lotha quando Taristan o abrira. Lembrava do fio candente de ouro suspenso no ar, o portal para Irridas, a esfera deslumbrante. *Mas o dragão veio mais tarde, muito depois de termos saído daquele lugar.*

O vermelho faiscou nos olhos dele, tão luminoso que vibrava amarelo e podre.

— O dragão — rosnou, abanando a cabeça.

Ela franziu o nariz, enrugou a testa.

— Pensei que as criaturas do Fuso respondessem a você. Pensei que estivessem sob seu controle.

— Um dragão não é um cadáver ambulante, muito menos um kraken — retrucou ele, viperino. — Sua mente é mais brilhante, mais difícil de dominar. Até para Ronin.

Talvez ele agora seja inútil, e possamos nos livrar dele, pensou Erida, exultante.

— E o rato está onde?

Taristan esmagou suas esperanças com um gesto rápido da mão.

— No buraco dele.

Os arquivos.

Erida queria trancar as portas dos cofres arquivísticos e deixar o feiticeiro vermelho ranhoso morrer de fome. Em vez disso, se forçou a dar um aceno cortês, mais adequado à mesa de um banquete enfadonho.

— O Fuso em Gidastern continua, esse ainda temos. É perigoso o bastante para não precisar de guarda. Ninguém vai conseguir fechá-lo agora, nem mesmo Corayne an-Amarat — Taristan apontou.

O vermelho nefando em seus olhos se apagou um pouco. Mas ele continuou andando de um lado para o outro. Erida quase achou que o carpete pegaria fogo.

— Queima ainda agora, consumindo tudo dentro das muralhas.

— Vitória, mas a que custo... — Erida pensou alto.

Ela queria rasgar alguma coisa ao meio. Em vez disso, contou suas legiões e calculou quantos cavaleiros poderia mandar para o norte antes do nascer da lua.

— Você perdeu a espada. — Ela mordeu o lábio. — E perdeu Corayne também. Ela ainda vive.

Ele soltou um rosnado gutural.

— Vive. Sabe-se lá como.

Erida sentiu a raiva dele se multiplicar por dez.

— E os amigos dela? Vivos?

Para sua surpresa infinita, Taristan abriu um sorriso raro e ferino. Os olhos dele tremeluziram, preto e vermelho, azeviche e rubi.

Mortal e demônio.

— Veja você mesma — disse.

7

UM SEGUNDO CORAÇÃO

Domacridhan

O MUNDO DOÍA.

Era ao menos o que sentia Domacridhan de Iona, príncipe imortal, um guerreiro de muitos séculos, forte e veloz, letal com a espada, o arco e as próprias mãos. Temível como o romper da aurora.

E atualmente acorrentado à parede de uma masmorra.

Seus tornozelos e punhos estavam presos com argolas grossas, seu pescoço, encoleirado. Algo que ele torcia que fosse água gotejava em seu rosto. Ele mantinha a cabeça inclinada no ângulo certo para não descobrir. Uma tocha queimava em algum lugar, a luz fraca e bruxuleante. Ele enxergava vagamente as celas do outro lado, graças a sua visão vederana.

Sigil estava às cegas no escuro.

Do outro lado do corredor, ela dormia esparramada no chão. A corrente presa ao tornozelo tilintava no silêncio sempre que ela se movimentava. Os restos de seu jantar estavam na abertura baixa entre as grades da cela, o copo vazio e a tigela raspada. A julgar pelo cheiro, a comida era nauseabunda, para dizer o mínimo.

As prisões da rainha deixavam muito a desejar.

Em algum lugar entre as celas e corredores, uma porta abriu com um rangido.

Dom engoliu em seco, o pomo de adão roçando na coleira de ferro.

Manhã já, pensou.

À frente dele, Sigil acordou depressa com o som de passos pesados, o único barulho que os guardas faziam, e piscou sob a luz crescente enquanto a tocha se aproximava.

Os guardas da prisão entraram na ponta oposta do longo corredor de celas, um deles carregando uma bandeja. Os dois eram pálidos e ensebados, reles soldados, do tipo que pouco se importava com o que fazia, desde que houvesse pagamento.

Ambos os guardas ignoraram sua existência, como sempre. Pararam apenas para tirar a bandeja vazia de Sigil e empurrar outra com o café da manhã pelo buraco entre as grades, usando uma vara comprida. Os dois tomaram cuidado para não ficar ao alcance da caçadora de recompensas.

A tocha única, que dividiam, acendia os olhos escuros dela como carvão em brasa. Ela sorriu para eles, um tigre enjaulado.

Porém, depois de tantos dias no subterrâneo, até Sigil tinha adquirido uma palidez estranha, a pele cor de bronze ficando macilenta. Sua armadura de couro havia sido substituída por uma camisola manchada de sangue e uma calça rasgada. Ela andava de lado, compensando a perna ferida. Quebrada ou apenas contundida, Dom ainda não sabia. Pelo menos, as suas semanas de confinamento seriam boas para a cicatrização.

— Estou ferida, acorrentada e fraca, cavalheiros. — Ela riu, pegando o pote de gororoba cinza com avidez. — A vara parece um pouco de exagero.

Os guardas a ignoraram. Os dois usavam espadas, além de uma cinta de adagas e cota de malha por baixo da túnica. Nada disso seria muito útil contra Domacridhan e Sigil, caso surgisse a chance.

A chance nunca surgia.

Sigil e Dom marcavam o tempo pelos guardas. A comida não mudava, mas os guardas, sim, alternando o turno matinal e o noturno. Dom não conseguia se deslocar o bastante nem para riscar os dias na parede, então Sigil dava um jeito.

— Catorze — sussurrou enquanto os guardas se afastavam com a tocha.

Ela usou a luz fraca e a corrente do tornozelo para riscar uma linha na parede de pedra.

Catorze dias nas masmorras de Ascal, nas profundezas do palácio Novo. Dom conteve um rosnado de frustração.

— Duas semanas aqui — disse, furioso. — Duas semanas perdidas.

— Três semanas, se contar a jornada desde Gidastern — disse Sigil do outro lado do corredor. — Mas você passou a maior parte do caminho inconsciente.

— Nem me lembre — silvou Dom, a cabeça latejando de novo.

O pouco que lembrava era doloroso demais.

Ridha. Morta. Sentiu um arrepio. *E depois... não.*

Suas últimas memórias do mundo exterior eram turvas. A cidade em chamas. O fedor do exército de cadáveres. Um rio, um barco e seu enjoo de costume. Ronin o havia impedido de acordar completamente, com o peso da magia mantendo Domacridhan em um lusco-fusco mortal.

Até o acorrentarem a uma maldita parede numa maldita cela, e o deixarem recobrar seus malditos sentidos.

Ele estava grato pela companhia de Sigil, embora ela parecesse ter perdido a alegria impulsiva. Ela sofria tanto quanto ele.

Pela perda de todos.

Como fazia todas as "manhãs", Dom rezou a seus deuses, mesmo que eles não pudessem escutá-los. Implorou a Ecthaid, deus da estrada, que guiasse Corayne em seu caminho.

Ela está a salvo com os outros, ele disse a si mesmo pela milésima vez. *Ela está com a única espada de Fuso. E Sorasa vai mantê-la viva, custe o que custar.*

Ele precisava confiar na assassina amhara mais do que qualquer outra coisa. O mundo dependia dela, bem como do coração feroz de Corayne.

As lambidas exageradas de Sigil cortaram seus pensamentos. Dom até que ficou grato pela distração nojenta.

— Melhor hoje? — perguntou.

— Tem carne agora — respondeu ela, encolhendo os ombros largos. Mesmo sem o couro, ela ainda era montanhosa, uma brutamontes na cela. — Acho que é rato.

Dom ficou grato por sua natureza vederana. Os carcereiros não o tinham alimentado ainda, mas as pontadas lentas de fome eram fáceis de ignorar para o imortal.

Já sua coluna, nem tanto. Suas costas ardiam, todos os músculos grudados na parede. O líquido misterioso pingou perto demais de seu olho e ele chiou, virando o rosto de novo.

— Sobre o que vamos conversar hoje? — disse Sigil, indo até as grades.

Ao contrário de Dom, ela usava apenas um grilhão ao redor do tornozelo, a corrente comprida presa a uma argola na parede oposta.

Ele inclinou a cabeça para trás, com cuidado para evitar a goteira.

— Três semanas — rosnou. — Eles podem estar de volta em Vodin a essa altura. Ou Sirandel, na floresta Castelã, se tiverem conseguido encontrar. Ou partiram para o mar, com os saqueadores. Ou...

— Ou Corayne e os outros podem estar em outra cela, trancados neste labirinto, assim como nós dois — retrucou Sigil, e fechou a cara, os olhos batalhando contra a escuridão. — Ou...

Dom cerrou o punho, uma das únicas coisas que podia fazer.

— Não diga.

Sigil apoiou a cabeça nas grades, encaixando o rosto no espaço entre elas.

— Não vou dizer se conversarmos sobre *alguma* outra coisa. Já repassamos todas as hipóteses possíveis. Vocês, Anciões, podem ter séculos para remoer, mas nós, mortais, precisamos *seguir em frente*.

Ele lançou um olhar fulminante para ela, o rosto ardendo de raiva. Não que Sigil conseguisse ver.

— Até eu sei que você está mentindo — murmurou ele.

A tigela acertou as grades da cela dela, partindo ao meio. Insatisfeita, Sigil chutou os pedaços às cegas.

— Bom, é uma das poucas coisas que consigo fazer aqui embaixo! — gritou ela, erguendo as mãos.

Depois de mais uma volta furiosa pela cela, ela entrou na rotina habitual. De mãos apoiadas no chão de terra batida e pedra de cantaria, começou seus exercícios. A cada abdominal, soltava uma expiração longa.

— Eles não estão nos questionando — murmurou ela, enquanto o corpo subia e descia. — Não estão nos torturando. Não estão nem nos deixando morrer. O que o desgraçado de sangue do Cór quer?

Dom observou seus exercícios com inveja. O que ele não daria por um único membro livre, que dirá uma corrida por toda a cela.

— Taristan quer que a gente sofra — vociferou, os olhos fulminantes.

Ele imaginou o Palácio Novo acima, repleto de vitrais e ouro, seus salões grandiosos cheios de ratos de seda e víboras de aço.

No chão, Sigil riu com escárnio, gritando para o teto de pedra.

— Estamos sofrendo!

Dom mal a escutou com a vibração nos ouvidos, seu próprio sangue latejando. Rugia como um rio violento, como o leão na maldita bandeira de Erida.

— Taristan vai nos manter vivos até sua vitória estar completa. — Dom mostrou os dentes para ninguém. Nas sombras, viu Todala cair, consumida pelo Porvir e Sua esfera de Asunder. Nascida na chama, mergulhada no abismo. — Quando ele sentar num trono de cinzas, rei de uma esfera destroçada, vai nos fazer ajoelhar. E assistir.

Sigil diminuiu a velocidade e soprou uma mecha de cabelo preto dos olhos.

— Ele vai ter dificuldade para abrir mais Fusos sem a espada — ela disse, pensativa. — Não está com ele. Ou não estaríamos apodrecendo aqui embaixo. Ele não está com a espada... e nem com *ela*.

Dom lembrava de tudo de maneira vívida até demais. O chicote de Sorasa no punho de Taristan, a espada de Fuso escapando das mãos dele e caindo aos pés de Corayne. E então as silhuetas deles desaparecendo, reduzidas a sombras na fumaça.

— Assim espero — murmurou ele.

Sigil virou para ele, forçando a vista, de olhos apertados.

— Guarde um pouco dessa esperança para si mesmo, Dom.

— Você tem o bastante por nós dois, Sigil. — Ele riu baixo, triste. — Os ossos de ferro dos Incontáveis?

A caçadora de recompensas levantou num salto, curvou os braços sobre a cabeça e bateu as mãos no peito com um tapa retumbante.

— Não podem ser quebrados — respondeu, um sorriso sincero no rosto.

Era a única coisa que parecia alegrá-la na escuridão.

Mesmo nas masmorras de uma rainha conquistadora, o grito de batalha de Temur deixou os dois arrepiados.

Até ouvirem o barulho de uma chave entrando na fechadura. Dom virou o rosto tão rapidamente que a coleira arranhou seu pescoço. Ele mal notou, os olhos vederanos concentrados na ponta do corredor.

— Sigil — sussurrou. — Tem alguém vindo.

Ela arregalou os olhos na escuridão.

— Não é a hora certa.

No corredor, uma dobradiça rangeu, o som trovejante. O tilintar de chaves e o clangor de armadura veio na sequência, os muitos barulhos como uma canção inquietante nas trevas.

Dom se esticou de novo contra as correntes, torcendo os punhos contra o ferro antigo e o aço de boa qualidade.

Sigil espremeu o rosto pelas grades, se esticando para ver alguma coisa além da escuridão. Envolveu as grades com as mãos imensas, até os dedos ficarem brancos de esforço.

A luz de tocha retornou, crescendo constantemente pelo corredor. Dom prestou atenção, escutando o mais atentamente possível. Passos vinham com a luz.

Não dois pares de botas, mas...

Os olhos de Dom se arregalaram.

Ele ergueu sete dedos, torcendo para Sigil os enxergar sob a luz crescente. Ela acenou, séria, e recuou para o fundo da cela, com cuidado para não chacoalhar a corrente. Quando chegou à parede, pegou toda a parte frouxa da corrente de ferro e enrolou no braço. Era a melhor arma que tinha, além dos próprios punhos.

Dom não podia fazer nada além de esperar. Voltou a engolir em seco, erguendo o queixo, o maxilar cerrado. Pronto para morder se fosse preciso.

Até que a luz entrou no canto oposto do corredor, e Dom viu que duas tochas vinham na direção deles. Seus guardas habituais guiavam o caminho, seguidos por quatro soldados. Aqueles homens não eram carcereiros, mas cavaleiros da guarnição do castelo. Um carregava uma silhueta escura sobre um ombro, pendurada como uma trouxa de roupa suja.

Dom mal a notou, os olhos voando para a retaguarda da formação.

Ronin sorriu para ele, o rosto branco incandescendo na escuridão, seus mantos cor de raiva escarlate. Dom ficou tonto, seu sangue voltando a latejar.

— Bom dia — disse ele, quando se aproximaram. — É de manhã, sabiam?

Por mais raiva que sentisse, Dom sentiu um rompante de satisfação perversa. Ronin mancava num ritmo irregular, apoiando o peso na bengala. A magia que o feiticeiro possuía não era suficiente para cicatrizar o que Valtik fizera três semanas antes. Dom ainda escutava o estalo alto de osso se quebrando.

Dom inspirou, ofegante.

— Traga-me Taristan.

A risada cruel do feiticeiro ecoou pelas paredes de pedra.

— Domacridhan, sei que essa é uma situação nova para você — zombou o feiticeiro vermelho, passando por sua cela. — Mas você é um prisioneiro do príncipe do Velho Cór. Não tem o direito de exigir nada mais.

— Covardes, todos vocês — vociferou Dom, esticando o pescoço contra a coleira.

Em sua cela, Sigil fechou a cara, ainda encostada à parede com a corrente na mão. Ronin tomou cuidado para se manter no meio do corredor, longe do alcance dela.

Dom fez uma careta.

— Como é ser ludibriado por uma adolescente? *De novo?*

O feiticeiro parou de repente, fechando a mão pálida como leite. Ele virou com certo esforço, apoiado na bengala. Dom vislumbrou o contorno de algum tipo de tala embaixo dos mantos.

— Eu dificilmente chamaria "pura sorte" de "ludibriar"... — começou, praticamente arfando. Parou de repente, se permitindo mais uma risada breve. Abanou a cabeça e passou a mão no cabelo loiro ralo, os fios sebosos grudados no couro cabeludo. — Não, não vou me gabar. Não convém para um feiticeiro e braço esquerdo do Rei Destruído.

Com Taristan a Sua direita, Dom pensou, a pele arrepiada.

O mal-estar do Ancião contentou o feiticeiro. O sorriso de Ronin cresceu ainda mais, se estendendo pelo rosto até Dom achar que a cabeça dele fosse se partir ao meio. Ele deu um passo ameaçador na direção das grades, enquanto os carcereiros se dirigiam a uma cela vazia e enfiavam a chave na fechadura.

— Além disso — murmurou, ainda sorrindo —, todos sabemos quem é o verdadeiro cérebro de seus Companheiros. — Ele curvou um dedo, um sinal para o cavaleiro. — E *ela* não serve mais de muita coisa.

Gelo atravessou suas veias, e o corpo ficou dormente.

Ao longe, ele ouviu Sigil rosnar e bater contra as grades. Ela gritou algo em temurano, um xingamento ou ameaça. Seus gritos ecoaram inutilmente contra as paredes de pedra.

O cavaleiro com o saco sobre o ombro entrou na outra cela, enquanto os outros vigiavam em silêncio. Ronin manteve os olhos no imortal. Dom sentiu o olhar como uma agulha.

O tempo ficou mais devagar quando o cavaleiro tirou o fardo das costas. O saco não estava amarrado e se abriu facilmente, esvaziando o conteúdo.

Sorasa Sarn saiu rolando pelo piso frio e a visão de Dom oscilou, a cabeça girando.

Ronin riu, o som como vidro se estilhaçando.

— Sinceramente, eu esperava mais de uma amhara.

Algo se partiu dentro de Domacridhan, lá no fundo. Como um terremoto rachando uma montanha. Ele conhecia apenas fúria, apenas raiva. Não sentiu nada, nem mesmo o romper das correntes ao redor do punho, os elos de aço se partindo sob sua força. Qualquer que fosse a alma imortal que carregava desapareceu, reduzindo-o a pouco mais do que uma fera. Seis batimentos cardíacos aflitos e aterrorizados vibraram junto com o dele. Os cavaleiros e guardas olharam para o imortal como olhariam para um monstro, os olhos tremeluzindo. O coração de Sigil se enfureceu, igualando a raiva de seu companheiro.

Mas o coração de Ronin continuou constante.

O feiticeiro não tinha medo.

Fraco, por baixo do resto, outro coração vibrou. Estável mas lento. E teimando em viver.

— Sorasa, *SORASA!* — O grito de Sigil ecoou pelas paredes, sua voz parecendo vir de todos os lugares.

A mão de Dom subiu à coleira, seus dedos tentando pegar a borda de metal.

— Ela está viva — disse, rangendo os dentes.

Isso acalmou Sigil, mas apenas um pouco.

— Tsc, tsc, Domacridhan — murmurou o feiticeiro, balançando a cabeça.

Com outro movimento dos dedos, ele fez sinal para os cavaleiros.

Mesmo de olhos arregalados, eles trancaram a cela de Sorasa e se dirigiram à de Dom.

Metal rangeu quando Dom arrancou a coleira, os parafusos se soltando da pedra atrás dele. Com os dois ombros e um braço livres, partiu para o punho seguinte.

A chave do carcereiro tilintou mais perto, a fechadura na cela da porta se abrindo, e três dos cavaleiros entraram. Dom pegou o primeiro pela manopla, a palma da mão aberta envolvendo um punho couraçado.

No corredor, o quarto cavaleiro ganiu, chegando perto demais da cela de Sigil. Ela foi rápida como um raio, enfiando o braço por entre as grades e pegando-o pela garganta.

Os outros cavaleiros cercaram Dom, deixando que o parceiro se virasse sozinho enquanto subjugavam o imortal. Para a surpresa dele, deixaram as espadas embainhadas, usando todo o peso do corpo para imobilizar o braço dele de volta na parede.

Dom os xingou em sua própria língua, soltando quinhentos anos de raiva imortal. Estalou os dentes, a centímetros das armaduras deles, buscando vorazmente qualquer pedaço de pele. Desespero se infiltrou devagar, a janela de oportunidade desaparecendo a cada segundo que passava.

Um dos cavaleiros apoiou o antebraço no pescoço de Dom, jogando todo o peso contra ele. Aço se fechou em torno de seu pescoço.

— Você não conseguiu nada além de alguns hematomas — disse Ronin em meio ao barulho.

Ele estava diante das grades de Dom, encarando com o olhar vermelho. Ainda apertava a bengala.

A outra mão pairava ao lado do corpo, os dedos torcidos como raízes brancas.

Dom tentou disparar uma resposta, mas não conseguiu. Silvou, dando um último solavanco para se livrar dos três cavaleiros. Não adiantou. Eles seguraram com firmeza, as armaduras o espremendo contra a parede.

A voz de Ronin ficou lenta, melosa, como se atravessasse água escura. Dom lutou para manter os olhos abertos enquanto seus pulmões suplicavam por ar.

— Eu lhe desejaria bons sonhos — disse o feiticeiro. Seu rosto tremulou, até restarem apenas os olhos, dois pontinhos de vermelho vivo na lua branca. — Mas há apenas pesadelos a sua frente, Domacridhan.

Os dedos brancos se dobraram, e Dom sentiu que estava caindo, se afogando. Morrendo.

As trevas o engoliram.

Quando ele acordou, estava preso por coleira e correntes novas. O aço reluzia na meia-escuridão, refletindo as levíssimas ondas de luz da tocha distante e bruxuleante. Ele testou as duas, esticando o pescoço, o braço tenso. Nenhuma cedeu.

Do outro lado da passagem, Sigil estava sentada, recostada na parede da cela. Como o aço, os olhos abertos dela refletiram a luz escassa. Com um suspiro, ela ergueu os punhos amarrados, exibindo um cordão de couro enrolado com firmeza.

Dom franziu a testa.

— Desculpa.

— Bom, estou *ofendida* — disse ela, a voz grossa e grogue. — Você está pregado à parede e Sorasa está inconsciente de tão drogada. Mas Sigil de Temurijon é apenas mais uma prisioneira.

— Vamos usar isso a nosso favor. Na primeira oportunidade — respondeu ele, mais para si do que para ela.

Voltou o olhar das grades para a próxima cela ocupada, a duas da de Sigil. Três metros de área livre, pelo menos.

Sorasa estava caída no mesmo lugar, jogada no chão, descartada. Estava de costas para eles, voltada para a parede, um braço pendurado num ângulo esquisito, o outro embaixo do corpo. O cabelo curto e assimétrico cobria a cabeça numa auréola preta. Tiraram as armas dela, Dom sabia, como as dele. Ela ficava estranha sem meia dúzia de adagas e venenos no cinto. Pelo menos, os carcereiros a deixaram com a roupa de couro, e as velhas botas desgastadas.

Dom ainda sentia o cheiro de sangue seco e seu coração bateu forte, um tambor sob as costelas. Ela fora ferida em algum momento. Em Gidastern ou depois. Era difícil pensar, sabendo que ela estava ali. Sabendo que estivera nas mãos de Ronin e de Taristan, sabe-se lá por quanto tempo.

Ele farejou de novo. *Sem sangue fresco, pelo menos.*

— Se ela está conosco... — Sigil perdeu a voz.

— Não está com Corayne — completou Dom. Ele fechou bem os olhos. Mas não mudava muito da escuridão das masmorras. — Ela não saiu da cidade.

Corayne está em grave perigo, pior do que me permiti imaginar.

— Ainda há Valtik. Trelland. E, quem poderia imaginar, Charlie escapa da forca novamente. — Sigil apoiou o peso nas grades, as mãos amarradas atrás da cabeça. — Sacerdotezinho ardiloso.

Quaisquer palavras tranquilizadoras morreram na garganta. Por mais que quisesse, Dom não mentiria. Não havia por quê.

Sem Sorasa, eles estão condenados.

O suspiro de Sigil soou áspero na escuridão.

— O coração dela ainda bate?

— Sim — disse ele.

— Ótimo — murmurou Sigil.

Ela juntou as mãos em forma de concha, abriu a boca e gritou toda e qualquer coisa para Sorasa. As celas sacudiram pelo som de sua voz, até ser quase ensurdecedor.

Mas nada conseguiu despertar a assassina amhara. Até Dom tentou, chamando-a de todos os palavrões e nomes feios que conhecia, todos os insultos que já havia fantasiado para a abominável Sorasa Sarn. Era uma distração bem-vinda do aperto em seu peito. Ele se sentiu acorrentado a uma âncora, mergulhando num mar sem fim.

Dois dias se passaram.

Pratos se empilharam na abertura entre as grades de Sorasa, copos de água intocados. E a amhara era apenas uma sombra, abandonada para apodrecer como sua comida.

— O coração dela ainda bate?

Sigil bocejou como um leão e sentou, a corrente tilintando.

Dom nem se deu ao trabalho de escutar o batimento baixo e constante. Já estava em sua cabeça, por instinto, acompanhando o ritmo com seu próprio pulso.

— Bate — respondeu, rangendo os dentes.

Usando as grades, Sigil se ergueu, encostada à parede da cela.

— O coração dela não vai bater por muito mais tempo se não tomar nem um gole d'água — murmurou ela.

Pela primeira vez, Sigil de Temurijon soava frágil. Preocupada, até.

Dom esticou o pescoço.

— Como assim?

O riso de escárnio dela ecoou pelas celas.

— Mortais podem morrer de sede, Ancião.

Por ser imortal, Dom poderia ignorar essas coisas se quisesse. Ele lambeu os lábios secos, tentando imaginar como era definhar num corpo mortal. Olhou Sorasa de novo. Ela sempre fora pequena e magra. Porém, em contraste com as sombras, parecia esquelética.

Ele forçou a vista, tentando enxergar melhor.

— Quanto tempo ela tem?

— Vai saber em que os amharas a treinaram, mas... — Sigil hesitou, considerando. — Alguns dias. Três ou quatro, talvez.

Mais uma vez, Dom testou a coleira e as correntes. Mais uma vez, sentiu que estava se afogando.

A corrente tilintou contra o grilhão de Sigil enquanto ela andava de um lado para o outro pelo espaço restrito.

— Eles não a teriam salvado de Gidastern só para deixar que ela morresse aqui no escuro, certo?

Para deixar que morresse na minha frente, Dom pensou. Era tortura, pura e simplesmente. E não para Sorasa. *É isso o que Taristan quer, tirar todos os Companheiros de mim, como tirou Cortael.*

— Quem sabe o que o feiticeiro fez com ela? — murmurou Sigil, cuspindo na terra.

Dom tentou não pensar nisso, mas ouviu mesmo assim. O ranger de um cavalete de madeira, o chiado de ferro quente. Facas em pedras de amolar. E magia pior do que ele seria capaz de conceber, vinda de sangue e esferas destruídas.

— Ela aguentaria um interrogatório mais do que qualquer um. Até do que os ossos de ferro — continuou Sigil, e bateu no peito com as mãos amarradas, ainda que sem vontade. — Mas o que poderia dizer àqueles monstros que eles já não soubessem?

Ele observou Sorasa de novo, se recusando a piscar, tentando notar algum tremor de movimento. Seu peito subia e descia muito devagar, quase imperceptível até para o olho dele. Isso não havia mudado em dois dias. Nem para mais, nem para menos.

— Vamos descobrir o que querem quando vierem atrás de nós depois — rosnou ele.

— Boa sorte para eles. — Sigil testou a corrente de novo, chutando a argola na parede. — Vão ter que me matar primeiro, e travar guerra com os temuranos. Os ossos de ferro dos Incontáveis não podem ser quebrados.

— Você se tem em muito alta conta, Sigil.

— Caçadoras de recompensas também podem ser princesas, Ancião — ela retrucou. — O imperador é meu primo, e derramar meu sangue é derramar o dele.

Dom mal conseguia encolher os ombros, de tão restringido que seu corpo estava.

— E se esse sangue for derramado na escuridão, sem ninguém para ver?

Em sua cela, Sigil parou, pensativa.

— Você é um príncipe — disse, por fim. — Seu povo não se insurgiria para vingar sua morte?

Rosnando, Dom fez que não.

Se a morte de Ridha não levar Isibel a lutar, nada levará, ele sabia.

— Pouco os faz se insurgirem. Eu muito menos.

— Anciões podem morrer de fome? — perguntou Sigil de repente, voltando aos exercícios.

Dom pensou no estômago de novo, e em sua última refeição. Perdera a conta dos dias, com a memória turva.

— Podemos descobrir — suspirou ele.

Sigil se curvou num abdominal, as mãos amarradas cruzadas sobre o peito.

— E você ainda não consegue se mexer?

Apesar das circunstâncias, Dom queria rir, curvando os lábios.

— Consigo, mas continuo assim por escolha própria.

— Momento estranho para finalmente desenvolver senso de humor, Dom.

Ele voltou o rosto para o teto, traçando as frestas entre as pedras e vigas de madeira, olhando para qualquer lugar menos para o corpo imóvel a poucas celas dali, a cabeça ainda encoberta. O coração ainda batendo.

— Em algum momento, tinha que acontecer. — Ele suspirou.

Eles entraram num silêncio leve, um passatempo comum nas masmorras. A vista de Dom se turvou, e as dores amenizavam enquanto ele cochilava, suspenso entre a plena consciência e o sono.

— O que podemos fazer, Dom? — sussurrou Sigil, por fim.

Ele soltou um longo suspiro. Queria uma espada, alguns centímetros de folga nas correntes. Que Taristan e uma adaga pusessem um fim em tudo aquilo. Qualquer coisa parecia melhor do que esse purgatório, pendurado à beira de um penhasco.

— Podemos ter esperança, Sigil. Nada mais.

8

RAPOSO E RATINHO DE IGREJA

Charlie

ELES RETOMARAM O RITMO ANTIGO com naturalidade. Era como entrar num caminho costumeiro, seus passos já marcados na terra. Às vezes, quando o cérebro de Charlie vibrava pelo calor da fogueira e da proximidade do corpo de Garion, ele conseguia fingir que eram os velhos tempos.

Charlie ainda era um sacerdote quando conhecera Garion. Era o verão de Partepalas, e o príncipe Orleon tinha acabado de atingir a maioridade. O rei de Madrence mandou abrir barris de vinho em todas as praças da cidade, e os madrentinos brindaram o herdeiro do trono. Vários cavaleiros e lordes rurais chegaram à cidade para as comemorações, muitos parando nas igrejas para honrar seu deus. A maioria ia para Montascelain, a grande catedral dedicada a Pryan. O deus da arte e da música era o padroeiro de Madrence, e seus sacerdotes cantavam nas ruas como forma de adoração.

Um dos muitos motivos por que Charlie preferia cultuar Tiber.

O deus do comércio, do dinheiro e dos negócios não era tão popular numa cidade como Partepalas, onde valorizavam a beleza acima de tudo. A ordem dedicada de Charlie mantinha uma igreja menor perto do porto, à sombra do icônico farol da cidade. Trabalhadores tripulavam o farol em grandes turnos para manter as chamas acesas, e a luz girando com engrenagens lubrificadas. O grande feixe passava pelas janelas de vitral à noite, iluminando os bancos e altares como um raio de sol.

Depois de forçar a vista o dia todo diante das escrituras, iluminando as lendas de Tiber com um cuidado minucioso, Charlie tinha dificuldade para enxergar à noite. Ele ficava grato pelo farol enquanto atravessava a extensão da igreja, apagando as velas no caminho. Fumaça subia até o teto majestoso, pintado com o rosto de Tiber e sua boca de joias e moedas de ouro como mandava a tradição.

Se não fosse pelo giro da luz do farol, Charlie nunca teria visto Garion embaixo de um banco, encolhido nas sombras. Ele estava branco como osso, esvaído de sangue. Se Charlie acreditasse em fantasmas, teria saído correndo da igreja, berrando até voltar ao dormitório dos sacerdotes.

E Garion teria morrido por seus ferimentos na pedra fria do santuário de Tiber.

Mas Charlie o arrastou para a luz fraca das últimas poucas velas. Ele era um sacerdote de Tiber, não de Lasreen ou mesmo Syrek, cujas ordens entendiam de medicina. Mas Charlie era filho órfão de camponeses. Conseguia ao menos limpar um ferimento.

Isso bastou para estabilizar Garion e o colocar de pé. Charlie pensou que fosse mais um cavaleiro do interior vindo para o aniversário do príncipe, e que levara a pior em um beco escuro.

O sacerdote logo descobriu que estava enganado.

O homem ferido não era um interiorano ingênuo, mas um membro autêntico dos amharas, os assassinos mais ardilosos e brutais sobre a Ala. Vulnerável apenas por um instante.

Mas o instante bastou.

Eles conversaram noite adentro, Garion à beira da morte, e Charlie à beira do pânico. A cada segundo que passava, o sacerdote queria fugir e buscar seu superior, ou simplesmente deixar que o amhara se curasse sozinho. O homem era um assassino mortal, capaz de matá-lo assim recuperasse a força.

No entanto, algo impedia Charlie de sair do lugar, um instinto que ele não entendia na época. Ele observou a cor voltar lentamente para o rosto do assassino, as bochechas pálidas recuperando um pouco mais de calor a cada hora que passava. Nesse meio-tempo, Garion falou para se manter acordado, e Charlie escutou com os ouvidos receptivos de um sacerdote.

O assassino o deliciou com histórias do mundo além de Madrence, além do mar Longo. Até terras mal imaginadas, façanhas tão impressionantes quanto terríveis.

— Você é quieto, até para um ratinho de igreja — murmurou Garion em algum momento antes do amanhecer, seus olhos dançando com a luz de uma última vela.

Uma de suas mãos roçou na de Charlie, apenas por um momento.

— Você é dócil, até para um raposo — respondeu Charlie, surpreendendo os dois.

No decorrer dos anos seguintes, os nomes pegaram.

Raposo. Ratinho de igreja. Gritados na rua, entre risadas nos jardins, sussurrados em quartos. Chorados num porão em Adira, sem ninguém para ouvir além de penas e tinta.

Agora os nomes ecoavam pelo ar frio da floresta Castelã.

As árvores os protegiam do vento forte de inverno, mas também do sol. Charlie acabava atraído por bolsões de luz de tantas em tantas horas. Às vezes, queria que eles tivessem ficado com a égua. Mas, em seu coração, sabia que ela só os retardaria enquanto se dirigiam ao leste.

Garion abanou a cabeça para ele, não pela primeira vez naquela semana, nem mesmo naquele dia. Observou Charlie da beira da clareira e abriu um sorriso torto.

— Como, em nome de Lasreen, você sobreviveu em Vodin? — murmurou, rindo. — A floresta Castelã é o auge do verão comparada com a floresta trequiana.

— Em Trec, dormi no castelo de um rei e me banqueteei na frente de lareiras crepitantes — respondeu Charlie. Ele olhava para os pés enquanto caminhava, com cuidado para não tropeçar numa raiz errante. — Sua hospitalidade deixa muito a desejar.

— Eu ficaria ofendido se não conhecesse seu senso de humor. — Garion passou entre os troncos de árvore com uma elegância amhara, e pulou um pequeno córrego. Charlie seguiu com um resmungo, água gelada espirrando em suas botas. — Além disso, é boa essa jaqueta que roubei para você ontem.

Charlie estava, sim, agradecido pela jaqueta forrada de pele de coelho. Junto com seu casaco de pele de Trec, ela o impedia de congelar completamente.

— O lenhador vai sentir falta dela — murmurou Charlie. Era quase um agradecimento. — Mas não precisava roubar a cabana dele. Ainda tenho algumas moedas.

Garion estalou a língua e fez que não com o dedo.

— A última coisa de que precisamos é que um lenhador morda uma das suas moedas e descubra que é falsa.

Um galho sacudiu quando Garion o pegou, passando por cima de um emaranhado de espinheiros.

— Além disso, nos daríamos melhor em Badentern — continuou ele, sem nem ofegar pelo esforço.

Havia pelo menos uma semana que eles estavam na mata, e Charlie estava todo dolorido. Seus pés latejavam nas botas, mas ele seguiu em frente, atravessando com esforço os espinhos.

— Não vamos para Badentern — resmungou pelo que parecia a milésima vez. — Não vamos para Badentern, porque não é para lá que Corayne vai.

O sorriso de Garion desapareceu.

— Charlie... — ele falou num tom de pena.

— Se existe uma chance de ela estar viva, preciso acreditar — respondeu Charlie, com a voz baixa e severa.

Garion seguiu, espreitando Charlie.

— E se ela não estiver? — perguntou.

Charlie se crispou e escorregou num pedaço de gelo, mas se equilibrou bem a tempo, recusando a ajuda de Garion.

— Se ela estiver morta, a Ala precisa ser avisada.

Garion pestanejou, depois girou em um círculo lento. Observou as árvores retorcidas e a vegetação rasteira, antes de se voltar, boquiaberto, para Charlie.

— Quem vai avisar a esfera daqui?

Charlie contorceu os lábios, irritado. Com Garion e com as circunstâncias. Pensou no mapa nos alforjes, pendurados no ombro. E na raposa pintada na floresta Castelã, desenhada entre carvalhos e pinheiros.

Pensou em outra coisa também. Um exército de soldados como Domacridhan, imortais e poderosos. E dispostos a lutar.

— Anciões — disse, e a voz ecoou pela floresta silenciosa. — Há Anciões nesta floresta. Em algum lugar. Dom falou deles uma vez.

Garion abanou a cabeça de novo. Embora tivesse sido criado na famosa guilda dos assassinos e conhecesse grande parte do mundo, seus ensinamentos eram mesmo limitados. Ele guardava pouco além do conhecimento necessário para matar e escapar.

— Anciões e outras esferas, tudo não passa de disparates amaldiçoados pelo Fuso — disse o assassino. Chutou uma pedra no chão, fazendo-a saltar pela vegetação rasteira. — Se o mundo vai acabar, não quero perder tempo vagando por essa floresta infernal, buscando Anciões que nunca vamos encontrar. Você nem sabe onde eles *estão*, ratinho de igreja.

Pela primeira vez, o apelido o irritou, e Charlie fechou a cara.

— Eu consigo encontrá-los — disse, com veemência. — Sozinho, se for preciso.

Com uma velocidade enlouquecedora, Garion chegou ao seu lado. Charlie rangeu os dentes, tentando não se aborrecer pela desenvoltura do companheiro na floresta, enquanto cada passo seu parecia uma batalha contra a lama.

— Agora você está sendo tolo mesmo — disse Garion, observando as árvores.

Sua expressão ficou mais desconfiada, seus instintos de assassino caindo sobre os ombros como um casaco.

— Houve um tempo em que os amharas treinavam para matar Anciões. Gerações atrás. — Os lábios de Garion ficaram brancos quando ele os mordeu. Assim eram as memórias. — Não por ouro ou encomendas. Mas por glória. Era considerada a maior façanha que um amhara poderia realizar. Mesmo assim, poucos conseguiram.

Em sua mente, Charlie viu outra assassina amhara, a lâmina brilhando na mão. E um imortal solene a seguindo como uma sombra, contrariando-a sem parar.

— Sorasa quase matou um Ancião algumas vezes — murmurou.

Garion baixou a voz:

— Nunca nem vi um imortal.

— Só conheci aquele. — A garganta de Charlie se apertou de emoção. — Longe de ser impressionante.

Ele soltou um palavrão quando perdeu o equilíbrio de novo, dessa vez escorregando até cair num toco de árvore quebrada. Embora tudo nele quisesse parar e descansar, empurrou a madeira podre e seguiu em frente.

Garion foi atrás. Charlie sentiu seu olhar e ergueu a sobrancelha.

— Você mudou, Charlie — disse o assassino.

Charlie bufou.

— O que lhe deu essa impressão?

Ele baixou os olhos para si mesmo, a barriga ainda roliça por baixo do casaco. Mas estava mais magro do que nunca, definhado por dias duros de viagem. Sabia que seu rosto devia estar descarnado e pálido, sua barba, desigual, sua pele, encardida de sujeira e suor. E seu lindo cabelo castanho, antes engomado e trançado, estava pior que palha velha. Muito diferente de um sacerdote de túnica ou mesmo um falsário em sua oficina.

Garion leu seus pensamentos com facilidade, abanando a cabeça.

— Você nunca acreditou nessas coisas. Nem mesmo em seus deuses — disse Garion.

Gratidão cresceu no peito de Charlie.

— Vai acreditar em mim, então?

— Vou tentar — foi tudo que ele conseguiu dizer.

Sem avisar, Garion disparou. Como um gato, escalou o pinheiro mais próximo com uma velocidade espantosa. Charlie ficou olhando, surpreso, e quis ir também. Tentou o galho mais baixo e logo desistiu.

— Bom, o que você vê? — gritou para cima.

Garion já estava na copa, equilibrado precariamente num galho que parecia pequeno demais para suportar seu peso.

— Há algumas vilas a sudoeste, talvez a uns oito quilômetros — disse, protegendo os olhos da luz forte do sol sobre as árvores. — Dá para ver os fios de fumaça. E há o rio ao leste, cortando a floresta.

Charlie se crispou quando Garion se mexeu entre os ramos, subindo ainda mais.

— O que está procurando, exatamente? — gritou.

Garion balançou a mão.

— Um castelo? Uma torre? Você saberia melhor do que eu.

— E não sei quase nada — murmurou Charlie.

Ele não fazia ideia de como era um enclave ancião, muito menos onde poderia estar. De novo, chutou uma pedra entre as árvores.

— Aquela nuvem até que parece um dragão — disse o assassino à beira do riso.

— Nem comece — rosnou Charlie.

Garion estalou a língua, voltando a descer pelo tronco do pinheiro. Pulou os últimos dois metros, pousando com delicadeza na ponta dos pés.

Exibido, Charlie pensou.

Colocou as mãos em forma de concha ao redor da boca e girou, voltando para o norte. Charlie tomou fôlego e gritou, a voz alta a ponto de afugentar alguns pássaros dos galhos.

— VEDERES DA FLORESTA CASTELÃ — ribombou. No alto, uma coruja piou com irritação, despertada de seu sono. Charlie não deu atenção, o foco na floresta. — ESTOU PROCURANDO POR CORAYNE AN-AMARAT.

Ao seu lado, Garion tapou os ouvidos.

— Pelos olhos de Lasreen, avise da próxima vez — resmungou, observando Charlie com algo entre fascínio e confusão.

Charlie o ignorou e respirou fundo.

— VEDERES DA FLORESTA CASTELÃ. TRAGO NOTÍCIAS DE FUSOS ABERTOS.

Garion inclinou a cabeça.

— O que são vederes?

— É como os Anciões se referem a si mesmos — disse Charlie de canto de boca. — VEDERES DA FLORESTA CASTELÃ.

Ao seu lado, Garion torceu a boca de irritação.

— Isso não vai funcionar.

Charlie deu de ombros.

— Estou acostumado.

— Certo — retrucou Garion.

Fechando a cara, ele levou as mãos à boca mesmo assim.

Juntos, eles gritaram nos confins escuros da floresta, suas vozes reverberando pelos galhos, pela terra e pela pedra.

— VEDERES DA FLORESTA CASTELÃ. ESTOU PROCURANDO POR CORAYNE AN-AMARAT.

Garion continuou mesmo depois que Charlie perdeu a voz. Eles ainda não tinham chegado ao rio, mas pararam num riacho tranquilo para passar a noite. A paisagem pouco mudou. Árvores, árvores e mais árvores, mas era um bom lugar para dormir. Ignorando a temperatura gelada, Charlie mergulhou as mãos no riacho e bebeu avidamente. A água de neve derretida era um bálsamo para sua garganta em chamas.

— Dane-se isso — disse Garion finalmente, sua voz baixa e rouca. Ele falava como um cadáver saído da cova.

— Tudo bem — respondeu Charlie, rouco e feliz por terem parado com aquela loucura.

Para seu alívio, Garion começou a acender uma fogueira, então Charlie se encarregou de montar, precariamente, um acampamento. Estendeu os mantos e peles, criando um ninho na cavidade de uma árvore. Nenhum deles falou por muito tempo, gratos pelo silêncio.

Garion assou um par de coelhos para o jantar, por mais magros que fossem, famintos pelo inverno. Enquanto roía um osso engordurado, Charlie sonhou com dias melhores. Uma mesinha sob o sol, na área externa de uma taberna siscariana, uma taça de um tinto claro na mão. Ou pão quente e fresco, de uma padaria às margens do Riorosse em Partepalas. Até carne de veado, assada e temperada pela mão cuidadosa de Andry Trelland. Comida quente nos sopés da trilha do Lobo, sem nada além de estrelas sobre ele. Seus Companheiros vivos e discutindo como sempre.

— Você tem alguma outra ideia menos... barulhenta? — sussurrou Garion, jogando os ossos na vegetação rasteira.

Ele deu um gole ávido do cantil.

Charlie escolheu as palavras com cuidado, tentando não falar demais. Apontou para os alforjes, dentro dos quais estavam seus papéis e potes de tinta.

— Não consigo exatamente forjar uma maneira de escapar disso.

O rosto de Garion ficou tenso, a luz do fogo incandescendo em seus olhos.

— Também não consigo lutar para nos safar.

Charlie ergueu um canto da boca.

— Pela primeira vez, somos igualmente inúteis.

Eles trocaram um sorriso doce sobre a fogueira. Apesar das circunstâncias, Charlie se perguntou se aquilo também não era um sonho. Encarou Garion um pouco mais, procurando uma sombra, uma falha, uma impossibilidade. Qualquer indício de que tudo era uma ilusão, ou os devaneios de um homem morto.

Garion leu seus pensamentos com facilidade.

— Sou de verdade, ratinho de igreja — disse ele, quase sem voz. — Estou aqui.

Calor se espalhou pelas faces de Charlie e ele desviou os olhos, cuspindo um pedaço de cartilagem no chão.

— Retiro o que disse. Não sou inútil. Sei cozinhar, pelo menos — disse, bruscamente, dissipando a tensão. — Em circunstâncias adequadas.

Se apoiando nos cotovelos, Garion revirou os olhos cintilantes. Se espreguiçou sobre o manto e as peles, deixando bastante espaço ao seu lado. Uma mecha caiu na testa, e ficou tão lindo assim que chegava a ser desconcertante.

— Não tínhamos aulas de culinária na cidadela.

Sorriu quando Charlie levantou e percorreu a curta distância entre eles.

— Mais um ponto contra Lord Mercury — disse Charlie, deitando ao lado dele.

O calor dos dois juntos tornava o ar gelado quase confortável.

Garion deu mais um gole de água, molhando a garganta.

— Ele me enviou com a mesma encomenda que os outros. Matar Corayne an-Amarat e quem quer que tentasse impedir.

Corayne. O nome dela dilacerou a mente de Charlie, uma ferida ainda lancinante.

— Acho que Mercury me deve um pouco de ouro, então. Praticamente a matei também — sussurrou Charlie. — Deixando que morresse. *Que queimasse.*

Ele revirou as palavras de Garion em sua mente. *Enviado com a mesma encomenda que os outros. Com a intenção de matar Corayne. E seus Companheiros também.*

— Há quanto tempo você está nos seguindo? — perguntou por fim.

Mais uma vez, Garion contraiu os lábios, numa careta pesarosa. Charlie viu vergonha nele ainda, e mais alguma coisa por trás.

— Desde que vocês chegaram a Vodin, semanas atrás — disse Garion. — A morte dela foi encomendada muitas vezes, um negócio glorioso para qualquer amhara.

— Bom, agora há doze amharas a menos — disse Charlie, seco.

Garion arregalou os olhos, seu rosto belo dividido, ponderando a implicação.

— Luc e os outros encontraram vocês primeiro?

Para Charlie, Garion era muito mais fácil de ler do que Sorasa. Seu talento era a espada, não subterfúgios e maquinações. Garion era uma arma na mão de Mercury, enquanto Sorasa era sua cobra. Peçonhenta e incorrigível.

Charlie tentou não pensar nela, queimada com o resto.

Em vez disso, pensou naquele dia nas montanhas, no alto da trilha do Lobo. Dom e Sorasa foram caçar o jantar, e Sorasa voltou coberta de sangue, calada como os corpos que deixou para trás.

— Encontraram Sorasa e o Ancião — disse Charlie.

Garion empalideceu.

— Ela matou todos?

— Dom ajudou — respondeu, dando de ombros.

O vento frio farfalhou nas árvores, estremecendo os galhos. Garion pareceu nauseado, os olhos desfocados enquanto assimilava a notícia. Charlie viu em Garion a mesma dor que Sorasa carregava. A culpa. A raiva. Mais do que ninguém, Garion sabia o preço que Sorasa havia pagado.

Assim como Charlie sabia o preço que Garion pagava agora, por estar ali, com as lâminas renegadas.

— Somos os dois traidores. Em sangue e osso — disse Garion por fim, respirando fundo.

Charlie sentiu o calor dele emanar pelo ar invernal.

O sacerdote abriu um sorriso forçado e triste.

— Ser traidor pelo bem da esfera não é tão ruim.

Garion não retribuiu o sorriso.

— Se ao menos eu pudesse pagar com o corpo, como Sorasa fez — praguejou.

Dessa vez, levou a mão às costelas.

Charlie sabia por quê. Lembrava da tatuagem gravada ao longo do tronco de Garion, um símbolo em cada costela, cada marca uma prova de seus dias servindo os amharas. Ele não tinha tantas quanto Sorasa, mas o suficiente para marcá-lo como um assassino perigoso. Charlie as tinha traçado muitas vezes, com os dedos na pele, depois com pena em pergaminho. Ele as traçava mesmo ali, os dedos se curvando na própria costela.

— Lord Mercury vai sair à caça em breve. Se já não tiver saído — sussurrou Garion. Charlie sentiu a tensão do corpo ao seu lado. — Com os doze mortos e eu... desviado do caminho. Pode ser que ele finalmente saia da cidadela e termine o serviço pessoalmente.

Charlie apoiou a cabeça no braço e ergueu os olhos para os galhos de árvore. Mal dava para ver as estrelas.

— Como se dragões e Fusos abertos não fossem perigo o suficiente.

Garion só conseguiu bufar em resposta.

— Acha que os Anciões nos escutaram? — murmurou, observando os galhos altos.

Medo se revirou na barriga de Charlie.

— Se estiverem por perto, sim.

Um "se" considerável, Charlie refletiu. Ele sabia que Garion pensava o mesmo. A floresta Castelã tinha centenas de quilômetros de extensão, impenetrável até para os exércitos de Galland. Havia um motivo para ainda ser mata selvagem, servindo como uma muralha verde cortando o reino.

— Dizem que havia Fusos por toda a floresta Castelã — disse Garion, semiadormecido. Suas pálpebras se fecharam. — As árvores se alimentavam deles, se tornando elas próprias portais. Antes de entrar para os amharas, minha mãe me contava histórias de unicórnios saindo de buracos como este.

Com uma careta, Charlie se ajeitou contra uma raiz enroscada que cutucava sua coluna. Ele observou o buraco na árvore ao redor deles, o tronco do grande carvalho aberto como um par de cortinas. Parecia não ter nada de mais, vazio exceto por terra, folhas mortas e dois viajantes cansados.

— Bom, não quero ser chifrado por um unicórnio — respondeu Charlie, passando a mão no cabelo de Garion.

Ele o acariciou distraidamente, as ondas escuras que tanto conhecia como um rio entre seus dedos. Garion soltou um suspiro de satisfação, fechando os olhos. Outra pessoa pensaria que ele estava dormindo, mas Charlie o conhecia. Assassinos amharas quase nunca baixavam a guarda, e Garion tinha um sono leve no melhor dos casos.

— Não mais, claro — acrescentou Garion, com a voz sonhadora. — Esses Fusos desapareceram há muito tempo. Mas deixaram ecos para trás. Ainda há bruxas nesta floresta. Amaldiçoadas pelos Fusos.

— Acho que o termo correto é abençoadas pelos Fusos — murmurou Charlie em resposta. Ele olhou para as estrelas de novo, depois para as árvores. Parte dele esperava encontrar olhos azuis como relâmpago e cheiro de lavanda. — Você nunca conheceu uma bruxa. Melhor não falar mal delas.

Garion ergueu a cabeça e abriu os olhos, quase cara a cara com Charlie. Estudou o sacerdote destituído com intensidade e lentamente.

— Você está longe de ser o ratinho de igreja que conheci — disse Garion com a voz rouca.

Charlie engoliu partes iguais de tristeza e orgulho.

— Mas você ainda é meu raposo.

9

ÁGUIA E GRALHA

Andry

NÃO HAVIA FRIO COMO O DO MAR.

Andry fazia o possível para se aquecer depois de uma semana de navegação, quando todas as suas roupas pareciam ao mesmo tempo úmidas e congeladas. Invejava Oscovko, que tinha voltado à costa dois dias antes. Seus homens já deviam estar a meio caminho de Vodin àquela altura, voltando por terra aos Portões de Trec. Levaria semanas para mobilizar o exército trequiano, e Andry praticamente salivava só de pensar num castelo aconchegante.

Ainda mais ali, enquanto remava arduamente com o resto da tripulação. Ele olhou para o outro lado do convés na direção do navio escolhido por Lady Eyda, o maior de sua armada descombinada. Era um drácar jydês, tripulado por imortais e os poucos saqueadores que tinham conseguido escapar.

Por sorte, sua jornada logo chegaria ao fim. Ghald estava perto, a cidade de saqueadores transparecendo através das nuvens cinza.

A cidade ficava na ponta de uma península, uma faca projetada entre os mares Vigilante e da Glória, a única terra habitável entre fiordes, falésias e pinhais que cortavam a costa. Assim eram as terras jydesas: verde, branco e cinza, um mundo congelado de povo bruto.

Ventos horríveis uivavam do norte enquanto seus barcos pelejavam para entrar no porto. Andry se esforçava ao lado dos saqueadores e imortais, as mãos cheias de bolhas na empunhadura gasta de madeira. Cada remada os levava mais perto da costa, até passarem pela muralha de pedra protetora no ancoradouro. O vento parou, deixando que deslizassem pelo resto do caminho.

Quando o navio finalmente ancorou, a tripulação não perdeu tempo. Os jydeses praticamente saltaram dos bancos, pulando a amurada do navio para a doca lá embaixo.

O corpo de Andry doía depois de horas remando, e ele levantou com cuidado, atento aos poucos pertences que sobreviveram a Gidastern. A chaleira não estava entre eles. Ele lamentou sua perda pela milésima vez, desejando nada mais do que uma xícara de chá quente.

Enquanto afivelava a espada na cintura, virou devagar, contemplando a cidade saqueadora de Ghald.

Drácares abarrotavam o porto. Velas de todas as cores batiam ao vento, listradas ou pintadas com símbolos para marcar os clãs. Andry identificou ursos, peixes chifrados, lobos, águias e até dragões, suas bocas cuspindo chamas vermelhas desbotadas. Ele não fazia ideia de que emblema pertencia a qual clã mas tentou memorizar mesmo assim.

Corayne vai querer saber disso, pensou, a boca se enchendo de um gosto amargo.

Depois das docas ficavam os mercados e depósitos, destinados a armazenar grãos, aço, moedas, tesouros, o que quer que voltasse dos saques de verão. Havia casas comunais telhadas com palha, cascalho e grama, algumas decoradas por coruchéus. Lembravam Andry das cátedras de Ascal, talhadas em madeira em vez de pedra.

Quase toda a Ghald era feita de madeira. Até a muralha de paliçada era de madeira cinzenta cortada, afiada em pontas cruéis. Andry engoliu em seco e pensou numa única vela destruindo o lugar inteiro ao redor deles. Que dirá um dragão.

Gidastern era metade pedra e mesmo assim queimou, pensou, olhando para o céu cinza carregado. *Ghald vai sofrer o mesmo destino na metade do tempo.*

Então Andry estreitou os olhos, fitando as ruas abarrotadas da capital saqueadora.

Mas não sem lutar.

Olhando com mais atenção, ele percebeu que Ghald era mais uma base militar do que uma cidade. Arsenais e estábulos se espalhavam pelas ruas, e forjas faiscavam em cada esquina. Martelos soavam em bigornas enquanto comerciantes gritavam nos mercados, negociando o preço de aço de qualidade. Andry viu machados reluzirem num pátio de treinamento, e quase todos usavam algum tipo de armadura sob as peles. Homens e mulheres, vindos de todos os clãs. Barracas de couro cercavam as muralhas internas, enfileiradas como um acampamento de exército. Ghald transbordava de saqueadores, muito mais do que conseguia abrigar.

A cena inspirou certa confiança em Andry, por menor que fosse. Como as tropas trequianas, os saqueadores lutavam tanto por glória, como por ouro.

E não havia glória maior do que salvar a própria esfera.

Os Anciões se reuniram, descendo do navio atrás de Lady Eyda. Andry hesitou em se juntar a eles, se mantendo atrás. Ele não era um soldado imortal. Em vez disso, ofereceu um braço a Valtik e ficou ao lado da bruxa.

— Ah, que bom ver você — cantarolou ela, seu sorriso aumentando.

Andry suspirou e puxou o manto, escondendo a espada.

— Estive aqui o tempo todo, Valtik.

A velha estalou a língua enquanto fazia uma trança nova, entrelaçando pedaços de lavanda fresca no cabelo grisalho.

— Mas me evitou a viagem toda — ela disse. — Você tem sorte que sei perdoar.

Contra a vontade, Andry deu um riso seco.

— Você tem sorte de eu não te acorrentar ao meu braço. Não vai desaparecer, muito menos aqui.

— Meus jydeses vão lutar, com escudo grosso e aço a brilhar. — Ela ergueu os olhos para contemplar a cidade ao redor. — E os outros... hão de abandonar o ramo vivo.

Andry apenas abanou a cabeça.

— Não sei o que isso quer dizer, Valtik.

Ela sorriu em resposta e apertou o braço dele.

Sempre um escudeiro atencioso, Andry deixou que ela se apoiasse nele.

— Venha, Andry — disse, dando um tapinha na mão dele. — Comigo.

O chamado antigo foi uma flecha no coração de Andry. Sua garganta se apertou.

— Comigo — sussurrou em resposta.

Valtik os guiou pela cidade sem perder o ritmo, seus pés descalços passando por madeira, terra, pedra e neve. Eyda e os imortais seguiram em silêncio. A Dama de Kovalinn ainda usava o manto rasgado e a armadura surrada, a perda de Gidastern estampada por todo o aço. Andry sabia que eles formavam uma imagem estranha, para não dizer ameaçadora.

Sua passagem atraiu os olhos de muitos, de pele rosa ou negra, pálida ou bronzeada. Mas todos com o mesmo rubor frio. Embora os povos nativos de Jyd fossem claros, os clãs ofereciam proteção a todos que empunhassem o machado saqueador. Mortais de toda a Ala viviam entre os fiordes e pinheiros.

Andry fez o possível para depositar sua confiança em Valtik.

Ela conhecia bem Ghald, percorrendo as ruas rumo ao coração da cidade. Os prédios foram ficando mais detalhados em seus adornos. Mais e mais jydeses vinham ver, e a pele de Andry se arrepiou sob os olhos de tantos. Ele soltou um suspiro de alívio quando chegaram ao topo da colina, que se nivelava numa praça. A multidão de curiosos ficou para trás e eles seguiram sozinhos.

Casas comunais imensas cercavam três lados da praça enquanto uma grandiosa catedral de madeira se agigantava no quarto. Andry ficou maravilhado com a igreja de muitas empenas encimadas por dragões esculpidos, suas bocas contendo o sol e a lua. Piche cintilava nas paredes de tábua. A própria igreja parecia um dragão, suas telhas finas de madeira reluzindo como escamas.

Andry sentiu um calafrio, lembrando como era um dragão de verdade. Olhou para as nuvens e rezou para que a criatura não os seguisse para o norte.

— A visão de Lasreen tudo enxerga, tudo iguala — Valtik murmurou. — Sol e lua, águia e gralha.

Enquanto ela sussurrava, um bando de pássaros levantou voo da igreja, suas asas pretas em contraste com o céu. Andry se arrepiou sob as sombras trêmulas.

Sem hesitar, Valtik os conduziu pelas portas da igreja para um interior escuro. Era como ser devorado.

Andry piscou furiosamente, forçando os olhos a se ajustarem antes que tropeçasse.

A igreja ao menos era quente. Uma chama queimava no centro do salão quadrado, aberto para os muitos telhados angulosos sobrepostos. A fumaça tinha um cheiro doce, perfumado por uma erva que Andry não conseguia identificar. O interior era tão elaborado quanto as empenas de fora, toda coluna esculpida com imagens. Andry sabia mais sobre o deus de Galland, Syrek, e o escolhido de sua mãe, Fyriad, do que sobre Lasreen.

Mas até ele reconheceu os entalhes. A maioria contava histórias de Lasreen e seu leal dragão do gelo, Amavar, viajando pela terra dos mortos ou vagando pela Ala para recolher fantasmas transviados. Depois do dragão em Gidastern, Andry mal conseguia olhar na cara de Amavar.

Bruxos dos ossos ficavam nas sombras, grande parte deles em vestes cinza. Um dos bruxos usava preto, atrás do altar de pedra antigo no fundo da igreja. Ele os observava com olhos brancos cegos.

Alguns guerreiros jydeses estavam entre os bruxos, fáceis de distinguir por suas peles e armaduras. Muitos usavam cores de clã e colares de metais preciosos. Todos tinham algum tipo de arma, fosse um machado, uma espada ou lança. *Chefes*, Andry sabia, o coração saltando no peito.

Valtik os guiou ao redor do fogo e parou diante do altar. Soltou o braço de Andry, que pensou que ela se ajoelharia ou mesmo faria uma reverência ao bruxo cego. Em vez disso, ela encolheu os ombros.

— Estes são os ilesos — disse, com a voz pesarosa. — Os que ficaram nas chamas estão condenados, ao jugo d'Ele presos.

Um murmúrio atravessou a igreja, reverberando entre os bruxos e os chefes guerreiros.

— Condenados — disse Eyda atrás deles, a voz rouca cortando os sussurros como uma faca. — Então não há salvação aos que se perderam para a necromancia de Taristan?

Atrás do altar, o bruxo cego baixou a testa à pedra sob seus dedos. Mexeu os lábios sem emitir som, fazendo alguma oração que ninguém conseguia ouvir. Os chefes fizeram o mesmo, murmurando preces aos jydeses mortos em Gidastern.

— Uma alma tirada pelo Porvir é uma perene morte — disse o bruxo cego ao se erguer. De algum modo sabia onde Eyda estava e virou o rosto para ela. — São parte d'Ele, sem um laço que se corte.

— Pensei que os Anciões sabiam tudo — resmungou um dos chefes.

Ele puxou a barba ruiva trançada, o punho cercado pela tatuagem de uma cadeia de montanhas pontiagudas.

Eyda olhou para os chefes como olharia para um inseto.

— Não cabe a nós conhecer as profundezas do mal na mão do Porvir ou no coração *mortal* de Taristan.

O ruivo praticamente rosnou.

— Você guiou os yrlanos à morte.

Andry se meteu entre os dois antes que a Dama de Kovalinn cortasse o chefe jydês ao meio.

— Os yrlanos foram os primeiros a responder ao nosso apelo, e com bravura — disse Andry, incisivo, com uma reverência grata.

Ele pensou nos poucos mais de dez sobreviventes que circulavam por Ghald, os últimos resquícios de seu clã.

Outra chefe baixou a cabeça grisalha. Usava uma pele de lobo branca ao redor dos ombros.

— Com certeza — disse, lançando um olhar cortante para o ruivo. — Vamos nos lembrar de seu sacrifício.

O ruivo a ignorou e desceu um degrau do altar, de olho em Andry. Seus lábios se abriam, revelando dentes amarelos, um sorriso de zombaria e escárnio.

— Você está longe de casa — disse, olhando Andry de cima a baixo. — Parece nossos irmãos sulistas, mas fala como os conquistadores, como os cães da Rainha Verde.

A Rainha Verde. Andry fechou a cara e amaldiçoou a existência de Erida.

— Fui um escudeiro de Galland, nascido no palácio de Ascal — respondeu, com a voz firme. Ecoou até o teto. — Treinado para ser um cavaleiro.

Ao redor da igreja, alguns dos chefes chiaram, incluindo o ruivo.

Andry não reagiu, esperando a raiva deles passar.

— *Fui*, milordes — disse por fim, peremptório. — Quando era menino, aprendi sobre os saques de verão. Vocês eram uma praga na costa norte de Galland, até para a própria cidade de Gidastern. Os jydeses saíam à noite para pilhar santuários e vilas, fugindo com tudo que conseguissem carregar. Deixando cidades incendiadas e corpos mortos para trás.

Na frente dele, o ruivo estufou o peito de orgulho. Os saques não eram apenas sua subsistência, mas tradição.

— Primeiro, eu tinha medo de vocês — Andry admitiu. — Depois passei a sonhar em rechaçar seus saques com minha própria espada. Protegendo o norte, trazendo paz ao mar Vigilante. Servindo minha rainha e seu reino.

Andry não tinha nenhum talento para a oratória, mas sabia ser honesto. Era fácil contar aos jydeses a verdade sobre seu passado, para que pudessem entender melhor as circunstâncias do presente.

— Agora caminho entre vocês e rogo por sua ajuda. — Ele encarou o olhar sério do ruivo, presumindo que o chefe chiasse de novo. — Rogamos todos, independentemente de nossas diferenças e longas histórias. De tão desesperados que estamos.

Para o alívio de Andry, o ruivo não retrucou.

— Gidastern se foi — ele continuou, contundente. — Não há nada que possamos fazer a respeito. Mas podemos olhar para a frente...

A chefe de pele de lobo ergueu a mão pálida. Seus dedos eram tortos, quebrados e cicatrizados uma dezena de vezes.

— Poupe sua saliva, Estrela Azul — disse, interrompendo-o.

Estrela Azul.

Andry baixou os olhos para o próprio peito, para a túnica sobre a cota de malha. O brasão do pai continuava lá, em cima do coração. De algum modo, a estrela azul puída resistia, um cobalto-escuro como o céu da meia-noite. *Como os olhos do meu pai*, Andry pensou, tentando se apegar ao rosto de que mal se lembrava.

Ele voltou a erguer os olhos para a chefe, a respiração presa na garganta.

Como Valtik, ela apenas encolheu os ombros.

— Os jydeses não precisam ser convencidos — disse ela. — Antevimos a destruição da esfera muito antes de qualquer um dos seus reis ou imortais se dar ao trabalho de notar. É por isso que nos reunimos em Ghald. Para nos preparar. E lutar.

Andry estreitou os olhos, surpreendido. Toda tentativa de incitar um discurso definhou em seus lábios. Ele praticamente murchou, baixando os ombros.

— Ah — balbuciou. — Então. Que bom.

Do altar, o sacerdote cego ergueu a cabeça. Como Valtik, ele usava lavanda nas tranças.

— A Rosa do Velho Cór ainda está a viver? — perguntou. — Ainda há uma guerra a se combater?

Sua voz exaurida se projetou pela igreja. *A Rosa do Velho Cór*. Andry ouviu o nome dela sem que ninguém o dissesse. *Corayne* ecoou por todas as colunas e entalhes, assombrando como um fantasma.

Ela está viva?, Andry tinha perguntado a Valtik apenas uma vez, e a bruxa se recusara a responder. Ele tinha medo demais de perguntar de novo.

Quando Valtik riu baixo, Andry se voltou para ela com os olhos arregalados, e a bruxa apenas ergueu as mãos.

— Vive, sim — disse ela, despreocupada, como se falasse do tempo. — Está traçado seu caminho.

Os joelhos de Andry cederam, e a terra balançou sob seus pés. Ele queria rir e chorar em igual medida. A velha apenas riu baixo quando ele a segurou pelos ombros. A vista de Andry se resumiu à velha na frente dele, os olhos azuis como relâmpago ameaçando afogá-lo.

Alguém agarrou seu braço, mas ele apenas se desvencilhou com facilidade.

— Valtik, você sabia esse tempo todo? — ele questionou, olhando fixamente para ela. — Não disse nada, não me contou?

— Tudo depende da espera — respondeu ela, dando um tapinha no seu rosto. — Da ruína dos reis à salvação da esfera.

De novo, alguém pegou Andry pelo ombro. De novo, ele foi se desvencilhar, mas encontrou o aperto ferrenho de uma Anciã.

Eyda se agigantava sobre seu ombro, um olhar de alerta.

A igreja prontamente voltou ao foco. Os bruxos dos ossos reunidos no altar, preparados para defender os seus. E o chefe ruivo passava um dedo pela lâmina do machado, uma ameaça declarada.

Respirando fundo para se acalmar, Andry cedeu. Valtik riu baixo outra vez e saiu de seu alcance, deixando que ele se recuperasse. Emoções demais digladiavam em sua mente, todas girando ao redor de um único pensamento.

Corayne está viva.

— Você disse que o caminho dela está traçado — disse Eyda com calma a Valtik. — Pode nos dizer aonde esse caminho leva?

A bruxa girou devagar, examinando o teto empenado.

— Nele, vocês estão. Com vocês está a razão.

Andry resistiu a mais uma onda de frustração.

— Se o caminho dela é o nosso, então Iona é o correto — disse ele, cortante. — Vamos encontrá-la lá. E talvez então eu possa me livrar de você de uma vez por todas.

— Cuidado com o que diz diante dos olhos de Lasreen — repreendeu Valtik, e apontou para os entalhes nas colunas imponentes, girando o punho. A fumaça da lareira se retorceu estranhamente pelos dedos dela. — No templo dela, tudo se vê, do começo ao fim.

— Que bom — silvou Andry. — Ela vê como você é *irritante*.

Enquanto os bruxos dos ossos se encolhiam pelo insulto, Valtik riu.

— Irritante deveras — disse alegremente. — Mas apenas quando impera.

Inconscientemente, Andry revirou os olhos.

A chefe vestida com pele de lobo refletia sua impaciência. Bufando, ela desceu um degrau na direção da lareira, olhando para Eyda de cabeça erguida. Seus olhos verde-claros alternaram entre cada um deles.

— Os clãs de Jyd estão de acordo — disse ela. — A menina de sangue do Cór é a última esperança da esfera. Ela deve ser defendida, e nossos mortos, vingados.

A chefe levou um punho ao peito, batendo na armadura uma vez.

— Yrla foi primeiro, mas Sornlonda, as Terranevadas, seguirá.

O ruivo bateu no peito entusiasticamente.

— Hjorn seguirá.

Outro chefe fez o mesmo.

— Gryma seguirá.

Assim se repetiu pela igreja, punhos batendo em couro, com todos os chefes comprometendo seus clãs. Andry fez o possível para memorizá-los. A águia de Asgyrl. O lobo de Sornlonda. As grandes montanhas de Hjorn do ruivo. Blodin. Gryma. Lyda. Jyrodagr. Veröldin. Ele os repetiu vezes e mais vezes, mas as palavras jydesas se misturaram em sua cabeça.

Corayne já saberia todos, pensou. Esperou a dor habitual da memória dela, mas sentiu apenas alegria. Era preciso toda a sua determinação para não sair correndo da igreja até o ancoradouro, onde poderia guiar um navio até Iona.

— Somos os clãs de Jyd — disse a chefe sornlondana, e bateu no peito de novo. — Somos muitos.

Os outros chefes deram um brado curto e baixo, como um grito de guerra.

— Somos fortes.

Eles deram outro brado, mais grave do que antes. Tirou o ar da igreja.

O rosto da sornlondana ficou mais sombrio.

— Mas não suficientes para enfrentar um grande exército sozinhos.

Andry conhecia o suficiente das legiões gallandesas, sem falar na horda morta-viva de Taristan, para concordar. Ele deu um aceno soturno.

— Seu ponto forte está na água, em incursões — disse ele. — Ataques rápidos e retiradas rápidas. Se Corayne chegar a Iona, a rainha de

Galland a seguirá com todos os soldados que tiver em suas legiões, todas as máquinas de cerco. Todos os navios da frota.

A chefe abriu um sorriso ferino e sanguinolento.

— Você tem gosto pela guerra, Estrela Azul.

O calor inundou as bochechas de Andry, mas ele continuou:

— Preparem seus drácares para os mares invernais. Se certifiquem de que ninguém possa deslocar um exército pelo Vigilante ou ao longo da costa. As tropas de Trec vão fazer o mesmo ao longo da fronteira deles — acrescentou, pensando em Oscovko e seu exército. — Talvez não consigamos deter Erida e Taristan, mas podemos retardá-los.

Quando os chefes bradaram seu grito de guerra de novo, Andry quase bradou com eles. Em vez disso, levou a mão à espada em seu quadril, os dedos seguindo o velho instinto ao envolver o cabo. Parecia a única coisa que ele ainda sabia fazer.

— Juntos — disse, baixo, a voz perdida sob os ecos.

Comigo.

10

A COROA PRIMEIRO

Erida

LÁ FORA, A NOITE CAÍA SOBRE ASCAL. Erida acompanhou os resquícios sangrentos de sol desaparecerem enquanto luzes brancas brotavam por sua cidade. Respirou devagar, como se conseguisse inspirar os muitos milhares que habitavam dentro de suas muralhas. Isso já a acalmou.

— Eu deveria vê-los — disse, dando as costas para a janela. Sua mente desceu para as masmorras do palácio e os prisioneiros encarcerados lá. — Todos os três.

— Só a assassina pode ter alguma serventia — disse Taristan. — Mas Ronin não foi... delicado com ela.

Erida se retraiu. Ela entendia o bastante sobre o ofício da tortura. As masmorras dela abrigavam muitas salas para tais atividades e seus interrogadores e executores eram bem versados na arte. Era mais do que necessário para qualquer governante, ainda mais com um reino tão vasto quanto o dela e uma corte tão pouco confiável.

Algo dizia a Erida que Ronin, o Vermelho, era ainda pior do que os agentes dela. O feiticeiro amargurado e amaldiçoado pelo Fuso tinha muito mais ferramentas a sua disposição.

— Ela está morta?

Erida finalmente se voltou para Taristan, com certa distância. O manto dela ainda estava caído, dourado como a armadura. Parte tão grande dela queria se desfazer do resto das roupas e deitar nua, mas ainda havia trabalho a fazer.

Ele apenas encolheu os ombros, a frieza retornando. Taristan pouco se importava com a amhara capturada.

— Por ora não, mas os guardas informaram que ainda não acordou depois do último interrogatório, desde que a levaram de volta às celas.

Erida estreitou os olhos.

— E quando foi isso?

— Uns três dias atrás.

Mais uma vez, ela se retraiu e pensou em Ronin, os olhos vermelhos e o sorriso grande demais nas sombras de uma masmorra.

Erida abanou a cabeça para afugentar a imagem.

— E o imortal?

Ela lembrava bem até demais de Domacridhan. O Ancião monstruoso e ameaçador se agigantava em sua mente, com uma raiva mal escondida fervilhando. Ele a lembrava de uma tempestade em mar aberto, ameaçando quebrar na costa.

O raro sorriso de Taristan retornou. Se Domacridhan era uma tempestade, Taristan era o vento cruel que o mantinha à distância.

— Ainda vive, apodrecendo nas celas. É uma punição mais cruel do que até Ronin poderia engendrar — disse, e Erida notou a mais leve nota de orgulho. — Quando o fim chegar, quando nossa vitória for absoluta, só então ele verá o sol de novo. Uma última vez.

Não havia brilho vermelho no olho de Taristan. A satisfação tenebrosa era somente dele. Isso arrepiou e encantou Erida em igual medida.

— Ele sabe onde Corayne está? — perguntou ela.

Ele abanou a cabeça.

— Duvido. Domacridhan tem poucas características. Valente, idealista. E estúpido. — Taristan bufou, rouco. — Ele era um escudo para Corayne, pouco além disso.

— Ele é um príncipe ancião.

— Deseja pedir resgate por ele? — Taristan ergueu a sobrancelha e soltou uma risada. — Arrancar ouro da rainha dele?

Ela descartou a ideia com um gesto, a esmeralda brilhando.

— Não. Deixe que fique na escuridão. Vamos tirar o ouro nós mesmos quando exterminarmos o enclave dele da face da esfera.

Do outro lado do quarto, Taristan sorriu, os lábios entreabertos como se segurasse o mundo entre os dentes. Aos olhos de Erida, era quase isso.

— Assim faremos — murmurou ele.

Os metros entre eles se estenderam, e Erida sentiu frio apesar do ar abafado do quarto. Era o calor dele que ela desejava, quase quente demais para suportar, o suficiente para arder sem queimar.

Ele a encarou, e Erida se perguntou se conseguia ler o desejo estampado no rosto dela. A vontade. Era avassaladora, por mais que ela a repelisse, até seu próprio coração ser apenas um eco distante, batendo no fundo da mente.

A coroa vinha primeiro. O trabalho ainda a fazer.

Ela inspirou fundo e quebrou o silêncio entre eles.

— Não acredito que estou dizendo isso, mas preciso falar com Ronin.

Taristan franziu os olhos pretos, confuso por um instante. E enfim assentiu com um dar de ombros.

— Ele está nos arquivos — disse, indicando a porta.

Um choque subiu pelas costas de Erida. Ela cerrou o punho, erguendo os dedos para mostrar a esmeralda de Galland.

— Não sou a Rainha de Quatro Reinos, uma Imperatriz em Ascensão? — disse, praticamente rindo. — Não posso convocar nem um feiticeiro amaldiçoado pelo Fuso?

Taristan deu de ombros de novo.

— Não a menos que você mande alguém para carregá-lo pelas escadas da torre — disse ele, quase envergonhado. — A bruxa quebrou a perna dele.

Quem dera tivesse quebrado o pescoço.

— Devo admitir que estou com inveja — disse ela em voz alta, corando. — Muito bem, vou até ele.

Com a decisão tomada, ela deu passos resolutos na direção da porta. Cada passo era calculado, rápido demais. Temia correr qualquer risco de ficar.

Os dedos dele roçaram seu punho quando ela passou, e todo o autocontrole dela se reduziu a cinzas.

De novo, os lábios dela arderam nos dele, até não restar nada.

Os dois rosnaram ao ouvir a batida na porta.

— Majestade? — chamou uma voz hesitante do corredor.

Mais uma vez, ela resmungou entre dentes. Taristan baixou a cabeça, a testa apoiada no ombro nu dela. Erida se perguntou vagamente quando ele havia baixado a parte superior do vestido, mas já não importava.

Ela ajeitou a roupa com um gesto brusco e foi até a porta, abrindo-a com um olhar glacial.

Lord Cuthberg, seu senescal, estava encolhido do outro lado. As damas de companhia dela o cercavam, acompanhadas por Lady Harrsing, apoiada na bengala. Apenas por Harrsing a fúria de Erida se abateu um pouco.

— Majestade, minhas mais sinceras desculpas — balbuciou o velho senescal corpulento, fazendo uma grande reverência.

Como o administrador do palácio com cargo mais elevado, ele usava uma corrente de ouro e roupas finas de dar inveja nos lordes abastados.

Erida não deixou de notar que o olhar de Cuthberg passou para trás dela, encontrando Taristan ainda no salão. O senescal choramingou de novo, praticamente cobrindo os olhos. Cuthberg tinha talento para números e organizações, mas não bravura.

A rainha o ignorou, voltando o foco para Lady Harrsing.

— Bella, você deveria estar descansando depois da longa viagem — disse com um sorriso leve e sincero. — Vamos jantar amanhã à noite?

Para a consternação de Erida, Lady Harrsing parecia constrangida. Ela fez a maior reverência que a bengala permitia, e as damas seguiram seu exemplo.

— Minha queridíssima rainha — disse Harrsing. Seu cabelo prateado refletiu à luz de velas. — O embaixador temurano a aguarda. Jantamos juntos hoje. Todos nós.

Ao seu lado, Lord Cuthberg se contorceu, fazendo outra reverência.

Irritada, Erida lembrou da tagarelice dele no pátio quando ela chegou. *O embaixador solicita uma audiência*, ele lhe dissera, e ela havia concedido.

— Claro. — Erida fez o possível para vestir sua máscara da corte: olhos inertes e sorriso reservado. — Lord Cuthberg, acompanhe meu marido até os servos dele e cuide para que esteja pronto para o embaixador.

Erida quase achou que seu senescal cairia morto.

— Prefiro jantar nos meus aposentos — disse Taristan entre dentes, tão desconfortável quanto Cuthberg.

— Bom saber sua preferência — retrucou Erida, apontando a porta.

Para seu alívio, ele não discutiu. Tampouco se demorou, passando por ela sem olhar para trás nem tocá-la. Foi um balde de água fria sobre carvões em brasa.

Cuthberg saiu às pressas atrás de Taristan, que seguiu o longo corredor e sumiu de seu campo de visão com poucos passos rápidos. Erida se compadeceu dos servos que o aguardavam.

A coroa vem primeiro, ela repetiu, ignorando a sensação vibrante dos lábios de Taristan. Sem ele, era mais fácil ser a rainha de Galland em vez de Erida.

Ela recuou da porta e deixou que suas damas entrassem, um bando de pássaros lindinhos de seda e renda. Lady Harrsing entrou por último.

Erida voltou ao velho ritmo sem pensar. Criadas apareceram ao lado de suas damas nobres e, juntas, seguiram sua rotina habitual. E Erida também. Ela ergueu a cabeça, deixando que mãos sem nome passassem por seu cabelo, desfazendo as tranças velhas para fazer novas.

Apenas Lady Harrsing sentou, as outras receosas demais de parecerem ociosas na presença de Erida.

— Bella, tivemos um dia longo — disse Erida, deixando alguém desatar seu vestido. Outra o tirou por cima, revelando as roupas íntimas. — Não sei por quanto tempo vou conseguir tratar com o embaixador esta noite.

— Pouco mais do que uma hora será suficiente — respondeu Lady Harrsing, apoiando o peso na bengala. — O embaixador Salbhai também fez uma viagem longa e não vai embora tão rápido.

Erida captou as entrelinhas com facilidade.

— Ah — disse, já frustrada pela presença de um embaixador que ela não conhecia.

Que dirá um de Temurijon, o único império comparável ao seu.

— Não tenho paciência para isso, nem tempo — murmurou, baixando a cabeça para deixar que uma criada tirasse seus colares, enquanto outra polia a esmeralda em seu dedo.

— Vossa majestade faz o que quiser — concedeu Harrsing, os olhos verde-claros penetrantes como sempre. Erida os sentiu como duas adagas gélidas. — Mas é bom manter os temuranos atrás das montanhas pelo maior tempo possível. Não tenho o menor desejo de ver os Incontáveis na vida.

Não posso dizer o mesmo, Erida pensou, com cuidado para manter o rosto inexpressivo. Havia muitos anos que ela desejava testar suas legiões contra o exército a cavalo do imperador Bhur. Vencer e ficar acima de todos na esfera.

Voltou a observar Harrsing, lendo as marcas de idade no rosto dela. A idosa tinha setenta anos ao menos, e era muitas vezes mãe e avó, de filhos por toda a esfera, em todos os reinos.

Lady Harrsing retribuiu o olhar, deixando a rainha contemplar.

— Mas uma coisa desejo ver — acrescentou a velha, baixando os olhos para a barriga de Erida.

A rainha respondeu com um riso seco e fulminante. Quis zombar de Bella por sua bisbilhotice, mas se conteve. Os olhos das damas eram muitos, suas fofocas, velozes.

— Lady Harrsing — cortou Erida com um tom escandalizado.

Ela torceu para que a repreensão gentil bastasse para desviar sua curiosidade.

Atrás dela, as damas que arrumavam suas roupas para o jantar ficaram mais lentas, prestando atenção. Erida se sentiu como uma leoa atrás das grades, enjaulada e observada por criaturas mais fracas.

Para o alívio de Erida, Harrsing cedeu, erguendo a mão em sinal de rendição.

— É o privilégio das velhas ser enxerida e falar fora de hora de tempos em tempos — disse, com um sorriso distraído.

Como a rainha, ela também usava uma máscara, mas Erida enxergava facilmente o que estava por trás. Sabia que seria um erro pensar que Lady Harrsing fosse algo menos do que uma política astuta que sobrevivia por décadas na corte gallandesa. Lord Thornwall comandava exércitos pelo reino, mas Bella transitava por um terreno igualmente perigoso no palácio.

— Sou mãe de um reino e estou gestando um império — disse Erida, em voz alta. — Certamente isso basta por ora.

— Por ora — respondeu Harrsing, assentindo, mas seus olhos penetrantes brilhavam. — Por ora.

Devagar, Erida acenou em resposta. Ela sabia a que Harrsing se referia, o que queria dizer, mas não podia pronunciar na frente de outras pessoas. Mesmo agora, com todo o poder do mundo em suas mãos, Lady Harrsing ainda tentava proteger Erida de Galland. A rainha sentiu um aperto no peito.

Por mais poderosa que eu seja, ainda preciso de estabilidade aos olhos dos meus lordes, Erida pensou. *Preciso de um herdeiro para sentar no trono que construí.*

— Está sendo um inverno estranho — murmurou Harrsing, voltando o olhar para as janelas. Escuridão pesava sobre elas, interrompida apenas pelas luzes da cidade. — Há notícias de neve no sul e fogo no norte.

Fogo. Gidastern. Erida ficou quieta, engolindo em seco o mal-estar.

— E o céu — murmurou uma das damas, com insolência.

— O que tem o céu? — perguntou Erida, cortante.

— Sem dúvida vossa majestade viu — respondeu a menina, sem se atrever a encarar a rainha. — Há dias em que está vermelho como sangue.

— Vermelho como a vitória — corrigiu Erida, o tom cortante. — Vermelho é a cor do poderoso Syrek, o deus de Galland. Talvez ele sorria para nós.

Suas roupas íntimas saíram na sequência, e Erida foi até a grande banheira de cobre perto da fogueira, a água fumegando. Com um suspiro baixo, ela mergulhou na água, sentindo a longa jornada ser lavada da pele.

Lady Harrsing continuou sentada, uma ave imperial zelando pela rainha.

— Uma hora no máximo — Erida a lembrou, esticando a cabeça para trás para deixar que as criadas lavassem seu cabelo. — Acabei de voltar para a cidade. O embaixador Salbhai não me achará indelicada, certo? Lord Malek e Lord Emrali sem dúvida vão adorar a oportunidade de entreter um embaixador temurano.

Algo estranho brilhou nos olhos de Harrsing. Erida pensou que poderia ser vergonha.

— Malek e Emrali foram convocados de volta a suas cortes em Kasa e Sardos — disse Lady Harrsing por fim, relutante.

Erida se ajeitou, respingando água. Avaliou suas opções depressa, com total consciência dos muitos olhos atentos ao redor. Se os reinos de Sardos e Kasa reconvocaram diplomatas da corte de Erida, sem dúvida havia problemas. Ou até perigo.

Mas Erida de Galland não temia reino ou exército algum sobre a esfera. Água voltou a entornar quando ela deu de ombros, desdenhando.

— Muito bem — disse, fazendo sinal para Harrsing continuar.

A dama assentiu.

— Uma grande quantidade de outros nobres já chegou à cidade para a coroação.

Ascal realmente parecia mais movimentada do que de costume, e não apenas com lordes e ladies de Galland. Plebeus viriam do interior para celebrar sua rainha, brindando a vitória com cerveja e vinho de graça. Sem mencionar que delegações de Madrence, Tyriot e Siscaria estavam a caminho para presenciar a celebração de sua nova monarca.

— Notícias de Konegin?

O nome de seu primo traiçoeiro era amargo.

Por todo o quarto, suas damas diminuíram o passo. Apenas as criadas continuaram a trabalhar, esfregando os braços de Erida até as unhas.

Harrsing inspirou fundo e bateu a bengala uma vez no chão, frustrada.

— Há poucas notícias desde o fracasso dele em Madrence.

Erida não deixou de notar a escolha cuidadosa de palavras. *Fracasso*. Era uma forma delicada de descrever uma tentativa de usurpação.

— Fiz minhas próprias investigações, mas recebi pouco em termos de notícias. Desconfio que esteja do outro lado do mar Longo a essa altura, buscando um buraco onde se esconder — murmurou Bella.

— Meu primo arriscou a vida e o futuro para tomar o trono. Ele não vai desistir tão facilmente.

Por todo o quarto, suas damas baixaram os olhos, de mãos trêmulas.

Erida quase zombou delas. Tinha pouca vontade de consolar crianças aterrorizadas. Mas suas damas eram de sangue nobre, descendidas de reis e lordes. Não era do interesse de ninguém que ficassem com medo.

Animais são mais perigosos quando estão com medo, Erida pensou.

Ela olhou para uma de cada vez, filhas e esposas de homens poderosos. Buscando maior poder em sua proximidade com a rainha. Espiãs, todas elas.

Erida se sentiu como uma atriz num palco, representando para uma multidão na rua. Invocou todo o seu treinamento de corte, todos os dias passados controlando o rosto e a voz.

— Buscamos construir um grande império, com Galland no centro — disse Erida, transbordando sinceridade. Percebeu que as criadas também escutavam, trabalhando mais devagar para deixá-la falar. — Quero paz por toda a esfera e prosperidade para seus povos.

As histórias vão se lembrar bem de mim. Vitoriosa, generosa, magnífica, sagrada. E amada, pensou. Enquanto falava, traçou os caminhos que a fofoca seguiria pelo palácio, pela cidade, pelas famílias nobres e pelos plebeus de toda a Ala.

— Quero construir grandeza e glória. Uma terra digna de nossos deuses. — Não era mentira. Erida sentia o gosto da verdade nas palavras, por mais sedutoras que fossem. No fundo, uma presença vermelha e calorosa ardeu com orgulho. — E vou fazer o que devo para tornar isso realidade. Para todos nós.

— Claro, majestade — disse Harrsing da cadeira, sua voz cortando o silêncio. — A traição de Lord Konegin não será tolerada.

Erida deixou que uma criada a ajudasse a sair do banho. Outra a envolveu num roupão aquecido perto do fogo.

— Ele será punido — disse. Pentes passaram por seu cabelo castanho-acinzentado, puxando-a para trás e para a frente. — Preciso cortar a cabeça da cobra antes que seu veneno se espalhe.

Se já não tiver se espalhado, pensou. *Ele com certeza ainda tem aliados na corte, pessoas que o colocariam no trono se pudessem. Preciso extirpar todos.*

A morte havia assombrado sua primeira coroação. Erida desconfiava que assombraria a próxima também.

11

SUAS ALMAS JUNTAS

Corayne

Uma noite em Sirandel se transformou em duas, três, uma semana. Corayne fez o que pôde para não deixar que os dias se confundissem. Mas o tempo parecia diferente na floresta Castelã, sob as árvores, nos bolsões intermitentes de luz do sol. Ela disse a si mesma que os dias gastos eram úteis. Os Anciões precisavam de tempo para reunir seus guerreiros dos cantos longínquos da floresta. E Corayne precisava de tempo para cicatrizar todas as feridas possíveis. Seus hematomas desapareceram, seus arranhões e queimaduras desbotaram.

Mas as lembranças ficaram. Eram cortes profundos demais para se fecharem.

O sono ali ao menos era tranquilo. Ou ela estava longe o bastante de um Fuso ou o Porvir não conseguia penetrar o enclave ancião. Ela sonhava apenas com a cabana à beira-mar e o perfume de limoeiros.

Na sétima manhã, Corayne conhecia o enclave de Sirandel o suficiente para encontrar sozinha o caminho do pátio de treinamento. Ela refez as tranças enquanto andava, soltando alguns nós com os dedos.

Sempre que chegava, encontrava o campo vazio, livre para seu uso, e muito antes de ver os Anciões eles a ouviam. Ela observou o círculo de pedra, grande o bastante para abrigar muitas duplas de treino. As velhas marcações entalhadas na pedra eram cheias de musgo, e árvores esculpidas se entrelaçavam acima. Vidro colorido projetava um arco-íris pelo círculo plano.

Corayne entrava e saía dos cacos de luz, repassando os movimentos que Sigil e Sorasa lhe haviam ensinado. Era mais difícil sem elas, mas seus músculos lembravam, o instinto não falhava.

Os Anciões a vestiram bem, substituindo suas roupas queimadas por uma seleção de túnicas de veludo, calças e peças de couro liso de qualidade. Tudo em tons fortes de marrom, dourado e roxo, para se camuflar na floresta invernal. Também havia um manto de Sirandel, com bordado de raposas, o capuz forrado por uma pele incrivelmente macia. Lembrava demais o manto ioniano de Dom que ela nunca conseguia usar.

Os imortais a deixavam treinar em paz, se aproximando apenas para deixar água, comida e uma variedade de armas, que ela podia escolher, conforme achasse adequado para seu corpo. A espada de Fuso a acompanhava todo dia, mas Corayne hesitava em usá-la. A espada era de Taristan, não sua.

Dava preferência a um sabre mais curto e leve, a lâmina ligeiramente curva.

A cada arco da espada, ela se forçava a ser um pouco mais rápida, um pouco mais forte, até sua respiração ficar ofegante.

Não será em vão, Corayne disse a si mesma pela milésima vez.

— Perdoe a intrusão.

Arfando, Corayne deixou que o impulso da espada a virasse, encontrando ninguém menos do que Valnir. Por mais imponente que fosse, o Ancião hesitava à margem do círculo de pedra.

— Há quando tempo está assistindo? — resmungou Corayne, secando a testa com os avambraços, com cuidado para evitar os espinhos das garras de dragão.

Valnir a encarou, impassível.

— Talvez uma hora.

Não pela primeira vez, Corayne quis gritar pelas normas sociais dos Anciões.

— O que posso fazer pelo senhor, milorde? — disse, tentando não parecer irritada.

É finalmente hora de agir? Seus guerreiros estão reunidos?

Para seu espanto, o monarca ancião deu um passo à frente para dentro do círculo de treinamento, arrastando o manto roxo. O arco estava nas suas costas, como um terceiro braço.

— Você foi bem treinada — ele elogiou, com um olhar aguçado.

Ela se coçava sob a atenção dele, o olhar amarelo agoniante.

— Obrigada — disse, relutante. — Estou ansiosa para pegar a estrada.

— Eu sei — respondeu ele, baixando os olhos para a espada de Fuso.

Com um sobressalto, Corayne percebeu que não havia nada que ela pudesse fazer se Valnir decidisse apanhar ou quebrar a arma em mil pedaços.

Seu coração bateu forte.

Valnir ficou em silêncio por um longo momento, como se ponderasse suas palavras. Abriu o manto roxo, afastando-o para mostrar o pescoço. Uma veia imponente pulsava sob a pele branca. Com um único dedo, traçou a linha de pele rugosa na garganta. A cicatriz parecia errada num corpo imortal.

— Precisam apenas de corda para enforcar mortais como você — murmurou ele, curvando metade da boca em uma careta. — Para nós, o carrasco precisa usar pesos e corrente de aço.

Por mais que tentasse, Corayne não conseguia tirar a imagem da cabeça. Cordas de aço enroladas no pescoço de Valnir, ferro pesado enganchado em seus pés.

— Por quê? — perguntou ela, arregalando os olhos.

A voz dele saiu suave ao responder:

— Não fui o único.

Ela ficou zonza, lembrando de outra Anciã. *Os mesmos olhos, o mesmo cabelo. O mesmo rosto, quase.* Devagar, Corayne entendeu. *E a mesma cicatriz no pescoço.*

— Eyda. A Dama de Kovalinn.

Valnir baixou a cabeça e deu um passo para trás no círculo de treinamento, abrindo certo espaço para ela.

— Minha irmã. Foi assim que os dois herdeiros se tornaram a ruína de nossa grande família.

Corayne lembrou de Eyda nas margens do mar Vigilante, guiando um exército ancião e um clã jydês. *Para a morte*, pensou com amargura. Parte dela queria cutucar a ferida, fazer Valnir admitir seu próprio erro. A recusa dele em lutar condenou a princesa Ridha e a própria irmã.

Mas Corayne viu a tristeza por trás dos olhos dele e a vergonha terrível. *Ele já sabe, e está fazendo tudo dentro de seu poder para se redimir.*

— Assim como havia Fusos em Todala na época, também havia Fusos em Glorian. — Valnir entrelaçou as mãos enquanto andava. — Portais para muitas esferas. Irridas, Meer, a Encruzilhada, a Ala. Acreditávamos que esses Fusos impunham uma ameaça a nossa esfera e precisavam ser fechados a todo custo.

Corayne ouviu a raiva controlada que turvava a voz dele.

— Seu povo não concordou.

— Glorian é a luz das esferas, e a luz deve sempre se difundir — respondeu ele. — Assim disse nosso rei. Era nosso dever cruzar as terras infinitas, levando a grandeza de Glorian aonde quer que fôssemos.

— Meu próprio sangue é dos Fusos — comentou Corayne, se encolhendo quando o rosto de Taristan apareceu em sua mente. — Entendo o apelo de perambular, tanto quanto possível.

Valnir mal pareceu dar ouvidos, os olhos se desfocando.

— Eu me consolo em saber que estava certo sobre os Fusos — murmurou. — No fim.

Engolindo em seco, Corayne baixou os olhos para a espada no banco, traçando a lâmina familiar. Alguns dias, era um fardo e, em outros, uma muleta. Hoje, era mais um compasso, sua agulha apontando na direção que ela conhecia.

O Ancião observava com olhos amarelos.

— Forjada no coração de um Fuso — murmurou ele, estendendo a mão para tocar a espada. — Posso? — perguntou, apontando para o cabo.

Algo dizia a Corayne que ele aceitaria qualquer que fosse a decisão que ela tomasse. Devagar, ela fez que sim.

Os dedos compridos dele envolveram o cabo e, com um relâmpago de aço, a espada se soltou, a lâmina exposta erguida para a floresta.

— *Um fio de ouro contra martelo e bigorna, e aço entre os três. Uma travessia, em sangue e lâmina, que em chave os dois fez.*

A lâmina virou na mão de Valnir, refletindo o sol, todas as letras estranhas brilhando sob a luz projetada.

— É o que diz na espada — murmurou Corayne. Como tinha feito tantas vezes, ela tentou ler a língua da lâmina, escrita numa letra bela e imperscrutável. — O senhor fala Velho Cór?

Com o semblante carregado, Valnir devolveu a espada de Fuso à bainha e a deixou no banco com cuidado. Ele a tratava com reverência gentil, como um pai trataria um filho.

— Um pouco — murmurou. — Outrora.

Mais uma vez, ela notou como ele manejava a espada, os olhos cheios de uma suavidade repentina. Como se olhasse para um amigo. Ou um filho.

— O senhor as fez — disse Corayne, sem pensar.

O sorriso dele era uma curva fina de lua crescente. Não se refletia nos olhos.

— O senhor fez a espada de meu pai. Fez a de Taristan. — A voz de Corayne tremia. — Fez as espadas de Fuso.

— Entre muitas outras. Apenas duas sobreviveram para entrar nesta esfera. — Valnir abanou a cabeça. — Não olho para uma forja desde então.

Ela olhou de novo para o pescoço dele, a cicatriz reluzindo.

— Foi colocado na forca por isso.

Valnir encolheu os ombros.

— A forca foi apenas uma ameaça.

E que ameaça, Corayne pensou, engolindo em seco.

— Morte ou exílio. Está claro o que escolhemos, eu e minha irmã — continuou, levando um dedo ao gume do aço. Uma única gota de sangue brotou. — Entramos na Ala como párias, com apenas meia dúzia que partilhava das mesmas opiniões. Não éramos bem-vindos em Iona e, por isso, construímos Sirandel. Depois os Fusos se deslocaram...

Ele afastou a mão, dor perpassando seu rosto bonito.

— Glorian Perdida fez de todos nós exilados.

Corayne sentia a mesma dor no peito, sempre à margem de tudo. Ela sabia, de certa forma, como era estar perdida, sem esperança de voltar para casa.

Valnir deu um suspiro exasperado, olhando para as árvores, estalou a língua.

— Venha, há uma comoção no salão nobre — disse, ainda com o olhar voltado para o labirinto da floresta talhada.

Para o quê, Corayne não sabia, seus olhos e ouvidos mortais deploravelmente inúteis.

— Está bem — respondeu ela, pendurando a espada de Fuso no ombro.

A arma era pesada em suas costas, uma âncora constante enquanto ela seguia Valnir obedientemente pelo enclave. As botas dela eram ruidosas sobre pedraria e folhas mortas, mas ele não fazia barulho algum.

O tempo todo, os pensamentos dela se agitavam, uma tempestade em sua cabeça. *Valnir marcha agora, não por ser a coisa certa a fazer, mas por vingança*, ela sabia. *E talvez certa redenção.*

O salão nobre de Valnir se destacava tão vividamente que Corayne mal conseguia acreditar que não o havia identificado na primeira vez. Ela passou entre duas árvores arqueadas, cujas pétalas eram trabalhadas em vidro dourado, e encontrou o salão permeado por guerreiros anciões, seus sussurros ao mesmo tempo melódicos e sobrenaturais. Corayne admirou seus armamentos, facas, arcos e lanças, todos reluzentes e prontos para a guerra.

A multidão abriu espaço para eles, desobstruindo o caminho para o trono. Valnir se dirigiu ao assento enquanto Corayne ficava para trás, pretendendo se perder na multidão. Até que algo estranho chamou sua atenção e seu coração acelerado parou de repente. Seu peito se apertou e foi como se o ar fosse arrancado de seus pulmões.

Dois vultos aguardavam diante do trono, um deles ajoelhado, o corpo familiar.

Corayne tentou dizer seu nome. Saiu como um rangido constrangedor.

Mesmo assim, ele a ouviu.

No chão, Charlon Armont virou o mais rápido possível. Ele se movia com todo o cuidado possível e Corayne temeu o pior. Depois percebeu que havia uma possibilidade ainda mais horrível.

— Você é real? — ela se forçou a dizer, a voz trêmula. — Estou sonhando?

Quase achou que acordaria assustada na cama, enrolada em lençóis de linho macio. Seus olhos ardiam, já temendo a perspectiva.

Mas Charlie soltou um riso baixo e rouco.

— Se *eu* sou real? — grasnou.

E apontou para os guerreiros anciões e Valnir no salão nobre de árvores de pedra. Charlie se destacava horrivelmente dos outros, um jovem mortal, exausto e pálido, de cabelo castanho embaraçado e mantos mais sujos do que as botas.

Um sorriso curvou seus lábios.

— Sou a coisa mais real deste lugar.

Corayne tirou a espada de Fuso dos ombros, deixando que caísse no chão. Se lançou à frente, agarrando Charlie pela cintura. Ele tombou, sustentado apenas pelo homem ao lado. Corayne mal se importou, ocupada demais envolvendo os braços nos ombros dele.

— Você está toda suada — resmungou Charlie.

Ele fingiu empurrá-la.

Corayne recuou, contemplando-o de novo. *Barba nas bochechas, olheiras. Barro por toda parte. E real.*

Ela franziu o nariz.

— Bom, você está *fedendo*.

Os olhos cor de lama se enrugaram quando ele retribuiu o sorriso.

— Formamos um belo par, nós dois.

Nós dois ecoou em sua cabeça. Era quase difícil demais de suportar.

— Como me encontrou? — ela se forçou a dizer, ainda apertando os antebraços dele.

Atrás, um dos guardas de Sirandel entrou em seu campo de visão.

— Nós o encontramos — disse o guarda. — Não foi difícil. Eles encheram a floresta Castelã de barulho.

A voz rouca dele fez sentido de repente. Corayne arregalou os olhos.

— Você *gritou* para entrar sob custódia anciã? — zombou.

Charlie deu de ombros.

— Deu certo — disse ele, tão surpreso quanto ela. — E você?

O sorriso dela se fechou.

— Um grupo de busca me encontrou na manhã seguinte... — Ela vacilou, as palavras difíceis demais de dizer. — Depois.

Devagar, Charlie soltou os braços dela.

— Sinto muito por ter fugido — disse ele, o rosto corando de vergonha.

Algo rebrilhou em seu olho e ele secou a única lágrima antes que ela pudesse cair.

Corayne quis dar um murro nele.

— Eu não — disse ela, rápido, voltando a segurá-lo pelos ombros. Dessa vez, apertou até demais, obrigando Charlie a retribuir seu abraço. — É o único motivo para estar aqui agora. Comigo.

Ao dizê-lo, ela ouviu outra voz em sua mente ecoando o chamado. *Comigo.* Andry o usava tantas vezes que Corayne não conseguia acreditar que nunca mais o ouviria da boca dele.

Charlie olhou no fundo dos olhos dela, a mesma dor refletida nele.

— Comigo — respondeu.

— Imagino que esses sejam seus Companheiros.

A voz baixa de Valnir os fez se separarem. O monarca ancião olhou para os dois, e então para o estranho ao lado de Charlie.

— Um deles, sim — disse Corayne, observando o desconhecido.

Ela o leu como leria um mapa, observando suas peças de couro e sua rapieira. A lâmina de bronze familiar que saía do casaco dele fisgou a atenção dela.

— Sou o Garion — disse o homem. — Dos amharas.

— *Ah* — Corayne deixou escapar.

Charlie voltou a corar.

Corayne alternou o olhar entre o sacerdote e o assassino, encantada. Por mais incompatível que o par parecesse, um matador esguio com porte de bailarino e um sacerdote fugitivo com dedos sujos de tinta, eram feitos um para o outro.

— É um prazer finalmente te conhecer — ela disse, pegando Garion pela mão. — Charlie não me contou quase nada.

Garion olhou para Charlie de esguelha.

— Logo vamos remediar isso.

— Lord Valnir, meus amigos precisam de cuidados. Para que nos acompanhem em nossa jornada ao leste.

O alívio de Charlie desapareceu.

— E quando isso seria? — disse ele, entre dentes.

Não cabia a Corayne responder. Ela olhou para Valnir. Uma semana antes, o olhar amarelo dele a aterrorizava. No momento, porém, ela o via apenas como mais um obstáculo no caminho.

Ele apertou o arco e estudou os entalhes complexos na madeira, traçando uma raposa com o dedo.

— Ao amanhecer — murmurou Valnir.

Um burburinho reverberou entre os imortais reunidos.

Ao lado dela, Charlie fechou a cara.

— Ao amanhecer. Que maravilha — resmungou ele.

Deram a Charlie e Garion aposentos vizinhos aos de Corayne, ramificações dentro da mesma estrutura subterrânea. Não era abafado como um porão, o teto entrecortado por raízes de mármore e claraboias para iluminar os cômodos. Velas queimavam em castiçais de galho, afugentando quaisquer sombras ou umidade. Comida se amontoava numa das muitas mesas. Coelho, faisão, verduras, legumes e vinho, com bastante variedade, apesar do inverno. Tapetes macios cobriam o piso de pedra, estampados com folhas de todas as cores. Havia até uma banheira de cobre posicionada na frente da lareira crepitante. Quando Corayne os visitou, tanto Charlie como Garion já estavam de banho tomado.

Corayne se acomodou numa almofada, nervosa e alvoraçada, o corpo desacostumado à alegria depois de tanta tristeza. Suas bochechas ardiam de tanto sorrir, mas ela não conseguia se conter.

Ao lado da cama suntuosa, Charlie vestiu uma camisa de linho nova com um suspiro. Ergueu uma manga e inspirou fundo, saboreando o cheiro de roupa limpa. Já estava com uma calça de veludo marrom e botas novas, o cabelo comprido penteado.

À lareira, Garion estava de novo com seu couro amhara, como Corayne imaginava. Se fosse como Sorasa, Garion não trocaria seu couro de qualidade pelas melhores roupas de Todala. Mas havia separado as armas para limpar, a rapieira e seis adagas de tamanhos variados.

— Vocês têm algum ferimento? Posso pedir um curandeiro, mas já aviso: não são muito bons — tagarelou Corayne, praticamente quicando na almofada. — Não há muita procura por curandeiros entre imortais, imagino.

Charlie torceu a boca para ela.

— Você parece alucinada.

— Talvez eu esteja — disparou ela, e olhou para Garion. — Juro que normalmente não sou tão…

— É, sim — interrompeu Charlie. Sua voz ainda estava rouca e ele virou uma taça de vinho de um gole só. Se afundou na cama, deitando a cabeça nas mãos e cruzando os tornozelos. — Ah, graças aos deuses — suspirou, relaxando sobre as cobertas e os travesseiros.

Um canto da boca de Garion se ergueu num sorrisinho bonito. Ele olhou para Charlie com o rosto inclinado, de uma forma que fez Corayne entender exatamente por que Charlie o amava.

— Garion dos amharas. — Ela puxou a almofada para ficar de frente para ele.

O assassino se voltou para ela. Seu sorriso veio fácil. Ao contrário de Sorasa, não havia nenhum brilho de perigo por trás dos olhos cinza-

-escuros. Ele parecia mais receptivo, simpático, até. Mas talvez isso também fosse uma arma.

— Você foi enviado para me matar como os outros? — perguntou ela, observando seu rosto com atenção.

Dos travesseiros, Charlie gargalhou.

— Se isso tudo tiver sido um truque para assassinar Corayne, nunca vou te perdoar.

— Querido, você não me conhece? — respondeu Garion, estalando a língua em sinal de repreensão.

— Conheço até bem demais, na verdade — zombou Charlie.

— Hmmm. — Garion soltou um murmúrio gutural e se apoiou na parede, meio nas sombras, encolhido como um lindo gato perigoso. — Sorasa Sarn não é a única amhara a dar as costas para a Guilda.

Corayne se crispou.

— *Era* — ela deixou escapar, se arrependendo no mesmo instante.

Ela ouviu Charlie se ajeitar entre os travesseiros e colocar os pés no chão, as botas batendo no piso com uma pancada.

— Você viu... Você os viu morrerem? — balbuciou ele.

— Vi o suficiente. Isto é... não consigo repetir tudo. — Sua garganta se apertou e ela engoliu em seco. — Não sei como alguém poderia sobreviver a Gidastern. Nem Sorasa e Sigil. Nem mesmo Dom. — Ela se sentiu enjoada só de contornar o assunto. — Muito menos Andry. Ele daria a vida antes de deixar qualquer um para trás.

Pelo canto dos olhos, algo brilhou. Ela virou bem a tempo de ver uma única lágrima escorrer do rosto de Charlie.

— E Valtik? — murmurou ele.

Corayne secou os próprios olhos ardidos.

— Sinceramente, Valtik deve estar jogando dados de ossos em algum lugar e rindo do fim do mundo. — Ela nem estava sendo tão irônica. — Acho que somos só nós. Vamos ter que bastar.

— Ainda não estamos mortos — disse ele.

As palavras já eram familiares demais para Corayne. Ela as repetiu mesmo assim:

— Ainda não estamos mortos.

Antes que um silêncio desconfortável pudesse cair de verdade, Garion bufou:

— Aonde devemos ir amanhã?

— E tão pavorosamente cedo — resmungou Charlie.

Corayne firmou o maxilar.

— Partimos para o enclave de Iona. Em Calidon.

Charlie se apoiou na mesa, como se já estivesse exausto pela longa jornada.

— Por que Iona?

— É a maior cidade anciã. A casa de Dom. E é onde tudo começou. As espadas de Fuso, meu pai. Sinto como se uma corda me puxasse para lá. É o caminho certo, tem que ser — disse ela, levando a mão ao peito. — Sem mencionar que Taristan tem o exército de Erida e uma horda de mortos-vivos. Ele virá atrás de mim para recuperar a espada, e não pretendo ficar esperando. E... — Sua voz embargou. — Acho que é para onde o resto iria. Se houver uma chance de não estarem...

As palavras lhe faltaram de vez, a garganta ameaçando fechar.

Do outro lado do quarto, Charlie baixou os olhos, dando um pouco de privacidade a ela em seu luto.

— Bom, não sei mais o que é um bom plano, mas imagino que esse até que seja bom — disse ele, por fim. — Talvez as cartas ajudem um pouco. Se chegarem aonde precisam.

Mais uma vez, Corayne sofreu com a memória. Ela queria voltar a Vodin, à manhã antes de terem saído de Trec. Quando ela e Charlie se sentaram a uma mesa de banquete, uma pilha de pergaminhos entre eles, o ar cheirando a tinta. Enquanto ela escrevia as cartas, Charlie forjava dezenas de selos das mais altas coroas da esfera, de Rhashir a Madrence. Todas pedindo ajuda, todas revelando a conquista de Erida, e a perversão.

— Se tivermos sorte, podem ter chegado. — Mas nem mesmo Corayne se atrevia a ter esperança. As cartas levariam semanas ou meses para chegar a seus destinos, se é que chegariam. E ainda por cima precisariam acreditar nelas. — Isadere vai convencer o pai? O rei de Ibal vai lutar?

Charlie não gostava muito de herdeire de Ibal, e zombou:

— Se elu parar de olhar para o espelho sagrado um segundo.

Estava longe de ser o que Corayne queria ouvir. Ela mordeu o lábio com força, quase rasgando a pele.

— Não acredito que somos só nós.

Ao lado da mesa, o rosto de Charlie se abrandou. Ele estava barbeado de novo, o que o deixava mais jovem, mais perto da idade de Corayne.

— Eu deveria dizer algo sábio e reconfortante. Mas, mesmo como um sacerdote, nunca fui bom nesse tipo de coisa. — Ele observou as muitas velas sobre a mesa, a luz das chamas dançando em suas faces. — Não sei o que existe além desta esfera, Corayne. Não sei para onde nossas almas vão. Mas quero acreditar que vamos juntos e que os veremos de novo, um dia. Ao fim disso tudo.

Com um movimento rápido, ele lambeu o polegar e o indicador. Pinçou as cinco velas, uma de cada vez, apagando as chamas com um leve chiado de fumaça. Corayne estremeceu ao apagar de cada vela.

Ele pegou outra, ainda acesa, e voltou a acender as cinco.

— Reze comigo, Charlie — murmurou Corayne.

Ela achou que ele se recusaria.

Em vez disso, ele se ajoelhou ao seu lado, com a mão na sua.

A qualquer deus que desse ouvidos, ela pediu orientação. Coragem. E que a esfera do além fosse como Charlie dissera. Suas almas juntas, esperando pelo resto.

12

O TOURO, A COBRA E O FURACÃO

Domacridhan

Os carcereiros voltaram no dia seguinte. Dessa vez, com um cavaleiro da Guarda do Leão, sua armadura dourada sob a luz de tochas. Ele andava com a cabeça erguida, o peito estufado, mas Dom notou como seu olhar se desviava, alternando entre os prisioneiros de cada lado do corredor. Até a guarda da rainha sabia que eles deveriam ser temidos.

O Ancião se eriçou sob as muitas amarras. Em parte, queria estraçalhar os guardas, em parte queria forçar um copo de água goela abaixo de Sorasa. Do outro lado do corredor, Sigil bateu nas grades com as mãos atadas.

— Ela vai morrer sob *seus* cuidados — rosnou para os carcereiros. — É isso que o príncipe quer?

Nem os carcereiros, nem o cavaleiro responderam.

— Você vai parar numa destas celas se ela morrer — provocou ela, balançando o dedo para ele.

— Não sei o que é mais assustador — disse Dom da parede. — As celas... ou o companheiro de cela?

Sigil ergueu a cabeça e soltou uma risada gutural de deboche. Um dos carcereiros olhou para eles, o rosto retraído de preocupação.

— Vocês precisam ajudá-la — gritou Dom.

Para seu alívio, os guardas pararam na cela de Sorasa, as chaves tilintando. O cavaleiro ficou para trás, deixando os carcereiros entrarem antes na cela. Ele manteve a mão na espada, os dedos de manopla envoltos no cabo da arma.

— Têm certeza de que ela não se mexe? — murmurou o cavaleiro.

Os carcereiros passaram por cima dos potes abandonados de comida apodrecida.

— Sim, senhor. Ela não come, não bebe há quase três dias. Desde que o feiticeiro a trouxe.

Dom sentiu o coração entre os dentes.

— Muito bem — disse o membro da Guarda do Leão, acenando, com a boca torcida de aversão. — Isso é obra do feiticeiro e problema do feiticeiro.

— Sim, senhor — disseram os carcereiros em uníssono, baixando a cabeça.

O cavaleiro acenou com a mão, já impaciente.

— Levantem-na.

Os dois carcereiros trocaram olhares rápidos, relutantes a tocar numa assassina amhara. Mesmo que inconsciente.

— Eu mandei movê-la — vociferou o cavaleiro. — Vamos.

— Vamos — Dom ouviu Sigil murmurar.

Ela observava Sorasa com os olhos arregalados, tão nervosa quanto ele.

Os carcereiros foram cuidadosos em seus movimentos, bem atentos tanto a Sorasa como aos prisioneiros que observavam. Ela era pequena o bastante para ser carregada, e um carcereiro a pendurou com facilidade sobre o ombro. A cabeça dela balançou de uma forma que fez Dom sentir náusea, e o ombro dela estava claramente deslocado. O braço balançava conforme o carcereiro saía da cela, acompanhado de perto pelo colega.

Pela primeira vez desde Gidastern, Dom viu o rosto de Sorasa. Como Sigil, ela estava mais pálida, a pele perdendo o brilho bronzeado na escuridão. Também tinha hematomas, meio cicatrizados, e um corte sobre um olho. Mesmo assim, parecia serena, como se estivesse apenas dormindo. Nada comparado com a última vez em que ele vira o rosto dela, quando estavam encurralados numa cidade em chamas, com cães infernais e mortos-vivos a cada esquina. Mas os olhos dela estavam abertos na época, acesos como duas chamas cor de cobre.

O que ele não daria para ver aqueles olhos se abrirem de novo.

Os carcereiros se moveram rapidamente, e o cavaleiro seguiu em seu encalço, o longo manto verde ondulando.

— Não me vá morrer, Sarn — murmurou Sigil quando passaram pela cela dela.

Dom não disse nada. Apenas ouviu o batimento firme e inabalável do coração dela. E depois os passos distantes dos carcereiros, suas botas raspando o piso, enquanto a armadura do cavaleiro retinia a cada passo.

Até que o batimento acelerou, e Dom pensou que seu próprio coração pararia. Algo rebrilhou no canto de sua visão, quase invisível, como a batida das asas de um inseto. Ele virou a cabeça bruscamente, o pescoço raspando na coleira de metal.

Bem a tempo de ver Sorasa Sarn abrir os olhos e estender a perna. Ela enganchou o joelho na grade da cela mais próxima, o braço bom envolvendo o ombro do carcereiro. Ele deu um grito breve de espanto, mas Sorasa o jogou contra as grades de ferro, os dentes se quebrando.

A onda poderosa voltou a subir no imortal.

— ABAIXA, SORASA! — ele gritou, mas ela já estava em movimento.

A espada longa do cavaleiro cortou o vazio, batendo nas grades de ferro com um clangor. Sorasa rolou sob o golpe, atacando não o cavaleiro, mas o outro carcereiro.

Ele deu um grito agudo e baixou a tocha, as chamas pegando no chão de pedra. As sombras se agitaram rapidamente.

Sorasa o apanhou num segundo, agarrando pela gola da túnica para o jogar para trás. Ele caiu duro de costas, sem fôlego. Com um chute rápido no pescoço, Sorasa se certificou de que ele nunca mais sentisse ar algum.

Sigil gritou de triunfo e chacoalhou as próprias grades, a corrente zunindo.

As chaves zuniram mais que tudo, chacoalhando no chaveiro. Mas, dessa vez, giravam no dedo de Sorasa. Seu olhar era perverso enquanto ia na direção do cavaleiro. A luz da tocha tremulava sobre seu rosto, as chamas a pintando em sombras ondulantes. Por um momento, parecia mais fera que mortal, uma aranha gigante se movendo pela escuridão. Ela abriu os lábios, mostrando os dentes num sorriso terrível.

— Cobra — rosnou o cavaleiro, partindo para cima dela com toda a força.

Mas Sorasa desviou dele perfeitamente, de costas para as celas. Com um movimento rápido do braço bom, jogou as chaves para trás.

Elas escorregaram pelo chão, riscando a poeira e a palha até chegar na frente da cela de Sigil.

— Mantenha o guarda ocupado — gritou Sigil, tentando pegar o chaveiro por entre as grades.

— No seu tempo — sibilou Sorasa em resposta.

Com uma só mão e desarmada, a assassina girou ao redor do cavaleiro da Guarda do Leão. Ele era grande demais para lutar no corredor estreito, os movimentos da espada acertando as grades das celas em vez de Sorasa Sarn.

Dom se debateu contra as amarras em vão. Seus tornozelos e punhos doíam, o pescoço em carne viva, mas nada disso importava. Ele acompanhou a trajetória arqueada de Sorasa com os olhos arregalados, sem piscar. Respirava com dificuldade e torcia para o cavaleiro tropeçar, deixar alguma abertura na guarda.

É tudo que ela precisa, ele sabia. *Um passo em falso. Um segundo perdido.*

Uma fechadura estalou, a porta de uma cela rangeu em dobradiças antigas, e Sigil de Temur saiu para o corredor. Ameaçadora com seu um metro e oitenta. Seu riso descontrolado ecoou pelas pedras.

Só então o cavaleiro vacilou, dando um passo para trás, a espada apontada em defesa. Não ataque.

— OS PRISIONEIROS ESCAPARAM! — ele ribombou, gritando para quem quer que escutasse.

Quem quer que o salvasse.

Com poucos passos largos, Sigil chegou ao lado de Sorasa, colocando as chaves na mão boa dela.

— Sabia que você estava bem — grunhiu a caçadora de recompensas.

Os punhos ainda algemados não pareciam incomodá-la enquanto ela encarava o cavaleiro sobrevivente.

— Claro, Sigil — disse Sorasa, dando as costas para deixar que eles duelassem.

Seus olhos se mexeram sob a luz de tochas, encontrando Dom. As chamas cor de cobre ardiam de novo, faróis na escuridão.

Ele quase pensou que ela demoraria, o aborreceria como de costume. Para seu alívio, ela foi rápida com a fechadura na porta da cela dele.

No corredor, Sigil avançou na direção do cavaleiro.

— Vai fugir, Valente Paladino da Guarda do Leão?

Ele rosnou sob o elmo.

— Jamais.

— Nesse caso, sinto muito por matá-lo — respondeu ela, rindo outra vez. — Se bem que eu o mataria de qualquer jeito. Manter o elemento surpresa e tudo mais. Você entende, imagino.

Ainda sorrindo, ela avançou contra o cavaleiro com toda a força de um touro indomável.

Na cela, Sorasa estudou as correntes de Dom enquanto ele estudava o rosto dela. As três últimas semanas estavam estampadas por todo o corpo. Olheiras, o rosto encovado. Os dedos dela estavam machucados e queimados, faltando algumas unhas. Sangue velho e cinzas riscavam a armadura de couro preto e vermelho-escuro. Suas roupas estavam com as costuras rasgadas, a pele tatuada exposta. Porém, sob o sangue e os hematomas, ela ainda era Sorasa Sarn. Implacável, destemida. E teimosa como uma mula.

Mesmo sem querer, Dom não conseguiu conter o sorriso.

Ela ergueu o queixo para ele, o coração como um tambor para os ouvidos imortais. Ela girou o chaveiro de novo.

— Ancião.

— Amhara.

O olhar dela perpassou as muitas correntes e amarras, sob a sobrancelha erguida.

— Não sei bem por onde começar.

A frustração de sempre superou seu alívio.

— Sarn — praguejou ele, fechando a cara.

— Certo, certo — respondeu ela, com um sorrisinho.

Enquanto Sigil dançava com o cavaleiro, Sorasa cuidou das correntes de Dom. Começou pelos punhos, encaixando chaves diferentes em fechaduras diferentes. Seu primeiro braço se soltou com um estalo, suas articulações doloridas. Quando ela soltou o outro punho, ele conteve um gemido baixo no fundo da garganta.

— Calma, Dom, quase lá — murmurou ela, o tom estranhamente gentil. — Você se vira com o pescoço?

Ele respondeu arrancando a coleira sozinho, aço se curvando em sua mão.

Abaixo dele, Sorasa sorriu.

As últimas correntes saíram de seu corpo, e Dom se soltou da parede maldita. Ele era um furacão ansioso, pura dor e ira. Seu pé atingiu o ferro e estourou as dobradiças da porta da cela, que caiu para trás com um clangor surdo. Tudo entrou num foco incrivelmente nítido, como se o tempo desacelerasse.

Dom se sentiu como um gigante liberto, um dragão em ascensão. Uma fera solta.

Como um sacerdote se curva diante de um deus, Sigil saiu do caminho dele.

Sob o elmo, o rosto do cavaleiro ficou branco, boquiaberto. A espada escapou de sua mão, caindo com estrépito no chão. Ele virou e correu, fugindo diante de um tsunami de fúria imortal.

Dom não tinha amor por violência. Despachou o cavaleiro sem alarde. E silêncio voltou a cair.

Sorasa finalmente parou, apoiando o peso nas grades. Inspirando com dificuldade, ela prendeu o braço machucado sob o joelho, a outra mão no ombro deslocado. Com um estalo nauseabundo e ecoante, ela encaixou a articulação. Dom não conseguiu conter uma careta ao ver o raro lampejo de dor no rosto dela.

Meio segundo depois, Sigil a envolveu num abraço apertado. Sorasa fez cara feia, empurrando-a.

— Não preciso de costelas quebradas além de tudo — grunhiu, voltando a se endireitar.

Mas ainda estava cambaleando e manteve uma das mãos nas grades para se apoiar. Com a outra, pegou o copo de água do chão da cela e bebeu avidamente.

Sorasa usava uma máscara ainda ali, mas Dom via a verdade. Pegou a espada do cavaleiro, segurando-a com firmeza, antes de se voltar para ela.

Com cuidado, estendeu a mão.

— Carrego você se for preciso — disse Dom.

Ela o encarou com olhos peçonhentos.

— Prefiro morrer — disparou, soltando as grades.

Com um giro do punho, jogou o copo no corredor e desatou a correr.

— Pode ser que morra mesmo — resmungou ele atrás dela, acompanhando o passo.

Sigil foi atrás, parando apenas para tirar um par de adagas do cavaleiro. Deu uma a Sorasa e usou a outra para cortar as próprias amarras. Com um silvo, apertou os punhos, relaxando os anéis de pele esfolada.

— E agora? — perguntou a caçadora de recompensas.

Atrás deles, a tocha no chão tremulou, apagando.

— Me sigam — disse Dom, sua visão se ajustando ao breu.

Por sorte, a outra tocha ainda queimava no corredor oposto, sua chama ondulante crescendo a cada passo.

Sorasa bufou ao lado dele.

— *Me* sigam — cortou ela. — Sou a única que sabe aonde estamos indo. E o que vamos fazer ao chegar lá.

— A primeira coisa que vamos fazer é alimentar você — retrucou Dom.

Nas sombras, Sorasa sibilou:

— Parece até o escudeiro.

Chutou o corpo do cavaleiro da Guarda do Leão, virando o cadáver no chão. Sua armadura dourada reluziu, refletindo a luz da tocha distante.

— Deve servir certinho em você, Dom — disse, observando o corpo.

Antes que pudesse retrucar, o imortal foi vestido com a chapa de aço e o manto verde, um elmo apertando o crânio. Sorasa e Sigil foram rápidas em enlaçar a armadura. Ele esperou, desamparado, Sorasa afivelar o cinto, os dedos ágeis e certeiros.

— Está um pouco apertado — resmungou.

Depois de semanas acorrentado a uma parede, a armadura parecia um novo tipo de prisão.

Sorasa apenas revirou os olhos.

— Você vai sobreviver.

Eles entraram no outro corredor, dando de cara com mais uma fileira de celas vazias. A passagem se curvava infinitamente em frente, até deuses sabiam onde. Dom se esforçou para ouvir, mas não havia nada além do som de seus corações.

Sorasa apertou o passo, por mais idiota que fosse se forçar.

— Erida está no palácio, triunfante em seu retorno de Madrence — disse ela. — Deveríamos fazer uma visita.

Pela primeira vez, Sigil pareceu relutante diante de uma briga. Pegou o ombro de Sorasa e disse, os olhos cintilando:

— Precisamos sair daqui.

A assassina se desvencilhou habilmente.

— Estou com cara de quem quer ficar? — zombou Sorasa. — Vamos sair, mas vamos aproveitar ao máximo.

Embora Sigil parecesse cética, Dom se pegou com uma estranha sensação de calma. Não precisava perguntar para saber que Sorasa já tinha um plano, e outro plano além desse. Afinal, ela tivera dois dias longos para pensar. Ele ficou em silêncio, quando antes quereria discutir. Alfinetar a assassina, cutucar suas intenções. Buscar a mentira em suas palavras, alguma evidência de trapaça ou traição.

Não sou mais amhara. Ele ainda ouvia as palavras que ela dissera semanas antes, como se pairassem no ar.

Àquela altura, Domacridhan de Iona tinha total confiança nelas. Seu coração se apertou e inflou, dominado por um instante.

Ele calou seus sentimentos, como Sorasa tinha lhe ensinado a fazer certa vez.

Você não precisa disso.

Ele viu apenas o caminho diante deles, e a espada em sua mão. Era um caminho fácil. Eles precisavam apenas continuar vivos para trilhá-lo.

13

O CISNE AGONIZANTE

Erida

Havia tempo que o salão nobre se recuperara dos destroços deixados por Corayne an-Amarat. Candelabros novos pendiam do teto abobadado, todos parafusados individualmente à pedra. Todas as superfícies resplandeciam, cada placa de mármore polida, os corredores de madeira lustrados e reluzentes. Os tapetes estavam recém-lavados, as estátuas, espanadas. Estandartes novos do verde gallandês e do vermelho corês estavam pendurados em cada arco. Leões rugiam e rosas brotavam, entrelaçados para representar a rainha e o príncipe consorte.

E guardas cercavam as paredes, envoltos em armaduras e com boas espadas. Mais guardas do que Erida se lembrava de ver antes no palácio.

Ela entrou no salão nobre com a fanfarra habitual, um vestido verde simples de cauda longa. Depois do desfile pela cidade de manhã, não suportava a ideia de usar outro vestido elaborado e joias pesadas. Seu cabelo também estava solto, as ondas suaves caindo pelas costas sob uma tiara simples de ouro forjado.

A mensagem era clara. A rainha Erida estava cansada de uma longa viagem, exausta do espetáculo, e não se demoraria.

Suas damas e Guarda do Leão acompanharam o ritmo, alguns passos calculados atrás da rainha. Três cavaleiros a acompanhavam naquela noite. Outros três cercavam Taristan, já sentado à mesa alta.

— Salve Erida, rainha de Galland, de Madrence, de Tyriot e Siscaria. Imperatriz em Ascensão — ribombou Lord Cuthberg da plataforma, gritando seus títulos.

Ela contraiu os lábios, querendo sorrir, mas se conteve, mantendo o rosto sério ao subir os degraus que levavam à mesa alta.

Por todo o salão nobre, as outras mesas já estavam cheias. Erida vislumbrou um arco-íris de sedas e peles, todas rajadas pela luz de velas.

Grandes nobres da corte a encaravam, murmurando e observando. Basicamente cortesãos conhecidos: lordes e ladies, comandantes militares e alguns dos nobres já vindos do interior para a coroação.

Entre eles, a delegação de Temurijon era fácil de identificar.

Estavam reunidos em uma mesa, a poucos passos da sua. Homens e mulheres temuranos eram morenos e bronzeados, e vestiam roupas belas mas funcionais. Mais adequadas à viagem do que ao salão de banquete.

Erida conhecia a esfera melhor do que ninguém, os mapas na sala do conselho gravados desde a infância. Ela traçou o caminho de Ascal a Korbij, o grande trono do imperador entre as estepes. Ficava a milhares de quilômetros, às margens do Golba, o rio sem fim. Ela desconfiava que o embaixador e sua comitiva haviam navegado rio abaixo muitos meses antes, talvez até meio ano, para chegar a ela.

O embaixador em si estava sentado à mesa alta, à esquerda da cadeira dela. Um lugar de grande honra e respeito.

Salbhai era um homem mais velho, com maçãs do rosto altas e olhos penetrantes da cor do ébano. Ele usava um sobretudo de seda preta, estampado com penas ouro rosê, amarrado na cintura. O cabelo era grisalho, assim como a barba, ambos numa única trança, presa por uma argola de fio de cobre.

Como diplomata e político de grande relevância, ele era preparado para servir ao imperador Bhur e tratar com governantes da esfera. Meticuloso em sua etiqueta, Salbhai levantou para fazer reverência quando a rainha se aproximou.

Ela baixou a cabeça, sempre cortês.

— Embaixador Salbhai — cumprimentou, sentando.

À direita dela, Taristan afundou na cadeira, de cara fechada como de costume.

Erida vislumbrou vestes vermelhas pelo canto do olho e conteve uma careta. *Ferido demais para ser convocado, mas não para perder o jantar*, pensou, xingando Ronin. O feiticeiro estava sentado do outro lado de Taristan, encolhido na cadeira como um goblin.

— Majestade — respondeu Salbhai, voltando ao assento.

Ele tinha uma expressão gentil, os olhos alegres e simpáticos. Erida desconfiou imediatamente.

— Seu companheiro gostaria de sentar? — perguntou ela, olhando para o guarda temurano atrás da cadeira de Salbhai.

Ao contrário de seus compatriotas, o soldado era careca e jovem, os braços cruzados volumosos sob o sobretudo preto.

— Os Escudos Natos não sentam, majestade — disse Salbhai simplesmente. — Acredito que a Guarda do Leão também não.

Erida empalideceu. Os Escudos Natos eram criados para defender o próprio imperador, nascidos para a sela, a espada e o arco. Ela observou o guarda de novo, depois Salbhai, avaliando-os o tanto quanto podia.

— Minha Guarda do Leão protege a coroa e o príncipe consorte — disse Erida, calmamente, se forçando a dar um gole de vinho.

Salbhai fez o mesmo. Ele era cortês ao extremo.

— Sou sangue do sangue do imperador Bhur, abaixo dele na linha de sucessão — disse, imperturbável. — Um Escudo Nato me protege como protegeria o imperador. Derramar meu sangue é derramar o dele.

Erida deu outro gole para esconder a careta. Seu estômago se embrulhou. *Confundi simpatia com chacota*, pensou. *O embaixador sabe que é intocável na minha corte. Ele pode fazer o que quiser, a menos que eu queira declarar guerra contra Temurijon.*

Mais uma vez, Salbhai a imitou, um brilho nos olhos pretos.

— É uma honra estar em sua presença, de verdade. — Erida forçou um sorriso elegante e conquistador. — Saber que o imperador me considera a ponto de enviar alguém de seu calibre... é muito lisonjeiro.

— Vossa majestade é a Rainha de Quatro Reinos — respondeu ele.

Como fazia com todos os diplomatas, Erida ouviu além de suas palavras.

— A Imperatriz em Ascensão — continuou Salbhai, de olhos cintilantes. — Talvez se assemelhe mais ao imperador Bhur do que imagina.

Erida duvidava muito. Bhur era um velho grisalho e enfraquecido, já sem tanto gosto pela glória. Quando finalmente morresse, seus filhos guerreariam por seu império e despedaçariam o antes poderoso Temurijon.

Não vou cometer o mesmo erro.

— Gostaria de conhecê-lo um dia — respondeu Erida, sorrindo.

No campo de batalha, sob uma bandeira branca.

Salbhai também sorriu, mostrando dentes uniformes. O sorriso não se refletia nos olhos.

— Há de conhecer, creio eu.

Os criados seguiram pela mesa alta, servindo travessas elegantes de comida, uma mais aromática que a outra. Os cozinheiros estavam ansiosos para impressionar a rainha vitoriosa e seus hóspedes. Erida apontou para um cisne assado, depenado para cozinhar e redecorado com as penas, as asas erguidas como se fosse levantar voo.

Com um golpe preciso da faca, Erida cortou a carne do cisne.

— E a que exatamente devo a honra de sua chegada, embaixador? Não deve ser minha coroação. O senhor teria que ser tocado pelo Fuso para prever tal coisa e viajar para cá a tempo.

Salbhai abanou a cabeça.

— Já estava em Trazivy quando recebi as ordens.

Erida diminuiu a escala do mapa em sua mente. Ela se forçou a comer, ganhando tempo para pensar antes de falar. *Apenas um mês de carruagem entre Trazivy e Ascal. Menos ainda a navio*, ela sabia, recalculando.

— E que ordens eram? — murmurou Erida, baixando a voz.

O embaixador conteve um sorrisinho.

— Não vejo por que esconder meu propósito aqui.

Erida apertou a faca com mais força.

— Eu descobriria se escondesse.

— Disso, tenho certeza. — Salbhai riu, abrindo um grande sorriso, como se ela fosse uma criança engraçadinha em vez de uma rainha. — Vossa majestade empreendeu guerras de conquista por todo o leste, trazendo rapidamente três reinos sob seu domínio. E está longe de ter completado seu trabalho.

Antes que Erida pudesse formular uma resposta, Salbhai continuou, interrompendo qualquer objeção:

— O imperador Bhur também é um conquistador.

Ele chegou mais perto, até Erida ver as sardas escuras espalhadas pelo nariz. Fruto de dias ao sol, não nas sombras de uma corte imperial.

— Ele domina os territórios ao norte — prosseguiu. — Exceto pelos pequenos reinos, e até eles sabem a verdade da própria autonomia.

Trec, Uscora, Dahland, Ledor. Erida listou os reinos fronteiriços em sua mente. Uma barreira entre o império temurano e o resto da esfera.

— Qual é seu objetivo, rainha Erida, Imperatriz em Ascensão? — murmurou Salbhai, olhando no fundo de seus olhos como se pudesse ler sua mente. — Pretende voltar sua atenção para o norte? Sua sede pretende cruzar as montanhas? Pretende ameaçar meu povo e testar os Incontáveis sobre a planície aberta?

Um ano antes, Erida teria recorrido a um sorriso discreto e olhos baixos. Uma jovem rainha solteira, fácil de subestimar e uma personagem ainda mais fácil de representar.

Não servia mais a Erida.

Sua máscara cortesã caiu. Seu sorriso era um rosnado, seus olhos azul-safira reluzindo com todo o poder dos oceanos.

Sou Erida de Galland, Rainha de Quatro Reinos.
Não me submeto a nada nem a ninguém.

— Está me ameaçando, lorde embaixador, sangue do imperador? — sussurrou em resposta.

O sorriso afetado dela se alargou enquanto o embaixador se retraía.

— Não temos desejo algum por seu reino, seja Galland, ou qualquer outro — disse ele, rápido, se esforçando para recuperar algum terreno. — Fique em seu lado das montanhas, majestade, e continuaremos do nosso.

Tão rapidamente quanto desapareceu, a máscara cortesã de Erida voltou. Seu sorriso se suavizou, um riso gentil nos lábios. As mentiras atravessaram seus dentes como ar.

— Nunca desejamos mais que isso, embaixador — disse, voltando ao jantar.

Ao seu lado, Taristan olhava o prato vazio de cara fechada, claramente ouvindo. Ela notou o brilho vermelho nos olhos dele e sentiu o calor emanar, tremeluzindo como as velas.

Salbhai fechou a cara.

— Vamos precisar de uma demonstração de boa vontade para consolidar essa trégua.

Mais uma vez, Erida riu.

— Sinto muito, mas não tenho filhos, nem noivado a oferecer. Por enquanto. Isso pode ser negociado quando chegar a hora.

Por dentro, seu estômago se revirou. Erida sabia muito bem como era ser uma égua premiada, vendida ao maior lance. Já lamentava a necessidade de fazer isso com os filhos, quem quer que viessem a ser.

O embaixador não amoleceu. Suas sobrancelhas se firmaram numa linha grisalha severa.

— Uma troca há de servir por enquanto — disse.

— Duvido que consiga carregar tesouro suficiente para seduzir o imperador temurano — disparou Erida, abanando a cabeça.

Talvez Salbhai não seja tão hábil quanto presumi.
Ele não mudou de expressão, os olhos se cravando no rosto de Erida.
— Não quero nada em seus cofres, majestade — rosnou Salbhai, seus bons modos deixados de lado.
Erida virou diante do tom cortante dele, quase em choque. Taristan também ouviu, e sua cadeira deslizou alguns centímetros para trás da mesa, dando a ele espaço para levantar.
— Embaixador... — disse a rainha.
Salbhai ergueu a mão, silenciando-a. Foi como um tapa na cara. E Erida não foi a única a notar. Ela sentiu a demonstração descarada de desrespeito percorrer o salão, como ondulações num lago.
Os olhos pretos de Salbhai reluziram, e Erida viu o guerreiro nele, escondido sob as décadas.
— Quero a temurana em suas masmorras.
A exigência foi um raio pela coluna de Erida. Mil coisas percorreram a mente dela ao mesmo tempo, embora ela moldasse o rosto num desinteresse esmerado. Torceu para que Taristan seguisse seu exemplo ao menos dessa vez e não saísse do assento.
Perguntas demais pesavam em sua cabeça, e soluções de menos.
Levou a mão ao queixo e apoiou o cotovelo na mesa, se postando entre Salbhai e o marido.
Não me submeto a nada nem a ninguém, pensou de novo.
De cara amarrada, Salbhai a encarou sem piscar.
Erida retribuiu o olhar furioso.
— Ela é minha prisioneira...
A cadeira de Salbhai caiu com estrépito no chão, os dois punhos cerrados. Taristan já estava em pé, a cadeira também tombada, tendo apenas Erida entre os dois.
— Ela é súdita do imperador temurano — vociferou o embaixador, destemido, encorajado por seu Escudo Nato.
— E uma fugitiva procurada que tentou matar o príncipe consorte — retrucou Erida, levantando a voz para todo o salão escutar.
Pelo canto do olho, viu a delegação temurana levantar de pronto, largando as taças. A Guarda do Leão sacou suas espadas com um zunido de metal, se movendo para flanquear a rainha.
Salbhai a olhou de cima a baixo, lívido.

Debochada, Erida voltou a recostar na cadeira, como se fosse seu trono. Ela se deleitou com a fúria dele. Tinha gosto de vitória.

— E vai responder perante a justiça — disse. — *Minha* justiça.

Com toda a elegância, ela levantou. Seus cavaleiros já a rodeavam, a armadura dourada reluzente.

— Agora, se me der licença, embaixador, perdi o apetite.

14

DESTINOS ESCRITOS

Sorasa

Dom e Sigil seguiam em seu encalço. *Perto demais*, Sorasa pensou. Ela sentia os dois a rodearem como babás. Eles pensaram que ela estava semimorta, enfraquecida por fome e tortura. A preocupação evidente chegava a dar coceira nela.

Deixe a dor de lado, ela disse a si mesma, repetindo o velho ditado amhara. *Você não precisa disso.*

Ela fez o possível, ignorando o ronco do estômago vazio e a dor funda no ombro. Sem mencionar a dezena de outros pequenos hematomas, cortes, queimaduras e fraturas. Ela enfrentou coisa pior na cidadela, durante os primeiros anos de treinamento. Uma cela escura e fria nas entranhas do Palácio Novo era moleza perto das semanas de abandono nos desertos ibaletes, morrendo de sede sob um sol inescapável.

Quando muito, os dias de silêncio, recolhida na própria cabeça, lhe haviam dado o tempo de que precisava para pensar.

E planejar.

Ela percorreu as masmorras em silêncio, virando a cada curva, subindo continuamente pelos andares em espiral. Sorasa nunca tinha sido aprisionada ali antes, mas outros amharas, sim. Suas experiências foram detalhadas na cidadela, registradas minuciosamente e armazenadas entre seus arquivos. Ela reconstituiu a memória durante os longos dias silenciosos. Até o mapa da masmorra estar traçado em sua mente, desenhado perfeitamente, de cabeça.

— Como você escapou de Gidastern? — perguntou Sigil enquanto subia ao lado da assassina.

Sorasa bufou. A última coisa que queria era mais um interrogatório, ainda mais sob tais circunstâncias.

— Como *vocês* escaparam? — respondeu Sorasa.

— Não escapamos, fomos capturados. Depois... — Sigil vacilou, olhando para Dom.

Atrás delas, Dom se agigantava como de costume, uma nuvem de tempestade ameaçadora. Sua expressão ficou mais tenebrosa sob o elmo roubado. Raiva e tristeza guerreavam em seu rosto, agravadas pelas sombras. Sorasa se lembrava da última vez em que o vira na cidade, virando para lutar ao lado da prima imortal.

— Não lembro de sair da cidade — a assassina se forçou a dizer, enchendo o silêncio em nome de Dom. — Mas lembro de Corayne, cavalgando sozinha, passando pelo portão da cidade em direção à estrada.

— Por que a deixou? — O timbre grave e familiar da voz de Dom retumbou no peito dela.

O rosto de Sorasa ardeu, as bochechas flamejando de vergonha.

— Para dar uma chance a ela.

Eu esperava pagar com a vida.

O silêncio deles bastou como resposta. Até Dom sabia o que ela queria dizer, os olhos cintilando sob a luz de tochas.

— E depois eu estava num barco — suspirou ela, continuando a andar. — Presa em algo entre sono e vigília. Tudo cheirava a morte, e o céu era cor de sangue. Pensei que estava na esfera de Lasreen, vagando pelas terras dos mortos.

Os dias no rio eram vagos, para dizer o mínimo. Sorasa tinha usado toda a força de vontade para rezar a Lasreen, sua divindade acima de todas. Até vasculhou os céus, buscando os contornos de uma mulher sem rosto ou de Amavar, o companheiro dragão da deusa.

Nenhum dos dois veio, e os dias passaram, entrando e saindo de foco.

— Cheguei a Ascal no escuro, deixando o cheiro de morte no limite da cidade. Sei agora que era o exército cadáver, a horda de Taristan. — Sorasa tentou não imaginar os soldados apodrecidos das Terracinzas, o povo brutalizado de Gidastern. Todos submetidos ao feiticeiro vermelho, enredados para sempre. — Eles estão esperando longe da costa, prontos para obedecer ao mestre.

Sigil fez uma careta.

— Quantos?

— Não sei — respondeu Sorasa.

Ela fechou a mão, irritada, desejando a velha adaga de bronze. Como suas outras armas, tinha sido confiscada semanas antes. Sem ela, apertou o cabo da faca longa do cavaleiro.

— Infelizmente, Taristan e seu feiticeiro tinham os amharas em alta conta e sabiam que deveriam me manter presa por toda a jornada. — Ela abanou a cabeça. — Levei certo tempo para recuperar a consciência e voltar a um estado de espírito útil.

A caçadora de recompensas e o imortal ruminaram suas palavras, machucados por elas. Sorasa conhecia o bastante do temperamento de ambos para ver a aversão no rosto deles, que ficaram em silêncio, o único barulho sendo o dos passos ao fazerem outra curva.

Entre os ecos, Sorasa lembrou.

Ronin a despertara completamente para os interrogatórios. Àquela altura, foi um alívio. Sorasa preferia a dor à inconsciência. O feiticeiro vermelho fizera perguntas idiotas, a maioria inútil. Ela resistira mesmo assim, prolongando o processo da suposta tortura. Assim como as celas, ela havia enfrentado coisa pior entre os amharas. Sorasa Sarn não temia um dente arrancado, nem farpas enfiadas sob as unhas. Ronin não recorrera a nenhum dos dois, hesitante a realizar qualquer coisa que deixasse um grande estrago. Ele lançara mão sobretudo de afogamento, cobrindo a cabeça de Sorasa com um saco e jogando baldes de água sobre ela. Mas ela sabia suportar essas coisas. A cada castigo, baixava a resistência à dor o máximo possível, reagindo ao menor desconforto. Fez um espetáculo para Ronin, revirando os olhos, debatendo o corpo contra as amarras.

Era apenas a magia dele que realmente a preocupava. Contra aquilo, ela não tinha treinamento algum.

Seu único refúgio vinha dos interrogadores e das trocas de guarda. Eles não intervinham a favor dela, mas eram úteis, cochichando entre si, trazendo notícias do palácio lá em cima. Enquanto gritava, cuspindo água, sufocando contra um garrote, trancada numa donzela de ferro ou se equilibrando na ponta dos pés com os punhos amarrados, ela ouvia.

Sigil falou por fim, quebrando o silêncio tenso:

— Se a rainha voltou, ela veio rápido, para chegar de Madrence até aqui — murmurou. — Por que será?

— Calidon é montanhosa demais para atacar no inverno, mas Siscaria e Tyriot se renderam sem derramamento de sangue — respondeu

Sorasa com a voz clara, grata pela mudança de assunto. — Ela não tinha por que continuar no leste, esgotando seu exército. Seus soldados ficarão gratos por voltar para casa, vitoriosos e inebriados pela vitória. Além disso, há uma coroação a ser feita. Ela é a Rainha de Quatro Reinos agora e vai mostrar a Galland exatamente o que isso significa.

Sorasa sentiu os olhares incrédulos de Dom e Sigil.

— Você ficou sabendo de tudo isso nas masmorras? — grunhiu o Ancião.

Sorasa se preparou para as desconfianças habituais dele, que já conhecia de longa data.

Você é implacável e egoísta, Sorasa Sarn. Sei pouco sobre mortais, mas sobre você, sei o suficiente. As palavras de Dom ecoaram em sua cabeça, uma lembrança cortante demais. A desconfiança dele doera na época. Queimava agora.

Ela virou para ele, esperando encontrar fúria ou dúvida. Mas havia apenas preocupação, o rosto branco quase terno sob a luz das tochas. Isso a deteve.

Seus olhos se encontraram, esmeralda em cobre.

— Não sabia que você poderia ficar mais pálido, mas olha aí — disparou Sorasa, dando as costas de novo. Seu coração batia forte. — Precisamos levar vocês de volta ao sol; estão com uma cara péssima.

— Você está pior — suspirou Sigil. — Qual é o plano, então?

— Ouvi uma ou outra coisa — disse Sorasa, acelerando o ritmo. — Piratas espreitam pelo mar Longo, ameaçando cidades portuárias. Todos os navios que entram no ancoradouro podem ser de caça. Viagens pelo mar estão lentas e perigosas.

— A mãe de Corayne está se revelando útil — disse Sigil, entreabrindo um sorriso. — Sabia que gostava dela.

— Se a rainha está aqui, Taristan também está — disse Dom, erguendo um olhar de escárnio para o teto. Como se enxergasse através dos andares do palácio. — Ainda podemos matá-lo.

— Vai entrar e deixar que ele dê mais uma surra em você? — Sorasa quis segurá-lo pela gola para não deixar que o Ancião fugisse rumo à própria morte. — Ou vai me dar ouvidos?

— Diga seu plano, então — retrucou ele, cruzando os braços diante do peito blindado.

O leão moldado ao peitoral rugia para ela na altura do olho. Para qualquer pessoa, ele parecia um cavaleiro da Guarda do Leão, mortal e imponente.

Sorasa se voltou para Sigil, encarando-a com um olhar duro.

— Há um embaixador temurano aqui — disse Sorasa devagar, deixando que o subtexto fosse assimilado.

Sigil estreitou os olhos escuros e sagazes. A luz de tochas dançava, refletida no olhar dela. Sorasa observou as engrenagens girarem na mente da caçadora de recompensas e um sorriso se abrir em seu rosto largo.

Sigil riu baixo, pegando Sorasa pelo ombro bom.

— Imagino que já tenha pensado o que estou pensando agora.

Seu aperto quase doía, mas Sorasa se entregou a ele mesmo assim, com um sorriso discreto e incisivo.

— Entre muitas outras coisas — disse.

Um carcereiro jazia morto em seu posto, de garganta aberta. Sangue formava uma poça embaixo dele, se espalhando devagar pelo chão sujo da sala de guarda.

Sorasa piscou devagar sob a luz ofuscante de tochas demais, forçando a vista a se ajustar depois de dias no escuro. À frente dela, Sigil fazia o mesmo. Dom não precisava do mesmo tempo, o corpo encostado à porta de carvalho reforçada por ferro. Escutou, todo o foco no cômodo ao lado e nos corações que batiam lá dentro.

Ergueu cinco dedos brancos, fechou o punho, depois mais cinco.

Dez.

Sorasa secou a adaga do cavaleiro da Guarda do Leão na túnica do guarda morto. A outra adaga girou nos dedos de Sigil. Dom ainda segurava a espada longa, as tochas reluzindo ao longo do aço. Com o semblante severo, ele se afastou alguns passos da porta, sem fazer barulho. Mesmo com toda a armadura, se movia em silêncio, sem muito esforço.

Os três sabiam que sua sobrevivência dependia de velocidade, silêncio e discrição. Os três sabiam o fio da navalha em que estavam. Os três sentiam o destino das esferas em suas mãos.

O Ancião foi o primeiro a agir, mais rápido do que qualquer mortal, e com um chute estilhaçou a porta, a fechadura estourou e o carvalho cedeu nas dobradiças agudas, revelando uma saleta de guardas em choque.

Mal houve tempo para eles sacarem as armas, que dirá gritar por ajuda. A espada de Dom degolou os dois mais próximos.

Sorasa cravou a adaga em outro pescoço do lado oposto da sala, de um guarda que já segurava a porta seguinte. Com o mesmo movimento, roubou a espada e derrubou outro.

Sigil atacou atrás dela, socando com uma das mãos e apunhalando com a outra. Dentes saíram voando, corpos tombaram entre móveis velhos de madeira e se esparramaram sobre cadeiras e a única mesa. Sorasa se manteve agachada, ágil o bastante para desviar por baixo de qualquer ataque. Foi coletando armas ao longo do caminho, atirando uma para apanhar a próxima.

O silêncio caiu enquanto os corpos se amontoavam, restando apenas um guarda vivo. Ele tremia embaixo da mesa, agarrando o pescoço, tentando estacar o fluxo de sangue.

Sorasa deu a ele a única misericórdia que conhecia. Quando o coração do homem parou, ela examinou a sala com o olhar frio.

Não havia janelas. As salas de guarda ainda eram subterrâneas, mas brasas crepitavam na lareira pequena, aquecendo o ambiente. A amhara verificou a chaminé e soltou um palavrão. Era apertada demais para escalar, até para ela.

Um baralho de cartas manchadas de sangue estava esparramado na mesa, com algumas pilhas de moedas, copos tombados e pratos pela metade. Sorasa comeu os restos feito um animal, rasgando um pedaço de pão velho e carne ressecada. Era a coisa mais gostosa que já tinha comido na vida.

Sigil se ocupou com os baús de madeira ao lado da lareira, arrombando um após o outro. Revirou garrafas de vinho ruim, alguns livros e pilhas de túnicas velhas. Então conferiu os corpos. Segundos depois, usava um cinto e uma bainha de couro, onde encaixou uma espada.

Sorasa fez o mesmo, pegando uma espada antes de catar a adaga da Guarda do Leão. O resto dos equipamentos era inútil para eles. Sorasa preferia suas roupas de couro à cota de malha, e nenhum dos carcereiros chegava perto do tamanho de Sigil.

O Ancião esperou com a orelha grudada na porta seguinte.

Como antes, Sigil e Sorasa o cercaram, à espera da contagem.

Dessa vez, ele ergueu três dedos.

E assim foi através das masmorras do palácio.

Sangue escorria sob portas e sobre pedra. Túnicas verdes ficavam pelo caminho, de carcereiros a guardas. Dom ouvia, Sigil saqueava e Sorasa guiava, por alojamentos e depósitos, traçando rotas decoradas de um pedaço de pergaminho. Eles iam juntando apetrechos a cada passo. Sorasa carregava um arco no ombro, uma aljava de flechas no quadril, enquanto Sigil se espremia numa cota de malha e num casaco.

Fizeram tudo isso em relativo silêncio, a não ser pelo silvo de metal ou o estertor engasgado de um último suspiro. Até que Sigil abriu um último baú, meio escondido atrás de uma tapeçaria, e mordeu o lábio, suprimindo um grito. Sorasa saltou a seu lado, o coração subindo à boca.

O machado quebrado de Sigil sorria para elas, o gume refletindo a luz de velas. Mesmo partida ao meio, a arma temurana nunca tinha sido tão bela, o cabo longo de madeira envolto por couro preto e cobre. Com um sorriso largo, Sigil pegou os dois pedaços e os afixou ao cinto da espada.

Embaixo do machado havia uma espada longa, ainda na bainha, acoplada a um cinto elegante. Sorasa reconheceu a manufatura anciã, um desenho de cervos galopantes trabalhado no couro oleado. Entregou a arma para Dom em silêncio.

Ele soltou um suspiro pesado, virando a espada nas mãos. Com um movimento do punho, sacou alguns centímetros, expondo o aço ancião. Sua língua antiga o encarou, gravada na espada.

As mãos de Sorasa encontraram a adaga amhara no fundo do baú, sob um manto velho e esfarrapado, cor de musgo. Ela o afastou com os dedos trêmulos, puxando a lâmina de bronze como se tirasse um bebê do berço. Seu cinto também estava lá, com as bolsas de pós e venenos. Ela o apanhou avidamente, afivelando-o ao redor do quadril. O peso era como um abraço caloroso.

Seus equipamentos antigos, maltratados por incontáveis batalhas, eram um consolo estranho. Sigil vestiu a armadura acolchoada, as placas de couro preto se encaixando com perfeição apesar dos muitos rasgos. Dom tirou o manto ioniano, o tecido verde-cinza em frangalhos. Cervos estampavam a barra, bordados de prata desfiados. Sigil ia debochar, mas Sorasa a conteve com um olhar cortante que surpreendeu as duas.

Dom não notou. Impassível, rasgou o quadrado mais limpo que encontrou, preservando o pedacinho de seu enclave.

O resto, deixou para trás, para sempre.

Sorasa se sentiu um pouco como a lã velha: ensanguentada e desfiada, surrada. Mas ainda viva.

— Por aqui — murmurou, indicando a porta seguinte.

Os pisos sujos ficaram para trás, substituídos por lajes e argamassa. Eles seguiram o último corredor até a escadaria que separava a masmorra da caserna. Ar fresco desceu queimando pela garganta de Sorasa. Ela respirou avidamente, sorvendo o ar, enchendo os pulmões de esperança fria e úmida.

O palácio estava à frente.

E apenas morte atrás.

— Os guardas trocam de turno uma hora depois do pôr do sol — disse Sorasa, observando o patamar.

Luz vermelho-escura descia do alto da escada. Os últimos raios do poente.

Uma hora até descobrirem os corpos.

Sigil passou um polegar no gume do machado quebrado.

— Espero que seja suficiente.

Dom subiu o primeiro degrau, depois outro, sem olhar para trás. Com sua armadura, seu elmo e seu manto verde da Guarda do Leão, nenhum soldado à frente se atreveria a detê-lo.

— Vai ser — ressoou ele, desatando numa corrida silente.

Por mais baixo que fosse, Sorasa ouviu seu sussurro, quase perdido nas pedras em espiral.

— Comigo — disse ele.

Ela mordeu o lábio, quase a ponto de tirar sangue. A resposta subiu em sua garganta mesmo assim.

Comigo.

Na última vez que Sorasa Sarn cruzou os corredores sinuosos do Palácio Novo, ela não tinha medo. À época, Sorasa pouco se importava com o estado da esfera ou os devaneios de um príncipe ancião vaidoso. Sua tarefa estava completa, Corayne an-Amarat entregue em segurança à rainha de Galland. A amhara fizera sua parte e seguira em frente, esperando apenas para saciar a curiosidade.

Sabia como isso havia acabado.

Agora, atravessava as passagens como uma maré impetuosa, o destino da esfera correndo em seu encalço. O Palácio Novo cintilava na mente dela, grande como uma cidade, suas muitas passagens como veias sob a pele. Ela pensou em túneis, corredores de serviço, forros e sótãos. Adegas, torres em ruínas, cofres, capelinhas abandonadas à noite. A Guilda Amhara reunira tudo através de anos e contratos incontáveis, criando um mapa para seus assassinos aprenderem.

Havia sem dúvida mais guardas do que antes, um fato de que Sorasa se orgulhou. As patrulhas tinham pelo menos duplicado desde sua última visita.

Mas ainda não eram páreo para o conhecimento amhara ou os sentidos de Dom. Juntos, eles avançaram rapidamente, evitando ou socando os obstáculos. Não havia tempo para ter medo, tampouco para pensar em nada além dos próximos centímetros.

O plano de Sorasa espiralava, cada degrau criado rapidamente a partir do anterior. Era como pavimentar as pedras de uma estrada à frente de um cavalo em movimento. Às pressas, ela atravessou a caserna, depois os jardins, cortando pelo labirinto de arbustos em direção ao velho torreão.

Nem Sigil nem Dom falavam. Eles confiavam que Sorasa os levaria aonde precisavam ir. Nem mesmo Dom discutiu, para a surpresa de Sorasa. A dúvida dele era costumeira, ainda que irritante. Sua confiança, mais difícil de manobrar.

As torres pretas do velho torreão resplandeciam pelas tochas, estandartes verdes estendidos de cada janela. Guardas espreitavam no alto, mas nenhum embaixo. Não havia motivo para alarde no palácio.

Ainda.

Sorasa não perdeu tempo explicando e agarrou o estandarte mais próximo. Escalou com a facilidade de quem sobe uma escada, apesar da dor no ombro. Sigil e Dom a seguiram, acompanhando-a até a janela mais baixa do torreão. Ao sinal de Dom, ela quebrou a vidraça com o cotovelo, estilhaçanda-o para dentro sobre uma escada em espiral vazia.

Ela pousou dentro com a delicadeza de uma aranha, os outros dois logo atrás. Não havia quartos, nem aposentos no velho torreão, apenas escritórios para a rainha e seu conselho. Portanto, estava quase vazio.

Eles localizaram os poucos guardas, seguindo seu ritmo de patrulha. Sorasa matou apenas um quando ele parou de repente, examinando uma tapeçaria antiga. Ela o empurrou de cabeça num armário. Agiu rápido. Nem uma gota de sangue sujou o chão.

Sentiu o olhar fulminante de Dom o tempo todo.

— Não vou lembrar de quantos cadáveres você deixou nas masmorras — ela sibilou, fechando o trinco da porta do armário.

Da passagem, eles entraram numa biblioteca escura e empoeirada, que mal era usada. Papéis cobriam uma das muitas mesas, enquanto tapetes decoravam o assoalho de madeira. Sorasa conferiu o cômodo adjacente. Com um sorriso, voltou com uma garrafa contendo um líquido marrom.

Dom e Sigil observaram, sem palavras, enquanto ela encharcava o recinto. A tocha veio em seguida.

Chamas se espalharam pela biblioteca. O pó, os papéis, os tapetes e as velhas cortinas pesadas se acenderam como velas, um inferno ganhando vida.

Sigil sorriu diante das chamas, batendo um punho no peito.

A explosão de triunfo não durou. A garganta de Sorasa se apertou quando o calor atingiu seu rosto, o cheiro de fumaça sufocante. Por uma fração de segundo, ela estava de volta em Gidastern, na cidade em chamas, os gritos dos mortos enchendo seus ouvidos. As chamas dançaram, assumindo as formas de cães de Infyrna e soldados-cadáveres, todos pulando e saltando.

Sob um toque encouraçado no ombro, ela se retraiu. A imagem se desfez e ela se afastou de Dom, dando as costas para a biblioteca.

— Continuem andando — disse, entre dentes, embora fosse ela quem tivesse parado.

Eles seguiram de cômodo a cômodo, fogo correndo pelos aposentos alveolares do castelo.

Dom soltou um rosnado baixo, parando de repente.

— Meia dúzia de guardas vindo nessa direção, correndo.

Sorrindo, Sorasa se voltou para a parede de madeira do corredor.

— Ótimo.

Com o punho bem posicionado, ela bateu num canto do forro da parede, que se abriu para trás em dobradiças lubrificadas, revelando um pequeno corredor escuro, do tipo usado por criados. Eles entraram sem questionar.

O pé-direito baixo forçou Dom e Sigil a se agacharem e virarem de lado, seus ombros largos raspando nas paredes velhas. Sorasa, por outro lado, poderia saltitar pelas passagens.

— Se dermos sorte, o fogo vai cobrir nossos rastros — disse ela. Enquanto corriam, observou as paredes, estudando a cantaria. — Os guardas vão estar ocupados demais salvando o torreão para checar as masmorras.

— Ah, achei que você só odiasse bibliotecas — murmurou Sigil.

A risada sincera de Sorasa ecoou pela pedra.

— E se dermos muita sorte...

A assassina parou de falar, se detendo no alto de uma escada curva. Passou a mão pela parede à esquerda, na parte externa do torreão. As pedras pretas quadradas eram ásperas, evidenciando sua idade. Ela desceu um degrau, passando os dedos da rocha preta desgastada à amarelo-clara.

— Se dermos muita sorte? — questionou Dom.

Ela espalmou a mão na parede. Era fria e lisa. Nova. Desceu mais um degrau da escada em espiral, depois outro. Ao final, uma porta foi surgindo, a madeira reluzente. Carvalho lustrado.

— Vou avisar se isso acontecer — respondeu Sorasa, para a irritação dele. Embora sorrisse, ela tentava não pensar nas chamas consumindo tudo a seu redor. — Vamos?

Dom deu um aceno duro e ela abriu a porta, deixando o velho torreão para trás.

Sorasa ficou atenta caso criados aparecessem, ainda que dificilmente fossem questionar um cavaleiro da Guarda do Leão. Parte dela se surpreendeu com a facilidade da viagem pelo palácio. O exército redobrado deveria ser um obstáculo maior, mas a maioria dos guardas era imbecil, e Erida achava que estava segura no coração de seu reino. Não tinha razão para procurar perigo. A guerra dela era muito distante das muralhas de Ascal, não dentro do próprio palácio.

A soberba da rainha a cegava, e Sorasa pretendia aproveitar isso ao máximo.

A escada de serviço dava para mais uma passagem estreita, longa e reta, fracamente iluminada por tochas, com colunas atarracadas que se arqueavam no alto. Despensas se alinhavam pela direita, cavernosas e afuniladas, a maioria empilhada com estoques de comida, para alimentar o palácio durante o inverno.

— Devemos estar perto das cozinhas — disse Sigil, pegando uma cebola inteira do saco mais próximo e mordendo como se fosse uma maçã.

Sorasa apontou o polegar para trás, já mastigando um pedaço de carne-seca.

— Atrás de nós — disse. — À frente fica a residência real. Há uma escadaria que leva aos aposentos particulares de Erida.

— E o que está acima de nós? — Dom olhou para o teto.

Não era de pedra, mas vigas grossas de madeira.

— Você já sabe — respondeu ela, lendo os ângulos dos traços dele.

Sob o elmo, Dom franziu a testa. Cerrou o punho de manopla em volta do cabo da espada.

— O salão nobre — rosnou.

Sorasa agarrou a capa dele, como se seu punho realmente pudesse deter Domacridhan caso ele decidisse sair correndo. Mesmo assim, ela apertou com firmeza.

— Nem pense nisso, Dom — disse, entre dentes.

Ele baixou o olhar fulminante para ela e respondeu, furioso:

— Pensei que você queria ser útil.

— Útil, não *morta*. Taristan vai nos matar se formos encontrados, ou coisa pior. — Sorasa soltou um suspiro exasperado. Resistiu à velha vontade de meter juízo na cabeça do imortal. — Você concordou com isso. Sigil vai tirar os temuranos daqui. Incendiamos o que conseguirmos, seguimos para a lagoa e saímos a nado.

Dom fez uma careta e abriu a boca para discutir, mas parou, inclinando a cabeça.

Com um aceno, ele as conduziu para o depósito mais próximo. Se espremeram para entrar, dando de cara com fileiras infinitas de cerveja e vinho, armazenadas em barris gigantes. Havia também uma parede de garrafas diversas, bebidas importadas de todos os cantos da Ala. Parecia o suficiente para afogar uma tropa de guerra trequiana.

Sigil entrou atrás de um barril mais alto do que ela. Dom manteve em Sorasa seu olhar fulminante como fogo verde. Ele a empurrou para um canto, escondendo os dois.

Sorasa ignorou a proximidade infernal e ouviu o ritmo suave dos passos. Um par de criados passava devagar no corredor, conversando baixo.

Foi só quando Dom suspirou que Sorasa relaxou. Os criados foram embora.

De cara fechada, ela colocou as duas mãos no peito de Dom e o empurrou com toda a força. Era como empurrar uma parede de tijolos.

— Acha que vai enfrentar Taristan na frente de toda a corte de Erida? Salvar a esfera num momento de glória? — Ela riu, erguendo a cabeça. — Pensei que seu tempo nas celas teria lhe dado um pouco de perspectiva, Dom.

— Acho difícil ter perspectiva quando estou diante do fim do mundo — disse ele, tenso, jogando o elmo com um estrondo na parede.

Sem o elmo, era muito fácil interpretá-lo. Sorasa tinha visto tudo isso antes, a frustração e a raiva do príncipe Domacridhan. Ele não estava acostumado a sofrer e agora enfrentava mais um fracasso. Não apenas a perda de Corayne, mas abrir mão de Taristan. Deixá-lo vivo era admitir a derrota, algo que Dom ainda não aprendera a fazer.

— Você não tem como derrotá-lo, Dom — disse ela, com a voz suave, mantendo distância. O ar no depósito esquentava com sua presença, aquecido por seus corpos e respirações. — Nenhum de nós vai conseguir, agora, não. Nem mesmo juntos.

Para isso, o Ancião não tinha resposta, o rosto impassível.

Sigil ficou olhando, séria como nunca. Ela deu um passo na direção do Ancião, como se lidasse com um cavalo assustado.

— Preciso avisar os temuranos. — Sua voz assumiu um tom mais suave do que Sorasa imaginava que Sigil fosse capaz. — O embaixador está aqui para negociar, mas não há mais como negociar com Erida. Não com Taristan ao lado dela.

Sigil manteve os olhos em Dom, suplicantes.

— Se conseguirmos tirar os temuranos da cidade, eles podem falar com o imperador Bhur.

Ela cerrou o maxilar, um músculo se contraindo na bochecha.

Dom não respondeu, o olhar fixo na parede.

— Essa é a coisa mais útil que podemos fazer, Dom — disse Sorasa, seguindo a linha de raciocínio de Sigil. — Se o imperador puder ser convencido a lutar, a Ala pode ter uma chance contra os exércitos de Erida.

— Nenhuma de vocês precisa de mim para isso — soltou Dom, virando.

De armadura, ele era a imagem de um cavaleiro valente, movido pelo dever e pela honra.

Ou enjaulado por eles, Sorasa pensou.

— Tem razão, não precisamos — retrucou. — Mas *Corayne* precisa.

Àquela altura, Sorasa perdera a conta de quantas vezes Dom tinha se ferido na frente dela. Esfaqueado, queimado, contundido. Estrangulado pelo tentáculo de um kraken. Quase pisoteado por cavalos em debandada. Prostrado pelo toque de um sino, no alto da torre de um templo perdido.

De algum modo, as palavras dela machucaram mais do que tudo aquilo.

O semblante dele cedeu, o olhar severo passando.

Qualquer amhara sabia identificar uma oportunidade, e Sorasa aproveitou a sua. Torceu a faca no coração dele.

— Corayne ainda está lá fora, viva — suplicou, o desespero cobrindo sua voz. — Não a abandone por causa de Taristan.

O Ancião olhou nos olhos da assassina, uma tempestade nele. Ela resistiu, se recusando a desviar o rosto.

— Por Corayne — rosnou ele, finalmente.

Parte da tensão relaxou no peito de Sorasa, e ela expirou devagar, grata.

Um estouro surdo soou, e ela girou, dando de cara com Sigil, segurando uma garrafa de vidro na mão, e uma rolha na outra. Sorrindo, ergueu a garrafa de líquido transparente, deixando que ele balançasse. Sorasa sentiu o cheiro forte e acre de *gorzka*.

— Por Corayne — ecoou Sigil, dando um gole.

Ela fez uma careta quando o líquido trequiano desceu queimando pela garganta.

Dom revirou os olhos para ela e abanou a cabeça.

— Sigil...

A caçadora de recompensas o ignorou.

— Estou prestes a representar o papel de uma estrangeira bêbada, cambaleando por um palácio que não conheço. Preciso pelo menos cheirar a bebida.

Ele fez uma careta, mas não a deteve.

— Faz sentido.

Sigil ergueu a garrafa de novo. Seus olhos encontraram os de Sorasa por sobre o vidro, mais carregados. A temurana brindou mais uma vez, dessa vez com Sorasa.

A assassina não ergueu uma garrafa em resposta, mas baixou a cabeça mesmo assim. Elas se comunicavam facilmente, sem palavras, vendo o que Dom não enxergava. Mais uma vez, a garganta de Sorasa se apertou. Todos esses meses, Sigil era uma muralha atrás dela, alguém em quem se apoiar, o mais perto de uma amiga de confiança que Sorasa já teve. Depois de quase perdê-la em Gidastern, se despedir era como sal numa ferida ainda aberta.

Mas Sorasa respeitava Sigil demais para constrangê-la com despedidas.
Nossos caminhos já foram traçados, nossos destinos, escritos por mãos divinas.
Restava apenas torcer para que a tinta de suas vidas se cruzasse por mais tempo ainda.

15

O DIREITO DE MORRER

Domacridhan

Sorasa tinha sua serventia, disso Domacridhan sabia muito bem. Eles nunca teriam escapado das masmorras sem o conhecimento, as artimanhas ou a simples perseverança dela. Padecer longos dias sem comida ou água, quanto mais depois de tortura, e ainda lutar. Era mais que admirável. Por ser imortal, Dom não conseguia imaginar a dor que ela havia enfrentado, nem a dor que ainda ignorava.

Mesmo assim, ele a odiava.

Por Corayne.

A súplica de Sorasa era pior do que uma faca no estômago, pior do que qualquer traição de que ele antes a considerara capaz. Porque não havia como discutir. A lógica dela era sólida, seu raciocínio, inquestionável. Por mais estoico que parecesse, Dom se encolerizava por dentro. Ele se sentiu acorrentado mais uma vez, de volta àquela cela infernal. Só que agora suas grades eram Sorasa Sarn. Ela, sozinha, o impedia de deixar o depósito e subir a escada de serviço, esperar nos aposentos da rainha por uma última chance de redenção. Taristan ainda era invencível, mas estava sem sua espada de Fuso. Talvez a perda dela bastasse, uma única brecha em sua armadura demoníaca.

Até Dom sabia que era uma esperança vã.

Sorasa tem razão, ele sabia, amaldiçoando-a por isso.

Sentir raiva de Sarn era natural, ao menos. Uma muleta fácil em que se apoiar, um combustível fácil de queimar.

Isso não aliviava a tortura da espera. Dom ouviu com atenção o banquete, tentando distinguir vozes conhecidas de pratos e cadeiras raspando. Não adiantava. Corações demais, corpos demais. Ele desconfiava que centenas de cortesãos estavam sentados sobre eles, ansiosos para recepcionar sua rainha fatídica de volta à casa. Odiava Erida também, pelo pouco que a conhecia. O casamento com Taristan era suficiente. Ela se unira de livre e espontânea vontade a um monstro em pele de mortal, tudo em troca de algumas joias na coroa.

Ele se concentrou nos passos, acompanhando cortesãos que terminavam de jantar e criados nos salões vizinhos. Os guardas eram os mais fáceis de identificar, seus passos pesados por armas e cotas de malha. Um contingente de cavaleiros soou acima dele, saindo do salão e subindo a grande escadaria. Dom mordeu o lábio, tentando ouvir. Passos mais leves subiam a torre atrás dos guardas rumo a um quarto distante no alto.

Erida e Taristan, ele sabia. Seu estômago se revirou, a pele arrepiada a cada degrau que eles subiam. Até o som deles desaparecer, até o barulho dos cavaleiros se perder de seus ouvidos imortais.

Ele precisou de toda a determinação para ficar parado, para ouvir.

E esperar.

Sorasa e Sigil estavam certas quanto aos temuranos. Até Dom tinha que admitir. O imperador ainda era o maior obstáculo no caminho de Erida e Taristan.

Além de Corayne.

Dom sentiu um aperto no coração. Pensou em Corayne, onde quer que ela pudesse estar, sozinha e vagando pela floresta. Ele entendia pouco de magia de emissão, mas procurou algum sussurro mesmo assim, se deixando guiar pela dor no peito. Encontrou apenas trevas nos cantos da mente, apenas medo e dúvida. Corayne estava além de sua proteção.

Por enquanto, disse a si mesmo, com um rosnado no fundo da garganta. *Por enquanto.*

Gritos ecoaram ao longe, botas correndo no alto, e Dom se crispou.

— Fogo! — alguém gritou.

— Está na hora — disse ele, relutante, vestindo o elmo.

Do outro lado do depósito, Sorasa examinava o estoque de bebidas, cada garrafa uma pequena joia de vidro. Interrompeu a análise para observar Dom, o olhar cor de cobre penetrando sua armadura.

— Sigam o plano — ela avisou. — Vou estar logo atrás de vocês.

Sigil acenou sem hesitar.

Depois de um longo momento insuportável, Dom fez o mesmo. Ele não duvidava de Sorasa Sarn, não mais.

Sua confiança vacilou mesmo assim. Não na caçadora de recompensas. Não na assassina.

Mas no próprio coração imortal.

O Palácio Novo era quase como ele lembrava. Dourado e elegante, digno do reino mortal mais próspero da Ala. Mas havia muito mais rosas do que antes. Tecidas nas tapeçarias, brotando em vasos. Debaixo do elmo, Dom olhou para elas com desprezo, os espinhos cercando as patas do leão gallandês, uma rosa em sua boca aberta. Ele queria que tudo queimasse, junto com Taristan.

Sigil corria a seu lado, os passos cambaleantes e desequilibrados. Ela representava bem o papel de bêbada, assim como Dom, o de cavaleiro.

À frente, os guardas ao redor do salão nobre já estavam atarantados, correndo de um lado para o outro.

— Fogo no velho torreão — gritou um deles, apontando as passagens atrás dele.

Outro avistou Dom a caminho. Seus olhos ignoraram Sigil por completo e ele fez uma grande reverência. Os outros guardas logo o imitaram, em respeito a um cavaleiro da Guarda do Leão.

— Milorde, fogo…

— Cumpram seus deveres — vociferou Dom, fazendo o possível para parecer um cavaleiro.

Ou seja, severo e orgulhoso.

Atrás dos guardas, o salão nobre parecia quase vazio, com apenas alguns cortesãos. Eles olhavam para fora, bêbados e curiosos, vagamente interessados na comoção.

Os temuranos permaneciam ali, aglomerados ao redor de um homem grisalho que parecia ser o líder.

Sigil não perdeu tempo, sorrindo para os compatriotas.

— Os ossos de ferro dos Incontáveis — gritou, batendo no peito — não podem ser quebrados!

À mesa, os temuranos viraram na direção de Sigil. Alguns responderam ao chamado por instinto, falando a frase de Temurijon. Todos pareciam confusos, os rostos cor de bronze franzidos de desconfiança.

Dom não falava temurano, mas sabia o que Sigil disse a eles na sequência.

Saiam. Agora.

Olhando para ela, Dom sentiu certa tensão se aliviar no peito. Os temuranos saudaram Sigil como uma velha amiga, matraqueando alegremente na língua deles. Qualquer que fosse o jogo dela, eles entraram sem hesitar, e até o embaixador a tomou embaixo do braço. Rapidamente, eles seguiram para a porta, abandonando a mesa a pedido de Sigil. Para quem quer que estivesse observando, eles pareciam simplesmente cortesãos encerrando a noite. Um até cumprimentou os guardas ao passar, deixando o salão nobre para trás.

Dom os deixou ir, lançando um único olhar para Sigil. Ela piscou para ele, até os temuranos a cercarem.

— O príncipe Taristan e sua majestade se retiraram com segurança para seus aposentos, milorde. Devemos abandonar nossos postos para ajudar no torreão? — o guarda mais próximo perguntou, mas Dom o ignorou.

Vá!, gritou para si, ordenando os pés a se mexerem. Sua missão estava cumprida, Sigil devidamente entregue aos compatriotas. Apesar de sua natureza imortal, a armadura da Guarda do Leão pesava em seu corpo.

Não era nenhum mistério o porquê. Cada passo era mais alguns centímetros para longe dos aposentos da rainha. De Taristan e Erida. Protegidos apenas por cavaleiros mortais. A tentação quase cegava.

Sigam o plano.

A voz de Sorasa ecoou em sua cabeça. Dom tentou ouvir o coração dela, mas o batimento se perdia entre os sons do ambiente. E, sob eles, o crepitar constante de chamas consumindo o velho torreão.

Relutante, Dom virou para sair. Sentia como se fechasse uma porta, como uma rendição. Em seu peito, algo se partiu. Ele mal ouviu os gritos dos guardas que o chamavam. Suas vozes trinadas nos ouvidos de Dom, fracas e distantes. Conseguia apenas continuar andando, um pé à frente do outro.

Era o plano, era a chance. Ele precisava apenas continuar andando. Sorasa faria o resto.

Apenas Dom ouviu o estalo de madeira, o estilhaçar de barris, o rachar de muitas e muitas garrafas de vidro sob seus pés. Ele se preparou para o impacto, cerrando os punhos, endireitando os ombros.

A explosão reverberou, a força rebentando às costas de Dom. Ele virou para o estrondo forte, a tempo de ver o chão ruindo, cedendo para os depósitos subterrâneos. Como no velho torreão, as grandes colunas de chama se ergueram, alimentadas pelos estoques de bebida. Os barris de cerveja e vinho viraram um lago de fogo, as garrafas de destilados cuspindo vidro. Uma onda formidável de calor pulsou, se quebrando na cara de Dom, esquentando o aço da armadura tão rapidamente que ele arrancou o elmo.

De olhos arregalados, ele viu mesas e bancos caírem nos depósitos subterrâneos, os cortesãos caindo junto. Na ponta oposta do salão, a plataforma resistiu, pendurada sobre a ferida aberta que era o piso.

Os temuranos já estavam fora de perigo, conduzidos em segurança por Sigil. Mas os lordes e ladies da corte de Erida se esgoelavam, lutando para sair do salão nobre de todas as maneiras possíveis.

— Evacuem! — berrou um guarda em algum lugar, seu grito quase inaudível sob o clamor das chamas.

— Saiam!

— Vão para a ponte!

— Salvem a rainha!

Muitas vozes gritavam de um lado para o outro, os criados, nobres e guardas saindo para os corredores em todas as direções. Alguns soldados leais correram para dentro do salão, batalhando contra as chamas para chegar à torre da rainha do outro lado. Mas a maioria fugiu.

Era melhor fugir e correr o risco de traição do que ficar e ser queimado vivo.

Sigil e os temuranos correram para a saída mais próxima, e Dom foi também, alcançando-os num instante. Muitos dos cortesãos correram atrás dele, ovelhas desesperadas, carentes de um pastor.

Apesar de seu ódio contra Galland, Dom abriu as portas externas e deu espaço, fazendo sinal para os cortesãos escaparem para o pátio.

— Por aqui! — gritou com a voz estrondosa, estendendo o braço para manter a porta aberta.

Lá fora, entreviu o portão principal, depois do qual se arqueava a ponte de Valor. De volta às ruas de Ascal. Apenas o canal separava o palácio da grande cidade, seus becos e sarjetas um santuário quase inalcançável.

Os cortesãos agradecidos correram na direção dele, vendo um cavaleiro da Guarda do Leão como um protetor. Saíram do palácio, tossindo violentamente pela fumaça. Grandes nuvens pretas subiam do chão desabado e Dom lembrou por um segundo do dragão, suas presas cuspindo cinzas. Fungando, percebeu que não era só o salão em chamas.

O velho torreão ainda queimava também.

Os temuranos correram para o ar livre do pátio, sem nunca perder o ritmo. Dom observou, impassível, enquanto Sigil empurrava os últimos porta afora.

Sem pensar, ela agarrou Dom pelo pescoço e o puxou, tentando arrastá-lo.

O imortal não saiu do lugar. Era como tentar desenraizar um toco de árvore.

Sigil chiou, as chamas reluzindo em seus olhos.

— Siga o plano — rosnou, repetindo as palavras de Sorasa na cara dele. — *Esse* é o plano.

— Não a estou vendo — rosnou Dom em resposta, se desvencilhando de Sigil.

Ele voltou o olhar para o salão, ansioso. Não havia nenhuma sombra amhara entre os nobres e criados. Nenhum olho de cobre o encontrando na fumaça.

A caçadora de recompensas rangeu os dentes, esperou no batente. Atrás dela, uma das torres do torreão pegou fogo. O embaixador temurano gritou na própria língua, chamando Sigil.

Ela se crispou, dor sincera estampada no rosto.

— Sorasa virá logo atrás de nós — disse, entre dentes. — Ela sabe o que está fazendo.

Dom não duvidava.

Ele colocou a mão de manopla no ombro de Sigil e empurrou, fazendo-a cambalear para trás. Ela girou os braços para manter o equilíbrio, a expressão chocada.

Dom já não estava mais à porta, voltando para um palácio reduzido a cinzas.

— Eu também sei.

Ele empurrou a maré da multidão em pânico, cortando a onda de cortesãos como se fosse água.

Sorasa vai derrubar o palácio inteiro e incendiar essa ilha com todas as pessoas dentro

O que momentos antes era um salão opulento parecia destroçado pelo Fuso, queimando como Gidastern. Tapeçarias ardiam em chamas ao longo das paredes e vitrais estouravam nas janelas, se estilhaçando sobre o que restava do piso. Cada parte do salão parecia feita para alimentar um incêndio, a madeira envernizada, as toalhas encharcadas de vinho em chamas. Dom tentou não respirar fundo demais. A fumaça ardeu seu nariz e seus olhos mesmo assim. Ele sentiu o aço da armadura aquecer sobre a roupa, mais quente a cada passo. Continuou, apesar de tudo. Era fácil demais ignorar o desconforto, o foco resumido ao caminho traçado à frente dele.

A beira do piso em ruínas se carbonizava, a madeira queimando e vergas se desfazendo enquanto o buraco diante dele crescia. Alguns guardas seguiam encostados às paredes, avançando centímetro por centímetro na tentativa de chegar à torre da rainha. Os rostos aterrorizados incandescendo sob as chamas vermelhas.

Dom não hesitou, pulando na cratera.

Poças flamejavam no chão de pedra. Fogo consumia barris, seus aros como caixas torácicas vazias. Algumas garrafas de vidro estouravam, se estilhaçando enquanto o álcool dentro delas pegava fogo. Ele seguiu a passos largos, ignorando o calor que crescia ao redor, dentro e fora da armadura.

À frente fica a residência real. Há uma escadaria que leva aos aposentos particulares de Erida.

Foi o que Sorasa dissera, menos de uma hora antes. Ele seguiu sua voz como seguiria uma placa. As passagens eram de pedra, não dando espaço para o fogo que ainda assolava atrás dele. Dom correu, como num sonho, cinzas se espiralando atrás dele. Brasas caíram na capa, e ele a arrancou, abandonando o manto de um cavaleiro morto, deixando que queimasse.

A escada estava onde Sorasa dissera, no fim do longo corredor.

Ele subiu depressa. Não cansou, nem vacilou. Não temia nada além de fracasso ou, pior, desonra. Ao chegar ao alto das centenas de degraus em espiral, Dom sacou a espada longa. A lâmina saiu em silêncio da bainha, refletindo a luz fraca do corredor de serviço.

Um coração batia atrás da única porta do patamar. O ritmo era forte e constante.

Dom chutou a porta de repente, revelando o solário da rainha. E um cavaleiro da Guarda do Leão postado como uma estátua. Ele encarou a porta de serviço, sua armadura dourada brilhando sob a luz de cem velas.

O cavaleiro se sobressaltou, alerta.

— O que é isso? Que barulho foi esse lá embaixo? — questionou, até seu olhar se aguçar, os olhos traçando os contornos de um rosto estranho sob um elmo conhecido demais.

Ele levou a mão à espada, mas foi devagar.

A hesitação era tudo que Dom precisava.

Golpeou uma vez, e sangue jorrou pelo espaço entre o elmo do cavaleiro e o gorjal de aço, um rio vermelho escorrendo da garganta.

Dois outros cavaleiros da Guarda vieram do lado oposto do solário. Um deles chamou o nome do morto e o outro urrou, de arma em mãos.

Dom se movia melhor do que eles na armadura pesada, ziguezagueando entre os arcos de duas espadas em movimento. Cavaleiros gallandeses eram treinados para o combate, para dominar qualquer oponente com aço de qualidade e a força dos braços. Os membros da Guarda do Leão eram os mais reverenciados de todos, escolhidos a dedo para defender a governante de Galland de qualquer perigo. Muitos reis foram salvos por sua destreza, muitas batalhas viradas pelo golpe de suas espadas.

Não seria o caso naquele dia.

Contra Domacridhan, eles não tinham vantagem alguma. Ele tinha mais velocidade, talento e força bruta do que os dois juntos. Sem falar na pura determinação.

Aço atingiu aço, retinindo pelo solário. O outro cavaleiro deu a volta para cercar Dom, mas o imortal percebeu, ajoelhando para desequilibrar o primeiro. Quando o guarda cambaleou, Dom partiu para cima. Cravou a espada no rosto do leão rugindo, atravessando aço, cota de malha e tecido, até afundar em carne e osso.

O cavaleiro empalado gritou de agonia, agarrando a espada cravada no peito. Com um movimento do braço, Dom a puxou e deixou o cavaleiro cair, com um buraco no centro do corpo.

Foram breves segundos atordoantes para olhos mortais.

O cavaleiro sobrevivente da Guarda do Leão cambaleou para trás, quase tropeçando nos próprios pés. Dom pensou que ele se renderia. Em vez disso, o cavaleiro manteve a espada erguida, em guarda entre eles. Como se fizesse alguma diferença.

— Você não vai encostar na rainha — disse o cavaleiro, a voz vacilante.

Sob o elmo, lágrimas tremeluziam.

— Não me importo com sua rainha — rosnou Dom, atacando.

A força do golpe derrubou a espada do cavaleiro. Mesmo assim, ele não cedeu, erguendo os punhos de manopla enquanto recuava pelo solário.

Dom não diminuiu o passo, seguindo o cavaleiro como um caçador no encalço na presa. Por mais que o ferisse fazer isso.

O cavaleiro soltou um silvo baixo de frustração. Suor descia por seu rosto, escorrendo do queixo e pingando na armadura.

— Também jurei defender o príncipe Taristan — disse.

Mais parecia uma pergunta.

— Defenda-o, então — respondeu Dom. Ele inclinou os ombros, mostrando a porta de serviço atrás. Um claro convite. — Ou fuja.

O cavaleiro não saiu do lugar.

Domacridhan foi rápido e misericordioso, uma oração veterana saindo de seus lábios quando o cavaleiro caiu no chão.

Com o rosto austero, o imortal passou por cima do corpo. Chamas já lambiam os pés do cavaleiro, buscando mais o que consumir.

Os aposentos da rainha eram mobiliados com esplendor, mesmo em comparação com os salões no resto do palácio. Dom odiava tudo, os adornos de conquista e ganância. Sem pensar, varreu a mesa mais próxima com o braço, derrubando uma fileira de velas. Cera densa escorreu pela madeira lustrada. Ele chutou outro castiçal, sem nem olhar quando o brocado pesado das cortinas pegou fogo.

— Você sabe a definição de insanidade, Domacridhan?

Ele reconhecia muito bem a voz, as ondas profundas de poder envoltas em cada palavra.

Mortal e demônio.

Taristan estava do outro lado do solário, plantado a uma porta.

O quarto da rainha se abria atrás dele, mais veludo e ouro. Dentro dançava a luz do fogo, baixo e controlado, de uma lareira que não dava para ver. Cercava a silhueta de Taristan de um vermelho pulsante, as linhas duras do rosto traçadas em contrastes de escarlate e sombra.

Como sempre, Dom viu Cortael primeiro, trazido de volta à vida pelo próprio homem que o matara. Mas Taristan não era Cortael, embora fossem gêmeos. Seus olhos eram mais afiados, mais cruéis, cheios de ganância em vez de orgulho. Enquanto Cortael era um cão fiel, Taristan era um lobo faminto, sempre lutando pela próxima refeição. Sempre sozinho, sobrevivendo por todos os meios necessários.

O filho do Velho Cór apoiava o corpo no batente pesado, desgrenhado pelo sono ou algo mais. Dom notou seu cabelo desalinhado e a gola da camisa branca aberta. Ele tinha vestido às pressas a calça de couro preta, estava descalço. Veias brancas subiam por seus tornozelos e peito expostos, chegando até o pescoço. Pareciam cicatrizes doloridas sobre a pele pálida.

Taristan segurava uma espada em uma postura negligente. Ele a girava preguiçosamente, a lâmina arqueada seu único sorriso.

— É fazer a mesma coisa vezes e mais vezes — continuou Taristan, ainda recostado. — E esperar um resultado diferente.

O fogo se alastrava como uma praga atrás de Dom, o calor tocando suas costas. A luz cresceu, lançando açoites de ouro sobre o rosto de Taristan, iluminando-o por completo.

Dom sorriu pela obra de Corayne, uma linha áspera rasgada na face de Taristan. O ferimento estava cicatrizando, mas devagar, uma coisa horrenda.

Não era o único.

Havia queimaduras em seu pescoço, rosa e brilhantes, que desciam pela clavícula. Cortes cruzavam seus dedos e um hematoma ainda espreitava sob a manga da camisa, amarelado no antebraço musculoso.

Dom sentiu seus olhos se arregalarem, choque correndo pelas veias. Ele inspirou fundo, rangendo os dentes. O ar tinha gosto de fumaça, pincelado com o ferro de sangue fresco. Uma esperança monstruosa se ergueu diante dele.

Ele pode ser ferido.

Pode ser morto.

— Hoje não é igual, Taristan — sussurrou ele, erguendo a arma.

O gume brilhava vermelho, ainda pingando sangue de cavaleiro.

Algo mudou em Taristan. O lobo nele rosnou, encurralado. *Perigoso como sempre. Mas vulnerável*, Dom pensou.

Dom nunca vira medo naqueles olhos detestáveis, mas agora via.

— Dádivas que fácil vêm fácil vão, ao que parece — disse o imortal.

Deslizou um passo para a frente. Séculos de treinamento voltaram à sua mente, e ele assumiu a postura de um espadachim experiente.

Pela primeira vez, Taristan segurou a língua.

Dom inclinou a cabeça, intensificando os sentidos. Outro coração batia no quarto, acelerado. Ele ouvia a respiração da rainha, arrítmica, ofegante. Ela também estava com medo, e com razão. Seu palácio queimava e seus cavaleiros jaziam mortos atrás de Domacridhan, tendo apenas o príncipe entre eles.

— Você está sozinho — disse Dom, sentindo o gosto forte de sangue na boca. — Sem feiticeiros. Sem guardas.

Raiva transpareceu no rosto de Taristan, a única resposta de que Dom precisava.

— Estou surpreso por sua rainha não ter nenhuma forma de escapar do próprio quarto. — Dom deu mais um passo. — Embora nenhuma saída também signifique nenhuma entrada.

Taristan posicionou os pés da mesma forma. Sobressaltado, Dom percebeu que o canalha se movia para defender, não atacar. Os olhos de Taristan faiscaram vermelhos, um círculo de fogo surgindo para refletir o cômodo em chamas.

O Porvir pairava como uma sombra ameaçadora na parede. Dom quase sentia Ele, o ar pesado por Sua presença maldita. Por mais forte que o Rei Demônio fosse, porém, não entraria na esfera.

Ainda.

Dom arreganhou os dentes para Taristan e o deus tenebroso dentro dele.

— Não pensei que você pudesse ser capaz de gostar de alguém. Nem mesmo de seu feiticeiro — provocou. — Mas a rainha de Galland?

Taristan não se mexeu, e a voz saiu esganiçada e forçada:

— Fale o que quiser, Ancião. Não vai mudar o fim desta história.

— Um rei das cinzas ainda é rei — retrucou Dom, repetindo as palavras de Taristan, ditas muito tempo antes.

Ele se sentia perigoso, letal. Sorasa um dia dissera que imortais eram a ponte entre humanos e monstros. Naquele momento, Dom acreditou.

— Erida será cinzas sob seus pés, como o resto de nós?

Silêncio foi a única resposta de Taristan, mais alto do que o crepitar da chama.

— Se você incendiar o mundo, ela também queima — silvou Dom.

Atrás de Taristan, o coração de Erida acelerou.

Não tinha a intenção de convencer Taristan de nada. Dom nutria poucas ilusões sobre a capacidade de Taristan de sentir remorso. Ou amor.

Para sua surpresa, o rosto sinistro de Taristan mudou, escárnio contraindo os lábios.

— Você pensa nela? — perguntou o príncipe do Velho Cór, num rosnado baixo. — Na Anciã morta em Gidastern. Bem diante de seus olhos. *Ridha.*

O nome era uma ferida que Dom nunca conseguiria curar. Só de pensar nela sua vista ficava turva.

O sorriso de desdém de Taristan se alargou, e o estômago de Dom se embrulhou.

— Não, *morta* não é a palavra certa — continuou ele, tomado de alegria cruel. — Está mais para *assassinada*. Eu a matei. Cravei uma adaga bem aqui, deixando que as eras imortais se esvaíssem dela.

Ele tocou a pele entre as costelas. Dom se lembrava bem da cena de uma lâmina perfurando a armadura de metal, a pele e o coração ainda vivo de Ridha.

— E depois...

Raiva dominou Dom e o mundo perdeu o foco. Ele não sentia as tábuas de assoalho embaixo das botas, nem a pressão do ar em seu rosto. A espada pareceu brandir por conta própria, seguindo um caminho traçado por longos séculos de treinamento.

Fumaça e sombra se enroscaram em Taristan enquanto ele esquivava do golpe. Para Dom, ele não era mais um homem mortal, meramente mascote de um demônio, mas o demônio em si. Suas mãos brancas eram garras de osso, seus olhos pretos, duas cavidades. Não havia coração mortal nele, nem mesmo o que Dom ouvia bater no peito.

Taristan era um monstro e nada mais.

Suas lâminas se cruzaram com golpes de raspão, deslizando uma sobre a outra. Mesmo vulnerável, Taristan ainda carregava a força do Porvir dentro de si. Ele mais que sabia se defender de um imortal, o golpe da espada como um raio. Dom virou e rebateu, usando o impulso para desviar. A lâmina atingiu o braço de Dom mesmo assim, cortando o aço banhado de ouro como uma faca corta manteiga.

Taristan sorriu quando o avambraço quebrado caiu, a placa de aço e as fivelas rasgadas fazendo um baque no chão.

Dom ignorou. Não gostava de lutar de armadura, muito menos a de um homem morto.

Cerrou o maxilar e girou, mais rápido do que Taristan. Dom ainda tinha certa vantagem e a usou, atacando com uma enxurrada de golpes estrondosos. Taristan resistiu mal e porcamente, respirando com dificuldade sob o estrondo do aço, mas se recusava a sair do batente.

Dom também viu essa vantagem.

No templo e em Gidastern, Taristan lutava por si próprio. Nada mais, nem mesmo Ronin. Cercava e desviava, passando a perna em seus inimigos. A falta de escrúpulos o tornava mais perigoso do que qualquer um.

Mas ele não pode fazer isto aqui, Dom percebeu. *Não sem abandonar a rainha.*

Rosnando, Dom avançou, abandonando a dança de espadas para colidir com Taristan. O choque foi como um escudo, e Taristan foi jogado para trás por força bruta. Eles tombaram juntos dentro do quarto da rainha, destruindo tudo em seu rastro. Suas espadas caíram no chão, deslizando pelos tapetes opulentos.

As chamas vieram também.

Dom ergueu o punho de manopla e atacou. Dedos de aço encontraram o queixo de Taristan. Ele gemeu, cuspindo sangue, e caiu no chão.

Dom foi para cima, esmagando Taristan embaixo dele, imobilizando-o sob cada centímetro de sua força. Osso estalou em madeira quando o crânio de Taristan bateu no piso. Ele revirou os olhos.

Sem perder tempo, Dom recuou, cerrando o punho para atacar.

Em algum lugar do quarto, Erida gritou, um som embargado e profundo. Fruto não de medo, mas de frustração, fúria.

Dom girou e no mesmo instante levou um vaso de porcelana na cara. O jarro se estilhaçou, água e rosas espinhosas caindo sobre ele. A rainha de Galland estava com uma camisola simples, o rosto pálido corado, os olhos azuis vivos como o fogo.

Foi a única oportunidade de que Taristan precisava. Ele pegou Dom pelo pescoço e o puxou para baixo, dando uma cabeçada.

Vendo estrelas, ele rolou para o lado em estupor, resistindo ao impulso de vomitar. Enquanto sua vista se angulava, Erida passou por ele, tentando pegar a espada do marido.

Taristan levantou de um salto, com o supercílio sangrando. Uma lágrima vermelho-escura escorria pelo rosto. Erida de Galland foi até ele e olhou para Dom. Sem dizer uma palavra, estendeu a espada e a colocou nas mãos de Taristan.

— Mate-o — disse, cheia de rancor.

No chão, Dom tentou atravessar sua neblina. Ouviu o silvo de metal cortando o ar e se forçou a rolar para o lado, evitando por pouco a espada de Taristan. Deitado de costas, Dom chutou a esmo e acertou o peito dele. O príncipe caiu para trás, dando a Dom tempo suficiente para recuperar a espada. Ofegando, Dom se apoiou na cama e levantou.

Metade de sua armadura estava quebrada, as placas douradas pendendo do corpo. No peito, o leão rugindo estava partido ao meio.

Dom mal notou as brasas girando entre eles, espiralando nas nuvens de fumaça. Fixou o olhar do outro lado do quarto opulento, encarando Taristan e a rainha. Os dois retribuíram, estátuas contrastadas com as chamas turbulentas. Erida estava atrás do príncipe, segurando o punho dele, como se para detê-lo. Ou mantê-lo por perto.

Vestida de camisola, cercada por cinzas, Erida ainda encarnava a rainha imperiosa.

— Até eu sei que imortais podem queimar — disse ela.

— Desde que vocês queimem comigo, é uma boa morte — respondeu Dom.

Ele ergueu a lâmina uma vez mais, o aço vermelho.

Taristan fez o mesmo. Manchado de fuligem e sangue, lembrava mais o mercenário desesperado que Dom conheceu no templo, quando o fim da Ala não passava de uma nuvem de tempestade no horizonte. Ele brandiu a espada, e Dom respondeu, as lâminas se bloqueando. Taristan também lutava como Dom lembrava: frenético, golpes imprevisíveis, um estilo que não se aprendia em um castelo refinado, mas em becos e em campos de batalha lamacentos. Mesmo sofrendo pequenos cortes, rasgos na camisa branca, sangue mortal manchando a roupa, Taristan continuava.

Erida assistia a tudo, recostada à janela, os olhos alternando entre o marido e as chamas.

Dom era um leão, mas um leão numa caverna. Encurralado, esgotado. Cada vez mais lento. Taristan conseguiu seus próprios cortes, e Dom silvava, cada movimento uma dor nova. As tábuas do assoalho carbonizavam sob eles, cada passo mais instável do que o anterior.

Até que a sorte de Dom se esgotou, e a madeira queimada vergou sob seu peso. Sua graça imortal era a única coisa que o impedia de cair através do piso, e ele pulou de lado, pousando em terreno mais firme.

Com uma espada no pescoço.

Taristan não sorriu, não gargalhou. Dom pensou que ele se gabaria uma última vez antes de dar um fim a ele. Antes de finalmente dar cabo de Domacridhan de Iona.

Em vez disso, Taristan o encarou, os olhos pretos envoltos de vermelho-escarlate. Uma vez mais, Dom olhou para Taristan e enxergou Cortael. Mas agora tentou não deixar a ilusão passar.

Ele não será o último rosto que vejo, não mesmo.

A lâmina era fria em sua pele febril, o gume cortando uma linha vermelha superficial.

Toda a esperança que Dom carregava se apagou no peito, chamas reduzidas a brasas. Não havia orações a fazer. Os deuses não ouviriam Domacridhan nessa esfera, tão longe de Glorian. Tão longe de casa e de tudo que ele amava.

Vagamente, ele torceu para que Sorasa e Sigil estivessem a uma distância segura, dentro da cidade. Se já não estivessem num navio, navegando rumo ao horizonte.

— Não vou trazer você de volta, Domacridhan. Seu cadáver vai ficar onde cair — murmurou Taristan, mantendo a postura. A espada não vacilou. — Isso, ao menos, posso prometer.

Dom arregalou os olhos, chocado. A oferta era quase misericordiosa. Um músculo se tensionou na mandíbula de Taristan.

— Você conquistou o direito de morrer em paz.

— Você tem uma definição estranha de paz.

Um batimento tão conhecido quanto seu próprio soou nos ouvidos de Dom, o ritmo como uma canção. Seus olhos se voltaram de Taristan para Erida, ainda longe da luta.

Atrás dela, estava Sorasa Sarn, uma sombra de couro ensanguentado, com uma adaga de bronze na mão. A ponta encostou na garganta pálida e assustada da rainha de Galland.

Apesar das chamas que saltavam ao redor deles, consumindo o quarto cada vez mais rápido, os quatro corpos paralisaram, incapazes de fazer qualquer movimento. Eles inspiraram nuvens de fumaça, os peitos arfando, os rostos sujos de fuligem e sangue. Todos se encaravam com ferocidade através das chamas, vencidos pelas circunstâncias. Depois de tudo que enfrentaram, ali estavam. O imortal, a rainha, a assassina e o príncipe maldito.

Parecia impossível, ilógico. Obra de um deus atroz, ou mera sorte.

No chão, com uma espada no pescoço, Dom não podia fazer nada além de olhar. Não se atrevia nem a piscar, por medo de que tudo não passasse de uma ilusão. Um último desejo antes do fim.

— Onde estão seus exércitos, Erida? — murmurou Dom, a garganta se mexendo contra a lâmina. Quase riu do absurdo daquilo. — Onde está seu deus-demônio, Taristan?

Apesar de todos os seus poderes vastos e terríveis, vocês ainda são vulneráveis, Dom pensou, os olhos alternando entre a rainha e seu capanga. *E ainda são mortais.*

Taristan não cedeu. Porém, inclinou a cabeça muito de leve, o suficiente para manter as duas mulheres e o imortal em sua visão. O sangue se esvaiu de seu rosto, a pele ficando branca. Naquele momento, Dom viu tudo que a rainha significava para Taristan. E o que significaria perdê-la.

Erida soltou um murmúrio baixo e esganiçado, hesitante, incapaz de gritar. Mostrou os dentes, tão furiosa quanto assustada.

Dom encontrou os olhos de Sorasa, arquejando, engasgada com a fumaça. Pela primeira vez desde Byllskos, ele olhava para uma assassina de verdade. Não uma exilada, não uma proscrita. Uma pura amhara em toda a sua glória letal.

Ela retribuiu seu olhar, inexpressiva, os olhos cor de cobre destituídos de qualquer emoção. Nem remorso, nem medo. Nem mesmo o desdém habitual. Seu cabelo preto assimétrico caía ao redor do rosto mal chegando aos ombros. Um único fio se mexeu, revelando a inspiração lenta e constante.

— Mate-a, Sorasa — disse Dom, a voz entrecortada pela fumaça. — Mate-a.

A rainha de Galland se contorceu, mas Sorasa simplesmente acompanhou o movimento. Segurava Erida pelo braço e pelo pescoço.

— Você sabe o que acontece se me matar — cuspiu Erida, tossindo forte, e olhou de Taristan para as chamas.

Algo passou entre eles, rainha e consorte, um lampejo no olhar. Os dois engoliram em seco, impossivelmente encurralados.

— Você sabe o que acontece de uma forma ou outra — respondeu Sorasa com frieza. Ela olhou de esguelha para Taristan, provocando. — Decida, Taristan do Velho Cór. Corto a garganta de sua esposa, ou ela queima?

Taristan engoliu em seco. Mantinha o olhar fixo, não em Sorasa, mas na rainha. O brilho vermelho se agitou, as pupilas como velas flamejantes. Dom quase achou que o Porvir saltaria para dentro da esfera, movido por toda a fúria do abismo.

— Sorasa, mate-a — soltou Dom, entre dentes.

Se não pudermos matar Taristan, podemos eliminar sua maior aliada, pensou, a mente a mil. *Vai bastar. Vai valer o preço. Talvez tenha sido esse nosso destino, desde o princípio.*

Sorasa ignorou Dom, para seu eterno pesar.

Ela apertou um pouco mais a adaga. Uma gota de sangue escorreu do pescoço de Erida.

— Ou vai soltar Domacridhan? — Sorasa murmurou.

No chão, Dom soltou um rosnado baixo. A espada silvou em sua garganta.

— *Sorasa* — ele sussurrou.

— Rainha de Quatro Reinos. Imperatriz em Ascensão. É como a chamam agora — Sorasa murmurou, virando Erida de lado para que ficasse de frente para Taristan.

As duas deram um passo juntas, unidas na dança mortal.

O olhar da assassina cintilou.

— Do que vão chamar sua rainha amanhã?

Erida não se rendeu, se empertigando sob os braços de Sorasa, no entanto não conseguiu controlar as lágrimas. Seus olhos se encheram, tremeluzindo de modo a refletir as chamas. Ela engoliu a tosse outra vez, engasgando com a fumaça.

Atrás da rainha, Sorasa se manteve firme. Ao fundo, as janelas reluziam, escuras, vidraças opulentas com vista para os jardins do palácio.

Eu deveria ter imaginado que morreria brigando com Sorasa Sarn, Dom pensou com amargura. Seu corpo ficou tenso de frustração, ainda ajoelhado sob a lâmina de Taristan.

— Ela vale mais morta do que nós vivos — gritou. — Mate-a!

Sobre Dom, Taristan continuava inabalável. Voltou o olhar infernal para Sorasa, que o encarou sem pestanejar, indiferente ao demônio na mente dele.

— Vou caçar você, amhara — murmurou Taristan. — Vocês dois.

A lâmina ainda era fria contra a pele de Dom. Parte dele sabia que poderia acabar com aquilo sozinho. Uma virada de pescoço e Sorasa não teria escolha. Ele estaria morto e ela não teria motivo para deixar a rainha viva.

Não posso, ele sabia, destroçado pelo pensamento. *Faça isso por mim, Sorasa. Faça isso por mim.*

Lágrimas arderam em seus olhos, desespero ameaçando sufocá-lo.

— Sorasa, por favor...

— Estou contando com isso — murmurou Sorasa, ainda com o olhar fixo em Taristan.

Dom engoliu em seco contra o aço. Ele decidiu fazer o que Sorasa não faria.

Mas a espada já estava alguns centímetros distante. Com o coração batendo forte, Taristan soltou um rosnado gutural, resistindo à própria natureza.

Do outro lado do quarto, Sorasa fez o mesmo.

Suas lâminas se mexeram em sincronia cautelosa. Atrás da rainha, os lábios de Sorasa abriram um sorrisinho ardiloso. Ela observou, os olhos penetrantes, medindo cada centímetro.

Dom também. Ele a conhecia muito bem e ouviu o sinal no coração dela. Quando o ritmo mudou, ele agiu.

Imortal e amhara irromperam juntos, um rolando para longe da espada de Taristan, a outra movendo a lâmina de bronze, ainda segurando o braço da rainha.

Sem piscar, Sorasa espalmou a mão da rainha aos berros em uma mesa de canto. A adaga voou enquanto ela mudava a pegada, tomando o maior impulso possível. Com um golpe para baixo, Sorasa apunhalou a mão da rainha na mesa. O grito de Erida se transformou em um uivo dilacerado.

Taristan avançou pelas chamas, um monstro em pele mortal, na direção de Erida, obrigando Sorasa a se esquivar. Ela correu, cuidadosa com os passos sobre o piso em brasa.

Dom a acompanhou com facilidade, ambos se dirigindo à parede de janelas. Ele atirou uma cadeira no vidro, que se estilhaçou, deixando uma rajada de ar fresco entrar no quarto. Sem diminuir o passo, agachou para pegar a espada, que embainhou num único movimento. Atrás dele, Taristan soltou a adaga amhara, tirando-a de madeira e carne. A rainha Erida berrou de novo, seus gritos quase devorados pelo fogo.

Não havia tempo para discutir, nem mesmo pensar.

Restava a Dom apenas confiar em Sorasa, e Sorasa, em Dom.

Eles saltaram juntos, o braço dele ao redor da cintura dela, o outro livre para se esquivar de escombros. Um estandarte deslizou sob seus dedos e ele apertou com firmeza suficiente para refrear a queda sem parar o impulso. Sorasa se manteve abraçada com firmeza, mirrada em seu peito, o coração mais acelerado do que ele jamais ouvira.

Ele sentiu o próprio coração igualar o dela.

Os jardins foram surgindo abaixo deles; acima, um castelo flamejante.

Os gritos da rainha ecoaram na cabeça de Dom enquanto caíam na terra descampada pelo inverno. Sorasa pulou, saindo de cima dele, uma sombra entre as árvores.

Sem questionar, Domacridhan seguiu.

16

BASTAR

Charlon

ELE SABIA QUE ERA MELHOR NÃO SE QUEIXAR. Havia caminhos piores de percorrer, a pé ou a cavalo. Mesmo assim, Charlie fechava a cara a cada novo dia, seus cavalos galopando por um caminho entrecortado por raízes e pedras.

Não havia nenhuma trilha propriamente dita na floresta Castelã, mas duzentos Anciões de Sirandel atravessavam os bosques labirínticos como se estivessem numa velha estrada do Cór. Os Anciões eram exímios cavaleiros e seguiam num ritmo implacável, seus cavalos treinados para atravessar o terreno instável como qualquer outro. Restava a Charlie apenas se segurar, as coxas e os dedos doendo toda noite quando paravam para os mortais poderem acampar. Os Anciões não viajavam com barracas, nem seus utensílios costumeiros, pois não precisavam parar nem dormir. Ao menos, por suas rações Charlie nunca temia. A companhia anciã oferecia mais do que o suficiente para os três mortais. Às vezes demais, até. Eles claramente não faziam ideia do quanto mortais comiam, nem com que frequência.

O único consolo de Charlie era Corayne, que rangia os dentes pela mesma exaustão, com o corpo igualmente cansado. Por ela, ele mantinha a boca fechada. Corayne carregava o mundo nas costas. Charlie precisava só acompanhar.

Garion irritava mais, embora também fosse mortal. Seu treinamento amhara o acostumara a longos dias de viagem, o corpo desfeito e refeito por anos na cidadela. Se o ritmo intenso pela floresta Castelã o incomodava, ele não dava nenhum indício. Mesmo à noite, quando se deitavam juntos, Garion nunca era o primeiro a pegar no sono.

O sacerdote destituído soltou um longo suspiro de alívio quando saíram dentre as árvores uma semana e meia depois, deixando a floresta

Castelã para trás. Mas Valnir e os Anciões circundaram a beira da floresta, com cuidado para manter a companhia escondida. Eles não arriscariam a estrada do Cór, nem uma área descoberta, não com Corayne.

Suas sombras continuaram, as margens da floresta projetando um longo anoitecer. O cavalo de Charlie seguiu o grupo enquanto viravam a leste, rodeando o limite entre a floresta e o vale que se inclinava para o sul. O Rialsor serpenteava sob eles, assim como uma velha estrada do Cór, as pedras de pavimentação antigas traçando uma linha prateada ao longo do rio.

Do outro lado ficava Madrence.

Charlie engoliu em seco ao ver seu país, por mais distante que estivesse. No inverno, os campos estavam inférteis, reluzindo de geada. A terra era cinza e fria, desprovida de qualquer alegria que ele lembrasse. Na primavera, ele sabia que as colinas se encheriam de verde, cobertas por plantações e vinhedos.

Ao menos era assim antigamente, ele pensou, com o estômago embrulhado.

Enquanto cavalgavam, a paisagem foi ficando mais nítida, e Charlie quase escorregou da sela.

A seu lado, no cavalo dela, Corayne conteve um soluço cortante.

— Erida! — exclamou, e soltou um palavrão entre o som de cascos.

Quilômetros ao sul, ao longo do rio, os castelos dela montavam guarda sobre a antiga fronteira. Agora que Madrence havia caído à conquista de Erida, suas guarnições estavam pacatas. Porém, a marca do exército dela permanecia. As legiões de Erida haviam deixado um rastro terrível sobre a estrada do Cór, revirando a terra com mil cascos, botas e rodas. Tocos de árvores se espalhavam pelo caminho como uma praga, as margens do rio descampadas de vegetação. A fronteira, antes visível, exibia uma cicatriz terrível.

— A queda de Madrence — sussurrou Charlie consigo mesmo, apertando as rédeas.

Uma coisa era saber que sua terra natal tinha sido conquistada, mas outra, bem diferente, era ver.

Garion fixou o olhar de raiva nas terras fronteiriças. Charlie viu sua própria dor refletida na do amado. Garion também era filho de Madrence, embora mal lembrasse.

Enquanto cavalgavam, Charlie tentou se concentrar em outra coisa. O som de cascos, a dor nas pernas. Era em vão. Ele pensava em seu lar, bem distante ao longo da costa. Partepalas.

Em pensamento, viu a capital madrentina, resplandecente em rosa, ouro e branco refinado. Flores brotavam e ondas verde-azuladas batiam nas muralhas da cidade, tudo dourado pelo sol. Sua igreja ficava na orla, à sombra do grande farol da cidade. Em todo o mundo, não havia uma cidade como Partepalas. Agora, estava sob o domínio de Erida, envenenada por Taristan e pelo Porvir. Charlie lamentou enquanto seguiam viagem.

A aurora se espalhava devagar pelo céu cinza de inverno, o sol nunca atravessando as nuvens de verdade. Um nevoeiro vacilante escapava da floresta, estendendo os dedos fantasmagóricos.

Charlie se encolheu para se proteger, afundando mais no calor do capuz.

Quando algo deteve seu cavalo, ele quase caiu da sela, assustado. Ergueu os olhos bruscamente e viu Garion puxar as rédeas, freando os cavalos dos dois.

O resto da companhia fez o mesmo a seu redor, Corayne puxando as rédeas à esquerda dele. Ela se aproximou rápido, conduzindo o cavalo de modo que suas pernas quase se tocavam.

— O que houve? — murmurou Charlie, forçando a vista através do nevoeiro.

As silhuetas dos outros Anciões sumiam sob a neblina cinza.

— Não sei — respondeu Corayne.

Ela levantou nos estribos, como Sigil ensinara. A espada do Fuso cintilava na bainha, afivelada à sela.

— Devem ser os batedores — disse Garion.

Ele soltou as rédeas de Charlie, mas sua mão ficou, pousada de leve sobre a luva do sacerdote.

Charlie envolveu os dedos nos de Garion, dando um leve aperto. Mesmo depois de duas semanas árduas, Garion ainda não parecia concreto. Sem hesitar, o assassino apertou a mão em resposta. Eles não precisavam falar para se comunicar. Charlie ouviu a voz de Garion ecoando em sua cabeça, nitidamente.

Não vou a lugar nenhum.

Através da névoa, a silhueta alta de Valnir ergueu a mão, chamando-os à frente. Charlie tinha pouca vontade de falar mais do que o necessário com o governante ancião, mas Corayne guiou o cavalo à frente sem pensar duas vezes.

Relutante, Charlie e Garion foram também.

Eles atravessaram a companhia anciã até Valnir desmontado diante de uma saliência rochosa. Ele olhava fixamente para o vale lá embaixo. Ao longe, a linha fortificada de castelos seguia pela fronteira. Apesar da insígnia de raposa no manto, o monarca imortal mais lembrava uma águia, perscrutador e distante, uma criatura perigosa muito além das limitações da terra.

Quando eles se aproximaram, Valnir deu as costas para a paisagem, se voltando para Corayne. Os olhos amarelos pareciam brilhar naquele mundo cinza.

Estremecendo, Charlie reconheceu medo no lorde ancião.

Corayne também notou.

— O que foi? — soltou ela. — Os castelos?

— As guarnições inimigas são pequenas e lentas — respondeu Valnir, frio como o ar invernal. — Temos pouco a temer de soldados mortais.

— Então o que vocês temem? — questionou Charlie, e se arrependeu na mesma hora.

Os olhos lúgubres de Valnir se voltaram para ele, que pensou numa águia, de garras curvadas e cruéis.

— Meus batedores encontraram uma ruína ao longo da fronteira.

Pela primeira vez, Charlie conhecia o mapa melhor do que Corayne.

— Castelo Vergon? — perguntou.

O Ancião ergueu e baixou o ombro devagar.

— Não decoro nomes de castelos mortais. Eles se erguem e caem tão rapidamente.

— Claro — debochou Charlie, trocando olhares fulminantes com os outros. — Vergon era uma das fortalezas fronteiriças de Galland. Foi destruído por um terremoto vinte anos atrás.

Pouco mais do que um piscar de olhos no tempo de vida de um Ancião, Charlie pensou. *Ainda mais tão antigo quanto Valnir.*

— A fortaleza inteira desmoronou e nunca foi reconstruída — ele acrescentou. — Só a vi de longe. Qual é o problema agora?

Valnir tensionou o maxilar.

— O castelo não é mais uma ruína, mas um ninho de dragão.

A terra balançou sob os pés de Charlie e ele quase perdeu o equilíbrio. Apenas a mão de Garion em suas costas e Corayne a seu lado o mantiveram em pé. Uma onda de calor tomou conta de seu corpo, de cima a baixo.

Ele lembrava o grito do dragão, no alto das nuvens abrasadoras de Gidastern, a sombra incompreensível de tão grande. O bater das asas reverberava em seu peito. Mil joias vermelhas e pretas cintilavam em seu corpo, refletindo o inferno que assolava a cidade abaixo.

Charlie tinha fugido do dragão e deixado Corayne e os Companheiros queimarem.

Ele queria fugir de novo agora.

Mas segurou firme.

— Um ninho de dragão — sussurrou Corayne a seu lado.

Nos últimos meses, ela aparentava ser mais velha. Mais forte, mais rápida e mais habilidosa. Mais inteligente do que qualquer um deles. No momento, porém, Charlie só via a adolescente, a menina recém-saída de casa, ainda dando seus primeiros passos mundo afora.

— Uma grande guarnição foi deixada na ruína. Um dragão se banqueteia com os cadáveres — disse Valnir. — Pelo menos um, e jovem, a julgar pelo tamanho.

Um filhote. Charlie mordeu o lábio, a mente acelerada. O dragão de Gidastern parecia do tamanho de uma nuvem de tempestade, enorme, tudo menos uma criatura jovem. Trêmulo, ele se perguntou quantos dragões vagavam pela Ala.

— Lembro dos dragões do passado, quando esta esfera ainda tinha muitos Fusos. — O rosto aquilino do Ancião se suavizou um pouco, seus olhos cheios de memória. — Sei como é enfrentá-los.

— Sabe? — questionou Corayne com a voz dura. Rosa corava o alto de suas bochechas enquanto Valnir se encolhia. — Um dragão queimou uma cidade inteira diante dos meus olhos três semanas atrás. E posso jurar que não era um jovem.

— Não mesmo — Charlie se ouviu murmurar.

Valnir teve a decência de não pedir mais detalhes.

— Se dermos a volta por dentro da floresta — disse —, devemos conseguir passar sem alertar o dragão de nossa presença. Vai nos custar tempo, claro.

— Antes alguns dias do que todas as nossas vidas — disparou Garion, cruzando os braços.

Valnir baixou a cabeça uma vez. Soltou até um suspiro de alívio.

— Devo concordar. A guerra se aproxima e não posso perder meus guerreiros tão cedo.

Por mais que quisesse fazer o mesmo, algo atormentou a mente de Charlie. Ele passou a mão no cabelo, bagunçando a trança com os dedos errantes. De repente, só conseguia olhar para as próprias botas, observando a névoa se enroscar em seus pés. Desejou desaparecer dentro da neblina, voltar a se perder na floresta. Em vez disso, sua mente girava com as páginas iluminadas da velha escritura, adornadas por caligrafia e pela asa de um dragão pintada em cores vibrantes.

— Charlie? — Corayne o cutucou, a sobrancelha escura franzida. — O que foi?

Ele engoliu em seco, desejando engolir a própria língua. *Ao menos desta vez, Charlie, fique de boca fechada.*

Ele falou mesmo assim:

— Em outra vida, fui um sacerdote de Tiber, dedicado a meu deus. E sua Esfera Deslumbrante.

Os olhos de Garion se cravaram nos seus, um medo raro crescendo no amhara. Charlie o ignorou, por mais doloroso que fosse.

— Irridas — disse Valnir. — De onde vêm os dragões.

— *Cravejados seus céus, cravejados seus couros* — murmurou Charlie, lembrando das palavras antigas e das orações ainda mais antigas.

Em sua igreja, faziam oferendas de ouro, prata e pedras preciosas, uma mera sombra da esfera de Tiber.

— Você diz que o jovem dragão se banqueteia dos restos de uma guarnição. — Ele deixou que as palavras fossem assimiladas. — De que exército?

— Meus batedores viram restos da bandeira gallandesa — disse Valnir.

— Erida está em guerra contra toda a Ala — murmurou Corayne, com aflição. — Por que deixaria uma legião aqui para defender uma ruína?

A resposta era como um golpe de martelo. Charlie gelou sob as luvas, os dedos formigando. Por muitos anos, ele ouviu o som de um coral. Moedas tilintando num altar. O cheiro de velas acesas, o aroma de tinta nas mãos.

— Não estavam defendendo uma ruína — sussurrou, encontrando os olhos pretos de Corayne.

Ela o encarou, boquiaberta.

— Estavam defendendo um Fuso.

— Valham-nos deuses — blasfemou Charlie, rangendo os dentes.

— Vergon abriga um Fuso aberto — murmurou Valnir, fechando a mão.

Ainda usava o grande arco sobre o ombro, o teixo preto curvado como um chifre saindo das costas. Sob os adornos, Charlie via os muitos milhares de anos de vida e as inúmeras batalhas vencidas.

Foi Charlon Armont, porém, que Corayne procurou, um sacerdote rebelde e fugitivo. Um covarde em quase tudo.

— O que fazemos, Charlie? — perguntou, com a voz baixa e embargada.

Charlie abriu a boca. Ele sabia o que queria. Voltar para dentro da floresta, evitar os dragões e galopar até o outro lado das montanhas. *Devemos fugir e continuar fugindo*, pensou, desejando que sua boca dissesse as palavras. *Cada segundo perdido é um segundo mais perto da vitória de Taristan.*

Até Charlie admitiria que não era a lógica falando. Era seu maldito medo.

— Já vi Fusos demais para uma vida inteira — disse com a voz pastosa, cada palavra pesada na língua. Se arrependia de cada letra. — Mas não podemos... não podemos deixar esse. Não se existe uma chance de fecharmos.

Garion arquejou, com um barulho engasgado e gutural, de frustração, mas nada mais, para o alívio de Charlie.

Corayne apenas soltou um longo suspiro lento e deu um único aceno. Observou a espada de Fuso, encontrando as joias vermelhas e roxas. Eram opacas sob a luz mortiça, despretensiosas. Como se a arma não fosse a chave para salvar ou acabar com a esfera.

— Tem razão — murmurou ela, por fim. — Lamento, mas você tem razão.

Charlie tentou sorrir por Corayne, tirar parte do fardo bárbaro que ela carregava. O melhor que ele conseguiu fazer foi uma careta torcida.

— Eu também lamento — respondeu.

Demorava um pouco mais de um dia de viagem até as ruínas de Vergon, e Valnir não colocaria seu povo em risco. Eles acamparam durante a noite a muitos quilômetros de Vergon, e os Anciões formaram um círculo de conselho. Valnir despachou seus batedores de novo, alinhados de modo a formar um perímetro seguro ao redor do ninho de dragão. Se algo desse errado, eles poderiam voltar a Sirandel para buscar ajuda.

Não que reforços fossem chegar a tempo, anciões ou não, Charlie pensou. Até o cavalo mais veloz e o melhor cavaleiro chegariam quando todos estivessem incinerados ou comidos.

Do mirante sobre o vale, Charlie observava os quilômetros variantes. Algumas nuvens se dissiparam no poente, os últimos raios de luz afugentando a neblina que restava no vale do rio.

Vergon ficava sobre uma colina na margem do rio, a quase um quilômetro da velha estrada do Cór. As ruínas pareciam pequenas dessa distância, pouco mais do que uma mancha. Apenas mais uma pilha de pedra tombada e memórias. A luz do sol não conseguia penetrar as torres destruídas e as paredes desmoronadas. Sombras se agrupavam nos escombros.

Charlie estreitou os olhos, mórbido. Buscou a beira de uma asa incrustada de joias ou um fio de fumaça, mas o dragão se escondia bem.

— Ao menos o último pôr do sol que vamos ver é bom — suspirou Garion, sentado em uma pedra musgosa a seu lado.

Ele limpava com afinco uma espada apoiada no colo, passando um pano oleado pelo gume.

— Cadê sua rapieira? — perguntou Charlie, notando a arma diferente.

O assassino ergueu a espada de feitura anciã, examinando a ponta ligeiramente curvada.

— Achei essa melhor para matar monstros.

Charlie contraiu o canto da boca, indeciso entre o sorriso e a careta.

— Eu deveria me trocar por alguém mais útil.

Ele forçou o riso quando Garion não riu, o rosto lindo do amhara tenso.

Com um suspiro, Charlie sentou ao lado de Garion.

— Eu deveria limpar a minha também? — murmurou, indicando a arma, um presente dos Anciões, pendurada na cintura.

— Não precisa, isto é mais por mim do que pela lâmina — disse Garion.

Ele mexia as mãos continuamente, seu foco no aço. Os ombros deles se tocaram.

— Não precisamos ficar aqui, Charlie. — O vento quase engoliu as palavras baixas de Garion. — Duzentos Anciões e uma princesa do Cór? Eles não precisam de nós.

Ele não precisava dizer para Charlie entender: *Não precisamos morrer.*

Por baixo do manto, sob um gibão de couro e uma túnica xadrez, o coração de Charlie acelerou. Cada segundo sobre a colina parecia contra sua natureza. Ele precisava apenas dar as costas, pegar um cavalo e partir, voltando à estrada fugitiva. Ainda tinha as bolsas de tinta e pergaminho, seus belíssimos selos. Poderia ganhar a vida em qualquer canto esquecido que escolhesse. Com Garion, ainda por cima. Mas Charlie permaneceu, sentado na pedra fria.

— "Vou tentar." Foi o que você disse na floresta — murmurou Charlie. — Que tentaria acreditar.

Garion deixou a espada de lado e debochou:

— Estou cercado por imortais prestes a atacar um ninho de dragão. Eu *certamente* acredito no que você disse.

Charlie apenas abanou a cabeça.

— Preciso que acredite em *mim* também. Que me ajude a acreditar em mim mesmo. E me ajude a continuar vivo.

Com o olhar ainda fixo na grama morta, Garion rangeu os dentes.

— É o que estou tentando fazer, meu querido.

— Não vou a lugar nenhum.

Saiu ríspido demais, alto demais. Impossível de ignorar.

Finalmente, Garion ergueu os olhos. Parecia dividido entre frustração e raiva. O assassino dentro dele estava lá, pequeno, mas visível. Os amharas eram treinados para sobreviver, para voltar à cidadela mesmo na derrota. Eram armas valiosas, lapidadas por longos anos de treinamento brutal. Charlie sabia que Garion lutava contra os próprios instintos.

Não pela esfera, mas por mim.

— Pode fugir, mas eu... — Charlie se forçou a dizer, a voz vacilante.

Ele olhou de novo para o horizonte e para as ruínas escuras. Depois para o acampamento, para os Anciões, para Corayne, à margem deles. Ela estava deslocada, uma menina mortal no fim do mundo.

Era fácil para Charlie tirar um pouco de força por ela.

— Mesmo se eu fugir, vou morrer aqui — disse, sentindo o coração se contorcer. — Parte de mim. A parte que você ama.

Garion levou a mão a seu pescoço.

— Você pensa isso agora, mas...

— Já senti o gosto da vergonha. — Charlie se desvencilhou do amhara. Suas bochechas ardiam. — Quando fugi de Gidastern. Sei como é pensar o pior de si próprio. Ser *consumido* por remorso. E não vou fazer isso de novo. *Não vou* abandoná-la.

Charlie desejou que Garion visse a determinação que ele sentia apesar do medo.

— Pare de me dar a chance de desistir — murmurou por fim, voltando a olhar para o horizonte.

Do outro lado das colinas, o ocaso se esvaiu, e o azul gelado se alastrou pela paisagem. Charlie sentiu o frio se infiltrar no corpo, a começar pelos dedos das mãos e dos pés. Sem pensar, pegou a mão de Garion.

Depois de um segundo, Garion apertou em resposta.

— Você não vai deixar Corayne, e eu não vou deixar você. De novo não. Que assim seja.

Mesmo que ele fosse amhara, havia tempo que Charlie aprendera a ver através das frestas na máscara do assassino. Ele o observou, buscando algum indício de mentira. Encontrou apenas dúvida.

Com o polegar, traçou o dorso da luva de Garion.

— Muito tempo atrás, eu era um sacerdote de Tiber. Quem eu seria se abrisse mão da chance de ver a esfera dele?

Garion revirou os olhos.

— Um homem sensato.

— Imagino que os amharas não o tenham treinado para combater dragões.

Garion soltou uma risada autodepreciativa, abanando a cabeça.

— Matei príncipes e camponeses. Um leopardo em Niron. Ursos, perdi a conta. Dragão, nunca.

Sentindo um calafrio, Charlie apertou o manto e se apoiou no assassino.

— O que sua guilda diz sobre o medo?

A resposta veio rápida, gravada na cabeça de Garion desde a infância:

— Deixe que o medo guie você, mas não que o governe.

— Sorasa me disse isso um dia — veio uma voz.

Os dois se viraram e encontraram Corayne a uma distância respeitosa, de mãos cruzadas na frente do corpo. A espada de Fuso espiava de trás do ombro, deixando a silhueta belicosa. Em contraste com o azul-escuro, ela se destacava, a primeira luz das estrelas atrás de sua cabeça como joias numa coroa.

Charlie desceu da rocha.

— Você deveria dormir um pouco, Corayne. Deveríamos todos.

— Pelo menos nisso podemos concordar — resmungou Garion, e se levantou com muito mais elegância.

Quando Charlie levou a mão a Corayne, ela se esquivou.

— Depois que eu falar com Valnir e o conselho — disse, com mais um passo para trás.

Exaustão pairava, e Charlie rangeu os dentes.

— Corayne...

— Preciso estar lá — disparou ela, olhando para trás. — Sou a única de nós que viu um dragão nos últimos trezentos anos. — A voz dela se abrandou. — De perto, digo.

— Então também vou — disse Charlie dando o braço a ela e acompanhando seu passo. — E vou garantir que você *durma* em algum momento.

— Sabe, faz dez anos que não tenho babá — ela retrucou.

— As pessoas da sua idade não costumam precisar, mas aqui estamos nós.

Ela respondeu com um sorriso agradecido.

Não havia fogueiras para o conselho ancião, e o ar da noite fria caiu drasticamente enquanto eles cruzavam a colina. Charlie tremeu, puxando Corayne para perto.

— Dragões, florestas mal-assombradas e frio implacável — praguejou. — Não acredito que vou dizer isso, mas acho que prefiro os desfiladeiros ao meu país.

Atrás deles, Garion riu.

— Vou lembrar disso quando estivermos os dois congelados.

A maior parte do conselho esperava embaixo da colina, cuidando dos cavalos ou contemplando as estrelas com expressões vagas. Charlie sacudiu a cabeça para eles. Por mais que tentasse, nunca entenderia os imortais para valer. *Na verdade, nem quero*, pensou.

Valnir e os tenentes anciões se reuniram ao redor de outro afloramento rochoso, a superfície lisa e plana como uma mesa. Eles falavam em voz baixa, trocando palavras na língua anciã. Para sua irritação, Charlie percebeu que estavam no escuro, seus olhos imortais aguçados o bastante para enxergarem sem tochas.

Com a chegada dos três, um deles fez a gentileza de pegar uma lanterna. Acendeu com um risco de pederneira e aço.

— Corayne an-Amarat — disse Valnir, erguendo a mão em saudação.

Ao seu comando, dois anciões se afastaram para abrir espaço para eles no conselho. Os imortais não pareciam incomodados, nem convidativos, apáticos à presença mortal.

Apesar de tudo que tinha visto, Charlie ainda sentia certa apreensão perto dos anciões. Dom era uma coisa, mas duzentos deles era perturbador. A graça etérea e mortífera o deixava à flor da pele. Ele olhou ao redor da mesa rochosa, notando o misto de rostos. Homens e mulheres, brancos e pálidos ou de pele mais escura. Os piores eram o povo de Valnir, com seu cabelo ruivo e olhos amarelos. Mesmo à noite, pareciam brilhar.

— Que planos foram feitos? — perguntou Corayne sem rodeios, apoiando as mãos enluvadas na pedra.

Valnir se endireitou sob o manto opulento. Na penumbra, ele era uma estátua de mármore polido, a luz da lanterna refletida em seu rosto harmonioso.

— Todo o necessário — respondeu.

Corayne cerrou o punho, o maxilar tenso de frustração.

— Valnir.

Valnir virou os olhos para indicar o capitão da guarda, Castrin.

— Um dragão é mais perigoso em pleno voo. São as asas que devemos atacar primeiro — disse Castrin. — Se for mesmo um jovem dragão, nossas flechas devem bastar para perfurar a pele e abrir buracos suficientes para evitar que a criatura levante voo.

Anciões ou não, Charlie teve dificuldade em crer. Ele viu a mesma dúvida no rosto de Corayne.

— É o que fazíamos trezentos anos atrás — disse Valnir, entre dentes. Sua espada estava subitamente na mão, o movimento rápido demais para olhos mortais. O aço refletia a lanterna fraca, cada curva do metal fluida como um rio. — Vi o último dragão sobre a Ala morrer. É justo que eu mate o próximo.

O próximo já está à solta, voando pela esfera, Charlie queria dizer, mas mordeu a língua.

Corayne teve o bom senso de fazer o mesmo.

— Então, primeiro arqueiros. Espadachins depois.

— Isso — disse Valnir, cortante. — O dragão é novo nesta esfera, e devemos ter esperança de que ele não esteja ainda sob o domínio de Taristan.

— O outro dragão não estava — disse Corayne, categórica. Um raro olhar de confusão perpassou o rosto de Valnir. — Atacou tanto ele como o resto de nós. Dragões devem ser difíceis de dominar, mesmo para Taristan e seu feiticeiro.

Charlie revirou os olhos.

— Ah, maravilha. Finalmente uma boa notícia.

— E eu? — acrescentou Corayne, erguendo o queixo.

Vários olhares anciões voaram para ela, amarelos, azuis e marrons. Eles observavam a menina mortal como observariam um peixe ambulante ou um coelho cuspidor de fogo. Surreal e confuso.

Castrin ergueu a sobrancelha, sua incredulidade aparente.

— Tem prática com arco, milady?

Por mais intimidantes que os Anciões fossem, cem deles mais letais que um exército mortal, Charlie perdeu a compostura. Encarou Valnir com frustração.

— Seu objetivo *deveria* ser levar Corayne até o Fuso, antes que qualquer outra coisa da outra esfera entre — quase gritou, apontando para Corayne. — Um dragão jovem é obstáculo suficiente. Todala não pode correr o risco de mais um dragão adulto incendiando a esfera.

Ao longo da pedra, alguns Anciões murmuraram entre si, o resto encarou Charlie. A sensação era a de ser atingido por uma avalanche.

— Ou qualquer outra coisa que venha de Irridas — acrescentou Corayne. — Já bastou o cavaleiro de preto.

Charlie congelou.

— Cavaleiro de preto? — balbuciou, virando para ela. — Que cavaleiro?

Ela apenas o encarou, confusa.

— Em Gidastern. Havia um cavaleiro de armadura preta. Não era aço, mas algo mais forte, como pedras preciosas. Ou um vidro incrivelmente duro — disse ela, e cada palavra ia deixando Charlie mais nauseado. — Ele cavalgava um garanhão preto de olhos vermelhos. Não sei quem era, nem por quem lutava, mas caçava o dragão... e quem quer que entrasse em seu caminho.

De repente, Charlie estava de volta a sua igrejinha, as mãos firmes passando pelas páginas empoeiradas de um manuscrito velho. As letras finas sob os dedos escorriam, tinta preta e vermelha se curvando para formar a figura de um cavaleiro sobre um cavalo sanguinário. Ele usava uma armadura toda preta, uma única espada erguida sobre a cabeça.

— Morvan, o Flagelo dos Dragões. — O nome fez os joelhos de Charlie tremerem. — Você o *viu*?

À beira da luz da lanterna, Valnir olhou por sobre o nariz comprido para eles, torcendo a boca.

— Não conheço esse nome.

— Não tem como conhecer — retrucou Charlie, ainda olhando para Corayne.

Qualquer ideia de cortesia, bons modos ou bom senso se desfez. Ao lado de Valnir, Castrin se eriçou.

— Cuidado com a língua, mortal.

Charlie o ignorou.

— A Esfera Deslumbrante não é sua, mas de Tiber.

— Seu deus — respondeu Corayne. — O que você sabe do cavaleiro de preto?

— Eu pintava dragões o dia todo. Para os manuscritos de Tiber, nos arquivos da igreja. — Suas palavras tremiam enquanto ele vasculhava lembranças distante. — Também ilustrava o Flagelo dos Dragões. As escrituras divergem, dependendo do que se lê. Ele pode ser filho de Tiber, descendente de um deus. Pode ser um imortal de Glorian, perdido para vagar pelas joias frias de Irridas. Seja como for, passa as eras caçando dragões, sem se importar com nada em seu caminho.

Algo reluziu nos olhos de Corayne. Uma nova onda de lágrimas não derramadas. Ela fungou, engolindo o choro.

— Ele estava em Gidastern — conseguiu dizer. — Dom virou para... para detê-lo.

Pelo canto do olho, Charlie viu Valnir baixar a cabeça. Seus lábios se moveram, pronunciando uma oração anciã que nem Corayne teria como traduzir. Nessa dor, ao menos, eles estavam unidos.

Garion quebrou o silêncio quando ninguém mais quebraria. Ele se ajeitou, espalmando as mãos na pedra.

— Só nos resta ter esperança de que o cavaleiro ainda esteja no norte e não volte os olhos para seu Fuso — disse.

Sem pensar, Charlie bateu o punho cerrado na rocha-mesa. Ele se arrependeu na hora com a dor.

— Estou farto de esperança — resmungou.

Farto de Fusos, de dragões e desse frio pavoroso.

Com uma última passada dos olhos, Corayne deu de ombros.

— Infelizmente, é tudo que nos resta — disse ela.

Valnir apoiou sua espada na pedra, a lâmina apontada para Corayne. Com mãos rápidas, ele sacou o arco de teixo requintado, a madeira curva reluzindo enquanto o punha ao lado da espada.

— Nem tudo — disse o soberano ancião.

Por toda a pedra, seus guerreiros fizeram o mesmo, depositando espadas, arcos, adagas e as próprias mãos. Suas armas letais e sua determinação ainda mais letal vibravam de poder sob as estrelas cintilantes. Garion não perdeu tempo, colocando também seu conjunto magnífico de adagas e espadas. Charlie se sentiu idiota ao pôr sua única espada ao lado das muitas de Garion, mas o fez mesmo assim.

Observou Corayne, miúda como sempre, de cabelo e olhos escuros, uma sombra entre eles. Com as mãos trêmulas, ela sacou a espada de Fuso da bainha. O idioma do Velho Cór os encarou, imperscrutável e antigo. Não era mais a lâmina de Cortael, mas a de Taristan. O aço escuro estava limpo fazia tempo, mas Charlie ainda via sangue por toda a espada.

Ela não falou, mas Charlie ouviu sua voz. Ele lembrou o que ela dissera em Sirandel, no santuário do enclave ancião. Antes, era difícil aceitar.

E agora era ainda mais.

Ele repetiu para ela mesmo assim.

— Vamos ter que bastar, Corayne.

17

MISERICÓRDIA

Corayne

Vamos ter que bastar.

O Castelo Vergon era um gigante sob a aurora, um punho quebrado de torres e paredes tombadas. Um labirinto de espinheiros crescia no topo da colina, formando outra muralha ao redor das ruínas, interrompida por uma estrada havia muito abandonada. No alto, as nuvens se dissiparam, deixando apenas um azul-claro suave.

O que antes era uma legião gallandesa marcava a encosta como cicatrizes. Cadáveres jaziam queimados ou desmembrados, comidos pela metade ou deixados para apodrecer entre os espinhos. Corayne ficou estranhamente grata pelo inverno. O frio mantinha o fedor sob controle, congelando os corpos à sombra. Uma única bandeira restava em pé, o estandarte esfarrapado balançando sob a brisa leve. Metade do leão dourado fora dilacerada como seus soldados.

Pior de tudo era o silêncio. Nem mesmo aves carniceiras se atreviam a entrar no ninho do dragão, deixando a legião massacrada onde estava.

Ossos cobriam a estrada sob as botas de Corayne. Ela fez o possível para evitar quebrá-los, andando a passos cuidadosos. Os Anciões não tinham a mesma dificuldade. Eles se deslocavam em um silêncio desconcertante. Todos de armadura, espada e arco.

Corayne tinha abandonado o manto para ganhar maior amplitude de movimento. O ar frio no rosto a mantinha alerta, apesar da noite longa de pouco sono. Ela evitava olhar para os lados, mantendo o foco na companhia de Sirandel em vez dos cadáveres que os cercavam. Sua memória já estava cheia de rostos mortos.

Não preciso carregar mais nenhum.

Ela vasculhou as ruínas, tentando encontrar algum sinal do jovem dragão. Um fio de fumaça, o brilho cintilante do couro incrustado de joias, uma asa semelhante a de um morcego.

Tentava encontrar o Fuso também. Um fio de ouro, um vislumbre de outra esfera. Sentia a vibração em algum lugar; pouco mais do que um sopro na pele, mas o bastante para saber que a suposição deles estava correta. Um Fuso estava perto, embora ainda não o visse.

À frente, não havia nada além do castelo vazio e do céu vazio.

Valnir e os imortais de Sirandel eram uma força formidável, armada até os dentes. O monarca guiava em silêncio, meio agachado, o grande arco preto apontado com uma flecha na corda. Seu cabelo caía pelas costas numa trança ruiva e grisalha, a joia roxa na mão cintilando à luz do sol. Corayne admirava sua bravura. Raros governantes guiariam pessoalmente o exército para a batalha, muito menos contra um dragão.

Ela não se atrevia a falar, mas olhou de esguelha. A seu lado, Charlie também fazia o possível para avançar em silêncio. Ele mexia a boca sem pronunciar palavras, andando com a mão na testa.

Guarde suas orações para nós, ela queria dizer. *Esses homens já estão mortos e nas mãos do deus deles.*

Ele sentiu o olhar de Corayne e tentou sorrir, contraindo a boca num gesto fraco.

Corayne não o julgava.

O medo dele era o dela, avassalador, ameaçando devorá-los.

Seu único consolo era saber que o medo estava nos dois.

Não estou sozinha.

Garion não dizia nada, quase tão silencioso quanto os Anciões, mas seu rosto comunicava o suficiente. Ele era letal como Sorasa, do clã amhara, um dos assassinos mais temíveis da Ala. E estava aterrorizado, sem nunca desviar os olhos das costas de Charlie. Seguia o mais próximo possível, quase uma sombra do sacerdote destituído. Uma espada ao lado do corpo, e um escudo nas costas.

Lembrava Corayne de outra pessoa, outro Companheiro.

Ela perdeu o ar ao se lembrar de um escudeiro gentil, de olhos calorosos e mãos firmes.

Olhou de novo para o exército ancião, da silhueta de Valnir a cada espada e arco. *Eu trocaria todos pelos outros. Cada espada imortal.* Por Dom, por Sorasa, por Sigil, por Valtik. E por Andry, seu próprio escudo para andar a seu lado, protegendo-a a cada passo do caminho.

À frente deles, a sombra de uma torre se projetava sobre Valnir. Ele diminuiu o passo, e todos os pensamentos sobre os Companheiros se esvaíram. O sangue de Corayne corria numa pulsação constante em seus ouvidos.

O que o monarca ancião pressentiu, ela não sabia. Mesmo assim, apertou a espada. Sorasa e Sigil a haviam ensinado bem, treinando-a para lutar e, mais do que tudo, para sobreviver. Corayne só podia torcer para que as lições surtissem efeito.

Na vanguarda, Valnir ergueu o arco, apontando a flecha contra algo que olhos mortais não enxergavam. Os arqueiros seguiram seu exemplo e miraram, as pontas de flechas reluzindo sob o sol.

Corayne rangeu os dentes, quase sem coragem de respirar. A seu lado, o rosto de Charlie ficou branco.

Eles não ouviram nenhuma ordem, mas as flechas dispararam de uma única vez, silvando pelo ar em arcos suaves. Juntas, desapareceram sobre o topo da colina, entre as muralhas destroçadas das ruínas.

O grito do dragão foi como garras arranhando pedra, agudo e pungente.

Um raio de terror disparou por Corayne e ela se agachou, se arranhando num espinheiro. Galhos pretos e rosas mortas pelo inverno se curvavam em suas costas. Ela já sentia a sombra de asas caindo sobre si, o dragão de Gidastern fresco na memória. Sua respiração tremia no peito, e ela se esforçou para controlá-la, contando a cada inspiração e expiração.

Os Anciões não perderam tempo, outra saraivada já arqueando sobre a colina assim que o primeiro bater de asas soou. Através dos espinhos, Corayne teve um vislumbre do monstro do Fuso, as asas de um vermelho-rubi escuro.

— Dane-se isso — praguejou Garion em algum lugar. Mesmo amhara, nem ele conseguia esconder o medo na voz. — Ainda dá para fugir.

Corayne engoliu em seco, uma pedra no estômago.

— Não podemos — retrucou.

As pernas de Corayne se mexeram aparentemente por conta própria. A estrada antiga até as ruínas se turvou quando ela avançou correndo, as botas levantando poeira e osso em pó. Avistou Castrin de relance, assim como Charlie, o rosto vermelho, os braços se mexendo rapidamente com o manto estendido atrás.

Valnir era um estandarte à frente da companhia, o arco preto erguido.

O dragão vermelho saltou com mais um grito, as articulações das duas asas espetadas de flechas. Era realmente menor do que o dragão de Gidastern, mas ainda provocava um temor brutal. Seu corpo era do tamanho de uma carruagem, as asas abertas quatro vezes mais largas, de pontas curvadas em garras perversas. Joias reluziam ao longo de seu couro, rubis e granadas e cornalinas, faiscando como uma tempestade de fogo. Rugindo, ele cuspiu uma corrente de chama pelo céu.

Valnir acertou uma flecha no olho dele por isso. Dessa vez, quando o dragão gritou, Corayne precisou tapar os ouvidos.

Eles chegaram ao topo da colina e às ruínas em sincronia, flechas assobiando no alto. Muitas resvalavam no couro incrustado de joias do dragão vermelho, mas algumas encontravam os poucos centímetros de pele macia. Sangue fumegante escorria a cada batida das asas do dragão.

Corayne manteve um olho no monstro enquanto corria pelo terreno irregular, com cuidado para não tropeçar em pedras destroçadas ou pedaços de corpo. Entrou no que devia ter sido um salão nobre no passado, as colunas arrebentadas, uma única parede ainda em pé, as janelas havia muito estilhaçadas. A cauda do dragão passou por cima como um aríete e ela se jogou no chão, evitando por pouco a pancada.

Sua voz falhou ao esbravejar:

— Charlie!

— Estou aqui! — gritou ele, de trás de uma parede desmoronada.

Garion estava diante dele, a espada em punho, os olhos alertas voltados para o dragão que girava entre as torres.

O animal gritava e urrava, cuspindo outra corrente de fogo sobre os Anciões, que se esquivaram em sincronia graciosa, como um cardume de peixes.

— Mais uma — gritou Valnir, guiando a próxima saraivada de flechas.

Os Anciões esvaziaram as aljavas e o dragão vermelho gemeu, seus gritos de cólera se transformando em gritos de dor.

— Mais uma — murmurou Corayne, levantando.

Ela ofegava ao respirar, e certa tensão que não entendia fechou sua garganta.

Girou, examinando as ruínas e a companhia anciã. Cadáveres jaziam entre as pedras, quase irreconhecíveis, de ossos quebrados e pele rasgada. Havia animais também, vacas de fazendas vizinhas, alguns cavalos e cervos. Animais maiores, todos devorados, restando pouco mais do que cascos e caixas torácicas arqueadas.

As fileiras anciãs se desconcentraram, espadachins e arqueiros se espalhando para cercar o dragão vermelho. Ele continuava em rasante, as asas atiçando as chamas que pegaram na vegetação entre as rochas.

Os Anciões continuaram uma enxurrada constante e implacável para cansar o dragão. Ele resistia mais, embora a cada segundo suas asas se enfraquecessem, suas chamas perdendo o calor.

A vitória estava perto, mas Corayne sentia apenas pavor. Observou os animais massacrados de novo, alguns quase do tamanho do pequeno dragão. Grandes demais para ele carregar.

Até que uma nuvem cruzou o sol, cobrindo as ruínas de sombra.

Não, não uma nuvem, Corayne se deu conta, o corpo ficando dormente. Mais uma vez, ela olhou para as ruínas, os ecos de um castelo antigo, cobertos de musgo e ossos espalhados.

Aquele ninho não era de um único dragão.

Era de uma mãe e um filhote.

O rugido do segundo dragão fez tremerem os ossos sob Corayne, reverberando pelo corpo dela. Uma corrente de ar a atingiu como um martelo e ela caiu de joelhos enquanto o vento quente se precipitava acima. Cheirava a sangue e fumaça, pesado e podre.

— AGORA TEMOS QUE FUGIR! — gritou Garion, puxando a gola de Corayne.

Ela não resistiu, deixando que o amhara a puxasse para fora da clareira até as ruínas labirínticas. Ele arrastou Charlie com a outra mão.

Atrás deles, o dragão mãe desceu sobre o salão nobre, uma torre desmoronando com um golpe de sua cauda. Gritos ecoaram, a voz de Valnir a mais alta de todas, comandando os guerreiros anciões a entrarem em formação para lutar em duas frentes. A mãe dragão urrou em resposta, seu couro incrustado de joias roxas reluzentes.

Outro vento de dragão soprou pelas ruínas, empurrando Corayne enquanto ela corria. Ossos e corpos desmembrados rolavam sob seus pés, viscosos de sangue velho. Ela se esquivou, confiando em Garion para manter o equilíbrio.

— Onde está? — Charlie procurava enquanto eles corriam, passando a mão nas paredes destruídas. — Sentiu alguma coisa?

Por mais que quisesse continuar correndo e abandonar Vergon de vez, Corayne se obrigou a diminuir o passo. Ofegante, se apoiou numa arcada, encostada na pedra. Estremeceu quando uma rajada de fogo cortou o céu, as chamas quase azuis de calor.

— Está aqui — murmurou, tentando sentir algo além do coração retumbante. Em algum canto da mente, um Fuso chiava. E, além dele, algo pior. — Está em algum lugar por aqui.

Charlie observou as paredes, os corredores do velho castelo como um labirinto. Anos antes, o terremoto destruíra a maior parte de Vergon. Os dragões destruíram o resto, deixando tudo em ruínas.

Ele encostou a mão no ombro de Corayne e inspirou fundo pelo nariz.

— Pare um pouco — disse, baixo. Com a outra mão, fez sinal para ela imitar sua respiração. — Valnir dá conta dos dragões. Seu foco é o Fuso.

Ela ouviu a mentira, clara como o dia. Anciões ou não, dois dragões eram uma sentença de morte.

Mas posso garantir que não seja em vão.

— Por aqui — ela disse por fim, respirando mais uma vez.

Sem se dar tempo de duvidar, Corayne saiu correndo de novo, obrigando os outros dois a acompanharem. Ela atravessou as ruínas, por corredores sem tetos, por cima de pilhas de ossos e manchas pretas de sangue seco. Uma floresta jovem crescia entre as paredes, ou, pelo menos, tinha crescido antes dos dragões. Galhos carbonizados e troncos derrubados estavam caídos sobre as pedras, mais um obstáculo em seu caminho. Freixos, a julgar pelas folhas mortas esmagadas. Nos poucos lugares sem sangue ou marcas de queimadura, musgo cobria o chão.

O Fuso cintilava através de tudo, mais forte a cada passo, até Corayne quase senti-lo entre os dedos. Ela seguiu o calor dele como um aceno.

Até que o jovem dragão caiu estatelado, aos gritos, tombando sobre a rota destroçada à frente deles. Caiu encolhido, levantando escombros a cada suspiro de dor. Estava sem um olho, a cavidade vazia fumacenta, espetada por uma flecha. Ele rugiu de novo, fumaça escapando, num rugido rouco da bocarra.

Apesar de tudo, Corayne sentiu um aperto no peito.

Ele bateu as asas inutilmente, fracas demais para levantar voo de novo. Em vez disso, rosnava e arreganhava os dentes, riscando o chão com as garras. Sangue quente escorria de suas muitas feridas.

Garion se posicionou cuidadosamente entre Corayne e o dragão, a espada anciã erguida para atacar. Com a mão, manteve Charlie atrás de si, protegendo todos o tanto quanto podia.

— Continuem, deixem esse comigo — disse, nada convincente por seu pavor.

Atrás dele, Charlie praticamente agarrou seu ombro.

— Garion...

O amhara se desvencilhou de maneira graciosa e deu um passo à frente, o foco no jovem dragão. O animal silvou de novo, uma grande língua preta chicoteando o ar. Seu olho remanescente se fixou em Garion, a pupila dilatada, cercada por uma linha fina de dourado.

Mas o dragão não atacou. Sua cabeça balançou sobre o pescoço serpentino, fumaça escapando entre os dentes enquanto acompanhava Garion. As joias do corpo estavam úmidas, seu brilho embotado por sangue escuro.

Um golpe da lâmina do assassino poderia muito bem pôr fim a sua agonia.

— Garion, vá devagar — disse Corayne, dando um passo para trás.

O olho do dragão se voltou para ela. Estranhamente, Corayne se sentiu ao mesmo tempo como predador e presa.

O animal tremeu de novo, soltando um grito fraco. Seus dentes tinham manchas escarlates. Corayne via o monstro claramente, uma criatura que só cresceria e destruiria. Um jovem dragão arrancado de casa, forçado a entrar num mundo novo, por motivos alheios a ele.

— Garion — disse Charlie de novo, os dentes rangidos. Ele imitou os passos dela, saindo da trilha. — Faça o que ela diz.

— É só uma criança — murmurou Corayne. — Deixe.

Os amharas estavam acostumados a matar crianças. Mas Garion não era mais um amhara, não ao lado de Charlie.

Ele cedeu como Sorasa nunca cederia.

O jovem dragão não seguiu enquanto eles se afastavam às pressas, para dentro dos escombros. Mas seus gritos ecoaram, agudos e lancinantes. Corayne tentou bloqueá-los, mas foi inútil. Pareciam muito os gritos de um bebê, chorando pela mãe.

Os sentidos dela se aguçaram, tentando encontrar algum sinal do Fuso. Era quase impossível em meio ao caos, e Corayne deixou seus pés seguirem. Eles pularam musgo e osso carbonizado, fazendo curva atrás de curva.

— A capela — ela ouviu Charlie murmurar quando parou de repente.

As paredes de cada lado começavam a se curvar no que antes era um teto abobadado. Agora era apenas céu e a única janela vazia. Dava para o corredor de uma capela. Vitral cintilava em fragmentos sobre musgo, estilhaços de vermelho e azul refletindo o sol.

Ao longe, a batalha do dragão seguia, outro grito sobrenatural fazendo as ruínas tremerem. Corayne mal notou, os olhos fixos no fio tremeluzente de ouro puro.

O Fuso estava diante da janela, pulsando suavemente.

Garion balbuciou, sem fôlego:

— É isso?

A seu lado, Charlie ajoelhou. Não de exaustão, mas de reverência. Arregalou os olhos ao contemplar a cena. Era o portal para a esfera de seu deus, para Irridas e a terra do santo Tiber. Lar dos dragões e do cavaleiro de preto.

— Esse é o quarto Fuso que vejo e mesmo assim consegue me surpreender. Parecem tão pequenos — murmurou Corayne, dando um passo trêmulo para a frente.

Ela deixou a espada anciã cair no chão musgoso e envolveu outro cabo com os dedos. Zunindo, a espada de Fuso saiu da bainha.

As joias do cabo refletiam a luz resplandecente do Fuso, enchendo-as de um brilho místico. Como se a espada reconhecesse seus semelhantes, o aço chamando as profundezas do Fuso.

O fio dourado piscava para ela, pouco mais de uma fresta. Tremia enquanto eles se aproximavam e o ar crepitava como o céu antes de uma tempestade.

Corayne se obrigou a acelerar, mas o medo a tornava mais devagar. Ela lembrava mais do que gostaria de outro Fuso. No templo, caíra pelo Fuso para a esfera pálida e desbotada das Terracinzas. O Porvir dominava, um vulto e uma ameaça, vagando por uma terra destruída por Ele próprio. As Terracinzas foram fadadas a um destino brutal sob Seu domínio, o povo reduzido a cadáveres ambulantes, a terra sufocada por cinza e pó.

O mesmo destino nos espera, Corayne sabia. *Se fracassarmos.*

A espada de Fuso era fria em sua mão, vibrando de magia. Ela observou o fio do Fuso de novo e vasculhou o ouro em busca de algum vislumbre da esfera do outro lado. *Ele também espera lá por mim?*, se perguntou, tremendo de medo.

No chão, Charlie sussurrou uma oração e tocou a testa. Olhou para trás, fixando nela os olhos castanhos calorosos.

— Acabe com isso — disse ele. — Antes que qualquer outra coisa saia daí.

Irridas não são as Terracinzas, ela disse a si mesma. Com um único movimento abrupto, passou a mão sobre o fio da espada, cobrindo-a de sangue. *Essa esfera não foi dominada. Ele não está lá. Ainda.*

O Fuso parecia retribuir seu olhar, a pulsação da luz acompanhando a batida de seu coração. Embora sentisse o poder dele, Corayne esperou, hesitante.

Se preparou para o toque do Porvir. O aperto ardente e pesado da mão tenebrosa em seu pescoço.

Não veio.

A espada de Fuso seguiu num arco fluido, o peso perfeitamente equilibrado. O aço imerso em sangue encontrou o Fuso e o fio dourado foi partido, a luz piscando e se apagando.

Em algum lugar das ruínas, os dois dragões rugiram, mãe e filho gritando para o céu.

O fechamento de um Fuso não mataria os seus filhos. Disso Corayne sabia bem. Krakens e serpentes ainda nadavam pelos oceanos. O exército terracinzano ainda marchava. E fechar o Fuso em Vergon não destruiria os dragões, nem no ninho, nem do outro lado da Ala.

Agachados, eles saíram correndo da capela, colados às paredes de pedra para se esconder. Garion guiava de cara fechada, olhando para todas as direções. Ele lembrava Sorasa, sempre buscando uma saída, planos atrás de planos.

— Se conseguirmos chegar aos espinheiros, temos chance — murmurou ele, fazendo sinal para passarem por uma arcada que desabou um momento depois, espalhando pó e escombros. — Como Charlie disse, deixamos os dragões para Valnir.

— Deixamos Valnir para morrer, você diz — disparou Corayne, espiando o corredor, livre exceto por alguns cadáveres desprovidos de carne.

— Antes Valnir que você — retrucou Charlie, rude.

Ele falava como o fugitivo que ela conhecera em Adira, concentrado na própria sobrevivência.

Contra isso, porém, ela não tinha argumento. A lógica era sensata, inegável. A cada passo, Corayne amaldiçoava seu sangue miserável. Sua herança inútil. Todas as coisas que a tornavam mais importante, apenas por azar. *Por nada.*

Eles correram desenfreados, pulando esqueletos antigos e corpos novos, a armadura de Sirandel tingida de vermelho. Lágrimas caíram dos olhos de Corayne quando ela reconheceu os cadáveres recentes de imortais dispersos entre os escombros. Perto da entrada, os olhos amarelos sem vida de Castrin encaravam o céu azul já claro.

A mãe dragão se regalava com as ruínas, levando abaixo os restos do castelo, pedra por pedra. Rugia e devastava, as asas bem abertas, flechas anciãs resvalando em seu couro impenetrável. O dragão vermelho se encolhia embaixo dela, as asas curvadas sobre o corpo, se protegendo do ataque. Seus lamentos agudos ameaçavam rachar a cabeça de Corayne ao meio.

Restava apenas uma dezena de Anciões, todos desgastados, manchados de sangue e cinzas.

Valnir mancava entre eles, o grande arco de teixo partido ao meio, abandonado a seus pés. Ele ainda segurava uma espada, brandindo-a como um cetro de rei.

— Outra saraivada! — bradou, as veias de seu pescoço pulsando.

A cicatriz se destacava sobre a gola da cota de malha.

Arcos vibraram quando flechas silvaram pelo ar.

— Pronto! — gritou Corayne, para a decepção de Garion. Ele preferiria deixar os Anciões como distração a salvar um que fosse. — Acabei, podem ir!

Os olhos amarelos de Valnir encontraram os dela através de poeira e fumaça, a cabeça baixando uma única vez em reconhecimento. Com um giro da mão, ele orientou os guerreiros a recuarem.

Eles formaram fileiras ao redor de Corayne enquanto ela corria, o medo consumindo todas as outras emoções. Charlie correu a seu lado, junto com Garion, de mãos dadas. Eles passaram pela última arcada e seus pés desceram pela encosta, morro abaixo. Os espinheiros despontaram em cada lado da estrada. Era cedo demais para rosas, mas cadáveres brotavam entre as trepadeiras.

Corayne ficou à espera de chamas a qualquer momento. Em vez disso, ar frio atingiu seu rosto. Só então ela olhou para trás, arriscando um vislumbre das ruínas no alto. A silhueta já estava diferente, mais torres caídas, fumaça e escombros subindo no ar.

O dragão mãe se deitou lá dentro, os olhos luminosos observando-os fugir. Através da fumaça, Corayne encarou seu olhar serpentino. Até o dragão baixar a cabeça, cutucando com o focinho escamado o filhote embaixo dela. O dragão vermelho estremeceu, ainda vivo, mas gravemente ferido.

Apesar de toda a morte, Corayne sentiu outra onda de compaixão. E alívio.

O dragão não vai deixar o filhote, concluiu, observando o castelo ficar mais e mais distante.

Outro grito ecoou pelas colinas invernais, um apelo assombroso do filhote. O rugido da mãe veio na sequência, depois se esvaiu.

Pela primeira vez, a vitória não estava em quem eles matavam, mas em quem deixavam vivos.

Eles só pararam quando estavam bem distantes da fronteira, entre o Alsor e o Rose, nos grandes sopés das montanhas. A noite era pesada ali, e Valnir só parou a companhia esgotada quando a escuridão ficou tão densa que os cavalos não conseguiam enxergar os próprios cascos. O amanhecer seguinte já era um traço suave sobre os picos pontudos a leste, sua luz ardendo sobre os picos nevados.

Corayne mal notou as montanhas, as estrelas diferentes ou o reino alpino de Calidon. Sua exaustão pesava nos ossos e cortava o coração, deixando apenas força suficiente para ela descer da sela. Ela mal tinha pisado no chão quando fechou os olhos, um vazio de sono sem sonhos já à espera.

Acordou ao meio-dia, de frente para uma fogueira fraca. Ardia em brasas, proporcionando um calor moribundo. Do outro lado do círculo de pedras, Charlie continuava dormindo, encapotado ao lado de Garion.

Até os amharas são intimidados por dragões, ela pensou, espreguiçando os braços. A espada de Fuso estava a seu lado, perto como um amado. Seu estômago vazio doía e ela virou, procurando os alforjes.

Quase morreu de susto com o que encontrou.

Valnir estava agachado a seu lado, silencioso e vigilante. Era como dar de cara com um falcão, os olhos amarelos cravados nos dela.

— Pelos deuses — blasfemou Corayne, caindo para trás sobre os cotovelos.

O monarca ancião apenas piscou, o manto opulento caindo sobre seu corpo agachado.

— O que foi?

Ela rangeu os dentes.

— O senhor me deu um susto, só isso.

— Não foi minha intenção — respondeu ele, friamente.

— Eu sei — retrucou ela, brava com seus modos anciões e suas habilidades sociais terríveis.

Mais brava ainda por lembrar de Dom.

Valnir levantou com uma graça deslumbrante, estendendo a mão branca para ela num convite claro.

— Ande comigo, Lady Corayne.

— Muito bem.

Com um bocejo, ela tomou a mão do Ancião, deixando que ele a levantasse. Pendurar a espada de Fuso sobre o ombro foi instintivo.

Os Anciões restantes ficaram de guarda, suas silhuetas cercando o acampamento como estátuas. Pela primeira vez desde Vergon, Corayne contou seu número. Restava uma dúzia. Enquanto andavam sobre o topo da colina, Valnir seguiu seu olhar. Não era difícil imaginar seus pensamentos.

— Deixei a floresta Castelã com duzentas pessoas de meu povo — murmurou. — Duzentos de Sirandel, todos imortais. Todas as eras desta esfera dentro deles, toda a memória de anos incontáveis. Tudo perdido.

A oeste, Todala se estendia sobre eles como uma colcha de retalhos. Um mosaico de fazendas e florestas, reinos, povos. Línguas e rotas comerciais. Corayne observava a terra sem sua curiosidade habitual. Ela ainda estava cansada, esgotada de todas as coisas. Até do conhecimento que a alegrava antigamente, quando o mundo que ela conhecia era a beira de uma falésia à margem do mar Longo.

Ela soltou um suspiro pesado, incapaz de olhar na cara de Valnir.

— Perdão, milorde. Não sei expressar o quanto lamento — disse, envolvendo o corpo nos próprios braços para se proteger do frio. — Vou sofrer por todos.

Para sua surpresa, Valnir sacudiu a cabeça. Seu cabelo estava solto, caindo como uma longa cortina ruiva. Ainda cheirava a fumaça. Com uma careta, Corayne percebeu que tudo cheirava.

— A senhorita já sofre por muitos — disse ele, pensativo. — Não assuma um fardo que não precisa.

— Eles morreram por mim. Digo isso muito mais do que gostaria.

O Ancião se voltou para o oeste, como ela. No céu, o sol começava seu arco lento rumo ao anoitecer.

— Eles morreram pela Ala, pelos seus, pelas próprias famílias. Morreram por *mim*, Corayne. — Sua voz ficou rouca. Algo incomum para um Ancião. — É uma morte que eles teriam escolhido. Eu faria tudo de novo se precisasse, e daria minha própria vida com prazer.

Corayne sentiu o rompante de uma pena antiga pelo monarca ancião. Como Dom tantas vezes, Valnir se defrontava com um luto mortal demais. Seus olhos cintilavam com o brilho de lágrimas por cair enquanto se fixavam no céu, no chão, nas colinas lá embaixo, nas montanhas depois dela. Em qualquer lugar, menos em Corayne.

Ele não entende. Tristeza nem vergonha.

— Não é culpa sua, Valnir — disse ela, estendendo a mão para tocar no braço dele. — Nada disso é.

O manto dele era suave ao toque, o tecido roxo belamente trançado, de cor viva. Onde não estava rasgado por garras de dragão, queimado ou ensanguentado. Devagar, ele se apoiou na palma da mão dela. Era como consolar uma árvore anciã.

— É questão de perspectiva — ele se forçou a dizer, baixando os olhos para ela. Ela não deixou de notar como os olhos dele traçaram a espada de Fuso sobre seu ombro, a arma feita por ele. — Mais uma vez, digo… fico feliz em morrer por isso, se for preciso.

Corayne tinha pouca vontade de sorrir, mas tentou mesmo assim.

— Me leve a Iona, e talvez os deuses deixem por isso mesmo.

Ele mostrou os dentes para ela, no que considerava um sorriso.

— Talvez sim, Corayne do Velho Cór.

O nome parecia errado, como um mapa sem legenda ou o sol nascendo no oeste. Mais uma vez, ela pensou no pai, Cortael do Velho Cór. O vínculo com ele tão distante quanto o de um desconhecido. Eternamente perdido para ela.

Mesmo assim, ela estendeu a mão nas brenhas da mente. E desejou que ele pudesse apertá-la.

O sonho veio dois dias depois. Não com o Porvir, a sombra sempre às margens da cabeça.

Mas com Erida, rainha de Galland.

Corayne a encarava do outro lado de uma grande cumeada, um castelo que ela não conhecia atrás da rainha. Um vento forte soprou, trazendo o cheiro de sangue e fumaça. Erida se mantinha firme sob ele, como uma estátua sob uma tempestade. Ela usava seda escarlate, o cabelo castanho-cinza trançado numa coroa opulenta de joias nas cores do arco-íris. A jovem rainha era bela e magnífica como Corayne lembrava, mais temível do que qualquer soldado.

Até que estreitou os olhos e abriu os lábios em um sorriso terrível. Aos poucos, a safira azul de seus olhos deu lugar ao vermelho abrasador.

Medo cresceu dentro de Corayne, tão cortante e repentino que ela se sentiu atingida por um raio. Sem pensar, sacou a espada de Fuso das costas, avançando para cortar a rainha ao meio e destruir qualquer que fosse o monstro que ela havia se tornado.

Corayne acordou antes que a ponta da espada tocasse a rainha, luz do amanhecer caindo sobre o resto do acampamento ancião. Suor cobria seu corpo, as roupas úmidas sobre a pele. Seu pulso latejava nos ouvidos, a respiração ofegante e superficial.

O que o sonho queria dizer, ela não sabia. Pairou sobre ela como uma nuvem, por muitos dias. Toda noite, ela ficava com medo de dormir, temendo que Erida voltasse, mais perto e mais terrível, os olhos ardentes ameaçando devorar o mundo.

18

OS DENTES DO LEÃO

Sorasa

Eu deveria tê-la matado.

Sorasa veio à tona no canal com uma inspiração abrasadora, tentando não engolir mais água do rio. Suas braçadas a levaram pelos últimos metros até a parede do canal. Gotejando, subiu para a rua escura. Tentou ouvir as sirenes da guarnição do palácio ou os passos marchados de guardas. Mas nada veio.

Depois de correr através dos jardins do palácio e mergulhar na lagoa particular da rainha, era apenas questão de seguir a correnteza rio abaixo. Eles emergiram num bairro mercante de classe alta, perto o bastante do palácio para ter patrulhas itinerantes da guarda da cidade. Casas de enxaimel e telha se enfileiravam nas ruas entrecruzadas por toda a área. Como o palácio, era outra ilha no arquipélago da cidade, cercada de água por todos os lados.

Princesiden, Sorasa sabia, avistando as coroas douradas gravadas nas portas e placas. A maioria dos comerciantes atendia à corte real de Galland, suas lojas as melhores da cidade. As vitrines estavam escuras, fechadas durante a noite. Janelas brilhavam nos andares de cima, revelando a presença de pessoas dentro delas. Mas nenhuma patrulha, para o alívio de Sorasa. A rua estava quase vazia, exceto por alguns pedintes, saídos dos becos e esgotos. Três estavam à beira do canal, sem dar atenção a uma assassina amhara e um Ancião imortal saindo do rio.

Seus olhos estavam no Palácio Novo e no fogo que consumia todas as paredes.

Sorasa sentiu o calor às costas ao se levantar, uma poça se formando sob seus pés. Ela não se atreveu a olhar o outro lado da água. Ela sabia muito bem o que deixara para atrás, o que ela própria fizera. Mesmo assim, não conseguia ignorar o estouro de vidro explodindo ou o clamor das chamas. Nem os gritos sob todo o ruído, vindo de criados e cortesãos que fugiam pela ponte distante ou pulavam nos canais.

Abandonam o barco como ratos, Sorasa pensou. *Sou um rato também, fugindo da melhor oportunidade que a esfera vai ter.*

Seus olhos arderam e ela jogou o cabelo para trás, examinando as ruas. Seu compasso interno se mexeu, se ajustando à cidade grandiosa de Ascal que se estendia ao redor deles.

Uma torre desabou na ilha do palácio, o som trovejante. Sorasa se manteve nas sombras, a escuridão seu único consolo no mundo.

Dom a seguiu, deixando o resto da armadura no fundo do canal. Usava apenas um gibão de couro e calça, as botas velhas espalhando água a cada passo rápido. O cabelo caía úmido e dourado pelo ombro, os dias na masmorra ainda marcados sob os olhos. Mesmo enlameado, Dom ainda era um Ancião, imortal e perigoso, seus olhos verdes vivos como o fogo atrás deles.

A voz dele silvou no pescoço exposto de Sorasa:

— Você deveria ter matado a rainha.

Sorasa rangeu os dentes, atravessando o beco fétido.

— Continua andando — retrucou ela, ignorando o frio que se infiltrava em seus ossos, atravessando a roupa de couro completamente encharcada.

Dom acompanhou seu ritmo com uma facilidade irritante, passo a passo. O beco se estreitou, as paredes se fechando até o alto, obrigando-os a andarem lado a lado. Sorasa usou toda a sua força de vontade para não o fazer tropeçar de cara nos tijolos.

— Sarn — resmungou ele, feroz.

Ela revirou os olhos e se abaixou para entrar em uma passarela estreita. Dom precisou andar de lado, os ombros largos demais para passarem onde Sorasa se mexia mais livremente.

— Rosna o quanto quiser, só me segue.

Ela tomou o cuidado de manter o rosto voltado para a frente, as bochechas ardendo e vermelhas. Nem por toda a esfera ela deixaria Dom ver sua vergonha.

— E você lá sabe para onde está indo? — murmurou ele.

Sorasa virou num pequeno pátio quadrado sob janelas estreitas, uma única árvore morta no centro. Becos se abriam em todas as direções.

Ela conhecia cada viela e aonde levaria, saindo em ruas e avenidas mais largas, para pontes e canais, para os muitos portões construídos ao longo das muralhas da cidade. *Leste para o Portão do Conquistador, norte para o Portinhola, oeste para Godherda.*

Ela lembrava bem do último portão, da última vez que eles escaparam de Ascal. Ainda ouvia as sirenes de alerta ecoando pela cidade. Dom estava ferido daquela vez, semiconsciente no dorso de um cavalo roubado. Ele sangrara o caminho todo, noite adentro, até Sorasa ter medo de que não abrisse nunca mais os olhos. À época, ela temia ser deixada a sós com Corayne e Andry, uma babá para o fim do mundo.

Eu voltaria àquele momento com todo o prazer, ela pensou. *Nem que fosse para trilhar o mesmo caminho, com os dois olhos abertos.*

Dom pairava como um vulto silencioso enquanto ela ponderava as opções de cada estrada. Ela sentia intensamente demais o olhar dele.

— Porto do Viandante — murmurou Sorasa finalmente, escolhendo o beco para o leste, e, de cara fechada, olhou para trás. — Sei chegar lá de olhos vendados, se preferir.

Ele fez uma careta, mas seguiu sem discutir.

— Não será necessário.

— Ao menos você finalmente confia em alguma parte de mim — resmungou Sorasa em resposta, para a própria surpresa.

De novo, ela sentiu a cara arder devagar.

Você está errado em confiar numa covarde, pensou com amargura. *Que teve medo de fazer o que deveria ter feito e nos condenou a qualquer que seja o inferno que espera.*

Se Dom notou sua inquietação, não demonstrou.

— Você deveria ter matado a rainha — repetiu ele, sem motivo.

Sorasa se arrepiou de novo e se irritou com as roupas molhadas.

— Já estou arrependida de ter deixado você vivo.

Ele franziu as sobrancelhas loiras.

— A rainha de Galland vale mais do que nós dois.

Sorasa cerrou o punho. Ela ainda sentia a adaga de bronze na mão, o couro quente do cabo que conhecia tão bem quanto o próprio rosto. Estava perdida para sempre, manchada pelo sangue de uma rainha.

— Acha que não sei disso, Ancião? — vociferou, a voz ecoando pelas paredes de pedra.

Ela voltou o corpo para ele, quase colidindo com o talhe largo do Ancião. Ele a encarou, de lábios entreabertos, a dor e a frustração claramente estampadas. Sorasa sentia o mesmo no coração, além de remorso. *Eu não poderia. Não poderia deixar que nós dois morrêssemos lá. Nem mesmo com Erida na balança.* O punho de Sorasa tremeu e ele continuou a encará-la, seus olhos fulminantes. Verde contra ouro acobreado.

Em algum lugar ao longe, outro estrondo ecoou, seguido pelo barulho de água revolta. Outra parte do palácio desabou, dessa vez dentro dos canais. Muro ou torre, Sorasa não sabia dizer. Por baixo de tudo, o clamor do fogo continuava a assolar, absorvendo os sons de quaisquer gritos mortais. Enquanto a destruição se espalhava, o pânico crescia. Velas se acendiam nas janelas e cidadãos espiavam as ruas, vozes crescendo por toda Ascal.

Sorasa sabia que o caos viria em breve. Eles precisavam apenas se adiantar.

— Pode ser que ela esteja morta — Sorasa se ouviu murmurar.

A torre estava pegando fogo, o palácio ruindo ao nosso redor. E a deixei cravada a uma mesa.

O riso baixo de Dom era de desdém.

— Sei que não devo ter esperanças, Sarn. Não temos tanta sorte, temos?

— Ainda estamos vivos — disse Sorasa. — Acho que isso é sorte o suficiente.

Ela soltou uma respiração ofegante, deixando esses pensamentos para trás.

— Continue andando — repetiu, com mais delicadeza dessa vez. — Não sei quanto tempo temos, mas precisamos usar o que tivermos.

Finalmente, Domacridhan não discutiu. Ele obedeceu, uma sombra a suas costas.

Os dois passaram por becos e ruelas como um vento sinistro. Sorasa evitou as avenidas maiores o quanto pôde, assim como as praças de mercado. Mesmo à noite, haveria muito movimento, com metade da cidade frequentando tabernas, teatros, bordéis e casas de apostas. Sem mencionar os soldados da guarnição da cidade e os guardas da patrulha. Os dois grupos estariam correndo na direção do palácio, para ajudar na evacuação... e buscar os responsáveis.

— E Sigil? — sussurrou Dom atrás dela.

Sorasa fez uma careta e se colou à parede atrás dela, evitando por pouco duas lavadeiras que passavam.

— Sigil vai estar no porto com o embaixador temurano — respondeu Sorasa, firme. Ela se recusava a nutrir a possibilidade de qualquer outra coisa. — De lá, podemos todos sair da cidade. Pegar carona com os temuranos, velejar sob a proteção do embaixador. Simples.

Nada nesta vida é simples. Sorasa conhecia bem demais essa lição.

Acima dela, Dom estreitou os olhos. Embora Ancião, ignorante em matéria de emoções mortais, Sorasa se sentiu observada. Um arrepio percorreu sua pele.

— Escapamos desta cidade uma vez — disse ele, fazendo sinal para ela seguir em frente. — Podemos escapar de novo.

Sorasa deu meia-volta com certo alívio, grata por virar as costas para Dom. Ela não gostava da maneira como ele a fitava, compreendendo-a como nunca. Ela jamais tinha passado tanto tempo ininterrupto com outra pessoa. Nem mesmo na cidadela, onde os acólitos se separavam por semanas a fio. Àquela altura, ela estava há seis meses com Dom, cada segundo como pregos arranhando vidro.

Enquanto andavam, Sorasa desejou ter alguns minutos sozinha. Nem que fosse para prender a máscara com mais força e vestir um pouco mais de armadura sobre o coração.

— O navio temurano é o que vai ter uma bandeira cor de cobre com uma asa preta — disse depois de alguns minutos.

A voz de Dom ficou tenebrosa:

— Por que eu deveria saber isso?

— Porque você precisa saber as coisas, Dom — murmurou ela em resposta, exasperada. — Por precaução.

Caso nos separemos. Ou coisa pior.

O Ancião chegou mais perto, tão perto que ela ouviu o estalo ferino dos dentes dele.

— Se você cometer alguma besteira e acabar morta — sussurrou ele —, saiba que poderia ter matado a rainha.

Sorasa pensou em jogá-lo numa vala. Em vez disso, fechou a cara, torcendo a boca.

— Que forma estranha de dizer a alguém que não quer que ela morra.

Ele contorceu o rosto, suas cicatrizes refletindo à beira da luz da lanterna.

— Se eu a quisesse morta, você seria um esqueleto em Byllskos — sussurrou em resposta.

Ela cerrou os dentes.

— E você ainda estaria acorrentado nas profundezas da masmorra de Erida, se não mil vezes morto a essa altura.

Para sua surpresa, Dom diminuiu o passo a seu lado, cercado pelas paredes de um beco.

— Sim — disse ele, olhando para ela de cima a baixo. Um músculo se contraiu na bochecha dele. — Estaria, sim.

A admissão parecia um pedido de desculpa, e Sorasa acenou uma vez, aceitando-o sem muito alarde. Ela não tinha energia nem ânimo para mais do que isso.

— Bandeira cor de cobre. Asa preta — repetiu, virando para continuar.

A resposta dele foi pouco mais do que um murmúrio.

— Obrigado por salvá-la.

É preciso muito para fazer uma amhara perder o equilíbrio. Sorasa girou rápido demais, quase escorregando nas pedras soltas do beco. Ela arregalou os olhos sob a luz mortiça, tentando enxergar um pouco mais do rosto de Dom coberto pelas sombras.

Ele encarou em resposta, imóvel. Seu pulso vibrava na garganta, uma veia latejando a cada batimento daquele coração besta e nobre.

Ela engoliu em seco, seu próprio coração estrondoso nos ouvidos.

— Agora não é o momento para isso, Dom.

O Ancião a ignorou.

— Corayne teria morrido em Gidastern se não fosse por você — disse ele. — Você salvou a esfera, Sorasa.

Emoções demais cobriam as palavras dele, uma mais fácil de identificar do que a outra em seu rosto. Gratidão, vergonha, remorso. Orgulho. Respeito.

Acima de todas, respeito.

— Que idiotice — retrucou ela.

Mesmo assim, sentiu um aperto na garganta. Ninguém tinha olhado para ela dessa maneira em toda sua vida. Na Guilda, havia apenas sucesso ou fracasso. Sucesso era esperado, nunca recompensado. Nunca respeitado. Não havia prêmios para os assassinos, apenas a dor de mais uma tatuagem, e outro contrato dado. Sem pensar, a mão de Sorasa buscou seu único ponto de referência.

Porém, a adaga amhara tinha ficado para trás, sacrificada em uma torre flamejante e uma rainha voraz. Ela não tinha nada além da própria mente. E Domacridhan.

— Você salvou a esfera — insistiu Dom, a voz retumbante.

Ela cerrou o punho.

— Ainda não.

O porto do Viandante era caótico em dias bons, as ruas lotadas com todo tipo de gente. Sacerdotes, ladrões, mercadores, contrabandistas, fugitivos, diplomatas estrangeiros. Velas de todas as cores, bandeiras de todos os reinos, gritos em todas as línguas da Ala. Enquanto atravessavam a Pontelua, arqueando sobre o Quinto Canal, Sorasa soltou um longo suspiro de alívio. Nem ela, nem Dom chamariam atenção. Eram apenas mais dois viajantes cansados na multidão, mastigados e cuspidos por Ascal.

Pelo menos foi o que Sorasa pensou.

Eles estavam a poucos passos da ilha portuária, apanhados por uma multidão de peregrinos, quando as sirenes soaram.

E não do palácio.

Sem pensar, Sorasa deu meia-volta, baixando os olhos para o canal Grandioso na direção da entrada do ancoradouro. Para outro porto, mais imponente do que o do Viandante em todos os sentidos.

Enseada da Frota.

Ela arregalou os olhos ao contemplar a cena impossível. O que antes era o coração da marinha de Erida, um porto circular construído para abrigar galés de guerra como cavalos num estábulo, estava em chamas. Armazéns e docas refletiam a luz, barris e caixotes estourando. Mastros pretos se destacavam entre as chamas vermelhas, velas soprando sob a torrente fervorosa de ar quente. Um a um, os mastros ruíram, as galés consumidas, se estilhaçando dentro da água.

Sorasa ergueu o olhar para o céu, vasculhando a fumaça em busca de algum sinal do dragão. Uma asa de morcego, uma pata incrustada de joias, um par de presas abertas perigosamente.

Mas as nuvens estavam vazias.

Sua mente zumbiu, o ar ficando quente no rosto, a frota flamejante como outro sol no horizonte. As muralhas da cidade pareciam se fechar ao redor de sua garganta, ameaçando arrancar sua vida. Ela abriu caminho às cotoveladas pela ponte lotada, passando por pessoas atordoadas encarando as chamas incandescentes.

— Como você conseguiu riscar um fósforo para queimar a cidade toda? — sussurrou Dom em seu ouvido, as pernas em movimento junto com as suas.

Sorasa rangeu os dentes.

— Não fui eu.

Ele baixou a voz.

— Sigil?

— Ela não coloraria o próprio povo em risco.

— Então quem?

Os pensamentos de Sorasa se emaranharam, vasculhando as muitas possibilidades. *Acidente, sabotagem, um único capitão descontente no limite da paciência.* Ela olhou para trás, tentando ver através da multidão no porto enquanto se movia.

A luz das chamas ondulou sob os montes de fumaça, crescendo numa coluna preta para chegar às nuvens já baixas. Outros prédios escondiam grande parte da enseada da Frota, mas Sorasa enxergou o suficiente. Galés lutavam para sair do porto, fugindo das docas, para então dar de cara com um bloqueio de seus próprios navios, os grandes cascos em chamas enquanto afundavam na água. O que quer que tivesse incendiado a enseada fez isso perfeitamente, aprisionando galés de guerra e marinheiros. Só barcos pequenos conseguiam passar, esquifes e até canoas tripuladas por quaisquer marinheiros com sorte suficiente para pegar um remo. Sorasa os via pela água, como insetos na superfície de um lago em chamas.

— Precisamos embarcar num navio, qualquer navio — soltou, virando para a frente de novo. — Não vai demorar para a rainha colocar a cidade em estado de sítio e fechar o porto todo.

Para ficarmos sem escapatória.

Para seu alívio, Dom não discutiu.

Pelo canto do olho, ela observou, não a frota em chamas, mas as torres na ponta oposta ao canal. Os Dentes do Leão. Estavam postados como dois sentinelas, protegendo o único caminho para o mar, a única saída para tantos navios ainda no porto.

Eles chegaram às docas do porto do Viandante sob a proteção da multidão fervilhante, metade boquiaberta pelo espetáculo da enseada do porto em chamas. Patrulheiros vagavam, mas eles correram para o pátio da marinha em chamas.

Sorasa se sentiu um pouco mais relaxada. A enseada da Frota era uma distração melhor do que ela poderia pedir.

Oportunidade, pensou, a sugestão deliciosa zumbindo em seu sangue.
Mas por quê?, o resto dela perguntou. *Quem?*

Mais sirenes se ergueram por toda a cidade, como trompetes numa floresta chamando à caça. Um calafrio desceu pela espinha de Sorasa. As sirenes invocavam a guarnição da cidade, um chamado às torres de vigia e postos de guarda. Todos os soldados de Ascal despertariam sob o comando de Erida, para inundar a cidade e tudo dentro de suas muralhas.

O porto do Viandante não era o palácio, nem Princesiden. O distrito era muito menos organizado e respeitável, como era de se esperar do porto de uma cidade grande. Sorasa viu todo tipo de gente perigosa enquanto eles avançavam, desviando de arruaceiros nos becos e facínoras nas sarjetas. Ladrões rondavam ao lado de mensageiros e marinheiros bêbados.

Ela não temia nenhum deles.

Porém, temia as torres. De novo, espiou os Dentes do Leão, com medo do que poderia encontrar na embocadura do canal. A qualquer momento, esperou o toque de outra sirene ou ainda o som agudo e mortífero da corrente.

— Sorasa.

O murmúrio de Dom esfriou sua orelha. Sorasa congelou para não se sobressaltar.

Antes que ela conseguisse rosnar uma resposta, Dom apontou à frente, ao longo das docas cheias de navios de todos os tamanhos e tripulações de todas as cores. Ela forçou a vista de mortal para enxergar através das sombras em movimento e do caos geral. Primeiro, vasculhou os muitos rostos em busca de Sigil, a esperança crescendo em seu peito.

Mas não foi Sigil que ele encontrou.

— Já vi aquele navio antes — murmurou ele.

Ela arregalou os olhos, reconhecendo as linhas de uma galé imponente como reconheceria um rosto amigo.

— Eu também.

Velas roxas, um convés de remos duplo, dois mastros. Grande o bastante para dar inveja em qualquer galé de comércio ou mesmo navio de guerra. Voava sob uma bandeira de Siscaria, uma tocha dourada sobre roxo. Mas Sorasa era esperta.

Aquele navio não velejava sob bandeira alguma.

Nem sua capitã.

19

O PREÇO DO IMPÉRIO

Erida

O palácio ardia como sua mão, corroída de dentro para fora. Escaldante e ofuscante. Erida não conseguia chorar. Não conseguia nem ver a amhara e o Ancião pularem das janelas, seu destino conhecido apenas aos deuses.

Ela mal conseguia pensar tamanha a dor, o mundo resumido à lâmina através de sua palma, a adaga espetada na carne. Chamas quentes lambiam as paredes, demônios nos cantos de sua visão. Suor escorria por sua pele, encharcando a camisola, enquanto sangue vertia sobre a madeira da mesinha, jorrando da ferida aberta.

— Vai doer — disse uma voz em seu ouvido, e a mão familiar apertou-a junto ao peito dele.

Ele fechou o outro punho ao redor do cabo da adaga. Ela se contorceu, já gritando.

Aço queimou osso, nervo, músculo e pele.

A vista de Erida ficou branca.

Seus joelhos cederam e ela pensou que cairia dura no chão. Não caiu. Taristan a segurou com destreza, um braço ao redor das costas dela, o outro sob os joelhos dobrados. Ela pendeu, leve e indefesa em seus braços.

— Você precisa estancar o sangramento — disse ele, rouco, concentrado em tirá-la do quarto com vida.

Erida queria vomitar. Em vez disso, ela se obrigou a tragar o ar esfumaçado, engasgando enquanto ofegava. Com a outra mão, enrolou o tecido folgado da camisola na palma ferida, chiando de agonia. Cada centímetro de movimento fazia um raio de dor disparar pela mão e pelo braço.

A raiva era tudo que a mantinha acordada. Percorria-a junto com a dor, entrelaçadas como amantes.

Ela forçou a vista para enxergar o cômodo esfumaçado, seu quarto antes magnífico reduzido a brasas. A cama do casal pegou fogo, o estrado esculpido com esmero se desfazendo. Fogo subia pela madeira envernizada, consumindo todas as coisas belas. As cortinas decoradas com renda madrentina, os espelhos raros, os carpetes rashiranos. Candelabros de cristal. Roupas refinadas. Travesseiros de penas. Flores cortadas em vasos cravejados de joias. Livros valiosos, suas páginas reduzidas a cinzas.

A adaga de bronze estava no chão onde Taristan a havia jogado. Ela a memorizou, os olhos vermelhos e lacrimejantes traçando a curva do gume, o couro preto do cabo.

Amhara, sabia, como sabia a cara da mulher que a empunhava.

Tatuada, ágil, sagaz. Foi ela quem primeiro salvou Corayne tantos meses antes, quando a menina de sangue do Cór estava nas mãos de Erida. A amhara roubara a vitória naquele dia e acabara de roubá-la de novo.

Fumaça ainda se erguia na esteira de seus inimigos, provocada pela fuga de Domacridhan e da amhara. Parte dela torcia para que eles estivessem quebrados ao pé da torre do palácio, os corpos destruídos pela queda. O resto dela sabia que a amhara não perderia a vida de maneira tão simples.

Enquanto Taristan saía correndo do quarto, lutando para passar pelo fogo e pelas tábuas desabadas do assoalho, Erida praguejou contra seu deus, o gosto de sangue subindo na boca. Mas nem o Porvir respondeu, seus sussurros silenciosos na hora do desespero.

Ela deveria ter me matado, Erida pensou, os dentes cerrados a cada passo agonizante. *Essa é a bênção do Porvir. Ainda estou viva, para lutar e vencer.*

Ela se agarrou mais a Taristan, o braço livre em torno do pescoço dele. A pele dele ardia contra a dela, queimando tanto quanto as chamas. Ela estava literalmente nas mãos de Taristan, à mercê da força e da bravura dele. Por alguma razão, achava fácil confiar nisso. Era natural, como respirar.

O salão estava pior do que o quarto, as tapeçarias carbonizadas descolando das paredes enquanto vigas do teto caíam, levantando brasas como vaga-lumes. Com os olhos apertados, ela viu os corpos no chão. Erida não chorou pela perda dos cavaleiros de sua Guarda do Leão. Era obrigação deles morrer por ela.

Dor e raiva alternavam, dominando uma batida do coração e depois a outra. Sua mão pulsava, sangue brotando entre os dedos. Por mais que tentasse, ela não conseguia curvar a mão, seus dedos mal reagindo.

Era insuportável.

Taristan estava pálido sob a luz do fogo, seu próprio sangue jorrando das muitas feridas. De novo, Erida xingou o Ancião, Corayne, e toda sua laia.

Quando voltou a fechar os olhos, ela buscou mais dentro de si, tentando se segurar a seus últimos pingos de força.

Taristan murmurou algo, tirando sua concentração.

Ela mal conseguia decifrar as palavras através do peso da dor, a fumaça densa demais nos pulmões.

— Ela queima — sussurrava Taristan, tomando fôlego. — Ela também queima.

Era o que o Ancião dissera momentos antes, a voz dele um eco ainda persistente embora ele tivesse saído havia tempo. Erida não conseguia entender, o mundo girando em vermelho e preto, sangue e cinzas.

Ela também queima.

Mas Erida de Galland se recusava a queimar.

Ela ergueu os olhos para a coluna grandiosa de Konrada, a torre abobadada se erguendo quase cem metros acima dela. Lanternas estavam penduradas nos muitos vitrais, e alguns sacerdotes espiavam das sacadas em espiral. Os rostos de todos os deuses a encaravam da nave de vinte lados, seus olhos de granito observando a rainha sangrar. Ela afrontou as estátuas conhecidas. Lasreen e seu dragão Amavar. Tiber com sua boca de moedas. Fyriad entre as chamas redentoras. Syrek, a espada erguida como um sinal de fogo.

O Porvir não tinha nenhuma estátua naquele lugar, mas ela sentia Sua presença mesmo assim. Por trás de cada deus, em cada vela. E, em sua mente, esperando nas beiras, vindo zelar por ela como todo o resto.

Fumaça impregnava seu cabelo e sua camisola manchada, cinzas e sangue incrustado sob as unhas. Destruição tingia seu corpo e os corpos ao redor dela. Seus acompanhantes formavam um forte contraste face à torre imaculada, a maioria coberta de fuligem. Taristan era o pior de todos, o branco dos olhos violento no rosto riscado de cinzas. Ele a observava com um olhar maníaco, quase enlouquecido de fúria.

Quando foi voltando a si, Erida percebeu que estava deitada num divã, arrastado para o centro da catedral. Seu médico, o dr. Bahi, estava sentado a seu lado, concentrado em sua mão.

O dr. Bahi trabalhava cuidadosamente para enfaixar a ferida, com movimentos insuportavelmente lentos. Ainda doía, e ela exalou um silvo, lágrimas quentes escorrendo sem parar.

Ela não gemeu. As lágrimas não cessavam, ardendo os olhos. Porém, ela não demonstraria mais nada. Nenhum soluço, nenhuma praga. Sua raiva fervia sob a superfície, escondida dos muitos acompanhantes.

Eles zumbiam ao redor dela como moscas sobre um cadáver. Criadas, damas de companhia. Lady Harrsing, as narinas pretas de tanto inspirar fumaça. Thornwall e seus tenentes mantinham uma distância respeitosa da rainha, devido a seu estado de seminudez. Taristan e o médico eram os únicos homens com permissão de ficar perto dela. Até Ronin esperava, os olhos mais turvos que o normal, à margem do pavilhão, quase escondido pelas sombras das esculturas da catedral.

— O que acha, doutor? — murmurou ela.

Bahi mordeu o lábio, a voz vacilante e incerta. Não inseguro por sua competência, mas pela rainha. Ela poderia pedir sua cabeça com uma palavra, e ele sabia disso.

— Vossa majestade não vai perder a mão — disse o médico, por fim. — Se não acontecer nenhuma infecção.

O peso do *se* atingiu a rainha como um chute no estômago. Erida tentou cerrar o punho, os dedos aparentemente isolados do resto do corpo. Ela tentou não imaginar toda a mão perdida, o braço acabando num toco sangrento.

Ela viu Bahi engolir em seco, o pescoço se movimentando por sobre a gola do pijama. Como todos, ele havia escapado do palácio com pouco mais do que a roupa do corpo.

— Posso dizer que teve sorte, majestade — continuou. — Um pouco mais baixo e o golpe teria paralisado a mão toda, se não forçado uma amputação.

— Uma amhara fez isso. Ela sabia onde atacar, e como. Não foi sorte — retrucou Erida, as palavras ácidas na boca. — Obrigada, dr. Bahi — acrescentou, um pouco mais delicada por respeito ao médico.

Agradecido, Bahi levantou e fez uma reverência, se juntando ao resto do bando.

Harrsing parou diante de Erida com um olhar sombrio. Seu cabelo solto descia pelas costas, fino e grisalho. Ela tossiu e envolveu o corpo magro com o manto emprestado. Por mais velha que fosse, parecia decididamente letal.

— Então, os amharas deixaram uma marca em você. Deveríamos marchar com uma legião até a cidadela de Mercury e arrancar esse contrato dele — disse, fervorosa. — Precisamos saber quem comprou sua morte. Talvez os temuranos? E a amhara se infiltrou junto com os embaixadores?

Devagar, Taristan fez que não.

— Isso não foi obra da Guilda Amhara, mas de uma única assassina atrás de objetivos próprios — disse com a voz retumbante, sem tirar os olhos do ferimento de Erida.

A rainha alternou o olhar entre eles, conselheira e consorte.

— O embaixador fugiu, não?

Lady Harrsing confirmou:

— Junto com o resto do palácio e metade dos navios no porto.

Um calafrio desceu pela coluna de Erida. O embaixador Salbhai havia aberto o jogo em seus últimos momentos juntos, antes de tudo se reduzir a cinzas. Ele não tinha vindo para mediar a paz entre as nações, mas para pedir a mulher temurana. Como ele a conhecia, Erida não sabia dizer. Mas isso a preocupava profundamente.

O que mais o imperador sabia sobre os meus planos e os de Taristan?

— Se ele voltar a Bhur — murmurou ela, encontrando o olhar de Taristan —, receio que possamos nos deparar com um exército dos Incontáveis nos portões da cidade.

Para sua decepção, seu marido rosnou de frustração.

— Pouco me interessa a política da Ala. Importa menos a cada dia.

No divã, Erida cerrou o punho saudável. A ferida latejou dolorosamente, piorada pelo batimento acelerado do coração. Ela cruzou o olhar com o de Lady Harrsing, as duas frustradas.

— Nos dê licença, Bella — disse ela, rangendo os dentes.

Lady Harrsing sabia que era melhor não discutir e fez sinal para o resto das damas ao redor saírem com ela. Sua bengala ecoou enquanto ela atravessava o piso da catedral, deixando Taristan e Erida a sós no centro.

Não era privacidade, mas era o melhor que Erida poderia desejar no momento. Armaduras douradas reluziam no canto de seu olhar, os restos da Guarda do Leão posicionados ao redor do ambiente.

Erida voltou os olhos para o altar grandioso de Konrada, magnífico em mármore e ouro. Ela lembrou como era estar lá, diante dos rostos dos deuses, de véu na cabeça e espada na mão, ao lado de Taristan. Ela não o amava na época, quando lhe prometera a vida. Não fazia ideia do caminho diante dela, do destino já traçado.

Sua mão direita estava dobrada no colo agora, encoberta por curativos. Um pouco de sangue já começava a escorrer, manchando tudo ao redor.

— A última vez em que estivemos aqui, seguramos a espada matrimonial entre nós — disse ela.

O rosto de Taristan estava impassível, como de hábito. Era seu escudo e sua muleta, Erida sabia. Depois de uma infância como a dele, abandonado no mundo, suas emoções eram sempre um fardo. Sempre uma fraqueza.

— Que bom que não sou um homem — continuou ela. — Nunca mais vou segurar uma espada.

Taristan contraiu um dedo ao lado do corpo, o único indício de seu desconforto.

— Seu coração é espada suficiente — disse, de dentes cerrados, os olhos no rosto dela.

Ela retribuiu o olhar, tentando espiar detrás da muralha tão terrivelmente alta que ele mantinha. Algo se escondia dentro dele, algo que ela ainda não conseguia compreender.

— Lord Thornwall comandou que a cidade fosse fechada — acrescentou ela, assumindo um ar mais sério. — Todos os portões, os portos. E contiveram o incêndio na enseada da Frota. Tivemos sorte, segundo ele.

Erida soltou um suspiro angustiado. Ela queria apenas que seu marido se sentasse, sentir a proximidade e o calor dele na catedral fria. Mas era difícil demais ignorar os olhos de tantos. Como ele, ela ergueu a muralha de costume, voltando para trás da máscara da corte.

Ela se empertigou, sentando no divã como se estivesse no trono. Seu corpo reclamou, mas ela fez de tudo para ignorar.

— Ele ergueu a corrente do porto. Eles serão ratos numa ratoeira — disse ela, com um aperto no coração. — Se já não tiverem escapado. Aqueles dois são escorregadios como enguias.

— Erida.

O sussurro baixo a deteve, mais delicado do que ela sabia que Taristan poderia ser. Ele baixou os olhos para ela, paralisado, a expressão ainda velada. Porém, havia uma fresta na armadura, um vislumbre de algo mais profundo.

Não o brilho vermelho do Porvir. Os olhos de Taristan ainda estavam completamente pretos. Os dele.

Transbordavam de dor.

— Taristan — foi tudo que ela conseguiu pensar em responder, seu próprio sussurro fraco e controlado.

A inspiração que ele fez foi áspera entre os dentes cerrados, o peito subindo e descendo rapidamente sob a gola aberta da camisa. As veias brancas se destacaram em contraste com a pele pálida, pioradas pelo corte ao longo da clavícula. Erida olhou as feridas dele como ele olhava as dela. A compreensão veio aos poucos, e ela prendeu o fôlego.

Ela lembrou o medo daquela manhã quando ele contara das feridas. Do Fuso perdido, um presente retirado. Ele estava vulnerável, e isso a apavorava.

Ela viu o mesmo pavor nele. *Por mim.* O olhar dele traçou sua mão ferida e as cinzas impregnadas na pele macia. Erida sentiu o coração se partir, sabendo como o medo dele devia ser grande a ponto de ela enxergá-lo.

Taristan só a conhecera como uma rainha, cercada de guardas, imune no trono. Sua armadura era decorativa, não funcional, seus armamentos feitos de ouro, e não aço. Ela liderava um exército, mas nunca em batalha, vivia num acampamento militar, mas nunca desprotegida, nunca em perigo. Suas guerras eram travadas no trono, não no campo de batalha.

Até hoje.

Devagar, ela esticou o braço e pegou seu punho com a mão boa. O pulso dele vibrava forte sob seu toque.

— Taristan — disse de novo, pouco mais do que um sussurro.

O semblante dele era fechado, os lábios apertados enquanto a expressão vacilava entre medo e fúria.

— Esse caminho é meu para trilhar — disse ele. — Meu perigo a enfrentar.

Erida ergueu a cabeça.

— E a vitória? É apenas sua também?

A resposta dele foi rápida.

— Não.

Com esforço, ela levantou a mão enfaixada, erguendo-a para ele ver. Doía sob o curativo, mas ela manteve o rosto forte, deixando a determinação vencer o ferimento.

— Se esse é o preço do império, aceito o pagamento — disse ela, firme. — E não vou permitir que meu sangue seja derramado em vão. Estamos entendidos?

Sem hesitar, Taristan se ajoelhou, o punho ainda na mão dela. Devagar, ele tocou a testa febril na pele dela por um longo momento.

— Sim, minha rainha — murmurou.

Para sua surpresa, ele não se mexeu. Atrás dele, os muitos acompanhantes arregalaram os olhos, assistindo à rara demonstração de afeto entre rainha e consorte.

Erida baixou a cabeça, perto o bastante para encostar a bochecha na dele.

— O que foi?

— Um rei das cinzas ainda é rei — sussurrou ele.

Ela apertou o punho dele, os ossos dele sob seus dedos.

— Não fique remoendo o que aquele Ancião tolo disse.

— Eu disse antes — rosnou ele.

A pele dele ruborizou ainda mais, a bochecha ardendo no rosto dela.

Apesar do calor dele, Erida gelou. Medo era algo raro em Taristan do Velho Cór. Constrangimento, ainda mais.

— No templo, nos sopés. Quando eu era apenas um mercenário com um feiticeiro e uma espada roubada — continuou, o murmúrio jorrando de seus lábios como o sangue da mão dela. — Não quero reinar sobre cinzas, Erida. E quero ainda menos que você queime para que eu possa reivindicar meu destino.

Algo cintilou no canto da mente dela, uma raiva que não era de Erida. Mas que ela entendia. Refletia a frustração dela. *Fizemos demais para virar as costas agora, com medo de nosso próprio triunfo.*

Ela soltou o punho de Taristan e pegou o queixo dele com força, erguendo os olhos dele para encarar os dela.

— Não vou queimar — respondeu, a voz de ferro, inflexível.

Erida de Galland se recusava a queimar.

A corte gallandesa era enorme, e a maioria dos cortesãos saiu do palácio em segurança, se refugiando por toda a cidade. Erida enviou os conselheiros para aplacar os lordes nobres, enquanto Lord Thornwall e seus homens voltaram para avaliar o estrago à luz do alvorecer. Quanto aos criados, as muitas centenas que trabalhavam e viviam dentro dos muros do palácio, Erida não sabia. Ela torcia para que estivessem bem o bastante para encher alguns baldes d'água e conter a destruição noite adentro.

Assim restava Konrada para servir como refúgio a Erida, rodeada por seus cavaleiros da Guarda do Leão e metade da guarnição da cidade. Eles cercavam a ilha e a catedral em si, garantindo que ninguém tivesse acesso à rainha. Nem mesmo uma assassina amhara.

O dia raiou vermelho pelas janelas de vitral, derramando feixes de luz pela catedral. Erida andou de um lado a outro do chão, inquieta demais para continuar sentada. Com os guardas ao redor do ambiente, ela se sentia como um animal enjaulado, ainda que fosse para sua própria proteção.

Taristan perambulava como ela, ainda de camisa de dormir, botas e calça ensanguentadas.

— Eu deveria estar à caça com o resto da guarnição — murmurou, lançando outro olhar para o batente arqueado.

Era uma ameaça vazia. Erida sabia que ele não sairia de seu lado, não com a amhara ainda à solta.

— Sossegue, Taristan.

A repreensão do feiticeiro incomodava mais do que a mão de Erida. Ela fechou a cara ao passar por ele, que relaxava sobre o divã como um gato num batente. Ela quase achou que ele tiraria uma tigela de uvas da manga.

Em vez disso, ele observava os passos de Taristan com os olhos avermelhados, o cabelo loiro-branco sujo de fuligem. Ele também se preocupava com o príncipe do Velho Cór.

Nisso, ao menos, somos iguais.

— Por mais irritante que o Ancião seja, ele não é nosso foco — disse Ronin, acenando a mão branca. — Primeiro, precisamos recuperar a espada. Sem ela...

— Sem ela, você ainda tem dois Fusos, em Gidastern e no castelo Vergon — cortou Erida. Ela não tinha nenhum interesse em mandar

Taristan contra Domacridhan e a amhara, vulnerável como ele estava.

— Isso não vale de nada? Não é suficiente para o Porvir?

Ronin a fitou com algo entre irritação e divertimento.

— Com o tempo, pode ser — respondeu. — Mas Corayne an-Amarat se revelou perigosa demais. O destino dela não pode ser deixado ao acaso enquanto esperamos sentados que as esferas se desgastem.

Erida curvou o lábio ao pensar em Corayne, uma camundonga no meio da tempestade.

— A sobrevivência dela não faz sentido para mim — disparou Erida.

Com a cara fechada, Taristan parou na frente de Erida, que viu o desejo em seu rosto. Não por ela, mas pela espada de Fuso.

— Se não posso caçar Domacridhan, é ela que vou caçar — disse ele. — Me dê uma legião e vou arrastá-la de volta para cá com minhas próprias mãos.

A rainha hesitou; certamente uma legião seria suficiente para proteger seu consorte, mas ela não conseguia ignorar a nova sensação de pavor.

— Melhor matá-la e acabar logo com isso, meu amor — murmurou, seca. — Aonde ela vai?

No divã, Ronin soltou uma risada irritante.

— Aonde garotinhas vão quando estão assustadas? — Ele riu baixo, olhando para o teto abobadado. — Para casa, imagino. Qualquer que seja o buraco de onde saiu.

Mas o rosto de Taristan ficou mais sério, de testa franzida.

— Você a subestima, Ronin, mesmo agora. — Um músculo se contraiu em seu maxilar. — Corayne vai aonde ela puder resistir e lutar.

Sob a raiva dele, Erida sentiu um respeito relutante, por menor que fosse. Era compreensível. Corayne havia sobrevivido mais do que eles esperavam, uma pedra dura em seus sapatos.

— Há muitas fortalezas pela Ala, e exércitos temíveis o suficiente para enfrentar as legiões gallandesas — murmurou Erida, batendo com o dedo no lábio. — Ibal, Kasa, Temurijon.

Ela pensou no velho mapa de Todala na sala do conselho. Abrangia o mundo de Rashir a Jyd, e todos os milhares de quilômetros entre eles.

Com uma careta, lembrou que o mapa devia estar reduzido a cinzas, como tudo mais no velho torreão.

— Não, o mar Longo está cheio de piratas. Ela nunca sobreviveria à travessia — continuou Erida com um meneio de cabeça. Ela se lembrou dos próprios navios sendo vítimas dos demônios marinhos. — Os temuranos a receberiam?

Do outro lado do piso, Taristan encontrou seus olhos. Ele ficou em silêncio, pensando, antes de soltar um rosnado gutural.

— Os Anciões, sim — disparou, mordaz.

Erida franziu as sobrancelhas, cética.

— Eles recusaram o chamado para o combate antes. Ao primeiro sinal de fracasso.

— Não recusarão agora — respondeu Taristan com amargura. — Com a derrota a suas portas.

Um ano antes, chegara uma convocação à corte de Erida. Pergaminho simples, selado com o emblema de um cervo. Não pertencia a nenhum reino que Erida conhecesse. Mas finalmente o conhecia. *Iona.* Os imortais pediram seu auxílio, para deter um maníaco antes que ele destruísse a esfera.

Em vez disso, me casei com ele, ela pensou, curvando a boca de ironia.

— Quantos enclaves existem pela Ala? — perguntou em voz alta.

— Nove ou dez — respondeu Ronin, quando Taristan não abriu a boca.

Ela voltou a pensar no mapa, e as extensões infinitas de Todala. *Quantos Anciões se escondiam nele?*, pensou. *Quantos ainda podemos ter que enfrentar?*

O príncipe se ocupou com a manga, arregaçando-a até o cotovelo de modo a expor uma queimadura no antebraço. A pele já sarando, a cicatriz feia e manchada.

— Da torre? — perguntou ela, apontando para o braço dele.

— Não — respondeu Taristan. — Do dragão.

A vertigem dominou Erida, rápido demais para colocar a culpa no ferimento ou na perda de sangue. Ela engoliu a sensação em seco, embora sua mente girasse enquanto pensava em guerreiros imortais e dragões monstruosos.

Temíveis, ferozes, pensou. *E valiosíssimos.*

Erida deu meia-volta, encarando o feiticeiro.

— Ronin.

— Majestade? — disse ele, com a voz arrastada.

De algum modo, ele conseguia fazer até seu título soar desrespeitoso. Ela ignorou, sem se deixar intimidar.

— Se formos batalhar contra metade da Esfera e todos os imortais nela, precisamos de mais do que legiões e terracinzanos — disse Erida, a voz ficando dura como o mármore sob seus pés. — Mostre o poder que *esperamos* que você possua.

No divã, Ronin fechou a cara pelo insulto. Ele abriu a boca para retrucar, mas Erida ergueu a mão machucada, detendo-o.

Ela encarou o olhar furioso dele com sua própria chama azul.

— Traga-nos um dragão.

O rosto branco do feiticeiro se abateu, seu ressentimento desaparecendo por um momento. Medo tremeluziu em seus olhos, estranho e raro. Mas ganância transluzia, mais forte do que qualquer medo que o feiticeiro possuísse. Ele assentiu, apenas uma vez, erguendo as mãos num gesto de oração irônico. Como todas as coisas relacionadas a Ronin Vermelho, Erida desconfiava que havia mais em jogo, uma magia que ela não conseguia entender correndo pelas veias dele.

— Os dragões são seres superiores. Dominar um exige um sacrifício maior — respondeu Ronin. — Como todas as dádivas do Porvir.

Erida ergueu a mão ferida com escárnio.

— Isto não é sacrifício? — rosnou.

O sorriso calhorda de Ronin fez um calafrio descer pela coluna dela.

— Se puder ser feito, farei — disse ele. — Majestade.

Atrás dele, a janela rosa da torre da catedral brilhou vermelha, o sol se erguendo sobre Ascal. Banhou os três num círculo de calor escarlate, as frestas de luz brilhando sobre eles. Rainha, renegado e feiticeiro, dispostos como peças num jogo de tabuleiro. Eles se sentiam unidos, cada um com seu papel a representar. Apesar da mão ainda sangrenta, Erida quase sorriu.

Até que Taristan caiu de joelhos, como se fosse golpeado, raspando as mãos no piso de mármore. Um grunhido escapou por seus dentes rangidos, um rubor encarnado percorrendo seu rosto pálido. Por todo o perímetro do salão, a Guarda do Leão ficou em alerta, correndo à frente para cuidar do príncipe.

Erida foi mais rápida, quase escorregando para chegar ao seu lado, a mão boa apoiada no ombro dele. Ela vasculhou o rosto dele, terror a dominando com os dedos gelados.

— O que foi? — perguntou, apertando a palma da mão na bochecha febril dele.

Taristan mal conseguiu tomar ar, o olhar fixado no chão.

A sombra de Ronin caiu sobre eles, o sorriso fechado. Ele o observou por um momento silencioso, depois praguejou numa língua sibilante que Erida não conhecia.

— Outro Fuso se perdeu — disse o feiticeiro, cavernoso.

Sob a mão dela, Taristan acalmou a respiração, os olhos inteiramente vermelhos. Erida se deslocou com cuidado, para esconder o rosto dele dos cavaleiros que os cercavam.

— Ele está bem — disse ela, com frieza, dispensando-os. — Voltem para seus postos.

Eles obedeceram sem questionar, mas Erida mal lhes deu atenção, distraída pelo batimento acelerado no próprio peito. Ela sentiu a fúria do Porvir do outro lado da porta da mente, os uivos de ódio ecoando pelas esferas.

Ela mexeu a mão de modo que o maxilar de Taristan ficasse pousado na palma. Não precisou de mais do que um leve empurrão para obrigá-lo a olhá-la.

O Porvir encarava de dentro dos olhos de seu marido, todo o preto consumido, devorado pelo escarlate infernal.

— Precisamos de um dragão — sussurrou Erida, furiosa. O ar tinha gosto de fumaça entre seus dentes. — E da cabeça daquela menina.

20

CIDADE DE PEDRA

Corayne

Ao fim da terceira semana nas montanhas, Corayne esqueceu como era sentir calor. Por mais mantos que usasse ou peles com que se cobrisse à noite, o frio nunca desaparecia de verdade. Ela invejava Charlie e Garion, que se abraçavam perto da fogueira. Não podia nem pensar nos Anciões, estoicos diante da neve e dos penhascos gelados, para não se dissolver em raiva invejosa. Para eles, o tempo parecia apenas inconveniente, não completamente incapacitante como era para ela.

Na última cidadezinha das encostas ocidentais, Garion fez a gentileza de ir ao mercado, usando moedas anciãs para comprar roupas mais adequadas. Ele não se preocupava com espiões entre as cidades pequenas dos vales e sopés. Calidon era um país congelado, isolado pelas montanhas, suas poucas cidades grandes distantes na costa. As pessoas ali temiam mais o inverno do que a rainha gallandesa, e sabiam pouco do mundo além de suas montanhas.

Foi o suficiente para manter Corayne e Charlie vivos enquanto subiam o desfiladeiro.

— E cruzamos Monadhrian — disse Garion, o rosto quase invisível sob o capuz.

A respiração dele se condensava enquanto começavam a descida lenta.

— Pensei que tínhamos cruzado na semana passada — respondeu Charlie do outro lado de Corayne, batendo os dentes.

— Aquela foi a Monadhrion — disse Corayne pelo que parecia a milésima vez.

Não que ela pudesse culpar Charlie pela confusão. As três cordilheiras em Calidon, riscando o reino como marcas paralelas de garras, tinham nomes parecidos. E irritantes. Se chamavam Monadhrion, Monadhrian e Monadhstoirm. *Cruzamos primeiro a Monadhrion*, ela sabia, lembrando dos mapas. As montanhas da Estrela formavam a fronteira entre Calidon e Madrence, servindo como uma muralha entre os reinos.

— Esta é a cordilheira Monadhrian, as montanhas do Sol — acrescentou, traduzindo livremente da língua calidoniana.

— Quem as batizou tinha um senso de humor terrível. — Charlie riu.

Num dia claro, a vista seria deslumbrante, a linha das cordilheiras se estendendo em todas as direções. Porém, fazia muitos dias que eles não viam o sol, desde que começaram a sair do vale comprido do rio Airdha.

— Deveríamos agradecer. — Garion ergueu a mão de luva e soprou nela, aquecendo os dedos. — Nem a rainha de Galland consegue mandar um exército para cá.

Ele apontou as elevações do desfiladeiro, milhares de metros acima do fundo do vale. Montanhas subiam ainda mais alto dos dois lados, seus picos envoltos por nuvens em movimento. Neve perigosamente funda, o caminho à frente diligentemente aberto pelos Anciões de Valnir.

Eles já estariam em Iona se não fosse por nós, Corayne sabia. Apesar de todos os dias de viagem, ela se sentia uma criança engatinhando atrás de soldados veteranos.

Contudo, por mais terrível que fosse a travessia, ela se sentia segura entre as montanhas. O único perigo ali era o terreno. Uma avalanche, um urso, uma nevasca repentina. Nada comparado ao que tinha ficado para trás.

Ou ao que espera à frente.

A descida para o último vale demorou dois dias, o ar se aquecendo a cada hora. Mesmo assim, ainda encontraram uma camada grossa e funda de neve ao saírem dos penhascos rochosos de Monadhrian. Eles ultrapassaram o nevoeiro ao chegar ao limite da floresta. Pinheiros e teixos antigos se retorciam, impassíveis como a floresta Castelã, encobrindo tudo menos um vislumbre do rio Avanar que serpenteava através do vale.

Bruma e neblina inconstante riscavam a paisagem, como tinta derramada sobre a página. À medida que o nevoeiro soprava, Corayne entrevia de relance a cumeada distante, um rochedo projetado sobre o vale. O rio serpenteava ao pé dele, se concentrando para formar um lago comprido entre os montes.

Havia uma muralha ao redor da cumeada, camuflada na paisagem, cinza, branca e verde. Torres pareciam crescer da própria cumeada, retas como dedos de granito.

Iona.

A névoa soprou, os teixos se cerraram, e a cidade anciã voltou a desaparecer. Corayne inspirou o ar frio, o coração acelerado no ouvido.

Ela tentou conciliar o que lembrava das histórias de Domacridhan com o que via. Iona parecia mais uma fortaleza do que uma cidade, a cumeada toda murada por pedra cinza, com um castelo de torres altas no topo. Encheu Corayne de alívio e pavor em igual medida. A longa marcha chegava ao fim, mas a batalha se aproximava, escura como uma tempestade no horizonte.

Charlie baixou o capuz forrado de pele, a respiração fumegando no ar. Desde Gidastern, ele sempre vasculhava o céu primeiro, o olhar varrendo as nuvens. Corayne sabia por quê. Ela fazia o mesmo, à espera de um fulgor de escama incrustada de joias ou um arco de chama. Eles não tinham como prever os movimentos de um dragão, muito menos três. A ameaça ainda pairava sobre eles.

— Dom dizia que era o maior enclave da Ala — murmurou Corayne para ele, e apontou o queixo entre as árvores. — Sem dúvida vamos estar seguros entre eles.

— Pensei o mesmo em Sirandel — respondeu Charlie. — Só consegui uma noite de paz.

— Foi culpa minha — disse ela, arrependida. — Como tudo, pelo visto.

Estalando a língua, Charlie sorriu para ela.

— Calma, nem tudo gira em torno de você.

A risada deles ecoou pelas árvores, quebrando o silêncio abafado da floresta nevada. Um pássaro esvoaçou em algum lugar e levantou voo com um bater de asas.

Garion virou na direção do som, o rosto franzido de preocupação. Charlie só riu mais, achando graça.

— Anciões ou não, uma cidade é uma cidade — disparou Garion. Corayne se lembrou de novo de Sorasa e sua desconfiança enraizada. — Devemos ficar atentos a espiões entre eles. E assassinos também.

Antes que Corayne abrisse a boca, Charlie ergueu um dedo e apontou. Ele cutucou o peito de Garion.

— Achei um — disse o sacerdote, rindo baixo.

Garion contraiu os lábios e desviou os olhos para a floresta, escondendo o sorriso.

— Tenho pena do amhara que se arriscar em Iona — disse Corayne, sentindo um toque de calor brotar no peito.

O sol atravessou as nuvens e as copas das árvores, alguns raios de luz fracos lutando para passar por entre os galhos. Corayne ergueu a cabeça, aproveitando o silêncio e o sol por um momento.

Os portões de Iona se escancararam, como braços acolhedores. Ou uma bocarra aberta.

Arqueiros anciões estavam posicionados no alto dos reparos, silhuetas em contraste com as nuvens que se moviam rapidamente e os raios inconstantes de luz do sol. Um vento frio soprava pela cidade, revolvendo a névoa através das muralhas cinza e torres redondas.

Deixava Corayne arrepiada até os pés.

Ela apertou ainda mais as rédeas do cavalo, deixando que seguisse junto com o resto da companhia.

Corayne tentou contemplar tudo que conseguia. Grandes placas de granito e arenito compunham Iona, a cidade cinza e marrom desgastada por longos séculos de vento e chuva. Enquanto Sirandel parecia crescer da floresta, Iona nascia da cumeada, suas muralhas e torres como penhascos pontiagudos. Musgo crescia sobre telhados e reparos, espreitando sob a neve derretida.

Cervos estavam entalhados nos portões reforçados por ferro, de cabeça erguida e orgulhosa. Outros eram esculpidos em granito, gravados nos reparos, e bandeiras verde-cinza balançavam sob o vento forte, com bordados de galhadas. Os soldados ionianos tinham símbolos semelhantes nas vestimentas. Com uma pontada de tristeza, Corayne se lembrou do antigo manto de Domacridhan, a barra bordada com cervos prateados. Estava perdido em Gidastern, queimado como ele.

Resta apenas sua memória.

Ela sentiu outro aperto no peito quando ergueu os olhos para a cidade que se desdobrava, as ruas de pedra dispostas em linha reta até o alto da cumeada.

Ela via Domacridhan em toda parte, em rostos demais. A maioria dos ionianos se assemelhava a ele, não apenas em aparência, mas em trejeitos. Eram rígidos, carrancudos, mais estátua do que carne e osso, frios como as montanhas ao redor do enclave. Vestidos em cinza ou verde, couro refinado e gravado ou seda bordada. Eles encaravam a companhia ao passar, de boca torta e silenciosa, cabeça loira virada e olhos pálidos redondos. Era estranho demais saber que muitos dos Anciões tinham mais idade do que a própria enclave, suas carnes e seus ossos mais antigos do que a pedra.

Para o alívio de Corayne, não era apenas ela que eles estudavam, mas também Valnir. A presença de outro monarca ancião era claramente fora do comum, ainda mais um recém-saído da batalha, com tão poucos soldados restantes na companhia.

O monarca de Sirandel olhava para a frente, o rosto anguloso erguido, os olhos amarelos firmes. Seu manto refinado e sua armadura estavam sujos pela estrada e pela batalha contra o dragão, mas ele os usava com o mesmo orgulho de qualquer outro paramento da corte. Muitos Anciões ionianos o encaravam, algo estranho perpassando seus rostos brancos.

Corayne se lembrou da reação da corte de Valnir quando ele declarou guerra. *Abandono o ramo*, ele dissera então. *Tomo o arco*.

Ela viu o mesmo choque nos Anciões de Iona. A ilusão de calma estilhaçada enquanto sussurros se propagavam pela multidão crescente, acompanhando-os até o castelo no topo da cidade.

Tíarma.

O coração dela saltou dentro do peito ao se aproximarem, o corpo gelando sob a roupa. O castelo em si era uma montanha, com musgo e neve cobrindo cada concavidade. Corayne contou uma dezena de torres de tamanhos variados, algumas grandiosas com janelas de vidro arqueadas, outras de paredes espessas, com seteiras, construídas para um cerco.

Tudo lhe dava uma sensação estranha, uma dúvida inquietante no fundo da mente. Como um fio fora de lugar numa tapeçaria ou uma palavra além de sua compreensão. O castelo era estranhamente familiar, embora ela não soubesse por quê.

Valnir os conduziu até um patamar de pedra antes do castelo, plano e largo. Dava uma vista deslumbrante da cidade lá embaixo e do vale depois dela, os picos de montanhas ainda escondidos entre as nuvens. Sem abrigo do vento, Corayne desceu do cavalo antes que a borrasca a derrubasse da sela.

Ela ficou grata por estar em terreno regular, os muitos dias atravessando as montanhas ainda evidentes em suas pernas doloridas. O vento a fustigou de novo, soltando o cabelo preto da trança de sempre. Ela fez o possível para conter o cabelo, os dedos trabalhando enquanto andava.

Charlie foi para trás dela e afastou suas mãos, refazendo a trança com um chiado irritado.

— Obrigada — murmurou Corayne em resposta, baixando a voz o máximo possível.

Não que sussurros adiantem muito perto de ouvidos anciões.

Do outro lado do patamar, um lance de degraus baixos levava ao castelo e a portas de carvalho, polidas a ponto de brilhar. Como nos portões, um par de cervos se empinava de cada lado, de galhadas incrivelmente grandes e complicadas. Dois guardas imitavam os cervos, flanqueando o batente com armaduras exageradas e elmos com galhadas prateadas.

Corayne duvidava que eles conseguissem lutar naquelas monstruosidades. Porém, os dois empunhavam lanças de pontas afiadas e reluzentes.

Eles não se mexeram diante da chegada de Valnir, o cavalo dele deixado para trás. Ninguém se interpôs em seu caminho nem deteve a companhia que vinha atrás.

As portas de carvalho se abriram para dentro, revelando apenas penumbra. Corayne não podia hesitar, por mais que quisesse.

Esse era o lar de Dom, lembrou, tentando acalmar o medo crescente. *Dom confiava nesses Anciões, Dom os amava. Eles eram seu povo.*

Um gosto amargo encheu sua boca.

Um povo que o abandonou para lutar e morrer sozinho.

Seu coração se endureceu sob a armadura de couro, a espada de Fuso pesada ao longo da coluna. Com o semblante carregado, ela ajeitou a espada sobre o ombro. Por mais que a odiasse, a arma de Taristan lhe dava certa segurança ao entrar no castelo.

Eis a prova do que fizemos e do que ainda devemos fazer.

O castelo era tão frio quanto as ruas, seus tetos abobadados e salões arqueados desprovidos de qualquer calor. Não havia fogo crepitante em lareiras festivas, nem cortesãos espreitando nos cantos. Nem mesmo criados correndo de um lado para o outro. Se havia guardas, Corayne não os via. Embora desconfiasse fortemente que eles a vissem.

Como a cidade, era tudo cinza, branco e verde. Contudo, em vez de nuvem, neve e musgo, havia granito, mármore e veludo verde bordado com fios prateados. Ela entreviu um salão de banquete escuro montado com mesas compridas, grandes o bastante para abrigar ao menos duas centenas de pessoas. Corayne apostava que havia pedras preciosas genuínas costuradas nas tapeçarias, e as janelas de vidro cintilavam, sem nenhum sinal de mancha. Uma parede de janelas arqueadas dava para o pátio, um emaranhado de roseiras mortas no centro. As trepadeiras se espiralavam e subiam pelas paredes do pátio com dedos espinhosos.

Por mais lindo que fosse, Corayne não conseguia conter a apreensão que sentia. Tudo a lembrava demais de Domacridhan. Pior, a lembrava de Cortael, o pai que ela nunca conheceria.

Esse também foi o lar dele, pensou, engolindo o nó na garganta. Tentou não imaginá-lo, um homem, um adolescente, um menino, mortal entre os Anciões, a quem foi dado tudo e ao mesmo tempo nada.

Ela piscou rapidamente, se recusando a ser traída pelas próprias lágrimas, e seguiu Valnir por um par de portas entalhadas com primor. Corayne entreviu animais magníficos esculpidos na madeira: cervos, ursos, raposas e muitos outros. Representando todos os enclaves e Anciões ainda sobreviventes na Ala.

Com os olhos arregalados, ela contemplou o entalhe. No coração, buscou cada insígnia, cada enclave. O tubarão, a pantera, o garanhão, o falcão, o carneiro, o tigre, o lobo. Esperança vã explodiu em seu peito, quase insuportável.

Ela perdeu o fôlego quando as portas se abriram para o salão nobre de Iona.

Mármore verde a encarava, enquanto colunas seguiam pela extensão do salão, estátuas de calcário entre elas. Monarcas ou deuses, Corayne não sabia.

Deuses, pensou de repente, erguendo os olhos para o trono do outro lado do salão. *Existe apenas uma monarca aqui.*

Isibel de Iona observava do trono imponente, o ramo vivo de freixo sobre os joelhos. Suas folhas se destacavam, um verde forte em contraste com as roupas neutras.

Ela usava uma seda cinza suave bordada com joias, costuradas em um padrão de estrelas ou flocos de neve. A luz do sol cintilava através de uma das janelas altas, enchendo o salão enquanto as nuvens sopravam. As pedras preciosas refletiam a luz, brilhando em seu vestido e cabelo loiro comprido. Ela não usava nenhum sobretudo, nem peles, apesar do frio do salão de mármore.

Corayne se lembrou de Erida, resplandecente em veludo e esmeralda, o cabelo enrolado em uma perfeição complexa, uma coroa pesada de ouro sobre a testa. Ela sorria, encantadora embora mentisse, tão manipuladora quanto bela. Erida era uma vela acesa, emanando um calor enganoso, os olhos safira contendo todas as promessas do mundo.

Isibel era o oposto. Antiga, distante, fria como o inverno.

Seus olhos nada prometiam.

Foi apenas sua semelhança com Domacridhan que fez Corayne hesitar. Eles tinham os mesmos traços cinzelados e corpo alto, evidente embora Isibel permanecesse sentada. Seus olhos, porém, não eram como os de Dom. Os dele eram um verde alegre e dançante. Os dela, cinza, incrivelmente pálidos, distantes.

Corayne via os mesmos olhos em Valnir.

Ela é nascida em Glorian, e carrega a luz de estrelas diferentes, pensou, lembrando a frase antiga. Ela sentia a mesma luz no próprio sangue, nos pedacinhos de outra esfera havia muito esquecida. Estava no aço da espada de Fuso, forjada no coração de uma travessia de Fuso. A mesma luz resplandecia em Isibel, antiga demais para um mortal compreender.

A monarca não estava só na plataforma. Dois conselheiros pálidos a cercavam, um de tranças grisalhas compridas e o outro de cabelo bronze curto com mechas prateadas. Os dois observavam a companhia com olhos calculistas.

Corayne se sentia suja e desgrenhada, uma ratinha de esgoto diante de um cisne. Envergonhada, lamentou não terem tido tempo de se lavar antes de encontrarem a governante de uma cidade imortal. Ela parou atrás de Valnir e se curvou por instinto.

Pelo canto do olho, viu Charlie e Garion fazerem o mesmo, assim como o resto dos sirandelos. Apenas Valnir continuou ereto, mal inclinando o queixo.

No trono, Isibel respondeu da mesma forma, baixando minimamente a cabeça.

— Valnir.

Sua voz era ao mesmo tempo leve e grave, revestida por um grande poder. Deixou Corayne arrepiada.

— Isibel — respondeu Valnir. Seu semblante sério se suavizou um pouco, e ele levou a mão ao peito. A outra ainda segurava o arco de teixo. — Lamento por sua filha e seu sobrinho.

A garganta de Corayne se apertou, mas a expressão serena de Isibel não se alterou.

— Lamentar não me serve de nada — disse ela, brusca demais para o gosto de Corayne, e inclinou um dedo, encerrando o assunto.

Tristeza se transformou em raiva, ardendo sob a pele de Corayne.

— Não é de seu feitio viajar com tão poucos, Valnir — disse a monarca, seus olhos pálidos os atravessando. — E muito menos com a Esperança da Esfera sob sua proteção.

Corayne se endireitou sob a atenção de Isibel. Cerrou o punho ao lado do corpo, cravando as unhas na palma da mão. A dor a ajudou a se equilibrar sob o escrutínio da monarca anciã e a frustração que se agitava dentro dela.

A Esperança da Esfera. O título ardia como sal na ferida e Corayne conteve o riso desdenhoso.

Devagar, com uma graça sobrenatural, Isibel se levantou do trono. Ela se ergueu, monstruosamente alta e esbelta, o ramo de freixo ainda na mão.

— Corayne do Velho Cór — disse Isibel.

Como Valnir, ela baixou a cabeça em raro sinal de respeito.

Dessa vez, Corayne não se curvou, nem retribuiu a cortesia. Cerrou os dentes, a espada de Fuso pesada nas costas. *Corayne do Velho Cór*. O nome ardeu de novo, a dor forte demais para ignorar.

— Meu nome é Corayne an-Amarat — disse, a voz ecoando pelo mármore infinito.

A seu lado, Charlie torceu a boca e fechou os olhos, como se estivesse se preparando para um golpe.

Isibel apenas deu um passo à frente, sem sorrir, nem fechar a cara. Ao contrário de Domacridhan, ela mantinha as emoções sob controle, seu rosto impossível de interpretar como uma máscara de pedra.

— Queria que pudéssemos ter nos conhecido em circunstâncias diferentes — disse, descendo para o mármore verde.

Valnir deu um passo para o lado, dando espaço para Isibel encarar Corayne plenamente. O peso do olhar dela era como ser atingida por um raio. Mesmo assim, Corayne não desviou o rosto.

— Queria que nunca tivéssemos que nos conhecer — respondeu ela, raiva ardente corroendo o medo.

Charlie estremeceu visivelmente.

Atrás da monarca, Valnir arregalou os olhos. Um músculo tenso tremeu em sua bochecha esculpida.

Corayne quis se dissolver no chão.

Para a surpresa de todos, Isibel apenas acenou com a cabeça e estendeu o braço livre, dobrando o cotovelo. Ela o ofereceu como se fosse uma amiga, e não uma frustração.

— Tenho algo a mostrar para você — disse Isibel. De perto, seus olhos eram luminosos, como pérolas ou a lua cheia e assombrosa. — Venha comigo, Corayne.

21

CARGAS VALIOSAS

Domacridhan

A ENSEADA DA FROTA QUEIMAVA, as labaredas se espalhando pelos canais, os destroços de navios de guerra parcialmente afundados como esqueletos sob a fumaça.

Dom se sentiu como uma ave carniceira, examinando a doca em busca de alguma oportunidade, seus olhos imortais registrando cada soldado da patrulha da cidade. A maioria corria na direção das chamas, distraída. Se notícias do caos no Palácio Novo chegaram às docas, estava longe de ser uma prioridade.

Sorasa e Dom usaram a distração a seu favor.

Eles se deslocavam em harmonia, sem discutir, as botas golpeando as tábuas das docas. Quando o caminho se estreitou, cercado pela maré humana, Dom deixou que Sorasa seguisse na frente. Ela atravessou a multidão com facilidade, se dirigindo à galé de velas roxas.

Ela se virou habilmente nas bifurcações da doca, desviando da tripulação de outro navio que embarcava às pressas toda carga possível. Havia uma prancha de embarque, mas Sorasa passou reto sem pensar duas vezes, rumando até o fundo da galé longa. Dom avistou uma bandeira pendurada na popa, gravada com uma tocha dourada. Ele não sabia qual reino denotava, mas sabia que o navio não devia lealdade a coroa alguma.

Seus ouvidos se empertigaram, uma voz conhecida vinda do convés sobre eles.

— Eles sabiam os riscos — murmurou ela, a voz categórica e fria.

Outra pessoa respondeu:

— Podemos esperar mais um momento. A senhora lembra de Corranport...

A resposta dela foi ácida:

— Em Corranport eles queimaram um celeiro, não metade da marinha gallandesa. Precisamos ir. Agora.

Houve um baque quando alguém bateu o punho na amurada do navio.

— O palácio também está pegando fogo, vai nos dar tempo, ninguém está olhando para as docas enquanto o castelo da rainha queima. Eles não podem ordenar o fechamento do porto...

— *Agora* — rosnou a mulher.

Um longo suspiro respondeu, seguido por uma respiração ruidosa.

— Sim, capitã.

Botas rasparam no convés e ordens foram sussurradas, remos rangendo enquanto a tripulação ajustava os punhos. No alto, marinheiros se equilibravam nos cordames, prontos para baixar a vela assim que o navio chegasse a mar aberto.

Sorasa saltou em silêncio da doca, pousando suavemente na rede de cordas à beira do casco sobre a linha da água. Dom a seguiu, os dois se segurando ao navio, com a respiração baixa e regular, encobertos pela escuridão e pela fumaça que caía sobre a cidade.

As docas fervilhavam, cheias e barulhentas, mas um grito ecoou através da desordem. No convés do navio, vozes responderam, uma mais alta do que todas as demais.

— Saiam da frente — berrou a capitã, correndo para a amurada.

Dom se encolheu rente às cordas, ao lado de Sorasa, os dois agarrados ao navio como cracas na barriga de uma baleia.

Nas docas, a multidão se abriu como se cortada ao meio. Dois homens avançavam, na direção da galé. Um era um brutamontes jydês gigantesco empurrando as pessoas para passar, os braços nus tatuados em ondas e laços. O outro era magro e pequeno, de pele preta, muito mais ágil, com um sorriso largo no rosto. Ele ria enquanto subiam a prancha de embarque, que foi retirada assim que eles passaram.

E o navio avançou, as cordas zarpadas, os remos subindo e descendo, a água fétida dos canais de Ascal se quebrando contra o casco.

Aquele navio não foi o único a pressentir o perigo. Capitães sagazes impeliam seus barcos canal afora, cordas penduradas em sua esteira. Por todo o porto, os marinheiros de Viandante davam seu melhor para fugir antes que mais desastre se abatesse sobre as docas.

Dom não se atreveu a nutrir esperança, o maxilar tão tenso que ele pensou que os dentes se estilhaçariam. O coração de Sorasa pulsava na cabeça dele, o medo dela quase envenenando o ar. Nenhum dos dois parecia respirar, de braços agarrados às cordas, gotas d'água respingando sobre eles a cada movimento dos remos.

O ar ficava mais quente à medida que eles velejavam rumo à liberdade, o incêndio que era a enseada da Frota iluminando o céu preto. Dom ouviu os gritos de marinheiros na água e guardas nas docas, ordens vociferadas enquanto pedidos de socorro enchiam o ar. Contra sua vontade, ele sentiu pena dos homens de Galland, mesmo sendo inimigos. Não era culpa deles servirem a uma rainha e seu demônio.

Os Dentes do Leão foram se aproximando, as duas torres cheias de soldados. Dom via suas silhuetas nas janelas e nos reparos, todos em desalinho. A corrente preta pendia de cada lado do canal, desaparecendo na água, os elos grossos ameaçadores como uma cobra pronta para dar o bote.

Dom apurou os ouvidos, à espera do movimento da corrente, à espera de sua perdição. Ele quase sentia as algemas ao redor dos punhos de novo, a coleira ao redor do pescoço. A escuridão das celas de prisão, inescapável e infinita.

Um sopro de ar escapou de sua boca quando as torres passaram sobre o navio, ameaçadoras e monstruosas.

Então... as torres ficaram para trás, já desaparecendo atrás da cortina de fumaça.

No convés, a tripulação da *Filha da Tempestade* comemorou aos gritos, seu ritmo acelerando enquanto as velas roxas se desfraldavam para apanhar o vento que soprava sobre o mar Longo.

A capitã Meliz an-Amarat foi a que comemorou mais alto, sua silhueta em contraste com as chamas.

O grito dela fez um calafrio descer pelas costas de Dom.

Ela tem a voz de Corayne, pensou, arrepiado.

Uma onda atingiu o navio com força, a água mais fria do que a dos canais do rio. Foi como um tapa, banhando Dom e Sorasa. Ele estendeu a mão por instinto, segurando-a às cordas. Ela fechou a cara sob a luz fraca, o cabelo molhado grudado no rosto. Porém, não disse nada, deixando que Dom a segurasse firme.

Dom sacudiu a cabeça, o estômago já se revirando com a certeza que apanhou a galé. Ele cerrou os dentes diante da náusea habitual, já temendo qualquer que fosse a jornada diante dele.

Quando as ondas diminuíram o suficiente, Sorasa escalou, usando a rede de cordas para subir pela lateral do navio até o convés. Dom a seguiu com desenvoltura, meio encharcado. Os dois pousaram pingando, parecendo criaturas afogadas das profundezas.

Eles foram recebidos por uma tripulação de piratas veteranos, uma dezena de espadas sacadas e à espera. Seus rostos brilhavam sob a luz de algumas lanternas, cujas chamas fracas o banhavam de laranja. Sob a agressão e a bravata, Dom viu o medo em seus rostos.

Ele piscou, cansado, e se chacoalhou como um cachorro molhado.

Ao seu lado, Sorasa curvou um lábio de desdém. Ela torceu o cabelo, fungando como se tivesse simplesmente entrado para escapar de uma tempestade, e não do próprio mar negro.

— Capitã an-Amarat — disse ela, projetando a voz arrastada sobre o convés. — Sua hospitalidade não melhorou.

No castelo de proa, Meliz an-Amarat já estava em movimento, seus olhos castanho-escuros arregalados, refletindo a luz do fogo distante em Ascal. Embora usasse roupas simples, não havia dúvida de que era a capitã implacável do navio. Ela alternou o olhar furioso entre o Ancião e a amhara, uma ruga aparecendo entre as sobrancelhas. Os dentes afiados reluziram em seus lábios entreabertos.

Ela chegou ao convés, mas não deu nenhuma ordem à tripulação voraz. Suas lâminas continuaram prontas para atacar.

Ela percorreu os dois com o olhar rápido e cortante como um chicote.

— Vocês estão piores do que na última vez que os vi — disse Meliz. — E já estavam um horror.

Sorasa riu.

— As masmorras da rainha costumam fazer isso com as pessoas.

Ao ouvir isso, o rosto de Meliz murchou, seu escudo furioso de lado. Ela endureceu o olhar e deu outro passo, acenando para sua tripulação. Eles obedeceram atrás dela, baixando as armas, mas não os olhos.

A voz da capitã tremeu:

— Onde está minha filha?

O coração de Dom se apertou, as faces ardendo.

— Não sabemos — disse ele, com um suspiro pesado.

Por dentro, se preparou para a tempestade que era a fúria de uma mãe.

Meliz an-Amarat não decepcionou. A arma dela saiu da bainha na cintura, a espada curta rígida no ar, a ponta da lâmina refletindo a luz da lanterna. Ela era violenta, marinha e caótica como qualquer onda sob o navio. Impiedosa como o mar Longo.

Olhou para o horizonte sombrio e as brasas cintilantes de Ascal. Dom viu o conflito dentro dela, dividida entre a necessidade de escapar e a vontade de voltar.

— Corayne está em...?

Sorasa deu um passo à frente, a poucos centímetros da espada de Meliz. Pouco se importou com o aço e estendeu a palma da mão tatuada. Como se acalmasse um cavalo assustado, não uma pirata sanguinária.

— Corayne ainda está no norte. Em algum lugar — disse, enérgica e séria. Arregalou os olhos cor de cobre, cheios de determinação. — Está viva, Meliz, juro.

Mentir era tão fácil para Sorasa Sarn. Dom viu como foi difícil para ela falar a verdade.

Meliz baixou a espada alguns centímetros.

— Vocês estão indo atrás dela.

— Com tudo que temos — respondeu Dom, dando um passo ao lado da assassina. Eles apresentavam uma frente unida, ou ao menos uma estranha versão disso. — O que quer que isso seja.

A capitã estreitou os olhos e bufou.

— Minha filha, sozinha naquele fim de mundo — murmurou Meliz, embainhando a espada. — Contra tudo isso... eu deveria jogar vocês dois no mar.

Não discordo, Dom pensou com tristeza, a vergonha voltando dez vezes maior. Ele olhou para as ondas, rajadas pela luz das lanternas antes de mergulhar na escuridão. Até a cidade em chamas no horizonte brilhava mais e mais fraca, enquanto a *Filha da Tempestade* avançava no mar Longo.

Ele engoliu em seco, resistindo ao enjoo e à repulsa. Ascal era a maior cidade do mundo. *Quantos inocentes deixamos queimar?*

O comando incisivo de Meliz cortou seus pensamentos.

— Kireem, esvazie sua cabine — vociferou ela, acenando para um membro da tripulação. — Esses dois parecem prestes a desabar.

Em alvoroço, o membro da tripulação saltou do castelo de proa para desaparecer no convés inferior. Dom o reconhecia não apenas de seu último encontro no mar Longo, mas também de Adira. Na casa de chá, quando Corayne se dera conta de que a mãe estava no porto. Kireem e o brutamontes jydês estavam lá, cochichando sobre como o navio havia escapado de um kraken por um triz. Kireem ainda usava um tapa-olho, a pele marrom como o crepúsculo sob a luz das lanternas.

Dom observou o convés de novo, avaliando a tripulação bruta e a ameaçadora *Filha da Tempestade*. Um dos mastros era novo, a madeira de uma cor diferente do resto do navio. *Obra do kraken.*

— Venham — resmungou Meliz, fazendo sinal para os dois a seguirem.

Eles obedeceram sem questionar.

— Podemos evitar nadar no futuro? — murmurou Dom, tirando o gibão de couro, depois a camisa debaixo.

Ele ficou agradecido por se livrar das roupas molhadas e imundas.

Sorasa lançou um olhar fulminante para ele enquanto avançavam pelo convés. Ela estava sem o manto, abandonado em algum beco, ficando apenas com suas peças de couro surradas.

— Vou levar seu conforto em consideração em nossa próxima fuga — disse, ácida.

Eles finalmente saíram das nuvens de fumaça de Ascal, e algumas estrelas surgiram no céu da noite. Dom franziu a testa, notando a camada rosa embaçando as constelações antes reluzentes. Ele se lembrou do pôr do sol na cidade, enquanto escapavam à força das masmorras. O céu estava vermelho-sangue, contrário às leis da natureza. Isso o perturbava profundamente, e ele sentiu saudade do azul vazio de Iona, frio e cristalino.

Pior ainda era Sorasa. Ela erguia os olhos estreitados para o céu como ele, a preocupação evidente mesmo através da máscara insensível. Eles trocaram olhares aflitos, mas ficaram de boca fechada.

Isso é a esfera se despedaçando, Dom sabia, a mão tremendo ao lado do corpo. *Pouco a pouco.*

Todos os piratas observavam sua passagem, os remadores erguendo os olhos dos bancos e a tripulação olhando do alto dos cordames. Eram temíveis para mortais, armados mesmo no convés do próprio navio, marcados por cicatrizes, tatuagens e manchas de sol. Sorasa retribuiu o olhar tenebroso, lendo os rostos como Dom.

— Sua tripulação é discreta, capitã? — disse a assassina, entre dentes.

Meliz lançou um olhar congelante por sobre o ombro.

— Não há uma alma a bordo que venderia vocês para a Leoa ou o seu Príncipe de Rosas.

Parecia a verdade, ao menos para Domacridhan. Ele olhou para Sorasa, ponderando sua resposta. Ela entendia mortais melhor do que ele jamais entenderia.

Ela pareceu satisfeita, então Dom relaxou um pouco.

— Acho bom — disse Sorasa, o mais próximo de um agradecimento que alguém como ela conseguia oferecer. — E pendurem um sinal vermelho na bandeira.

Dessa vez, a capitã franziu a testa, confusa, se não irritada.

— Uma camisa velha, um lençol, um pano — acrescentou Sorasa, explicando. — Qualquer coisa, desde que seja vermelha.

— Para quem estamos assinalando? — perguntou Meliz, os olhos estreitados.

— Talvez ninguém — murmurou a assassina.

Sigil, Dom pensou. *Onde quer que ela esteja.*

A única porta no convés se abriu para as sombras, um lance estreito de escadas para baixo. Meliz desceu sem diminuir o ritmo, habituada ao balanço do mar e aos espaços confinados. A graça imortal de Dom foi a única coisa que o impediu de cair de lado ou descer rolando para o convés inferior.

A Leoa e o Príncipe de Rosas. Dom revirou os títulos em sua mente. Pareciam personagens de uma lenda, não mortais de carne e osso.

— O que você sabe sobre Erida e Taristan? — perguntou Dom, observando Meliz sob a luz mortiça.

A pirata franziu a testa, chegando ao pé da escada. Sobre a gola do casaco, a garganta dela balançou.

— Entendo pouco de rainhas e conquistadores... mas o que vi com meus próprios olhos inspira terror suficiente — disse, apontando para o próprio pescoço, mostrando a borda de uma cicatriz circular.

Dom conhecia bem demais a imagem. Ele pensou nos tentáculos do kraken, enrugados com ventosas circulares.

— E os rumores — continuou Meliz, a voz dura no ar fechado do convés inferior. — O céu vermelho. Relatos de mortos-vivos.

Um calafrio desceu pelas costas nuas de Dom. Ele conhecia bem demais o exército de cadáveres, homens e mulheres massacrados para então voltarem a se levantar. Os terracinzanos e seus esqueletos carcomidos, saindo de uma esfera para envenenar a outra. E o Porvir por trás de tudo, um marionetista com Taristan sob Seu comando.

— Algo está errado na esfera e parece vir da rainha e seu príncipe — murmurou Meliz.

Dom olhou de relance para Sorasa, que já o estava encarando, os olhos duros em contraste com as sombras. Ela encolheu os lábios, as mesmas memórias que Dom carregava reluzindo em seu olhar.

— Você nem imagina — murmurou o Ancião.

Dom precisou se curvar enquanto eles andavam, a orelha quase encostada ao teto. O chão fazia um barulho oco. Era um fundo falso, escondendo mais alguns metros de depósito. O que a *Filha da Tempestade* carregava sob o convés, ele não sabia, e nem se importava.

Por fim, eles chegaram a uma porta depois de uma série de redes, algumas ocupadas por membros da tripulação roncando. Kireem deixara a porta da cabine aberta, o interior iluminado por uma lanterna. Ele fizera até a gentileza de deixar um jarro d'água e uma bacia.

Meliz observou o interior com uma fungada.

— Vou mandar trazerem comida e roupas limpas.

— Não é necessário — respondeu Dom sem pesar, esquecendo o próprio peito nu.

A capitã voltou o olhar fulminante para ele.

— É, sim.

Corando, Dom fez um som baixo como um resmungo.

— Obrigado — se forçou a dizer.

— Faça valer minha gentileza, Ancião — retrucou Meliz, antes de deixar os dois com uma virada de seu casaco e seu cabelo preto comprido.

Sorasa não perdeu tempo, entrando na cabine enquanto desatava as roupas de couro, os dedos passando habilmente pelas costuras do casaco estragado.

Dom continuou no batente, examinando as paredes da pequena cabine com a cara azeda. Havia apenas uma janela, o vidro tão grosso que mal deixava entrar luz, um parapeito pequeno para a bacia, e uma cama estreita encostada à janela.

— Está longe de ser um palácio ancião — comentou Sorasa, quebrando o silêncio. Ela jogou o casaco sem muita atenção, depois descalçou as botas. — Acho que você vai sobreviver.

O coração dela não vacilou, mas o de Dom palpitava. Ele sentia a pele nua subitamente quente sob o ar úmido e fechado.

Engolindo em seco, olhou de novo para as paredes. Um grumete apreensivo apareceu no batente, deixando uma pilha de roupas antes de desaparecer de novo.

— A masmorra era mais espaçosa — murmurou Dom, medindo o quarto em sua mente.

Sorasa inspecionou as roupas, estendendo duas camisas. As duas eram usadas, mas limpas, algodão branco grosso com cordões na gola.

— Fique à vontade para voltar — disse ela, virando as costas para a porta.

A camisa debaixo dela saiu por sobre a cabeça e caiu no chão, as costas musculosas expostas sob o ar frio. Dom deu meia-volta, evitando ver a pele nua e os hematomas novos. Algumas das cicatrizes ele conhecia, provocadas por uma serpente marinha ou um terracinzano. Bastou um olhar de relance para as muitas tatuagens dela se gravarem na mente dele. Uma linha de letras descia pela coluna, outro conjunto de símbolos tatuados nas costelas esqueléticas. A mais nova se destacava terrivelmente, mais cicatriz do que tatuagem. Dom sabia que a marcava como exilada, expulsa da Guilda Amhara.

A visão queimou algo nele, suas próprias costelas coçando. Ele precisou se conter para não conservar a imagem, contando as tatuagens e cicatrizes, cada marca mais uma letra na longa história de Sorasa Sarn.

— Você deveria comer mais — disse ele, sem voltar o olhar para ela.

Seus ouvidos aguçados escutaram o som de tecido deslizando sobre a pele enquanto ela vestia a camisa.

— *Você* deveria cuidar da sua vida para variar, Ancião — retrucou Sorasa, venenosa. — Pegue.

Ele se virou a tempo de pegar a túnica comprida, apanhando-a no ar. Ela estava de frente para ele do outro lado do batente, ainda se despindo. A túnica cobria a maior parte do corpo, comprida demais, e ela tirou a calça sem pensar duas vezes.

Dom quis se virar de novo, mas seria admitir derrota. Tudo em Sorasa era um desafio, não importando as circunstâncias. Cerrando os dentes, ele vestiu a roupa roubada pela cabeça. A túnica ficou colada no peito e nos ombros, mal servindo no corpo largo. Com um rompante de satisfação, ele notou a concentração de Sorasa vacilar, os olhos dela passando pela pele dele por um segundo breve.

Não durou muito.

— Fique de guarda ou durma, mas faça algo útil. — Sua voz era cortante. — Posso vigiar primeiro se precisar.

Ele se eriçou, fechando a cara como de costume.

— Não confio num navio de piratas.

— Nem na mãe de Corayne? — Sorasa praticamente riu, abanando a cabeça. — Até eu confio nela. Sem falar que prefiro piratas a um Fuso.

— E Sigil? Seu trapo vermelho vai sinalizar para ela a quilômetros infinitos através da esfera?

O ritmo do coração de Sorasa a entregou. Dom ouviu o pulso acelerar e viu a leve vibração da veia no pescoço.

— Sigil ou está presa no porto ou livre sobre as ondas, o navio escapando com o nosso — disse ela, por fim, com a voz fria. — Só me resta torcer para que seja a segunda opção.

O rosto dela se abrandou um pouco.

— Temos um longo caminho a percorrer, Dom. Descanse para estar preparado.

Por mais que ela tentasse esconder, Dom viu a exaustão tomar conta de Sorasa. Ele também a sentia, mais forte do que tudo que ele já havia carregado. Era profunda, depois de tantos meses. Seguir em frente era a única coisa que a mantinha sob controle.

Dom não sabia o que fazer, quando não podia mais fugir, nem fazer nada além de esperar.

— Aonde esse caminho leva? — perguntou, amargurado.

Devagar, ele desafivelou o cinto ao redor do quadril e deixou a espada ao lado das coisas de Sorasa.

Ela sentou na cama estreita, apenas para lhe dar espaço para se mexer pela cabine minúscula.

— Sei tanto quanto você — bufou. — Talvez até menos.

Ele ergueu uma sobrancelha loira para ela.

— Por quê?

— Você e Corayne têm bons corações. Pensam diferente do que consigo pensar.

— Isso é um elogio? — perguntou, confuso.

A risada dela era intimidadora enquanto se recostava num travesseiro ínfimo, de olhos semicerrados.

— Não.

Dom se recostou na parede oposta, cruzando os braços. O ar soprou quando a porta se fechou, deixando os dois a sós na cabine.

— Ela está a três semanas na estrada, se não mais — disse ele, observando as estrelas rosa pela janela. — Se Oscovko tiver sobrevivido, ela pode voltar para Vodin.

— Espiões demais. Erida logo saberia e a arrancaria da cidade. — Sorasa bocejou atrás da mão. Com a outra, traçava linhas em pleno ar, trilhando um mapa que só ela via. — Os jydeses podem acolhê-la. Ela não entraria na floresta Castelã.

— Por quê?

Ela abanou a cabeça, contundente.

— Aquela floresta é amaldiçoada pelo Fuso, perigosa demais, até para ela.

Algo alfinetou o fundo da mente de Dom.

— E Sirandel? — perguntou.

Os olhos de Sorasa exibiram uma confusão rara.

— Há um enclave imortal na floresta Castelã — explicou ele, com uma curva presunçosa na boca.

Parte dele se deliciava por saber algo que Sorasa não sabia.

O rosto dela se encheu de revolta.

— Eles poderiam ter sido úteis em Gidastern.

O coração de Dom apertou no peito. Ele não pôde deixar de concordar.

— Ridha não conseguiu convencê-los antes — disse, amargurado.

— Talvez tenham mudado de ideia.

O nome da prima ainda era uma faca em seu peito, sempre se torcendo. Era mais fácil ignorar a dor da perda durante a fuga, mas a angústia voltou dez vezes maior. Por mais que ele tentasse se apegar a memórias mais felizes, dos séculos e décadas passados, não conseguia esquecer a imagem da morte dela. A armadura verde banhada de sangue. Taristan ajoelhado sobre ela, observando a luz abandonar seus olhos. Depois, pior do que qualquer coisa que Dom já havia visto: a luz retornou, corrompida e infernal.

Sorasa o observava com atenção da cama, o rosto imóvel. Ele esperou algum tipo de reprimenda ou conselho amhara insensível.

Deixe a dor de lado, ela dissera certa vez.

Não consigo, ele respondeu em sua mente. *Por mais que eu tente.*

— Ela não sobreviveu — disse Sorasa baixo. — Sua prima.

Ele ficou olhando para as tábuas do assoalho, nodosas e irregulares, ligeiramente empenadas sob as botas. Silêncio caiu sobre a cabine, mas não de verdade. Dom ouvia tudo do convés, do raspar de corda a argolas de ferro aos palavrões bem-humorados da tripulação.

— Pior — disse Dom por fim.

Ela soltou um *hm* gutural, quase ronronando.

— Não é para menos que você voltou para matá-lo.

Dom ergueu os olhos, pensando encontrar piedade no rosto dela. Em vez disso, viu orgulho.

— Você sabia que eu voltaria — murmurou.

Era o mais próximo de um agradecimento que ele conseguia oferecer. *Eu estaria morto no palácio, meu corpo reduzido a cinzas, se não fosse por você.*

— Você é extremamente previsível, Ancião.

Sorasa riu, afofando o travesseiro embaixo da cabeça. Com um suspiro satisfeito, fechou as pálpebras.

Dom continuou encostado à parede, por mais que quisesse se deitar no chão para dormir.

— Isso é um elogio, amhara? — murmurou, consigo mesmo.

Sem abrir os olhos, ela sorriu.

— Não.

22

O SANGUE DO VELHO CÓR

Corayne

Por mais fria que fosse a sala do trono, os cofres embaixo do castelo eram ainda mais. Isibel a guiou por uma passagem em espiral dentro da própria cumeada, as paredes lisas dando lugar à rocha vulcânica preta. O ar era velho, imperturbado àquela profundeza subterrânea. Portas e alcovas se abriam de cada lado, abrigando estátuas ou baús com sabem os deuses o quê. Corayne imaginava salões com pilhas de ouro ancião, artefatos de Glorian ou até tumbas. O último pensamento trouxe outro calafrio, por mais que a intrigasse.

Isibel dispensava qualquer guarda e não carregava nenhuma arma que Corayne visse. Havia apenas o galho de freixo, ainda na mão.

Elas andaram num silêncio implacável, os passos de Corayne ecoando como a batida de seu coração.

Ela se perguntou se era castigo por seu desrespeito na sala do trono e torceu para que Isibel não pretendesse abandoná-la nas profundezas do castelo. Parte dela sabia que a monarca não seria capaz disso. *Pois sou a Esperança da Esfera*, pensou, rindo de si.

— Não acredito na senhora — disse Corayne de repente.

Como os passos, sua voz ecoou pela passagem curvada.

Isibel parou, perplexa, e voltou os olhos penetrantes para Corayne.

— A senhora sofre, sim, por eles — explicou Corayne. — Por Ridha e Dom.

Uma sombra perpassou o rosto pálido da monarca. Ela retribuiu o olhar de Corayne por um minuto aparentemente infinito. O tempo passava de maneira diferente para os Anciões.

— É claro que sofro — disse por fim, a voz grave.

Ela voltou a andar, avançando mais depressa pelas passagens frias de pedra. Depois de tantos dias de viagem e preocupações infinitas, Corayne queria se deitar no chão. Porém, ela a acompanhou, obstinada. Seu ressentimento era combustível suficiente.

— Vi o que você superou. Como escapou. O que deixou para trás. — A voz de Isibel ecoou pela passagem. — E o que perdi.

Foi a vez de Corayne ficar confusa. Ela observou a monarca, dos sapatos aos dedos brancos e compridos. Ela toda brilhava, poder tremulava no ar, como se provocado pela presença dela.

— Dom disse que a senhora tinha uma magia — murmurou, tentando lembrar. — Rara até entre os seus. *Emissões*.

— Sim, é isso — disse Isibel. — Consigo emitir uma sombra minha a certas distâncias, ver o que desejo. E falar, se puder.

Corayne viu Domacridhan no rosto da tia, em sua incapacidade de entender uma dor tão terrível.

— Eu estava em Gidastern — explicou, a voz embargada. Seus olhos brilharam. — Com minha filha, nos últimos momentos dela. Como pude estar.

Era impossível não se compadecer de Isibel, por mais que Corayne não gostasse dela. Corayne via sua própria mãe, desesperada no convés de um navio, tentando salvar a filha do fim do mundo. Isibel fez o mesmo. E fracassou.

— Vi Taristan tirar a vida dela — continuou Isibel. — E o vi recomeçá-la.

Ela perdeu o controle naquele momento, um gemido sufocado escapando da boca. Seus dentes brilharam, mordendo o lábio, como se tentasse prender toda a dor.

Corayne não podia fazer nada além de observar, com dor no peito. Ela não estivera lá para ver Taristan levantar os mortos de Gidastern. Mal imaginava que horrores recaíram sobre as vítimas. Ninguém estava a salvo dele, nem mesmo na morte. Os olhos dela arderam e ela secou uma lágrima quente, passando a mão no rosto.

Ela não conseguia pensar nos outros sob o domínio de Taristan. Dom, Sorasa. Andry. Doeria demais.

— Não sabia que poderia desejar que minha própria filha estivesse morta, mas a alternativa... — Isibel se conteve, os olhos se enchendo de lágrimas de novo. Era como assistir a uma árvore antiga batalhar contra uma tempestade e se recusar a curvar. — É uma maldição pior que qualquer outra.

Uma maldição que você poderia ter evitado, Corayne pensou com amargura. Porém, apesar de toda sua frustração, ela não conseguia torcer a faca.

— Também sofro por eles — disse ela, sua voz ecoando pela pedra.

A veracidade as trouxe de volta, e um silêncio incômodo caiu sobre elas enquanto andavam. Isibel estava inexpressiva de novo quando chegaram ao destino, uma porta de ébano lustrado com dobradiças de ferro. Quando Isibel encostou na madeira, a porta se abriu com facilidade.

— Tenho dois mil anos de idade e foram poucos os mortais que conheci nos últimos anos — disse Isibel, entrando no cofre. — Seu pai foi o que conheci melhor.

Corayne ficou boquiaberta, o olhar voando em todas as direções, tentando abarcar mais do que jamais teria como carregar.

O cofre era perfeitamente circular, com um teto arqueado. Mesas e prateleiras cercavam o exterior, todas carregadas com algum artefato, relíquia ou livro. Apenas a placa de pedra no centro da sala estava vazia, sem nada além de um pano de veludo vermelho. Um aro de ferro com velas novas estava pendurado no teto, já acesas. Um dos serviçais de Isibel tinha claramente preparado o cofre para elas, acendendo as tochas além de servir provisões numa mesa de canto. Por mais faminta que estivesse, Corayne ignorou os pratos de frutas secas e garrafas de vinho. No momento, ela se importava apenas com o cofre e seus tesouros.

Não eram ouro, prata, nem joias que a encantavam, embora não faltassem.

Seus dedos tremeram quando ela estendeu a mão à prateleira mais próxima, a visão se afunilando em uma pilha de pergaminhos organizados meticulosamente. Ela hesitou, relutante em tocar em algo tão antigo e frágil. Em vez disso, inclinou o rosto para ler as inscrições no pergaminho.

— É a língua do Velho Cór — murmurou.

Sem pensar, tirou a espada de Fuso do ombro e sacou alguns centímetros, revelando o aço por baixo.

— *Um fio de ouro contra martelo e bigorna, e aço entre os três. Uma travessia feita, em sangue e lâmina, que em chave os dois fez* — recitou de memória, lembrando da tradução de Valnir.

As letras gravadas na lâmina coincidiam com as que estavam nos rolos, nos pergaminhos empilhados, nos livros e nas muitas inscrições entalhadas nas relíquias. Chamavam por ela, com vozes que ela não entendia, cantando uma canção no fundo da memória.

Corayne virou de novo, indo de mesa em mesa, passando as mãos por taças douradas e tabuletas prateadas. Moedas antigas gravadas com rosas. Potes de tinta. Pontas de flecha ainda afiadas e reluzentes. Ouro, prata, pedras preciosas de todas as cores. Um elmo magnífico de bronze e ouro se destacava sobre uma mesa toda sua, a testa inscrita com mais palavras que Corayne não sabia ler. Rubis verdadeiros reluziam ao longo do elmo, pontilhados por esmeraldas piriformes. *Rosas*, Corayne sabia, traçando o símbolo do Velho Cór.

As mesmas flores desabrochavam no veludo estendido sobre a pedra vazia, bordadas com esmero em fios resplandecentes. Devagar, Corayne sacou o resto da espada de Fuso, revelando o aço ondulante de outra esfera. Parecia cantarolar para ela, participando da música que assombrava sua mente.

Sua garganta se apertou quando a apoiou no pano, um pouco para o lado, com cuidado para deixar espaço para a espada que nunca retornaria. Estava quebrada numa cidade em chamas, o aço devolvido aos Fusos de onde veio.

— Você é desse povo, Velho Cór — murmurou Isibel, cercando o lado oposto da placa.

O aço refletia a luz de velas de volta para ela, fazendo seus traços dançarem.

Corayne não conseguia tirar os olhos, uma respiração mais difícil que a outra.

— Eu os conheci — continuou Isibel. — Lembro quando fizeram sua primeira travessia para Todala, de outra esfera que não era a sua. Nós os acolhemos, e eles nos acolheram. — Um pequeno sorriso se abriu em seu rosto. — Os reis e rainhas do Velho Cór eram os melhores de sangue mortal. Corajosos, inteligentes, nobres, curiosos. Sempre apontando para as estrelas. Buscando outro Fuso, traçando as linhas das esferas enquanto se deslocavam e moviam. Nunca satisfeitos com o mundo sob seus pés.

Na velha cabana em Lemarta, Corayne passava a maior parte do tempo lendo mapas, traçando o próximo percurso do navio da mãe ou providenciando uma venda. Ela via pouco do mundo, as fronteiras de sua vida reduzidas às falésias sicarianas. Ela se lembrava do anseio no coração, embora não conseguisse nomeá-lo, nem explicar como era fundo.

Naquela época, Corayne passava a maior parte do tempo olhando para o mar, ponderando o horizonte. Desejando um vislumbre além dos muros que conhecia.

— Quando era menor, eu me sentia errada, à deriva — disse Corayne de um fôlego só. Sua vista se turvou, os olhos ardendo. — Nunca *satisfeita*. E nunca soube por quê.

Isibel baixou os olhos com gentileza.

— É uma característica que vocês têm em comum conosco, os vederes — disse. — Também estão perdidos. Mas ainda lembramos de nosso lar. E isso é ainda mais doloroso. Nossos anos são longos, nossa memória, ainda mais. Todo dia, sonhamos com o caminho para casa, outro Fuso nascendo, outro voltando a existir.

Corayne voltou a secar os olhos sensíveis, as bochechas ardentes. Ela se permitiu uma única fungada sem dignidade.

Outro Fuso nascendo. Seus ouvidos ecoaram com a implicação.

— E a senhora criou meu pai para ser rei. Para reivindicar o império de nossos ancestrais — disse, incisiva. — Por quê?

À esquerda, o elmo de rubi parecia encará-la, os olhos vazios da fronte fixos. Ela tentou não imaginar o pai nele, nem em nenhuma parte da sala. Era em vão. Ela sentia o fantasma dele por toda parte.

Isibel passou um dedo pela espada de Fuso, seus movimentos seguros e cuidadosos. Sua expressão fria, endurecida, os lábios curvados numa careta.

— Os reinos mortais guerreiam e disputam como crianças por brinquedos. Os mortais da Ala quebram tudo em que colocam a mão. — Sua voz ficou rancorosa. — Derramam sangue sem motivo. E sua ambição não tem fim.

Corayne conhecia os males da Ala melhor do que a maioria, particularmente os pecados de sua maior rainha. Ela lembrou de Ascal, uma cidade grandiosa com horror em seu centro, como o olho cravejado de joias de um crânio podre. Mesmo em Lemarta, marinheiros brigavam por apostas perdidas e ofensas imaginadas. Criminosos subornavam a patrulha da cidade. Os tripulantes da *Filha da Tempestade* eram os piores, piratas que atacavam todos os navios do mar Longo. E havia sua mãe, uma capitã temível que conquistara sua reputação com ouro e sangue. Charlie, um fugitivo criminoso. Sigil, uma caçadora de recompensas sanguinária. Sorasa, uma assassina nata.

Mortais nascidos na Ala, todos eles.

Assim como Andry, Corayne pensou de chofre. Um espadachim talentoso, de coração nobre, mais bondoso do que qualquer pessoa que Corayne já tivesse conhecido. *Ele nasceu na Ala e era melhor do que todos nós juntos.*

Isibel tomou seu silêncio como concordância e continuou. Seguiu para o elmo cravejado de joias, erguendo-o à altura do rosto.

— Quando o trono do Velho Cór caiu, os Fusos caíram na sequência — disse, deixando os rubis refletirem a luz. — Tantas portas fechadas. Tantas luzes apagadas. Incluindo a nossa.

Glorian Perdida. Corayne tinha ouvido demais sobre a esfera anciã. Primeiro de Dom, depois de Valnir. De Isibel, era demais.

Ela riu na cara dura, revoltada.

— Por isso, a senhora acolheu meu pai para reconstruir o trono e encontrar um caminho de volta para Glorian — disparou. — Em troca, expulsou o outro. Deixou um menino órfão sozinho no mundo.

O elmo caiu com um clangor de metal, o artefato antigo solto como lixo.

— E estava certa — respondeu Isibel com frieza. — Olhe o que Taristan se tornou. Consegue imaginar quem ele seria se *nós* o tivéssemos criado?

— Não — respondeu Corayne, triste. — Não consigo.

Apesar de todo seu autocontrole, uma onda de raiva atravessou o rosto de Isibel.

— Ninguém nasce mau — continuou Corayne, por mais doloroso que fosse. — As pessoas são moldadas assim.

Isibel inspirou fundo.

— É nisso que acredita? Depois de tudo que Taristan fez com esta esfera, com *você*?

Ela olhou de novo para a espada de Fuso e imaginou seu par perdido ao lado. *Como Cortael e Taristan deveriam ter estado.* Porém, em vez de duas crianças nos salões frios de Iona, juntos, havia apenas uma. O outro abandonado à morte, ou coisa pior.

Corayne mordeu o lábio, deixando que a dor a trouxesse de volta.

— Preciso acreditar — disse, cortante. — Assim como acredito que meu sangue, minha ancestralidade do Cór, nada disso… me torna rainha.

Confusão sincera perpassou o rosto de Isibel.

— Você é o que, então?

A resposta de Corayne veio fácil.

— Filha de pirata.

Riso soou da imortal, ecoando pelas paredes de pedra. Corayne fechou a cara e levou a mão à espada de Fuso, pegando o cabo.

Com movimentos rápidos demais para ver, Isibel cobriu sua mão com a dela, detendo-a.

— Corajosa, inteligente, nobre, curiosa — disse, contemplando Corayne como se fosse outra relíquia em sua coleção. — Você tem sangue do Cór nas veias. Os Fusos estão no seu coração, assim como nessa espada.

Seu olhar desceu para a espada em si, intrigada diante do aço e das joias. Ela franziu a testa.

— Essa não é a espada que dei a Cortael — disse.

— Aquela espada se quebrou — murmurou Corayne, embainhando a espada com um estalo duro.

A placa entre elas ficou vazia, a luz de velas cobrindo o veludo. Corayne se obrigou a dar as costas, voltando às prateleiras para olhar para qualquer lugar, menos para a monarca anciã.

Passou os dedos por um manto dobrado, vermelho como o veludo embaixo dele. Estava empoeirado, mas claramente era mais novo do que os outros artefatos, a gola e a barra bordadas com fios dourados.

— Era do meu pai? — perguntou baixo.

Parte dela não queria saber.

— Era — respondeu Isibel, ainda paralisada. — Subestimei Taristan e o feiticeiro vermelho uma vez. Não farei isso de novo.

Corayne se forçou a soltar o manto e se virou para Isibel. Era como arrancar um pedaço da própria pele.

— Lamento que tanto sangue tenha precisado ser derramado para você se convencer — disse, dura. — Abandone o ramo, Isibel. Lute conosco agora, ou não lutará nunca mais.

O ramo de freixo tremeu na mão de Isibel, as folhas verdes douradas pela luz de velas. Isibel o ergueu brevemente e o coração de Corayne saltou.

— Não posso — disse Isibel.

Sua voz era como uma porta se fechando.

Algo arrebentou em Corayne, as mãos tremendo de raiva, cansaço ou frustração. Talvez os três.

— Você disse que o sangue do Cór me torna diferente de outros mortais — disparou Corayne com a voz sibilante. — Melhor.

Isabel não hesitou.

— Torna, sim.

— Bom, Taristan também tem sangue do Cór — retrucou Corayne, se dirigindo à porta do cofre.

— Taristan estava destinado a destruir esta esfera. — Isibel a encarou, finalmente revelando um pouco da própria frustração. — Vi isso décadas atrás e vejo agora.

Corayne mal a escutou, todos os sentidos concentrados na passagem em espiral e nos corredores acima. Ela não queria nada mais do que uma cama limpa, um banho quente e um travesseiro em que gritar.

— Quer saber o que vejo em você?

Contra a vontade, Corayne se deteve no batente, deslizando as botas ao parar. Ela se recusava a olhar para trás, o maxilar tenso.

— Esperança, Corayne — disse a imortal anciã. — Vejo esperança.

Sua esperança mais parece uma maldição, Corayne pensou, sentindo um nó na garganta e os olhos ardendo.

Outro Fuso nascendo.

As palavras de Isibel se repetiram na cabeça de Corayne enquanto ela as guardava na memória. Algo se torceu no fundo de sua mente, outro zumbido profundo demais para nomear. Como a espada de Fuso em seu aço ou as relíquias do Velho Cór a chamando. Mas maior. Mais forte.

E pior.

Seus pés sabiam o que o cérebro não tinha como saber, conduzindo Corayne pelos longos corredores de Tíarma. Um dos sirandelos a guiou gentilmente para os andares superiores, por uma torre de escada em espiral. Metade dos degraus estava congelada, traiçoeira para pés mortais.

— Os Anciões estão tentando nos matar de frio?

A voz de Garion chegou de um corredor e Corayne a seguiu, entrando num quarto aberto. Garion estava sentado na janela aberta, de olho na paisagem, enquanto Charlie se curvava sobre um braseiro de carvões quentes. Ele soprou, atiçando-os.

Corayne soltou um suspiro de alívio, tanto por ver seus amigos como por sentir algum calor.

— Eles não sentem frio como nós — resmungou Charlie, ainda usando o manto comprido.

Ele acenou para Corayne quando ela entrou.

Não havia lareira no quarto, nem mesmo pequena. O braseiro claramente tinha sido trazido de fora. Mesmo com o calor, Corayne se arrepiou. Nenhuma tapeçaria cobria as paredes para manter a temperatura e, apesar do belo estrado, a cama era fina, sem travesseiros e com um único lençol. Corayne fez uma nota mental de pedir para prepararem melhor seus quartos, mais condizente com corpos mortais.

— Há muitas coisas que eles não sentem — disse, sombria, estendendo as mãos na direção do braseiro.

Um pouco da sensação retornou a seus dedos dormentes.

Garion sorriu com ironia, uma perna pendurada em pleno ar.

— Eles vão lembrar de nos dar comida?

Corayne de fato tinha esquecido do estômago faminto. A barriga roncou, implorando por jantar.

Charlie a observou por sobre o braseiro, os olhos refletindo as brasas. Depois da sala do trono, ele tinha conseguido se lavar, e estava de barba e sobrancelha feitas. Ele ainda não tinha conseguido roubar nenhuma roupa nova, mas Corayne apostava que conseguiria em breve.

— O que ela disse? — perguntou ele, vendo sua frustração. — Isibel vai lutar?

Corayne torceu os lábios.

— Lembra do orgulho de Dom?

— Tento não lembrar — respondeu ele.

— Isibel é mil vezes pior.

Charlie baixou os ombros, seu rosto refletindo a decepção dela.

— Vão enviar batedores, ao menos? — perguntou, de testa franzida.

— Não sei — respondeu ela. — Eles têm Anciões que patrulham o perímetro do enclave.

As bochechas redondas de Charlie ficaram rosa e ele puxou a trança com frustração.

— Mas eles não sabem nada da esfera? Ninguém está nem prestando atenção no resto do mundo?

No batente, Garion riu ao ar livre

— Eu sabia que os Anciões eram isolados, mas não que seriam tão burros — murmurou, incrédulo.

— Pensei que, se chegássemos aqui... — A voz de Charlie embargou de cansaço. — Pensei que... Sabia que não estaríamos a salvo. Sabia que Taristan viria. Mas não pensei que os imortais seriam tão cegos a ponto de ficar simplesmente esperando ele bater nos portões da cidade.

Ele cutucou as brasas de novo, fazendo subir uma nuvem de faíscas.

Para Corayne, pareciam uma constelação de estrelas vermelhas, se apagando uma a uma.

— Poderíamos estar em qualquer lugar — murmurou ela, virando as costas para as brasas. — Poderíamos ter fugido para os confins da terra, poderíamos ter ido até minha *mãe*... por que meu coração me guiou até aqui?

Em vez de dar espaço, Charlie cortou a distância, dando a volta pelo braseiro para pegar seu braço. Corayne esperou algum julgamento do sacerdote fugitivo, mas encontrou apenas compaixão em seus olhos escuros.

— Talvez seu coração saiba algo que o resto de nós não sabe — disse ele, com a voz branda.

Corayne abriu a boca para se esquivar com alguma tirada, mas algo a impediu. Ela refletiu de novo e tentou ouvir um som que ninguém mais conseguia. O zumbido distante, os ecos de poder. Por um momento, esqueceu de respirar.

Algo que apenas meu coração sabe, pensou, repetindo as palavras de Charlie em sua cabeça.

Como uma pantera, Garion desceu da janela. Ele não conhecia Corayne bem, mas a lia como Sorasa, o olhar perpassando seu rosto.

— O que foi? — perguntou, sério.

Ela cerrou os dentes, as palavras pesadas na ponta da língua. Observou a porta aberta, a janela. As próprias paredes. O castelo cheio de Anciões imortais, olhos e ouvidos incontáveis.

Foi até os alforjes de Charlie empilhados no canto. Em poucos segundos, tirou de lá um pedaço de papel, uma pena e um pote rolhado de tinta.

Garion e Charlie se debruçaram sobre seus ombros, forçando a vista para a mensagem que ela rabiscava.

A pena tremeu em sua mão, sua letra caprichada torta. Enquanto escrevia, o zumbido se intensificou, até ela senti-lo soar no ossos. Era óbvio, inconfundível.

Assassino e sacerdote sufocaram um grito de espanto.

Corayne jogou rapidamente o pergaminho no braseiro, deixando o papel se curvar e queimar. A tinta a encarou, as letras consumidas. Ela observou com os olhos arregalados, lendo-as uma última vez antes de se reduzirem a cinzas.

Acho que tem um Fuso aqui.

Sua voz tremulou, seu sussurro quase inaudível pelas brasas crepitantes.

— Não aberto. Ainda não — murmurou. — Mas esperando.

23

SOL SOB A CHUVA

Andry

Os jydeses o chamavam de *Safysar*. O Estrela Azul.

No começo, Andry pensou ser um insulto, tanto à túnica suja como a sua herança gallandesa. Logo descobriu que os jydeses não eram nada como a corte gallandesa. Falavam abertamente. Um sorriso era um sorriso; uma careta, uma careta. Não havia motivo para maquinações ou intrigas políticas, não com a ameaça da guerra pairando sobre todos. Halla, a chefe sornlondana, logo convidou Andry para treinar com seus guerreiros. Até Kalmo, o chefe ruivo temperamental de Hjorn, deu a Andry um machado, para dissipar quaisquer ressentimentos entre os dois.

Os saqueadores ainda não gostavam nem um pouco dos reinos ao sul, muito menos de Galland e seus cavaleiros. Falavam com frequência de Erida, cuspindo sempre que alguém mencionava o nome dela. Andry não os censurava. Tinha visto com seus próprios olhos o que a ganância dela fizera com a esfera e o que mais ela pretendia fazer com Taristan a seu lado. Antigamente, ele admirava a coragem e a inteligência de Erida, como equilibrava a corte e mantinha o reino próspero. Agora odiava suas maquinações políticas e sua ambição vil.

Os jydeses estavam de luto como Andry, erguendo piras funerárias para os yrlanos e todos os homens de seus clãs que morreram em Gidastern. Nenhum corpo encimava as piras, mas as chamas subiram aos céus mesmo assim, queimando por muitas noites longas. Os poucos yrlanos sobreviventes se encarregaram de manter as chamas acesas.

Como faróis, as piras atraíram mais clãs para Ghald, até Andry sentir que a cidade poderia explodir.

Ele passou longas semanas observando o povo de Jyd se preparar para a guerra. Armas eram forjadas, couro, curtido, cota de malha, encadeada, flechas, emplumadas. Provisões eram contadas, barris, enchidos. Velas eram remendadas, cordas, enroladas, remos, areados, cascos, vedados com alcatrão. Andry logo perdeu a conta dos muitos clãs, suas bandeiras tão variadas quanto flocos de neve. Toda manhã, ele contava os drácares no porto, tanto os atracados como os ancorados em alto-mar. Seu número crescia constantemente, até o horizonte ser uma floresta de mastros.

Conselhos de guerra e debates infindáveis se seguiram, mais de duas dezenas de chefes jydeses discutindo táticas. Com uma coisa, ao menos, todos concordavam: se as legiões de Erida e Taristan partissem para a guerra, os jydeses as retardariam.

Em seu coração, Andry não via a hora de partir, sair ao sabor do vento e da maré. Porém, não poderia ir a lugar nenhum sem os Anciões de Kovalinn, que esperavam em Ghald apesar de seus esforços. Os dias pareciam intermináveis, passando devagar, como se o próprio tempo estivesse congelado. Andry se pegou rezando para o deus do tempo. Pediu menos e mais em igual medida. Mais tempo para a Ala. E menos para Corayne perambular, sozinha na imensidão.

Mais que tudo, Andry rezava para que ela estivesse a salvo. E rezava para que Valtik estivesse certa.

A velha bruxa não disse mais nada sobre Corayne, mas repetia o mesmo para ele todos os dias:

"Cuidado com os salões da velha aflição, das profundezas vem nossa perdição. Os destinos se chocam com asas rasgadas, a neve se derrete em sangue quando a primavera é chegada."

Essa rima, ao menos, até que era clara.

Andry passava o tempo livre treinando com os jydeses, aparando machados com sua espada. Os saqueadores lutavam com mais ardor do que os cavaleiros, mas sem nenhuma organização. Andry conhecia os passos complexos da arte do duelo e aconselhou os saqueadores sobre como combater um exército gallandês treinado. A maioria era camponeses fora da temporada de saques, e notava-se. Ele torcia apenas que bastasse atacar o exército de Taristan pelo mar e bater em retirada antes que as legiões dele pudessem contra-atacar com todo seu poderio.

Em um amanhecer frio e rosa, Andry encontrou o céu riscado de vermelho, e o mar um espelho plácido. Saiu da tenda aconchegante com um arrepio, quase gostando da agressividade do ar gelado. Acordava mais do que qualquer outra coisa.

Ele bebeu uma caneca de chá quente, degustando o sabor de mel e zimbro macerado. Seu couro cabeludo ainda estava tenso, o cabelo preto recém-enrolado em tranças caprichadas.

Em Galland, ele mantinha o cabelo rente à raiz toda vez que crescia demais. Entretanto, lhe parecia errado usar o cabelo assim naquele momento, como usar uma jaqueta que não servia mais. Em vez disso, uma das jydesas atendeu a seu pedido. Ela era originalmente de Kasa, o país da mãe dele, e sabia cuidar dos cachos pretos e volumosos.

Ao terminar o chá, Andry passou a mão na cabeça. As tranças sob seus dedos o deixavam à vontade. Lembravam sua mãe e as tranças complexas dela, enroladas com dedos ágeis.

Como sempre, ele engoliu em seco ao pensar em Valeri Trelland.

Ela está viva?, pensou pela milésima vez. *Está segura com nossa família em Kasa?*

A isso, não havia resposta, e talvez nunca houvesse.

Andry suspirou, voltando a olhar para a cidade.

Por mais feroz que fosse o inverno, as horas calmas eram igualmente belas. O frio dava a tudo um brilho diamantino de geada, congelando as ruas lamacentas, com gelo formando uma crosta na linha costeira. Os drácares reluziam no porto, as nuvens em forte contraste com o céu nascente. Andry torceu para que não queimasse, esmagado sob o punho do Porvir.

Para a surpresa de Andry, Eyda e seus Anciões estavam sobre os portões da cidade, vigiando a única estrada ao longo da costa.

Ele deixou a tenda para trás, vestindo o manto enquanto corria. Àquela altura, conhecia bem as ruas de Ghald e sabia correr até os portões, tomando alguns atalhos pelo caminho.

— O que foi? — perguntou sem fôlego ao subir a escada.

Os outros Anciões lhe deram espaço ao lado de sua dama, que apenas o cumprimentou com a cabeça. Eyda não piscou, seu olhar fixo no arvoredo que encobria uma curva na velha estrada esburacada.

Seu silêncio foi resposta suficiente. Andry respondeu com um aceno grave antes de vasculhar os pinheiros, fazendo força com os olhos, embora sua visão nem se comparasse à dos Anciões.

Algo se agitou entre as árvores, e seu estômago se agitou junto, tentando identificar a sombra volumosa que atravessava a neve. No começo, parecia um pedregulho, encoberto pelas árvores sem fim.

E não estava só.

O grande urso atravessou as árvores com uma dezena de Anciões marchando atrás dele. O coração de Andry subiu pela garganta quando se deu conta de que era uma criança montada no dorso do urso, balançando como um cavaleiro num pônei. Diante da cena, um clamor se ergueu entre os guardas dos portões jydeses. Eles gritavam e apontavam, praticamente pendurados da muralha, incrédulos.

Andry olhou para Eyda bruscamente, esperando surpresa. Para seu choque, viu um sorriso se abrir no rosto frio da dama.

— Aquele é Dyrian — explicou ela, com a voz tranquila. — Monarca de Kovalinn. Meu filho.

A imortal endireitou os ombros largos para encarar o escudeiro. Com um sobressalto, Andry constatou que Eyda estava de novo de armadura. Reluzia sob o manto rasgado, limpa desde a batalha de Gidastern. Ela usava uma espada na cintura, assim como sua companhia.

Os Anciões de Kovalinn estavam equipados para uma longa jornada e para a guerra.

— Agora, Andry Trelland — disse Eyda, indo até os degraus que desciam para o portão. — Agora podemos ir.

Valtik já estava a bordo de um dos drácares destinados aos Anciões de Kovalinn, debruçada na proa. A imagem entalhada de uma águia se erguia sobre ela, o bico torto, as asas estendidas de cada lado para formar o casco. Dava a ela um aspecto divino, como se as asas fossem suas. Só sua gargalhada maníaca estragava a imagem.

Eles velejaram ao meio-dia, ou ao menos o que contava como meio-dia tão ao norte. A água vítrea, bela ao amanhecer, parecia um mau presságio quando os dois navios saíram para o mar Vigilante. À popa, Andry observou Ghald ficar cada vez menor. Por mais que quisesse partir, ele sentia certo pesar. Quando era criança em Galland, ele havia aprendido a odiar os saqueadores jydeses. Ao ir embora, contudo, sentiria saudades.

Dyrian e sua escolta eram os últimos sobreviventes de Kovalinn que não tinham feito a travessia para lutar em Gidastern. Apesar do rosto juvenil, Dyrian tinha um século de idade. Ele era menos grave do que a mãe, empolgado em andar no convés com seu urso monstruoso. Andry mantinha uma distância cuidadosa do animal, embora parecesse manso, como um cão adestrado.

O frio era mais fácil de suportar em terra firme, e Andry quase esquecera os ventos intensos em alto-mar. Ele logo foi lembrado.

Enquanto os dias pareciam longos demais em Ghald, passaram num piscar de olhos na jornada para o sul.

Antes que Andry desse por si, eles estavam deslizando na direção de outra costa. As montanhas de Calidon se erguiam sobre o mar Vigilante, seus picos brancos de neve. Um forte nevoeiro passava pelo vale central, encobrindo a maior parte das planícies entre as cadeias montanhosas. A respiração de Andry ainda se erguia em nuvens, mas o ar era bem mais quente, o inverno já menos rigoroso do que em Ghald.

Ele estava suando quando atracaram e tirou o manto de pele, deixando o tronco e os braços livres. Apesar da túnica com a estrela azul, Andry parecia mais um saqueador do que um cavaleiro. Uma pele de lobo continuava sobre seus ombros, o rabo prendido entre as próprias presas. Ele usava uma armadura de couro recém-feita, acinturada e afivelada no peito, grossa o suficiente para resistir às piores facas, mas não pesada a ponto de afogá-lo. Nada além das tranças cobria sua cabeça, o capuz baixado e os olhos fixos no nevoeiro.

Os Anciões não precisavam consultar um mapa, nem esperar que as névoas se dissipassem. Sabiam se orientar pelas montanhas de Calidon. Andry também lembrava.

Ele tinha pousado naquela mesma costa com Sir Grandel e os North, muito tempo antes. Deixaram para trás um galeão, a bandeira do leão acenando sob a brisa do início da primavera. Juntos, os três cavaleiros e seu escudeiro tinham marchado para o sul, se perdendo pelas terras desconhecidas. Foi apenas por acaso que encontraram Iona, a névoa se dissipando a ponto de ver a cidade-castelo sobre uma cumeada distante.

Quase um ano atrás, pensou, pisando as botas na praia rochosa. Valtik andava a seu lado, ignorando a dor das pedras sob os pés descalços.

Guiados por Dyrian e o urso, a companhia andou, andou e andou, com Andry pelejando para manter os olhos abertos. Foi só quando ele tropeçou que pararam para deixar o mortal descansar. Assim continuaram pela região montanhosa, sobre lama e relva invernal e neve.

Os dias pareciam sonhos. Andry não sabia diferenciar a névoa de fantasmas, os contornos de Sir Grandel ou Dom em cada sombra. Entretanto, outro contorno o fazia seguir em frente, caminhando ao lado de inúmeros fantasmas.

Corayne.

Ele a via nos raros raios de sol que atravessavam as nuvens baixas. Não era um fantasma, mas um farol, uma lanterna guiando à frente. Uma promessa de luz quando toda luz parecia ter sumido do mundo.

A terra era praticamente infértil no inverno, tornada erma. Um lugar perfeito para Anciões se esconderem por tantos anos. Andry avançou, quase alheio ao terreno inconstante sob as botas. Pareciam uma marcha fúnebre sepulcral, os sobreviventes de Kovalinn em seus mantos terrosos, graciosos demais para serem mortais, graves demais para estarem vivos.

Um rio rumorejava em algum lugar, passando por pedra. Andry não o enxergava. Forçou a vista pelo ar pastoso, o sol baixo e fraco, pouco mais de uma bola branca sobre as nuvens. Seu machado jydês tilintava no cinto, pendurado ao lado da espada embainhada.

Sombras foram cobrindo a paisagem, um vulto enorme se elevando sobre o nevoeiro. Os Anciões não diminuíram o passo e Andry também não. Ele perdeu o fôlego quando a escuridão se solidificou. Não em outra floresta ou encosta ascendente, mas uma parede de pedra.

Seus joelhos cederam e Andry quase caiu no chão, as pernas bambas.

Os dois cervos de Iona fitavam dos portões grandiosos, suas galhadas como coroas. O rastrilho já estava aberto, a estrutura de ferro erguida na casa de guarda.

Silhuetas enchiam o reparo, os arqueiros anciões montando guarda. Seus arcos elaborados se destacavam, pretos contra o céu cinza. Apenas seus rostos estavam encobertos nas sombras dos mantos verde-cinza.

Os guardas ionianos não atacaram. Eles viam os Anciões de Kovalinn, o urso e seu monarca. Reconheciam seus semelhantes mesmo através da névoa.

Um deles deu um comando na língua anciã, e algo rangeu. Correntes rodaram e se mexeram ruidosamente, grandes engrenagens girando para abrir os portões.

Iona convidava, a cidade de pedra se abrindo.

Andry expirou devagar, soltando um longo suspiro. Parte dele esperava encontrar Corayne do outro lado, inteira e concreta, uma chama de calor em contraste com a pedra fria. Mas havia apenas guardas do portão ancião, esperando para escoltar a companhia.

Andry corou da cabeça aos pés, um calor febril substituindo a dormência nos dedos. Ele queria correr por toda a cumeada até o castelo no pico. Em vez disso, acompanhou as passadas longas de Anciões, seguindo entre eles. Rangeu os dentes, cada passo à frente laboriosamente lento.

Iona era como Andry lembrava, as lembranças vagas se solidificando ao seu redor. O cervo dominava todos os lugares: as torres eram coroadas por galhadas, e os mantos dos guardas, bordados com eles.

Seu estômago se revirou. Todos os guardas ao redor pareciam Domacridhan, se agigantando nos cantos de sua visão. Ombros largos, cabelos dourados, com o mesmo manto e a mesma postura orgulhosa. Andry quase passou mal.

Quando chegaram ao patamar plano no alto da cumeada, as portas do castelo estavam abertas, e um contingente de Anciões, reunidos sob a chuva. Um nevoeiro cinza pairava sobre a pedra e dava a sensação de subir pela nuvem.

Gotas de chuva se infiltravam no lobo ao redor dos ombros de Andry, o rosto dele úmido e frio. À sua frente, o urso de Dyrian se chacoalhou, espirrando água gelada para todo canto.

Mesmo Ancião, Dyrian ainda era uma criança. Riu, acariciando o focinho do urso.

Andry não pôde deixar de abrir um sorriso.

Um movimento rápido chamou sua atenção, e suas pernas realmente cederam, o joelho caindo com força no pavimento escorregadio a ponto de machucar. Seu coração pulsava nos ouvidos, o ar arrancado do peito.

Uma das Anciãs que esperava na frente do castelo... não era anciã coisa nenhuma.

Ela avançou, abrindo caminho à frente da fileira, seus olhos pretos cercados de um branco feroz. Ela não era tão alta quanto os imortais, e tinha o rosto bronzeado, guardando o sol siscariano em pleno inverno. Uma trança preta voava atrás dela, os fios rebeldes úmidos e colados à pele.

Andry tentou respirar, tentou pensar. Parecia que seu corpo desabaria. Só conseguia era encarar, de olhos fixos, sem ver nada além dela. Nem a chuva ele sentia mais.

Corayne escorregou pelos ladrilhos de pedra, se esforçando para ficar em pé. Praticamente tombou em cima dele, abaixando para agarrá-lo pelos ombros enquanto os braços trêmulos dele a envolviam em resposta.

Eles acabaram ajoelhados juntos, o vestido dela completamente ensopado, as roupas de couro e peles dele encharcadas. A cabeça de Corayne se encaixou no ombro de Andry, o ponto alto da face encostado ao canto do maxilar dele. O corpo dela tremia em suas mãos, os lábios ainda se mexendo, a voz dela a última parte a voltar a ele.

Ele também tremia. Toda a dor brotou dentro dele de novo, toda noite escura de esperança perdida, todo amanhecer vazio.

— Corayne — murmurou Andry, sentindo o gosto da chuva.

Ela inspirou com dificuldade e Andry sentiu a dor no peito dela como se fosse sua. Ela apertou os braços, pressionando o corpo dele. Eles se abraçaram sob a chuva gelada e o nevoeiro agitado, o cinza como uma muralha ao redor deles.

Por um momento, o mundo desapareceu, absorvido pela névoa. Havia apenas Corayne, viva e luminosa.

— Andry — respondeu, a voz tremendo como o corpo.

Devagar, ela recuou, o bastante para ver seu rosto.

O sorriso dela cintilou no peito de Andry, caloroso a ponto de resistir a qualquer tempestade. Ele apenas olhava para ela, perpassando traços mais familiares do que os seus próprios. As leves sardas sob um olho, a sobrancelha preta forte. O nariz comprido. Cálculos sempre rodando sob seu olhar, as engrenagens da mente sempre girando.

Elas giravam ali, mais depressa do que Andry jamais vira. Uma corrente de pavor atravessando sua felicidade, como azedume acrescentado ao doce.

O que quer que fosse, Andry sabia que era melhor não perguntar na frente da plateia.

— Comigo — disse Corayne, levantando.

Ela pegou a borda do manto dele, usando-o para puxá-lo para cima.

Andry retribuiu o sorriso o quanto pôde. Ele se arrepiou onde as mãos dela o tocavam. A palma da mão dela roçou a ponta da pele de lobo.

A mesma palma que ele beijara numa cidade em chamas, antes de mandá-la embora para viver enquanto ele se virava para morrer.

— Comigo — repetiu ele.

Nada parecia verdade, por mais que o entorno de Andry tentasse lembrá-lo.

Água da chuva pingava sob o manto, se espalhando continuamente sobre o belo piso de mármore. O vestido de Corayne fazia o mesmo, deixando um rastro gotejante para trás. Ela usava cinza e verde, como os imortais de Iona, e mangas abertas que revelavam o veludo por baixo. Era a coisa mais elegante que Andry já a tinha visto vestir.

Ele preferia o manto e as botas antigas.

— Acho que não vão sentir nossa falta — disse Corayne, segurando um sorriso maníaco.

Ela o puxou com delicadeza para fora da sala do trono, deixando os grandes Anciões conversarem a sós.

Andry soltou um suspiro de alívio. A ideia de outro conselho, ainda mais um cheio de imortais carrancudos, deixava sua cabeça zonza.

— Graças aos deuses — murmurou ele.

— Um Fuso aberto em chamas, um Fuso aberto em enchente.

A voz sinistra de Valtik ecoou pela passagem grandiosa, palavras entoadas com uma melodia estranha. Ela praticamente saltitou até eles, de mãos torcidas entrelaçadas às costas.

Corayne sorriu e sacudiu a cabeça.

— É bom ver você também, Valtik.

Sorridente, Valtik fez carinho no queixo de Corayne, como se fosse uma mera avó, e não uma bruxa dos ossos.

— Um Fuso perdido a ossos frios, um fuso perdido a sangue quente — acrescentou com um aceno suave, antes de adentrar a sala do trono.

— Essa é nova — murmurou Corayne atrás dela, a testa franzida de concentração.

Andry deu de ombros.

— Começou algumas semanas atrás, em Ghald.

— Não à toa pensaram que você fosse um saqueador — disse ela, acariciando a pele de lobo de novo. Ela voltou os olhos para o machado no quadril dele, e depois para as tranças, observando-o por inteiro. — Você com certeza parece um.

— Eu pensei que você fosse uma Anciã a princípio — respondeu ele, agachando para ficar na altura dos olhos dela. — Uma bem baixinha.

Quando ela soltou uma risada, as portas do trono se fecharam devagar. Era claro que os guardas anciões tinham pouca paciência para gargalhadas mortais. Eles riram ainda mais.

— Valtik era a única pela qual eu não temia — acrescentou Corayne, voltando as costas para a sala do trono, um pouco mais séria. — Não sei como, mas tinha certeza que a bruxa velha daria um jeito de sobreviver.

— Foi por ela que sobrevivi — disse Andry simplesmente, a memória vívida na mente.

Eu teria me perdido em Gidastern.

— Então cada segundo irritante com ela valeu a pena — disse Corayne, com um sorriso mais triste do que antes.

Os corredores abobadados de Tíarma ecoaram as vozes deles. De novo, Andry pensou numa tumba. *Espero que não a nossa.*

Eles voltaram a se olhar, um avaliando o outro. Andry sabia que Corayne via nele o peso das semanas demoradas, assim como ele o via nela.

— Estou um caco, não estou? — murmurou Corayne, baixando os olhos para o vestido. — Os Anciões me deram umas roupas melhores, mas não adianta. Não combinam comigo.

Por mais requintadas que fossem as roupas, Corayne parecia esgotada, consumida de preocupação. Ele sentia o mesmo, frio até os ossos.

— Não me importo — disse Andry, rápido demais. Ele conteve uma careta, tentando se explicar. — Faz você parecer de verdade. Faz... — Ele perdeu o ar, o pulso acelerado. — Não acredito que você é de verdade. Desculpa, não faz sentido, claro que você é *de verdade*.

Para sua surpresa, Corayne enrubesceu, um tom adorável de rosa brotando no alto das bochechas. Devagar, ela pegou a mão dele, acariciando os dedos feridos. Sua pele ficou quente e fria, tudo ao mesmo tempo.

— Sei o que você quer dizer, Andry — respondeu. — Confie em mim, eu sei.

Andry Trelland reconhecia a vontade de beijar alguém. Tinha sentido algumas vezes em Ascal, nos muitos bailes e festas. Não que os escudeiros tivessem permissão de fazer muito mais do que servir a seus cavaleiros. Porém, ele se lembrava de cruzar os olhos com uma menina bonita e imaginar como seria o toque da mão dela. Imaginar se ela sabia os passos de determinada dança.

Com Corayne, era diferente. Não porque ela seguisse outro caminho, mas porque era simplesmente *mais*. Mais audaciosa, destemida, inteligente. Brilhante em todos os sentidos. Ela era *mais* para Andry, mais do que ninguém nunca tinha sido.

Ou talvez nunca viesse ser.

Ele perdeu o ar de novo, os dedos adormecendo na mão dela.

— Venha comigo — disse ela de repente, virando-o de lado, e entrelaçou os dedos nos seus.

É tudo que quero fazer, ele lamentou.

Ele a seguiu, de olho nas costas dela enquanto atravessavam os corredores do castelo. Andry sabia que fazia apenas um mês e meio desde Gidastern, mas os dias compridos pareciam uma vida. Ela estava mudada, mais segura de si. De ombros para trás, coluna ereta enquanto andava, um pouco mais de graciosidade nos passos do que Andry lembrava. Também estava mais magra. *E as mãos*, pensou, lembrando o antigo toque dos seus dedos.

Ela tem mais calos. Causados pelo cabo de uma espada.

Sob as mangas, Corayne ainda usava os avambraços, presente de meses antes no deserto ibalete. Ouro atravessava o couro preto, formando os contornos de escamas de dragão. A imagem o fez vacilar.

Andry abriu a boca para perguntar, mas mudou de ideia. Os corredores ecoavam, aparentemente vazios, mas ele conhecia bem demais os Anciões para presumir. Guardas imortais se escondiam bem e escutavam ainda melhor.

As paredes e edificações do castelo rodeavam o topo da cumeada da cidade como uma coroa, com um pátio no centro. Muitas janelas tinham vista para ele, onde ficava um vasto jardim de rosas mortas pelo inverno. Corayne subiu mais, até uma longa galeria de janelas. Dava para o pátio de rosas de um lado e o vale do outro.

Andry diminuiu o passo para contemplar, hipnotizado pelo reino montanhoso que se estendia como uma tapeçaria. Chuva torrencial caía sobre as colinas douradas, tremeluzindo sob os raios de sol. A luz mudava a cada momento, as nuvens e a chuva duelando contra o sol frio.

Corayne parou com ele, parecendo eufórica. Antes que Andry pudesse pensar em perguntar por quê, ela gritou para a galeria, para aparentemente ninguém:

— Estou aqui!

— É Valtik, não é? — respondeu uma voz conhecida do cômodo ao lado, parecendo cansada. — Anciões viajando com um saqueador e uma bruxa jydesa? Deve ser, claro que aquela velha conseguiu se safar de...

— Agora virei saqueador? — perguntou Andry, abrindo um sorriso.

O sacerdote fugitivo virou o corredor e paralisou. Como Corayne, Charlie usava roupas de manufatura anciã, envolto por verdes suaves e um colete de pele elegante. Os trajes vistosos combinavam com ele, seu cabelo castanho trançado e decorado com uma presilha cravejada de joias. Ele carregava uma bolsa ao lado do corpo, sem dúvida repleta de penas e tinta, como de costume.

— Ler tantos pergaminhos realmente fez mal a minha vista — balbuciou Charlie, cortando a distância entre eles. Ele ergueu a mão para pegar Andry pelo rosto. — Pelos deuses, você sobreviveu, escudeiro.

— Até agora. Que bom que escapou, Charlie — respondeu Andry, abraçando-o com firmeza. E sussurrou: — Que bom que ela não estava sozinha.

Isso diminuiu um pouco o ânimo de Charlie. Ele recuou para olhar nos olhos de Andry.

— Fiz meu melhor, o que não é lá muita coisa.

Ele puxou a bolsa, a aba se abrindo. Para sua surpresa, Andry entreviu roupas dobradas e provisões.

Charlie seguiu seu olhar.

— Estou tentando ser útil.

— Você vai...?

Andry procurou a palavra correta. Ao olhar com mais atenção, notou que Charlie estava vestido para viajar.

— Não vou fugir — disse o sacerdote destituído, entreabrindo um sorriso. — Parei com isso. Mas vou descobrir o que está acontecendo no mundo lá fora. Estamos cegos aqui, graças aos Anciões.

Andry contemplou Charlon Armont de novo. Estava longe de ser o fugitivo procurado que haviam conhecido em Adira, enfurnado no porão de documentos forjados e tinta derramada. Mesmo assim, Andry sentiu um aperto na garganta.

— Sozinho, você não vai — murmurou, bem quando outro homem entrou.

Ele era silencioso como um Ancião, mas claramente mortal. Diferente dos outros dois, o estranho usava roupas de couro surradas sob o manto ancião.

Andry ficou tenso, pronto para pegar a espada ou o machado. Porém, o humor de Corayne o deteve. Quem quer que fosse o homem, ela nitidamente achava sua presença confortável.

— Não vai apresentar eles? — perguntou Corayne, erguendo a sobrancelha para o sacerdote.

Charlie ficou vermelho.

— Ah, sim — disse, coçando a cabeça, e acenou a mão entre eles como se não fosse nada. — Garion, esse é Andry Trelland. Andry, esse é Garion.

Garion de quê?, Andry quis perguntar, antes de avistar a adaga característica afivelada no quadril dele. Era apenas couro preto e bronze, sem nada de especial à primeira vista. Porém, Andry havia passado dias demais com Sorasa Sarn para não reconhecer uma arma amhara.

Um assassino, Andry pensou, dividido entre medo e alívio. Os amharas estavam caçando Corayne, mas um assassino amigo era um aliado formidável. O nome crepitou na memória, trazendo uma lembrança nebulosa. Ele arregalou os olhos, alternando entre Charlie e o amhara. Embora estivessem a certa distância, os dois nitidamente estavam juntos.

Uma onda de alívio tomou conta de Andry.

— Garion — disse Andry, sentindo o próprio sorriso se abrir.

Ele se lembrava do nome sussurrado em fogueiras e selas, ouvido em trechos de conversa.

Charlie conseguiu ficar ainda mais vermelho.

O escudeiro estendeu a mão com simpatia.

— Ouvi falar muito de você.

Os olhos do assassino reluziram.

— Quero saber.

Charlie se interpôs rapidamente entre eles, de palmas erguidas para impedi-los de continuar.

— Guarde para o jantar quando voltarmos — resmungou. — Afinal, parece que somos os únicos que *comem* por aqui.

Ele pegou Garion pelo punho e puxou o assassino sorridente atrás de si. Garion se deixou levar, dando um tchauzinho para trás.

Corayne os encarou.

— Aonde vocês vão agora? Pensei que só partiriam amanhã?

Sem diminuir o ritmo, Charlie gritou em resposta:

— Vou encontrar mais cobertas, nem que eu tenha que costurar com minhas próprias mãos!

Andry quis ir atrás deles, mas Corayne continuou plantada diante das janelas arqueadas. O coração dele se encheu, quase a ponto de explodir. Depois de tantas semanas de angústia, a alegria repentina era quase insuportável.

O ar estava mais quieto no lado do pátio, a chuva reduzida a névoa. Corayne se debruçou na janela, de mãos apoiadas para segurar seu peso e não cair pela arcada aberta.

— O que foi? — murmurou Andry, parando ao lado dela.

O pátio se abria lá embaixo, com uma fonte no centro e uma trilha espiralada entre as roseiras mortas. Outros arcos e galerias se abriam ao redor deles, vultos passando com graça imortal. Corayne os seguiu, acompanhando os Anciões com o olhar.

— Corayne? — chamou, baixando a voz.

O corpo dele ficou tenso quando ela o pegou pela pele de lobo ao redor dos ombros, puxando-o para a altura dela. O hálito dela era quente em seu ouvido, seu sussurro quase inaudível, mesmo a tão poucos centímetros. Andry se esforçou para escutar através do zumbido grave dos próprios pensamentos frenéticos.

— Tem um Fuso aqui, em algum lugar — sussurrou ela, dando um passo para trás para mostrar os olhos arregalados de preocupação.

O coração de Andry palpitou.

— Tem certeza?

O aceno austero dela foi resposta suficiente.

— E Isibel? — murmurou ele.

Andry mal tinha olhado para a rainha imortal quando chegaram, todo seu foco em Corayne. A monarca de Iona não passava de uma sombra dela. Contudo, Andry se lembrava de Isibel de tempos passados. Séria, de olhos prateados, fria como seu castelo. E ele sabia que ela dera as costas para Domacridhan, recusando seu chamado para lutar depois que o primeiro Fuso foi aberto.

Corayne mordeu o lábio, considerando a resposta.

— Não sei — disse finalmente. — Ainda não sei se ela vai lutar. E nós... eu tenho a última espada de Fuso. Taristan virá atrás dela. Devemos estar prontos para lutar, para assumir posição *em algum lugar*.

Ela deu um suspiro pesado e lançou um olhar cansado para o salão do castelo.

— Pensei que esse fosse o lugar certo para ir, mas... — murmurou, abanando a cabeça.

Andry sofria ao ver a tristeza dela, seus olhos já sombreados de derrota.

— Estaremos prontos — disse ele, enérgico, pegando a mão dela.

Ela ergueu o rosto bruscamente, os olhos buscando os dele.

Os dois tinham absoluta consciência de sua situação e da última vez em que Andry Trelland segurara a mão de Corayne an-Amarat. Por um breve segundo, chamas tremularam atrás da cabeça dela, a ruína de Gidastern pairando sobre os dois. Andry sentiu cheiro de fumaça, sangue e morte, as asas de um dragão batendo no céu.

Com pesar, Andry baixou a mão.

— Você continuou as lições?

Ela piscou, pega de surpresa.

— Claro — disse, vacilante. — Bom, como pude, sozinha.

Isso bastou para Andry Trelland. Ele se obrigou a dar um passo para trás, e levou a mão ao cabo da espada.

— Você não está mais sozinha — disse, apontando a cabeça para a escada. — Vamos arranjar um lugar e pegar sua espada.

24

A ESTRADA ESCOLHIDA

Sorasa

Ela acordou com vozes no convés, despertando na cama estreita enquanto Dom se assomava no batente. A pequena janela da cabine estava menos escura do que ela lembrava, a primeira névoa do amanhecer atravessando o vidro. Com um susto, Sorasa constatou que tinha dormido mais horas do que planejava. *Estou mesmo exausta*, pensou, bocejando ao se levantar. Vestiu a calça de couro e as botas velhas, mas continuou com a camisa emprestada. Por cima, pôs a jaqueta escangalhada, as costuras nos ombros prestes a arrebentar.

Havia um prato de carne seca e queijo servido no chão ao lado da cama. A carne era velha e dura, mas o queijo insípido ajudou a descer. Depois de tantos dias de fome, comeria com prazer qualquer coisa que estivesse à disposição.

— O que estão dizendo? — perguntou Sorasa, com a boca cheia de queijo.

Dom fechou a cara para ela, vestido, também, de calça e uma camisa branca parecida. Se ele conseguiu dormir, ela não sabia dizer.

— Estamos combinando — murmurou Sorasa, revoltada.

— Não há muito que eu possa fazer sobre isso no momento — ele retrucou com desprezo, e ergueu os olhos. — O vento e a correnteza nos estão levando na direção do resto dos navios que escaparam do porto. Estamos avistando mais deles a cada hora. Mercantes, em sua maioria.

Sorasa se acalmou, aliviada.

— Ótimo — disse. — Somos mais rápidos do que qualquer comerciante na água.

Embora Sorasa se sentisse suja e amarrotada, Dom parecia limpo. O cabelo loiro tinha sido penteado, trançado sobre as orelhas de novo, e a barba dourada, aparada. Sorasa ferveu de raiva em silêncio, jogando o cabelo desgrenhado para trás das orelhas. Ela queria um pente, mas não viu nenhum na cabine.

— Talvez devêssemos raspar sua cabeça — murmurou ela, observando o cabelo dele.

Dom empalideceu, revoltado e confuso.

— Como é que é?

— Você está em cartazes por toda a esfera. Deveríamos fazer de tudo para torná-lo menos reconhecível.

— Eu me recuso — disse ele, seco, os olhos verdes irascíveis.

O teto sobre eles vibrou sob as botas que corriam pelo convés do navio. Sorasa contou três pares de pés pelo menos, indo a estibordo da *Filha da Tempestade*.

Ela passou por Dom sem pensar duas vezes, seguindo para a escada na frente da cabine. Mesmo em silêncio, sabia que o Ancião seguia atrás. Ele era fácil demais de prever depois de tantos meses cheios. No alto da escada estreita, Sorasa até chegou para o lado, deixando que Dom fosse na frente antes que a empurrasse para trás.

Ele seguiu para a porta, abrindo-a alguns centímetros para dar uma olhada no convés da *Filha da Tempestade*. Sorasa espiou por baixo do braço dele, o mais próximo que conseguia sem encostar no brutamontes imortal.

Eles estavam longe da terra, tão afastados na baía do Espelho que deixaram a fumaça de Ascal completamente para trás. Ao leste, porém, o dia raiava em uma linha rosa forte. Embora Taristan estivesse a milhares de quilômetros de distância, eles não estavam longe da podridão de seu deus demoníaco.

Os olhos dela percorreram a linha onde céu encontrava mar, notando os pontos pretos de outros navios. Um estava mais perto do que o resto, sua proa apontada na direção da *Filha da Tempestade*. Um frio se formou na barriga de Sorasa, tomada por partes iguais de pavor e esperança desgraçada.

Na popa, um trapo vermelho tremulava ao lado da bandeira falsa de Meliz.

Sorasa bagunçou o cabelo meticulosamente, deixando que caísse ao redor das orelhas até o alto dos ombros, escondendo as tatuagens. Apertou os cordões da gola para cobrir toda a pele exposta antes de sair para o convés aberto, indistinguível dos outros membros da tripulação. Sua adaga amhara teria sido a única coisa que a identificaria, mas sequer existia mais, derretida a nada.

Meliz e alguns outros membros da tripulação estavam diante da amurada a estibordo, observando a galé madrentina com as testas franzidas. Sob a luz mais forte, Sorasa absorveu de novo a imagem da capitã formidável. Embora Corayne puxasse ao pai, também tinha um pouco da mãe. No brilho perspicaz dos olhos, no preto escuro do cabelo. Em como sempre parecia estar de frente para o vento.

A semelhança fez o coração de Sorasa se apertar de uma forma que ela não entendia e que detestava profundamente.

Sobre as ondas, o outro navio continuou a se aproximar, a aurora crescendo atrás dele. Diferente da *Filha da Tempestade*, era claramente um navio mercante, com recursos suficientes para uma camada de tinta fresca e velas novas. No alto do mastro, uma bandeira pendia. Sorasa tentou enxergar.

— O que você vê? — murmurou, acotovelando as costelas de Dom.

Sobre ela, ele arregalou os olhos em choque.

— Uma asa preta sobre bronze.

Ela ficou de queixo caído.

Quando o navio chegou mais perto, sua bandeira foi soprada pelo vento, ondulando para todos verem. Sob ela, vibrava um trapo vermelho como o deles.

Sorasa Sarn não era de se entregar à felicidade. O sentimento a deixava perdida, intenso demais para entender. Porém, brotou em seu peito, desregrado como um campo na primavera. Até seus olhos arderam quando um sorriso sincero se abriu no rosto, crescendo tanto que ela pensou que a pele fosse rasgar ao meio.

O sol já estava alto quando o navio temurano chegou, projetando sua luz rosa ímpar sobre as águas calmas da baía do Espelho. Os temuranos não eram um povo navegador, mais adaptados a estepes elevadas e seus cavalos célebres. Contudo, não deixaram medo transparecer ao saltar do navio e pular sobre o espaço aberto entre a *Filha da Tempestade* e sua galé. Até o embaixador, de cabelos grisalhos, fez o salto ousado.

Sigil pousou ao lado dele, ainda pálida das masmorras, sua armadura suja de fuligem. Porém, ela abriu um sorriso largo e branco, um forte contraste com a pele cor de cobre.

Antes que Sorasa pudesse detê-las, a caçadora de recompensas avançou, suas botas golpeando o convés. A assassina se preparou para o impacto, dois braços musculosos a envolvendo para levantá-la.

A tripulação da *Filha da Tempestade*, assim como Meliz, observava com os olhos estreitados sob o sol nascente. Eles olharam para os temuranos com curiosidade, se não trepidação.

Por mais constrangedora que fosse a demonstração, Sorasa se entregou um pouco a Sigil, se permitindo ser abraçada, ainda que não retribuísse o gesto.

— Ele fez a burrada, não fez? — riu Sigil, deixando Sorasa de novo no chão.

Ela voltou os olhos pretos para Dom, que se mantinha perto da amurada caso precisasse entornar o café da manhã ao mar.

Sorasa bufou.

— Claro que fez.

— E aí? — disse Sigil, uma sobrancelha escura erguida.

— A rainha vive — respondeu Sorasa —, mas talvez tenha perdido a mão.

Sigil soltou uma risada rouca, gutural.

— Teria perdido a cabeça se eu estivesse lá.

Sob ela, Sorasa sentiu suas bochechas arderem de novo, e não pela luz do sol. Ela piscou, virando o rosto a favor do vento, deixando que soprasse seu cabelo à frente para ocultar sua vergonha.

Ela deveria estar morta, pensou, se xingando uma vez mais.

Quando se voltou, Sigil ainda a olhava, cheia de preocupação. Apesar da constituição guerreira e do gosto pela luta, a caçadora de recompensas tinha um coração maior do que o resto deles juntos. E isso dava calafrios em Sorasa.

— Parece que não há limites para pessoas estranhas em meu navio — declarou Meliz, entrando no meio da desordem.

Ela não usava nada que a identificasse como capitã, apenas uma camisa velha e calça, o cabelo preso em uma trança grossa e frouxa. Mesmo assim, o embaixador viu a maneira como ela andava pelo convés, como se fosse um reino e ela, sua rainha. Ele fez uma breve reverência, e sua comitiva seguiu o exemplo.

— Vamos ficar mais à vontade embaixo — acrescentou Meliz com um sorriso cativante, largo e encantador, se não sedutor.

Sorasa via a argúcia por trás da expressão dela, assim como nos piratas no convés, ocupados em suas atividades. Alguns se aproximavam devagar da amurada, ansiosos para *explorar* a galé ao lado. Sorasa apostava que os temuranos perderiam parte da carga antes do fim da manhã.

Meliz os guiou abaixo do convés, acendendo lanternas e gritando para marinheiros saírem das redes. Chamou o grupo para uma mesa baixa, nada mais do que caixotes empilhados e cercados por barris vazios a título de cadeiras.

O embaixador Salbhai torceu o nariz para o interior do navio pirata. Ele ainda estava vestido para um banquete da corte, os detalhes ouro rosê da seda preta refletindo a luz fraca. Como muitos políticos, parecia pequeno entre os guerreiros, mas Sorasa sabia que não se devia subestimar um embaixador temurano. Muito menos com um Escudo Nato como guarda-costas.

Sigil sentou num banquinho baixo, as pernas compridas quase dobradas, enquanto Meliz assumia um lugar encostado à parede. Ela se escondia bem entre as sombras, contente em ouvir e observar. Dom escolheu ficar em pé, se posicionando atrás de Sorasa.

Salbhai se voltou com ferocidade ao redor da mesa, o olhar sagaz.

— *A Imperatriz em Ascensão* — disse com desprezo, abanando a cabeça. — Faz inimigos com a mesma facilidade com que respira.

O sorriso tranquilo de Sigil iluminava o convés melhor do que qualquer lanterna.

— Talvez Erida tenha finalmente feito inimigos demais. E a balança pese contra ela.

— Não enquanto os Fusos ainda cravarem buracos nesta esfera — rosnou Dom.

Do outro lado da mesa, Sorasa estudava o embaixador, ponderando sua reação. Seu ar grave e cortês deu lugar a uma expressão irritada, e ele ergueu a mão para menosprezar o Ancião. Um ato corajoso.

— De novo essa história de Fusos — disse, fechando a cara. — Foi você que encheu a cabeça da minha filha com essas asneiras?

Um arrepio desceu pela coluna de Sorasa. Ela se empertigou no barril, fazendo o possível para manter a expressão neutra e fechada. Mesmo assim, foi impossível não olhar para Sigil de soslaio.

Sigil ficou vermelha, o rosto ardendo. Por um momento, pareceu mais uma criança envergonhada do que uma caçadora de recompensas letal de grande renome.

— Que grosseria da minha parte — disse, seca. — Esse é meu pai, embaixador Salbhai Bhur Bhar.

Do outro lado da mesa, Salbhai não desviou o olhar. Embora fosse grisalho, barbudo e mais baixo do que Sigil, com pés de galinha e manchas de sol, Sorasa via a semelhança. Seus olhos eram os mesmos, castanhos quase pretos, do tipo que cintila sob o sol e escurece à sombra.

— *Etva* — disse Sigil, "pai" em temurano. — Apresento o príncipe Domacridhan de Iona, e Sorasa Sarn de Ibal.

Um rompante de gratidão estourou no peito de Sorasa, pegando-a de surpresa. Ela o conteve como fazia com outras emoções, ao mesmo tempo que tentava entendê-la. *Sorasa de Ibal. Não Sorasa dos amharas*, pensou. *Não mais.*

Sua felicidade durou pouco.

— Uma assassina amhara e um príncipe ancião — murmurou Salbhai, desgostoso, e Sorasa voltou a se tensionar. — Que companhias estranhas você sempre encontra, Sigaalbeta. Mas, enfim, são tempos estranhos.

Sorasa superou o gosto amargo na boca.

— Sim, são tempos estranhos — repetiu ela, e ergueu a sobrancelha escura. — Estranhos o bastante para fazer os Incontáveis atravessarem as montanhas?

O embaixador abanou a mão de novo.

— Essa escolha não cabe a mim.

Sorasa ouviu sua própria frustração refletida na respiração rouca e constante de Dom, entre dentes. *Ouvimos isso antes em Ibal*, resmungou consigo mesma. Já era frustrante na tenda de Isadere, que oferecia pouco mais do que palavras doces e promessas distantes de apoio.

Ali, à beira da calamidade, doía ainda mais.

Salbhai era um diplomata, um dos poucos embaixadores escolhidos a dedo para servir o imperador Bhur. Sorasa sabia que de bobo ele não tinha nada, nem de compulsivo ou precipitado. Ele olhou de novo para todos, notando sua irritação, e ponderando a resposta no silêncio pesado.

O olhar de Sigil foi o que ele encarou por mais tempo.

— Mas vou ao imperador a toda velocidade, levar notícia do que vi aqui em Ascal — disse por fim.

— Bemut — murmurou Sigil.

Obrigada.

Tamanha gratidão era incompreensível para Sorasa. Ela já imaginava o imperador no trono, ouvindo as notícias de Salbhai, sem fazer nada.

De repente, o punho de Dom atingiu o topo do caixote, em um soco frustrado. A madeira apenas rachou, em vez de explodir.

Alguém está aprendendo a controlar o temperamento, Sorasa pensou, achando graça.

— Não é apenas Erida que você deve temer — soltou ele, rangendo os dentes, os olhos como uma chama verde furiosa. — Taristan do Velho Cór vai *destruir* esta esfera. Já começou.

Do outro lado da mesa, Salbhai abanou a cabeça e deu de ombros.

— Pouco me importo com o príncipe sorumbático da rainha, sua suposta linhagem e qualquer que seja a magia absurda que ele alega ter.

Sigil chiou e levantou, apoiando no caixote.

— Eu expliquei...

O embaixador não vacilou, acostumado com a raiva de Sigil. Seu olhar a deteve.

Sorasa se inclinou à frente sob a luz, olhando nos olhos de Salbhai. Abriu as mãos sobre o tampo do caixote, exibindo todos os dedos tatuados.

Me chame de amhara e amhara serei.

— O que o senhor sabe dos amharas, milorde embaixador? — perguntou.

Ela voltou os olhos cuidadosamente de Salbhai para o guerreiro temurano a suas costas, como se o medisse.

O embaixador torceu a boca.

— Vocês são treinados desde a infância, transformados nos melhores assassinos da Ala — disse. — São insensíveis, inteligentes, práticos... e letais.

Sorasa inclinou a cabeça.

— E o que sabe de sua filha? Da Loba Temurana?

Salbhai se encolheu um pouco no assento. Ergueu o olhar para Sigil, ainda em pé, a cabeça raspando o teto do convés inferior. Sua voz se suavizou de uma forma que Sorasa não conseguia entender.

— Ela é uma excelente guerreira — respondeu. Sobre ele, a expressão furiosa de Sigil derreteu. — Que lidera com o coração e vê o mundo como é. Amplo, perigoso e repleto de oportunidades.

— Somos idiotas? — perguntou Sorasa.

Salbhai suspirou e fez que não, completamente encurralado.

— Não, não são — murmurou. — Mas não consigo acreditar... não posso repetir o que vocês disseram para o imperador sem provas.

A resposta ficou abruptamente clara.

Sorasa deu de ombros, como se fosse a coisa mais óbvia do mundo.

— Sigil vai.

Olhos pretos encontraram outros cor de cobre, caçadora de recompensas e amhara.

— Sorasa — sibilou Sigil.

Como ela, Sorasa levantou da cadeira. Entre Dom e Sigil, ela não tinha lá grande estatura, pequena demais para ter muita relevância. Sua presença encheu o convés mesmo assim, sua voz baixa e séria. Ela encarou a caçadora de recompensas, sem piscar, desafiando a mulher. Era como dar de cara com uma parede de tijolos. Sorasa mesmo assim insistiu.

— O imperador deve ser forçado a entender o que você viu — disse. — O que sabe ser verdade e o que sabe que vai acontecer se Temurijon não lutar.

Sigil franziu a testa, confusa, uma expressão magoada cruzando o rosto.

— Você quer que eu fuja? — balbuciou. — Dom, diga que ela está sendo ridícula.

O Ancião não se mexeu. Sorasa sentiu o olhar dele atrás dela, mas não podia se virar. Se ela vacilasse, poderia ceder.

— Não — murmurou ele.

Ela soltou um suspiro baixo de alívio, enquanto Sigil se enfurecia, sua dor se transformando em raiva.

Sorasa sentiu o mesmo no coração, por mais que tentasse ignorar. *Deixe a dor de lado*, disse a si mesma.

O embaixador se levantou com um pequeno sorriso, seu bom humor um forte contraste.

— Muito bem — disse. — Vamos velejar para Trisad. Bhur já está a caminho, vindo de Korbij, levando os Incontáveis consigo.

Em pensamento, Sorasa viu a cidade em movimento que eram os Incontáveis, uma cavalaria vasta, mais numerosa até do que as legiões gallandesas. Por onde marchavam, os Incontáveis deixavam uma trilha de quilômetros de largura em seu rastro, abrindo estradas através da estepe. Ela mal concebia a imagem do imperador marchando com eles, o reino inteiro tremendo sob os cascos de seu cavalo.

— O imperador já está em movimento? — perguntou Sorasa, incrédula.

O embaixador Salbhai confirmou.

— Ele respondeu correspondências algumas semanas atrás — disse, o sorriso presunçoso. — Uma carta do agora morto rei de Madrence, pedindo ajuda. Uma atitude desesperada.

Ele abanou a cabeça, lamentando o destino do rei Robart.

Sorasa tinha ouvido falar bastante disso nas masmorras, pelas fofocas dos torturadores e carcereiros. Robart se jogara no mar durante a coroação de Erida. Sorasa não podia deixar de aplaudir tamanha afronta.

— Se a guerra estivesse a caminho da esfera, ele não queria estar a milhares de quilômetros, pego de surpresa. E houve outra carta, do príncipe Oscovko de Trec. Por incrível que pareça — acrescentou Salbhai.

Rapidamente, Sorasa trocou olhares com Dom e Sigil, os três sensatos o bastante para morder a língua. *Me arrisco a dizer que o selo naquela carta é ligeiramente estranho, a assinatura do príncipe Oscovko um tanto diferente*, pensou, com um sorriso invisível.

— Alguma coisa certa o sacerdote fez — murmurou Sigil.

Salbhai não deu atenção, continuando.

— Apesar de inimigos, Oscovko implorou que Bhur lutasse. O príncipe falou das tentativas de Erida de conquistar a esfera, tanto com suas legiões como com... algo pior.

Uma sombra cruzou seu rosto, uma que Sorasa e os outros conheciam bem demais.

— Você sabe do que se trata, Sigil — disse Sorasa, torcendo para ela concordar. — Faça o imperador saber também.

Seja o último prego no caixão de Erida. Faça o imperador partir para cima das legiões dela.

Dessa vez, a caçadora de recompensas não discutiu. Em vez disso, ergueu as mãos e bufou.

— E vocês? — retrucou. — O reino todo ainda está atrás de uma amhara e um Ancião.

— Vamos ficar bem. — Sorasa sentiu o gosto de mentira na boca, mas esperança era tudo que tinha. — Quando chegar a hora, você deve estar pronta para partir. Nós também.

Sigil apontou o convés estreito do navio pirata.

— Partir para *onde*, Sorasa?

Não sei.

Era contra a natureza de Sorasa admitir uma coisa dessas em voz alta.

— Não vamos deixar Corayne lutar sozinha — retrucou, dando as costas para o resto.

Na parede, Meliz se ajeitou com a menção da filha.

Sem se deixar abater, Sigil se deslocou para bloquear o caminho de Sorasa.

— E onde está Corayne? — questionou. — Nenhum de vocês faz ideia!

A antiga amhara deu a volta na temurana, rápida e ágil demais.

— Isso é problema nosso — disse por sobre o ombro, os degraus do convés inferior passando sob as botas.

O ar fresco desceu queimando até seus pulmões, cortante como água fria. Sorasa quase gritou ao ouvir as botas de Sigil atrás dela, subindo pela escada.

— É um problema bem grande! — exclamou, subindo ao convés principal.

Sorasa não esperou, já passando pelo mastro para chegar à proa da *Filha da Tempestade*. A tripulação se dispersou para sair da sua frente, sem querer interromper seu caminho, mas desejando estar perto o bastante para escutar. Ela não lhes deu atenção, subindo à borda do navio, deixando as pernas penduradas para fora.

Respirando fundo, Sorasa baixou os olhos para as mãos, erguendo as duas palmas. Suas tatuagens olharam para ela em resposta, o sol na mão direita, a lua crescente na esquerda. Os símbolos de Lasreen, sua deusa. Ela deixou que a tinta a acalmasse.

O mundo todo se estendia entre sol e lua, vida e morte. Todos eram fadados a ambos. *Todos, sem exceção.*

Era uma lição aprendida a duras penas na Guilda. E aprendida mais mil vezes, nas sombras e nos campos de batalha.

Ela deixou Sigil se sentar junto a ela, a caçadora de recompensas ocupando o lado oposto da proa com um suspiro dramático. Ela se recostou na amurada, os cotovelos apoiados na borda de madeira.

Vozes ecoaram atrás delas, do convés inferior.

Sorasa fechou a cara, se preparando para a comitiva temurana inteira vir atrás delas. Em vez disso, uma voz baixa e grave ressoou do andar de baixo. Ela não decifrava as palavras, mas sentiu a intenção.

— Quando Dom ficou tão perspicaz? — resmungou Sorasa, observando a água. Por mais irritante que a ignorância anciã de Domacridhan fosse, sua empatia recém-descoberta era igualmente desconcertante. — Ele parece quase mortal ultimamente.

— Ele teve muito tempo para pensar nas masmorras — respondeu Sigil. Seus olhos se obscureceram com a memória. — Eu também.

— E o que eu estava fazendo? — retrucou Sorasa.

Algumas das cicatrizes mais recentes coçaram, provocadas pelos carcereiros de Erida e pelo interrogatório de Ronin.

— Gritando, provavelmente — disse Sigil, dando de ombros. — Você sempre foi fraca para dor.

As risadas das duas ecoaram sobre a água, perdidas para as ondas e o vento.

— Não gosto disso, Sigil — murmurou Sorasa, puxando a manga da camisa. — Eu mandaria Dom para Bhur se pudesse.

Sigil a encarou sobre a proa, o lábio curvado de sarcasmo.

— Não mandaria, não, Sorasa — disse, incisiva. — Se alguém consegue encontrar Corayne antes que o mundo acabe, são vocês.

— Se alguém consegue convencer o imperador a lutar, é você.

Outra mentira que apenas a sorte vai tornar verdade, Sorasa pensou.

— Uma pressão e tanto —bufou Sigil.

Sorasa concordou, sentindo o mesmo peso sobre os ombros. O mar de repente parecia uma boca aberta, se estendendo em todas as direções. Sorasa torceu para que não se fechasse em volta deles.

— É a estrada que escolhemos — sussurrou. — Quando escolhemos Corayne. E todos os outros.

Onde quer que eles estejam, mortos ou vivos.

Sigil coçou a cabeça, deixando o cabelo preto curto arrepiado.

— Quem diria que eu ficaria grata por não ter matado o sacerdote? — disse, incrédula.

— Que bom que ele finalmente fez sua parte.

Sorasa confirmou, agradecendo aos deuses pela pena de Charlie e suas cartas longínquas, sua verdade escrita em tinta mentirosa. Eram o suficiente para preocupar, alertar. Voltar os olhos na direção de Galland e ver o mal que lá crescia. Ela torcia para que as cartas chegassem a todas as cortes da Ala, de Rhashir a Kasa a Calidon.

— Nos veremos de novo, Sorasa Sarn.

O sussurro de Sigil se estendeu, pairando entre elas.

— Os ossos de ferro dos Incontáveis — murmurou Sorasa.

Sob a luz fraca, Sigil levou um punho cerrado ao peito.

— Não podem ser quebrados.

Ela não suportava ver o navio temurano desaparecer no horizonte e se virou para o sul, para o vento morno que soprava de terras quentes. Sorasa inspirou devagar, como se conseguisse saborear o calor de Ibal, a intensidade doce de zimbro e jasmim. Havia apenas sal e o resto de fumaça ainda impregnado em seu cabelo.

— E como pretendem encontrar minha filha?

A voz de Meliz se parecia com a de Corayne, o que embrulhou o estômago de Sorasa. Ela se virou a tempo de ver a capitã se apoiar na amurada, a mão plantada no quadril.

O olhar também era o mesmo. Cortante, penetrante. E voraz.

Sorasa só queria escapar para baixo do convés, mas se manteve firme.

— As duas pessoas mais poderosas da esfera caçam sua filha — disse. — Eles vão encontrá-la por nós.

A capitã jogou a trança para trás, com desdém.

— Sou pirata, não apostadora.

— Você é realista, assim como eu — retrucou Sorasa. — Vê o mundo como ele é.

Meliz apenas concordou com a cabeça. Sua espada ainda estava pendurada no quadril, e havia outra adaga na bota. Ela tinha uma cicatriz cortando a sobrancelha, e marcas muito piores nas mãos, de cordas, queimaduras de sol, todo tipo de ferimento. Como Sorasa, era uma mulher da Ala, acostumada com o perigo e vidas mais duras.

— Esse mundo não existe mais. — Sorasa se inclinou para a frente, apoiando os dois cotovelos na amurada do navio. — Fusos se abrem, monstros vagam. E o pior de todos os monstros controla o trono de Galland.

— Fiz o possível para retardá-los — murmurou Meliz.

— Ainda há mais a fazer — disse Sorasa, incisiva. — Para onde você vai?

— Orisi, mas vamos comprar suprimentos em Lecorra.

Uma cidade-ilha em Tyriot, a semanas de distância. E, antes dela, a capital de Siscaria?

A assassina franziu a testa, uma dor de cabeça latejante se juntando às muitas que ela já ignorava.

— Não é perigoso? Lecorra e o resto de Siscaria são leais à rainha.

Um sorriso se abriu no rosto bronzeado de Meliz e ela deu de ombros.

— Covardes ou não, Lecorra ainda respeita dinheiro genuíno e documentos falsos. — A capitã tirou de dentro da camisa um envelope de couro dobrado, recheado de papéis. — Aquele seu sacerdote é o motivo pelo qual consegui me infiltrar em tantos portos com um só navio.

Os olhos de Sorasa se fixaram no pergaminho, estudando a letra e as marcas de tinta. Ela também se lembrava delas, traçadas às pressas no convés de outro navio, os selos e cartas criados pela mão de um mestre.

Um mestre da falsificação.

— Ele também está morto? — perguntou Meliz, em voz baixa.

Charlie. Andry. Valtik.

Corayne.

O coração de Sorasa sangrou de novo.

— Não sei.

Para seu alívio, Meliz olhou para o mar, protegendo os olhos da luz do sol refletida nas ondas. De novo, Sorasa se escondeu sob o cabelo, dando a si mesma um momento para se recuperar, enquanto a garganta ameaçava fechar.

A capitã pirata não falou por um bom momento, perdida nos próprios pensamentos, quaisquer que fossem. Ela se inclinou para a frente, sobre a água, atingida pelos respingos frios. Parecia acalmá-la.

— Tentei proteger minha filha o quanto pude — sussurrou Meliz, tão baixo que Sorasa quase não ouviu. — Tentei fazer com que fosse feliz onde estava.

— Não é da natureza de Corayne ficar parada — respondeu ela, sem pensar.

Depois se crispou. Era errado dizer para uma mãe como sua filha era, o que tinha se tornado.

Porém, Meliz não pareceu brava, nem mesmo triste. Seus olhos eram mogno escuro, derretidos, como se acesos por dentro. Agitados como o mar.

— Obrigada — soltou.

Sorasa continuou sem expressão, o rosto imóvel, embora sua mente se intrigasse.

— Você foi uma mãe para ela, quando não pude ser — explicou Meliz. Seus olhos apontaram para trás, na direção do pedregulho imortal do outro lado do convés. — E imagino que ele seja um pai também.

— Manter Corayne viva me mantém viva — retrucou Sorasa, se eriçando. — Nada mais.

Isso divertiu Meliz mais do que qualquer coisa, e ela sorriu de novo, rindo. Era um som musical, mas misturado com algo mais tenebroso. Naquele momento, Sorasa entendeu como uma mulher viera a dominar os piratas do mar Longo.

— Eles ensinaram muitas coisas em sua guilda, amhara. Mas nunca a amar — disse Meliz, virando os olhos de novo. — É uma lição que ainda está aprendendo, pelo visto.

Sorasa se afastou rapidamente da amurada, os lábios apertados numa linha fina.

— A Lecorra — disse, enérgica, dando as costas.

— A Lecorra — repetiu a capitã atrás dela.

Quanto mais eles velejavam para longe de Ascal, mais claro ficava o céu, até o firmamento se abrir num azul intenso e infinito e um sol amarelo-claro. Sorasa se deliciou, soltando uma respiração pesada enquanto sentia parte da tensão relaxar dos ombros. Mas não toda. A influência de Taristan estava para trás, mas não o perigo.

Como Meliz prometeu, eles não enfrentaram nenhuma oposição no porto de Lecorra, embora oficiais revistassem o navio e analisassem os documentos da capitã. Sorasa e Dom se deitaram em silêncio sob as tábuas falsas do convés inferior, contando os segundos até os oficiais saírem e a *Filha da Tempestade* aportar com segurança.

Dom ficou no navio. Não havia como disfarçar um Ancião de dois metros de altura, muito menos um que se recusava a mudar qualquer coisa em sua aparência.

Sorasa não tinha essas restrições. Seu rosto coberto ainda estava nos cartazes de procurada, mas ela sabia escapar de uma perseguição, tendo feito isso inúmeras vezes. E, embora Lecorra fosse metade de Ascal, ainda era uma cidade enorme. Sorasa saiu às escondidas sem muita dificuldade, deixando Dom vagando pela *Filha da Tempestade*.

Ela se manteve nos setores menos desejáveis da cidade antiga, todos bem conhecidos por ela. Nada em Lecorra tinha mudado, exceto pelas bandeiras verdes de Galland ondulando sobre as siscarianas, para ilustrar sua nova conquistadora e rainha. Sorasa tentou ouvir notícias, de um canto escuro de taberna ou escondida num beco. E foi aos poucos arranjando artigos para a jornada, aonde quer que ela os levasse.

Ao voltar ao navio, subiu a escada de corda num piscar de olhos, ansiosa para pular a amurada e chegar ao convés. Dom já estava esperando por ela, o capuz erguido sob o pôr do sol.

— Alguma coisa útil? — perguntou, pegando a bolsa dela.

Sorasa entregou a coleção de mercadorias roubadas. Alguns cantis, mapas fiéis de Todala, fio e uma agulha de costura boa. O resto do saque, resultado de um passeio muito proveitoso por um boticário, ela mantinha guardado nas bolsinhas na cintura.

— Demais — respondeu ela, com ironia. — A rainha está morta, a rainha está viva, o príncipe Taristan tomou o trono, o primo usurpador da rainha contratou os amharas para matá-la.

Sorasa odiava aquele último boato em particular. Assassinos não matavam por fama, nem para ser lembrados. Seu serviço era apenas aos amharas, seus nomes e memórias, apenas para a Guilda. Mesmo assim, ela odiava que Lord Konegin pudesse levar o crédito pela arma dela.

Dom desceu obstinadamente atrás dela até a cabine estreita, com a qual já estavam acostumados até demais. Era gentil do navegador deixar que continuassem a usá-la, mas o quartinho estava começando a dar coceira nela.

O espaço restrito era piorado pela pilha crescente de provisões que se espalhava pelo chão. Um manto novo para Dom, peças de couro novas, armas, camisas, luvas, alforjes para cavalos inexistentes, qualquer comida que se conservasse e moedas variadas de todo canto da Ala.

— E os movimentos deles? — perguntou ele, apoiando no batente.

Sorasa rangeu os dentes, desejando um pouco de silêncio. Ou que outra crise de náusea derrubasse o Ancião.

— Nada ainda — respondeu, se ocupando das mercadorias. — Mas vamos ouvir em breve.

— E se não ouvirmos?

— Vamos ouvir. Exércitos inteiros não passam despercebidos.

— Você mente demais, Sorasa Sarn — respondeu Dom, com a voz baixa e trêmula. — Ainda sabe diferenciar mentira de verdade?

Rangendo os dentes, Sorasa tirou a jaqueta de couro nova. Considerou jogar na cara dele antes de se sentar para verificar as costuras e consertar algumas fivelas quebradas.

— Importa? — respondeu ela, com desdém, uma agulha entre os dedos.

Ela começou a trabalhar rapidamente no couro, acrescentando alguns bolsos internos para complementar as bolsas no cinto. Era relaxante, fio, tecido e couro velho macio. A agulha atravessou com a facilidade de faca em carne. O movimento repetitivo acalmava até Sorasa Sarn, e ela pensou na juventude, quando fazia exatamente a mesma coisa. Quando lavava sangue e costurava roupas rasgadas como costuraria uma ferida.

Dom não disse nada, observando seu trabalho. Quando as sombras cresceram, ele até acendeu uma lanterna, poupando a vista dela do cansaço da penumbra.

— Erida sobreviveu, sim — murmurou Sorasa, finalmente, quebrando o silêncio. — Falei com um mercador que a viu, de longe. Ela se refugiu numa das catedrais.

Dom parou diante dela de repente, quase preenchendo a cabine. Seu peito subia e descia sob o gibão de couro, seus dentes se abriram para inspirar abruptamente.

— E Taristan?

— Ao lado dela — respondeu, erguendo os olhos para os dele, cujo verde furioso escureceu.

— Desista, Domacridhan. Ele está vulnerável, mas ainda inalcançável para você.

Ele curvou os lábios, mostrando mais os dentes.

— Ainda estou aqui, não estou?

— Também há boatos de que alguém deixou a cidade, sob o comando da rainha — acrescentou ela, ao menos para distraí-lo. — Um homem baixo, vestido de vermelho.

— Ronin — murmurou Dom com repulsa. Ele apoiou a mão na parede da cabine, em cima da janela, e se abaixou para espiar do lado de fora. — Quem dera Valtik tivesse quebrado a coluna dele, e não só uma perna.

— Você conhece Valtik. — Sorasa voltou à costura e cortou a linha com os dentes. — Inútil até o segundo em que deixa de ser, e depois inútil de novo. Você se identifica, imagino.

Dom soltou um rosnado baixo, e a pouca paz entre eles se partiu.

— Vou deixar você trabalhar, Sarn — resmungou.

— Se divirta dando mil voltas pelo convés — respondeu ela, agradecida por continuar o trabalho em silêncio.

25

A PELE DE UM DEUS

Erida

— Demos sorte, majestade.

Mesmo com a mão machucada, Erida queria arrancar a cabeça de Lord Thornwall dos ombros curvados dele.

Taristan estava em pé ao seu lado e o comandante dos exércitos ajoelhado diante de seu assento. Thornwall ainda estava de armadura, vestida às pressas na noite anterior, quando piratas maltrapilhos decidiram atear fogo em metade de Ascal. Ele estava com o rosto vermelho, corado de vergonha, constrangimento e, mais que tudo, medo. Erida cheirava o pavor nele.

Ela sentia falta do trono, de uma coroa, de qualquer um dos ornamentos da rainha poderosa em que havia se transformado. Porém, Erida era apenas ela mesma, pequena num vestido amarrotado, sem ouro, joias ou peles, sentada numa cadeira comum na catedral.

Tinha apenas sua coragem. Essa, pelo menos, era de aço.

— Quatro navios da frota no fundo dos canais — disse ela, entre dentes. Fogo queimava por seu corpo como tinha queimado por sua cidade. — Outros dez incapacitados por sabem os deuses quanto tempo. Parte da enseada da Frota em ruínas. Meu palácio reduzido a cinzas e aqueles rebeldes idiotas nas ruas prestes a incendiar o resto da cidade se tiverem a chance. Piratas se infiltraram nos *estaleiros da marinha*, Lord Thornwall. Ratos do mar ludibriaram *seus* soldados!

Atrás de Lord Thornwall, seus muitos assistentes e tenentes tremiam. Eram inteligentes o bastante para manter os olhos baixos, ainda ajoelhados, como Thornwall. Os cortesãos dela, incluindo suas damas e até Lady Harrsing, tinham se dispersado. Sabiam evitar a raiva da rainha.

— E ainda vem me dizer que foi *sorte*, Lord Thornwall?

Sua voz ecoou pelo mármore, o único som no mundo além do coração acelerado de Erida.

— Quase toda a frota está intacta, ainda que dispersa.

A perna de Thornwall tremia embaixo dele. Ele não estava acostumado a ficar de joelhos por tanto tempo. Seu corpo velho não suportava.

Mesmo assim, Erida não fez sinal para ele se levantar. *Ele não merece ficar em pé.*

— As galés perdidas não foram nossos navios de guerra pesados — acrescentou ele, depressa, como se significasse alguma coisa.

Erida torceu a boca.

— Não, Lord Thornwall — respondeu com frieza. — Nossos navios de guerra estão meramente presos nas próprias docas na enseada da Frota até os sapadores da cidade se dignarem a escavar os destroços.

O comandante se contraiu de novo.

— Deve-se dar prioridade aos navios civis que ainda estão esperando ancorados — disse, quase um sussurro.

— Claro — retrucou Erida, desgostosa.

Quem dera tivessem queimado aqueles navios em vez dos meus e calado todos os marinheiros resmungões no porto do Viandante.

— Não fui eu que prendi os navios aqui — sibilou ela. — Não mais.

Depois de caçar por todas as ruas bloqueadas de Ascal, Erida não tivera escolha senão abrir os portões e portos da cidade. Antes que a cidade toda se insurgisse em revolta contra ela e derrubasse suas muralhas com as próprias mãos. Multidões haviam passado pelos portões como ondas, saindo em todas as direções.

Dentro de Konrada, ela não via o céu, mas luz vermelha suficiente se infiltrava pelas janelas de vitral. A luz a inquietava tanto ali quanto em Partepalas, quando a estranha névoa escarlate se espalhara pelo horizonte. Ela sabia que era culpa sua. E de Taristan. E do Porvir.

A influência d'Ele se infiltrava no mundo, pouco a pouco.

Ela a sentia na ponta dos dedos, uma vibração suave como o zumbido de abelhas num bosque.

Thornwall tomou seu silêncio por fúria. Ele gaguejou, os olhos lacrimejantes franzidos sobre a barba.

— Já enviei mensagens por todo reino, a cada castelo, forte, posto avançado e atalaia velha destroçada — disse, quase suplicante. — Eles serão encontrados, majestade. O Ancião e a amhara.

Ela se contorceu na cadeira. A simples menção de Domacridhan e sua piranha amhara lhe dava arrepios. Ela via os dois pelo canto do olho, fantasmas fora de seu alcance. O Ancião de armadura roubada, o aço dourado manchado de sangue. A amhara de expressão vazia, opaca exceto pelos olhos reluzentes cor de cobre. Era uma serpente em pele humana.

Atrás dela, Taristan soltou uma respiração sibilante. Como a rainha, ele já tinha arranjado roupas mais adequadas. Parecia sua versão renegada de antigamente, vestido com simplicidade, uma espada nova na cintura.

— Como Corayne an-Amarat foi encontrada, Lord Thornwall? — disse ele, como se repreendesse uma criança. — E Konegin?

Konegin.

O nome dele desceu rasgando pela coluna de Erida, que se levantou de um salto. Sob ela, Thornwall estremeceu.

— Sou a Rainha de Quatro Reinos, a Imperatriz em Ascensão — disse ela, quase rosnando. — E não posso apanhar nem um velho direito, que dirá uma adolescente. Que esperança temos para uma amhara treinada e um Ancião imortal?

Nos anos de serviço tanto a Erida como ao pai dela, Lord Thornwall não era de falar fora de hora. Nem de falar quando simplesmente não havia o que dizer. Isso Erida sabia. Via também a confusão do homem, estampada nas rugas da testa franzida dele.

Ele não entende, pensou. *Mas como poderia entender que Corayne é a chave para esta esfera? Ele não vê o que vemos, não de verdade.*

Lord Thornwall mantinha distância do exército de cadáveres de Taristan. Mesmo assustador para seus nobres, o exército tinha se revelado valioso mais de uma vez. O comando de Thornwall era sobre soldados vivos, e ele nada sabia de Fusos abertos. Sabia apenas que Erida e Taristan eram a glória do Velho Cór renascido, o destino deles escrito em sangue.

Ele não precisa entender, Erida sabia. *Precisa apenas seguir ordens.*

Por fim, ela fez sinal para o velho levantar.

Thornwall soltou um suspiro agradecido ao se erguer, a perna ainda trêmula.

— Majestade — murmurou.

O semblante dela continuou fechado.

— Traga-me uma cabeça, Lord Thornwall — comandou ela. — O senhor escolhe qual.

Deles ou sua.

Thornwall ouviu a ameaça com clareza, seu rosto vermelho ficando branco. Seus olhos a esmiuçaram, buscando alguma suavidade, algum indício da lealdade de Erida ao grande comandante. A rainha ficou como pedra sob o escrutínio dele, desafiando-o a encontrar alguma fresta na armadura.

Não havia nenhuma.

— Sim, majestade — sussurrou ele, fazendo uma reverência antes de se afastar da cadeira simples que servia de trono.

Ela o observou partir, os tenentes correndo atrás dele como cães com seu caçador. Eles não diriam uma palavra até estarem fora da catedral, de volta ao acampamento improvisado da legião na praça.

As portas se fecharam atrás deles, um eco surdo pela torre. Erida se aliviou um pouco. Seus ombros baixaram alguns centímetros, a firmeza do maxilar relaxando. Por todo o salão central, a Guarda do Leão permaneceu, estátuas douradas dispostas a intervalos. Thornwall e Lady Harrsing já haviam substituído seus cavaleiros mortos, reforçando seu efetivo.

Ao menos essa baboseira foi resolvida, Erida pensou, grata por se livrar de mais uma tarefa.

Antes que Harrsing e as damas pudessem voltar, Erida deu outro passo para longe da cadeira. Taristan foi com ela, estendendo o braço num gesto cortês.

Erida sorriu para ele com ironia, por mais irritada que estivesse pela circunstância.

— Agora você decide ter educação — murmurou, deixando que ele a guiasse para o quarto.

Ela descontou a raiva no corpo dele.

Como seus inimigos haviam devastado sua cidade, Erida devastou Taristan. Ele teve o maior prazer em ceder, os músculos tensos de raiva, as veias brancas rebentando sob a pele. Feridas novas riscavam sob as pontas dos dedos dela, todas quentes como o pavio de uma chama. Ela lamentou cada arranhão e cicatriz. Eram prova terrível e incontestável da fraqueza de Taristan. Ele também os odiava, por mais que fingisse não se importar. Ela sentiu na forma como segurava o punho dela.

Com o passar dos minutos, Erida se permitiu se perder, até sua raiva e a frustração dele se desfazerem. Ela esqueceu quase tudo, até a dor na mão machucada. A letargia os consumiu, até mesmo o príncipe guerreiro ficar imóvel, exceto pelo subir e descer de seu peito nu.

Pela primeira vez, Erida deixou marcas nele.

Ela não as traçaria, não sujeitaria Taristan a mais um lembrete.

O quarto que ocupavam na Konrada pertencia antes ao sumo sacerdote do Panteão Divino, e seus objetos refletiam a vida de um mortal próximo do fim. Velas grossas de cera cobriam todas as superfícies, para proporcionar luz suficiente para uma vista cansada ler. A cama era pequena e dura, o colchão estofado demais, os travesseiros pouco mais do que duas penas juntas. Uma única janela de vidro circular dava para a praça, proporcionando uma vista desobstruída dos restos fumegantes do Palácio Novo.

Erida se recusava a olhar, ainda. Tinha ouvido relatos suficientes do estrago para saber que o golpe era astronômico. Porém, não conseguia se forçar a ver e aceitar a destruição provocada pela amhara. Contra Erida, contra sua autoridade. E contra o palácio que seus antepassados construíram, rei após rei.

Tudo perdido por uma rainha.

Erida mordeu a bochecha, sentindo gosto de sangue. Ela estremeceu e se levantou de um salto da cama do sacerdote, se dirigindo à bacia sobre o aparador. Depois de tomar água de um copo, ela cuspiu rosa na cuba de cobre.

Uma sombra distorcida de seu próprio rosto a refletiu, distorcida pelo metal. Sangue e água giravam nela.

— O que fazemos, Taristan? — murmurou para as sombras. — Aumentei recompensas, contratei assassinos. Tenho o maior exército deste lado das montanhas à procura dela.

Erida pensou na esfera, nas terras de Todala amplas e vastas, cheias de tantos lugares para se esconder.

Todos, aparentemente, fora de seu alcance grandioso.

— Talvez tenhamos enviado Ronin precipitadamente — murmurou Taristan na cama.

Por mais que todas as menções ao feiticeiro a irritassem, ainda mais em seus aposentos particulares, Erida não podia deixar de assentir.

— Não acredito que concordo — sussurrou.

— Passou a gostar do feiticeiro? — questionou Taristan, com ironia na voz.

— Até parece — respondeu ela, vestindo a camisola. — Mas, se ele retornar com um dragão, vou me ajoelhar e beijar seus pés.

Ele riu com sarcasmo.

— Vou cobrar.

Erida se virou para vê-lo se sentar, um brilho de suor na pele pálida. Seus muitos ferimentos reunidos se destacavam fortemente, vermelho sobre branco, aureolados pela luz que incidia da janela.

Ele se tensionou sob sua atenção, um músculo se flexionando no maxilar.

— É... diferente? A perda dos Fusos? — murmurou ela.

Ser vulnerável, mortal. Sua boca se encheu com um gosto amargo. *Como qualquer outro homem sobre a Ala.*

Taristan demorou um bom tempo para responder, mastigando as palavras como um pedaço de carne dura.

— Passei a maior parte da vida como sou agora — disse por fim. — Mas é estranho, sim, vestir a pele de um deus e depois ser privado dela.

Erida entendia. *Seria como perder minha coroa*, pensou, tremendo. Ela mal imaginava o que significaria sentir o trono em seus ossos, mas nunca se sentar nele de novo. Ser rainha. E depois *nada*.

— O templo. Nezri. Vergon. — Ela cuspiu cada palavra como se fosse veneno. — Tudo destruído por aquela criança miserável.

— Gidastern resiste — disse Taristan com frieza.

Ele se virou para pisar os pés descalços no chão, o lençol fino sobre as coxas. Dobrou a mão em pleno ar, os dedos brancos compridos e calejados. Ele a encarou como se estivesse atônito.

Erida sabia o que aquelas mãos ainda conseguiam fazer. Lembrava bem demais do exército de cadáveres, marchando em fileiras amontoadas. Muitos eram terracinzanos, mas outros eram de Gidastern agora, camponeses, estivadores e mercadores mortos ao lado dos soldados dela.

Meus soldados ainda servem a Galland, mesmo mortos.

— Gidastern resiste — repetiu Erida, estendendo o braço para pegar a mão dele. — E, com a dádiva daquele Fuso, nossos exércitos jamais vacilarão. Por mais que nossos soldados caiam. Eles sempre voltarão a se levantar. — Ela apertou os dedos dele, entrelaçados nos dela. — Assim como nós. Juntos.

Juntos.

A palavra se estendeu na sua cabeça. Depois de tantos anos sozinha, tendo apenas a companhia da coroa, a ideia de outro ainda era estranha. Mesmo Taristan.

A dor começou para valer, como uma agulha cega se cravando em suas têmporas. Erida estremeceu de novo, sacudindo a cabeça.

— Erida? — chamou Taristan, chegando mais perto.

— Só uma dor de cabeça — respondeu, brusca.

Todo breve alívio que encontrara de seus fardos foi se esvaindo, água por entre os dedos. Cerrou os dentes, osso sobre osso, embora a pressão piorasse a dor de cabeça.

Taristan observou com seus olhos pretos infinitos.

Erida aguardou, à espera do fulgor vermelho neles. Não veio.

— Ele não pode dizer onde ela está? — ela disse entre dentes, soltando sua mão. — Não é parte de você? O Porvir não é um deus?

Com a graça de um gato de rua, Taristan levantou, se assomando diante dela. Uma mecha de cabelo ruivo-escuro caiu sobre um olho, o resto roçando o alto da clavícula.

— Ele não fala, você sabe disso — disse, com seu mesmo tom exasperado. — Não como você pensa, ao menos. Ronin conseguia ouvi-Lo, mas mesmo aqueles murmúrios não eram... inteiros.

Ela respondeu sem pensar, levando a mão à têmpora.

— Comigo Ele fala.

O silêncio foi sufocante. A mesma tensão na cabeça dela se enrolou ao redor do pescoço, mais firme do que a mão de um amante.

Ela voltou a esperar o brilho vermelho. *Desejou*, até.

Porém, Taristan permaneceu. Uma ruga se formou entre suas sobrancelhas. Quando Erida deu um passo para trás, ele deu um à frente, mantendo os centímetros entre eles.

— O que Ele diz?

A voz dele era rouca, mais grave do que ela pensava poder ser.

— Deixe-me ficar — disse ela. Saiu como uma admissão ou um pedido de desculpa. — Deixe-me entrar.

Taristan a pegou pelos ombros, seu aperto firme e inabalável. Não era o abraço de uma pessoa amada, mas algo mais desesperado.

— Não — sussurrou. — Não dê isso a Ele.

Erida o encarou, traçando as veias ao longo do pescoço e a presença inconstante atrás dos olhos dele. Se movia enquanto Taristan a segurava, como se estivesse simplesmente de lado. Ela se perguntou se o Porvir faria o mesmo com ela. Seus olhos azuis arderiam vermelhos e dourados, avivados pela luz de um deus das trevas?

Valeria a pena?

Os dentes de Taristan rangeram, exasperação no rosto.

— É como Ronin diz. O Porvir exige sacrifício. Concedi o suficiente — disse, vigoroso. — Você precisa fazer o mesmo.

Com delicadeza, ela pegou a mão dele, virando-a. Ela a examinou como faria com as páginas de um livro, lendo cada calo e arranhão. Não havia mais nenhum corte na palma da mão. Os ferimentos de Fuso desapareceram antes que ele perdesse a capacidade de cicatrizar. Contudo, ela se lembrava do sangue dele jorrando entre os dedos, o vermelho escuro em contraste com o gume de uma espada de Fuso. Ele derramou sangue para abrir cada Fuso, dando pedaços de si a cada vez.

Curiosamente, ela pensou em Ronin na imensidão erma. *O que ele terá que dar para encantar um dragão? Que preço pagará?*

— O que você deu, Taristan? — Ela se engasgou quando a mão dele vacilou na sua. — Quando Ronin o procurou pela primeira vez?

Ele se desvencilhou dela, a expressão ficando cáustica e tensa.

— Prometi um preço — murmurou ele, o rosto nas sombras. — Prometi um preço e, diante das portas de um templo esquecido, paguei.

Com a vida de seu irmão, Erida sabia, completando o que ele não conseguia dizer.

— O que uma pessoa não daria para conquistar seu destino? Para comandar sua sorte? — ele continuou, abanando a cabeça. — Imagine se não fosse a rainha de tudo até onde a vista alcança, mas mesmo assim sentisse esse poder em você, apenas esperando para ser conquistado. O que você daria para se apossar dele?

Erida não precisou pensar muito. Ela se sentia enjoada e determinada, tudo ao mesmo tempo.

— Tudo.

Ainda não havia amanhecido quando Erida se levantou, sem conseguir dormir. Taristan não despertou quando ela saiu do quarto. Ele tinha o sono pesado, quase morto entre os lençóis. Ela olhou para trás uma vez. Era apenas dormindo que o rosto dele se suavizava, suas preocupações distantes, o peso do sangue e do destino finalmente aliviado.

No corredor, a Guarda do Leão esperava, todos os dez enfileirados na frente da antessala do quarto do casal. Erida deixou que eles a seguissem como a cauda da camisola e do manto pesado.

Ela andou devagar, refletindo, a mente confusa por tantos pensamentos.

Quase toda a torre da Konrada era aberta para o piso da catedral embaixo. Estátuas se agigantavam dos vinte lados da torre, os deuses e deusas da Ala fixos em pedra. Lanternas pendiam de correntes imensas do teto abobadado, descendo por dezenas de metros. Queimavam a noite toda, projetando uma luminosidade quente sobre o ambiente.

Para Erida, sonolenta, a luz suave transformava o mundo num sonho. Deixava seus passos mais leves.

Ela podia fingir que não era verdade.

Lady Harrsing foi uma das poucas cortesãs a se instalar na Konrada com a rainha. A maioria dos nobres tinha seus próprios sobrados e vivendas por toda Ascal, mas Bella optara por ficar por perto. Como sempre, desde que Erida era menina.

Uma criada atendeu a porta, bocejando na cara da rainha.

Logo na sequência, ela arregalou os olhos de choque e praticamente se jogou ao chão para se ajoelhar.

— Majestade — murmurou, tremendo e olhando para o chão. — Vou acordar Lady Harrsing.

— Posso fazer isso — disse Erida, fazendo sinal para a criada sair da frente.

Com um olhar imperioso, ela ordenou que a Guarda do Leão ficasse no corredor. A criada fez o mesmo, saindo para dar à rainha toda a privacidade necessária.

Bella Harrsing era a mulher mais rica de Galland depois da própria Erida. Com o marido morto e uma rede de filhos casados por toda a esfera, ela poderia passar os dias no mais alto luxo. Visitando netos, desfrutando da hospitalidade de todas as cortes estrangeiras pela Ala. Em vez disso, se contentou em servir à rainha, ficando para orientar Erida quando ela assumiu o trono.

Nos últimos tempos, suas utilidades ficaram escassas, à medida que Bella envelhecia.

Ela ainda tem suas utilidades, Erida pensou, entrando na antessala estreita que separava o corredor do quarto de Bella.

O espaço era pouco mais do que um armário, as paredes forradas de madeira, sem nada além de uma janela alta e uma pintura da deusa Lasreen. Erida olhou para ela com desprezo, se afligindo com o sol e a lua nas mãos de Lasreen, o dragão Amavar deitado atrás da deusa.

Para sua surpresa, a própria Bella chegou à porta do quarto, a passos lentos, e olhou para fora, ainda de camisola. Seu cabelo grisalho caía pelas costas, preso numa trança solta. Era raro ver Lady Harrsing sem joias, de tão rica que era. Porém, ela não parecia pequena sem elas. Sua expressão astuta era forte o suficiente.

— Majestade — ela se assustou, abrindo a porta. Com a pressa, esquecera a bengala e apoiava o peso na parede. — Está tudo bem?

O coração de Erida se apertou no peito. As pessoas faziam tantas perguntas para ela: que cor de vestido ela queria, que coroa, o que dizer a esse lorde, como aplacar aquele nobre? Poucos se importavam em perguntar sobre a própria Erida.

— Estou, Bella — disse, entrando com a velha.

Os olhos verde-claros de Harrsing cintilaram, estreitados. Ela não se convenceu.

— Então o que está fazendo no meu quarto na calada da noite? — perguntou, mais incisiva.

No passado, Erida fazia visitas como aquela raras vezes, sempre buscando um frasquinho de chá de donzela. Preparado com uma erva que todas as mulheres conheciam, com cheiro de hortelã, cara de lavanda. Ela ainda se lembrava do gosto e do desespero que a levava àquilo.

Erida rapidamente fez que não.

— Nada desse gênero, Bella — disse com carinho. — Venha, me deixe levá-la de volta à cama.

— Muito bem.

Com um pequeno sorriso, Erida estendeu as duas mãos para manter Lady Harrsing em pé. Ela tentou não fazer careta quando a velha colocou pressão na mão machucada. Juntas, elas entraram no quarto, tão minúsculo quanto a sala anterior. Uma vela queimava no canto, projetando um foco de luz suave.

— Bom — disse Harrsing, se acomodando embaixo das cobertas. — O que foi, então? Que conselho posso dar à minha rainha? — Ela perdeu o fôlego. — Que conselho não posso dar abertamente à luz do dia?

Erida puxou uma cadeira ao lado da cama. Seu coração acelerou, embora ela se sentasse com calma. Parte dela queria se levantar e fugir. Mas não o suficiente.

— Há muito que não posso dizer, Bella — murmurou.

Harrsing a tocou de leve.

— Você está com medo.

Piscando, Erida ponderou a resposta. A vela tremeluziu e ela suspirou. Não havia por que mentir.

— Estou — admitiu.

Por muitos motivos.

Para sua surpresa, Harrsing apenas encolheu os ombros estreitos sob a camisola.

— É necessário.

Erida não pôde deixar de titubear.

— Como assim?

A velha deu de ombros de novo.

— O medo não é tão terrível quanto o fazemos parecer — ela disse. — Medo significa que você tem a cabeça no lugar, uma cabeça boa. Significa que tem coração, por mais que tente escondê-lo do resto de nós.

Como Erida, Lady Harrsing usava sua máscara, moldada por décadas na corte real. Ela a tirou para mostrar um sorriso, mais caloroso e suave do que a vela. Fez o coração de Erida se apertar.

— Um rei ou uma rainha sem temores seriam horríveis — acrescentou com desdém.

Erida não tinha como concordar. Seus medos pareciam infinitos, envoltos ao redor do pescoço numa corrente inquebrável. Ela queria saber como seria estar livre de seus receios e piores pensamentos. Ter a força de superar o próprio medo. De chegar aonde restavam apenas glória e grandeza.

Lady Harrsing arqueou a sobrancelha, observando a rainha.

— Ser *temida* é completamente diferente.

— É necessário também — respondeu Erida rápido.

— Até certo ponto — disse Harrsing, cuidadosa e deliberada. Seu olhar vacilou, baixando para a coberta sob suas mãos. — Mas...

— Mas? — repetiu Erida, o coração na garganta.

Na cama, Harrsing se inclinou para a frente, sussurrando sem motivo. Seu pequeno sorriso voltou, mas seus olhos claros ficaram frios.

— Você permitiria as divagações de uma velha ignorante?

Erida sabia que Lady Harrsing era a pessoa mais inteligente de seu círculo, calculista como qualquer cortesão e mais sábia do que um sacerdote. Definhando ou não, Erida jamais a descreveria como ignorante.

Mesmo assim, permitiu que ela continuasse.

— Você é temida, Erida — disse ela, direta. — Mas também é amada. Por mim, por Lord Thornwall, pelas legiões. Até por seus nobres inoportunos. Pela maioria, ao menos. Todos a vimos crescer, magnífica, e tornar seu reino magnífico.

Erida piscou com força, os olhos ardendo de repente. Ela quis fugir do quarto de novo. E, de novo, sua mente prevaleceu sobre seu coração.

— Obrigada — soltou com dificuldade.

Lady Harrsing se aproximou de novo, pegando o punho de Erida. Seu aperto era surpreendente firme, o toque gelado.

— Taristan não é amado — murmurou a velha. Por mais suave que fosse sua voz, cada palavra era cortante. — E nunca será.

Erida curvou os dedos na mão da velha, seu próprio corpo coçando diante da verdade.

— *Eu* o amo — disse Erida, rígida.

Em vez de fogo, ela sentiu gelo se infiltrar no coração.

Lady Harrsing torceu a boca.

— Quem dera isso bastasse, minha querida.

O gelo se espalhou, atravessando o corpo de Erida, adormecendo todas as sensações. Ela ergueu o queixo, sentindo a coroa na cabeça vazia.

— Sem Taristan, eu não seria a Imperatriz em Ascensão. Não seria a Rainha de Quatro Reinos. Meus nobres não seriam mais ricos do que nunca sonharam, suas terras expandidas, seus tesouros transbordantes. — As palavras verteram dela como sangue de uma ferida. — Lord Thornwall não comandaria um exército que se estende por todo o continente. E *você* não teria a confiança da pessoa mais poderosa da esfera.

Ela esperava um pedido de desculpas, ao menos. Harrsing apenas deu de ombros e soltou seu punho para erguer as mãos em sinal de derrota preguiçosa. Sacudiu a cabeça, seu orgulho apagado. Ela olhou para Erida não com amor, mas pena.

Era pior do que um tapa na cara.

E Harrsing sabia.

— Como eu disse — suspirou, erguendo sua única defesa. — Eram apenas as divagações de uma velha ignorante.

Erida só conseguiu pestanejar.

— Taristan do Velho Cór se sentará no trono por muito tempo depois que você morrer.

Harrsing retribuiu seu olhar fulminante.

— Espero que se sente ao lado dele — disse ela, sincera. — E não abaixo. *Embaixo de um rei das cinzas.*

A verdade queimava, mais quente do que o fogo ainda fresco na memória. Mais dolorosa até do que os arranhões no fundo da mente. Erida de Galland não era uma criança inocente, não mais. Ela entendia de guerra, entendia de política. Entendia como equilibrar reis estrangeiros e lordes, fome do inverno e fartura do verão.

Sabia o que Taristan era, por mais que o amasse.

Ele é uma espada, não uma pá. Pode apenas destruir, e jamais construir.

Lágrimas arderam, mas não caíram.

Outra voz respondeu a seus pensamentos. Não Bella, mas a sombra sibilante do Porvir.

Meu preço está dado, ele disse.

O gelo em seu coração se estilhaçou, rasgando-a.

Ao lado do corpo, Erida cerrou a mão ilesa e cravou as unhas na palma. Ela deixou que o ardor a acalmasse e forçou um sorriso falso.

— São poucas as pessoas com que me importo neste mundo, Bella — disse. — Você é uma mãe para mim, mais do que ninguém.

Harrsing soltou um suspiro de alívio, parte da tensão relaxando seus ombros.

— É apenas o que sua mãe queria, perto do fim — murmurou ela, baixando os olhos, mas não antes de Erida notar o brilho de lágrimas não derramadas. — Alguém para cuidar de você e garantir que trilhasse o caminho certo.

— Estou trilhando? — questionou Erida.

— Acho que ainda pode trilhar — respondeu a velha. Quando voltou a erguer o olhar, as lágrimas não estavam mais lá, substituídas por uma determinação firme. — E posso ajudar você a fazer isso. Posso livrar você de seus fardos.

Erida conhecia Lady Harrsing o suficiente para ouvir as palavras que ela não diria em voz alta. *Vou cuidar para que Taristan seja eliminado por você, se pedir.*

Uma inspiração baixa silvou entre os dentes de Erida. Ela sentiu gosto de cinza e sangue de novo, como se o palácio ainda queimasse a seu redor. Qualquer dúvida que sentisse, por menor que fosse, se evaporou num instante. Restou apenas uma determinação cruel.

— Como lembrarão de você, será? — disse Erida.

Lady Harrsing não perdeu tempo para responder.

— Leal. Disposta a carregar qualquer fardo que me pedir.

Seus olhos claros se estreitaram enquanto levava a mão à de Erida de novo. A rainha não se mexeu, deixando que Harrsing a pegasse pelo punho e a puxasse para perto.

— Sim, acho que sim — disse Erida. O corpo da velha era frágil sob ela, ossos visíveis sob a pele fina. — Leal Bella Harrsing.

Erida ignorou a dor latejante na mão machucada, e estendeu o braço atrás da cabeça de Lady Harrsing. Fechou os dedos ao redor do travesseiro, puxando-o.

A velha arregalou os olhos, abrindo a boca para gritar.

Erida foi rápida demais.

— Alivio você de seus fardos.

Ela segurou o travesseiro por um longo tempo, muitos minutos depois que Harrsing parou de se debater. A pressão fez sua mão arder e, quando ela finalmente relaxou, soltando, havia sangue fresco nos curativos. E no travesseiro também.

Erida contemplou a mancha escarlate por um momento antes de jogar o travesseiro de lado, deixando que caísse no chão com a mancha para cima. Pouco se importava com provas. Era a palavra de uma criada contra a de uma rainha.

Na cama, Bella estava imóvel, de olhos fechados, e boca aberta. Como se apenas dormisse.

Erida a deixou lá. Deixou parte de si também.

★ ★ ★

Depois de Marguerite, foi difícil dormir. Por muitas noites, Erida ficou acordada, lembrando a sensação da adaga em sua mão e o jato quente de sangue do abdome da menina. A jovem princesa caindo na frente dela, jorrando vermelho sobre um salão de mármore que já fora seu lar. Seus olhos morrendo por último, a luz saindo deles depois que o peito parou, seu último suspiro já ecoado e distante. Não era o plano de Erida matá-la, mas sua morte findou a linhagem madrentina. E tirou um peão valioso da mão de Konegin.

Serviu a um propósito.

Assim como isso, pensou.

Taristan continuava imperturbável ao lado dela, o som constante de sua respiração melhor do que uma canção de ninar.

Naquela noite, dormir foi fácil. E Erida sonhou como nunca. Com grandes colunas de fogo, douradas e luminosas. Faróis por toda a esfera, unindo o continente. As asas incrustadas de joias de um dragão. Seu exército marchando por campos de relva e campos de neve. Através de rios e sobre montanhas. A rosa do Velho Cór e o leão de Galland erguidos, bandeiras se agitando sob um vento rigoroso. Sem mais bandeiras de trégua, sem mais oposição. Apenas rendição à frente. Por baixo de tudo, uma voz conhecida, sussurrando como sempre.

Até que o sonho mudou. Ela viu Corayne an-Amarat, uma espada nas costas, um manto roxo balançando atrás dela. Ela estava sobre uma cumeada alta, uma silhueta contra o céu azul cortado por nuvens brancas. Outro vento soprou, fazendo seu cabelo escuro esvoaçar como um estandarte preto. A menina retribuiu seu olhar, como se a visse através do sonho.

Ela tem os olhos de Taristan, Erida sabia. Lembrava de seu breve encontro, muito tempo antes.

Os sussurros cresceram, demais para entender, em todas as línguas. Erida encarou o olhar de Corayne enquanto se esforçava para ouvir, tentando decifrar a mensagem do Porvir.

À frente dela, Corayne sacou a espada embainhada às costas, lenta e deliberada. Joias vermelhas e roxas cintilavam no cabo, e Erida a reconheceu de imediato.

Corayne ergueu a espada de Fuso, o rosto sombrio, o maxilar cerrado com firmeza. Seus olhos pretos pareciam absorver a luz do mundo, ofuscando as chamas intensas que queimavam ao lado de Erida. O ar gelou e a rainha estremeceu, amaldiçoando o próprio medo.

A lâmina desceu num movimento cauteloso. Erida se preparou, de olhos abertos, observando o aço atravessar o ar como uma estrela cadente. Resplandeceu na direção dela, o ar chamuscando com sua passagem.

Na lâmina, algo se refletiu, um único vislumbre. Rápido, mas nem tanto. Erida entreviu um castelo de pedra, cercado por torres, suas ameias envoltas por cervos esculpidos em granito. Bandeiras balançavam sob o vento forte, verde-cinza, bordadas com galhadas prateadas.

A espada desceu e Erida não conseguiu se conter: fechou os olhos e ergueu as mãos para se defender do golpe mortal.

Ar saiu queimando de seus pulmões quando ela sentou bruscamente, ainda na cama, as janelas sendo invadidas pela luz do sol. Sua respiração era ofegante, sua mão apertando a garganta. Pensou que encontraria sangue escorrendo de uma ferida aberta. Havia apenas pele quente, febril ao toque, queimando como a vela do outro lado do quarto.

Sua mente também queimava, gravada com uma única imagem, os lábios formando uma única palavra.

— Iona — sussurrou, a bandeira ainda balançando na cabeça.

Sob seus pensamentos, outra coisa se mexeu. Como uma sombra, só que mais denso, um peso sob seu coração. Não falava.

Mesmo assim, ela O reconheceu.

26

UM ESCUDO QUEBRADO

Corayne

Ela acordou com um leve suspiro, grata por mais uma noite sem sonhos. Foram poucos os pesadelos desde Gidastern, mas o suficiente para deixar Corayne receosa toda vez que se deitava para dormir. Os olhos abrasadores de Erida ou a memória do Porvir, Sua sombra sobre o chão, Seus sussurros na cabeça dela, eram mais do que o suficiente para a fazer hesitar.

Era mais fácil sair da cama desde a chegada de Andry. Em vez de se virar para dormir mais uma hora, ela se levantou, deixando o ninho quente de cobertas amontoadas. Ela ainda não estava acostumada ao frio do castelo. Duvidava que seu corpo se adaptaria.

Enquanto se vestia, ficou pensando se seu pai chegara a se acostumar.

Sentiu a barriga roncar enquanto se calçava, uma distração fácil dos pensamentos vertiginosos. Seguiu a sensação na descida da torre de hóspedes, até chegar ao grande salão de banquete que os Anciões pareciam nunca usar.

Charlie e Garion ainda estavam fora, fazia quase duas semanas. Ela não temia por eles, na verdade. Imaginava que estivessem em Lenava àquela altura, a cidade calidoniana mais próxima. Ouvindo boatos, esperando alguma notícia que pudesse anunciar a tempestade iminente.

Andry já estava sentado no salão de banquete, de costas para ela, a uma mesa posta com uma variedade de comidas. Era uma quantidade impressionante, demais para os poucos mortais no castelo. Porém, Corayne apostava que os cozinheiros anciões não faziam ideia de como alimentá-los, portanto, na dúvida, faziam todo o possível. Havia travessas de mingau, pão fresquinho, maçãs regadas com mel, um presunto reluzente, ovos ainda frigindo em óleo, um bom queijo curado e manteiga cremosa. A barriga de Corayne roncou de novo diante da cena.

Sorrindo, Andry se virou para trás. Ele ainda usava as peles jydesas.

— Com fome?

— Um pouco — respondeu Corayne, enchendo o prato com um pouco de tudo das despensas anciãs. — Os cozinheiros devem estar exaustos, preparando três refeições ao dia em vez de zero, como de hábito — disse, mordendo uma maçã ao sentar. — Devem nos detestar por fazê-los trabalhar tanto. É do que hoje?

Ela apontou para o outro lado da mesa, para a pequena chaleira ao lado do prato dele. Uma das xícaras do par fumegava, até a metade de líquido quente. A outra estava vazia, esperando por ela.

O sorriso de Andry se alargou, orgulhoso de si mesmo.

— Encontrei gengibre — disse, servindo uma xícara para ela. Um cheiro doce e picante subiu com o vapor. — Já tomou?

Em sua cabeça, Corayne viu a antiga cabana, uma chaleira fervendo devagar sobre a lareira. Ela se lembrou da mãe à pequena mesa, uma das mãos apoiada na cabeça, enquanto a outra esmagava uma raiz marrom numa pasta fina.

— Já — disse. — Minha mãe trazia das viagens e fazia para mim quando eu estava doente.

Sua voz vacilou ao acrescentar:

— Quando ela estava em casa, digo. Normalmente era Kastio quem preparava o chá, se ainda tínhamos ingredientes.

Andry arqueou a sobrancelha escura.

— Kastio?

Outra lembrança se aguçou. Um velho, bronzeado e enrugado, a seguia laboriosamente para o porto de Lemarta, os olhos azuis vívidos meio escondidos sob as sobrancelhas grossas e grisalhas. Ele andava de maneira estranha, sem nunca ter perdido as pernas de marinheiro. Quando ela era mais nova, ele até segurava sua mão, o andar vacilante a fazendo rir.

— Um velho marinheiro que minha mãe forçou a virar minha babá — disse Corayne com carinho.

Andry sorriu, enrugando o canto dos olhos castanho-escuros.

— O que ele achava mais difícil? Cuidar de você ou ser pirata?

— Quase sempre, ele diria cuidar de mim — respondeu ela, a memória amarga. Ela baixou a voz e se obrigou a tomar um gole de chá. — Parti sem me despedir.

Sobre o tampo da mesa, Andry contraiu minimamente os dedos. Corayne pensou que ele estenderia o braço por cima da comida e pegaria sua mão. Entretanto, ele apenas observou, o olhar se suavizando. Seu rosto escuro, caloroso e gentil, parecia deslocado em contraste com as peles jydesas. As tranças novas, porém, combinavam com ele.

— Você vai vê-lo de novo *porque* partiu — disse ele, a voz tão firme que ela não podia deixar de acreditar.

— Assim espero — suspirou Corayne, com a maçã na mão.

Enquanto ela voltava à comida, devorando gradualmente tudo no prato, ele se recostou no assento. Devagar, empurrou o café da manhã para o lado.

— Também digo isso para mim mesmo — murmurou, olhando para as janelas altas e abertas para a cumeada, o vale se estendendo depois dela.

Corayne notou seu olhar. *Ele se volta para o sul, para Kasa.*

— Tenho certeza que a carta vai chegar até ela em tempo hábil.

Andry deu de ombros sob as peles.

— Eu sei, confio que Charlie vai mandar assim que tiver a chance.

— Parte de mim torce para ele não voltar — murmurou Corayne.

Do outro lado da mesa, Andry ergueu uma sobrancelha intrigada.

— Porque, quando voltar, vai ser com más notícias?

O coração dela sangrou.

— Porque é provável que não sobreviva se voltar.

E eu também não, pensou, com o cuidado de guardar as palavras para si.

Andry as enxergou dentro dela mesmo assim, como se as tivesse falado em voz alta.

— Bom, você com certeza não vai dar nenhum discurso antes da batalha final — disse, incisivo.

Ele se levantou da mesa, de algum modo mais alto do que ela lembrava. De ombros largos, esbelto, um meio-termo entre um cavaleiro e um saqueador.

Não era mais um menino, mas um homem feito.

— Minha mãe está segura em Kasa — acrescentou, em parte para si. — É o melhor que posso desejar.

A mesa se estendia entre eles, um muro divisor de comida desperdiçada. Corayne o observou do outro lado, ponderando o que sabia ser verdade e o que torcia que fosse possível.

— Você vai vê-la de novo. Prometo, Andry Trelland — se obrigou a dizer por fim.

A expressão no rosto dele a fez corar, suas bochechas ardendo sob o ar frio.

— Se é que minhas promessas valem de alguma coisa — acrescentou, desviando os olhos.

Os passos dele ecoaram nos ladrilhos de pedra do salão, uma bota após a outra. Não ao redor da mesa na direção dela, mas para o salão adjacente. Ela ergueu os olhos, assustada, mas o encontrou encarando do vão arqueado.

— Venha — a chamou com um aceno. — Vou te ensinar a usar um escudo hoje.

Por mais fria e estranha que Tíarma parecesse, a fortaleza anciã ainda era um castelo, e Iona ainda era uma cidade. A vida diária se desenrolava, só que mais devagar, a passagem do tempo singular entre os Anciões. No começo, como em Sirandel, Corayne achava essas vidas enfadonhas. Os imortais passavam quase todo o tempo contemplando o céu, olhando as névoas em mudança constante. Alguns liam ou escreviam ou pintavam, debruçados sobre pilhas de pergaminhos ou telas em branco. Isibel passava a maior parte do tempo enfurnada na sala do trono com Valnir, Eyda e seus conselheiros reunidos. Corayne não tinha estômago para suas divagações prolixas e infecundas.

Só os guardas pareciam ter algo a fazer, a maior parte disso se resumia a andar de um lado para o outro. Alguns batedores percorriam determinadas distâncias, protegendo um perímetro estreito ao redor do enclave. Todos se revezavam nos pátios de treinamento das muralhas do castelo. Todo dia, um contingente novo de guardas anciões fazia seus exercícios, os movimentos velozes demais para olhos mortais. Toda espada golpeada ou flecha disparada se movia com elegância, aperfeiçoada por séculos de prática.

A névoa era baixa, pairando sobre a cumeada de Iona como um teto cinza denso. Ocultava quase todo o castelo, transformando as torres em vultos ameaçadores.

Corayne estremecia sob elas enquanto seguia Andry pelo caminho familiar até o pátio de treinamento de piso de pedra. Ele diminuiu o passo ao descer os degraus que levavam ao pátio, desacelerando ainda mais para observar o treinamento dos soldados. Carregava um escudo alto embaixo do braço e uma espada na cintura, ao lado do machado jydês.

Corayne parou ao lado dele, a espada de Fuso cingida sobre o ombro. Relutava em abandoná-la, mesmo ali.

Embaixo, um esquadrão de guardas anciões duelava. Doze ao todo, metade com lanças, metade com espadas. As lâminas zuniam e as lanças dançavam, faíscas voando a cada choque de aço. Eles se movimentavam juntos em estranha sintonia, perfeitamente equilibrados. O vento infinito do vale montanhoso continuava a soprar, erguendo a névoa e seu cabelo dourado.

— Eles não estão tentando vencer — murmurou Corayne. — Estão apenas fazendo os movimentos para continuar afiados.

Andry a observou com um movimento dos cílios escuros.

— E ficar conectados um com o outro. Um soldado só é tão bom quanto a pessoa ao lado — disse, dando uma cotovelada nela. Sob as peles, usava cota de malha. — Confiança é uma arma tão importante quanto qualquer outra.

Ela quase revirou os olhos.

— Vou lembrar disso quando toda a fúria do império de Taristan se abater sobre este lugar.

A piada saiu sem graça e o semblante de Andry ficou carregado.

— Acha que ele vem?

O que você pretende, Andry?, ela quis gritar. *Ficar aqui, isolado do resto do mundo, enquanto a esfera acaba em chamas?*

Sua resposta foi muito mais diplomática.

— É apenas questão de tempo até ele descobrir onde estou — disse, voltando a andar.

Dessa vez, Andry seguiu.

— Bom, nesse caso, vamos usar o tempo que temos — disse ele, atrás dela.

Nem mesmo a névoa ou as circunstâncias atenuavam seu otimismo. Isso irritava e acalmava Corayne em igual medida. Se não fosse por Andry, ela poderia passar quase todos os dias observando o horizonte, à espera de que uma legião passasse pelo desfiladeiro. Quieta como os Anciões, esperando pelo fim do mundo.

Àquela altura, os guardas ionianos conheciam Andry e Corayne. Eles os cumprimentaram com olhares sisudos enquanto Andry a conduzia a um canto do patamar de pedra. Duas espadas de treinamento cegas já estavam esperando.

Andry soltou o fecho que prendia as peles, deixando-as cair sobre um banco próximo. Um machado de mão continuava pendurado na cintura, mas, sem a pele de lobo jydesa nos ombros, ele se parecia mais consigo. Deslocado entre os imortais, mas ainda Andry Trelland. Nobre ao extremo, caloroso mesmo sem um raio de sol.

Faltava apenas a túnica, o velho tecido branco estampado com a estrela azul. Corayne não a via desde que ele chegara a Iona. Ela só podia torcer para que estivesse guardada com segurança no quarto dele, e não perdida como todos os outros pedaços de seu lar.

Corayne se aprontou, desafivelando a espada de Fuso para deixá-la ao lado das peles. Desembainhou a espada sirandela também, substituindo-a pela espada de fio cego.

— Se não souber usar um escudo, ele não vai servir — disse Andry, observando-a com atenção.

Ele afivelou o escudo alto entre as mãos. Tinha metade da altura dela, reto em cima e afunilado embaixo, feito de madeira reforçada e couro vermelho desgastado.

— Essa é sua lição mais curta até agora — respondeu ela, forçando o riso.

— Talvez — rebateu Andry. — A grande vantagem de um escudo, claro, é se defender. Você pode atacar e manter a maior parte do seu corpo coberto.

Ele passou um braço pela alça na parte de trás do escudo e, com o outro, imitou o movimento de uma espada. Assumiu uma postura de combate com os pés, passando o peso do corpo de um lado para o outro. Corayne observou com os olhos aguçados, em parte tomando nota. O resto observava o rapaz alto de olhos gentis, acompanhando cada movimento dos dedos compridos da mão ou contração do maxilar.

Era seu foco, mais do que qualquer coisa, que a atraía.

— Você pode usar um escudo para empurrar o oponente para trás — acrescentou ele, avançando com o corpo encostado no escudo. Corayne saiu rapidamente da frente dele. — Pode até bater na cara dele. Mas recorra primeiro à espada.

Corayne empalideceu quando ele passou o escudo para ela, surpreendida pelo peso.

Andry ergueu a sobrancelha.

— Pesado demais?

Ela fez que não, e encaixou o braço na alça atrás do escudo. O couro velho era macio, mas forte, recém-hidratado.

— Pelo contrário — disse. — Pensei que seria impossível levantar um escudo ancião.

— Não é ancião — respondeu Andry despreocupadamente. — Uns guardas inonianos me ofereceram algumas coisas do arsenal.

Não é ancião. Ela apertou a alça do escudo com mais força, dedos tateando a mão antiga que o segurava no passado. Era como tentar dar as mãos para um fantasma.

— Não é um escudo ancião — murmurou Corayne. — É *dele*.

À frente dela, Andry arregalou os olhos, se dando conta da situação.

— Ah — disse ele, tropeçando nas palavras. — Corayne, eu não imaginei...

Ela fez uma inspiração dolorida, o peito apertado sob o gibão de couro. O ar cheirava a chuva e nada mais. *Como se um escudo pudesse cheirar a meu pai*, pensou, xingando a própria estupidez.

— O que mais havia lá? — perguntou Corayne bruscamente.

Metade dela queria brigar com os soldados anciões por mexer nos pertences do pai dela. O resto queria ver o que mais eles ainda tinham.

Andry franziu a testa, abanando a cabeça.

— Eles só me deram o escudo. O resto não sei — respondeu. Sua garganta se moveu enquanto engolia em seco. — Meu pai tinha um escudo também.

Corayne lembrava, um destroço quase rachado ao meio, afixado à parede do apartamento dos Trelland. Como a túnica dele, ostentava a estrela azul.

— Foi a única parte dele que voltou — murmurou Andry, sua própria dor crescendo para fazer companhia à dela. — Podemos parar um momento, se quiser.

Corayne arreganhou os dentes. Apertou a alça, e, com a outra mão, pegou a espada de treinamento no quadril.

— Não temos um momento — respondeu, desembainhando a espada.

Imediatamente, ela acertou a ponta do escudo, a lâmina cega deslizando pela madeira. Corayne se crispou com aflição, a cara ardendo.

— Sorasa e Sigil não me ensinaram nada disso.

Não havia julgamento em Andry Trelland. Ele apenas retomou a postura correta, dando o exemplo para ela.

— Sorasa e Sigil nunca treinaram para ser cavaleiro — ele disse. Quando ela imitou sua postura, ele aprovou com a cabeça. — Se a guerra chegar a este castelo, você não vai atacar de becos escuros e cortar gargantas nos cantos. Vai enfrentar um exército de frente.

Exército que já foi seu. Seus cavaleiros e companheiros. Seus colegas escudeiros. Seus amigos. Ela viu os mesmos pensamentos pesarosos no rosto dele, assombrando seus olhos.

O vento soprou de novo, fazendo um calafrio perpassar Corayne. Porém, ela sabia que não adiantava voltar a vestir o manto. Eles não demorariam para suar.

— Vamos ver como você se movimenta com ele primeiro, para eu dizer o que corrigir — sugeriu Andry.

Ele sacou a própria espada de treinamento, segurando-a entre eles.

O rubor ainda ardia no rosto de Corayne.

— Isso vai fazer maravilhas pela minha confiança.

Ele apenas deu de ombros. A espada girou em sua mão, revelando o espadachim letal por baixo da fachada meiga de Andry. Às vezes era fácil esquecer que ele treinara para ser um cavaleiro e desde então sobrevivera a muitas batalhas.

— Não tem problema errar — disse. — É assim que aprendemos a fazer as coisas direito.

Ao longo dos minutos seguintes, Corayne errou muitas vezes.

Andry entrou sob sua guarda ou a fez tropeçar, usando o peso do escudo para desequilibrá-la. Ele se mexia rápido demais, mais ágil do que Corayne, que ainda se esforçava para atacar sem soltar o escudo. Ele a corrigia com delicadeza, ajustando sua postura ou sua pegada, dando conselhos em voz baixa.

Corayne pensou que se sentiria ridícula e envergonhada. Em vez disso, se sentiu apenas incentivada, estimulada pela promessa de um elogio satisfeito ou sorriso orgulhoso de Andry.

— Você é um bom professor — disse por fim, ofegando um pouco. À frente dela, Andry parou. — Devia ser alvo de inveja dos outros escudeiros.

Sua expressão leve mudou, azedando. Corayne se arrependeu imediatamente de suas palavras, embora não soubesse por quê.

— Eu fazia meu melhor — disse Andry. Seu sorriso retornou, horrivelmente forçado. — Às vezes era suficiente. De novo.

Eles foram e voltaram, com Corayne aprendendo pouco a pouco. Até entender exatamente como Andry lutava bem e o quanto deixava que ela vencesse.

A mão esquerda dele desceu rápido demais ao quadril, soltando o machado jydês. Ela quase não notou o gesto, distraída pela espada dele ainda em movimento. O machado se encaixou ao redor da beira do escudo. Com um movimento brusco do braço, ele abriu a guarda dela como se fosse um livro.

Deixando Corayne completamente exposta, a espada de treinamento dele na garganta dela. Por instinto, ela caiu para trás, com força, no chão de pedra.

Antes que Andry pudesse se desculpar, ela riu para ele.

— Você é mais saqueador do que escudeiro agora, Trelland — comentou baixo, indicando o machado reluzente.

Ele abanou a cabeça para ela, estendendo a mão para ajudá-la a se levantar. Sorrindo, Corayne a pegou, deixando a espada de treinamento onde caíra.

Ela estreitou os olhos, fixados não em Andry, mas no castelo atrás dele. Tíarma, torres cinza contra as nuvens que se afastavam, meio envoltas por névoa, meio riscadas pela luz do sol. Anciões patrulhavam os reparos, andando devagar sobre as ameias envoltas por galhadas e cervos esculpidos.

— Corayne?

A voz de Andry parecia distante, reverberando como se estivesse em águas profundas. Não fez nada para deter a náusea subindo no corpo de Corayne, seus dentes cerrados prendendo a respiração.

— Já vi isso antes — murmurou ela, levantando com os pés trêmulos.

Seus olhos nunca deixaram o castelo, a mente girando enquanto tentava localizar a imagem. A difusão de luz exata, as sombras exatas. A posição exata daquele ponto do pátio de treinamento.

Andry franziu a testa, confuso, com razão.

— Sim, faz semanas que estamos aqui.

Ela mal escutou.

— Sonhei com este lugar. — Ela perdeu o fôlego e quase caiu de novo. Apenas Andry a mantinha em pé, a mão ainda firme na sua. — Sonhei com ele antes de colocar os pés aqui.

Se Andry disse alguma coisa, ela não soube.

Um bramido em seus ouvidos o abafou.

— Eu estava aqui com a espada de Fuso e Erida estava comigo — se forçou a dizer, o corpo trêmulo. — Os olhos dela estavam flamejantes.

Um rubor passou pelo rosto de Andry, e ele arregalou os olhos.

— Como...?

— Como Taristan.

De novo, o vento uivou.

— Não foi um sonho, na verdade. — Ela apertou a mão de Andry, cravando as unhas. Ele não recuou. — Eu a vi... a senti aqui, tão perto quanto sinto você agora. E ela...

A voz de Corayne falhou.

— Ela me viu. Me viu aqui — disse entre dentes.

Náusea foi subindo dentro dela, até Corayne ficar com medo de vomitar por todo o pátio de treinamento.

Andry segurou firme, sem soltar em momento nenhum. Ele não desviou os olhos preocupados dela, a testa franzida com seriedade.

— Erida viu você... em seu sonho? — perguntou, hesitante. — Corayne...

Um calafrio a percorreu.

— Ela não é a única que vê.

Mesmo acordada, Corayne sentiu o toque escaldante do demônio, sua sombra se infiltrando no canto de seus olhos. Eram apenas lembranças, mas tão nítidas quanto o castelo diante dela. Tão concretas quanto as pedras sob seu corpo.

— O Porvir me mostrou para ela — sussurrou, se encolhendo em Andry.

Fechou os olhos com força, e a sombra do Porvir se assomou, mais escura do que a escuridão.

Sua boca se encheu de um gosto vil.

— Eles sabem onde estou, Andry.

Relutante, Corayne abriu os olhos e voltou a erguê-los para o castelo. Havia uma silhueta sobre os reparos, pequena com seu vestido cinza, as tranças flutuando ao vento.

Valtik olhava para ela com a expressão grave, os olhos azuis iluminando a distância entre as duas. Pela primeira vez, ela parecia séria, sem nenhum traço de seu jeito risonho.

A cabeça de Corayne girava, a respiração engasgada enquanto ela forçava as palavras a saírem.

— Nosso tempo esgotou.

27

O PIOR POSSÍVEL

Charlon

O FRIO ÚMIDO PERSISTIU depois que eles deixaram Iona. O inverno era rigoroso no longo vale entre as montanhas, ocupando um equilíbrio cruel. Não nevava, mas a chuva congelante continuava todos os dias, pontuada por rajadas súbitas do sol através das nuvens riscadas. Depois de uma semana viajando para o sul, Charlie se sentia desgastado como uma pedra velha, erodido por vento e chuva. Nem Garion conseguia esconder seu desconforto, as bochechas cor de alabastro rosadas sobre a gola do manto.

Era meio-dia quando eles entraram em Lenava, embora Charlie mal identificasse o horário. O céu cinza estava fechado, o sol resistente e escondido.

Lenava chegava a ser engraçadinha, se comparada com a metropolitana Ascal ou a bela Partepalas rosada. Até o refúgio criminoso de Adira era mais pulsante. A capital calidoniana era um remanso pacato, aos olhos de Charlie. Uma bandeira azul-escura se agitava sobre os portões da cidade, a imagem de um javali branco balançando ao vento uivante. A cidade parecia pouco mais do que uma vila grande cercada por uma muralha de pedra, um castelo situado na colina sobre o rio Avanar. O porto ficava onde o rio encontrava as águas geladas do oceano Aurorano, com apenas alguns navios no porto.

Pessoas andavam pelas ruas, entrando no mercado ou saindo para as fazendas fora das muralhas. Um rebanho de ovelhas passou, guiado por um pastor rude e um par de cães. Carroças avançavam, carregadas de turfa. A chuva constante abafava quase todo o barulho, pesando como uma coberta cinza.

O silêncio deveria ser um alívio, mas Charlie sentiu apenas mais inquietação, seu cavalo pisando nas ruas lamacentas.

Garion continuava alerta, de gola alta fechada para esconder as tatuagens amharas. Com seu rosto pálido e cabelo escuro, ele se disfarçava perfeitamente entre o povo da cidade, todos com a pele cor de leite sob os casacos pesados e gorros de pele.

Pareceu uma boa ideia em Iona, Charlie pensou, engolindo em seco. O enclave ancião era muito isolado do mundo, mas Lenava parecia igualmente erma.

Ele observou a rua de novo, aparentemente a principal da cidade. Oficinas e casas cercavam as laterais, a maioria de pau a pique, com telhados de palha e estilo enxaimel. Em Lenava, o mercado abundava apesar da chuva, a praça de barracas protegida sob uma cobertura de madeira com as laterais abertas.

— Aonde primeiro? — murmurou Charlie, chegando perto de Garion.

O amhara abriu um sorriso devastador. Com um gesto do dedo, apontou para um prédio próximo, sua placa de madeira balançando ao vento. Charlie viu a imagem pintada de um copo. Embaixo dela, janelas brilhavam de calor, as paredes de pedra riscadas pelo tempo.

Garion desceu do cavalo, pegando as rédeas.

— Aonde mais?

A estalagem e taberna tinha um pequeno pátio, e Charlie não esperava mais que o mínimo. Em vez disso, dois cavalariços se levantaram de um salto, ansiosos para guardar seus cavalos no estábulo. E ansiosos pelo pagamento.

Charlie não deixou de notar como analisaram a moeda anciã, passando os dedos sobre a imagem estampada de cervo. Os dois cavalariços, rapazes de sorrisos tranquilos, fecharam a cara. Ainda assim, não devolveram a moeda, e levaram seus cavalos com acenos secos.

— Na primeira vez que não uso moedas falsificadas, eles torcem o nariz — resmungou Charlie baixo.

O salão da taberna tinha o teto baixo e o ar esfumaçado pelo fogo da lareira, com alguns clientes sentados ou em pé diante do balcão. Era um estabelecimento razoável, e Charlie ficou agradavelmente surpreso com o serviço. Em poucos momentos, ele e Garion tinham um quarto para os próximos dias, suas bolsas e provisões guardadas, e um belo almoço servido. O vinho era meio azedo, mas Charlie bebeu mesmo assim, se permitindo recostar na cadeira pequena.

Exilado ou não, Garion não abandonou seus hábitos amharas. Sentou de costas para o canto, o tempo todo de olho no salão. Charlie não via mal algum nisso. Era bom se livrar das preocupações, mesmo que um pouco.

— Bom — disse Garion por fim, erguendo a sobrancelha do outro lado da mesa.

— Bom — bufou Charlie em resposta.

Lá fora, a chuva passou de névoa densa a um aguaceiro constante, fazendo gotas grossas escorrerem pelas janelas riscadas.

Embaixo da mesa, Charlie balançava o joelho, apesar de todas as tentativas de relaxar.

Garion virou a cabeça, franzindo os olhos escuros brilhantes.

— O que o preocupa, querido?

— O que não? — retrucou Charlie.

Ele se crispou com o próprio tom, mais cortante do que pretendia. Uma dor funda latejava em sua têmpora e ele soltou o cabelo da trança apertada, deixando cair as ondas castanhas úmidas. Ele tirou o manto, quente demais para o ar abafado e morno da taberna. Embora o resto de suas coisas tivesse sido levado para o andar de cima, ele tinha ficado com a bolsa. Seus selos forjados e tintas valiam mais do que qualquer coisa nos alforjes. Sem mencionar a carta de Andry para a mãe, guardada com segurança entre as páginas de pergaminho.

— Há lugares piores na esfera para se estar — disse Garion com calma.

— Estive na maioria deles — respondeu Charlie, lembrando demais.

As asas de um dragão, o fedor marinho salgado de um kraken, cinzas na língua, o exército de centenas de cadáveres avançando na lama. Tudo o inundou, impossível de ignorar.

— Desculpa, não sei — murmurou. — É difícil...

Garion deslizou a mão pelo tampo da mesa para pousar sobre a de Charlie.

— Ficar parado?

— É difícil ver meu lugar nisso tudo. — Charlie manteve os olhos nos dedos entrelaçados, os seus manchados de tinta contra os de Garion. — Pensei que fosse uma boa ideia. Pensei que assim eu poderia ajudar.

— *É* uma boa ideia, mas estamos aqui há uma hora só, Charlie. Respire um pouco — disse o assassino. — Além do mais, a rainha Erida não vai pular do armário e socar sua cara. E, se fizer isso...

Sob a mesa, algo brilhou, bronze e mortífero. A outra mão de Garion girou a adaga com um gesto letal, a lâmina se turvando com seus movimentos hábeis.

— Esse é o fim de todas as nossas preocupações — disse, guardando a adaga de novo.

— Matá-la é apenas parte delas. — Relutante, Charlie tirou a mão. — Há Taristan para considerar, e coisas piores atrás dele.

A máscara de amhara voltou ao rosto de Garion, sua expressão ficando neutra.

— Porvir.

Charlie rangeu os dentes.

— Eu sei. Parece loucura, mesmo para mim.

— Vi os dragões com meus próprios olhos. Acredito em qualquer coisa agora — soltou Garion, frustrado. — E vou com você aonde quiser ir.

De novo, a cabeça de Charlie latejou. Ele sentiu a implicação envolta nas palavras do amado, e isso o arrepiou.

— Não vou abandoná-la, Garion — declarou, rangendo os dentes. — Já disse.

Ele pensou que Garion discutiria. Exporia todos os bons motivos lógicos para fugir. Em vez disso, o assassino se levantou da mesa, um sorriso cativante estampado no rosto. Até seus olhos cintilavam, refletindo o riso tranquilo. Porém, Charlie via por trás a tensão em seus ombros, a contração em suas mãos.

— Garion...

— Eu sei — disse o assassino, antes de atravessar o salão.

Para o horror de Charlie, ele fez o pior possível.

Com um sorriso e uma palavra de saudação, Garion conversou com os outros clientes. Seu carisma treinado pelos amharas crepitou pelo salão, seduzindo o garçom e o estalajadeiro, e cativando os outros frequentadores.

Charlie quis se afundar no chão.

Em vez disso, se obrigou a tomar o resto do vinho e levantou para acompanhá-lo.

Para o povo de Lenava, Charlie era um sacerdote numa peregrinação ao templo sagrado de Tiber em Turadir, situado entre as famosas minas de prata das montanhas do leste. Garion era seu guarda-costas, um mercenário contratado de uma das guildas menores de Partepalas. Era um simples acordo e uma mentira simples de contar.

Charlie até abençoou alguns comerciantes no mercado, trocando orações por moedas menos suspeitas. Eles passaram a maioria dos dias vagueando entre mercado e porto, sob o disfarce de se preparar para a jornada para o norte ao longo da costa. Na verdade, coletavam o pouco que podiam: notícias, rumores, histórias de velhos marinheiros e jovens camponeses.

Garion era o mais charmoso do par, sua desenvoltura treinada pela Guilda Amhara. Ele encantava todo tipo de gente, enchendo a taberna de clientes toda noite, apenas para ouvir com entusiasmo suas histórias do resto da esfera.

A maioria das histórias se contradizia, e a cabeça de Charlie girava tentando reconstituir toda a verdade.

Ao menos, isso eu fiz, Charlie pensou certa manhã, a carta de Andry na mão.

Ele a entregou a um navio a caminho de Kasa, sua tripulação velejando para águas mais quentes além do horizonte cinza.

Charlie torceu para que a carta encontrasse a mãe de Andry sã e salva, junto à família, longe do destino sombrio do mundo. Se alguém na esfera merecia algo assim, era Andry Trelland.

A cada dia, Charlie se sentia um pouco menos inútil, mesmo quando se sentava e contemplava a chuva. Quando acordava, ele levava um momento para lembrar que o mundo estava acabando e que o corpo quente ao lado dele estava ali mesmo. Que não era um sonho, um desejo. Que era Garion, ao seu lado, já acordado e observando. Lenava era o mais longe possível de um verão dourado em Partepalas, mas os momentos morosos eram os mesmos. Leves, bons.

E fugidios, areia entre os dedos.

Ele temia o segundo em que acabassem.

Foram os gritos do estalajadeiro certa manhã que os fizeram pular da cama, pegando botas e roupas no caminho. Garion saiu primeiro, de rapieira na cintura, os dedos pairando sobre a adaga amhara. Ele se movia como água, saindo para o corredor antes que Charlie sequer vestisse a camisa.

Praguejando, ele o seguiu, pegando sua própria espada antes que esquecesse. Charlie duvidava que seria muito útil contra bandidos ou piratas ou o que quer que que estivesse causando tamanha comoção, mas sabia que era melhor não entrar no meio da luta de mãos vazias.

Ele desceu a escada estreita para o salão, onde encontrou Garion já com o estalajadeiro. O velho estava branco, gaguejando, o dedo tremendo ao apontar para a rua.

Em mais de uma semana na estalagem, Charlie nunca tinha visto o homem tão amedrontado, muito menos sem palavras.

— Está tudo bem, tudo bem — disse Garion, acalmando o estalajadeiro como faria com um animal assustado.

Pareceu funcionar um pouco. O velho apontou de novo, a barba branca comprida sacudindo.

— Invasão — se forçou a dizer, quase um chiado. — Invasão.

As entranhas de Charlie gelaram.

A delicadeza de Garion passou, sua máscara de calma encorajadora se desfez. Ele franziu as sobrancelhas escuras sobre os olhos pretos e aguçados. Sem dizer uma palavra, foi até a porta e a abriu, saindo sob a luz do sol rara.

Charlie foi atrás dele, tremendo. Sua mente girou, um emaranhado de pensamentos. *Pegue nossas coisas, busque os cavalos, fuja para as colinas.* Ele não fez nada disso, apenas seguiu Garion.

A rua da taberna fazia uma curva e subia numa pequena ladeira, proporcionando uma vista clara do porto e do oceano Aurorano. Charlie precisou cobrir os olhos, forçando a vista para as colinas costeiras a oeste, na direção da fronteira com Madrence.

Ele esperava encontrar o fulgor do sol sobre aço. O brilho de armadura e espadas, o estrondo de uma legião em marcha. Sua garganta se apertou enquanto se preparava para a imagem de uma bandeira verde e um leão dourado. Ou, pior, um príncipe todo de vermelho, um feiticeiro maldito a seu lado.

Para sua surpresa, não havia nada além de montanhas, as encostas arborizadas esmaecendo em pedra e neve.

Garion tocou nele, passando a mão embaixo de seu queixo. Com delicadeza, guiou o olhar de Charlie do oeste para o oceano gelado.

Não fosse pela mão de Garion, Charlie temeu que seu queixo caísse.

O horizonte estava cheio de velas, suas bandeiras sopradas sob o vento ainda tempestuoso, uma se abrindo após a outra.

Lágrimas fizeram os olhos de Charlie arderem enquanto ele as estudava uma a uma, seus emblemas inconfundíveis.

28

O RIO

Erida

Ela já estava meio vestida quando Taristan rolou para o lado, piscando vigorosamente, o cabelo ruivo bagunçado caído sobre um lado do rosto. Ele sentou devagar, os vestígios do sono ainda nele enquanto contemplava o quarto confiscado. Erida o observou da sala adjacente, de braços abertos para as servas a vestirem.

Na Konrada, eles tinham aposentos menores, obrigando Taristan a ficar mais próximo da gama enorme de criadas da rainha. Seu desdém por elas era bem conhecido e impossível de ignorar. Quando ele levantou, as aias aceleraram o ritmo.

Anéis cravejados de joias entraram nos dedos de Erida, um bracelete de rubi sobre um punho. Ela escolheu um vestido dentre os poucos disponíveis, uma obra de arte de brocado prateado claro em seda acinzentada. As criadas prenderam seu cabelo por último, enrolando os muitos fios para formar uma longa trança que descia pelas costas. Ela a sentia como uma corda balançando entre as escápulas.

— Um pouco cedo para trajes de batalha.

Taristan se apoiou no batente, nu da cintura para cima, a calça de cintura baixa sobre a pele exposta. Se pretendia assustar as criadas, conseguiu. Elas baixaram os olhos para o chão. Erida sorriu com malícia por sobre as cabeças delas e saiu de seu alcance.

Ela ergueu a sobrancelha para a aparência de Taristan, do peito de veias brancas aos pés descalços.

— Devo chamar seus criados?

— Isso é uma ameaça? — respondeu ele, rouco.

— Já basta — declarou ela, dispensando as criadas com um aceno seco. Meio segundo depois, a porta para o corredor se fechou atrás delas, deixando Erida reluzente na galeria estreita. Na janela, o céu vermelho incandescia, o sol alto sobre o horizonte.

Minha mente é minha.

Ela repetiu o refrão que dizia para manter a calma quando se sentia só. Erida se agarrou a ele com firmeza, como um escudo. Um divisor suave entre ela e o que se esgueirava por seus pensamentos.

Para sua surpresa, sentiu uma espécie de impulso, suave mais firme. Metade dela também queria sair, ansiosa para enfrentar o que mal havia começado. Precisava apenas convocar o conselho e dar o comando que colocaria tudo em movimento.

A outra metade sorriu, praticamente vibrando. Verificou a porta de novo e avançou tão rápido que Taristan se assustou. As saias dela rodaram pelo piso enquanto ela o pegava pelos ombros, os dentes à mostra num sorriso largo demais.

— Iona — disse, mal se atrevendo a pronunciar a palavra em voz alta.

Ele fechou as mãos ao redor dela, os dedos abrasadores mesmo através das mangas, e franziu a testa de preocupação. Vermelho se agitou no preto dos olhos dele. Apenas um lampejo, faíscas sobre aço. O bastante para revelar o fino véu que existia entre a mente de Taristan e outra coisa. Por ora, o abismo negro da alma dele triunfava, devorador.

— Iona? — repetiu.

— Corayne se refugiou no enclave ancião — disse ela, ignorando a pressão forte das mãos dele. — Está com a espada de Fuso, está viva e acha que pode sobreviver a nós dentro das muralhas de um castelo em ruínas.

Taristan era muitas coisas. Um príncipe de uma linhagem antiga. O consorte de uma rainha. O instrumento de um demônio. Um mercenário, um homicida, um órfão invejoso buscando algo como um futuro. Todos aqueles lados trespassaram seu rosto, subindo à superfície.

— Como você sabe disso? — perguntou, com a voz trêmula.

Era ao mesmo tempo uma dúvida e uma acusação.

— Como você sabe disso? — insistiu, sacudindo os ombros dela com força.

Dessa vez, Erida não vacilou. Encarou o olhar dele, resoluta e altiva. O impulso fantasma permanecia, como a corrente de um rio passando por suas pernas, guiando-a suavemente na direção do corredor. Ela se entrincheirou, embora a pressão crescesse.

Devagar, sem piscar, Taristan desamarrou os cordões no pescoço dela. Puxou de lado o tecido de seda, revelando o alto da clavícula dela. A respiração dele se acelerou enquanto ele espalmava a mão na pele dela.

Ela chamejava sob ele, ardendo como Taristan ardia.

— Erida — sussurrou, a voz embargada.

Ela não podia fazer nada além de piscar, tremendo sob a mão dele. Palavras demais se prenderam em sua boca, sacudindo a gaiola de dentes. Ela vasculhou o rosto dele, os olhos, os traços, tentando interpretar as emoções que cresciam ali dentro.

A rainha pensou que ele ficaria impressionado, orgulhoso, intrigado.

Estou unida a você de todas as formas, pensou. *Você deveria se ajoelhar a meus pés e agradecer minha escolha.*

Em vez disso, o coração dela se apertou.

Taristan estava furioso.

— Estou seguindo o caminho que você já trilha — sibilou ela, sua raiva crescendo para se igualar à dele. — Para que possamos trilhá-lo para sempre. *Juntos.*

Ele ainda a apertava, marcas se formando sob os dedos. A dor era fraca em comparação com a que crescia em seu peito. Elas se entrelaçaram, fúria e tristeza, até ela não conseguir distingui-las.

Por fim, Taristan a soltou, mas não recuou, firme. Ele se ergueu diante dela, perigoso como no dia em que ela o vira pela primeira vez. Todas as suas cicatrizes se destacavam, brancas na pele corada, revelando a verdade da vida de Taristan. Ele era um sobrevivente antes de tudo, mais que tudo.

— Eu não queria isso para você — sussurrou. — Você não sabe o que fez.

— Você pagou seu preço ao Porvir. E eu paguei o meu — retrucou Erida.

Ela se recusava a pensar na velha deitada na cama, os olhos abertos e vidrados, cegados na morte.

— Incomoda você? — continuou ela, meio ensandecida. Ela se sentia como um cavalo galopante sem um cavaleiro que a freasse. — Que eu seja igual a você aos olhos d'Ele?

— Erida — ele chamou sua atenção.

O timbre grave da voz dele fez tremer o ar.

Ela não deu a mínima, seu sangue transformado em veneno, queimando nas veias. Sua pele ardia, e ela temeu que o vestido de seda pudesse se reduzir a cinzas.

— Você é igual a todo o resto, independentemente do que eu tenha me permitido acreditar — disparou, cutucando a base do pescoço dele. Seus olhos ardiam, lágrimas quentes sob os cílios. — Você me enxerga como eles me enxergam. Uma égua reprodutora. Um objeto.

Não é verdade, pequena parte dela sussurrou. Lembrou como ele se ajoelhava, tão facilmente, sem vergonha. Como esperava sua ordem para matar. Como ele esperava, se posicionando um pouco atrás dela, como um soldado na linha de frente da batalha. Como congelou, uma espada no pescoço de Domacridhan, a morte do Ancião em suas mãos. Não fosse pela vida de Erida em risco.

Mesmo assim, ela não conseguiu parar.

— Passei a vida toda sozinha. E pensei que você... — Ela perdeu o ar, sufocando. Piscou com força, tentando conter a sensação abrasadora e pungente. — Acho que agora nunca mais estarei sozinha.

O rio ainda corria entre suas pernas, insistente, pedindo para ser seguido. Ela queria se entregar e ser arrastada. Seguir e não liderar, nem que fosse apenas por um momento.

Taristan apenas a encarou, o maxilar tenso. Ele a observou, passando os olhos por ela de cima a baixo, *julgando*. Ela sentia o olhar dele. Queimava como sua pele, ameaçando consumir tudo.

— Você precisa aprender a equilibrar — disse ele, por fim, baixando os ombros.

Ela arregalou os olhos.

— Como se atreve a me dar sermão? — escarneceu ela.

Ele apenas abanou a cabeça. De novo, diminuiu a distância entre eles, estendendo a mão para tocar o pescoço exposto dela. Erida se desvencilhou, quase tropeçando na saia.

— Equilibrar o que Ele é e quem você é. Os dois existem agora, aqui. — Sua voz mudou, estranhamente gentil para as circunstâncias. Erida desconfiou. — *Os dois* — repetiu.

Dessa vez, quando a mão dele envolveu o espaço entre o pescoço e o ombro, Erida ficou parada. Engoliu em seco, movimentando a garganta sob o polegar dele. Por mais que o toque dele queimasse, também a acalmava.

Equilibrar, a voz baixa, sua própria voz, disse. Ela a buscou, passando a raiva e o frenesi desenfreado.

Ela arregalou os olhos e os ergueu para Taristan do Velho Cór. Era como se o visse pela primeira vez. Dessa vez, via por baixo da superfície. A batalha sob a pele dele, atrás dos olhos, o peso sempre pendendo para lá e para cá.

A corrente do rio.

Com um arrepio, ela percebeu que não era uma corrente suave puxando seu corpo, fresca e doce como água. Era uma nascente de magma, vermelha e infinita, furiosa. Era o movimento lento e inexorável de estrelas no céu negro, que não poderiam parar sua dança nem se tentassem.

— Taristan — sussurrou.

Minha mente é minha.

Os olhos dela arderam de novo. Ela não tinha como vê-los, mas parte dela sabia. O azul-safira não estava mais lá.

Seus olhos brilhavam vermelhos.

— Eu sei — respondeu ele, encostando a testa febril no pescoço febril dela. — Eu sei.

Ela sentiu cheiro de fumaça de novo. Do vestido ou do demônio em sua cabeça, Erida não sabia. E sabia que não importava.

A porta se abriu, uma dama de rosto branco por trás dela. Ela estava metade no corredor, as outras damas de companhia atrás dela, todas pálidas e trêmulas. Não era simples incomodar a rainha e seu consorte. No fundo da mente de Erida, algo rosnou, pedindo a cabeça delas. Foi avassalador a princípio, sua vista ficando branca, e ela precisou desviar os olhos.

Taristan deixou, abraçando-a com o peito ainda nu. *Me escondendo*, entendeu. *Escondendo o que fiz.*

— Milady, o conselho se reuniu na catedral. Mas...

Erida ficou tensa junto a Taristan, suas costas eretas demais, os dois punhos apertando dobras do vestido. Curvou a mão ilesa, cravando as unhas na palma.

Mesmo assim, ela não se viraria. Não enquanto seus olhos ardiam, sua vista envolta por uma névoa preta e vermelha.

Ela sabia o que viria a seguir.

— Lady Harrsing se foi, majestade.

Foi fácil se afundar no marido, deixando que seus membros virassem água. Para as damas, pareceria que a rainha estava dominada pelo luto. Todas sabiam que Harrsing era uma mãe para ela, sem mencionar uma conselheira valiosa.

— Ah — murmurou no ombro de Taristan, o rosto enfiado nele.

Ela sentiu o braço dele envolver suas costas, mantendo-a firme.

— Ela morreu dormindo, ao que parece. Foi em paz — continuou a idiota. — Meus mais sinceros sentimentos...

— Deixem-nos — rosnou Taristan.

Confrontada com toda a fúria do príncipe, a dama soltou um som como o de um camundongo pisoteado. Depois bateu a porta, deixando os dois em silêncio.

A sós, Erida engoliu o nó na garganta. Suspirando, ela se afastou de Taristan e ergueu os olhos secos e inabaláveis para ele. Mais uma vez, ele a estudou, e ela o deixou encarar. Se ele buscava tristeza, não encontraria.

— Ao menos já estou usando as cores do luto — disse, apontando para o cinza e prateado.

Era admissão suficiente.

— Você sabia — murmurou ele.

— Sabia — respondeu ela, voltando a amarrar a gola sobre o pescoço exposto. — O que está feito, está feito.

Taristan curvou a boca.

— O que está feito, está feito.

Foi mais fácil do que Erida imaginava, no fim.

Ela desenrolou um dos mapas de Thornwall, marcado com todas as fortalezas, guarnições e legiões em tinta vermelha. Seus conselheiros esperaram em silêncio enquanto ela traçava uma linha de Ascal para o outro lado do continente.

Calidon.

Houve oposição. Calidon era um reino pobre. Seria uma joia pequena numa coroa já resplandecente. As legiões gallandesas tinham acabado de retornar. Ainda era inverno, e as provisões seriam caras, se não impossíveis de encontrar. Alimentar os exércitos poderia esvaziar o tesouro real, sem falar em semear revolta entre os lordes menores e seus soldados. Ela não quis saber. Nem do estado dos desfiladeiros. Nem do perigo de viajar por mar.

Nada era impossível, não para ela. Não para Taristan.

Não para o deus demoníaco nas veias deles.

Ela O sentia como a coroa em sua cabeça, as joias em suas mãos.

Taristan estava certo.

Era como ser um deus em pele humana, puro poder atravessando suas veias.

O Porvir não falava como ela imaginou que falaria, agora que a porta estava aberta, a mesa posta. O banquete preparado e esperando para ser devorado. *Deixe-me entrar, deixe-me ficar* ainda ecoava, mas apenas em memória. Seus sussurros não eram mais numa língua que ela conhecia, mas algo sibilante e enrolado, pontuado pelo estalido de dentes. Ela sentia Sua respiração no cangote, às vezes quente e úmida, às vezes gelada a ponto de dar calafrios. As trevas, porém, nunca mudavam, pretas e vazias como o espaço entre as estrelas. Mais densas ainda do que os olhos de Taristan.

Para seu alívio, ela ainda O entendia. Os desejos d'Ele se moviam nela, incitando, às vezes a corrente de lava, às vezes o rio. Ela conseguia resistir sempre que queria, deixando a água se quebrar contra ela. Fincando os pés na lama, preparando o corpo para a pressão interminável.

Às vezes, era mais fácil se deixar arrastar.

O toque d'Ele era terrível e glorioso. E, como Taristan dissera, a única solução era o equilíbrio.

Erida treinava todos os dias, segura atrás de seus véus intricados. Era melhor os vestir, seda fina cravejada de pedras preciosas ou bordada com renda delicada. A última coisa de que precisava era que um nobre fugisse aos gritos, dizendo a todos que a rainha estava possuída, os olhos feitos de chama.

Deixe que pensem que estou de luto por Bella Harrsing, pensou enquanto vestia os véus. *Deixe que pensem que tenho o coração mole, mesmo que por pouco tempo.*

A morte de Lady Harrsing veio e passou, esquecida na manhã seguinte. Seus conselheiros e nobres deixaram para lá a perda de uma idosa solitária. Havia a questão da guerra para pensar.

Erida, porém, não esqueceu, não nos últimos cantos intocados de seu coração. *Bella queria me ajudar*, disse a si mesma. *E ajudou.*

A cidade celebrou quando eles partiram de novo, Erida e Taristan em todo seu esplendor. Eles deixaram um palácio semidestruído, o porto ainda em ruínas, os destroços fumegantes do ataque pirata ainda balançando ao vento. E, de certa forma, nada disso importava para os plebeus, não diante de mais uma vitória. Mais um reino para conquistar, mais uma coroa para trazer de volta.

Ela era a Leoa, a Imperatriz em Ascensão. Seu lugar era no campo de batalha, não no trono.

Lord Thornwall escolheu o ponto de agrupamento em Rouleine. Enviou mensagens aos fortes e legiões em toda Galland, além de seus emissários em Siscaria, Madrence e Tyriot. Exércitos foram chamados de todos os cantos do império amplamente crescente de Erida, suas lanças apontadas para Rouleine.

Na primeira campanha, Erida tinha detestado a longa marcha e o acampamento militar. Odiava a poeira, odiava o cheiro, odiava a dor incômoda causada por sacolejar numa carruagem ou balançar na sela. Mais do que tudo, odiava a tenda do conselho, as poses de toda a mesa comprida de lordes e herdeiros meio burros. Tudo mudou dessa vez. Thornwall lidava com a maior parte do conselho, sendo poucos os conselheiros que ousavam incomodar a rainha e seu consorte. Desde que o exército se deslocasse, o horizonte fixado na frente deles ao leste, Erida estava satisfeita.

Cada quilômetro adiante tinha gosto de uma boa refeição entre seus dentes. Seu sangue disparava, o coração acelerado, o vento frio de inverno uma brisa leve no rosto febril. Ela sentia a corrente do rio sempre. Naquele dia, dava voltas por ela como um cachorrinho feliz, saltitante. Era um lembrete firme de seu lugar, seu propósito e da promessa que a aguardava.

Por mais que o Porvir a apavorasse, Erida também se encantava com Ele.

Sentia que era aquele seu destino, assim como o trono.

Quilômetro a quilômetro, seu exército crescia, sua extensão uma sombra sobre o vasto interior. O comboio de provisões duplicou de tamanho. Havia cavalaria, infantaria, homens de armas, arqueiros, lanceiros e cavaleiros. Soldados profissionais das legiões ou camponeses plebeus empunhando pás. Lordes nobres com seus filhos infinitos, embonecados em armaduras e brocados ridículos. E o exército de cadáveres também, seguindo a certa distância para não aterrorizar os vivos.

Taristan tomava o cuidado de mantê-los a favor do vento.

Àquela altura, seus lordes sabiam o valor deles. Ademais, sabiam que era melhor não brigar com um exército de mortos-vivos.

Havia relatos de vilas saqueadas, fazendas em que só sobraram raízes inférteis, florestas queimadas por combustível ou derrubadas por lenha. Rios transbordando de refugo dos acampamentos grandiosos. Campos abertos transformados em aterros lamacentos. Erida descartava todas as preocupações. Era o preço do império.

Tudo dará. Como eu dei.

Os dias se misturavam. Ela praticava o equilíbrio, banhada pelo amor sibilante do Porvir, mas nunca mergulhando sob a superfície. Mesmo assim, precisava se lembrar de comer, dormir, cumprimentar suas damas que a vestiam ou cuidavam de seu corpo.

Ela entendia a máscara de Taristan. Seu comportamento plácido, indiferente. A superfície quieta escondia um turbilhão agitado. Erida também sentia a mente equilibrada entre seus próprios pensamentos e os desejos rasteiros do Porvir.

Por muitas semanas, seu exército atravessou a extensão de terra entre as águas do Leão Velho e as sombras escuras da floresta Castelã, cercado por rio e floresta. A linha do exército se deslocava como uma lagarta, estendendo e se contraindo. Suprimentos viajavam rio acima com eles, tornando mais fácil equipar as legiões grandiosas e mantê-las de barriga cheia. Isso bastava para os soldados, assim como os aumentos de soldo, prometidos pela rainha. A lealdade deles era fácil de comprar, com promessas de glória e dinheiro bom.

O terreno era conhecido. Era a mesma estrada que a primeira campanha pegara, o rastro de sua passagem ainda evidente pelo campo. Erida observou os cascos do cavalo desviarem de sulcos de rodas de carroça e terra batida, a beira da floresta reluzindo de geada.

Não havia mais fronteiras ali. Nem em Madrence, nem em Siscaria. O horizonte pertencia a Erida e o exército não temia inimigos como antes. Eles avançavam como se a vitória já estivesse conquistada.

A comitiva dela viajava na dianteira, com a cavalaria, mais depressa do que as carroças lentas e os soldados de infantaria. Seu objetivo era

Rouleine, onde o resto das legiões se agruparia, e a companhia de Erida se dirigia para lá com toda a velocidade.

Taristan cavalgava a seu lado o tempo todo, ereto na sela do cavalo, uma capa vermelha ondulando atrás dele. A luz tremeluzia estranhamente sobre ele, como se ela o visse através de uma rachadura de vidro grosso.

— Vergon está perto — disse ele certa manhã.

Ainda estava de ombros voltados para a estrada, mas virou a cabeça, os olhos erguidos para as colinas sobre o vale do rio.

Ela cerrou os dentes. Erida não enxergava o castelo Vergon de seu lugar na estrada, mas sabia que as ruínas estavam a poucos quilômetros. Ela se lembrava da colina de espinheiros subindo para as muralhas do castelo, a capela, onde vitrais ainda cintilavam entre o musgo, o rosto de uma deusa partido ao meio. Um Fuso ardia lá, um único fio de ouro, um rasgo no tecido da esfera.

Não ardia mais, e nunca mais arderia.

Taristan estava sem a espada de Fuso, sem o aço abençoado. Não tinha como abrir o Fuso de novo, nem se marchasse para Vergon e riscasse o céu com as próprias unhas.

Erida estendeu o braço entre os dois cavalos, pegando a mão enluvada de Taristan. Ele a apertou em resposta, quase com força demais, a cara fechada.

— Sinto muito — foi tudo que ela conseguiu pensar em dizer.

Ele não respondeu, mas seus pensamentos eram fáceis de interpretar. Quase um mês antes, ele tinha caído no chão da Konrada, apertando o peito. Ele sentira a perda do Fuso quando Corayne o fechara, com a espada de Fuso dele na mão. Erida sabia que ele sentia a agonia de novo, perto a ponto de tocar no Fuso perdido.

Porém, sem uma espada de Fuso, não havia o que fazer. Por nenhum dos dois.

Raiva se enroscou na mente de Erida, somando-se à mesma raiva do Porvir. Os dois fervilharam. Nenhum sabia como era se sentir desamparado, sem poder.

Temos isso em comum, Erida pensou, ainda segurando a mão de Taristan.

Ela sentia outra presença guiando seus dedos entrelaçados. O Porvir passava entre eles, correndo como um rio de voracidade.

Erida silvou de irritação quando Thornwall interrompeu a marcha, os assobios de seus tenentes se projetando por toda a fila. O sol mal tinha começado a se pôr, vermelho sob as nuvens baixas. Eles ainda tinham horas até o cair da noite, e Erida não queria nada mais do que avançar.

Em vez disso, deixou que Taristan a ajudasse a desmontar. Os dois saíram andando enquanto cavalariços cuidavam de seus cavalos, a caminho da tenda grandiosa que já os esperava no topo de uma colina próxima.

Para sua surpresa, Lord Thornwall os seguiu, o rosto franzido de preocupação. Como antes, a campanha lhe caía bem. Ele era um soldado acima de tudo. Contudo, algo obscurecia seus olhos.

— Milorde? — questionou Erida.

Thornwall fez uma breve reverência.

— Vossa majestade deveria participar do conselho hoje.

Erida pestanejou.

— Há algo que não sei?

— Não, claro que não — negou Thornwall prontamente. — Meus relatórios a vossa majestade foram completos.

Realmente, toda manhã ele entregava relatórios da campanha escritos com detalhes, dos movimentos do exército às brigas dos lordes ao redor de fogueiras.

Ela estreitou os olhos, examinando o comandante.

— Há algo que o senhor não consegue resolver, Lord Thornwall?

— Não — negou ele, de novo, abanando a cabeça com violência.

O ferimento na palma de sua mão coçava, ainda latejando pelo dia de cavalgada. Erida resistiu ao impulso de cerrar o punho e agravar a dor.

— Então? — insistiu.

Thornwall alternou o olhar entre Erida e Taristan, nervoso. Ele inspirou longamente.

— Faria bem aos lordes vê-los — disse. — Os dois.

A rainha não conseguiu segurar uma longa gargalhada, enquanto sentia o escárnio da sombra dentro dela.

— Eles não me veem o bastante na campanha? — questionou. — Cavalgo entre eles, na frente da minha própria cavalaria. Nem mesmo meu pai fazia isso, não é?

Nem mesmo meu pai. Nem nenhum rei antes dele. Apenas eu tenho coragem suficiente para cavalgar com a vanguarda, viajar como um soldado. Seus pensamentos espiralaram, um mais mordaz que o outro. Mais e mais tenebrosos, ameaçando derrubá-la. *Equilíbrio*, disse a si mesma, cerrando os dentes. Fechou o punho, e a dor lancinante que subiu por seu braço a acalmou.

Minha mente é minha.

— É verdade, majestade — admitiu Thornwall, baixando os olhos.

Erida apenas se endireitou, a voz mais firme.

— Estou farta de ceder aos caprichos de lordes insignificantes. Não vou me rebaixar a isso — disse com franqueza. — O senhor que os paparique. Eu me recuso.

Para seu espanto, Thornwall voltou a erguer a cabeça, seus olhos encontrando os dela com uma determinação normalmente reservada ao campo de batalha.

— Esses lordes insignificantes comandam milhares de soldados — respondeu, mais áspero do que ela o imaginava capaz de ser.

Os dedos dela ficaram brancos, o punho cerrado mais tenso, até a dor deixar os contornos de sua visão vermelhos. Era tudo que ela podia fazer para manter o equilíbrio.

— Não, milorde Thornwall — retrucou ela. — Quem comanda é o senhor.

E o senhor responde a mim.

Apesar do vasto acampamento de guerra se organizando ao redor deles, muitos milhares de cavalos e soldados se instalando para passar a noite, Erida ouviu apenas silêncio. Cercava rainha e comandante, mas Lord Thornwall manteve sua posição. Ele não disse nada, apenas a encarou, e Erida viu um pouco do soldado sob a fachada de velho. Determinado, inteligente e letal.

Qualquer resposta morreu em sua garganta, enquanto Taristan buscava algo a dizer.

— O senhor prometeu uma cabeça a minha rainha, Lord Thornwall.

A voz de Taristan quebrou a parede de silêncio. Ele afrontou o comandante militar com toda sua fúria visível.

Traga-me uma cabeça. O senhor escolhe qual, Erida comandara em Ascal. *Corayne. Domacridhan. A amhara. Konegin. Traga-me meus inimigos.*

Lord Thornwall não tinha conseguido encontrar nenhum.

Isso bastou para fazer Thornwall se lembrar de seu lugar, e ele baixou os olhos, tímido de novo. Um rubor intenso cobriu suas bochechas, dando a ele um aspecto ainda mais avermelhado. Sua vergonha era evidente, praticamente perfumando o ar. Apesar da barba grisalha, Thornwall parecia um escudeiro repreendido.

Nisso, Erida viu uma oportunidade.

Thornwall empalideceu quando sentiu a mão da rainha pegar seu braço, o toque dela delicado apesar do mau temperamento.

— Você não é um caçador, Otto — murmurou. Ela fez o possível para apaziguar, embora não soubesse como. Erida de Galland nunca havia apaziguado nada na vida. — Também não é um traidor.

O comandante cedeu sob seu toque, soltando outro suspiro.

— Não é da sua natureza pensar como usurpadores e cobras — continuou Erida. Com a mão livre, ergueu o véu, uma expressão de compaixão no rosto. — Não posso culpá-lo por esse fracasso.

Prontamente, Thornwall fez uma reverência, a mais baixa que pôde. Seus joelhos estalaram com o movimento, seu rosto voltado para o chão.

— Obrigado, majestade — murmurou, voltando a erguer os olhos.

Ela o olhou de volta.

— Sou a cabeça desse exército, mas você é o coração. Continue batendo por mim.

— Sim, majestade — respondeu, levando a mão ao peito em continência.

Erida sorriu em resposta, a tensão no lábios tão dolorosa que achou que os cantos da boca rachariam.

— Que guerra — murmurou, repetindo as palavras dele de tanto tempo antes na sala do conselho.

Quando eles falaram de Temurijon e suas legiões enfrentando os Incontáveis em campo aberto.

Mesmo ali, sob a exaustão e a sujeira da estrada, Thornwall se empertigou.

— Que guerra — repetiu ele, a memória acesa em seus olhos.

Foi o suficiente. Erida virou as costas e entrou na tenda, se refugiando na escuridão fria.

A aba se fechou atrás de Taristan, mergulhando os dois na penumbra. Ele começou a acender as velas sobre a mesa, até o espaço pequeno se iluminar.

— Você é muito tolerante com ele — resmungou ele, olhando de esguelha para ela, que se sentava para descalçar as botas.

Erida bufou e abanou a mão boa.

— Sou exatamente o que devo ser — respondeu, com a voz cansada.

— Ele me vê como uma filha, por mais coroas que eu use. Se esse for o papel que devo representar para mantê-lo leal e obediente, que seja.

Sob a luz de velas, os olhos pretos de Taristan reluziram.

— Você é mesmo espantosa — disse ele, com orgulho. — Mesmo sem Ele.

— Sou exatamente o que devo ser — repetiu Erida, meiga demais.

Ela se crispou. *Pareço uma garotinha.*

A cama baixa pesou quando Taristan sentou ao lado dela, o peso dele quase afundando o colchão. Erida se apoiou nele, escorada em seu braço.

Ele pegou a mão dela.

— E quem você é comigo?

— Eu mesma — respondeu. — Quem quer que seja.

De novo, o Porvir passou entre eles, tenso como seus dedos entrelaçados. Dessa vez, Erida não sabia dizer se Ele os aproximava ou afastava.

Ela franziu a testa, baixando as pálpebras. Estava cansada demais para refletir.

Minha mente é minha.

Taristan se enrijeceu a seu lado, os ombros ficando tensos por alguma preocupação. Erida ergueu o rosto para olhar para cima, vendo a ruga severa na testa dele.

— Sinto muito sobre Vergon — disse de novo.

Em seu coração, Erida sabia que não conseguia conceber como era perder um Fuso. E a dádiva que vinha junto.

— Não é Vergon que me preocupa — soltou ele, em um rosnado gutural que a deixou arrepiada. — Mas o que saiu dele.

Erida se arrepiou de novo, dessa vez de medo. *O dragão.* Ainda estava à solta na Ala, em algum lugar. Vinculado a nada além da própria vontade. Ela mordeu o lábio com força e tentou não pensar no que um dragão poderia fazer a sua cavalaria. A Taristan. E a ela.

Mas me recuso a queimar, pensou, fechando bem os olhos. *Me recuso a queimar.*

Em seu coração, o rio ficou quente, como se pudesse levar o medo embora. Sua pele chamejou, seus olhos ardendo. Ela piscou rápido, desejando um pouco de água fria.

— Precisamos confiar em Ronin — disse ela, por fim, levantando.

Na cama, Taristan bufou, incrédulo. Ela não podia censurá-lo. Ela mal acreditava em si mesma, na sua confiança súbita no feiticeiro vermelho.

— E acima de tudo — acrescentou ela, as palavras escapando —, precisamos confiar n'Ele.

Sobre a mesa, as velas saltaram e dançaram, cada chama uma estrelinha dourada. Erida as observou por um momento, antes de voltar o rosto para as sombras na parede da tenda. Como as velas, elas oscilavam, inconstantes, nunca estáveis. A de Taristan se curvou, refletindo a posição dele ao se sentar.

A sombra dela ficou mais alta, distorcida. Por um momento, ela vislumbrou a silhueta de uma coroa que não usava.

Não, não uma coroa, pensou, forçando a vista.

A sombra mudou de novo, mais nítida.

Chifres.

Chegada a primavera, Erida sabia que as colinas floresceriam, verdes e abundantes. Imaginou campos cintilantes de trigo dourado e florestas repletas de animais de caça, o Alsor cheio de neve derretida, transbordando nas margens. Comerciantes e caravanas, e não exércitos, abririam sulcos nas estradas. Mas a terra ainda estava apegada ao inverno, a semanas dos primeiros rompantes de primavera. As árvores estavam desfolhadas, os campos esburacados e cinza, o rio baixo sobre as pedras lisas.

Ela reconheceu a paisagem mesmo assim. A primeira marcha para Rouleine ainda estava fresca na memória, mais nítida a cada quilômetro. A mesma estrada se abria ali, consumida pela cavalaria da rainha enquanto avançavam à margem do rio. Por cima, as bandeiras verdes de Galland ondulavam, o leão rugindo sobre o grande exército. Rosas do Velho Cór enroladas em torno do leão, um colar espinhoso de flores e trepadeiras. Sob as patas do leão estavam o garanhão prateado, a sereia e a tocha em chamas.

Madrence, Tyriot, Siscaria, Erida sabia. *Unidos sob o leão, sob mim.*

Nenhuma bandeira ondulava sobre Rouleine.

Erida observou o terreno esburacado onde antes ficava a cidade, entre o Alsor e o Rose. Seria seu ponto de agrupamento para as legiões, até o exército todo poder se reunir e marchar rumo a Calidon. Ela mal conseguia imaginar, todo o poderio de Galland reunido para conquistar a esfera. A vibração baixa de poder zunia sob sua pele, envolvendo-a como um abraço caloroso.

As muralhas da cidade continuavam lá embaixo, enegrecidas pelo fogo. Formavam um contorno grosseiro da cidade que antes existia. O resto estava em ruínas, queimado ou alagado. Enterrado em cinzas ou lama.

Deixe que queime.

Ela ainda sentia o gosto do comando na língua, ainda via Lord Thornwall concordar. Fora sugestão dele destruir Rouleine para que nenhum inimigo pudesse usar a cidade fronteiriça contra Galland. Contudo, a fronteira que ela marcava não existia mais, varrida do mapa como uma peça de tabuleiro.

Mais do que tudo, ela lembrava a criança que era antes do cerco de Rouleine. Dezenove anos, mas ainda uma criança. Sem conhecimento do mundo, simplória. Não sabia de verdade o que significava combater uma guerra, que dirá vencer uma.

Não fora o exército de Erida que derrubara os portões e fizera a cidade se render. Era outra coisa, rastejando para fora do rio. Cadáveres com carne pendurada, meio esqueletos, saídos de outra esfera e outro Fuso. Eles a amedrontaram quando ela os vira do outro lado do rio, na calada da noite. Taristan a segurara, obrigando-a a ver como realmente era sua conquista.

Erida assistira com os olhos abertos.

E nunca mais foi uma criança.

29

RAÍZES E ASAS

Domacridhan

O Ancião imaginou que nunca se acostumaria com viagens marítimas. Xingou as ondas enquanto o navio balançava sob ele. Desejou um cavalo e um descampado. Preferiria dar duas voltas a galope na Ala a suportar mais um minuto no mar.

Eles estavam livres de Ascal, mas sua tortura continuava.

Na primeira hora da segunda etapa da viagem, ele já estava enjoado. Domacridhan evitou os olhares incrédulos e sorrisinhos ambíguos da tripulação, e desceu para a pequena cabine para dormir enquanto o pior do mal-estar não passava. Sentiu Sorasa em seu encalço, o mais silenciosa que uma mortal podia ser.

— Se precisa da cabine... — começou.

Sorasa o interrompeu com um olhar fulminante, a cara fechada de asco.

— Não tenho a menor vontade de dividir a cama com essa sua doença — retrucou ela.

Em vez disso, ela deixou um balde à porta numa rara demonstração de gentileza, assim como um sachê minúsculo de pó. Este, ele supôs, mataria um homem mortal. Mesmo Ancião, Dom o evitou por prudência.

Dom sabia que era melhor não insistir. Mesmo exilada, Sorasa era uma amhara nata. Ela tinha pouco a temer dormindo num navio cheio de piratas que mal tinham coragem de encará-la. Que dirá arranjar confusão.

Àquela altura, ele conhecia o comportamento de Sorasa o bastante para entender quando ela pretendia atacar. Ou apenas se esquivar. Enquanto ela contemplava Corranport, o ancoradouro destruído sob uma cidade meio queimada, ele deduziu que fosse o segundo caso. Ela estudou o horizonte, alternando o olhar entre fumaça e água. Os pensamentos dela continuavam um mistério, envoltos sob a máscara que ela usava tão bem.

Os dele se revolviam dentro dele, tão nauseantes quanto as ondas sob o navio.

— Cada quilômetro à frente pode ser um quilômetro mais perto de Corayne. Ou não — disse ele, a voz cheia de significado.

A ideia pesava em sua mente, ocupando seus pensamentos constantes. *Se não sabemos onde ela está, não sabemos aonde estamos indo. Nem a melhor forma de ajudá-la.*

Sorasa continuou em silêncio, mas não discutiu, fechando a cara com um semblante severo. Vindo da amhara, era como um sim.

Ela estava melhor do que nas últimas semanas. Mais leve, de certo modo. Fazia um tempo atipicamente ameno e ela usava apenas uma camisa fresca e calça, o cabelo curto preso na nuca. Suas tatuagens estavam totalmente à mostra, pretas sobre o bronze da pele. Ela não tinha por que esconder sua identidade ali. A tripulação da *Filha da Tempestade* a conhecia bem. Como sempre, ela usava seu cinto de artifícios: venenos, pós e uma adaga nova.

A escotilha dava para o mar flutuante, subindo e descendo. Bastou um olhar para Dom se jogar de costas na cama e torcer para superar o pior do enjoo.

Sorasa riu baixinho, ainda achando graça da incapacidade dele de suportar o mar.

Ela atravessou a cabine estreita, abaixando para espiar pelo vidro grosso.

— Mais três hoje — disse distraidamente, contando o número de navios que seguiam ao longo da *Filha da Tempestade*. — São dez só na última semana.

Dom a observou com os olhos semicerrados, tentando ler sua expressão.

— Mais piratas?

Ela fez que sim com um murmúrio.

— E navios tyreses. Dá para ver as bandeiras. Meliz esteve ocupada nos últimos meses, incendiando portos e construindo alianças.

Os olhos cor de cobre dela cintilaram.

— Parece que estão unidos no ódio pela rainha Erida.

Dom entendia pouco dos reinos mortais, mas até ele compreendia o feito que isso era. Os príncipes tyreses e os piratas tinham uma longa história de desdém recíproco.

— Todos temos isso em comum hoje em dia — murmurou. — Tenho esperança que esse ódio baste para levar a esfera à guerra contra Erida antes que Taristan a torne forte demais para combater.

— Que esperança.

Sorasa praguejou, abanando a cabeça.

Na cama, Dom se deixou embalar pelo navio, tentando se entregar à sensação que sacolejava seu corpo. Ele encarou o teto baixo, estudando as espirais nas tábuas de madeira, já bem conhecidas àquela altura.

— Vamos chegar a Orisi em breve e recolher mais notícias lá. Quando Erida marchar para a guerra, precisamos apenas seguir — murmurou, repetindo o plano como uma oração.

— Minha esperança é que não seja só seguir — acrescentou Sorasa, se crispando. — Odeio essa palavra.

Dom olhou para Sorasa, vendo ela curvar a boca de desgosto.

— Seguir? — perguntou.

Ela fechou ainda mais a cara.

— Esperança.

Depois de mais uma semana de tortura marítima, Dom avistou a cidade-ilha de Orisi. A maior parte dele queria saltar do convés e nadar o último quilômetro até o porto, deixando a *Filha da Tempestade* para trás. Apenas um olhar severo de Sorasa o manteve parado.

Para sua surpresa, uma fileira de navios caçadores guardava a embocadura do porto da cidade. Eles o lembravam do paredão de embargo sobre o estreito da Ala. Metade hasteava as bandeiras turquesas de Tyriot, bordadas com a sereia dourada. O resto não hasteava bandeira alguma.

Piratas, Dom sabia.

Enquanto o resto de Tyriot estava sob o controle de Erida, a aliança entre os príncipes rebeldes e os piratas controlava a cidade-ilha.

Meliz estava orgulhosa à proa do navio, segurando a corda, o corpo como mais uma vela, com o cabelo balançando ao vento. Ela sorriu para a ilha, o bloqueio e os navios no porto. Orgulho emanava dela, evidente até para o imortal.

Orisi não era como o refúgio criminoso de Adira. Era uma verdadeira cidade, brotando sobre a maior parte da ilha triangular. A margem ocidental se erguia em falésias acidentadas, e a oriental, plana em baixios verde-azuis. Templos de paredes brancas e casas de telhas vermelhas davam para a água, e os mercados e docas se espalhavam pela planície baixa. Mesmo do porto, Dom sentia o cheiro de ervas fragrantes e bosques de ciprestes.

Embora o nevoeiro invernal pairasse ao norte, o sol brilhava sobre Orisi, dourando o mar e as ruas.

— É como se os deuses sorrissem para esse lugar, uma cidade em franca rebelião — devaneou Sorasa enquanto entravam no porto.

Depois de atracados, o desembarque foi rápido, para o grande prazer de Dom. Ele seguiu Meliz e Sorasa pela prancha de desembarque, praticamente correndo para terra firme.

De imediato, ele balançou em solo estável, mantido em pé apenas por sua graça imortal. Felizmente, Sorasa também balançou. E Meliz mais do que todos, o equilíbrio de marinheira permanente ao descer pela prancha de desembarque. Seu navegador, Kireem, veio atrás, assim como o brutamonte jydês, Ehjer. Os dois a cercaram, como se a capitã precisasse de proteção à sombra de um príncipe imortal.

— Se houver notícias dos movimentos de Erida, o Príncipe do Mar será um dos primeiros a saber — disse Meliz, apontando morro acima. — Vou levar vocês até ele.

As docas de Orisi estavam vibrantes, as ruas, efervescentes. Marujos de todo tipo vagavam, em todos os tons de pele. Os piratas eram fáceis de identificar, embora os marinheiros tyreses fossem igualmente maltratados pelo sol e capazes de navegar. Porém, eram muito mais sinistros, cinzentos apesar do sol. Cobertos pela nuvem de guerra declarada.

A amhara seguiu Meliz de perto, de cabelo solto e encolhida sob o manto para esconder as tatuagens.

— Não deveríamos estar atentos a caçadores de recompensas ou assassinos? — perguntou Dom, ao pé do ouvido dela.

Ele se lembrou dos cartazes de procurados em Almasad e Ascal, estampados com seus rostos e o nome dele. Ele examinou rapidamente as paredes dos prédios ao redor do estaleiro e se preparou para a imagem familiar do próprio rosto.

Sorasa negou, mas ergueu o capuz.

— Você não tem nada a temer, Ancião. Orisi se opõe à rainha. Poucos aqui tentariam entregar você. E tenho pena de quem possa tentar.

Você não tem nada a temer.

Ele a observou enquanto andavam pelas ruas cheias, ouvindo o que ela não dizia.

Você.

Sorasa Sarn tinha muitos inimigos, não apenas a rainha de Galland. Ela não era procurada apenas pela coroa, mas pela própria guilda. Depois de massacrar os companheiros amharas, Dom desconfiava que outro assassino a mataria sem hesitar. Se já não a estivessem caçando por toda a Ala.

Seu peito ardeu com o pensamento. De repente, sentiu o impulso de abrir o manto, puxá-la para perto. De se colocar entre Sorasa Sarn e quem quer que desejasse mal a ela. *Não que ela precise de mim para essas coisas*, pensou bruscamente, descartando a ideia absurda com um movimento de cabeça.

Ela o observou enquanto andavam, uma expressão de desdém no rosto. Como se lesse sua mente.

— Se preocupa consigo mesmo, Dom — disparou Sorasa, continuando a andar. — E torce para não fazer papel de bobo na frente do Príncipe do Mar. Melhor nem abrir a boca, na verdade.

Eles avançaram pela ilha rochosa triangular, deixando as docas e os navios para trás, mas não os marinheiros. Orisi parecia cheia até as tampas de tripulações tyresas, acompanhadas de suas famílias. Muitos tinham fugido do continente depois que Erida tomara posse de Tyriot e deixara seus lordes para governar. Isso dava à cidade o ar de um forte militar ou um campo de refugiados. Todas as portas e janelas estavam abertas, o povo de Orisi acolhendo seus compatriotas.

Dom se destacava como sempre, pálido e loiro demais para ser das ilhas. Ele era mais alto do que a maioria, seus ombros se projetando sobre o resto. Sob o manto, Sorasa poderia ser qualquer mulher tyresa, de pele bronzeada e olhos afilados.

Eles se misturavam à multidão caótica de marinheiros, piratas e refugiados fugindo de terras conquistadas. A praça perto das docas parecia um acampamento, com toldos se estendendo das paredes brancas. Homens esperavam em fileiras serpenteantes, se dirigindo a balcões improvisados e oficiais da marinha vigilantes. Nomes eram assinados e moedas distribuídas, assim como uniformes.

Alguém gritou para Dom em tyrês, apontando de sob um dos toldos.

Ele se tensionou, o corpo rígido sob o manto. Levou a mão à espada, e a outra ao ombro de Sorasa, puxando-a para sua sombra.

— Ele está perguntando se você navega, Ancião — disse ela, o corpo tenso sob a mão dele.

Mesmo assim, ela se deixou demorar, ainda que apenas um momento, antes de se desvencilhar dele.

Ele baixou os olhos para ver os dentes dela reluzindo num sorriso irônico.

— Erida está prestes a ter uma surpresa terrível — murmurou Sorasa.

— Tyriot não se rendeu? — perguntou ele, confuso.

Sob o capuz, os olhos cor de cobre de Sorasa reluziram.

— Ela deve pensar que sim. Mas isto não é rendição. É guerra, e ela é orgulhosa demais para prever. Tudo que resta agora é escolher onde atacar.

Dom queria confiar no ânimo nela, pois confiava nela, embora relutante, em quase tudo. Entretanto, sentia o peso de um presságio.

— A verdadeira força de Erida está na terra — disse ele, em voz baixa. — Vocês, mortais, podem encher o mar Longo de navios de guerra, mas isso não vai impedir as legiões de Erida ou o exército de cadáveres de Taristan de passar por cima de todas as outras cidades da Ala.

E não nos leva a Corayne. Nem a uma ideia de onde ela possa estar.

Meliz não diminuiu o passo, apesar dos muitos marinheiros que a chamavam nas ruas. Alguns até aplaudiram, todos piratas. Os tyreses era menos efusivos. Os piratas eram seus velhos inimigos, e apenas um adversário em comum os tornava aliados. Por ora.

A capitã pirata os guiou até uma entrada pintada de azul e branco. Guardas flanqueavam a porta, seus elmos decorados em escamas de peixe, com lanças douradas na mão, e capas curtas verde-água sobre a armadura.

Nenhum nem pensou em deter Meliz an-Amarat, que passou com tranquilidade, o resto do grupo seguindo atrás dela. A capitã era claramente conhecida entre a companhia do Príncipe do Mar.

Por dentro, a vila era fresca e protegida pelas sombras, o imóvel cercado de pátios de azulejos de pedra e áreas verdes viçosas. Muitos oficiais e assessores obstruíam os corredores, mas tomaram o cuidado de deixar Meliz passar. Com suas roupas desgastadas pelo sal e o cabelo ondulado solto, Meliz parecia uma boneca de pano em contraste com estátuas. Ela conduziu o grupo pelas passagens até um pátio central com uma fonte no centro.

Guardas cercavam as paredes caiadas, cuidando de um trio de homens. Os três ergueram as cabeças na direção de Meliz quando ela entrou sob a luz, seu sorriso radiante curvado no rosto.

Ela fez uma reverência exagerada, girando o braço como uma bailarina.

— Alteza — riu baixo, como se o título fosse uma piada maravilhosa.

O Príncipe do Mar não retribuiu o gesto, mas contraiu a boca, achando graça na postura da capitã. Como seus marinheiros, ele tinha a pele bronzeada com o cabelo preto encaracolado, de cor parecida com a de Meliz. Porém, seus olhos eram mel e ele usava uma tiara simples de ouro martelado, com uma única pedra de água-marinha cravejada.

— Capitã an-Amarat — disse, se aproximando deles. — Estávamos falando de você.

Meliz acenou com a mão coberta de cicatrizes.

— Quando não?

Ela voltou o olhar aos outros dois homens sentados à mesinha.

— Almirante Kyros, Lord Malek — cumprimentou, inclinando a cabeça para cada um.

Dom supôs que Kyros fosse o de farda. O outro, Lord Malek, usava mantos roxos iridescentes e tinha olhos claros e a pele quente e escura dos reinos do sul.

— Os primeiros relatórios não parecem ser os que queríamos — disse Kyros, o olhar abrasador em Meliz. Ele usava o azul indicador de um marinheiro tyrês, e uma faixa cravejada de joias para denotar a alta patente. — A enseada da Frota queimou, mas não a ponto de ser destruída, e a maior parte da marinha gallandesa ainda não estava no porto.

Meliz riu na cara dele.

— Prefere continuar lendo seus relatórios ou ouvir da boca de quem realmente estava lá?

Enquanto Sorasa baixou a cabeça, escondendo um sorriso, Lord Malek respondeu com um olhar de desgosto.

— Você atacou rápido demais — resmungou. — Não teve paciência para esperar o resto da frota de Erida. Nem coragem.

— Coragem?

Meliz fechou o sorriso, os olhos faiscando de maneira perigosa.

— Sossegue, Lord Malek — disse o Príncipe do Mar, voltando a andar de um lado para o outro.

— Meu príncipe — murmurou Kyros, espantado com seu soberano. — Não acredito que vivi para ver o dia em que você defenderia escória pirata como Meliz an-Amarat.

— Vamos enjaular a Leoa e depois podemos voltar a caçar tubarões — respondeu o Príncipe do Mar, sorrindo para Meliz.

Ela apenas retribuiu o sorriso.

Era como assistir a dois raios se encontrando em pleno ar.

— Não foi a impaciência que me obrigou a agir — disse Meliz, balançando ao andar. — Foram esses dois.

Todos os olhos se voltaram ao Ancião e à assassina, esmiuçando ambos. Dom não se importou com o escrutínio, acostumado aos olhares escancarados de mortais àquela altura. Contudo, se eriçou quando viu como observavam Sorasa, estudando as tatuagens que as roupas deixavam visíveis.

Ela não se mexeu sob a atenção deles, embora ele ouvisse o coração dela acelerar.

O Príncipe do Mar ficou incrédulo.

— Você testa minha hospitalidade toda vez que passa por meus corredores, Meliz — disse. — Primeiro traz aquela ralé pirata arruaceira para minhas ruas e, agora, uma amhara para meu pátio.

— Garanto que não sou a primeira amhara a passar pelos corredores de um Príncipe do Mar — retrucou Sorasa, com a voz ácida.

— É justamente isso que me preocupa — retrucou ele. — O outro fala?

Dom se endireitou por instinto, se voltando para o Príncipe do Mar como faria com qualquer outro dignatário. Ele era uma visão imponente, por mais que seu estômago se revirasse com as últimas ondas de enjoo.

— Sou o príncipe Domacridhan de Iona, filho de Glorian Perdida — entoou.

Ele não deixou de notar o riso baixo que Sorasa deixou escapar.

O príncipe deu um assobio grave.

— Você tem amigos estranhos, Meliz.

— Não mais estranhos do que o próprio Príncipe do Mar — respondeu ela.

Foi isso o que mais divertiu o príncipe. Com uma última olhada para Sorasa e suas muitas adagas, ele deu de ombros.

— Então? O que exatamente eles fizeram para estragar semanas de planejamento minucioso?

Os pés da cadeira arranharam o azulejo refinado com um som agudo quando Meliz a puxou entre Kyros e Lord Malek. Suspirando, ela sentou e apoiou a bota em cima da mesa, para o horror dos dois.

— Eles atearam fogo no palácio — disse, satisfeita. — E quase mataram a rainha, não foi?

— *Quase* — respondeu Sorasa, fria.

Os três homens trocaram olhares, ao mesmo tempo horrorizados e impressionados.

— Depois disso, soube que nosso tempo estava esgotado — continuou Meliz. — Patrulhas triplicariam assim que a cidade retomasse a ordem, e Erida fecharia o porto. Fiz o possível para salvar nossa missão, com meu navio e minha tripulação intactos.

— Muito bem — resmungou Kyros. Claramente o afligia reconhecer o mérito de uma pirata. — Imagino que seja o melhor que possamos desejar nesta altura.

— E que altura exatamente é esta? — A voz de Sorasa ecoou pelo pátio, por mais baixa que fosse. — Em que pé está sua aliança?

Embora os outros dois homens ficassem em silêncio, acovardados diante de uma amhara em carne e osso, o Príncipe do Mar deu um passo audacioso na direção dela.

— Instável — respondeu.

— Teve notícias de Lord Konegin? — perguntou Malek. — Ou ele desapareceu depois do fiasco?

Konegin. Dom revirou o nome em pensamento, tentando identificá-lo. A julgar pelos olhos arregalados de Sorasa, ela entendia muito mais do que ele. A amhara apertou os lábios, disposta a ficar em silêncio e ouvir. Dom resolveu fazer o mesmo.

O Príncipe do Mar riu baixo para Meliz.

— Qual fiasco? Quando ele tentou matar o príncipe Taristan no meio de um banquete da corte? Ou quando tentou suplantar Erida com uma princesa madrentina e fez a menina ser morta em vão?

Malek encolheu os ombros largos.

— Idiota ou não, Konegin é a única chance de usurpar Erida. Antes que ela se torne poderosa demais para destronar.

— Nossos espiões em Lecorra interceptaram ordens a caminho do duque Reccio, vindas de Erida — disse Kyros, e pegou um pergaminho que alisou sobre a mesa. — Enviadas por batedores militares, a toda velocidade de Ascal.

O Príncipe do Mar deu a volta na fonte para se debruçar sobre o pergaminho. Ele se inclinou, com um dedo página, e a outra mão atrás das costas. Sorasa e Meliz se debruçaram ao lado dele, para a consternação dos guardas.

Dom aguardou, observando a página. Estava escrita numa língua mortal que ele não conhecia.

— É uma cópia apressada — explicou Kyros. — Mas palavra por palavra.

— Ela convoca suas legiões para se reunirem em Rouleine. — O Príncipe do Mar se endireitou, o rosto bonito ficando sério. — Rouleine não é um escombro esfacelado? Destruído por ela mesma?

— A campanha dela ao norte está longe de terminar. Ela nem esperou a neve derreter, a tola sanguinária — disse Lord Malek, rude, e examinou o pergaminho também. — Ela pretende marchar contra Calidon.

— Pelos desfiladeiros. — Ainda sentado, Kyros estufou o peito com orgulho. — Ela sabe que não consegue desembarcar um exército por mar.

Meliz abanou a cabeça.

— Calidon é um reino pequeno. Praticamente inútil para ela. Ela vai marchar por meia esfera para se apossar de pouco mais do que rocha e neve.

Calidon.

A palavra era um sino na mente de Domacridhan, badalando sem parar, vezes e mais vezes. Ecoou com quinhentos anos de memória. Teixos pretos formando veias através da névoa. Um vento brutal riscando um vale montanhoso entre sol dourado e sombra implacável. Neve imorredoura sobre os picos mais elevados. E uma cumeada alta de pedra cinza, coroada por uma cidade-fortaleza que poucos veriam.

Calidon é como os mortais chamam.

Ele conhecia como Iona.

Casa.

Suor escorreu por sua testa e ele cambaleou apenas um passo, mas foi o suficiente. Seu estômago se embrulhou, como se ainda estivesse no convés do navio.

Sorasa se virou da mesa, os olhos cor de cobre encontrando os dele com uma preocupação rara. Ela contraiu a testa, os lábios entreabertos de confusão. Ele desejou que ela visse, que o lesse com a facilidade que tinha para tal.

— Corayne — Dom conseguiu soltar, pouco mais que um sussurro.

À mesa, Meliz gelou, a pose charmosa abandonada.

Ela está em Iona. Está com meu povo, segura, intacta. Ainda viva. Ele engoliu a onda de aversão. *E Erida sabe. Seus exércitos já estão se deslocando na direção dela.*

Seu coração quase parou, o mundo balançando sob ele.

Taristan sabe.

Não fosse por Sorasa, ele teria desabado. Em vez disso, ela manteve Dom firme, os dois braços ao redor dele.

— Calma — murmurou. — Calma.

Ele respirou fundo, engasgando com o ar subitamente abafado do pátio. *Respire pelo nariz, solte pela boca,* Sorasa dissera certa vez, depois de terem encontrado sombras do exército do Fuso. Ela repetiu a instrução, de olhos ardentes, o peito subindo e descendo com movimentos exagerados enquanto demonstrava a técnica de novo. Ele igualou o ritmo como pôde, usando o corpo dela para estabelecer o fluxo da respiração.

— Agora sabemos onde ela está — murmurou Sorasa, tão perto que ele sentiu a voz vibrando na garganta dela. — Agora podemos agir.

— Você sabe onde minha filha está.

O tom severo de Meliz o trouxe de volta. Ela empurrou a mesa, levantando de um salto para encará-lo do outro lado do pátio.

— Sei — respondeu ele, com dificuldade.

Dom acenou e Sorasa deu um passo para trás, deixando que se sustentasse sozinho. Ele continuou apoiado à parede, meio caído, mas com as próprias forças.

Obrigado, ele quis dizer.

Mesmo implícita, Sorasa ouviu a palavra. Ela deu um aceno breve.

Ele sentiu a atenção repentina do ambiente, todos os olhos percorrendo seu rosto. Todos menos Sorasa, que voltou o olhar desfocado para a fonte. Ela sabia tanto quanto ele. Entendia o fardo que ele carregava de repente, o corpo ameaçando desabar sob o peso.

— A rainha Erida e Taristan estão marchando para Iona, o enclave ancião em Calidon — disse Dom, desejando que sua voz saísse firme. Enquanto falava, sua mente se consumia por imagens horríveis de seu lar queimado e destruído, seu povo massacrado. — Meu enclave.

Com uma velocidade alucinante, Meliz cortou a distância entre eles. Pegou Dom pelo braço, o aperto forte e desesperado.

— O que podemos fazer? — questionou.

Dom ouviu nitidamente o sentido das palavras.

Como posso ajudá-la?

Chiando baixinho, Sorasa começou a andar de um lado para o outro, como o príncipe tinha feito.

— Toda a força das legiões vai marchar com eles — murmurou. — O exército inteiro atacando um único lugar.

O Príncipe do Mar se retraiu.

— Nosso poder está no mar — disse ele, desolado.

Com isso, Sorasa parou. Ergueu a cabeça, o cabelo jogado para trás para mostrar a curva de uma tatuagem no pescoço. Dom a reconheceu de relance. *O escorpião.*

— *Seu* poder — disse ela, ofegante.

Ela encarou Dom até ele sentir que enxergava seus pensamentos.

O coração dele acelerou e a respiração ficou rasa. A constatação desceu rasgando por sua espinha.

A voz de Dom tremeu.

— Temurijon também marcha.

Algo apertou seu antebraço, e Dom se deu conta de que Meliz ainda o segurava, os dedos cravados. O rosto dela se iluminou por dentro, uma resolução ardente se instalando na capitã pirata.

— O imperador e seus Incontáveis vão precisar de passagem rápida — vociferou ela, soltando Dom. — Todos os navios que conseguirmos reunir.

Meliz an-Amarat era baixa comparada ao Príncipe do Mar e seus lordes, vestida em roupas rústicas, o corpo balançando como se ainda estivesse ao mar. Mas ela os afrontou como uma gigante, inflexível e destemida.

O Príncipe do Mar se curvou, com brilho nos olhos, um sorriso se esticando nos lábios. Quando abriu a boca, um único dente de ouro cintilou.

— Assim será — declarou, para o desgosto de seus acompanhantes. Malek e Kyros gritaram de choque, fazendo um escândalo.

A voz de Sorasa quase se perdeu no escarcéu, mas Dom a ouviu mais do que os outros.

— Também vamos precisar de um navio.

— Estou envergonhada por não poder ir com vocês.

As águas verde-azuladas do porto de Orisi tremeluziam, o sol se turvando dourado enquanto descia rumo ao horizonte ocidental. Meliz estava ao lado de Dom na balaustrada que dava para as docas, os dois como estátuas mirando o mar. Ela não olhava para ele nem para o pequeno navio sendo aprovisionado para a jornada dele a nordeste. O olhar dela estava em outro lugar, os olhos sombreados, o coração soando uma batida inconstante nos ouvidos de Dom.

Dom deixou as palavras dela pairarem, escolhendo as suas com cuidado.

— Você será mais útil com armada. — Era a verdade. — Tanto para seus aliados como para Corayne.

A capitã inspirou rápido, se acalmando. Nas docas, Sorasa cuidava da nova embarcação, direcionando provisões e estoques para o convés. O novo navio deles era minúsculo em comparação com a *Filha da Tempestade*, tripulado por meia dúzia de homens, mas apto o suficiente para navegar a Calidon.

— E se não chegarmos a tempo? — murmurou Meliz, abanando a cabeça. Algo embargou sua voz. — Se soprar uma tempestade ou se o imperador se atrasar...

— De nada adianta pensar essas coisas — disse Dom, franco. — Só podemos confiar uns nos outros.

As palavras soavam vazias, até na cabeça dele. Porém, Dom acreditava nelas mesmo assim. Precisava acreditar, pois não havia mais nada.

— E devemos confiar nos deuses, onde quer que estejam. — Meliz fechou a cara, torcendo o lábio. Ela ergueu um dedo, fazendo algum gesto para o mar. — Se é que existem.

— Meus deuses estão silenciosos, mas vi o bastante para saber que deuses ainda falam nesta esfera — murmurou ele.

Os Fusos estavam gravados em sua mente, dourados e brutais, todos portais impiedosos.

Meliz ergueu o olhar fulminante para o céu.

— Que tipo de deus permite tempos como estes?

Com um calafrio, Dom gelou, apesar da luz do sol e da brisa morna do sul.

— Não é um deus apenas que promove essa desgraça — disse. — Mas o coração de um homem mortal.

O vento agitou o cabelo de Meliz, soprando uma mecha preta sobre o rosto. Cintilou vermelha-escura sob a luz, um traço de cor dentro do preto abissal. Se Dom fechasse um pouco os olhos, até embaçar o rosto dela, veria Corayne. Era uma ilusão, mas ele se entregou a ela.

— Tio de Corayne — disse Meliz devagar, corando. — Um gêmeo, você diz.

A ilusão se estilhaçou em mil pedaços.

Dom cerrou o punho, os dedos brancos empalidecendo ainda mais. Ele se recusava a pensar em Taristan e Cortael na mesma frase, suas imagens entrelaçadas. Para não apodrecer a memória de Cortael, corrompida pelo rosto do irmão.

— Ele falava de você. Eu lembro. — A voz de Meliz assumiu um tom sonhador, os olhos distantes de novo, numa memória que Dom não compartilhava. — Cortael chamava você de irmão, de coração, se não de sangue.

Os Anciões curavam mais rápido do que os mortais; o próprio Dom era exemplo disso. *A troca, ao que parece, é que nossos corações, depois de quebrados, jamais se curam.* Ele sentiu a dor cortante no peito, sob lã acolchoada, pele e osso.

Parte dele queria se afastar e deixar Meliz com suas memórias. Mas ele não conseguia se mexer, paralisado.

O motivo era óbvio, até para ele.

Ela guardava um pedacinho de Cortael que ele nunca tinha visto. Enquanto ela falava, era como se ele estivesse vivo de novo, mesmo que por um instante.

— Ele tinha dezessete anos quando nos conhecemos — disse ela.

Dom lembrava. Cortael era desengonçado, os membros compridos demais, ainda tomando corpo. Seu cabelo ruivo-escuro vivia solto, roçando os ombros, os olhos pretos sempre penetrantes, sempre fixos no horizonte. E ele era diligente, talentoso, afiado como aço de qualidade. Já tinha as qualidades de um rei.

— Cortael era pouco mais do que um garoto, mas já era diferente. — Meliz vacilou, a testa se franzindo. — Mais grave. Mais velho, em certo sentido. E inquieto. Assombrado.

— O povo dele é assim — murmurou Dom.

Ele se lembrava do mesmo, que Cortael sempre lançava um último olhar para as estrelas antes de elas os obrigarem a dormir. Sempre buscando.

— Pensei que poderia salvar Corayne disso — disse ela, com a voz mais grave, embargada. — Pensei que poderia lhe dar raízes. Mas o que eu entendo dessas coisas?

A capitã pirata deu um aceno desdenhoso para si mesma, desgastada pelo sal e maltratada pelo sol, balançando no lugar como seu navio sobre a maré.

Dom sentiu o impulso estranho de abraçar a mulher, mas optou por não fazer nada. Ele apostava que Meliz an-Amarat não gostaria de ser consolada, muito menos por ele.

— Ela nunca terá raízes, Meliz — disse devagar, tanto para si como para ela. — Mas talvez possamos lhe dar asas.

Os olhos dela reluziram, lágrimas não derramadas refletindo o poente. Como na vila, ela o segurou pelo braço. Dessa vez, seu toque era suave, a mão leve como uma pluma.

— Proteja-a por mim — murmurou. — E por Cortael.

— Protegerei.

Até meu último suspiro. Com todas as fibras de meu ser.

— Eu também o amava, a meu modo. — Ela o soltou, baixando a mão ao lado do corpo. Meliz não chorou, as lágrimas mantidas sob controle. — Antes de deixar que ele partisse.

Os olhos de Dom arderam, a imagem do porto saindo de foco, até Sorasa se desmanchar diante de seus olhos.

— Ainda estou aprendendo a fazer isso — soltou.

— As memórias podem ficar — disse ela, com gravidade. Sua aura de comando retornou, caindo sobre ela como um manto. — Mas o resto é âncora. A dor. Até você pode se afogar, Domacridhan.

Apesar da angústia, Dom não conseguiu conter um sorriso triste de viés.

— Algo estranho de se dizer antes de uma viagem.

Para sua surpresa, Meliz também sorriu, abanando a cabeça para ele. Com o sol em seu cabelo e o sorriso em seu rosto, Dom entendeu o que Cortael viu nela, tantos anos antes.

— Você é mais estranho do que eu imaginava — riu ela.

Ele ergueu a sobrancelha.

— E o que você imaginava?

A capitã pirata hesitou, lambendo os lábios.

— Alguém mais frio — disse por fim, olhando para ele de cima a baixo. — Feito de pedra, em vez de carne. Menos mortal. Como todas as coisas que Cortael tentava ser.

O vento soprou sobre o porto de novo, cheirando a sal. Ele se voltou a favor dele, encarando as docas e o pequeno navio. Uma silhueta familiar comandava seu convés, conferindo os cordames, mesmo sem ser marinheira. Não era da natureza de Sorasa Sarn ficar parada.

Dom soltou o ar.

— Já fui assim.

A sombra de um sorriso perpassou o rosto de Meliz enquanto ela seguia seu olhar.

— O amor tem disso.

A garganta dele se apertou e o maxilar se cerrou, os dentes tão rangidos que Dom não conseguiria falar se tentasse.

Meliz apenas acenou a mão.

— Estou me referindo a minha filha e ao amor que você sente por ela. — Seu sorriso se alargou, astuto. — Obviamente.

— Obviamente — Dom conseguiu dizer, desviando os olhos do porto.

Ele sentia o corpo todo arder de vergonha, se não indignação.

Satisfeita, Meliz cruzou os braços diante do peito, contemplando a paisagem de tantos navios como um general inspecionaria as tropas. A *Filha da Tempestade* se sobressaía entre eles, de velas roxas e magnífica, um dos navios mais ameaçadores a ter vagado pelos mares. Ela forçou a vista, estudando a galé.

— Estou curiosa para saber quantos cavalos meu navio consegue carregar — refletiu.

Mais uma vez, Dom desejou que seus deuses pudessem ouvi-lo naquela esfera. Se ouvissem, ele poderia ter rezado, pedindo a segurança de Meliz e bons ventos.

— Espero viver para descobrir — respondeu ele, antes de sair para embarcar em mais um maldito navio.

30

A TORTURA DA ESPERANÇA

Sorasa

DOR ATRAVESSOU SUA CABEÇA. Ela sentia como se um machado cortasse seu crânio vezes e mais vezes, batendo no ritmo de seu coração. Sorasa silvou de agonia, tentando pensar. Seus instintos amharas entraram em ação e ela se obrigou a respirar calmamente apesar da tensão no peito. Ajudou um pouco, equilibrando-a. Ela piscou, quase cegada pela luz branca ao redor. Silvando de novo, torceu os dedos dos pés nas botas. Para seu alívio, eles responderam. E estavam *molhados*, as botas cheias d'água. Ela fechou as mãos, algo macio e frio passando entre os dedos. *Areia*, soube num instante. Viesse o que viesse, Sorasa Sarn sempre reconheceria o toque da areia.

O mundo foi entrando em foco devagar, a claridade perdendo o brilho pouco a pouco. Com cuidado, ela rolou para o lado e se virou de barriga para cima, dando de cara com um céu azul vívido. Sentia gosto de sal e cheiro de oceano. Não era preciso ser um gênio para desvendar aquele enigma.

A praia seguia em todas as direções, ficando rochosa sobre a costa, crivada de pedras brancas que se erguiam em falésias mortíferas.

Medo ameaçou devorá-la. Arranhando-a por dentro, uma fera com dentes demais. *Não deixe que governe*, ela disse a si mesma, repetindo o velho ensinamento amhara. *Não deixe que governe*.

Ela se recusava a pensar além do mundo a sua frente. Se recusava a deixar sua mente aceitar a possibilidade horrenda. Era um buraco do qual ela nunca sairia.

Com um rosnado de dor, ela se obrigou a se sentar, a cabeça girando pelo movimento súbito. Levou a mão à têmpora, pegajosa de sangue seco. Ela se crispou, sentindo um corte ao longo da sobrancelha. Era comprido, mas superficial, e já estava cicatrizando.

Ela cerrou o maxilar, rangendo os dentes, enquanto inspecionava a praia com os olhos estreitados. O oceano a encarou em resposta, vazio e infinito, uma muralha de azul férreo. Ela notou então os contornos ao longo da praia, alguns enterrados na areia, outros balançando sob a força rítmica da maré. Ela forçou a vista e os contornos se solidificaram.

Um retalho de vela rasgada flutuava, enrolada em corda. Um pedaço partido do mastro estava enfiado na areia como uma estaca. Caixotes quebrados cobriam a praia, assim como outros destroços do navio. Fragmentos de casco. Cordames. Remos partidos ao meio.

Os corpos se moviam com as ondas.

Sua respiração constante perdeu o ritmo, vindo mais e mais arfada até ela ter medo de a garganta se fechar.

Seus pensamentos se dispersaram, impossíveis de captar.

Com uma exceção.

— DOMACRIDHAN!

Seu grito ecoou, desesperado e áspero.

— DOMACRIDHAN!

Apenas as ondas responderam, batendo sem parar na costa.

Ela esqueceu o treinamento e se obrigou a levantar, quase caindo de vertigem. Seus membros doíam, mas ela ignorou, se lançando na linha d'água. Mexeu a boca, gritando o nome dele de novo, embora não conseguisse nem ouvir a própria voz com as batidas do coração.

Sorasa Sarn estava acostumada com cadáveres. Entrou nas ondas com naturalidade, enquanto sua cabeça girava.

Marinheiro, marinheiro, marinheiro, constatou, seu desespero crescendo a cada uniforme tyrês e cabeleira preta. Um deles parecia partido ao meio, sem nada da cintura para baixo. Suas entranhas flutuavam com o resto do corpo, como uma corda branqueada.

Ela desconfiava que um tubarão o havia apanhado.

Suas memórias voltaram quebrando como as ondas.

O navio tyrês. Cair da noite. A serpente marinha saindo das profundezas. Uma lanterna se quebrando. Fogo pelo convés, escamas lisas passando sob minhas mãos. O golpe de uma espada longa, de feitura anciã. A silhueta de Dom contra um céu iluminado por raio. E a escuridão fria e submersa do oceano.

Uma onda a empurrou e Sorasa cambaleou de volta para a costa, arrepiada. Ela só tinha entrado até a cintura, mas sentia o rosto molhado, água que ela não conseguia entender marcando suas bochechas.

Seus joelhos cederam e ela caiu, exausta. Tomou fôlego uma, duas vezes. E gritou.

A dor de cabeça conseguia ser fraca em comparação com a dor do coração. Desalentada e destruída em igual medida. O vento soprou, agitando o cabelo incrustado de sal sobre seu rosto, fazendo um calafrio descer até sua alma. Era como a mata de novo, os corpos de seus companheiros amharas caídos ao redor dela.

Não, ela se deu conta, a garganta áspera. *É pior. Não há sequer um corpo para lamentar.*

Ela contemplou o vazio por um tempo, a praia e as ondas, e os corpos sendo empurrados suavemente para a costa. Se fechasse um pouco os olhos, era como se não passassem de destroços do navio, pedaços de madeira em vez de carne inchada e osso.

O sol tremeluziu sobre a água. Sorasa o odiou.

Nada além de nuvens desde Orisi, e agora você decide sair.

Não era de seu feitio perder os sentidos. Havia tempo que a capacidade de vaguear fora arrancada dela. Mas Sorasa vagueou, andando pela praia.

Ela não ouviu movimento na areia nem passos pesados de botas sobre as pedras soltas. Havia apenas vento.

Até um fio de ouro soprar sobre sua visão, somado a uma palma firme em seu ombro. O corpo dela estremeceu ao se virar, dando de cara com Domacridhan de Iona. Os olhos dele reluziam, a boca aberta enquanto gritava algo de novo, a voz engolida pelo zumbido na cabeça dela.

— Sorasa.

Chegou a ela devagar, como se através de águas profundas. Seu próprio nome, vezes e mais vezes. Ela só conseguia olhar no fundo do verde viçoso, perdida nos campos dos olhos dele. No peito, o coração dela tropeçou. Ela pensou que o corpo faria o mesmo.

Em vez disso, cerrou o punho e acertou a maçã do rosto dele.

Dom fez a bondade de virar a cabeça, deixando que o golpe passasse de raspão. Relutante, Sorasa sabia que ele a havia poupado de quebrar a mão ainda por cima.

— Como você se atreve — ela disse com dificuldade, tremendo.

Toda a preocupação estampada no rosto dele se apagou num instante.

— Como me atrevo a quê? A salvar sua *vida*? — rosnou ele, soltando-a.

Sorasa balançou sem o apoio dele. Ela cerrou o maxilar, lutando para manter o equilíbrio e não cair em pedaços.

— É outra lição dos amharas? — continuou ele, furioso, erguendo os dois braços. — Quando dada a escolha entre morte ou indignidade, escolher *morte*?!

Silvando, Sorasa olhou para trás na direção do lugar onde acordou. Calor subiu por seu rosto quando ela entendeu que seu corpo havia deixado um rastro pela areia por onde ele a arrastara para fora da maré. Um cego teria notado. Mas não Sorasa em sua fúria e dor.

— Ah — foi tudo que ela conseguiu dizer. Sua boca estava aberta, sua mente zonza. Veio apenas a verdade, e era constrangedora demais. — Eu não vi. Eu...

Sua cabeça latejou de novo e ela apertou a têmpora, se crispando para longe do olhar severo dele.

— Vou me sentir melhor se você sentar — disse Dom, tenso.

Apesar da dor, Sorasa soltou um rosnado baixo. Ela queria ficar em pé só para contrariá-lo, mas mudou de ideia. Bufando, desabou, sentando de pernas cruzadas na areia fria.

Dom fez o mesmo, em velocidade quase vertiginosa. Deixou Sorasa tonta de novo.

— Quer dizer que você me salvou do naufrágio para me abandonar aqui? — murmurou Sorasa enquanto Dom abria a boca para contestar. — Entendo. Tempo é essencial. Uma mortal ferida só atrapalharia.

Ela pensou que ele balbuciaria e mentiria. Em vez disso, ele franziu a testa, rugas se aprofundando entre os olhos ainda vívidos. A luz do oceano ficava bem nele.

— Você está? Ferida? — perguntou ele, com delicadeza, seu olhar a perpassando. Focou na têmpora dela e no corte ali. — Em algum outro lugar, digo?

Pela primeira vez desde que acordara, Sorasa tentou se acalmar. Sua respiração ficou mais lenta enquanto ela se examinava, sentindo o corpo dos pés ao couro cabeludo. Enquanto sua consciência o percorria, ela notou cada corte e hematoma se formando, cada dor surda ou lancinante.

Costela contundida. Punho torcido.

Passou a língua dentro da boca. Fechando a cara, cuspiu um dente quebrado.

— Não estou, não — disse alto.

O sorriso desesperado de Dom se alargou. Ele se afundou na areia por um instante, apoiando nos cotovelos para erguer o rosto para o céu. Fechou os olhos apenas por um momento.

Sorasa sabia que os deuses dele estavam longe. Ele mesmo dissera. Os deuses de Glorian não ouviam seus filhos naquela esfera.

Mesmo assim, Sorasa viu no rosto dele: Dom rezava de todo modo. Com gratidão ou raiva, ela não sabia.

— Que bom — disse ele por fim, voltando a se sentar.

O vento soprou o cabelo solto dele e Sorasa o avaliou pela primeira vez desde que sua memória falhara. Desde que o convés do navio tyrês pegara fogo e alguém a apanhara pela cintura, mergulhando os dois nas ondas escuras.

Ela não precisava tentar adivinhar quem.

A roupa de Dom estava rasgada, mas seca havia tempo. Ele ainda usava o gibão de couro por cima da camisa, mas o manto emprestado tinha virado comida de serpente. O resto dele parecia intacto. Ele tinha apenas alguns cortes novos nos dorsos das mãos, como queimaduras terríveis por cordas. *Escamas*, Sorasa sabia. A serpente marinha se enrolou na cabeça dela, maior do que o mastro, as escamas faiscando um arco-íris escuro.

Ela perdeu o fôlego quando percebeu que ele não usava mais o cinto, nem a bainha. Nem a espada.

— Dom — disse, estendendo o braço entre eles.

Apenas seus instintos a detiveram, a mão paralisando a centímetros do quadril dele.

Ele franziu a testa de novo, formando uma ruga de preocupação.

— Sua espada.

A ruga se aprofundou, e Sorasa entendia. Ela lamentava a perda da própria adaga, ganhada tantas décadas antes, esquecida num palácio em chamas. Ela não conseguia imaginar como Dom se sentiria por uma arma centenária.

— Ela se foi — disse por fim, buscando dentro da camisa.

A gola se abriu, exibindo uma linha de pele branca, os músculos duros e definidos embaixo. Sorasa baixou os olhos, deixando que ele se resolvesse.

Só quando algo macio tocou sua têmpora ela voltou a erguer os olhos.

Seu coração acelerou.

Dom não retribuiu seu olhar, focado no trabalho, limpando a ferida dela com um pano.

Foi o tecido que a fez perder o fôlego.

Pouco mais do que um retalho verde-cinza. Fino, mas feito com delicadeza por mãos magistrais. Bordado com galhadas prateadas.

Era um pedaço do antigo manto de Dom, os últimos resquícios de Iona. Sobrevivera a um kraken, um exército de mortos-vivos, um dragão e as masmorras de uma rainha louca.

Mas não sobreviveria a Sorasa Sarn.

Ela deixou que ele trabalhasse, a pele dela em chamas sob os dedos. Até o resto de sangue sair e o último pedaço do lar dele ser jogado fora.

— Obrigada — disse ela, por fim, sem resposta.

A dor na cabeça dela diminuía a cada momento que passava, à medida que o sol descia para o oeste. Ela o encarou, estreitando os olhos, tentando entender a silhueta das montanhas que marchavam ao longe. Neve cobria os picos rigorosos sobre a costa fria.

Apesar do sol, Sorasa tremeu sob as roupas esfarrapadas.

— Estamos em Calidon — murmurou, olhando para as montanhas de novo. Ainda não era primavera, mas flores roxas nasciam entre a praia e a falésia que se erguia. — Seu país.

— Meu, não — respondeu Dom. — A maioria dos calidonianos acredita que meu povo não existe mais, e os que acreditam na nossa presença queriam poder nos esquecer completamente.

— Compartilho desse sentimento — respondeu Sorasa, seca.

A seu lado, Dom sorriu.

— Humor mortal. Entendo bem demais a esta altura.

Sorasa tentou sorrir, mas não conseguiu, estreitando os olhos para a paisagem.

O rosto dele se fechou.

— Que foi?

— Entendo pouco deste lugar — respondeu ela, rangendo os dentes.

Sua têmpora latejou de novo.

O sorrisinho de Dom doeu mais. Ele olhou para ela com uma expressão rara, travesso, como uma criança com um segredo.

— Está pedindo ajuda, Sorasa Sarn? — provocou o Ancião.

Sorasa quis se levantar, mas duvidava conseguir com alguma dignidade. Em vez disso, ficou plantada, cerrando os punhos na areia até pedriscos se apertarem entre seus dedos.

— Vou negar se contar para alguém — sussurrou, se arrependendo das palavras assim que saíram de sua boca.

Para seu horror, o sorrisinho de Dom só se alargou e Sorasa entendeu que havia cometido um erro terrível. Um cálculo gravemente equivocado. Dom entendia mais do que ela imaginava. E conhecia a amhara melhor do que ela nunca pensou ser possível.

A mão dele encontrou o punho dela. Ela se assustou, quase gritando enquanto ele a levantava.

Por sorte, ela não fraquejou.

— Pensei que você odiasse — disse Dom, o sorrisinho ainda aberto, dando vontade de bater nele de novo.

— O quê? — questionou Sorasa.

Dom soltou seu punho.

— Esperança.

Sorasa amaldiçoou a sensação a cada passo sobre a praia rochosa. A esperança pesava, uma carga em suas costas, uma pedra em seu coração, uma corrente ao redor de cada tornozelo. Ela se sentia arrastada pelo sentimento, como se estivesse amarrada a um cavalo alucinado correndo na direção oposta. Cada instinto dentro dela gritava por bom senso. Razão. Lógica fria e cálculos minuciosos.

A esperança queimava tudo, por mais que ela tentasse apagá-la.

Lord Mercury choraria se me visse agora. Ou riria.

Seu estômago se revirou ao pensar no velho mestre. Ela tinha esperança de que ele ainda estivesse escondido do outro lado do mar Longo, fechado na cidadela, contente em ver o mundo se consumir.

Esperança.

Ela rangeu os dentes, contendo um rosnado de frustração. Não queria revelar seu tormento para Domacridhan. Só melhoraria o humor dele, que já estava exasperante demais.

— Pare de assobiar — estourou, atirando um graveto nas costas dele.

Ela duvidava que ele sentisse. O Ancião não diminuiu o passo enquanto avançava entre ondas e paredes de falésia. Já fazia uma semana que eles cercavam a costa calidoniana, marchando a leste sob a orientação de Dom. Sorasa conhecia apenas vagamente o caminho à frente. Eles atravessaram o rio Airdha no dia anterior, deixando seu vale para trás para voltar a subir. Ao norte, pontiagudas sobre eles, estavam as montanhas da Monadhrian. *As montanhas do sol.*

Com um calafrio, Sorasa olhou para a estrela que dava nome ao lugar, escondida atrás de nuvens carregadas.

— Já me disseram que assobio muito bem — disse Dom por fim, olhando para trás.

Seu cabelo ainda estava molhado por uma tempestade passageira, trançado para trás em fios de ouro escuro.

Sorasa torceu a boca.

— Anciões ensurdecem?

Em resposta, ele assobiou de novo. Era um som baixo e persistente para ecoar entre as rochas e, talvez, se projetar até as alturas montanhosas. Mais canto de pássaro do que melodia, sem trinar nenhuma música que ela reconhecesse. Como o pio de uma coruja, só que mais grave.

— É como nós, vederes, nos encontramos em terras mortais — explicou ele, assobiando de novo.

Ele parou, de cabeça erguida na direção das neves. O pio ecoou sem nenhuma resposta e Dom seguiu em frente.

Enquanto andavam, ele roçava as mãos aqui e ali, tocando pedregulhos acarpetados de musgo ou piscinas naturais girando de água salgada. Sorasa tomava cuidado para não escorregar nas pedras molhadas, mas Dom mal dava atenção a elas, saltando com sua graça anciã habitual. E algo mais.

Ele conhecia aquela terra como nenhuma outra. Sorasa nunca o tinha visto tão à vontade, como um falcão capturado finalmente regressado ao céu.

— Eu patrulhava a costa sul na juventude — disse, como se sentisse os pensamentos dela.

Ele passou os dedos em um trecho de urze roxa, teimando em sobreviver entre as rochas.

Sorasa tentou imaginá-lo, mais jovem, menor, mais apaixonado pelo mundo. Parecia impossível.

— E o que vocês consideram juventude? — perguntou, passando a andar ao lado dele.

Ele encolheu os ombros largos.

— Acho que eu tinha mais de um século e meio na época.

Cento e cinquenta anos, e ainda jovem, Sorasa pensou, estarrecida. Ela não conseguia acreditar nos anos dos Anciões e na extensão de tempo que eles ocupavam sobre a esfera. Sem mencionar sua relativa indiferença pelo mundo ao redor, variando e mudando e se despedaçando.

E Dom é o melhor dentre eles, o primeiro a lutar, o último a perder a confiança.

— É difícil acreditar que você é o menos irritante de seu povo — murmurou.

O vento soprou de novo e ela desejou algo melhor do que a coberta enrijecida pelo sal ao redor dos ombros, recuperada dos destroços na praia.

Dom a observou com uma expressão estranha, os olhos perdendo parte do brilho. Qualquer calor que ele carregava gelou, as brasas apagadas.

— Imagino que isso seja verdade agora, com a morte de Ridha — disse, tenso.

Sorasa engoliu o nó na garganta. Amaldiçoou a tentativa infeliz de elogio.

— Não pretendia falar de Ridha — disse ela, mas Dom apertou o passo.

Depois de algumas passadas largas, ele se virou para olhar para ela com frieza, andando de costas sobre o terreno rochoso.

— O que vocês, mortais, dizem quando estão com muita dor mas não querem admitir? — Sua voz ecoou hostil pelas falésias, alta o bastante para superar as ondas. — Ah, sim. *Está tudo bem.*

Uma dezena de respostas cortantes subiu por sua garganta, mas ela as conteve, cerrando os dentes. Dom ainda lamentava a perda da prima, e Sorasa não podia criticar. Lembrava a última vez que vira a princesa anciã, alta com sua armadura verde, o cabelo preto como um estandarte, uma espada longa na mão. A imortal voltara para proteger a fuga de Corayne, e Dom a acompanhara, para deter os horrores de um Fuso o quanto podiam. O dragão rugia no céu, os cães de Infyrna ganiam e queimavam. Os mortos-vivos marchavam em fileiras intermináveis. E um cavaleiro de preto cavalgava em meio a todos, sua lâmina uma sombra impiedosa.

Era um milagre Dom ter sobrevivido.

— Muito bem — murmurou. — Sou inútil para esse tipo de conversa mesmo.

Dom não relaxou.

— Eu sei — respondeu ele. — Na última vez em que você teve algum sentimento, parou de falar por dois meses.

A dor dele passou de repente a ser dela. Desceu lancinante por sua espinha, os cantos da visão ficando brancos. Embora a praia do naufrágio estivesse muito atrás deles, ela viu corpos de novo. Não de uniformes tyreses, mas armaduras de couro amhara, seus rostos conhecidos, suas feridas ainda sangrando.

Sorasa quis vomitar.

— *Está tudo bem* — se forçou a dizer.

Dom torceu a boca, fechando a cara como de costume. Com isso, ele deu meia-volta, e eles retomaram o ritmo.

A maré foi subindo devagar, obrigando-os a escalar mais as encostas, até o caminho se tornar perigoso demais para Sorasa atravessar. Eles teriam que esperar a água baixar, abrindo o caminho à frente. Parte dela se perguntou se poderia ser arremessada contra as falésias, as ondas se quebrando a poucos metros. Dom, porém, não mostrava a mesma preocupação, e isso a tranquilizou.

Ele estava à beira da encosta, em um afloramento que dava para o oceano. A oeste, o sol descia, vislumbrado através de espaços entre as nuvens. Brilhava vermelho e sangrento, dando ao ar uma estranha neblina escarlate.

Como Ascal, Sorasa pensou, lembrando o céu estranho sobre a cidade de Erida. Seu estômago se revirou. À medida que o império de Erida se alastrava, o mesmo acontecia com o mal de Taristan. Como fogo. Como febre.

Dom encarava o sol vermelho, forçando a vista.

— Acha que Sigil vai convencer o imperador a lutar? — murmurou, tão baixo que Sorasa quase não ouviu. — Acha que Meliz vai chegar até eles a tempo?

Ela subiu com ele ao topo da falésia, o cobertor esfarrapado ao redor dos ombros. Voltou o rosto para o oeste, não para o pôr do sol, nem para a linha costeira furiosa, mas para as terras do outro lado, muito além do que qualquer um deles conseguia ver. Ela traçou o caminho de volta até Ascal e mais profundamente no continente. Através de campo e floresta, sopés, rios serpenteantes, pântanos e cidades. Do outro lado das Montanhas da Ala em sentinela, uma muralha cortando o continente em dois.

Seus pensamentos correram sobre os picos até a estepe dourada, pelas distâncias infinitas de grama e céu. Até Temurijon. Até a terra de Sigil.

— Já estou feliz por Sigil estar longe disso tudo — Sorasa disse. Ela não sabia mesmo o que o imperador faria ou se os Incontáveis marchariam. — O tanto quanto pode estar.

Dom deu um aceno brusco.

— Nós a veremos depois.

Depois. De novo, o estômago dela se revirou. De novo, ela praguejou o peso da esperança e todas suas desilusões.

— Ótimo — disse, cortante.

Ele olhou para ela de esguelha, tentando interpretar sua expressão.

— Você quer dizer no bom ou no mau sentido?

Sorasa inspirou ar frio entre os dentes.

— Não sei — respondeu.

Era verdade, gostasse ela ou não.

— Depois. Eu gostaria de ir para casa — disse ela, sem pensar, as palavras saindo rápido demais para impedir.

Apesar do frio, calor subiu por seu rosto.

Dom se virou completamente para ela, piscando de confusão. Ele parecia quase indignado.

— Para os amharas?

Ela quase riu alto da idiotice dele.

— Não — respondeu, cortante. Era frustrante explicar, tanto para Dom como para si mesma. Sua voz ficou fraca, baixa. Seus olhos varreram o oceano. — Aonde quer que casa seja para mim de verdade.

Ele apenas a encarou, ainda a analisando.

— E você? — questionou ela. — Qual é seu depois?

A testa normalmente franzida dele ficou lisa, sua expressão séria se dissolvendo. Como Sorasa, ele buscou o oceano, os olhos passando de um lado a outro como se ponderasse uma resposta.

— Acho que também devo procurar uma casa — disse por fim, um semblante de surpresa tomando conta de seu rosto.

Por mais que quisesse, Sorasa sabia que era melhor não pressionar. Dom tinha uma casa, todo um enclave, com família e amigos de muitos séculos. Ela não conseguia entender algo assim, mas de traição entendia. Era uma dor que a perseguia dia após dia, em plena luz. Quando Dom decidiu lutar, eles recuaram. Era o mesmo que exílio para ele.

Essa sensação ela também conhecia.

— E vou para o reino de Kasa — acrescentou ele.

Sorasa mordeu o lábio.

— Encontrar a mãe de Andry.

O Ancião baixou a cabeça. O poente o transformava numa silhueta, a sombra dele se projetando a seu lado, o cabelo dourado envolto por vermelho radiante. Sorasa nunca tinha visto um deus, mas arriscava que Domacridhan chegasse perto.

— Ela merece saber que o filho era um herói — disse. — E melhor do que qualquer cavaleiro.

Sorasa pouco se importava com feitos nobres ou cavalaria, mas nem ela podia discutir. Se havia um homem que merecia ser cavaleiro, era Andry Trelland.

Pena que não estava mais vivo para saber isso.

— Vou com você — murmurou, sabendo que não seria possível.

Com um arrepio, ela se deitou sobre as rochas, ansiosa para dormir, embora o frio se infiltrasse através das roupas. Por mais que se controlasse, seus dentes bateram. De olhos fechados, ela ouviu Dom tentar fazer uma fogueira, mas o vento constante a apagou meia dúzia de vezes.

Quando ele finalmente se deitou ao lado dela, o calor dele como o sol, ela não se mexeu, os olhos ainda fechados, a máscara de sono cobrindo o rosto.

Mesmo assim, ela sabia que o seu coração a entregava. O batimento lento e metódico se acelerava a cada movimento do corpo dele e do dela.

31

O PRIMEIRO EXÉRCITO

Andry

Por mais que ele se esforçasse, os guardas ionianos não o deixavam passar. As portas da sala do trono continuavam trancadas para ele, então Andry foi obrigado a andar de um lado para o outro. Ele não escutava atrás das portas, mas tentou mesmo assim. Murmúrios ecoaram, a voz mais aguda de Corayne fácil de identificar. Ela falava rápido, com desespero.

Nosso tempo esgotou, dissera momentos antes, fora do castelo. Ele só podia torcer para que Isibel acreditasse nela. A voz da monarca era mais baixa, mais grave. Como o toque de um sino pesado.

Andry não ouvia os outros líderes anciões, mas sabia que nunca se afastavam de Isibel. Lord Valnir e Lady Eyda passaram muitos dias tentando convencer Isibel a guerrear, os irmãos imortais claramente frustrados pela falta de ação dela.

Se Garion estivesse ali, Andry pensou, ele poderia ter mais chance de se infiltrar na sala do trono. Mas ele ainda estava com Charlie, em Lenava, à espera de notícias.

Corayne está sozinha lá dentro, pensou com um arrepio. *Não que eu seja muito útil.*

Os murmúrios ecoaram, mais ríspidos do que antes. Discutindo.

Seu coração se apertou e ele parou, olhando para os guardas.

Não posso deixar que ela lute sozinha.

— Me deixem passar — ele disse.

Não era um pedido, mas um comando vindo de alguma profundeza, dito numa voz que Andry não sabia possuir.

Os guardas apenas o encararam, imóveis e silenciosos.

Andry murchou, soltando o ar.

— Muito bem — resmungou. — Então vou apenas gastar as solas das botas.

Ele voltou a andar de um lado para o outro, mas parou com o eco de passos se aproximando. Atrás dele, os guardas anciões se empertigaram ainda mais, em alerta, de queixos erguidos.

O monarca de Kovalinn entrou no corredor a toda velocidade, o jovem imortal flanqueado por um contingente de seus próprios guardas. Seu urso de estimação não estava com ele, relegado aos estábulos de Tíarma.

— Alteza — disse Andry, fazendo uma reverência bem treinada.

Dyrian fixou o olhar cinza nele, sua seriedade em desacordo com um rosto tão jovem.

— Sir Andry Trelland — respondeu Dyrian, dando um aceno breve. Seu olhar passou para os guardas e a sala do trono atrás dele. — Parece que temos algo em comum.

Sir. Andry quase se sobressaltou com o título, embora o jovem lorde não entendesse seu peso.

— Os guardas certamente deixariam o senhor passar, milorde — arriscou, voltando o olhar para a sala do trono.

Dyrian mexeu na corrente de prata que prendia seu manto preto.

— Deixariam. Mas sei que não devo ir aonde eu seria apenas um estorvo.

Andry não podia deixar de achar graça no menino ancião. Ele concordou com um suspiro.

— Quem dera eu tivesse aprendido essa lição meses atrás.

— Pelo que eu soube, o mundo já teria acabado — disse Dyrian, examinando-o. — Se não fosse pela bravura de Andry Trelland.

Calor subiu pelo rosto de Andry.

— Não acho que seja verdade, milorde.

— Ah? — Dyrian ergueu uma sobrancelha clara sobre a pele sardenta. — Estou enganado? Você não salvou uma espada de Fuso das garras de Taristan do Velho Cór?

— Sim, mas... — Andry vacilou. Ele cerrou o punho para conter uma nova onda de memória dolorosa. — Sinto que já faz tanto tempo.

— Para você — disse Dyrian, pensativo, e sustentou seu olhar.

Andry corou ainda mais.

— Verdade — murmurou, sem encontrar muito mais a dizer.

Um ano deve parecer poucos dias para ele, no máximo.

Ele olhou de novo para as portas e os guardas que fingiam ignorar os dois.

— Consegue ouvir o que eles estão dizendo lá dentro?

— Claro — respondeu Dyrian, como se fosse a coisa mais óbvia do mundo. Então foi a vez dele de corar, um rubor raro subindo por seu rosto. — Ah, você não?

Andry segurou o riso e negou com a cabeça.

— Não, milorde.

Dyrian arregalou os olhos de fascínio. Mesmo Ancião, com dezenas de anos de idade, seu deslumbramento revelava sua verdadeira idade.

— Que curioso — disse, batendo as palmas. — Quer que eu conte?

Parecia errado manipular uma criança, mas Andry ignorou a sensação o quanto pôde.

— Adoraria imensamente.

O jovem lorde sorriu, mostrando uma janelinha entre os dentes perfeitos.

— Isibel está brava com meu tio Valnir — disse, seu foco se voltando à sala do trono. — Ela diz que ele é movido por culpa, não por razão.

Corayne havia explicado isso para Andry assim que ele chegara. Valnir era não apenas irmão de Lady Eyda, como fora exilado à força em Todala, expulso de Glorian antes de os Anciões perderem sua esfera. Porque temia os Fusos e fez espadas para destruí-los.

Ele forjou as espadas de Fuso, e agora todos pagamos o preço.

— Isibel diz que... — A voz de Dyrian vacilou, fechando o sorriso cúmplice. Uma sombra perpassou seu rosto. — Diz que Valnir e minha mãe provaram que a guerra é perigosa demais. Derramaram sangue ancião demais. Ela não vai cometer o mesmo erro.

O monarca de Kovalinn era jovem demais para esconder bem suas emoções. Lágrimas tremeluziram em seus olhos, um rubor vermelho subindo por seu pescoço enquanto ele se esforçava para não chorar. Andry contraiu a mão e quase o abraçou, esquecendo por um momento que Dyrian era um lorde ancião, e não um menino chorando no quartel por saudade de casa.

— Lamento por seu povo — murmurou Andry, agachando para ficarem na altura dos olhos. — E por seu lar.

Dyrian torceu o nariz, como se franzir o rosto pudesse impedir as lágrimas de caírem. Ele passou o dorso da mão nos olhos, envergonhado.

— Kovalinn nunca foi nosso lar. Não de verdade. Somos filhos de Glorian — disse, duro, como se recitasse uma oração. Não melhorou seu estado de espírito. — Mas Kovalinn era o único lar que conheci — acrescentou, meio sussurrando.

Anciões e lordes que se danem.

Andry não conseguiu se conter. Ele estendeu a mão para pegar o jovem imortal pelo ombro. Atrás dele, os guardas de Kovalinn ficaram tensos, mas Dyrian relaxou em seu aperto. Até fungou.

— Meu lar também não existe mais — disse Andry, sua voz embargando.

Ele pensou em Ascal, no palácio, nos cavaleiros e escudeiros com quem tinha convivido a vida toda. A rainha a que servia, que traíra todos eles. Andry lamentava por tudo aquilo, como lamentava por si e por um futuro morto havia tempo.

— Queime a vida que deixa para trás — murmurou, lembrando as palavras de Valtik de uma vida antes.

Dyrian o perscrutou.

— Como?

— Algo que uma amiga disse certa vez — respondeu Andry. — Que eu precisava queimar a vida que deixei para trás, para salvar a esfera. E essa vida com certeza virou cinzas.

Dyrian fungou.

— Minha vida também queimou.

Os ionianos se empertigaram, um movimento alvoroçado enquanto levavam as mãos às maçanetas. Andry se virou a tempo de vê-los abrir as portas, revelando os nobres anciões em todo seu esplendor.

Isibel guiou os outros dois, ainda de mantos brancos, seu cabelo ouro-prateado solto e esvoaçante. Seus olhos cinza-lua atravessaram Andry como se ele não passasse de névoa. O ramo de freixo estremeceu em sua mão, as folhas reluzindo enquanto ela avançava a passos enérgicos. Valnir e Lady Eyda seguiram centímetros atrás, com a mesma pele pálida e o mesmo cabelo ruivo.

Corayne seguia em segundo plano, o rosto confuso. Ela se esforçou para acompanhar, alternando o olhar entre os três Anciões temíveis.

— Dyrian, venha — disse Eyda bruscamente.

O jovem lorde lançou um olhar suave a Andry, depois obedeceu, seguindo a mãe. Andry se apressou em fazer o mesmo, ao lado de Corayne.

— Então? — murmurou, tentando acompanhar seu passo sem perder o grupo.

Corayne fechou a cara, uma chama nos olhos pretos.

— Mal me deram espaço para falar, muito menos explicar — sussurrou, furiosa. — Tudo que eles fazem é conversar. O tempo não significa nada para essa gente.

Andry sabia que os Anciões os escutavam enquanto andavam. Ele apostava que Corayne estava contando com isso.

— Taristan e Erida estão vindo. Eles não vão me deixar viva, muito menos com uma espada de Fuso — continuou enquanto avançavam pelo corredor. — A única pergunta agora é: quanto tempo temos? E o que podemos fazer antes de todo o poderio do trono de Erida se abater sobre nós?

Mais do que ninguém em Iona, Andry sabia o que aquilo significava. As legiões eram vastas, com muitos milhares, consistindo em soldados de carreira, treinados para a guerra e a conquista. Cavalaria, infantaria, máquinas de cerco. Ele sacudiu a cabeça, tentando dissipar a imagem das catapultas atirando contra as muralhas da cidade anciã.

— Pelo menos Charlie teve alguma noção — disse Corayne entre dentes.

Andry concordou com a cabeça. Lenava era uma cidade pequena, mas melhor do que o casulo que era Iona, completamente isolado do mundo mortal.

À frente deles, Isibel chegou à entrada. Luz se espalhava sobre o piso de mármore, as portas para a cumeada do castelo abertas. Do lado de fora, as nuvens se rasgavam em fios pelo vento tempestuoso.

Isibel foi a primeira a sair sob o sol, seu cabelo lampejando como uma lâmina. Ela não precisava de armadura para parecer temível nem de espada para parecer perigosa. Ela era os dois com um único movimento dos olhos.

Eles a seguiram sobre o patamar plano antes do portão do castelo, a cidade estendida embaixo, com o vale mais além. A névoa continuava sobre as colinas, obscurecendo qualquer coisa a mais do que alguns quilômetros de distância.

Enquanto um par de guardas ionianos atravessava o portão, rápidos demais para olhos mortais compreenderem, uma buzina tocou pela cidade. Andry e Corayne se assustaram, se aproximando sem pensar.

Suas mãos se roçaram e Andry se sobressaltou de novo, nervoso.

— Milady, os batedores — disse um dos guardas novos, praticamente caindo de joelhos diante da monarca.

Isibel o silenciou com um aceno do ramo. Ela olhou cumeada abaixo, além das muralhas cinza e das torres de Iona. Voltou os olhos para o sul, na direção do lago comprido e espelhado que se esvanecia na névoa. Lochlara, o lago da Aurora.

Ela estreitou os olhos claros, franziu as sobrancelhas loiras.

Nem Andry nem Corayne enxergavam o que ela observava, seus olhos mortais inúteis contra a névoa. Em vez disso, Andry olhou para Valnir e Eyda e mesmo Dyrian. Por mais estoicos que fossem, eles eram mais fáceis de interpretar do que Isibel, que permanecia distante e insensível como uma estrela.

Eyda se empertigou, alta e ameaçadora, apertando o ombro do filho. Abaixo dela, Dyrian arregalou os olhos de novo, dessa vez de medo.

Um calafrio desceu pela espinha de Andry.

Valnir olhava através dos quilômetros como um falcão, os lábios finos apertados numa expressão sombria, e levou a mão ao arco no ombro, tocando-o brevemente. Como um sacerdote faria com uma imagem ou uma relíquia.

— Alguém vai nos dizer o que está acontecendo? — Corayne perdeu a paciência. — Ou precisamos adivinhar?

Uma sombra de irritação passou pelo rosto de Isibel. Ela voltou os olhos para Corayne como se a notasse pela primeira vez.

— Há um exército mortal marchando para o norte — disse com a voz mansa. Não havia medo nela, tampouco coragem. Ela ficou inexpressiva como uma pedra. — A caminho de Iona.

Qualquer medo que Andry sentia desapareceu, facilmente ofuscado pela raiva. Cerrou o punho ao lado do corpo, a espada e o machado no quadril subitamente pesados. Ele estava grato por ter os dois consigo, ainda mais ali. *Os Anciões desperdiçaram o pouco tempo que tínhamos para nos preparar e agora pagamos o preço*, pensou, irado.

A seu lado, Corayne ficou vermelha de fúria, o lábio tremendo.

Ele deu as costas para Isibel e pegou Corayne pelo braço, cochichando em seu ouvido.

— Vamos fugir — disse, enérgico. — Vou tirar você daqui, prometo.

Para sua surpresa, Corayne não saiu do lugar. Ela encarou o olhar de Isibel. Silêncio se estendeu entre elas, tenso como uma corda enrolada.

— Quantos? — perguntou Corayne por fim, rouca.

— Precisamos fugir — sussurrou Andry, soprando o cabelo preto dela.

Ela o ignorou.

— Quantos, Isibel de Iona? — rosnou Corayne. — Quantos mortais vocês, Anciões, têm medo de combater?

A monarca arregalou os olhos, mas ela não respondeu.

— Arrisco dez mil — ecoou a voz grave de Valnir pelo pátio.

Dez mil, Andry pensou. Ele quebrou a cabeça com o número, tentando compreendê-lo. *Praticamente duas legiões. Pequeno demais para ser o grande exército de Erida, a menos que seja a vanguarda. Ou a primeira onda.*

— A maioria a pé, mas há talvez uns mil a cavalo. — Valnir forçou a vista para a névoa de novo, nervoso. — E cerca de vinte elefantes.

— Elefantes?! — balbuciou Corayne, se virando para Andry.

Ela parecia dividida entre incredulidade... e alegria.

Andry sentiu o mesmo, embora sua mente girasse. Ele baixou os olhos para ela, o coração saltando no peito, alto como um tambor.

— Não há elefantes no exército gallandês — disse, quase sem fôlego.

Diante dele, o rosto de Corayne se abriu num sorriso incontrolável. Riso veio depois, escapando até contagiar Andry. Os dois relaxaram um sobre o outro, tremendo de alívio.

Ainda encolhido ao lado da mãe, Dyrian estava pasmo.

— Elefantes — murmurou, encantado.

— Que exército marcha para meu enclave? — perguntou Isibel, vigorosa, sobre o estrépito da alegria deles.

Corayne respondeu com um olhar penetrante.

— Vai ter que sair daqui para descobrir.

A chuva cessou, confinada às encostas mais altas das montanhas numa muralha de cinza nevoenta. O fundo do vale, porém, parecia brilhar, banhado pelo sol do fim de inverno. O cavalo de Andry galopava ao lado do de Corayne, os dois emparelhados ao atravessar os campos dourados. Atrás deles, a cumeada de Iona cortava o céu, projetando uma sombra preta comprida.

Eles não eram os únicos cavaleiros. Isibel se recusara a abandonar o enclave, mas seus conselheiros viajaram em nome dela, junto com Valnir, Eyda e soldados anciões suficientes para derrubar uma fortaleza. Muitos cascos batiam contra o chão, levantando lama enquanto seguiam o rio Avanar. A água fria e escura entrava no Lochlara, aplainando-se para encher o fundo do vale como uma bacia rasa.

O exército marchou na direção deles, lanças cortando o sol, bandeiras balançando sob o vento forte.

Azuis com um dragão dourado.

Roxas com uma águia branca.

Ibal.

Kasa.

Ele sentiu suas próprias asas, fortes como as da águia na bandeira. Quando o exército ficou mais nítido, temeu que poderia sair voando do cavalo.

O olhar de Valnir foi certeiro. Milhares de soldados marchavam ao longo do lago, muitos de cavalaria, todos armados até os dentes. E de fato havia elefantes. Cada animal imenso era assombroso. Eles avançavam lentamente, pedregulhos cinza corpulentos, seus passos como trovões graves.

Os cavaleiros se separaram do grande exército, avançando para encontrar a comitiva de Iona. Porta-estandartes cavalgavam com eles, erguendo as bandeiras enquanto seus cavalos avançavam.

Era como estar na crista de uma onda, prestes a se quebrar em outra.

As duas companhias diminuíram o passo antes que colidissem, e pararam.

Andry mal sentiu o chão embaixo das botas ao desmontar. Corayne avançou com ele, acompanhando seu passo, o sorriso mais brilhante do que qualquer sol.

Ele avistou rostos conhecidos sob as bandeiras ibaletes, seus mantos dourados sobrepostos pela armadura dourada com safiras resplandecentes. Le herdeire de Ibal ergueu a cabeça em cumprimento. Ao seu lado, seu irmão, Sibrez, lançou um olhar aguçado. O comandante lin-Lira estava no cavalo ao lado deles, o selo dos Falcões da Coroa sobre a cabeça. Andry quase chorou ao ver todos, por mais que estivessem tremendo, deslocados no frio e na umidade de Calidon, mais adaptados aos desertos escaldantes de Ibal.

Um trio de cavaleiros de armadura branca cavalgava ao lado deles, seu próprio estandarte erguido. *Cavaleiros águias*, Andry sabia. Sua alegria diminuiu um pouco, lembrando de Lord Okran, que dera a vida no Fuso do templo. Os cavaleiros retribuíram seu olhar, todos de pele parda ou preta sob os elmos brancos, sua armadura cravejada de ametistas. O trio segurava lanças magníficas.

Por mais que Andry quisesse pedir notícias de Kasa, havia algo que ele queria mais.

— Bom saber que vocês dois continuam grudados — gritou Charlie da linha de cavaleiros.

Ele desceu vacilante do cavalo, mas não caiu, graças a Garion a suas costas.

Com um sorriso, o sacerdote fugitivo atravessou a lama até eles. Andry nunca o tinha visto tão feliz ou incrivelmente orgulhoso.

Charlie espanou a roupa, tirando poeira imaginária. Suspirou, voltando o olhar para o exército atrás dele, e plantou as mãos no quadril.

— Aceito uma bonificação.

32

PRESENTE DIGNO DE UMA RAINHA

Erida

O ACAMPAMENTO DE GUERRA SE EXPANDIU, acrescido por outras companhias e novas legiões. Por mais desagradáveis que fossem, Erida sabia que não podia mais evitar suas funções tediosas como rainha. Para o alívio de Thornwall e para a irritação dela, voltou à tenda do conselho, para jantar com um conjunto variado de nobres e oficiais.

Erida ainda usava os véus, embora estivesse melhorando muito na capacidade de equilibrar o demônio dentro dela. *Minha mente é minha*, pensou vezes e mais vezes, as palavras como uma oração. Funcionava na maior parte do tempo, e os véus se tornaram uma precaução.

Às vezes, porém, os nobres eram frustrantes demais de suportar, e os véus davam a ela um lugar para se esconder.

Ela revirou os olhos para eles, ouvindo as discussões dos lordes enquanto comiam. No acampamento de guerra ou na sala do trono, a conversa nunca mudava, na verdade. Eles sempre falavam de rivalidades mesquinhas e riqueza. Discutiam quem controlaria qual mina de prata ou administraria qual cidade portuária. Ficavam indo e vindo, repartindo o império, como se realmente tivessem voz sobre o que a esfera se tornaria.

Erida lhes permitia suas ilusões.

Nada daquilo a interessava minimamente.

Taristan não tinha a vantagem dos véus atrás dos quais se esconder. Ele sentou em sua cadeira, de face pálida e os olhos cravados no tampo da mesa, até Erida pensar que o móvel racharia sob a força relampejante do olhar dele.

— À rainha — disse um dos nobres, a voz cortando o burburinho baixo de conversa.

Erida voltou a prestar atenção e ergueu a taça sem pensar. Vinho tinto ondulou sob as facetas do cristal lapidado, refletindo a luz de velas. Parecia sangue.

Ela baixou a cabeça quando outra taça se ergueu, outro lorde a brindando.

— À Imperatriz em Ascensão! — declarou ele, mais alto que o primeiro, como se isso provasse alguma coisa.

Punhos bateram na madeira e vinho espirrou enquanto os brindes eram feitos. Era o mesmo toda noite, perto do fim do jantar, quando seus lordes balançavam nas cadeiras, e a tenda ficava enevoada pela fumaça de tantas velas.

Como sempre, Taristan bebia pouco, dando goles da taça por educação. Ela finalmente o entendia. Ele se mantinha lúcido a todo momento e, portanto, em melhor controle. Em melhor *equilíbrio*.

Erida fez o mesmo. O vinho espirrava em seus lábios fechados, sem nunca tocar a língua.

— À Lady Harrsing — murmurou um de seus lordes, Morly, e os brindes se silenciaram.

Cabeças se viraram, olhando entre o bêbado Morly e a rainha. Nos cantos da tenda, até os servos olhavam com trepidação.

À esquerda dela, a boca de Lord Thornwall se contraiu sob a barba, revelando uma careta. Ele lançou um olhar de advertência para Morly do outro lado. O lorde apenas deu de ombros, tomando seu vinho. Seu rosto estava quase tão roxo quanto a bebida.

Ele está caindo de bêbado, Erida sabia, com seu sorriso estampado no rosto, visível sob a renda do véu. Ela manteve a taça erguida, com cuidado para disfarçar a raiva que ondulava sob a pele. *Ele não quer dizer nada*.

Porém, sua própria voz diminuiu em pensamento, perdendo a força. Ela rangeu os dentes, tentando se controlar, enquanto os contornos da visão se inflamavam. Sob a mesa, sua mão livre apertou a de Taristan, de dedos pálidos, cravando as unhas na pele dele.

Ele apertou em resposta, oferecendo uma âncora contra o turbilhão de raiva.

— À Lady Harrsing — Erida se forçou a dizer, sua voz mais áspera do que pretendia.

A mesa de lordes deu um suspiro coletivo de alívio. Lord Thornwall lançou um olhar grato para ela e Erida seguiu em frente. Embora ela fosse rainha, não seria de bom tom começar a cortar as cabeças dos lordes. Não ali, antes de uma batalha por toda a esfera.

Mesmo que mereçam, pensou, tenebrosa. *Mesmo que sejam inúteis, míseros chacais se alimentando dos restos de minha vitória.*

A noite caiu escura fora da tenda do conselho, soltando as correntes de Erida. Sua hora de liberdade chegou e ela levantou da mesa avidamente, acompanhada por Taristan. Por toda a mesa, os nobres se levantaram de um salto, inclusive Morly, que mal conseguia ficar em pé.

— Milordes — se despediu ela, baixando a testa.

Eles responderam com reverências.

Protegida pelo véu, ela olhou pela fileira uma última vez, examinando cada rosto rosado, corado de comida e bebida demais. Eles a lembravam dos pavões do jardim do palácio, mimados e enfadonhos. Ou de perus, engordados aos poucos, ciscando a caminho do abate.

A maioria olhava para ela com respeito, se não medo. Nenhum se atreveu a se mexer até ela sair da tenda, Taristan saindo em seu encalço, a Guarda do Leão atrás dos dois.

Os aposentos da rainha eram um conjunto de tendas, as lonas pintadas como brocados, os cômodos o mais bem decorados que a campanha permitia. Grandiosos ou não, seus cavaleiros não se arriscavam. Metade cercou a rainha, enquanto a outra revistava as tendas, passando pelas abas com perfeita eficiência.

Depois do ataque em Ascal, Erida não podia discutir. Ela ainda sentia a lâmina da amhara em seu pescoço, quase tão bem quanto lembrava a mesma adaga trespassando sua mão dolorida.

Satisfeita com a inspeção, a Guarda do Leão saiu de novo e assumiu seu posto ao redor do perímetro.

Erida olhou para a palma da mão enquanto entravam no salão da tenda mobiliado com cadeiras, o chão duro coberto de tapetes sofisticados. Velas queimavam por toda a tenda, luminosas demais para os olhos dela. Ela estreitou os olhos e apagou algumas, sua mão ardendo. A ferida cicatrizava devagar, graças a semanas de viagem, segurando as rédeas de um cavalo galopante.

— Quer que chame o dr. Bahi? — murmurou Taristan, observando ela examinar o curativo ao redor da mão. Ele esperava perto do biombo de madeira que dividia o salão do quarto. — Se houver algum sinal de infecção...

Erida fez que não e tirou o manto dos ombros, deixando que caísse de qualquer jeito no piso acarpetado. Suas criadas cuidariam disso pela manhã.

— Não é nada — respondeu. — Tenho sorte de ainda ter a mão.

Um vulto saiu de trás do biombo, a luz fraca destacando sua silhueta.

— Sorasa Sarn está perdendo o jeito — murmurou o homem, a boca curvada num meio sorriso.

Taristan reagiu primeiro, levando a mão à espada na cintura, enquanto Erida estremecia, cambaleando para trás sobre uma das cadeiras acolchoadas. Sua mente bramiu, os contornos da visão ficando vermelhos, raiva e medo disparando dentro dela.

O vulto encapuzado desviou do primeiro golpe da espada de Taristan, depois do segundo, rápido como o vento.

Embora o Porvir se contorcesse dentro dela, quase a puxando para longe do vulto, na direção da aba da tenda, Erida ficou sentada na cadeira. Seus olhos ardentes se estreitaram, a cabeça latejante. Ela não deixaria Taristan para trás, mesmo enquanto todos seus instintos gritavam para que o fizesse.

Taristan golpeou de novo e, de novo, o vulto encapuzado se esquivou, como se o príncipe do Velho Cór não passasse de uma criança brincando de espada. Seus movimentos eram rápidos e fluidos, como água.

Como uma *cobra*.

— Lord Mercury — sussurrou Erida, as peças se encaixando em sua mente.

A espada de Taristan acertou a ponta de uma cadeira, cravando na madeira. Antes que ele conseguisse soltá-la, o vulto a chutou para longe da mão dele. Depois se virou, girando o braço para fazer uma reverência, o manto escuro ondulando.

— A seu dispor — disse o vulto.

Seu capuz caiu, revelando um rosto esquelético, a pele bronzeada retesada sobre maçãs do rosto terrivelmente altas. Seu cabelo era prateado, quase translúcido, e seus olhos eram verde-claros, cor de jade.

A mesma cor do selo circular que ela havia recebido, em troca de uma montanha de ouro e um contrato com os amharas. Foi em Ascal, mas Erida lembrava perfeitamente, a imagem de uma cobra gravada em jade.

Sua garganta se apertou, enquanto o Porvir se acalmava dentro dela. Ela engoliu em seco a sensação, tentando entender o homem diante de si.

O senhor dos amharas, comandante dos assassinos mais mortíferos da Ala. Aqui, em minha tenda.

Ela rangeu os dentes, voltando os olhos para Taristan. Ele retribuiu seu olhar, ofegante, uma pergunta no rosto. Devagar, ela fez que não, e ele se abrandou, se afastando do rei dos assassinos.

O que isso vai me custar?

— Não sabia que o líder da Guilda dos Amharas podia sair de sua cidadela — disse ela, se empertigando na cadeira com toda a graça possível. — A que devo tão grande honra?

Lord Mercury se aproximou dela em silêncio. Ela pensou de novo numa cobra, serpenteante e venenosa. Mas ele era charmoso também, ainda belo apesar da idade.

— Um equívoco comum — disse Mercury, rindo. — Saio quando quero. Apenas poucas vezes sou visto.

Erida forçou uma risada fria em resposta, pura atuação.

— Posso imaginar.

Para sua surpresa, o amhara se ajoelhou, de costas para Taristan. Como se o marido dela não representasse ameaça alguma. Isso o enfureceu, suas narinas se alargando.

Mercury baixou a cabeça.

— Vim oferecer minhas desculpas. Minha guilda não cumpriu o contrato que a senhora nos deu tão generosamente. — Ele se ajeitou, o manto se abrindo o suficiente para revelar a cinta de adagas de cada lado do quadril. Elas brilhavam em bronze, densas de luz de velas. — Nós, amharas, não estamos acostumados com essa vergonha.

Erida não podia deixar de pensar na montanha de ouro que ela tinha mandado para o deserto, paga pela vida de uma garota idiota. Suas bochechas arderam.

— Corayne an-Amarat é mais difícil de matar do que todos nós desconfiávamos — murmurou.

— Sim. — Mercury voltou a se levantar. — Perdi uma dezena dos meus na tentativa.

Ótimo, Erida retrucou em pensamento. Era justo que o fracasso custasse algo a ele também.

— Sorasa Sarn. — Ela revirou as palavras como faria com um livro intrigante. De novo, a assassina de olhos de tigresa apareceu em sua mente, pouco mais do que uma sombra, o sorriso uma faca afiada. — Então esse é o nome dela. Desertou, não?

— Exilada — respondeu Mercury. — Antes eu pensava que seria a pior punição para ela. A morte teria sido um alívio ao abandono.

Seu ar quase risonho não desapareceu, mas seu olhar ficou mais cortante, seus olhos perigosos e enfurecidos, incompatíveis com o resto do rosto. Mesmo carregando um demônio dentro de si, Erida não conteve o calafrio.

— Prometo remediar esse erro, majestade — disse ele, com uma voz grave de tremer a sala.

Atrás dele, Taristan recuperou a espada e a embainhou. Mercury o ignorou. Por mais velho que ele fosse, Erida via as linhas de músculo rígido nos punhos e no pescoço dele, os calos nos dedos. Ela apostava que ele era um dos mortais mais perigosos da esfera.

— Veio devolver meu pagamento, milorde? — perguntou ela, inclinando a cabeça.

O sorriso dele voltou com toda a força, mostrando uma boca cheia de dentes.

— Acho que vai achar meu presente muito mais valioso do que ouro.

Com um aceno, ele apontou a noite lá fora.

Lado a lado, Erida e Taristan seguiram, deixando Mercury os guiar para fora até a praça. O queixo de Erida caiu, um grito de surpresa escapando de seus lábios enquanto Taristan a puxava para perto. Ele a envolveu, protegendo-a com o volume de seu corpo.

No centro da praça do acampamento, luz do fogo refletia a armadura dourada. Todos os cavaleiros da Guarda do Leão estavam ajoelhados na terra, amharas atrás deles e facas em seus pescoços. Outros dois assassinos estavam ao lado, algo curvado entre eles.

— Não tema por seus cavaleiros, majestade — disse Mercury, com um aceno, como se pudesse fazer pouco caso do choque de Erida ou da preocupação de Taristan.

— Lord Mercury... — começou Erida, até um grito a interromper.

À beira do círculo de tendas, tochas cintilaram e espadas soaram, sacadas de bainhas. Botas bateram contra o chão, guardas gritando uns para os outros. Lord Thornwall era o mais estrondoso de todos, correndo de camisolão, as pernas finas nuas sob a luz do fogo. Seu rosto vermelho apareceu à beira do círculo de tochas, uma espada na mão, um contingente de soldados atrás dele.

— Espere! — gritou Erida, erguendo a mão para deter Thornwall antes que ele pudesse mergulhar no ninho de víboras assassinas.

Com o rosto vermelho, o comandante parou, seus homens parando com ele.

— Majestade — arfou, os olhos arregalados de medo.

— Espere — repetiu Erida, mais branda, ainda imponente. — Muito bem, Lord Mercury. Mostre seu presente, então.

O senhor dos amharas não hesitou.

— Tragam-no — disse Mercury, movendo a mão.

Dois de seus assassinos se mexeram, empurrando o vulto curvado. *Ele.*

O estômago de Erida se revirou quando o vulto cambaleou à frente. Ele tropeçou nos próprios pés, as mãos amarradas, um saco sobre a cabeça, o tecido rasgado e encrostado de lama.

Não fosse pela túnica, ela não o teria reconhecido. Era dourada, decorada com um leão verde. O brasão inverso de Galland.

O brasão de Lord Konegin.

Ela sentiu o mesmo leão saltar dentro dela, rugindo, triunfante. Era como qualquer outra conquista, outra joia em sua coroa. *Não*, ela constatou, rindo consigo mesma. *É melhor.*

Um dos assassinos empurrou de novo, e Konegin caiu de joelhos. Deu um grito abafado sob o saco.

Erida o encarou, a boca aberta, o ar formigando na língua. Tinha gosto de vitória.

— Milorde, é mesmo um presente formidável. — Suas mãos tremeram, sua pele ardendo. — O que vai me custar?

Para seu prazer, Mercury fez outra reverência. Quando ele se mexeu, uma corrente ao redor de seu pescoço caiu para a frente, refletindo a luz de tochas. A cobra de jade estava pendurada nela.

— O preço já está pago — disse.

Ela sentiu os olhos de Thornwall em seu rosto, e a atenção de seus soldados atrás dele. Eles olhavam não para ela, mas para os membros da Guarda do Leão sob a ameaça da faca.

A rainha ergueu o queixo, caindo em si.

— Meus cavaleiros.

Com outro movimento dos dedos de Mercury, os amharas recuaram em sincronia, se deslocando como um cardume de peixes mortíferos.

Os cavaleiros da Guarda do Leão saltaram o mais rápido possível, escapando do alcance dos assassinos.

— E Corayne? — perguntou Erida, voltando a atenção a Mercury.

Ele lançou um olhar tenebroso para ela.

— A Guilda Amhara não tolera fracasso — sibilou ele. — Nem traição.

Satisfação cresceu em Erida, e o Porvir murmurou no fundo de sua mente. *Ele quer Corayne e Sarn*, ela pensou, encantada. *Vai matar as duas.*

— Lord Thornwall, prepare uma tenda para Lord Mercury e sua companhia — disse ela, voltando os olhos para Konegin.

Seu primo parecia maior na memória, vestido de pele e veludo, sempre olhando para ela de cima, mesmo quando ela estava sentada no trono sobre ele.

Dali em diante, ele nunca mais a menosprezaria.

Erida pegou o saco que cobria a cabeça dele, o tecido áspero sob seu toque. Devagar, ela o puxou, revelando o homem destroçado embaixo. E destroçado Konegin estava.

A mordaça deixava os cantos da boca dele em carne viva, os dentes como presas ao redor. Raspados estavam a barba e o bigode loiros suntuosos, o rosto vermelho e as bochechas lisas. O cabelo dourado não era mais o mesmo, tornado grisalho. Ele estava mais magro, mais velho do que ela lembrava. Os olhos lacrimejavam, vermelhos, embaçados ao fitá-la. Na última vez em que ela o vira, ele tinha envenenado o copo do marido dela e fugido quando o veneno não fizera efeito.

Antes, ele era idêntico ao pai de Erida. Era assombroso olhar para ele. Saber que o ambicioso Lord Konegin vivia enquanto o pai dela estava morto havia tempo. Agora ele era pouco mais do que um cadáver do exército de Taristan, o rosto branco e encovado, esgotado. Não existia mais o homem que tentara tomar seu trono e matar seu marido. Não existia mais a última esperança de seus lordes traiçoeiros, homens arrogantes que não conseguiam digerir o reinado de uma mulher.

Mal restava uma faísca nos olhos azuis dele, a última resistência em Lord Konegin.

— Olá, primo — sussurrou ela.

Embaixo dela, ele estremeceu, e a faísca se apagou.

★ ★ ★

Os cavaleiros o carregaram para a tenda dela. Ela ouviu o baque dele caindo no chão, acompanhado por um ganido de dor. Taristan entrou primeiro, um semblante voraz no rosto. Erida sentia o mesmo, a boca torcida num sorriso diabólico. Ela fez menção de seguir, o coração de Konegin já em seus dentes.

Erida quase rosnou quando Thornwall a deteve à porta. Ela baixou os olhos imediatamente, sentindo o ardor indicativo das chamas.

— E o que vai conquistar com isso, majestade? — perguntou ele, rápido, torcendo as mãos.

Ele ainda usava o camisolão comprido, uma imagem estranha para as circunstâncias.

— Está de brincadeira, milorde? — sussurrou em resposta, os olhos fechados para esconder a fúria. — Se existirem traidores em minha corte, vou saber. E lidar com eles como achar melhor.

No fundo da mente, algo ardeu. Dolorosamente, ela se perguntou por que Lord Thornwall não queria que ela interrogasse o lorde traidor.

— Normalmente, eu concordaria — murmurou ele, olhando para as tendas e tochas.

— Mas? — Erida piscou rápido, sentindo a vista clarear. Bem a tempo de estudar o rosto dele, buscando algum sinal de mentira. — Há algo que gostaria de confessar, Lord Thornwall?

Seu velho comandante se paralisou diante de seus olhos, o maxilar cerrado sob a barba grisalha. Seus olhos faiscaram, e ela viu o Leão de Galland nele também.

— Sou o comandante dos exércitos de Galland — disse Thornwall brevemente. Ela imaginou se era aquele o homem que seus soldados viam, intenso e inflexível. — Se eu fosse culpado de traição, a majestade saberia a esta altura.

Erida quase se engasgou, as palavras morrendo em sua garganta.

Thornwall tomou isso como um indício para continuar, para o desgosto dela.

— Lord Konegin vai ser executado. Ele sabe disso e sabe que não existe nada na esfera que possa salvá-lo de sua punição justa — disse. — Por isso, vai arrancar seu coração. Vai citar todos os nobres que já sorriram para ele, que já cogitaram um rumor de seus planos para o trono. Até o último suspiro, Konegin vai *envenená-la.*

Como tentou envenenar Taristan. Como tentou envenenar a esfera contra mim. Ela cerrou o punho, a ferida queimando. Isso a manteve equilibrada, apesar de sua raiva fervente, prestes a transbordar.

— Mate-o e acabe com isso — implorou Thornwall. Seu rosto sisudo se dissolveu, os olhos arregalados de desespero. — Deixe que a traição morra com ele.

Erida odiou sua razão, sua lógica, seu bom senso. Ele estava certo sobre Konegin, ela sabia disso perfeitamente. Porém, a tentação pairava, grande demais para ignorar.

— É um bom conselho, Lord Thornwall — disse, passando por ele, deixando o comandante sozinho com as tochas, os cavaleiros e as estrelas cintilantes.

Dentro da tenda, Taristan esperava sentado, uma faca sobre a mesa a seu lado. Ele olhou para ela enquanto ela atravessava os carpetes, parando a um metro do corpo encolhido de Konegin.

Ela deu um aceno e Taristan cortou a mordaça. Seu primo tomou ar e cuspiu, engasgando no chão. As mãos dele ainda estavam atadas, amarradas atrás das costas. Sem elas, ele não conseguia se sentar, e continuou caído, a bochecha encostada no carpete, os olhos se revirando na cabeça.

Outra pessoa poderia se apiedar do velho. Erida, não.

O senhor fez isso consigo mesmo, milorde.

— Me conte tudo — disse ela, pedindo a faca.

Por um momento, Taristan não se mexeu. Ele retribuiu seu olhar, a expressão distante e impossível de interpretar. Erida tensionou o maxilar, estendendo a mão.

O cabo da faca parecia certo em sua palma, bem equilibrado. Era uma lâmina pequena, o fio reluzente, destinada a trabalhos delicados.

Konegin encarou, os olhos alternando entre o rosto de Erida e a faca na mão dela.

— Você cresceu, Erida — disse, a voz rouca e seca. — Cresceu e se transformou em algo terrível.

— Sou o que você fez de mim — retrucou ela, dando um passo na direção dele. — Sou o castigo que você merece. Uma mulher no lugar que você tentou ocupar, uma mulher que possui tudo que você tentou roubar. Melhor que você em todos os sentidos, maior do que você sequer poderia sonhar em se tornar. Você tentou me colocar na pira, milorde. Mas é você quem vai queimar.

Com um sorriso, ela se curvou, agachando para olhá-lo de frente. Seu sangue zuniu, o rio correndo nela. O Porvir não instigou, mas tornou Sua presença conhecida. Ela se entregou a Ele, se escorando n'Ele como se fosse uma parede.

Seus olhos flamejaram, sua visão ficando vermelha. Ela não conseguiu conter o sorriso, sabendo o que Konegin via nela.

Ele ficou boquiaberto, o sangue se esvaindo do rosto.

— Sou o que você fez de mim — repetiu ela.

Pela manhã, doze lordes estavam pendurados de doze cordas. As chuvas do começo da primavera escorriam de seus corpos, lavando suas traições. O corpo de Konegin estava pendurado mais alto, sobre o resto de seus conspiradores. Ela não permitiu que ele usasse o leão à forca, e ele estava vestido como um reles prisioneiro, em pouco mais do que camisa e calça. Lá se foram seus veludos e correntes cravejadas de joias. Lá se foi sua tiara de ouro.

Erida observou os cadáveres por muito tempo, a multidão de nobres se dissipando ao redor dela. Eles sussurravam e encaravam, os olhos sombrios e os rostos pálidos. Thornwall andava entre eles, silencioso, mas zeloso.

Erida pouco se importava com a opinião de ovelhas nobres. Ela era um leão e não responderia mais a eles.

Apenas Taristan permaneceu a seu lado, a cabeça descoberta sob a chuva. Seu cabelo escuro caía sobre o rosto, as mechas ruivas quase pretas.

Ainda estava frio, mas não tanto quanto antes.

— O inverno está acabando — disse Erida para o ar.

Tinha gosto de chuva e lama, e coisas crescendo embaixo. *Primavera*.

Os olhos dele encontraram os dela, o escarlate faiscando sob o preto. Erida sentiu o mesmo em seus olhos, as raízes retorcidas da mesma árvore infernal.

— Não vou esperar mais — murmurou. O Porvir se enrolou, envolvendo seus punhos, tornozelos e garganta. — Deixe que o resto dos exércitos sigam. Marchamos hoje.

A mão de Taristan encontrou sua bochecha febril, a pele dele ardendo como a dela. O polegar dele acariciou sua maçã do rosto, traçando as linhas de seu rosto.

Seu beijo também ardia.

— E eu vou seguir — murmurou ele, encostado a ela. — Aonde você for.

O coração dela acelerou.

— Um dia, nos prometemos o mundo inteiro.

Os olhos dele se cravaram nos dela. Antes ela temia o abismo preto do olhar dele. Agora era um consolo familiar. Mas algo se agitava, o foco dele hesitante.

— Prometemos — respondeu Taristan por fim, a voz carregada.

Ele não piscou, sustentou seu olhar, e ela deixou que as palavras dele ecoassem em sua cabeça, revirando cada letra. Como outras vezes, Erida sentiu que ele esperava, deixando que ela desse o primeiro passo para ele seguir.

— O mundo inteiro — disse ela, de novo.

— O mundo inteiro — repetiu ele.

Dessa vez, a frase soou como uma rendição, como um fim.

Ela a devorou por inteiro.

33

SONHAR ACORDADA

Corayne

— Sou Isadere, herdeire de Ibal.

Sua voz ecoou até o teto abobadado da sala do trono, repercutindo pelo mármore. Embora fosse mortal, Isadere parecia combinar com os salões altivos do castelo ancião. Assim como enchia as janelas, o sol se refletia na armadura de Isadere, dourada e cravejada de joias, seu cabelo preto comprido uma cortina suave sobre um ombro. O irmão ilegítimo de herdeire, Sibrez, ficava a sua esquerda enquanto o comandante lin-Lira ficava à direita. Os três formavam uma imagem imponente, tão grandiosa quanto o reino de onde vinham.

Corayne não conseguia conter o entusiasmo, um tanto inquieta na cadeira. Ela ajustou a mão sobre o cabo da espada de Fuso, segurando-a como faria com um cajado. Andry e Charlie estavam sentados ao redor dela, os dois observando Isadere com os olhos arregalados.

Eles não eram os únicos.

Cadeiras cercavam os dois lados da plataforma elevada de Isibel, para que a dama de Iona conseguisse receber devidamente seus convidados. Valnir e Dyrian estavam sentados a sua direita e a sua esquerda. Lady Eyda estava atrás do filho, o urso ao lado dela, sonolento.

— Seja bem-vinde aqui, Isadere — respondeu Isibel, embora sua voz não fosse nada receptiva.

No chão, Isadere baixou a cabeça e girou o braço. Era quase uma mesura, mais fluida, sua espinha nunca se curvando.

— As lendas de seu povo falam de sua bravura, sua força, mas não de sua simpatia — respondeu Isadere com seu sorriso ferino.

Corayne escondeu a careta com a mão. Por mais que quisesse ver le herdeire confrontar a monarca anciã, gostaria que eles pudessem fazer isso sem que o mundo estivesse em risco. Ao lado dela, Charlie estalou a língua discretamente. Ele tinha pouca afeição por Isadere, mas menos ainda por Isibel.

Junto com o comandante lin-Lira e Sibrez, Isadere deu um passo para trás do centro do salão. Os três cavaleiros de Kasa logo os substituíram, todos se ajoelhando com um estrépito das armaduras brancas. Eles se apoiaram em suas lanças, as pontas de aço cintilantes apontadas para o teto.

Isibel os observou com frieza.

O primeiro levantou, baixo mas largo, e tirou o elmo para olhar melhor para a companhia reunida. O cavaleiro tinha a pele negra, mais retinto do que Andry e sua mãe, com os olhos castanhos aveludados sob as sobrancelhas grossas.

— Sou Sir Gamon de Kin Debes — disse o cavaleiro, levando o punho de manopla ao peitoral. A águia gritava em seu peito, trabalhada em aço branco. — Esses são meus primos, Sir Enais e Lady Farra.

Ainda ajoelhados, os dois kasanos ergueram os elmos. Enais era alto e tinha a pele mais clara, os braços e pernas compridos, enquanto Farra poderia ser gêmea de Gamon.

— Viemos a mando de nossa rainha, que estende a mão em amizade e aliança — continuou ele, voltando a se curvar, antes de se virar, os olhos calorosos vagando. — A vocês e a Corayne an-Amarat. A Esperança da Esfera.

Enquanto seus dedos apertavam o cabo da espada de Fuso, Corayne ficou vermelha, as bochechas ardendo.

— Obrigada — se forçou a dizer.

A voz constrangedoramente baixa mal ecoou no salão cavernoso.

— Devo também saudar você, Andry Trelland — acrescentou Sir Gamon, o olhar se voltando para o assento ao lado dela.

Uma expressão de surpresa escapou dos lábios de Andry, que se empertigou um pouco mais, piscando com força.

Sir Gamon entreabriu um sorriso.

— Sua mãe está bem.

Sem pensar, Corayne estendeu o braço para pegar Andry pela mão, apertando com força. Ele se afundou na cadeira, incapaz de falar. Conseguiu apenas acenar em agradecimento para o outro lado do salão, o que Sir Gamon aceitou respeitosamente.

No trono, Isibel curvou o lábio.

— Talvez eu esteja enganada em meu conhecimento sobre os reinos mortais. — Sua voz ficou cortante, exigindo atenção. — Mas eu tinha a impressão que as terras de Kasa e Ibal eram vastas, com cidades enormes. E exércitos grandiosos.

A acusação atravessou o recinto como uma flecha. Fez os pelos de Corayne se arrepiarem. Fechando a cara, ela soltou a mão de Andry.

— Outros virão — disse ela, de um fôlego só, antes que alguém pudesse pensar em dizer algo mais comprometedor. — Esses são apenas os primeiros.

Do outro lado do salão, Isadere deu um aceno curto, os olhos tensos de frustração.

— Outros virão — concordou. — Mas são muitos os quilômetros de nossas costas até sua cidade. E o mar Longo está cheio de perigos, graças a nosso inimigo.

Ao lado de Isadere, o rosto de Sibrez ficou sinistro. Ele se irritava muito mais facilmente do que le irmane, e Corayne rezou para que se comportasse.

— Perdemos muitos navios na travessia — acrescentou Isadere com a voz ácida.

Sobre a plataforma, os olhos de Valnir reluziram.

— Perderão mais do que isso nos dias que se aproximam. Se preparem.

Corayne quis gritar e se afundar no chão. A julgar pelo aperto súbito da mão de Andry, os dedos ossudos sob a pele marrom, ele compartilhava o sentimento.

Com o elmo ainda embaixo do braço, Gamon deu um meneio cansado e fulminante de cabeça. Alternou o olhar entre os Anciões.

— Talvez *eu* esteja enganado em minha compreensão sobre imortais — disse ele, cuidadosamente. — Mas um de seus guerreiros não valem cem dos nossos? Cem dos soldados de Erida? Se não mais?

Silêncio ecoou, e Isadere tomou isso como um convite. Jogando o manto dourado para trás, elu marchou ao lado de Gamon, apresentando uma frente unida. Raiva manchava as bochechas douradas de herdeire.

— Vocês três são os monarcas de seus enclaves — rosnou Isadere, olhando para um de cada vez. Dyrian se encolheu em seu assento, o jovem lorde empalidecendo. — Três governantes. Onde estão *seus* exércitos, milordes e milady?

Os dentes de herdeire estalaram.

— E onde *vocês* estavam quando isso tudo começou? — insistiu.

Sem fazer nada, se recusando a enxergar a realidade, Corayne pensou, sentindo a mesma raiva que via no rosto de Isadere.

Isibel apenas virou a cabeça para longe, olhando para qualquer lugar menos para os rostos reunidos que a observavam.

— Eu me recuso a ser questionada por mortais — disse ela, tensa.

Murmúrios reverberaram pelo salão, sussurrados em línguas que os Anciões não conheciam. Mas Corayne, sim. Ela rangeu os dentes, torcendo para que Isibel não afugentasse seus únicos aliados contra a tempestade iminente.

A voz de Isadere tremeu de fúria.

— Vamos derramar nosso sangue para salvar a esfera, mas vocês poderiam ter derramado o seu primeiro. E salvado milhares com isso. Eu tive essa visão.

Valnir olhou para Isibel com repulsa. Depois se inclinou para a frente no assento, para se dirigir aos reunidos com mais brandura.

— Mandei mensagem a meu enclave, convocando meu povo para cá — disse. — Eles vão deixar uma força reduzida, o suficiente para criar problemas para as legiões de Erida caso marchem por nosso território.

Do outro lado do salão, Corayne lançou um olhar grato para ele.

— Os Anciões de Kovalinn lutaram bravamente contra o dragão de Irridas — acrescentou ela.

Lady Eyda deu um aceno austero enquanto Dyrian se empertigava na cadeira.

— Duas vezes — acrescentou o jovem lorde, erguendo dois dedos.

Ao lado dela, Andry levantou, sua pele de lobo presa ao redor dos ombros, as garras abertas como se paralisado no meio da mordida. Ele estufou um pouco peito, se erguendo para enfrentar o salão. Para todos, parecia estoico e calmo.

Corayne, contudo, via a preocupação por baixo, exposta no tremor da mão. Ela queria pegá-la e apertar, dar algum suporte para ele. Em vez disso, segurou a espada de Fuso com mais firmeza.

— Os jydeses guardarão o mar Vigilante, e Trec protege o norte — Andry informou. — Eles atacarão todas as legiões que conseguirem e, com sorte, retardarão o progresso de Erida. — Um músculo se contraiu na bochecha dele. — Os exércitos dela são muitos, mas mobilizar todo o poderio de Galland leva tempo. Eles terão que viajar por terra, através das montanhas. Essa é nossa vantagem.

Corayne levantou ao lado dele, ao menos para que ele não ficasse sozinho. Os dorsos de suas mãos se roçaram, fazendo raios correrem embaixo da pele dela.

— Mas, quando ela vier — disse Corayne —, seu golpe será, sim, forte.

As legiões, os terracinzanos e o que mais Taristan lançar contra nós. O coração dela palpitou. Como sempre, ela sentiu a sombra cobri-la, pesada e fria. *Ou o próprio Porvir, não mais por vir.*

— Erida e Taristan *vão* atacar aqui. — A voz de Isadere ecoou cavernosa. — Eu vi.

— Você vê o que está na sua frente, mortal. Pouco mais — retrucou Isibel.

Ela abanou a mão pálida no ar com desdém, a manga branca tremeluzindo como neve.

Le herdeire de Ibal se enfureceu, o rosto ardente.

— Vejo o que os deuses da Ala me mostram — rosnou Isadere, desprezando toda educação ou etiqueta. — Vejo pela luz e pela escuridão da Abençoada Lasreen.

— Os deuses da Ala. — Isibel observou o salão, deixando que sua voz ecoasse. Ela abanou a cabeça, o ramo de freixo tremendo sobre os joelhos. — Os deuses da Ala estão calados. Vão deixar que esta esfera se destrua. Talvez esse seja seu destino?

— *Nosso* destino — retrucou Corayne, perdendo a paciência. Com um clangor, deixou que a ponta da espada de Fuso batesse no piso de mármore. — Se não fizer nada.

Ao lado dela, Andry se ajeitou apenas alguns centímetros para que seu braço encostasse no dela, firme como uma muralha. Era ao mesmo tempo um apoio e um alerta.

Com um movimento vertiginoso, Isibel levantou do trono de repente, os olhos baixos. Contemplou o ramo em sua mão, e, por um momento, Corayne não conseguiu respirar. Lembrou como Valnir abandonou o ramo de folhas douradas, o álamo substituído pelo arco de teixo. Isso despertou seu enclave para a guerra.

Isibel não fez o mesmo. Apenas apertou o ramo de freixo com mais firmeza.

— Se seus exércitos precisarem de algo, avisem — disse, acenando para um dos conselheiros. — Vamos hospedar quem pudermos dentro das muralhas da cidade, mas receio que Iona não tenha como abrigar todos os seus soldados. Nem os... elefantes — acrescentou, a voz quase pesarosa.

No chão, Sir Gamon e seus cavaleiros se curvaram de novo.

— Somos gratos por sua hospitalidade — disse.

Isadere abaixou a cabeça com rigidez, o único agradecimento que expressaria.

Da cadeira, Corayne soltou uma longa expiração lenta. Ela viu Isibel praticamente fugir da sala do trono, seguida por seus conselheiros.

— Poderia ser pior — ironizou Charlie, levantando da cadeira.

Depois de longas semanas de silêncio frio vagando pelos corredores de Tíarma, a presença de outros mortais era quase um choque para Corayne. O castelo ancião, antes uma tumba, se alvoroçava como o mercado de uma cidade. Para o desgosto dos próprios Anciões, que pareciam perturbados pelo caos mortal. Apesar das promessas de Isibel, seus conselheiros pouco ajudaram na administração da nova conjuntura do castelo. Felizmente, Andry se deliciou com a organização, providenciando catres e roupas de cama até as passagens se tornarem um desfile de roupas para lavar. Quando todos tinham um lugar para dormir, ele voltou suas atenções para os estábulos e o arsenal.

Até Charlie se revelou útil, escrevendo pedidos de provisões ao rei de Calidon em Lenava e aos nobres de Turadir. Incluiu promessas grandiosas de pagamento. Dessa vez, as assinaturas nas cartas não eram forjadas. Tanto Isadere como Sir Gamon assinaram seus nomes sem dificuldade, ansiosos para assegurar comida para seu exército.

Como o castelo, a cidade de Iona ameaçava estourar de tão cheia. Eles colocaram o maior número de soldados possível dentro das muralhas, mas a maioria acampou ao pé da cumeada, cavando trincheiras de costas para os portões e os penhascos elevados.

Na manhã seguinte, Corayne observou a parede de paliçada ser construída ao redor do acampamento de guerra, assim como um fosso e um campo de estacas afiadas. Não segurariam as legiões de Erida por muito tempo, mas eram alguma coisa.

Ainda não era primavera, mas o ar estava mais quente em seu rosto. Corayne se crispou, o sol riscando as nuvens. A primavera estava chegando e, com ela, o degelo. Passagem mais fácil pelas montanhas. Uma estrada mais segura para todos que tentavam destruir a esfera.

O peito dela se apertou sob o manto, até sentir que as costelas se afundariam.

Ela não estava sozinha no patamar, mas a maioria mantinha distância, deixando Corayne an-Amarat com seus pensamentos.

Isadere an-Amdiras não era como a maioria.

Corayne sentiu o olhar delu como uma faca no pescoço e se virou para encontrar le herdeire de Ibal observando à distância.

— Alteza — murmurou Corayne, fazendo uma reverência rápida. — Tem tudo de que precisa?

— Dentro do possível, sim — respondeu Isadere, parando ao lado de Corayne à beira do terraço. — O escudeiro vai ser promovido a senescal se continuar com o bom trabalho.

Corayne sorriu e voltou o rosto para o calor do sol. Por mais que fosse um presságio, ela o desfrutou por um momento. *Andry merece um castelo aconchegante cheio de risadas, não uma guerra recaindo sobre ele.*

— Admito que meu espelho não me avisou do frio — resmungou Isadere, se encolhendo num manto de peles fulvas.

— Sua deusa lhe mostrou Iona — disse Corayne.

Isadere respondeu com um aceno quase imperceptível.

— Mobilizei o exército que pude, com a benção de meu pai.

Corayne era filha de pirata, bem versada nos assuntos do mar Longo. Ela sabia como a marinha ibalete poderia ser perigosa se realmente levada à guerra. *Erida não tem a menor chance de avançar por mar.*

— E os kasanos? — perguntou, pensando nos elefantes nos estábulos diante da muralha da cidade.

— A rainha Berin está preocupada faz um tempo. Recebeu pedidos e alertas de toda a Ala — respondeu Isadere. — Velejamos primeiro a Nkonabo, para nos preparar para a travessia. Ela estava mais do que disposta a enviar soldados para o norte conosco, apesar do perigo.

Corayne tentou recuperar a sensação de alívio e alegria quando avistou o exército unificado pela primeira vez. Era difícil senti-la ali, com a realidade de sua situação tão clara.

— Parece uma piada cruel dos deuses — blasfemou Corayne. — Atrair todos aqui, nos fazendo pensar que temos uma chance.

Isadere apenas a olhou.

— E não temos chance, Corayne? — perguntou com franqueza. — Pouco importa o que Isibel de Iona comande ou em que acredite. Taristan e Erida estão vindo, quer ela decida lutar ou não.

Fogo subiu pela espinha de Corayne, quente e furioso.

— E então? Nós nos matamos lá fora enquanto ela assiste e chora por uma esfera que nunca mais vai ver?

— A monarca pode fazer o que quiser. Mas os outros ao redor dela não podem ficar parados, não enquanto a esfera se desintegra embaixo deles — disse Isadere, com serenidade demais. — Eles vão lutar conosco quando chegar a hora. Até os Anciões têm medo de morrer.

— Reconfortante — retrucou Corayne, deixando cair um silêncio incômodo.

Como no deserto, a fé cega de Isadere na deusa deixava Corayne à flor da pele. Ela não conseguia entender, apesar de tudo que tinha visto. Sorasa não era tão fervorosa, embora servisse à mesma divindade. A memória dela partiu o coração de Corayne.

— Você não pode quebrá-la, pode? — perguntou Isadere, em voz baixa.

Elu voltou os olhos pretos para a espada de Fuso, ainda rente ao ombro de Corayne. O aço pesava em suas costas, as joias do cabo cintilando no canto da visão dela. Provocando-a.

— Quem dera pudesse — respondeu. — Mas um Fuso ainda queima em Gidastern. Se quebrarmos a última espada, a esperança estará mesmo perdida. Com toda a esfera.

Ela ainda sentia o cheiro da cidade em chamas, o fio dourado de um Fuso brilhando através do incêndio. Corayne se desesperava só de pensar em voltar para lá, mas sabia que estariam condenados se ela não voltasse. Mesmo se Taristan fosse derrotado, o Fuso que deixou para trás um dia partiria a esfera ao meio.

— Até os Anciões têm medo de morrer — repetiu Isadere, seus olhos cravados nos de Corayne, e sua voz ficou mais grave, cheia de sentido.

A língua de Corayne estava pesada. Ela queria contar a Isadere sobre seus receios, pedir conselho. Descarregar suas preocupações sobre o eco de um Fuso vibrando em algum lugar do castelo. Ficava mais forte a cada dia, até Corayne ter medo de atravessar um portal a caminho do café da manhã.

Mas sua voz se perdeu na garganta, as palavras virando cinzas na boca. Em vez disso, Corayne forçou uma reverência e se virou para sair.

— Não vi a amhara. Nem seu guarda-costas ancião — disse Isadere atrás dela. — Meus pêsames.

Corayne hesitou mas não se deteve. Ela se recusava a deixar le herdeire ver sua frustração ou o cansaço que ameaçava parti-la ao meio.

Ela quis se retirar para o quarto, que passara a dividir com Lady Farra. Em vez disso, seus pés a conduziram pelo salão, passando pelas longas mesas de banquete cheias de soldados e pela plataforma da sala do trono vazia. O assento entalhado de Isibel se destacava em contraste com as cadeiras agrupadas. Como sua dama, o trono era frio e distante, diferente do resto.

Corayne o encarou enquanto andava, continuando para o corredor atrás da plataforma. Dava para a ala particular da monarca, a única parte de Tíarma que não estava cheia de vida.

A passagem era gelada, com arcadas de um lado, todas abertas para o vale e as intempéries. Corayne tremeu ao pensar como seria no inverno.

Ela pensou que um guarda a deteria, mas não veio nenhum.

Entrou numa galeria adornada por tapeçarias, as janelas voltadas para o norte enevoado. Havia mapas nas paredes, diferentes de todos que ela já tinha visto, e duas mesas reunidas para formar uma escrivaninha enorme. Pergaminhos cobriam o tampo, coberto por anotações escritas e linhas traçadas. Lembraram Corayne de cartas e mapas náuticos, usados para acompanhar as trajetórias de estrelas. Porém, não usavam nenhuma estrela que ela conhecesse, as constelações desconhecidas, a escrita, indecifrável.

Ela olhou de novo para o mapa na parede, estreitando os olhos.

Glorian, compreendeu, traçando as costas estranhas da esfera anciã. Como nos cofres, ela sentiu uma leve pressão ondular sobre a pele. Parecia tremer por sua carne, até os ossos.

Sentiu na espada de Fuso também, o aço reto em suas costas.

Sua espinha gelou. Ela pensou no Fuso de novo, queimando em algum lugar, levando a sabem os deuses o quê. Seu estômago se embrulhou.

Isibel sabe?, pensou, com um calafrio. Seus dedos tremeram sobre o pergaminho e ela o soltou, dando as costas para a mesa, com mal-estar.

E deu de cara com a monarca de Iona, que a observava em silêncio como um fantasma. O coração de Corayne saltou do peito, o corpo vibrando como se atingido por um raio.

— Malditos Anciões — soltou Corayne, tentando se acalmar.

Isibel apenas inclinou a cabeça, uma cortina de cabelo dourado-prateado caindo sobre um ombro. Como sempre, ela carregava um brilho nela, vistosa com seus olhos pérola e pele pálida. A monarca era de uma beleza cruel, como geada sobre uma flor.

— Corayne do Velho Cór — disse, enunciando as palavras bruscamente.

Sua pele se arrepiou. *Não é meu nome*, ela quis gritar.

— Está perdida — continuou Isibel — ou pretendia invadir meus aposentos?

Engolindo em seco, Corayne firmou os pés. Em outra vida, ela teria sentido vergonha por ser flagrada, mas não mais. Havia coisa demais em jogo para isso. Obstáculos demais em seu caminho, um dos quais era a própria Isibel.

— Você disse que via esperança em mim — disse Corayne, os olhos no rosto de Isibel. Ela observou cada pequeno tique e contração, tentando entender a expressão dela. — Esperança de quê?

A monarca olhou atrás dela, para os livros nas prateleiras e as janelas cheias de luz dourada. O sol se punha cedo no vale, atrás dos picos altos da Monadhrian. Sombras se projetavam no piso.

— Infelizmente, não sei — murmurou Isibel, abanando a cabeça. — Queria poder lhe dizer. Queria… queria poder lhe dar o que pede.

Corayne cerrou o maxilar.

— Por que não pode?

Ela não deixou de notar o meneio minúsculo dos olhos de Isibel, quase rápido demais para ver. Saíram de Corayne, apenas por um momento, cravando um ponto na parede atrás dela.

O mapa, Corayne soube, suas entranhas se revirando.

— O preço é alto demais — lamentou a Anciã, e apertou as mãos brancas, torcendo os dedos. — E agora não tenho herdeiros em meu enclave. Não há futuro para meu povo nesta esfera.

A voz de Isibel embargou, mas Corayne não conseguia se apiedar dela. Ainda que lamentassem os mesmos mortos.

Seu estômago se revirou de novo, dessa vez com a constatação terrível. A verdade vibrou em sua pele como a sensação de magia, como a tocha de um Fuso por perto.

Um Fuso que apenas Taristan se atreveria a abrir.

— O destino da Ala ainda não está escrito — disse Corayne, ríspida.

Isibel respondeu com um olhar melancólico.

— Já está gravado em pedra.

Com determinação, Corayne deu as costas para a galeria, deixando a governante anciã para trás.

— Então vou destruí-lo.

Corayne não sabia quem convencera Isibel a reunir o conselho coletivo de novo, mas suspeitava que Valnir e Eyda estivessem envolvidos.

Eles estavam em número menor do que antes, com a participação apenas de Isadere e Sir Gamon, suas cadeiras dispostas num semicírculo diante do trono e da plataforma. Não passou despercebido para Corayne que os Anciões se sentavam elevados sobre o resto, com os mortais obrigados a olhar para cima. Ela rangeu os dentes ao se sentar, torcendo para que nem Isadere, nem Sir Gamon se ofendessem.

— Eu me sinto levado a julgamento de novo — murmurou Charlie enquanto se sentava ao lado dela.

Ao menos ele estava vestido de acordo, de manto cinza macio, o cabelo castanho recém-lavado e ondulado sobre os ombros.

Apesar da irritação, Corayne relaxou um pouco.

— Qual seria esse?

O sacerdote fugitivo balançou a mão, dando de ombros.

— Ah, não sei, perdi a conta a essa altura.

— Sétimo — murmurou Garion ao lado dele.

O amhara ainda usava suas roupas de couro, mas acrescentara uma pele preta comprida para se manter aquecido dentro dos salões frios.

Combinava com ele como a pele de lobo combinava com Andry, que continuou em pé. Ele tamborilava os dedos no dorso da cadeira, revelando sua inquietação.

— O que foi? — disse Corayne, encostando a mão preocupada em seu punho.

Ele se acalmou imediatamente.

— Isibel pode falar o que quiser — disse ele, mais cortante do que o normal. — Não importa. Estamos aqui, estamos entrincheirados. Vamos combater o que vier, e os ionianos dela podem lutar ao nosso lado se quiserem. Na verdade, vão ter que lutar. Duvido que Taristan diferencie um corpo de outro.

— Foi o que Isadere disse — murmurou Corayne em resposta, enxergando a verdade naquilo, por mais deprimente que fosse.

Sobre a plataforma, os Anciões se enrijeceram, todos claramente ao alcance da voz. Apenas Isibel não reagiu, fixando neles os olhos prateados e frios.

— Recebi mensagem de meu enclave na floresta Castelã — entoou Valnir, silenciando a conversa. — Eles confirmaram que as legiões estão se reunindo em Rouleine, vindas de todos os cantos do império gallandês.

Olhares graves se propagaram pelo conselho, e Corayne sentiu náusea até o âmago. Era realmente o fim, se Erida estava disposta a deixar seu reino indefeso.

Tudo por mim.

Andry praguejou baixo e começou a contar nos dedos. Ele sacudiu a cabeça, desespero sombreando seus olhos.

— Quantos homens a rainha de Galland consegue mobilizar? — ela se ouviu perguntar, a voz tensa.

Ao lado dela, Andry continuou a contar. O coração dela se apertou a cada dedo que ele dobrava e desdobrava.

— Seja quantos forem, não considera o que Taristan pode fazer — disse Lady Eyda na plataforma, os lábios contraídos. — E o tipo de exército que ele pode comandar.

A implicação estilhaçou a indiferença de Isibel. Ela baixou os olhos, a garganta se movendo sob a gola do vestido. Em sua mão, os dedos ficaram brancos de tanto apertar o ramo de freixo.

— Eu me recuso a ver o cadáver de minha filha marchar por estas muralhas — soltou, os olhos cintilantes.

Foi como uma facada no estômago de Corayne. Ela tentou não imaginar Ridha com sua armadura verde. Nem Dom com seu manto. Sorasa. Sigil. Suas silhuetas conhecidas, seus olhos estranhos. Seus corpos apodrecendo sob eles.

— Quando vierem, vamos mirar em Taristan primeiro. E destruí-lo. Juro, Isibel — disse Valnir, fervoroso como uma oração.

Ele fechou a mão sobre a mão livre dela, ainda agarrada ao trono. Para a consternação dele, ela se desvencilhou.

— Ninguém além de Corayne pode feri-lo. Ninguém além de uma garota mortal.

Corayne estremeceu, embora fosse verdade. Lembrava que nem Dom conseguira fazer nada contra Taristan, apenas as armas abençoadas na mão dela eram capazes de deixar arranhões na pele de seu tio demoníaco. As manoplas de garras de dragão. Os amuletos jydeses. E a espada de Fuso também.

— Ninguém além de Corayne — repetiu Valnir, cerrando o maxilar. Seus olhos amarelos encontraram os dela. — Então que seja.

O lorde ancião inclinou a cabeça, estreitando os olhos enquanto examinava algum som que Corayne não ouvia.

— É um cavalo?

O baque das portas atrás deles o interrompeu, seguido pelo tropel estrondoso de cascos sobre mármore. Quando os Anciões se levantaram de um salto, boquiabertos, Corayne se virou na cadeira. Ao lado dela, Andry levou a mão ao machado no quadril.

Dois cavalos frearam no centro da sala do trono, o primeiro empinando com os cascos no ar. Encobriu o cavaleiro em seu dorso, apenas por um momento. Atrás deles, as estátuas dos deuses anciões observavam, temíveis em mármore branco.

Um fantasma desceu da sela. Enlameado, esgotado pela estrada, os ombros largos envoltos por lã velha e manchada, o cabelo loiro escurecido pela chuva.

A cadeira de Corayne caiu para trás quando ela levantou de um salto.

É um sonho. É um sonho, ela disse a si mesma, lágrimas já ardendo em seus olhos. Ela não conseguia suportar pensar em acordar.

É um sonho.

A segunda cavaleira pulou para o chão, pousando com sua graça letal. Parecia pior do que nunca, suas peças de couro rasgadas e costuradas, a adaga característica ausente do cinto. Olheiras roxas marcavam sua face e suas maçãs do rosto estavam mais afiladas.

Mas as tatuagens eram inconfundíveis.

Uma dor surda subiu dos joelhos de Corayne quando ela desabou no mármore. Ela não sentiu, como mal podia sentir qualquer coisa.

— É um sonho — disse Corayne em voz alta.

Pensou que seus olhos se abririam. Pensou que sentiria a torrente de dor já familiar.

Em vez disso, encontrou apenas braços quentes e fortes e o cheiro de cavalo. Ela se esqueceu do conselho, da guerra, de Erida e Taristan e todos os seus horrores.

Alguém a levantou do chão, as mãos cuidadosamente delicadas. Ela se sentiu girar, a cabeça já rodopiante, o coração dilacerado em todas as direções.

— É um sonho — disse de novo, tremendo quando suas botas tocaram o chão.

Sobre ela, Domacridhan de Iona sorriu com toda a força do sol flamejante.

— Não é — respondeu ele. — Garanto que não é.

34

DO QUE ESCOLHE

Domacridhan

— É UM SONHO.

A voz de Corayne o trouxe de volta ao mundo. Com delicadeza, ele a colocou de volta no mármore. Ela o encarou, os olhos arregalados demais, como se tivesse medo de piscar. Roupas refinadas fluíam ao redor dela, veludo bordado, seda e peles. Seu cabelo reluzia, recém-lavado, numa trança preta sobre o ombro. Ela parecia saudável, apesar das olheiras.

— Não é — disse ele, a voz trêmula. — Garanto que não é.

Ela o encarou, os olhos reluzentes. Dom prendeu a respiração e percebeu que ela tinha o mesmo olhar que o pai quando era garoto. Cortael mostrava o mesmo encantamento quando descobria um golpe de espada novo ou quando abatera seu primeiro cervo.

Ao mesmo tempo que inflava de felicidade, seu coração também sangrava um pouco.

Relutante, ele desviou os olhos de Corayne para examinar o resto do salão nobre. O que ele encontrou o fez perder o fôlego. Ele olhou não para a plataforma de monarcas anciões, todos estoicos e frios, mas para o conselho reunido embaixo.

Charlie o encarou em resposta, os olhos redondos como pratos. Ele apertou o dorso da cadeira para se apoiar, boquiaberto de choque.

Lá estava Andry, inconfundível, e de algum modo mais alto do que Dom lembrava. Ele usava uma pele de lobo ao redor dos ombros, parecendo mais saqueador do que escudeiro. Estava com um machado na mão, pronto para defender Corayne num piscar de olhos. Dom não esperava nada menos.

O escudeiro baixou a arma com um sorriso envergonhado, quase rindo.

Dom sentiu que suas pernas estavam prestes a ceder, mas manteve o equilíbrio. Sorasa certamente o torturaria se ele tivesse percorrido todo aquele caminho para desmaiar.

A assassina ficou para trás, sua máscara habitual no rosto para esconder as emoções. Ela se enrijeceu quando Corayne a puxou num abraço apertado, a cabeça encostada no ombro da assassina. Dom não conseguiu conter um sorriso, encontrando os olhos dela por cima de Corayne. Sorasa simplesmente o olhou com irritação, exaustão estampada no rosto. Devagar, ela se desvencilhou do abraço de Corayne.

— Essa é minha costela quebrada — disse, tensa, apertando a mão no lado do corpo.

Era uma piada, mas nem tanto.

O rosto de Corayne se encheu de preocupação.

— Ai, deuses, Sorasa.

A amhara a tranquilizou antes que ela pudesse fazer alarde.

— Não é nada — murmurou. — Passamos por coisa pior.

Charlie se aproximou deles com um sorriso, os braços cruzados diante da barriga. Olhou alternadamente entre os dois, examinando Dom e Sorasa com seu olhar de artista.

— Dá para ver — riu baixo.

Sorasa o afastou com um olhar penetrante, antes de se virar para Andry ao lado dele.

— Por favor, não me abracem.

Enquanto Charlie apenas riu de novo, Andry fez uma reverência severa. Ele se virou para Dom, os olhos da cor suave de chá. Era como estar diante de uma lareira em chamas, seguro e deliciosamente acolhedor.

Sorrindo, Dom estendeu um braço para o jovem. Andry o apertou com entusiasmo em resposta.

— Pensamos que estava morto, milorde — murmurou ele.

— Escudeiro Trelland — disse Dom, sacudindo de leve em seu braço. — Obrigado por protegê-la — acrescentou, baixando a voz.

Andry curvou a boca, entre um sorriso e algo mais cabisbaixo.

— Ela se protegeu — respondeu.

Dom respondeu apenas com um aceno.

Andry baixou a voz de novo, quase um sussurro:

— Onde está Sigil?

Corayne ficou grave, o rosto entristecendo. Dor contraiu Andry, enquanto até Charlie fazia uma expressão de pesar, franzindo as sobrancelhas.

De novo, Sorasa fez que não era nada, o sol tatuado resplandecendo na palma.

— Ela está bem — disse a amhara para o alívio deles. — Melhor do que nós, pelo menos. — Seus olhos de cobre varreram o salão de novo, analisando os rostos reunidos, mortais e imortais. — Suponho que a bruxa esteja bem?

— Em algum lugar do castelo — respondeu Andry, dando de ombros sob a pele de lobo estranha. — Você conhece Valtik.

— Conheço — retrucou Sorasa. — Ela é a única por quem eu não temia.

Ao lado dela, Corayne abriu um sorriso astuto.

— Cuidado. Você está mostrando o coração que se esforça tanto para esconder.

A expressão de Sorasa não mudou, mas rosa subiu por suas bochechas bronze. Dom ouviu seus dentes rangerem, osso com osso.

— Bondade sua se juntar a nós, amhara — disse uma das pessoas do conselho reunido, chamando da cadeira.

Depois de um momento, Dom entendeu que era Isadere, herdeire de Ibal.

Com desdém, Sorasa inclinou a cabeça para le herdeire e o irmão, o tempestuoso Sibrez. Os dois se encolhiam sob peles grossas, os narizes vermelhos de frio.

— Bondade sua finalmente escutar — retrucou Sorasa. — Tentem não congelar.

Revirando os olhos, Corayne entrou na frente de Sorasa, de maxilar cerrado.

— Contem tudo — exigiu.

Dom apenas soltou um suspiro cansado, a longa estrada até Iona se desdobrando em sua mente. Ele sabia que Sorasa compartilhava o sentimento, os dentes à mostra enquanto se forçava a respirar apesar da dor.

— No devido tempo — respondeu ele.

Mesmo cansado, ainda havia trabalho a fazer.

Ele se virou para a plataforma, a raiva de muitos meses ofuscando toda a alegria que sentia. Do trono, Isibel encarou seu olhar furioso, retribuindo-o com sua expressão gélida. Parecia um desafio, mas Dom tinha enfrentado coisa pior desde a última vez em que desafiara o trono de Iona.

— Mal havia guarda nos portões da cidade. Não vi arqueiros nas muralhas, nem trabucos, nem balistas. Nenhuma defesa adequada em Iona, nem no castelo. Nem mesmo *batedores* na fronteira, para vigiar as costas. Por acaso tem alguém protegendo os desfiladeiros? — disse entre dentes, lançando a acusação contra a tia. *Traição*, queria gritar. — Já se rendeu, Isibel? Vai condenar a esfera por sua própria covardia?

Ao lado do trono, os vederes nobres encaravam em silêncio chocado. Ele se lembrava de Valnir de séculos passados, o lorde sirandelo de rosto vermelho. Lady Eyda permaneceu estoica, com apenas um brilho de satisfação nos olhos. Até o urso de Dyrian acordou com o som de sua voz retumbante, piscando sonolento ao lado do tutor.

— É bom vê-lo vivo, meu querido sobrinho — disse Isibel devagar, como se comentasse do clima.

Isso apenas enfureceu Dom ainda mais.

— Você sequer emitiu para mim, nenhuma vez — sussurrou, o rosto ardendo de calor. — O que eu não teria dado por uma centelha de sua luz naquela masmorra.

Ele esperou a frieza habitual dela. Em vez disso, sua tia pareceu vacilar, o peito subindo e descendo sob as dobras do vestido. Emoção rara tremeluziu em seus olhos.

Dom cerrou os dentes, se preparando para o toque gélido da magia de Isibel. Ele conhecia o poder de suas emissões; ela se embrenhava por sua cabeça, sussurrando o que não poderia dizer em voz alta.

Em vez disso, ela falou, a voz embargada.

— Eu não suportaria, Domacridhan. Não suportaria emitir minha magia e encontrar você como um cadáver ambulante.

Como Ridha, ele soube, ouvindo as palavras que ela não falaria. Ele sentiu a mesma dor em seu peito.

— Abandone o ramo, Isibel — pediu, apontando para o ramo de freixo sobre os joelhos dela. — Você está em guerra, de um modo ou de outro. Não há nada nesta esfera que a salve disso.

— O príncipe de Iona retorna — disse ela, sua voz grossa de emoção. — E ele fala a verdade. Não há nada nesta esfera que nos salve de Taristan do Velho Cór. Não mais.

Era como estar na beira de um precipício. Dom deu mais um passo na direção da plataforma, desejando que sua tia ouvisse a razão.

— Abandone o ramo — insistiu, suplicante. — Abandone o ramo e emita mensagem a todos os enclaves. Peça ajuda. Dê-nos uma *chance*, milady.

O silêncio dela ferveu seu sangue. Dom rangeu os dentes, engolindo cada palavra dura que queria disparar. Cada horror por que queria culpar Isibel. Ridha. Cortael. Inúmeros inocentes pela Ala.

— Você tem um herdeiro de novo, Isibel. — A voz de Corayne ressoou atrás dele, alta, clara e confiante. Era a voz de uma rainha. — Você e seu povo ainda têm um futuro.

Foi como se algo se quebrasse em Isibel de Iona. Seus olhos cinza-pérola ficaram tempestuosos, seu olhar baixou para o colo. E o ramo de freixo.

O coração de Dom bateu forte contra a caixa torácica. Seus olhos não saíram do ramo em momento algum, observando os dedos brancos dela entre as folhas. Estavam prateadas pelo inverno, mas, dentro, brotava o primeiro verde da primavera.

Com um estalo capaz de abalar os alicerces do castelo, ela partiu o ramo ao meio. Dom sentiu o ímpeto da magia antiga o banhar, ondulando do trono para cobrir o salão. Era como um raio sobre sua pele. Sem pensar, ele se ajoelhou, baixando a cabeça.

Sobre todos, Isibel levantou. Jogou de lado os pedaços do ramo de freixo, deixando que se espalhassem pelos degraus da plataforma.

— Abandono o ramo — declarou, as palavras antigas cheias de significado.

Dom estremeceu. Ele tinha ouvido aquelas palavras apenas uma vez na vida, uma vida antes, quando o último dragão atormentava a Ala.

No canto do salão, um guarda ioniano saiu de um batente. Sua armadura era cerimonial, de aço dourado, as galhadas do elmo forjadas em ouro e prata. Ele carregava uma espada nas mãos espalmadas, a lâmina desembainhada, da grossura da mão de Dom.

Não era uma arma bonita. Não havia joias no cabo, nenhuma inscrição gravada no aço. A espada longa parecia mais adequada a um açougue. Dom se arrepiou ao vê-la. Era uma espada de Glorian, uma veterana de batalhas mais antiga do que a própria Ala.

Isibel a pegou com facilidade, segurando a espada numa só mão. Com um giro do punho, ela a testou no ar, o fio ainda zunindo.

— Tomo a espada — murmurou. — Tomo a espada.

Seus olhos dançaram, uma luz se movendo neles, branco atrás do cinza. Dom engoliu em seco, desejando que a voz dela viajasse. Desejando que a magia chegasse a todos os cantos da Ala.

Dom tentou imaginar a voz dela chamando os monarcas à guerra.

Em Tirakrion, Karias abandonou a flor de jacinto vibrante e tomou a lança.

Em Salahae, Ramia deixou a palmeira cair, pedindo a adaga.

Em Barasa, Shan quebrou o ramo de ébano e sacou o martelo de guerra.

Em Hizir, Asaro trocou um punhado de zimbro pela lança.

Em Syrene, Empir soltou o cipreste retorcido para desenrolar o chicote.

Em Tarima, Gida espalhou os talos de trigo para erguer a ceifa.

E, em Ghishan, Anarim queimou o jasmim para brandir a maça.

Embora nenhuma batalha tivesse sido ganha, tinha gosto de vitória. Por toda a sala do trono, olhos se acenderam com determinação renovada. Andry e Corayne resplandeciam mais que todos, pegando armas como paladinos numa competição. Dom queria celebrar também. Os deuses sabiam que eles mereciam. Em vez disso, seu olhar passou por eles, até Sorasa, recuada, parte do rosto nas sombras. Ela já estava encarando, os olhos cor de cobre fixados nos dele.

O coração dela batia forte, firme e devagar. Constante.

Naquele momento, Dom entendeu por que Sorasa odiava tanto esperança. O sentimento envolveu seu pescoço, apertando como uma forca.

Depois de tantos dias e semanas em masmorras e na natureza selvagem, com uma lâmina no pescoço ou livre sob as estrelas, era estranho estar cercado de gente, a uma mesa repleta de comida, cadeiras ocupadas, vozes conhecidas conversando. Dom olhou ao redor deles, os Companheiros, reunidos no salão. Andry e Corayne dividindo um bolo de especiarias, ambos debruçados sobre um mapa das montanhas. Charlie estava de pés erguidos ao lado deles, saboreando uma taça de vinho. Até Valtik estava sentada no canto, cantarolando consigo mesma. Estavam completos exceto por Sigil, que ao menos estava longe do perigo.

Uma chuva com sol tamborilava na janela, lançando pontos de luz sobre o piso. Passou devagar, demorando-se sobre o castelo. Assim como Dom desejava se demorar no momento, contente em escutar sentado, de dedos entrelaçados e recostado na cadeira acolchoada. Ele passara muitos séculos em Tíarma, criado dentro dos muros do castelo. Não se lembrava de nenhum momento com tantas risadas numa sala, nem mesmo com Ridha e Cortael.

Era ao mesmo tempo triste e feliz lembrar. E, por um momento, esquecer.

Os outros contaram suas histórias, Andry, Corayne e Charlie. Pela floresta Castelã até as costas geladas de Jyd. Todas terminando em Iona. Em troca, Dom e Sorasa detalharam sua jornada, trespassando tudo que lhes sucedera desde Gidastern. A versão mais resumida, ao menos. Ele não mencionou o pânico na vila do Príncipe do Mar, ancorado apenas pelas mãos firmes de Sorasa. E Sorasa não contou como gritou na praia calidoniana, chorando quando pensou estar finalmente só.

Ela ficou no canto, conseguindo encontrar as sombras mesmo no salão bem iluminado. Garion sentou perto dela, murmurando em voz baixa. Era outro amhara, aquele de que Charlie falara tantas vezes. Dom logo deduziu que ele não era mais amhara. Eles sussurraram sobre Lord Mercury, a Guilda Amhara, problemas que os dois deixaram para trás havia tempo.

— Quer dizer que, a cada Fuso que fechamos, tiramos algo dele. — Corayne sorriu para o mapa e espanou alguns farelos, animada pela notícia. — Ele pode ser ferido por qualquer um de nós. É mortal de novo, vulnerável?

— Mas ainda perigoso — interveio Sorasa, desviando os olhos de sua conversa. — Assim como Erida. Você não deve ir a nenhum lugar sem mim ou Dom, nem nunca se afastar da espada de Fuso.

Uma corrente funda de raiva ondulou por Dom. Soturno, ele concordou.

— Taristan roubou a espada deste castelo uma vez. Pode tentar fazer isso de novo.

— Entendo como ele conseguiu. Vi os cofres com meus próprios olhos — Corayne bufou. — Vocês, Anciões, não acreditam em fechaduras.

Nós, vederes, nunca precisamos acreditar, Dom pensou com amargura. Ele ergueu a sobrancelha.

— Você entrou nos cofres?

— Isibel me levou — respondeu ela, os olhos cheios de significado. E nostalgia.

Ele conhecia bem a sensação. Dom não precisava perguntar para saber qual cofre ela visitara, que relíquias vira. Os resquícios do Velho Cór — e os resquícios de seu pai, acumulando poeira.

A conversa desviou de assuntos mais terríveis, todos avessos a destruir seu reencontro com notícias sombrias. Dom ficou em silêncio, contente em ver seus amigos sorrirem e conversarem, o fulgor das velas reluzindo em seus olhos. O fogo crepitava na lareira e até Charlie tirou as peles, aproveitando o calor. A sensação vibrou pela pele de Dom, envolvendo-o até seus olhos pesarem, as vozes ao seu redor distantes, o tamborilar da chuva passando.

Dedos firmes apertaram seu ombro, fazendo um choque disparar por seu braço. Ele se sobressaltou no assento, erguendo os olhos para encontrar Sorasa diante dele. Ela o examinou com o olhar aguçado, a testa franzida de preocupação.

— Você pegou no sono — disse, meio incrédula.

Dom piscou e se endireitou, encontrando os outros o encarando.

— Vocês devem estar exaustos — disse Corayne, alternando o olhar entre eles. — É melhor descansarem, temos tempo para conversar.

Tempo.

Ele viu a palavra se quebrar em Sorasa, como sentiu em si mesmo. Ela o observava, falando sem palavras. Dom ouviu com a mesma facilidade como ouvia o coração dela. O rosto dela não era mais tão difícil de entender. Os sinais estavam lá. A contração no canto da boca, a vibração na veia do pescoço, palpitando sob a imagem tatuada de uma cobra.

Corayne estudou os dois, seu escrutínio mais aguçado do que nunca. Devagar, ela levantou, toda alegria se esvaindo do rosto.

— Temos tempo, não? — perguntou devagar.

Ao lado dela, Andry estava com um semblante grave.

— Vai levar semanas para Erida mobilizar toda sua força em Rouleine. E mais semanas para marchar através das montanhas para cá — falou com firmeza, mas com desespero.

Sem confiança.

— É tudo verdade — disse Sorasa, pragmática. — Temos três semanas do momento em que o exército deixar Rouleine. Três semanas. *Talvez.*

O ar quente pareceu sugado da sala, o sol desaparecendo atrás de uma nuvem, deixando apenas chuva cinza para respingar nas janelas.

No fundo da mente, Dom desejou que Sorasa o tivesse deixado dormir e aproveitar a paz um pouco mais. Em vez disso, ele levantou da cadeira, desperto demais para sequer tentar. Ele queria um banho, um passeio gelado na chuva, uma luta no pátio de treinamento. Algo que o distraísse.

Ele encontrou o olhar de Corayne.

— Venha comigo — disse, fazendo sinal para a porta.

Ela seguiu sem demora.

Corayne andou com a espada de Fuso embainhada nas costas. Parecia desconfortável, mas Dom sabia que ela estava acostumada à arma àquela altura. Ele encarou a espada enquanto percorriam o castelo, notando as pequenas imperfeições e diferenças da lâmina quebrada em Gidastern.

— Também odeio — murmurou Corayne, retribuindo seu olhar. — O cabo é errado. A empunhadura. — Ela ergueu a mão para tocar a espada. — Adaptado à mão dele.

— Vamos levar à armeira pela manhã e ver o que ela consegue fazer para mudar isso — disse ele com a voz retumbante, desviando os olhos.

Ele não conseguia deixar de lembrar todas as vidas que a espada tirara, incluindo a de Cortael.

Ele ainda ouvia o som de aço atravessando armadura e carne.

Domacridhan não gostava dos cofres embaixo do castelo. As passagens em espiral, perfuradas na rocha, o assustavam quando jovem. Ainda o perturbavam, o ar abafado e velho demais, como se todo o peso de Tíarma os comprimisse. Nem ele sabia sua profundidade. Talvez até as raízes do próprio mundo.

Ele observou as portas de cada cofre, algumas entreabertas, outras intactas havia séculos. Tesouros e refugos inúteis em cada uma. Ele parou diante de uma porta conhecida, soltando uma expiração triste. Encarou a madeira como se conseguisse ver atrás dela, a pequena sala do outro lado.

Corayne parou ao lado dele, confusa.

— Os cofres do Cór são mais embaixo — disse ela, apontando as profundezas da rocha. — As coisas do meu pai...

— A memória do seu pai não está em armadura cravejada de joias — soltou Dom.

Sua palma empurrou a madeira, a pele pálida em forte contraste com o ébano preto. A porta se abriu sob sua mão, dando para o breu, a única luz entrando da passagem.

Ele não hesitou, entrando nas sombras. Seus olhos vederanos não precisavam de muita luz para ver, mas ele acendeu algumas velas por Corayne, iluminando a sala.

Ela ficou à porta, olhando para o piso de pedra. Como se não conseguisse suportar.

Dom sentia o mesmo. Ele se forçou a desviar os olhos.

Ele sabia como era ser esfaqueado, queimado, acorrentado na escuridão, afogado e sufocado. Sabia como era olhar nos olhos da morte.

A vida era pior.

A vida inteira de Cortael se espalhava ao redor deles, escrita nos objetos deixados para trás. Espadas de treinamento, cegas, do comprimento do antebraço de Dom, pequenas demais para um homem, mas do tamanho perfeito para um menino mortal. Pilhas de pergaminho, a caligrafia escrita com esmero, primordial traduzido para alto vederano e traduzido de volta.

Cortael praticava a língua deles mais do que qualquer coisa, até do que a espada, de tão dedicado que era a aprender a língua dos imortais com que convivia. Ele falava melhor do que Dom pensava que poderia, sua pronúncia quase perfeita perto do fim.

A memória fez sua garganta se apertar, e ele desviou o olhar, para as outras prateleiras carregadas de roupas. Calças, túnicas, mantos e gibões. Alguns do tamanho de uma criança, outros de um homem adulto. Todos estavam dobrados perfeitamente em prateleiras e baús, para nunca mais vez verem a luz do dia.

— Não tem poeira — disse Corayne em voz baixa.

Devagar, com os olhos cintilando, ela entrou no cofre.

— Estas salas são bem cuidadas — Dom respondeu, rouco.

Ele passou a mão sobre um cavalo de madeira, entalhado à perfeição. Estava com uma perna arrancada.

— Eu me lembro de quando ele quebrou isso — murmurou, pegando o brinquedo. Seu dedo traçou a borda irregular da madeira quebrada. — Nem dois dias depois que terminei de fazer para ele.

Corayne chegou mais perto, sem ar. Ela não tirou os olhos do cavalo, mas não encostou.

— Como ele era? — murmurou. — Quando criança?

— Rebelde — disse Dom, sem hesitar. — Rebelde e curioso.

— E quando homem?

— Nobre. Grave. Orgulhoso. — Sua voz embargou. — E atormentado também. Pelo que nunca poderia ser.

O rosto dela se entristeceu, os cantos da boca se curvando para baixo enquanto os olhos se fechavam, um único soluço escapando de seus lábios.

Dessa vez, quando Dom a abraçou, ele apertou um pouco mais forte. O bastante para deixar que ela abafasse as lágrimas e tirasse um pouco de força do que quer que ele pudesse oferecer.

— Ele teria muito orgulho de você — disse Dom, se afastando para olhar de frente para ela.

Corayne voltou a erguer o rosto, incrédula, os olhos zonzos. A luz das velas oscilou sobre suas feições, afinando as linhas das bochechas e do nariz. O pouco que ela puxava da mãe desapareceu sob a luz suave, até Cortael olhar do fundo de seus olhos pretos.

Ela sacudiu a cabeça e voltou às roupas.

— Vai saber o que ele teria pensado de mim — disse, áspera.

Ela passou as mãos pelas roupas dobradas, até tirar uma capa antiga de anos distantes. O tecido era vermelho e empoeirado, mas bem-feito. Quando ela a ergueu, a barra mal tocou o chão, do tamanho perfeito dela.

— Era dele — disse, alisando o escarlate suave. Rosas brotavam ao longo das bordas, a linha ainda reluzente. — Quando ele era jovem.

Queria que ele pudesse ter conhecido você, Dom pensou, o coração sangrando. *Queria que ele pudesse ter conhecido você como eu conheço.*

— Também tenho orgulho de você — acrescentou ele, embora pensasse que fosse óbvio demais para ter que dizer.

Dessa vez, Corayne sorriu, radiante detrás das lágrimas que ainda escorriam. Depressa, ela secou o rosto e pendurou a capa sobre o braço.

— Mudei muito mesmo daquela menina à porta de uma cabana — disse, rindo consigo mesma.

Dom lançou um olhar sério para ela.

— Não tenho orgulho do que você já fez, Corayne — disse ele, rápido. — Mas do que escolhe fazer. Você é mais corajosa do que qualquer um de nós. Sem você... — Ele vacilou, ponderando as palavras com cuidado. — Se você virasse e fugisse, nós faríamos o mesmo. Todos nós.

O rosto dela se fechou de novo, e Dom estremeceu. *Disse a coisa errada. Maldito seja meu jeito vederano*, pensou, bravo.

Mas ela não chorou de novo. Em vez disso, sua expressão se firmou, os lábios se comprimindo. Ela ergueu os olhos para ele através de cílios escuros, as lágrimas desaparecendo.

— Acho que sua monarca ainda planeja fugir — sussurrou, tão baixo que mesmo Dom mal conseguia ouvi-la.

Ele titubeou para trás, a cabeça inclinada em confusão.

— Isibel não fugiria de Iona — murmurou, ferrenho. — Ela é covarde, mas não tem para onde ir. Ela vai lutar porque deve, e isso será suficiente.

Mas Corayne não se convenceu.

— Ela tem, sim, para onde fugir, Dom — retrucou, os dentes à mostra de frustração. — Ela pode não saber ainda, mas...

Sua voz se ergueu demais e ela se deteve, olhando para trás, na direção da porta aberta. Dom viu a preocupação no rosto dela, clara como o dia.

— Não há ninguém perto de nós — ele disse baixo, tentando ouvir algum batimento.

Havia apenas o dele e o de Corayne, ambos pulsando cada vez mais rápido.

Ela engoliu em seco. Acenou com a cabeça.

— Eu sinto um Fuso, aqui em Iona. Não totalmente, mas tem *alguma coisa*.

Dom sentiu seu queixo cair, sua confusão dando lugar a puro choque. E incredulidade, por mais que quisesse confiar em Corayne.

Ela pegou a mão dele, segurando-a na sua, quase suplicante.

— Tenho certeza, Dom.

Ele conseguia apenas piscar, sentindo o cofre girar ao redor dele.

— Cortael teria sentido, sem dúvida.

Corayne fez que não.

— Fusos se movem, não? Ao longo de anos e anos. — Ela não soltou a mão dele, apertando os dedos com tanta força que Dom temeu pelos ossos dela. — Talvez um esteja se deslocando aqui, voltando ao lugar de onde seu povo chegou.

A possibilidade era grave demais para considerar. Deixou seu coração pesado.

— Isibel não se atreveria — murmurou ele, abanando a cabeça. — Outro Fuso aberto partiria a esfera ao meio.

Já estamos à beira de um precipício, e Gidastern ainda queima, levando-nos mais perto da ruína a cada segundo. O coração dele bateu forte, mais alto e mais rápido.

Corayne lançou um olhar triste para ele, os olhos se enchendo de...

Pena, ele entendeu.

— Ela só se importa com uma esfera, Dom — cochichou. — E não é esta.

Glorian.

O cofre girou de novo, e o mundo também.

Ele apertou a mão dela em resposta, com cuidado para não quebrar nada.

— Para quem mais você contou isso? — sussurrou ele, baixando a cabeça mais perto.

Corayne ergueu os olhos fixos para ele, a testa franzida e os olhos pretos arregalados.

— Só nós. Os nossos.

Seu alívio foi passageiro. De novo, ele sentiu o peso do castelo, assim como do resto da esfera.

— Vamos manter assim.

35

CEGO

Erida

SUA RESPIRAÇÃO ESPIRALAVA NO FRIO, como fumaça contra o romper da aurora.

Geada cobria as tendas, os carros e carroças, os cavalos e até os sentinelas em seus postos, à espera da troca de guarda. Eles estavam de costas para montes de neve mais altos que suas lanças, limpadas às pressas pelos sapadores e operários. Os trabalhadores retardavam a travessia da cavalaria, mas alargavam a passagem, atravessando a neve, até os trabucos acondicionados conseguirem passar.

Erida não sentia frio como antes. Fogo queimava em sua carne, aquecendo-a melhor do que qualquer pele. Enquanto os outros se arrepiavam, ela ficava imóvel, congelada como as montanhas ao redor deles. Também se sentia como uma montanha, a cabeça erguida acima de todos.

Enquanto seus soldados começavam o trabalho de desmontar o acampamento, Erida permaneceu imóvel, sozinha não fosse pelo demônio dentro dela. Ela estava no pináculo do desfiladeiro, a encosta descendo em todos os lados.

O oeste estava para trás, de volta aos sopés e aos reinos dela, onde a primavera já brotava. Erida encarava o leste, o longo vale em cada lado da Monadhrion. Névoa cinza acarpetava a terra lá embaixo, encobrindo o fundo do vale. A rainha não deu importância. Eles cruzariam o vale sem problemas, cortando o coração de Calidon até a próxima cadeia de montanhas.

Era a Monadhrian que contemplava, os picos escarpados a muitos quilômetros de distância, sua silhueta contra o amanhecer rosa. Estavam do lado oposto do vale, como ilhas saindo do mar de nuvens cinza. O último obstáculo entre seu exército e Iona. Entre Taristan e Corayne.

Entre Erida e o império.

O Porvir se enfurecia sob tudo, puxando suas saias. Ela sentia o mesmo. Porém, certas coisas estavam além até da rainha de Galland. Erida não podia forçar o exército a avançar mais rápido do que já avançava. Não podia derreter as neves ou aplanar as montanhas, por mais que tentasse.

Gritos ecoaram pelo desfiladeiro, e botas atravessaram a neve. Cavalos e bois acordaram, bufando atrás de cercados de corda. Erida também suspirou e virou as costas, seguindo os próprios passos de volta pela neve.

Ela usava botas forradas de pele e um manto grosso sobre lã acolchoada, vestida mais como uma criada do que uma rainha. Não havia razão para ornamentos nas montanhas, nem mesmo entre seus lordes, ainda apegados a suas armaduras exageradas e sedas decoradas. A postura de Erida servia de coroa.

Com o manto vermelho sobre o ombro, Taristan esperava na abertura da tenda, os olhos vidrados de sono. Já estava com uma espada cingida no quadril, as roupas de viagem vestidas. Como Erida, estava ansioso para partir e voltar à marcha.

— Você não deveria perambular — disse, ríspido.

Erida deu de ombros. Observou o céu claro, passando de roxo suave a um rosa mais vibrante. Não havia nenhuma nuvem que ameaçasse neve.

— Tivemos sorte. Uma nevasca teria fechado o desfiladeiro ou nos retido aqui. — Seus lábios se curvaram. — Uma benção.

— Você não deveria perambular — disse Taristan de novo, a voz mais cortante.

— Vivo cercada por cavaleiros o tempo todo, sem mencionar um exército de milhares que morreriam por mim se tivessem a chance — respondeu ela, sacudindo a cabeça.

Alguns já morreram, refletiu, pensando nos homens que congelaram nas tendas ou escorregaram na escalada, caindo nos rochedos. Fazia semanas que eles tinham partido de Rouleine, e Erida exigia um ritmo extenuante do exército. Custasse o que custasse.

— E tenho você — acrescentou, pegando o consorte pelo braço.

Taristan se ajeitou.

— Quanto mais perto chegamos de Iona, mais cuidadosos devemos ser. Basta uma flecha de um arco ancião — disse, apontando o dedo para o peito dela, sobre o coração.

Com um sorriso suave, Erida envolveu a mão na dele.

— Agora você decide temer por mim — disse ela, achando graça. — Chegamos longe demais para isso.

— Temo por você sempre — murmurou ele, como se confessasse um crime. — Sempre, Erida.

O sorriso dela se alargou, a mão sobre a dele mais firme.

Um vento fustigou a tenda, forte e súbito, como um vendaval uivante. Erida se encolheu em Taristan, o manto dele ondulando ao redor dos dois como uma cortina escarlate. Por todo o acampamento, seus soldados se seguraram, tendas e bandeiras se agitando sob a ventania.

Ventos fortes não eram novidade nas montanhas altas, mas Erida franziu a testa, tensionando sob a muralha do corpo de Taristan.

O vento era estranhamente quente. E cheirava a...

— Fumaça? — disse Erida, o rosto franzido de confusão.

Sobre ela, o sangue se esvaiu do rosto de Taristan, deixando-o pálido como um fantasma. Os braços dele a apertaram, quase a esmagando em seu abraço.

— O que é? — gritou ela, empurrando-o, seu coração batendo mais rápido.

Algo como um tambor ecoou no céu, grave e trêmulo. O ar estremeceu pelo som, e outra rajada de vento soprou. Dessa vez, os soldados do exército de Erida se jogaram no chão, alguns gritando. Outros sacaram suas armas. Outros ainda desceram o desfiladeiro correndo em todas as direções, se dispersando como camundongos fugindo de um gato.

Taristan soltou um palavrão gutural, o som reverberando no peito dela. Ela ergueu os olhos através da proteção dos braços dele, observando enquanto uma sombra cruzava o acampamento.

Uma sombra projetada por um céu sem nuvens.

Ela queria sentir medo. Toda razão dizia para ela sentir medo. Em vez disso, sentiu apenas uma satisfação sinistra, brotando de uma mente que não era sua.

O dragão era grande demais para sua mente compreender, uma nuvem de tempestade sobre os picos de montanhas. Atravessava o ar frio como uma ave de rapina, vapor subindo de suas escamas. Tinha asas parecidas com as de morcego e quatro patas curvadas em seu corpo enorme, garras do tamanho de rodas de carruagem. O sol nascente faiscava rubi e preto-azeviche em suas costas, seu couro incrustado de joias refletindo a luz.

Pousou no pico da montanha sobre o desfiladeiro, deslocando rochas e neve, que caíram sobre o acampamento. A criatura parecia do tamanho da própria montanha, sua cauda curvada ao redor da pedra pontiaguda. Os homens dela continuaram a correr, ganindo e gritando, clamando aos deuses em desespero.

Erida conhecida apenas um deus, e Ele riu dentro dela, encantado pelo pavor dos outros.

O dragão soltou um rugido para os céus, arqueando o pescoço serpentino, as presas abertas. O som ameaçou partir as montanhas ao meio. Brasas incandesciam no fundo de sua garganta, ondas de calor reverberando da boca.

Algo arrastou suas pernas, implorando para ela se mover. Sem pensar, Erida obedeceu, se soltando dos braços de Taristan. Ele gritou atrás dela, mas ela o ignorou, atravessando o acampamento para enfrentar o dragão de frente.

Ele não tem medo, então não devo temer, pensou, o coração zunindo.

As asas do dragão se abriram, as pontas com garras menores, a membrana fina entre as articulações. De perto, Erida via as cicatrizes e os buracos de flecha, as pontas das asas rasgadas e dilaceradas.

Assim como o marido dela, o dragão carregava a batalha de Gidastern na pele.

Fixou nela seu único olho, a pupila se torcendo em vermelho e dourado, como o coração de uma chama. Erida não conteve o sorriso.

Ela reconheceu aqueles olhos.

Via aqueles olhos em seu marido.

Sentia em si mesma.

Muito devagar, o dragão deu um passo para baixo da escarpa, depois outro, descendo para o desfiladeiro. As rochas estremeciam sob ele, ameaçando rachar a encosta da montanha.

Erida não saiu do lugar, embora todos os instintos lhe falassem para fugir. Não que ela confiasse mais nos próprios instintos.

Seus soldados continuaram a bater em retirada, a Guarda do Leão gritando para ela fugir. Apenas Taristan se atreveu a seguir, atravessando a neve.

Ela o sentiu ao lado dela, ardendo de calor, os olhos dele inundados pela chama devoradora.

O dragão baixou a cabeça para os dois, as presas fechadas, a barriga roçando ao longo do chão. A neve chiou embaixo dele, se derretendo com o contato, enchendo o desfiladeiro de um calor fervente e uma cortina de vapor.

Sorrindo, um vulto de vermelho desceu do dorso dele, o rosto branco como uma lua horripilante.

E seus olhos, olhos horríveis.

Erida parou, quase escorregando na neve. Uma onda de repulsa a perpassou, a imagem do feiticeiro vacilando diante dela enquanto a cabeça dela girava.

Ela odiava os olhos dele antes, tão aquosos e pálidos, sempre avermelhados como se tivesse passado as últimas horas chorando. Raiados de sangue como nenhum olho que ela tinha visto na vida.

Para seu horror, Erida se pegou sentindo falta daqueles olhos.

Dois buracos fundos eram tudo que restava, as pálpebras contundidas com uma crosta de sangue, as cavidades encovadas. Veias brancas e pretas formavam uma teia sobre seu rosto, manchando a pele numa máscara terrível. O feiticeiro vacilou, trêmulo sobre a neve, de mão estendida para não cair. A outra ainda apertava a bengala, usando-a para encontrar o caminho à frente.

— Ronin — murmurou Erida, caindo de joelhos.

Atrás dela, ouviu Taristan puxar o ar.

— O preço — sussurrou ele, as botas pisando na neve.

De algum modo, Ronin mantinha o ar de escárnio apesar do ferimento. Seu orgulho permanecia.

— Está feito — disse, rindo consigo mesmo, seguindo suas vozes.

— Está...

O feiticeiro vermelho hesitou, erguendo o pescoço. Erida sentiu náusea de novo quando a cabeça dele se virou, os olhos cegos a encontrando no chão. Seus lábios se moveram, em silêncio.

Ronin ficou mais pálido, branco como a neve. Devagar, se ajoelhou, com uma reverência que ela nunca tinha visto nele. Ele baixou a cabeça, o manto vermelho se espalhando ao redor dele como sangue fresco.

— Está feito — disse de novo, e Erida soube que ele não se referia ao dragão.

Ela não podia deixar de sentir uma satisfação macabra. Entendeu o que ele sentia nela, o que via sem ver.

— Minha rainha — murmurou, erguendo as palmas para os dois. — Meu rei.

— Primeiro um exército de cadáveres, agora um dragão.

De trás do véu, Erida revirou os olhos pungentes para um de seus lordes.

As lacunas na mesa do conselho ainda eram terrivelmente aparentes, os assentos de lordes executados vazios. Erida queria que os outros nobres os preenchessem, por ela. Parecia uma tentativa de punição, fazer com que ela visse o que fez.

O que fiz legitimamente, ela se lembrou à cabeceira da mesa. Taristan encarava ao lado dela, quase fumegante. *Todos os lordes que morreram com Konegin mereceram. Eram todos traidores.*

Um dos lordes sobreviventes fixou os olhos nela, o rosto rechonchudo cheio de preocupação. Era um homem fraco, sem queixo.

— Um *dragão* — exclamou, se repetindo.

— Obrigada pela observação astuta, Lord Bullen — disparou Erida, a voz ácida. — Aonde quer chegar?

À esquerda dela, Lord Thornwall torceu a boca, mas não disse nada. Lord Bullen fez o mesmo, baixando os olhos.

Ronin cobriu a risadinha com a mão, debochando descaradamente do nobre covarde. Antes, Erida poderia tê-lo contido. Em vez disso, deixou que ele risse; sua aparência mutilada deixava todo o conselho nervoso, a maioria se recusando a olhar para o pequeno feiticeiro demente.

— Somos a glória do Velho Cór renascido. Não há como negar que nossa vitória, nossa conquista, é a vontade dos deuses — disse Erida à mesa, apontando sobre a longa fileira de cadeiras para a aba aberta da tenda. — Digam-me que aquilo não é prova disso. Um exército letal. Um *dragão*.

Ela manteve a mão erguida, com cuidado para usar a mão machucada. Ainda estava enfaixada, o corte embaixo nunca cicatrizando completamente. Seus lordes não deixaram de notar, um símbolo do sacrifício da rainha.

— Não existe nenhum reino que possa se opor a nós agora — disse Erida, levantando do assento. Todos os olhos seguiram seus movimentos, até o olhar cego de Ronin. — Nem mesmo Temurijon. Nem mesmo o imperador e seus Incontáveis.

Silêncio caiu sobre a mesa do conselho, pontuado apenas pelo assobio do vento sobre os sopés. O acampamento ecoava como um cemitério vazio, os soldados exaustos pela descida do desfiladeiro e do medo de um dragão nas alturas.

Thornwall se recostou na cadeira.

— Tenho relatórios, majestade — disse, os lábios torcidos.

— Relatórios? — disparou ela em resposta, zombando de seu tom grave.

Ao redor da mesa, alguns nobres se crisparam, mas não o comandante.

— Relatórios — repetiu Thornwall, cortante a cada letra. — Temurijon em marcha. Os Incontáveis cruzaram as montanhas, talvez meses atrás.

Em pensamento, Erida soltou uma série de palavrões, e o Porvir também. Ela lutou contra a vontade de sair correndo da tenda, se mantendo firme enquanto seus lordes balbuciavam e reclamavam.

— Cruzando as montanhas?

— Isto é guerra!

— Ascal está indefesa!

— Se marcharem por Galland, vão cortar uma linha de destruição por todo nosso reino — disse um de seus lordes. — Podem destruir Ascal antes mesmo de voltarmos a nossas fronteiras.

Thornwall estava com o semblante carregado e exausto, o rosto cinzento.

— Não sabemos o objetivo deles. Há rumores de estarem acompanhados por uma armada, para transportar os Incontáveis pelo mar.

Vozes demais se uniram, quase abafando os pensamentos de Erida. Ela apoiou o peso, levando a mão à testa, desejando que eles ficassem em silêncio e *obedecessem*.

Se os temuranos conquistarem Ascal, vou simplesmente tomar de volta, pensou, rindo da perspectiva. *O imperador não conhece minha fúria, nem meu poder.*

— Mande mensagem a Lenava — pediu Thornwall. — Exija que o rei de Calidon se ajoelhe para não ser destruído.

Erida o encarou, o rosto dele suavizado pelos véus dela e por uma névoa de luz de velas. Rapidamente, ela ponderou as opções em sua mente.

— Certo, mande as cartas que precisar — murmurou por fim, com um giro da mão.

Um de seus lordes soltou um barulho de deboche, os olhos arregalados.

— Então… voltamos. Marchamos de volta a Ascal e damos nós mesmos de cara com os Incontáveis.

Sussurros reverberaram pela mesa, sorrisos raros abertos em rostos pálidos. Erida fechou a cara para todos.

— Longe disso — vociferou. — Nossa batalha é com Iona.

Thornwall estreitou os olhos ao lado dela, a confusão tangível.

— O enclave ancião?

A cabeça de Erida latejou, uma dor funda começando em suas têmporas. Desejou vagamente ter deixado os lordes nas montanhas para morrerem congelados.

— Dragões e Anciões, que loucura é essa? — murmurou um deles, silvando baixo.

Taristan voltou o olhar cortante para ele.

— Loucura, milorde? — rosnou, e os sussurros cessaram. — Está acusando a rainha de alguma coisa?

— Jamais — balbuciou o lorde em resposta, apavorado. — É só que… seu império é mortal. Não temos por que importunar imortais, escondidos em seus buracos antigos. Tão poucos que são. Inconsequentes para o resto de nós. Ainda mais quando nossa cidade grandiosa está em jogo. A joia de *sua* coroa.

Com um tapa da mão enfaixada, Erida acertou a mesa. O som ecoou pela tenda, a dor subindo por seu braço como uma estaca. Um grunhido baixo escapou de seus lábios. Ao redor da mesa, os lordes se crisparam, silenciados pelo medo de novo.

— Sim. *Minha* coroa.

Tremendo, Erida ergueu o punho de novo, o sentido claro.

— Os Anciões de Iona enviaram assassinos contra mim — disse, erguendo os curativos para todos verem, e arreganhou os dentes cintilantes atrás do véu. — Destruíram meu palácio, atearam fogo em Ascal. Não se iludam: eles estão por trás de toda oposição ao meu reinado. E à *nossa* vitória. Devemos cortá-los pela raiz, para que não continuem a destruir o que tentamos construir.

Ela olhou para cada um de seus lordes, avaliando-os um por um. Eles retribuíram o olhar, sombrios ou temerosos, determinados ou resignados ao poder dela. Nenhum ousaria falar ou se levantar.

E isso bastava.

— Continuamos a marchar, milordes — declarou, jogando os ombros para trás. — À gloria.

36

SOBRE PEQUENAS COISAS

Charlie

Uma tempestade caiu depois da meia-noite, banhando Iona num aguaceiro. Charlie acordou sobressaltado de um sonho que já se esvanecia. Tentou lembrar enquanto a chuva caía sobre a janela e o vento uivava, mas o sonho foi embora, deixando apenas ecos nebulosos. A sombra de um dragão na neve. O cheiro de morte através de corredores cavernosos de castelo. Ele se arrepiou e se virou para olhar para Garion, que dormia a seu lado.

O assassino abriu os olhos, alerta num instante.

Charlie fez sinal para ele voltar a relaxar.

— Está tudo bem — disse, saindo da cama. — Só um pesadelo.

Depois de vestir um manto grosso e pantufas forradas de pele de coelho, ele saiu para o corredor. Charlie não tinha medo do castelo ancião nem dos guardas posicionados por suas passagens. Era mortal, e um dos inúteis ainda por cima. Nem seus inimigos lhe davam atenção.

Lareiras queimavam nos salões mais grandiosos, enquanto velas iluminavam os corredores, criando ilhas de luz na escuridão. A chuva continuava seu ataque, mais ruidosa nos corredores públicos, onde as janelas ficavam abertas, sem venezianas ou vidro para proteger das intempéries.

Apertando o manto com mais força, Charlie praguejou os Anciões e sua tolerância excessiva ao desconforto.

— Boa noite.

Uma voz ecoou pela passagem, de uma das galerias abertas. Apesar da trepidação, Charlie andou na direção dela, com cuidado para evitar as poças d'água de chuva que se formavam no piso de pedra.

Ele saiu para a sacada comprida com vista para o enclave ancião. Mesmo sob a chuva, via as silhuetas escuras de catapultas nas ruas e atiradeiras fixadas às muralhas da cidade.

Isadere de Ibal observava de um dos arcos, envolte por um casaco de pele dourada. Elu o observava por sobre a gola, o cabelo preto ondulado preso num rabo bem arrumado.

— Procurando um altar, sacerdote? — perguntou, sorrindo sob as peles.

Charlie zombou em resposta:

— Procurando um espelho?

Elu fez um movimento suave com a mão.

— Está em meus aposentos.

Claro, Charlie pensou, cáustico.

— Viu algo de interessante recentemente? — alfinetou.

— Apenas sombras e trevas. Lasreen me mostra menos e menos a cada dia. — Um músculo se contraiu na bochecha de Isadere, que estreitou os olhos. — Quanto mais perto eu chegava deste lugar, mais distante ela ficava.

Charlie zombou:

— Conveniente.

— Por mais que tente esconder, você crê, Charlon Armont — retrucou Isadere, fixando nele os olhos pretos.

— Em algumas coisas — respondeu ele, dando de ombros. — Em algumas pessoas, também.

A expressão delu relaxou, ainda que pouco.

— Devo admitir: fiquei surpreso ao encontrar *você* esperando por meu exército em Lenava.

Involuntariamente, Charlie entreabriu um sorriso.

— Fiquei surpreso que você tenha aparecido.

Isadere não retribuiu o favor.

— Para um homem de fé, você tem muito pouca.

— Eu? Ah, tenho muita. — Seu sorriso se alargou, satisfeito por irritar le herdeire. — É só que a deposito onde a merecem.

Além da cumeada da cidade, um relâmpago atravessou as nuvens de tempestade, branco arroxeado. Iluminou os dois por um momento, suas sombras aparecendo sobre as muralhas do castelo.

— Em Corayne? — murmurou Isadere depois que o estrondo do trovão passou.

— Ela é a única esperança da esfera — disse Charlie, simplesmente. — Seria loucura não confiar.

A lógica simples pegou Isadere de surpresa e elu franziu a testa.

— Entendo o que quer dizer — disse. — Acho que sinto o mesmo.

Eles ficaram em silêncio, observando a tempestade passar pelo vale, os relâmpagos se distanciando mais e mais. Crepitavam e bramiam, uma força como nenhuma outra.

— Acha que os deuses estão vendo? — murmurou Charlie, que observava o céu com os olhos arregalados, sem ousar piscar para não perder outro clarão nas nuvens.

Ele estava esperando algum discurso tempestuoso sobre a deusa Lasreen, sua inefabilidade, sua presença em todas as coisas. E talvez uma acusação de blasfêmia para completar.

Em vez disso, Isadere sussurrou:

— Não sei.

Charlie tirou os olhos da tempestade, incrédulo.

— Como eles podem ignorar? — perguntou, a voz crescendo de frustração. — Se esse deve ser o fim de Todala?

Isadere apenas o fitou em resposta, sua confusão ainda mais irritante. Charlie mordeu com força, os dentes rangendo, enquanto praguejava os deuses em todas as línguas que conhecia.

— Como eles podem ficar em silêncio? — sussurrou, cerrando um punho ao lado do corpo.

Como podem deixar isso acontecer? Se existem... como podem nos deixar cair?

— Não sei — disse Isadere de novo. Para seu espanto, elu o pegou pelo ombro. Seu toque era surpreendentemente suave e gentil. — Talvez você devesse pegar um pouco de sua fé e depositar nos deuses.

Charlie franziu a testa, pensando em igrejas e altares, vitrais, moedas nos pratos de oferendas. Tinta em pergaminho, orações entoadas. Escrituras. E silêncio. Nunca uma resposta. Nem mesmo um sussurro ou o mais leve toque.

— Vou depositar quando merecerem — murmurou, mais furioso do que pensava estar.

Os dedos de Isadere apertaram.

— Então não é mais fé — elu disse.

Um rubor ardente inundou as bochechas de Charlie. Ele mordeu o lábio, relutante a ceder um centímetro que fosse a le herdeire. Com toda a delicadeza possível, se desvencilhou da mão delu.

— Entendo o que quer dizer — disparou por fim, repetindo as palavras delu de um momento antes. — Nem eu, nem você somos guerreiros — acrescentou, observando as belas peles de herdeire e suas mãos macias e suaves.

Le herdeire soltou um som baixo que mal lembrava um riso.

— Ainda assim, estamos no meio da maior guerra que a esfera já viu. Algum motivo deve haver, não?

— Preciso acreditar que sim — respondeu Charlie. — Preciso acreditar que existe algum motivo para eu ainda estar aqui. Que existe alguma coisa que eu ainda possa fazer, por menor que seja.

— Ou talvez nossa parte já tenha sido feita — disse le herdeire com serenidade, voltando os olhos à paisagem e aos relâmpagos distantes.

Charlie seguiu seu olhar. O céu assumiu um tom roxo enquanto a noite aos poucos dava lugar ao amanhecer. Os primeiros raios de sol ainda levariam horas para surgir, se é que atravessariam as nuvens.

— O espelho não mostrou mesmo nada? — murmurou, incrédulo.

Isadere suspirou baixo, numa demonstração rara de frustração.

— Eu não disse que não me mostrou nada — respondeu. — Disse que me mostrou sombras e trevas. — Algo cintilou em seu olhar, suas sobrancelhas escuras se franzindo de preocupação. — E lugares profundos, descendo numa espiral pela escuridão. E, no fundo, uma luz vermelha mortiça.

A imagem fez Charlie tremer.

— Que mais? — murmurou.

A seu lado, Isadere prendeu a respiração.

— Não consegui... não quis olhar — disse elu, com vergonha. — Algo em mim sabia que era melhor não forçar, para não cair em algo de que não poderia escapar.

Charlie engoliu em seco o nó na garganta, um aperto súbito no peito.

— O Porvir paira sobre todos nós, ao que parece — acrescentou le herdeire, sacudindo a cabeça.

— E ainda mais sobre Corayne. — Charlie encolheu os ombros sob as peles, praguejando a esfera. — Não é justo.

Isadere de Ibal, nascide na realeza e na santidade, lançou um olhar fulminante, quase compassivo, para ele.

— Quando o mundo foi justo, sacerdote?

— Verdade — foi tudo que ele conseguiu dizer, observando os últimos trovões e relâmpagos malditos.

★ ★ ★

Nos dias seguintes, as primeiras rosas no pátio grandioso começaram a florescer, brotos vermelho-sangue saindo de trepadeiras verdes.

Charlie estava sentado entre elas, inspirando o aroma doce de flores frescas e ar depois da chuva. Ele desfrutou a rara luz do sol, brilhando diretamente sobre o jardim. As muralhas de Tíarma logo projetariam sombras, mas Charlie ficou aproveitando os poucos segundos de calor que conseguia. Enquanto o resto do castelo e a cidade estavam em burburinho pelas preparações, ali dominava o silêncio. Eles não conseguiam ouvir os martelos em madeira nem as rodas de carroças infinitas subindo e descendo pela cumeada de Iona. Havia apenas as rosas e o céu.

A seu lado, Garion estava esparramado sobre um dos cobiçados cobertores que eles viviam roubando um do outro, as pálpebras pesadas. Ele segurava uma maçã comida pela metade, a última da colheita de outono. Observava as nuvens correrem pelo céu.

— Estou surpreso que você não esteja no pátio de treinamento com o resto — disse Charlie, abrindo um sorriso contente para o assassino.

Sorasa passava a maior parte dos dias perto do quartel, treinando Corayne por horas a fio, com Dom e Andry assistindo às duas. Eles retomaram seu ritmo tão rápido que era como se os meses afastados nem tivessem existido. Corayne e seu leal guarda-costas, o escudeiro de Galland. Domacridhan e a assassina grosseira em sua cola.

Embora ela não seja mais tão grosseira com ele hoje em dia, Charlie pensou com um sorrisinho.

Garion virou a cabeça, encontrando o olhar de Charlie. Seus cachos escuros cor de mogno se espalharam sobre a coberta.

— Corayne já tem babás suficientes — respondeu com um suspiro. Sem dizer nada, passou a maçã para Charlie, que a terminou. — Tenho meu próprio neném para cuidar.

— Garanto que sei me virar — respondeu Charlie, jogando fora o caroço da maçã.

— Discordo. — Garion se endireitou para olhar direito para ele, os olhos estreitados de concentração. — Além disso, desperdicei demais nosso tempo. Não vou desperdiçar mais.

Culpa embrulhou o estômago de Charlie.

— Garion... — começou, mas o outro o cortou com um olhar incisivo.

— Eu me arrependo, Charlie — disse ele, fervoroso, a admissão como uma oração. — Eu me arrependo da escolha que fiz. Me deixe ao menos me desculpar por ela.

Por muitos dias longos, Charlie imaginara ouvir as mesmas palavras da mesma boca. Sonhara com elas noite e dia, à mesa da oficina no porão ou deitado na cama mofada. Em sua imaginação, sentiria triunfo, ou até vingança. Em vez disso, ele se sentiu vazio, quase envergonhado.

As palavras não valiam a dor no rosto de Garion, nem o remorso que os dois carregavam.

— Os amharas não devem formar vínculos com ninguém nem nada além da Guilda. Cria fraqueza, confusão... — A voz de Garion embargou, e ele sacudiu a cabeça. — Nossa lealdade se deve a uma pessoa, apenas. Sempre.

Lord Mercury, Charlie pensou, imaginando o vulto do líder amhara. Ele não o conhecia, mas o medo de Garion e Sorasa retratava muito bem a imagem.

— Creio que ainda é verdade — murmurou Garion, sua testa relaxando. — Ainda devo lealdade a uma pessoa só.

Calor brotou no peito de Charlie, um bálsamo à agonia pungente. Charlie estendeu o braço entre eles, levando a mão ao pescoço de Garion.

— Também fui covarde — disse o sacerdote. — Me escondendo atrás dos muros de um cafundó, com medo demais para sair mundo afora.

Garion olhou para ele.

— Por um bom motivo.

Uma dezena de recompensas pela minha cabeça, Charlie pensou, contando suas acusações. *E uma temurana muito grande e muito competente que as pretendia coletar.*

— Eu me aprisionei em Adira para salvar minha pele — disse alto, o rosto ardendo. — Poderia ter saído atrás de você. Poderia ter seguido...

— Basta — cortou Garion, praticamente revirando os olhos. Ele tocou o pescoço de Charlie rapidamente, imitando sua postura. — Desculpa, meu amor. Por favor, aceite.

Sorrindo, Charlie se inclinou à frente para dar um beijo sonoro nos lábios dele.

— Ah, muito bem — disse, sorrindo. — Além do mais, Mercury o teria matado se você abandonasse a Guilda.

Garion girou o pescoço.

— Acho que eu poderia ter me exilado como Sorasa.
— Verdade.
— Embora ela sempre tenha sido a favorita dele — acrescentou, sentido. Inveja transpareceu em seus olhos, mesmo ali. — Ele mataria o resto de nós por desobediência. Mas não ela.

Por muitos anos, Charlie havia odiado Lord Mercury. Esse ódio apenas se aprofundava ao descobrir como ele fisgava pessoas como Garion e Sorasa. Sozinhas, não fosse pela Guilda. Facilmente manipuláveis, armas para serem controladas. E descartadas.

— Qualquer que seja o caminho que trilhamos antes, estamos aqui agora. Charlie suspirou, tirando um cacho dos olhos de Garion.

— Estamos aqui agora — repetiu Garion. — Aqui, no fim do mundo. O sacerdote fugitivo estalou a língua.

— *Possível* fim do mundo.

— Certo. — Ele voltou a se recostar, esparramado sobre o cobertor. Não fosse pela adaga amhara, parecia um poeta, contemplando os céus. — Não que eu entenda esse papo de Fuso. Outras esferas e lordes demoníacos. Princesa com sangue do Cór. Espadas mágicas. Bela bagunça em que você nos colocou.

Estalando a língua de novo, Charlie se acomodou ao lado dele, se aconchegando ao assassino.

— Caso não lembre, fui arrastado a isso contra a minha vontade — murmurou.

Garion o espiou de esguelha, os olhos incisivos.

— E escolheu ficar.

— Escolhi — respondeu Charlie, pensativo. Tanto por si como por Garion. Sua voz se abrandou. — Escolhi fazer alguma coisa útil da vida, mesmo que pequena.

Ele pensou que Garion riria dele. Em vez disso, o homem encarou seu olhar, os olhos escuros derretendo. Seus dedos se roçaram e se entrelaçaram.

— Pequenas coisas também importam — murmurou Garion, voltando a olhar para o céu.

Charlie não fez o mesmo, preferindo memorizar as linhas do rosto de Garion e a sensação do sol em suas mãos dadas. O cheiro de rosas e mais chuva por cair em breve.

— Verdade.

37

COMIGO

Andry

ESCUDEIROS NÃO SÓ CUIDAVAM de seus cavaleiros, mas aprendiam a ser cavaleiros também. Como agir, falar, brandir uma espada, cuidar de uma armadura, tratar cavalos, montar acampamento. A geografia da terra que eram destinados a proteger, assim como juravam servir seu governante. Sua educação não vinha apenas no campo de treinamento ou ao redor da fogueira, mas na sala de aula também. Antes de partir esfera afora, Andry aprendeu sobre a terra com livros e estudiosos.

E aprendeu sua história também.

Velho Cór e o império. As origens humildes de Galland e sua ascensão sangrenta, as fronteiras se expandindo a cada nova conquista. Estudou batalha em todas suas formas, desde escaramuças pequenas a guerras estrondosas. Emboscadas, retiradas fingidas, movimentos de pinça, cargas de cavalaria. Cercos.

É um cerco que vamos enfrentar, sabia, já apavorado com a ideia. *Aconteça o que acontecer no campo, vão acabar por nos cercar. E nos desgastar, dia após dia.*

Andry Trelland percorria as muralhas de Iona toda manhã, estudando a cidade como estudaria um mapa. Descobriu onde a muralha era mais grossa — *ao pé da cumeada, ao redor dos portões* — e a distância em que o topo da cumeada se projetava sobre o fundo do vale — *mais de cem metros do alto dos penhascos, mais ainda do alto das muralhas*. Calculou quantos grãos os cofres do castelo conseguiriam abrigar e a profundidade dos poços sob a cidade. Que pedras serviriam melhor às catapultas. De que provisões um exército mortal precisaria... e quanto mais um exército imortal poderia resistir depois que os mortais morressem de fome.

Olhou para Iona de todos os ângulos, como defensor e agressor. Como filho de Galland, criado para lutar pelo leão. E como traidor, determinado a derrotar as legiões a todo custo.

Fazia seu coração doer, mas ele continuava a percorrer as muralhas.

E não era o único. Corayne o acompanhou várias vezes depois do treino, assim como os dois amharas. Isadere e seus tenentes fechavam a cara para a paisagem. Os cavaleiros águias de Kasa eram simpáticos, mas se atormentavam na cidade sobre a cumeada. Andry entendia. Era como estar sobre um rochedo no oceano, vendo uma onda gigantesca no horizonte. Os Anciões eram mais distantes, cumprindo em silêncio as ordens de seus monarcas. Os sirandelos em suas armaduras roxas, os Anciões de Kovalinn de cota de malha. Os ionianos preferiam seus mantos verdes e placas de aço.

Andry pensou em Ghald, caótica em sua preparação para a guerra. Iona era igual, como um carrapato inchado de sangue. Prestes a explodir.

Pior de tudo era o céu.

A chuva passou, deixando nuvens brancas sobre o céu vazio. A cada manhã, porém, o sol ficava um pouco mais vermelho, um pouco mais fraco. Uma névoa se assentava sobre o vale, ameaçando sufocar todos. Era como olhar para o sol através da fumaça ou o ar tremeluzente no auge do verão de uma cidade escaldante.

Andry observou o amanhecer subir sobre as montanhas orientais, a Monadhstoirm como uma muralha.

— Estava assim em Ascal.

Dom se elevava imponente a seu lado, fulminando o céu com o olhar.

Apesar da natureza anciã, Dom estava com uma aparência péssima. Mesmo de banho tomado, o cabelo recém-penteado e trançado, a barba loira aparada, um manto novo sobre o ombro e uma bela armadura de couro por baixo, sua exaustão era clara no rosto retraído, na pele acinzentada, a fagulha verde dos olhos apagada.

Enquanto a monarca de Iona permanecia escondida nos salões, sem ser vista pelo resto da cidade, Dom assumiu o manto da liderança que ela descartou. Ele estava como Andry se lembrava dele no começo. Movido pelo dever, estoico e distante.

Como Andry, ele percorria as muralhas, ao mesmo tempo guardião e fantasma.

— Eles estão próximos — murmurou Dom.

— Que bom que os sirandelos chegaram ontem — disse Andry, pensando na procissão grandiosa de Anciões. Mais cem deles entraram pelos portões da cidade, junto com carroças carregadas de comida e armas. — Os outros enclaves vão enviar ajuda?

Os sirandelos não foram os únicos imortais a entrar em Iona. Uma pequena força viera de Tirakrion uma semana antes, em números minúsculos, mas melhor do que nada. Tinham a pele dourada, bronzeada por séculos na ilha, escondidos entre as águas quentes do mar Longo. Embora fossem mais adaptados a velejar, eram todos guerreiros.

— Não sei dizer. Muitos do meu povo estão a meia esfera de distância. E nem imortais voam — respondeu Dom, praguejando baixo.

Andry sabia bem o motivo da frustração de Dom.

— Não é culpa sua.

O Ancião o ignorou.

— Se eu tivesse chegado antes... se estivesse aqui, poderia ter convencido Isibel. Haveria mais tempo. Poderíamos ter mobilizado a esfera, todos os enclaves...

— Você escapou das masmorras de Ascal — Andry o cortou, enérgico, colocando a mão no ombro largo do Ancião. — Sobreviveu para estar aqui, agora. É suficiente, Dom.

— Deve ser — murmurou Dom, os olhos verdes ainda turvos de frustração.

Por mais que sentisse o mesmo, Andry sabia que não adiantava remoer o que não podiam mudar. Voltou a se virar para a paisagem, o maxilar tenso.

— A vala está terminada? — perguntou, mudando de assunto. — E as estacas?

— Dentro do possível — respondeu Dom.

Andry cerrou o maxilar. Os Anciões tinham terminado rapidamente de cavar uma longa vala dos dois lados da cumeada da cidade, com troncos de árvore afiados projetados para fora. Forçaria o exército de Erida a se afunilar, reduzindo sua vantagem no ataque contra os portões. Porém, era tarde demais para escavar ao redor da cidade toda, o que deixava os penhascos mais altos vulneráveis.

— Dez mil soldados de Ibal e Kasa. Cavalaria, infantaria, arqueiros, *elefantes* — murmurou Dom, listando suas forças. — E uma cidade de Anciões por trás.

Um exército formidável, com certeza. Porém, não era nada comparado à investida que marchava na direção deles. Andry fez uma careta.

Não vai demorar para termos que comer os cavalos.

Embora ainda fosse de manhã, os olhos de Andry ardiam de exaustão. Enquanto passava os dias estudando o campo de batalha ou treinando no pátio, reuniões consumiam suas noites. Entre os Anciões e os comandantes mortais, com a contribuição de Sorasa e Garion, eles tinham algo próximo de uma estratégia. Grande parte dela sugestão de Andry.

— Com alguma sorte — disse Andry —, podemos repelir a primeira onda. Daí começa o verdadeiro problema.

Cerco.

Ele tremeu só de pensar, trancado como um rato numa ratoeira. Condenado a passar seus últimos dias com fome, vendo Erida e Taristan de longe.

Dom parecia igualmente apreensivo.

— Não é a cidade que queremos salvar, mas Corayne.

— Corayne — repetiu Andry. Seus planos para ela eram muito mais detalhados. — Parte de mim desejava que tivéssemos mais tempo.

O Ancião lançou um olhar severo para ele.

— E o resto?

— Queria que acabasse — confessou Andry. Ele se debruçou no ar, as mãos apoiadas sobre os reparos da muralha da cidade. — Quaisquer que sejam nossos destinos. Só queria saber o que vem depois e acabar com isso tudo de uma vez.

Apesar da brisa fria, suas bochechas ardiam, ficando vermelhas de vergonha. Andry baixou o queixo, olhando pelas paredes até os penhascos de granito e o vale lá embaixo. A altura fez sua cabeça girar.

Um toque quente envolveu seu ombro, a mão pesada através do manto e das peles de Andry. Ele se virou para ver Dom o observando, um olhar pensativo no rosto. Sem julgamento. Ancorou um pouco Andry.

— Pense no depois — disse Dom. — Pense em *seu* depois. Aonde você vai, o que vai fazer. Todas as coisas pelas quais está lutando, grandes e pequenas.

Andry queria se perder naquela tarefa. Uma coisa era sonhar e desejar. Outra completamente diferente era se esconder numa ilusão, ainda mais ali, com o sol vermelho nascendo e o tempo se esgotando.

— E você? — murmurou Andry, devolvendo a pergunta para o Ancião.

Dom respondeu rápido demais, sem pensar duas vezes.

— Sorasa quer retornar a Ibal. Se possível — disse, dando de ombros, como se fosse a resposta mais óbvia.

Andry sentiu suas sobrancelhas se erguerem. Ele piscou para Dom, em choque, esperando que o Ancião entendesse o sentido das próprias palavras.

— E você... iria com ela? — disse Andry, hesitante.

De repente, ele se pegou repassando a jornada de Dom e Sorasa em sua cabeça. Tentando ler nas entrelinhas do que eles contaram para os Companheiros. E do que não contaram.

Dom foi se dando conta, sua expressão mudando pouco a pouco. Sua cara normalmente fechada se suavizou, arregalando os olhos, piscando rapidamente. Ele se virou para Andry.

— Não sei por que disse isso — murmurou.

Apesar das circunstâncias, Andry sorriu.

Eu sei.

Dom não retribuiu o sorriso. Voltou a fechar a cara para o vale, mais sinistro do que uma nuvem de tempestade.

E Andry começou a rir, curvado sobre os reparos, segurando as costelas. Ele se sentia inundado, todas as emoções transbordando.

Outros soldados sobre a muralha olharam para ele como se fosse um maluco. Dom apenas se enfureceu, os dentes à mostra.

— Estou cansado, Trelland — disse entre dentes, o rosto escarlate como o céu. — Falei errado.

— Claro — provocou Andry.

Domacridhan era um Ancião imortal, quinhentos anos de idade, um guerreiro temível, um verdadeiro herói. Andry o tinha visto esfaqueado, queimado e à beira da morte. Mas nunca tão frágil quanto ali, corado e piscando, contemplando o vale como um estudioso contemplaria um livro.

Andry riu de novo. Dom era antes de tudo um combatente e combatia como um tigre o próprio coração.

Mas o divertimento de Andry durou pouco.

O toque de uma trompa ecoou pela cidade, um som longo e grave se projetando do leste. Andry e Dom se viraram na direção do barulho em sincronia, a cor se esvaindo de seus rostos. Por todas as muralhas e ruas, o mesmo aconteceu. Terror tomou conta de Iona, desde os soldados mortais fora dos portões a Isibel resguardada em seu trono, a espada longa sobre os joelhos.

Foi Dom quem ordenou que os batedores anciões fossem para as montanhas, mas a comunicação de trompa foi ideia de Andry.

A trompa soou de novo, depois outra tocou mais alto e mais perto. E outra, os toques de trompa percorrendo rapidamente o vale, do desfiladeiro até Iona. Nos portões da cidade, um Ancião ergueu uma trompa em espiral, soprando um chamado capaz de sacudir a cidade.

A mensagem era clara.

— Estão descendo o desfiladeiro Divindade — murmurou Dom, passando a mão rigorosa sobre o rosto cansado.

Ele fixou o olhar no desfiladeiro, como se visse até o alto das encostas escarpadas.

Talvez ele veja, Andry pensou, lúgubre.

Em algum lugar dentro da cidade, o som de cascos atravessou as ruas de pedra. O coração de Andry bateu no ritmo dos cavalos galopantes, dois deles, transportando dois cavaleiros anciões. Eles saíram voando dos estábulos, velozes como aves de rapina, saindo em disparada pelos portões da cidade.

Um vai cavalgar para o norte e outro para o sul, Andry sabia. Foi outra de suas sugestões. *Para ter certeza que alguém viva para contar o que aconteceu aqui. O que combatemos e o que nos derrotou.*

Sob a barba, Dom fechou a cara.

— Temos até o anoitecer.

Andry discordou devagar com a cabeça. Em sua mente, viu a cavalaria grandiosa atravessar o vale, atiçada pela fúria de Taristan e pela voracidade de Erida.

Sua voz embargou.

— Antes do anoitecer.

Silenciosa, a fria Tíarma não era mais. Os corredores de mármore dos Anciões ecoavam de barulho, cheios de botas deixando rastros de lama e soldados mortais ao lado de lordes anciões. Parecia mais uma fortaleza militar do que um castelo magnífico, entregue ao trabalho sujo da guerra.

Andry conhecia as muitas precauções feitas para fortificar o castelo contra o ataque. Martelos ainda soavam enquanto as últimas tábuas de madeira eram pregadas, cobrindo as janelas de vidro delicado ou arcadas abertas. Provisões enchiam os cofres sob o castelo, escondidas para longas semanas de cerco. E as mesas de banquete barricavam todas menos uma entrada do castelo, formando mais uma ponta de funil. Andry até mandou armazenarem esconderijos de armas por toda a cidade, em localizações estratégicas para auxiliar uma retirada lenta sobre a cumeada. Arcos e aljavas de flechas, lanças, espadas afiadas, adagas, escudos. Além de comida e água, curativos, ervas, todos os medicamentos que os Anciões tinham.

A última defesa, Andry pensou, sinistro, enquanto entrava no grande castelo, seguido de perto por Dom. Sombras cresciam para os receber, o sol atravessando as janelas cobertas de tábuas em raios fracos de luz.

Os ibaletes discutiam com os comandantes anciões, brigando sobre formações. Isadere assistia de cota de malha dourada, enquanto os cavaleiros águias esperavam, a armadura vestida, reluzindo em aço branco com lanças na mão.

O coração de Andry subiu pela garganta ao passar. Ele se perguntou se seria a última vez que os veria vivos.

Ninguém ousava se interpor no caminho de Dom. O corredor se abriu diante dele enquanto andava, permitindo que o príncipe de Iona passasse sem problemas. Andry seguia atrás, de olhos baixos. Rostos demais passavam a sua volta, rostos que ele poderia nunca mais ver depois do pôr do sol.

Apesar da confusão dos corredores, o arsenal do castelo estava muito mais organizado, graças a dias de preparação minuciosa de Andry. Os Companheiros já estavam lá, esperando conforme instruído dias antes.

No centro da sala, Sorasa inspecionava uma série de espadas, o nariz torcido apesar da qualidade do aço ancião. Olhava para tudo com desprezo, mas nem sua máscara de desdém conseguia esconder o medo.

— Os cavaleiros partiram? — perguntou ela, encontrando os olhos de Dom.

O Ancião fez que sim em silêncio e tirou o manto verde-cinza. Sua armadura esperava no canto, perfeitamente polida. Tinha um tom mais claro de verde. *Como a armadura de sua prima*, Andry notou, lembrando da princesa anciã morta em Gidastern.

Corayne já estava de armadura, uma combinação de placa de aço e cota de malha para que não pesasse demais. Os avambraços afiados estavam amarrados com firmeza no lugar, com desenhos de escamas. Como Dom, ela não usava manto, a espada de Fuso amarrada às costas. Ela encolheu os ombros para Andry, apontando para o elmo embaixo do braço.

— Estou ridícula — murmurou Corayne, testando sua amplitude de movimento.

Ela retiniu terrivelmente ao pegar a espada cingida no quadril.

— Bom, eu estou maravilhoso — disse Charlie do outro lado do arsenal.

Como Corayne, ele não combinava com a armadura. O homem já estava de rosto vermelho, suando sobre o gorjal ao redor do pescoço.

Sorasa lançou um olhar fulminante para os dois, antes de voltar às armas, passando as mãos sobre uma seleção de lanças.

— Não estou vendo você se enfiar num caixão de aço — disparou Charlie.

Atrás dele, Garion escondeu o riso com a mão. Ele também usava uma armadura leve, aço de qualidade afivelado sobre as peças de couro.

A amhara meneou a cabeça e passou para outra mesa, esta coberta de adagas. Andry não deixou de notar que ela se esforçava para ficar de costas para Dom, o olhar em qualquer lugar, menos nele.

— Eu me movimento melhor sem armadura — disse ela, sem olhar para trás.

Seus dedos dançaram entre as lâminas, testando os gumes, girando algumas no ar.

No canto, Dom soltou um bufo tão grave que mais parecia um rosnado.

— Suas roupas de couro não defendem contra flechas, Sarn.

— Você sabe que não vou chegar nem perto dos arqueiros, Ancião — retrucou ela, veemente.

Enquanto eles discutiam, Andry chegou ao lado de Corayne. Ela abriu um pequeno sorriso para ele, pouco mais do que um curvar de lábios. Mas o suficiente.

— Cadê Valtik? — perguntou ele, olhando de novo para a sala.

Luz do sol vermelha atravessava as janelas fechadas, projetando sobre o arsenal uma luz cor de sangue. A bruxa velha não estava em lugar nenhum.

— Ela dormiu conosco ontem à noite — disse Corayne, incrédula. — Do ladinho de Sorasa no chão.

Andry ergueu a sobrancelha.

— Coragem.

— Ela ri dormindo. Quase a matamos — acrescentou. Seus olhos se escureceram, pretos a ponto de devorar a luz. — Mas acho que a carnificina já será demais hoje.

— Corayne — murmurou Andry, se crispando.

As bochechas dela coraram.

— Desculpa.

Um silêncio desconfortável caiu sobre os dois, interrompido apenas pelas farpas constantes de Dom e Sorasa. Eles não paravam, Ancião e amhara, alfinetando um ao outro por tudo e por nada. Enquanto isso, Dom despia suas roupas principescas, até ficar apenas com a calça fina. Depois, peça por peça, foi vestindo seu equipamento de batalha, tão devagar que deixou Sorasa furiosa.

Andry revirou suas coisas, guardadas no canto. Era uma miscelânea variada. Armadura anciã, sua própria espada, o machado jydês e a pele de lobo. Além da antiga túnica, lavada, a estrela azul mais vibrante do que ele lembrava. Ele a estendeu sobre a mesa, alisando o tecido. Os pontos passaram sob seus dedos, o fio mais velho que ele próprio.

A mão de Corayne se juntou à sua, a poucos centímetros. Ela passou o dedo sobre a ponta da estrela, com cuidado para não puxar nenhum fio.

— Vamos deixá-los orgulhosos hoje — disse ela, em voz baixa. — Seu pai e o meu.

— Vamos, sim — respondeu Andry.

Assim espero.

Depois que ele vestiu o equipamento na privacidade do canto, estava tudo pronto. Porém, ninguém se mexeu, hesitantes a sair do arsenal. A enfrentar a tempestade iminente.

Dom estava plantado, enorme em seu aço verde, a espada longa pendurada nas costas como a espada de Fuso atrás de Corayne. Do outro lado dele, Sorasa olhava fixamente para o próprio braço, puxando a cota de malha sob as peças de couro. Não era uma armadura, mas uma bela concessão, e ela detestava. Charlie continuou a girar o tronco, parecendo um lorde num desfile militar, o cabelo castanho recém-umectado e trançado. Como Corayne, ele ficaria longe do combate, pelo maior tempo possível.

E Corayne estava sozinha, emoldurada por uma das janelas, as tábuas atrás dela sangrando luz vermelha. Sua silhueta ardente.

Andry olhou para os Companheiros um a um, conciliando os estranhos que conhecera com os amigos com quem se defrontava. Sua garganta se apertou enquanto os observava, memorizando cada rosto.

O arsenal ecoou com os sons distantes do castelo e da cidade. Os Companheiros continuaram paralisados, relutantes a quebrar o feitiço que os mantinha ali.

Mas precisamos agir, Andry sabia.

Por um momento, fechou os olhos. Quando voltou a abri-los, ele firmou o maxilar, fortaleceu o coração e deu o primeiro passo.

— Comigo — troou Andry.

Os outros não hesitaram.

— Comigo — ecoaram, um por um.

O castelo se turvou, os pisos e muralhas de pedra passando como um rio. Outros se juntaram a seu grupo, até guardas anciões e soldados mortais cercarem os Companheiros. Andry não via nada, não ouvia ninguém, seu sangue acelerado nas veias. Havia apenas Corayne no canto de sua visão, a armadura estampada de rosas, as joias da espada de Fuso brilhando sobre o ombro. Vermelho e roxo cintilavam, como um alvorecer terrível.

Andry seguiu os outros até o terraço na frente do castelo. Não havia névoa, apenas um céu cor de sangue, mais vermelho a cada segundo. Nada escondia as montanhas. Tampouco a linha escura das legiões avançando continuamente pela encosta, o lampejo de seu aço evidente até para olhos mortais.

— Dom perguntou o que vou fazer depois — disse baixo, quase inaudível sobre o clangor da armadura. — Depois disso tudo.

Corayne parou ao lado dele, se detendo para deixar que o resto a cercasse. Até Sorasa deu espaço para eles, mesmo que poucos metros.

— Você acredita que vai existir um depois — murmurou ela.

O vento soprou, frio e fresco. Uma última lufada de liberdade. Andry se voltou para ele, inspirando.

— Preciso acreditar — disse, os olhos ardendo. Ele sabia que parecia bobagem, mas falou as palavras mesmo assim. Como se pudesse torná-

-las verdade. — Vou encontrar minha mãe, em Nkonabo. A casa com as fontes e os peixes roxos. Ela me contava histórias de seu povo, suas vidas. Nossa família.

Ele pensou que Corayne se compadeceria dele. Em vez disso, ela o pegou pela mão, as luvas encontrando sua manopla.

— Vai ser maravilhoso — disse, o aperto firme. Ela voltou o rosto para o dele, tão perto que ele via as sardas espalhadas sobre o nariz longo. — Também sempre quis conhecer Kasa.

Venha comigo, ele queria dizer, tanto que seu coração doeu. *Venha comigo. Mesmo que não passe de um sonho.*

O vento ficou mais forte, soprando a trança comprida de cabelo escuro dela. Sem soltar, ela se voltou para o vento, uma melancolia no rosto. Ela olhava fundo, não para o exército nas montanhas, mas para o sul do outro lado do vale.

Para as águas do mar Longo.

— Como estão os ventos? — murmurou Corayne consigo mesma, tão baixo que ele mal ouviu.

Ela engoliu em seco sob o gorjal da malha, a única pele exposta abaixo do rosto. Devagar, se virou para olhar para ele.

— Será que vou ver minha mãe de novo?

— Vai, Corayne — disse ele, e apertou sua mão. — Prometo que vai.

Como em Gidastern, algo dominou Andry Trelland. Antes que ele desse por si, a mão enluvada dela estava em sua boca, os lábios dele roçando os dedos dela.

Ela não recuou, sem tirar os olhos dos dele. Por um momento, apenas os olhos dela existiam, um céu preto. Ele queria enchê-lo de estrelas resplandecentes.

— Foque no depois — disse, voltado para a mão dela. — Qualquer que seja seu depois, foque nele.

Com um movimento repentino, ela se desvencilhou de seu braço para erguer as duas mãos ao rosto dele, as luvas planas sobre suas bochechas. Andry se sentiu arder sob as mãos dela e pensou que seu coração poderia escapar do peito.

— Vou tentar — disse ela. — Juro que vou tentar.

A respiração dela roçou em seu rosto e ele sentiu o elmo escapar de baixo do braço. Andry não ligou, deixando que caísse. Hesitante, ele levou as mãos à cintura dela, embora não conseguisse senti-la através da armadura. Não importava. Os contornos dela bastavam. Os olhos dela bastavam.

E ele também bastava.

O rugido distante de um dragão os separou, os dois estremecendo pelo som familiar demais. Andry estendeu o braço, empurrando Corayne para trás de seu corpo. O grupo ao redor reagiu da mesma forma, se virando na direção do barulho.

Sob eles na plataforma, Sorasa soltou uma sequência de palavrões, um pior que o outro.

A linha preta do exército de Erida avançava. E, sobre ela, o dragão circulava, terrível e enorme.

Andry forçou a vista, na esperança de enxergar uma rajada de chama. Em Gidastern, o dragão atacava a esmo, sem lealdade a lado algum. Não servia a Taristan, nem a nenhum outro mestre.

O dragão rugiu de novo e seu coração se apertou.

Não atacou, contente em sobrevoar o exército em círculos lentos. O dragão seguia as legiões gallandesas como um cão seguiria seu tutor.

Sob ele, Corayne ergueu o queixo, pálida de medo. Mas ainda aguerrida.

— Comigo — murmurou ela.

— Comigo — respondeu ele.

38

OS DEUSES HÃO DE RESPONDER

Corayne

NÃO ERA COMO NEZRI, o templo da floresta, nem mesmo Gidastern. Batalhas vertiginosas, sem tempo para pensar. Eles só conseguiam avançar contra o que quer que estivesse à frente, monstros e Fusos.

Corayne desejou que fossem apenas monstros e Fusos ali. Em vez disso, enfrentava uma longa maré atormentadora saindo das montanhas, como uma cobra descendo o fundo do vale. Não sabia quantas legiões Erida comandava e não tinha coragem de perguntar, nem mesmo ali. Como o resto, conseguia apenas sofrer e assistir, os segundos passando, a grande serpente preta se aproximando mais e mais. Até a luz mudar e ela se dar conta de que a cobra não era preta, mas aço horrendo e verde reluzente.

O dragão pairava sobre o exército grandioso, como se estivesse numa coleira.

Suas mãos tremeram, ainda ardendo pelo toque do rosto de Andry. Ele estava diante dela, protegendo-a como se um único escudeiro pudesse defendê-la de todos os exércitos da ala. Em seu coração, ela tinha certeza que ele tentaria.

Nos degraus embaixo, continuavam Dom e Sorasa. Esperavam como ilhas no mar turbulento de corpos. Nenhum deles se mexia, observando o exército e o dragão enquanto eram cercados por soldados, correndo para seus postos.

Dom estremeceu, erguendo os ombros grandes. O aço em suas costas brilhou, refletindo o sol vermelho. Era chegada a hora. Corayne sabia tão bem quanto ele, tão bem quanto todos eles. Dom não ficaria no castelo, mas marcharia com seu povo. Para enfrentar a primeira onda do ataque e, talvez, a última dele.

Ele mal deu um passo antes de Corayne saltar na direção dele, agarrando seu braço.

Ele não se mexeu, deixando que ela o detivesse.

— Os Anciões podem lutar sem você — disse Corayne, lágrimas turvando sua visão.

Ela não tinha ganhado aquela batalha na sala do conselho. A julgar pelo semblante dele, não a ganharia agora.

Tentou mesmo assim.

Ele baixou as sobrancelhas douradas e, por um momento, ela pensou que ele também choraria.

— Sou o príncipe de Iona — disse Domacridhan, tenso. — É meu dever.

— Seu dever é *comigo* — retrucou Corayne, os dentes à mostra. Era a única carta que pensou em jogar. — Com meu pai.

Com delicadeza, ele se soltou de sua mão, se desvencilhando dela.

— Sorasa vai protegê-la até eu voltar.

Ao lado dele, a amhara encarava o chão, se recusando a erguer os olhos delineados de preto. A maquiagem era pintura de guerra, afilando seu olhar cor de cobre a ponto de brilhar como vidro derretido. Seus lábios fartos estavam comprimidos, os dentes cerrados para conter algo.

Corayne o segurou de novo.

— Dom.

Desta vez, ele se esquivou, como se ela fosse apenas uma criancinha frágil.

— É meu dever — repetiu ele, uma onda de remorso subindo em seus olhos verdes.

— E meu também — respondeu outra voz, fria e distante.

Corayne se virou e foi quase cegada pelo clarão do sol sobre prata resplandecente. A armadura de Isibel reluzia vermelha sob o céu estranho. Como Dom, as galhadas estavam estampadas em seu peito, cada ponta cravejada com uma joia. A monarca de Iona era uma visão, o mais perto de um deus que Corayne já tinha visto.

Ela empunhava a grande espada de Iona, um pedaço brutal de metal, pesada e antiga. Isibel a girou uma vez, como se fosse feita de penas, e não aço.

Corayne não conseguiu parar de olhar, embora estivesse furiosa, dividida entre gratidão e raiva.

Isibel não sorriu, nem se desculpou. Apenas desceu para acompanhar Dom, os guardas dela os cercando. Foi o último empurrão de que Dom precisava, e ele finalmente se virou, lado a lado com a tia. Eles desceram em sintonia, um tambor de metal.

Sorasa andou os primeiros metros com ele, como se também pudesse descer até os portões. Porém, Corayne sabia que ela não desceria. Não era o plano. O lugar de Sorasa Sarn não era no campo de batalha. Mesmo assim, ela caminhou ao lado de Dom, buscando um último adeus, uma despedida que ninguém mais escutaria.

O coração de Corayne se apertou enquanto a assassina e o imortal trocavam palavras, seus olhos falando mais que os lábios. Uma expressão atormentada perpassou o rosto de Sorasa e ela parou, deixando Dom prosseguir sem ela.

Como Isibel, Dom estava com o cabelo dourado trançado, afastado do rosto. Corayne olhou fixamente, acompanhando a parte de trás da cabeça dele enquanto ele andava. Normalmente, Dom se destacava na multidão, mas, entre os ionianos, era um entre muitos. Loiro, alto, letal. Os olhos dela ardiam e Corayne precisou piscar. Quando abriu os olhos, não conseguiu encontrá-lo de novo. Domacridhan estava perdido no mar de soldados, levado numa onda pela cumeada para encontrar a maré crescente.

A respiração dela sacudiu seu corpo, as costelas tensas, forçando as fivelas da armadura. De repente era impossível respirar, como se algo arrancasse o ar de seus pulmões.

Ela conhecia os planos de batalha. Ouviu todos noite após noite, sussurrados ao redor da mesa de banquete ou gritados pela sala do trono. Uma vala aqui, uma catapulta lá. Tal contingente na reserva, tal tempo para a retirada. Quase mil soldados ionianos estavam no campo com o exército de Isadere e os kasanos, com os Anciões de Sirandel e Tirakrion guarnecendo as muralhas. Eyda e os Anciões de Kovalinn ficaram no castelo, como a guarda pessoal de Corayne. E Dom conduziria seu povo lá embaixo, o tanto quanto possível. Até a onda infinita das legiões gallandesas os forçar a recuar.

Tudo isso, Corayne sabia. E partia seu coração.

Sorasa também ficou olhando até muito depois de os ionianos atravessarem os portões do castelo, até restarem apenas os ecos. Os ombros dela se curvaram uma vez, o único indício de sua dor.

Corayne sabia que não encontraria lágrimas. Quando Sorasa finalmente se virou, os olhos dela estavam secos, o rosto fechado na máscara habitual de orgulho e desdém. Ela subiu um degrau para se juntar a Corayne e Andry, antes de se voltar de novo para o campo de batalha.

No céu, o sol projetava uma luz pesada e escarlate, banhando o mundo numa névoa ofuscante.

O estômago de Corayne se revirou, o zumbido de um Fuso sempre presente em sua pele. Era impossível não se lembrar das Terracinzas, a esfera deserta de poeira e cadáveres. *Aquele céu também era vermelho*, pensou, tremendo.

— A noite vai ser longa — disse Sorasa a ninguém.

Não havia nenhuma boa forma de passar o tempo. A conversa engasgava, todos com medo demais para falar muito. Nem Charlie tinha muito a dizer, pálido e silencioso ao lado de Garion. Sorasa fazia o possível, listando todas as melhores formas de matar alguém. Demonstrou algumas, indicando um ponto no pescoço de Corayne, depois um lugar entre costelas específicas. Tudo aquilo, Corayne já sabia. As lições de Sorasa estavam gravadas dentro dela àquela altura. Mesmo assim, escutou, mas não por ela. Havia desespero nos olhos de Sorasa, e medo também. Ela precisava da distração mais do que Corayne.

Ao longe, o exército continuava a marchar, o trovão de muitos milhares de passos entrecortados pelo ritmo de tambores de guerra e pela batida de asas do dragão. Era como levar uma martelada no peito, repetidamente.

— É tortura — murmurou Corayne.

Sorasa rangeu os dentes contra os ecos incessantes.

— Não, é pior.

Minuto a minuto, a preocupação crescia, até Corayne pensar que vomitaria nas próprias roupas. Até que a cobra preta cruzou o último quilômetro. O som de cavalos avançando se juntou ao barulho, assim como gritos de soldados demais para imaginar. Quando as trompas se ergueram no campo de batalha, ela bambeou. Andry não deixaria que ela caísse. Ele se ajeitou, como uma parede a seu lado, deixando que Corayne se apoiasse.

— Um Fuso nascido em chamas, um Fuso nascido em enchente.

Corayne girou para encontrar Valtik perto demais, usando apenas o vestidinho de sempre. Ela parecia fraca e pequena em contraste com as fileiras de armadura. Porém, Valtik estava com a cabeça erguida para o dragão que pairava sobre o exército.

Sorasa observou a bruxa velha, depois o dragão de novo.

— É melhor entrar, Valtik — alertou, mas a bruxa ergueu a mão branca, cortando-a.

— Um Fuso nascido em riquezas, um Fuso nascido em sangue quente.

Chama. Enchente. Ouro. Sangue. Corayne viu em sua mente cada Fuso e as esferas para onde conduziam. Infyrna. Meer. Irridas. Terracinzas. Ela se crispou, pensando qual Fuso havia lá.

Ao lado dela, os olhos de Valtik acompanhavam o dragão, que pairava em círculos sobre o campo de batalha, rosnando. Corayne apostava que Taristan cavalgava diretamente embaixo dele, com Ronin a seu lado. Embora seu tio tivesse perdido a capacidade de se curar e a força grandiosa, ele havia ganhado um guarda-costas formidável.

— Os deuses de Irridas falaram, as feras de seus tesouros despertaram — murmurou Valtik.

Com os dedos torcidos, apertava a bolsinha de ossos, ainda na cintura dela.

O coração de Corayne subiu à boca. Ela se lembrava da rima. Era quase o mesmo feitiço que a velha usara para forçar o kraken a voltar para dentro do Fuso. Apesar de tudo, ela se atreveu a ter esperança, observando a bruxa velha balançar. Tocou de leve no braço de Valtik, encorajando-a a continuar.

A bruxa se virou para ela, arregalando os olhos. Mesmo sob a luz vermelha, continuavam de um azul vibrante incrível. Ainda assim, ela parecia uma velha qualquer, a pele fina como papel, uma rede de veias sob as rugas. Manchas cobriam suas bochechas, e o cheiro de lavanda impregnava o ar. Por um momento, dominou tudo mais.

— O inimigo já vem — disse a bruxa jydesa, sem a risada maníaca.

Corayne se abaixou para olhar em seus olhos.

— Eu sei, Valtik. Ajude a derrotá-los. Diga o que fazer.

Mas Valtik apenas encostou uma palma no rosto de Corayne, a mão gelada em sua bochecha.

— Destruidora de Destinos, fique bem.

Sobre o campo de batalha, o dragão soltou um grito diferente de tudo que Corayne já tinha ouvido. Ela estremeceu, baixando quando ele de repente subiu ao céu, as asas batendo furiosamente para lançar um vento quente e cinza sobre o castelo.

— Para dentro! — ouviu Sorasa gritar.

A amhara pegou uma das alças de sua armadura, usando-a para arrastá-la de volta ao patamar em cima.

Corayne tropeçou na pedra, tentando correr. Acabou balançando para o lado, perdendo o equilíbrio, e levando Andry consigo. Eles caíram estatelados, acertando o chão com uma pancada dolorosa. A cabeça de Corayne vibrou como um sino e ela se arrependeu de não ter colocado o elmo, por mais idiota que ficasse. Sua visão girou, mas ela ergueu os olhos para ver Valtik ainda plantada no chão, as asas do dragão soprando o cabelo dela para trás numa cortina prateada.

Corayne sentiu cheiro de lavanda de novo. E neve.

— Valtik! — gritou, levantando com dificuldade. — Valtik, fuja!

O dragão deu a volta pela cidade num arco terrível, chama jorrando de sua boca. Uma labareda de fogo dançou ao longo das muralhas, acertando pedra e Anciões. Gritos cortaram o ar enquanto flechas zuniam, cem arcos erguidos para afugentar o monstro circundante. A maioria resvalava no couro incrustado de joias do dragão. Longe de ser o suficiente para deter um dragão, enfurecido e enredado pela vontade do Porvir.

Ele se voltou contra Tíarma.

A velha não se mexeu, empertigada contra o vento atormentador. Apenas estreitou os olhos azuis míticos, que não perderam o brilho nem a força.

Pelo contrário, seus olhos pareciam arder, mais fortes e mais temíveis.

— Valtik — disse Corayne de novo, a voz fraca, perdida em meio ao caos.

Lavanda. Neve.

Sua mente girou, o foco ainda fixo na bruxa, por menor que fosse. Uma única árvore velha diante de uma tempestade ruinosa.

Conheço esses olhos, pensou de repente, imagens atravessando sua cabeça. Todas as memórias de Valtik, rindo e rimando, seus ossos caindo sobre os pés descalços. E os mesmos olhos, a mesma tonalidade, o mesmo azul luminoso incrível.

Olhavam do rosto de um velho, com o passo bambo, o comportamento gentil. Um marinheiro velho, cansado e insignificante, condenado a correr atrás da filha de uma pirata.

— Kastio — sussurrou, baixo demais para alguém ouvir.

De alguma forma, Valtik ouviu.

Ela voltou os olhos para Corayne, o cabelo voando. E deu uma piscadinha.

Com um único bater das asas enormes, o dragão subiu dezenas de metros no céu, sua sombra cobrindo o pátio do portão do castelo. As asas bateram e outra rajada desceu sobre todos. Corayne caiu outra vez, como uma tartaruga de costas, imobilizada pelo peso da armadura. Ela se engasgou com o ar esfumaçado, lutando para manter os olhos abertos.

Havia apenas o dragão sobre ela, o céu vermelho atrás dele.

Corayne não precisava passar por outro Fuso para ver o inferno do Porvir.

Já estou lá.

Ela estava escorregando pela pedra, puxada como um saco de roupa suja.

Valtik continuou, sua silhueta contra a rajada súbita de fumaça.

— Os deuses de Asunder falaram — entoou a velha, erguendo a mão para o dragão.

Ele rugiu um grito agudo ensurdecedor contra ela, tão forte que Corayne pensou que a pedra embaixo deles racharia. Ela estendeu a mão fracamente na direção da velha, como se ainda conseguisse apanhar Valtik. Kastio. Quem quer que a bruxa dos ossos pudesse ser de verdade.

Seus dedos encontraram apenas ar esfumaçado, brasas descendo do couro incrustado de joias do dragão.

No céu, as presas dele se abriram, linhas de fogo implacável vertendo de sua boca. Corayne sabia o que viria em seguida

Valtik se manteve firme.

— E os deuses da Ala hão de responder.

O mundo perdeu a velocidade e chamas brotaram, vertendo da boca do dragão. Suas asas se abriram, seu corpo incrustado de joias descendo para pousar. Abaixo, a bruxa velha esperou, o rosto erguido, as mãos em concha ao lado do corpo, como se pudesse simplesmente apanhar a chama do dragão.

Corayne quis fechar os olhos, mas não conseguia, tentando enxergar através da fumaça.

A primeira labareda acertou o rosto de Valtik. O resto se consumiu e Corayne gritou.

O dragão gritou com ela, mudando rapidamente de direção, batendo as asas como um pássaro assustado. Seus olhos se arregalaram, suas chamas ficando mais quentes e maiores, vermelho dando lugar a amarelo ardente, depois branco abrasador.

Depois azul gélido.

Um segundo dragão saiu das chamas, o couro como gelo e turquesa, como água glacial. Não era coberto por joias, mas escamas, como um peixe. Suas asas se abriram em arcos graciosos, a pele como o céu frio de inverno. Belo mesmo assim. E letal. Seu pescoço comprido se curvou, suas presas à mostra. Era menor, mas mais ágil, rápido como um vento de inverno.

Os olhos do segundo dragão se abriram, as pupilas cercadas por um azul forte e familiar.

O dragão demoníaco soltou um grito agudo no ar para se esquivar da boca aberta do dragão azul. Quando a segunda criatura rugiu, cuspiu uma flecha de chama cobalto. Em vez de calor, emanava um frio congelante.

No chão, Corayne conseguia apenas assistir, boquiaberta, enquanto o dragão azul afugentava o outro, mais e mais alto no céu. Suas asas batendo, seus corpos se torcendo, dentes mordendo e garras arranhando. Chama vermelha e gelo azul batalharam no céu infernal, até os dois parecerem pequenos como pássaros.

A cabeça de Corayne girou. As portas do castelo passaram sobre ela e mármore deslizou por baixo, enquanto ela era arrastada para dentro.

39

FANTASMAS

Domacridhan

Enquanto seu povo se reunia na frente do castelo, Dom pensou que sentiria algum tipo de irmandade. Ele conhecia os soldados ao redor dele, os vederes de Iona, seu povo imortal. Pensou em Ridha e no que ele não daria para tê-la lá com eles, pronta para lutar pela sobrevivência de seu povo e da própria esfera. Isso apenas o fez sentir mais vazio, desconectado. Não queria morrer no campo de batalha embaixo da cidade, sozinho exceto pelos milhares de outros soldados massacrados com ele.

Ele perdeu o fôlego. Queria morrer ali, nos degraus do castelo, com os Companheiros a seu lado.

Se não podemos viver, podemos ao menos partir juntos.

Mas Dom sabia que não podia ser. Ele era o príncipe de Iona, e seu dever estava lá embaixo, com seu povo. Com o exército. Para deter Taristan o quanto fosse possível, como fosse possível.

Delicadamente, ele se desvencilhou da mão de Corayne e desceu um degrau com os outros ionianos, incluindo sua tia.

Para sua surpresa, Sorasa foi com ele. Ela olhava para a frente, se recusando a olhar nos olhos dele. Em vez disso, ficava mexendo na cota de malha sob o casaco, tentando ajustar os elos de metal. Estava claro que ela odiava, seus movimentos normalmente fluidos mais lentos e rígidos.

Ele abriu a boca para provocar, aproveitar mais um segundo ao lado dela.

— Obrigado por usar armadura — rosnou.

Era a única coisa que restava para dizer.

Ele ficou esperando uma resposta rápida e venenosa, mas Sorasa se voltou para ele. Seus olhos cor de cobre vacilavam, cheios de toda a emoção que ela não se interessava mais em esconder.

— Ferro e aço não vão nos salvar de fogo de dragão — disse ela, cheia de tristeza, mal mexendo a boca.

De novo, Dom quis ficar, demorar um último momento, os olhos fixados nos dela.

— Sei que você não acredita em fantasmas — murmurou Sorasa, firme.

Ela não chegou mais perto, nem sequer se mexeu, deixando que a multidão de Anciões a rodeasse.

Um veder que morre nesta esfera morre para sempre, pensou Dom, a velha crença como uma maldição repentina.

Os olhos de Sorasa tremeluziram, cheios de lágrimas que ela nunca se permitiria derramar. Ela estava como na praia depois do naufrágio, dilacerada de tristeza.

— Mas eu, sim — disse ela.

O peito dele se encheu de um sentimento desconhecido, um anseio que ele não conseguia nomear.

— Sorasa — começou, mas a multidão avançou ao redor deles, soldados vederanos demais para ignorar.

Ele inteiro queria ficar plantado ali, embora soubesse que não podia.

Ela não tocaria nele, as mãos nas costelas, o queixo erguido e o maxilar firme. Todas as lágrimas que carregava desapareceram, engolidas dentro do poço insensível de um coração amhara.

— Me assombre, Domacridhan.

A maré do exército cresceu antes que ele conseguisse formular uma resposta. Enquanto Sorasa resistia, Dom se deixou carregar. Enquanto seu corpo marchava, seu coração ficou para trás, partido, já em chamas.

As últimas palavras dela o seguiram até os portões da cidade. Ecoaram em sua cabeça, persistindo como os olhos de tigresa de Sorasa, como o rosto de Corayne. Ele tentou deixar tudo de lado como Sorasa conseguia. Mas não havia como esquecer. Nem a voz de Sorasa, nem a preocupação de Andry. Charlie, pequeno sobre os degraus, suando em sua armadura. E nada na esfera poderia apagar a mágoa de Corayne quando ele virou as costas para ir, todos os instintos gritando para ficar.

Ela vai estar segura, ele disse a si mesmo, repetindo várias vezes, como se bastasse para tornar verdade. De fato, ela tinha Sorasa e Andry, sem mencionar seus guardas de Kovalinn. *Ela vai estar segura*.

Ele avistou a cobra preta das legiões serpentear montanha abaixo, o dragão se deslocando com ela. Sua convicção se estilhaçou, sua esperança se espalhou como folhas ao vento cruel.

Segura até não estar mais. Até tudo isso desabar e morrermos dispersos, separados uns dos outros uma última vez.

Uma flecha no coração doeria menos.

Mil vederes de Iona marchavam ao redor dele, o som de sua armadura como o toque de mil sinos. Todos estavam equipados com espadas, flechas, todas as adagas que conseguiam carregar. Carroças formavam a retaguarda, carregando pilhas de piques longos. Homens e mulheres lutavam juntos, deixando a maior parte da cidade vazia exceto pelos poucos vederes jovens demais para lutar e o resto protegendo as muralhas da cidade. Os vederes de Sirandel e Tirakrion os saudaram ao passar. Suas silhuetas se postavam contra o céu vermelho, observando enquanto seus companheiros imortais marchavam rumo à morte.

Domacridhan sentia como se estivesse num cortejo fúnebre e fosse um dos mortos.

Sob a nuvem de pavor, a companhia vederana chegou aos portões da cidade ao pé da cumeada. Presas de pedra se abriam, e eles marchavam sobre o que seria o campo de batalha. Valas corriam ao redor dos portões, formando um gargalo. Estacas afiadas cercavam as bases de cada vala, as pontas vermelhas sob a luz estranha. Pareciam bocas compridas demais de dentes tortos, prontas para consumir todos que chegassem perto demais.

Dom tentou não ver o que ele sabia que o futuro reservava, o que o campo diante dele se tornaria. Corpos e terra devastada, marcas de queimado e um pântano de sangue.

Em vez disso, ele focou em Isibel, uma estrela reluzente enquanto marchava em silêncio. Sua raiva contra ela não se dissipou, mas ao menos a raiva ele entendia. Como Isibel, ele usava o manto de comando sobre os ombros. Ficava mais pesado a cada segundo.

Seu estômago se revirou. Mil imortais de Iona marchavam juntos. *Quantos vão estar mortos pela manhã? Será possível lamentar tantas perdas?*

Ele desprezava a covardia de Isibel, mas não a censurava.

— À frente do campo — clamou Dom em alto veder, erguendo a espada para mobilizar o exército.

Seu povo respondeu com um som retumbante, entrando em suas fileiras estreitas. Em segundos, Dom se viu à frente da coluna imortal, com Isibel a sua direita. Eles avançaram juntos, a terra tremendo enquanto marchavam entre valas denteadas, até a grande planície adiante.

Dom se lembrava do conselho de guerra e da pena de Andry riscando o pergaminho, traçando os planos de batalha. Marcando os diferentes exércitos, as diferentes bandeiras. Arqueiros, paredes de escudo, infantaria, piqueiros. Lanças, espadas. O alcance de suas catapultas. E os elefantes também. Estava tudo na página, em tinta preta e papel dourado.

E estava diante dos olhos de Dom, um pesadelo terrível trazido à vida.

À esquerda estava o exército kasano, organizado em fileiras ordenadas. À sua frente, os três cavaleiros águias resplandeciam, de armadura branca. Os ibaletes ficavam à direita, Sibrez e o comandante Iin-Lira na frente das linhas de batalha. Os elefantes esperavam atrás de sua companhia, prontos para atacar quando chamados. Bandeiras sopravam ao vento, a águia branca e o dragão dourado balançavam sob o céu vermelho.

Os imortais de Iona ocupariam o centro, onde o ataque incidiria mais forte.

Enquanto entravam em formação, Dom se encheu de gratidão pelos reinos mortais. Não apenas Kasa e Ibal, mas os outros que lutavam por toda a Ala. Sem os jydeses e os piratas que defendiam os mares, Iona enfrentaria uma força ainda maior, com ainda menos tempo para se preparar. Agora, ao menos, seu esforço conjunto forçava as legiões de Erida a atravessar as montanhas, esgotando-as com frio intenso e escaladas letais.

Dom fixou os olhos do outro lado do vale, para os sopés que subiam nas alturas montanhosas. Seu coração acelerou enquanto as legiões gallandesas surgiam, atravessando rapidamente os sopés. Sobre elas, o dragão voava em círculos, o bater de suas asas estremecendo o ar.

Mesmo de longe, Dom viu os cavalos trotando à frente da linha.

Era como Andry imaginava.

— Parede de piques — gritou, e os vederes avançaram sob seu comando.

Eles se moveram como uma onda, mil imortais entrando em posição pelo campo de batalha, saindo para defender toda a extensão de seu exército unificado. Os piques avançaram com eles, distribuídos rapidamente, até todas as mãos segurarem uma lança comprida e mortífera, as pontas de ferro cintilando. A formação ganhou corpo em três fileiras, cada linha de piques apontada num ângulo diferente. Sua linha de frente não era mais um conjunto de soldados, mas uma muralha de estacas. Arqueiros se alinharam atrás deles.

Piques, arqueiros, infantaria.

Dom se ajoelhou na primeira fileira, bem no centro. Ele plantou o pique no chão, sua força imortal cravando os primeiros trinta centímetros no fundo da terra, a ponta voltada para o ângulo correto.

Isibel não ficou para trás. Ela brilhava em sua armadura pérola, logo atrás de Dom, o próprio pique entre as mãos, segurado na altura do chão.

— Você parece seu pai — disse de repente, quebrando a concentração de Dom.

Ele piscou sob o elmo, hesitando olhar para ela e mudar a postura. Ela tomou isso como um convite para continuar.

— Ele liderou nosso povo contra o Velho Dragão, como você lidera hoje.

E morreu, Dom pensou, com o coração apertado.

A voz de Isibel baixou enquanto o som de cascos crescia.

— Ele estaria orgulhoso de você. Assim como sua mãe.

Por mais que tentasse, Dom não conseguia imaginar os dois. A memória era antiga demais, o momento, terrível demais. Ele vislumbrava fios de cabelo dourado, olhos verdes, e nada mais.

Isibel segurava o pique com firmeza, mas desceu a outra mão, tocando seu ombro apenas por um momento.

— Também estou orgulhosa de você. Haja o que houver hoje.

Algo úmido escorreu pela bochecha de Dom e sobre seu queixo, fazendo cócegas pelo rosto enquanto descia. Ele não saiu do lugar, se mantendo firme contra a sensação.

Parte dele não conseguia perdoar Isibel. A inação dela lhes havia custado a vida de Ridha e inúmeros outros. A covardia dela podia ter condenado a Ala. Mas, enquanto a raiva dele ardia, combustível para uma chama de que ele precisava tão desesperadamente, ela também se consumia.

— Por Ridha — murmurou, a única aceitação que ele conseguia dar.

Ele não conseguia ver o rosto de Isibel, mas a ouviu prender o fôlego de dor.

E então não havia mais tempo para lamentar ou se arrepender. Havia apenas o campo de batalha, as legiões e o céu vermelho.

Do outro lado do campo, a linha gallandesa crescia e crescia, se abrindo à medida que a coluna chegava ao fundo do vale. As legiões eram um exército de verdade, não uma multidão de mortos-vivos ou uma companhia preguiçosa da patrulha da cidade. Eram soldados treinados, experientes, moldados ao campo de batalha, a maior arma que Galland já empunhara. Dom viu isso delineado nos movimentos deles, até os cavalos em sincronia.

Eles continuaram marchando, até Dom distinguir garanhões individuais, ainda trotando, guardando a força para a última carga. Ele vasculhou a linha de bandeiras verdes e armaduras de ferro, buscando um vermelho-sangue destoante. Porém, havia apenas cavaleiros pesados na linha de frente, lanças embaixo dos braços.

Dom praguejou e observou o dragão de novo, recuado em relação à linha de frente.

É claro que eles não se arriscariam na vanguarda, pensou, cortante, imaginando Taristan e Ronin. *Eles vão ficar para trás sob a proteção de um dragão e deixar o pior para os soldados mortais de Erida.*

Embora as legiões fossem seu inimigo, uma muralha de aço se aproximando a cada segundo, Dom também sentia compaixão por eles. Eles não sabiam pelo que marchavam. Não sabiam que lutavam pela própria desgraça.

Ou, Dom pensou com tristeza, *não tinham escolha alguma.*

— Se mantenham firmes, juntos — gritou Dom pela linha. — Eles vão quebrar antes de nós.

Ele se lembrou do que Andry tinha dito sobre táticas de batalha. *Galland usa os cavaleiros para atacar primeiro, para tirar da frente a primeira linha de um exército inimigo.* Os dedos de Andry ilustravam sobre uma mesa na biblioteca. *Podemos detê-los com uma parede de piques, uma parede de piques anciões, ainda por cima. Será como atacar a lateral de um castelo.*

Dom apertou seu pique, ajustando os ombros para reforçar a madeira. Torceu para Andry estar certo.

As trompas gallandesas soaram, ecoando sobre seu exército. Os cavaleiros reagiram ao comando, esporeando os cavalos. Apontaram as lanças para baixo, de mão nas rédeas, a luz vermelha atravessando a coluna infinita.

Eles foram chegando mais e mais perto, até a terra sacudir sob as botas de Dom, tremendo sob o peso de muitas centenas de cavalos pesados. Ele ouvia os cavaleiros gritando, as vozes erguidas num grito de batalha, como ouvia a respiração bufada de seus cavalos, o tilintar de arreios, o zurro de trompas, o clangor de armaduras. E o bater constante e nauseante das asas do dragão.

O ar ficou quente, cheirando a fumaça.

Ao leste, o sol começou a descer atrás das montanhas, fazendo as primeiras sombras se projetarem sobre o vale como outro exército.

— Eles vão quebrar antes de nós — rosnou de novo.

Os vederes responderam com um grito de vitória, pronunciando as velhas palavras de uma esfera perdida. Até Isibel clamou, o ar tremendo com o poder dela.

Atrás de sua fileira, ele ouviu mil cordas de arco serem puxadas, mil flechas apontadas. Rezou a todos os deuses, da Ala e de Glorian, para que as flechas acertassem.

De algum modo, ele esqueceu o dragão, o céu vermelho, a cidade atrás dele. Até Taristan. Até Corayne. Havia apenas o pique em seu ombro, a linha de cavalaria e a respiração em seu corpo. Esse era o único lugar no mundo, o único momento em toda a existência. Seus sentidos se aguçaram, sobrecarregados pelo som, pelo cheiro e pela sensação da onda gigantesca se quebrando em sua direção.

Eles vão quebrar antes de nós.

As flechas arquearam, suspensas por um instante antes de descerem sobre a investida.

Terra e poeira se levantavam sob os muitos cascos, uma nuvem subindo com a cavalaria que se aproximava. Bandeiras ainda ondulavam sobre eles, os homens de Galland gritando sob seus elmos, os dentes à mostra, tão temíveis quanto os cavalos galopantes. As flechas veteranas caíram entre eles, derrubando cavaleiros e corcéis em igual medida, todos caindo num amontoado de braços e pernas espasmódicos.

Mas havia mais soldados do que flechas, e a cavalaria continuou a atacar.

Dom se preparou, o maxilar cerrado, todos os músculos do corpo tensos para o golpe arrasador. Por toda a fileira, seu povo fez o mesmo.

Eles vão quebrar antes de nós, rezou.

E as legiões quebraram.

Os primeiros cavaleiros acertaram a parede, arregalando os olhos nos últimos segundos, os cavalos gritando embaixo deles. Os vederes mantiveram a formação enquanto lanças se lascavam e piques cortavam carne de homens e cavalos. Sangue escorreu quente, pernas se debatendo, cascos empinando enquanto o chão se transformava em lama vermelha. Era uma maré de corpos e ossos quebrados, as linhas avançando uma contra a outra, até a cavalaria ser forçada a volver para não ser esmagada também. Bandeiras caíram ondulantes, tambores vacilaram e comandantes mortais gritaram pela batalha, tentando reformar sua linha destruída.

Dom viu a chance.

— AVANTE — berrou.

Em sincronia, os vederes se moveram, empurrando os cadáveres empilhados, seus piques sangrentos avançando devagar. Os arqueiros foram com eles, disparando outra chuva de morte.

Parte da cavalaria gallandesa tentou rodear a linha de piques, para atacar o exército pelo flanco, mas deu de cara com as valas. Cavalos escorregaram na lama, seus cavaleiros empalados, sangue enchendo a armadura. O gargalo segurou, forçando a cavalaria a cair dentro de suas garras.

Porém, o ataque não parou, e a coluna comprida de cavalaria de Erida voltou a se formar. Eles eram um rio e Domacridhan, a barragem.

— Avante — gritou Dom de novo, a linha se deslocando com cautela.

Pelo canto do olho, ele notou a ponta da parede da vala, tomando cuidado para se manter na altura do funil e não deixar as laterais indefesas. A última coisa de que precisavam era que a cavalaria desse a volta e os atacasse por trás.

O dragão deu um grito raivoso detrás da cavalaria, assustando os cavalos. Dom gelou. Taristan não hesitaria em queimar mil de seus homens se isso significasse conquistar a cidade. Seu coração parou no peito e ele cerrou o maxilar, se preparando para ser queimado vivo.

Em vez disso, o dragão saltou para o ar como outra flecha, arqueando no alto do céu vermelho. Dom observou, intrigado.

Para então desejar que queimasse todos de uma vez.

O dragão passou por cima do exército ioniano, ignorando-os como se fossem presas pequenas demais. Algumas flechas resvalaram inutilmente em seu couro incrustado de joias, mas o dragão não pareceu notar. Com a boca aberta, ele seguiu para Iona, e o castelo.

— Não saia da formação — a voz de Isibel em seu ouvido o fez tremer.

Dom piscou, baixando os olhos para descobrir que já estava se virando da batalha, pronto para atravessar suas próprias fileiras e subir pela cumeada da cidade. Ele engoliu em seco, desejando poder fazer isso, estar de volta no castelo com o resto.

Em vez disso, ele se voltou para a batalha.

Era tudo que ele podia fazer. Não havia para onde ir, para onde se virar, mesmo que quisesse.

Dom podia apenas torcer para que o castelo resistisse. Desejou que isso acontecesse, abandonando qualquer esperança de sua própria sobrevivência. Foi em Corayne que ele pensou, e Sorasa ao lado dela, mantendo as duas vivas.

Outro grito se juntou aos sons do dragão estrondoso. Era mais agudo, como a grasnada de uma águia. Estremecendo, Dom ergueu os olhos através dos piques para ver o dragão de Gidastern girando no ar, correntes de chama brotando de suas presas.

Dom se esforçou para ver, relutante a acreditar nos próprios olhos. Sob o elmo, seu queixo caiu. Ele não foi o único. Os dois exércitos diminuíram o ritmo da batalha, erguendo os olhos para encontrar não um, mas *dois* dragões subindo aos céus escarlates numa espiral furiosa.

O outro dragão tinha escamas azuis, as asas de uma largura incrível, clareando em cinza cor de lavanda. Diante de seus olhos, o monstro novo soltou uma rajada de chama azul gelada. Suas asas ventavam uma rajada de frio intenso, enquanto o dragão preto enchia o ar de calor abafado.

Não havia tempo para tentar entender o dragão novo, por mais impossível que parecesse. A batalha continuou a se agitar embaixo, enquanto os dragões se agitavam em cima.

Assim continuou. A cavalaria. A parede de piques. O ombro de Dom doía, a madeira de seu pique lascando até ele temer que finalmente se partisse ao meio. Atrás dele, os arqueiros continuaram o ataque, mas suas aljavas não eram infinitas. Eles não podiam continuar os voleios para sempre.

O campo de batalha se tornou um cenário vertiginoso de corpos caídos. Eles se empilhavam em muretas, os cavalos estatelados. Os cavaleiros morriam devagar, pedindo ajuda fracamente. Dom ignorou os sons dos moribundos. Ele não suportaria.

Outra trompa soou das linhas gallandesas, de uma colina sobre a elevação do campo de batalha. Dom avistou uma muralha de comandantes, velhos sobre cavalos firmes, uma floresta de bandeiras sobre eles. Dom supôs que Taristan estivesse lá, se escondendo do pior da batalha. Quem quer que comandasse o exército gallandês tinha finalmente perdido a esperança na carga de cavalaria, chamando os cavaleiros de volta com mais um toque da trompa. Eles deixaram a terra desolada atrás de si, o chão revirado e marcado por poças de sangue.

— De volta à linha original — ordenou Dom.

Enquanto marchavam para trás rumo à primeira linha de formação, a linha gallandesa desmontou, os cavaleiros acompanhados pela infantaria. Lanças foram descartadas e espadas sacadas, linhas de arqueiros se formando atrás deles. Dom rangeu os dentes e olhou para o próprio aço. A armadura antes verde estava escarlate, banhada por sangue inimigo.

Se a carga fracassar, eles vão recorrer aos números para nos dominar. O conselho de Andry ecoou na cabeça de Dom, tão sombrio quanto a informação. Por sobre as cabeças da linha adversária, ele avistou as montanhas de novo, e a marcha serpenteante das legiões que ainda estavam saindo do desfiladeiro. *Galland pode enviar mil homens contra cada um de nós sem nem piscar.*

Dom e seus vederes enfiaram os piques no chão, cravando-os na lama para ficarem no mesmo ângulo. Isso os deteria, mas apenas por alguns momentos. Eles recuaram atrás das defesas, as espadas sacadas, para se juntar aos ibaletes e kasanos.

Dom vasculhou os soldados gallandeses de novo, vendo cada rosto. Ergueu o olhar para a pequena colina, onde os comandantes ainda observavam além do alcance de flechas. De novo, não viu nenhuma mancha vermelha. Nenhum feiticeiro vermelho. Nenhum filho do Velho Cór. Uma bandeira se agitou, pendendo inerte, e ele encontrou a rainha, resplandecente de armadura. Mas Taristan não estava lá.

Um barulho passou no alto e Dom baixou a cabeça, pensando que outro dragão sairia do céu. Em vez disso, caiu uma pedra grande, explodindo através da infantaria gallandesa. *Catapultas*, pensou, lembrando das máquinas de cerco dentro das muralhas de Iona. Outras vieram, feitas de rochas e argamassa, caindo enquanto os gallandeses avançavam.

Dom mal notou, horror subindo pelo corpo. Ele mal sentia a espada na mão ou o cheiro de sangue secando por toda a pele. Mas sua mente girava.

Ele se lembrou de Taristan no palácio de Ascal. Sua silhueta na porta de uma torre em chamas, ainda perigoso, mas lutando com mais controle do que Dom imaginava. Em vez de atacar Domacridhan, ele defendia a rainha, tentando detê-lo. E, quando realmente veio a chance de matar Dom, tendo apenas Erida em jogo, Taristan a escolheu. Acima de tudo, Taristan escolheu Erida.

Dom sentiu náusea.

Taristan não a abandonaria sozinha no campo de batalha, pensou, quase vomitando. *A menos que não esteja no campo de batalha.*

Os gallandeses avançaram através da saraivada de pedras, tilintando as armaduras e brandindo as espadas. A parede de piques apenas os retardou, obrigando os soldados a atravessar uma floresta de tocos ensanguentados. Mas Dom mal viu.

Taristan não está aqui

O exército encontrou a onda das legiões gallandesas, suas flechas caindo em todas as direções. Espadas se cruzaram e escudos retiniram, lanças dançando através da linha ordenada de soldados veteranos. Dom entreviu Isibel pelo canto do olho, a espada longa um espelho vermelho, banhada de sangue.

Ele não está aqui.

Dom reagiu por instinto, erguendo a espada para revidar, deixando um cavaleiro escorregar ao lado dele. E seus pés se refrearam, botas fincando na lama.

Ele não está aqui.

A batalha avançou, e Dom avançou com ela. Se movendo, respirando, ainda vivo, seu coração batendo mais forte do que os gritos dos moribundos e os rugidos dos dragões.

Em outra vida, Dom vivia tranquilamente em Iona. Caçava, treinava, passava a maior parte dos dias com a prima e Cortael. Os três vagavam à vontade, escalando as montanhas, andando pelas costas. Até Isibel os chamar de volta com uma emissão, a voz tão grave quanto o rosto.

Uma espada de Fuso foi roubada.

Eles voltaram para encontrar o cofre do Cór intacto exceto por uma espada. Uma arma capaz de destruir o mundo.

Era impossível que Taristan e Ronin tivessem entrado na cidade sem serem notados. Nem eles conseguiriam passar despercebidos por guardas vederanos, nem em Iona, nem no castelo.

Eles não vieram pela cidade, Dom se deu conta, erguendo os olhos para a cumeada atrás deles. Iona subia por sobre a extensão dela, um gigante de granito sob o céu escarlate que escurecia. Em seu pico, ficava Tíarma, zelando por tudo, suas torres altas contra as nuvens.

E seus cofres escondidos. Infinitos. Descendo em espiral pela rocha, tão profundos que nem Dom sabia onde terminavam. Se é que terminavam.

Ou se davam para o ar livre, uma fraqueza terrível negligenciada por séculos.

Apesar da batalha, Dom se sentiu virar.

Alguém o segurou pelo ombro, a mão forte demais para se desvencilhar.

— Me solte — rosnou Dom, lutando contra ninguém menos do que a monarca de Iona.

Isibel estava a seu lado, detendo-o, sem o elmo, a cortina de cabelo prateado solta.

— Está fugindo, Domacridhan? — disse ela, furiosa, algo como choque em seus olhos cinza. — Já perdeu a visão?

— Não — respondeu, empurrando-a. — Vejo com clareza. Taristan não está aqui, nem seu feiticeiro. Isto é uma distração... é *tudo* uma distração.

O choque dela se transformou em horror, e ela soltou o ombro de Dom enquanto assimilava as palavras.

Num piscar de olhos, ele levantou de um salto. Isibel levantou com ele, o olhar voltado para o castelo que vigiava todos.

— Distração — murmurou, atordoada. A espada antiga ainda estava pendia em sua mão, a ponta tingida de escarlate. — Precisamos ir.

Era toda a abertura de que Dom precisava. Depois de uma palavra para um tenente, ele deu as costas para as linhas de frente, deixando que os vederanos se deslocassem para preencher o buraco que ele deixou para trás. Não havia tempo para pensar se sua ausência incutiria medo no exército. Se Corayne morresse, estaria tudo condenado de um modo ou de outro.

Seu corpo explodiu embaixo dele, correndo a toda velocidade apesar da armadura.

No céu, os dragões continuaram a batalhar, chama azul e vermelha jorrando para lá e para cá. Nenhum lado parecia estar vencendo, até os dois se jogarem juntos no chão, patas e garras enganchadas, as asas enroscadas e rasgadas.

Dom se jogou de lado a tempo de desviar dos dragões engalfinhados, os corpos emanando ondas de calor e frio. Eles desabaram no chão como estrelas cadentes, levantando uma onda de terra destruída. Atravessaram a névoa, os dois intactos, ainda se atacando, enquanto Dom se levantava com dificuldade. Soldados de ambos os lados, mortais e imortais, mantinham distância dos dragões.

Ele mal desviou a tempo quando um silvo de aço passou pelo ar, atravessando o espaço onde a cabeça dele estava um momento antes.

Dom ergueu os olhos incrédulos para ver um cavaleiro resplandecente passar, seu vulto conhecido como uma sombra transformada em aço.

O cavaleiro de preto, Dom pensou, lembrando-se de Gidastern, lembrando que o guerreiro maldito destruía tudo em seu caminho. Charlie lhe deu um nome. *Morvan, o Flagelo dos Dragões. Outro monstro de Irridas, destinado a caçar dragões até o fim das esferas.*

De um jeito ou de outro, seu tempo logo vai chegar ao fim, Dom pensou, enquanto sua visão girava.

Morvan. O nome parecia errado, perverso, mesmo em sua cabeça.

Ele se lembrou de Ridha, a armadura verde, a espada brandindo, o cabelo preto solto. Ela era destemida e bela, e ferida sob a mão do cavaleiro de preto. Abandonada à morte.

Não, Dom pensou, estremecendo. *Pior.*

O cavaleiro se virou em seu cavalo, a espada erguida. Embora seu rosto estivesse encoberto pelas placas do elmo, Dom sentiu seu olhar como uma lança. Morvan olhava através dele, para os dragões que lutavam entre si. Calor irrompeu atrás das costas de Dom, depois frio gélido, enquanto os monstros gritavam um contra o outro.

Nem o cavalo de Morvan parecia se importar com a paisagem, pisoteando soldados sob os cascos. Ele se movia com seu senhor, curvando-se num círculo para atacar.

Dom quis se manter firme, erguer a espada para encontrar a de Morvan. Talvez assim Ridha fosse vingada, de alguma forma. E uma das muitas feridas finalmente começaria a cicatrizar.

Ele apertou a espada longa, endireitando os ombros para Morvan. Parte ferina dele rugiu de prazer, implorando para ser solta contra o cavaleiro de preto.

Outra voz respondeu, ecoando dos cantos mais calmos de sua mente.

Corayne.

O nome dela ecoou como um sino em sua cabeça, tocando sem parar.

Morvan baixou a espada quando o garanhão sob ele empinou.

Dom precisou de todas as suas forças para dar meia-volta, deixar o cavaleiro de preto em seu silêncio. E deixar Ridha sem vingança, sua morte sem resposta.

Mas meia-volta Domacridhan deu.

40

ENTRE MARTELO E BIGORNA

Sorasa

ELA SE SENTIU DIVIDIDA entre admiração e aborrecimento. O dragão que era Valtik atravessou o céu, as garras rasgando a fera monstruosa, os dois engalfinhados em combate aéreo.

Sorasa não conseguia acreditar nos próprios olhos.

Tampouco conseguia acreditar que Valtik possuía uma magia tão devastadora *aquele tempo todo*.

A conclusão veio rápido. *Não, não é apenas magia*, pensou, toda sua raiva se dissolvendo. *Isso não é obra de uma bruxa, mas de um deus.*

Ela se virou para fugir, seguindo Andry, que arrastava Corayne para trás sobre a soleira do castelo. Charlie já estava dentro, junto com Garion, os dois brancos de choque. Os Anciões de Kovalinn se aglomeravam ao redor de Corayne, levantando-a. Isadere também estava lá, flanqueade por dois falcões. Le herdeire não era combatente e se manteve dentro do castelo com eles.

Sorasa continuou na entrada, o corpo apoiado no arco, espiando para ver os dragões voarem sobre um céu sangrento. Seu lábio se curvou, observando o dragão azul com suas asas lavanda abertas.

Sorasa ergueu a mão, uma tatuada com a lua crescente. Uma marca de Lasreen, a deusa da morte.

— Obrigada — murmurou ao vento antes de voltar a entrar.

O salão mais parecia um quartel militar, com pilhas de provisões e armas, sem mencionar estoques montanhosos de curativos. *Otimista*, Sorasa pensou, observando os suprimentos médicos. *Alguém precisaria ficar vivo para cuidar dos feridos.*

Corayne se apoiou na entrada aberta, de olhos incrivelmente arregalados.

— Valtik está... — murmurou, desbaratada.

Sorasa levou a mão a seu ombro para a acalmar, guiando a Esperança da Esfera suavemente para dentro da porta.

— Está além de todos nós, agora.

Nas sombras, Charlie mordeu o lábio, parecendo bobo com sua armadura acolchoada.

— Está na hora de barricar o castelo? — perguntou ele, e voltou os olhos para a entrada, o céu vermelho do lado de fora, os sons da batalha crescendo no campo. — Acho que sim, por via das dúvidas.

Sorasa fez que não. De novo, ela puxou a cota de malha sob o casaco, tentando se ajustar. Era como ser comprimida lentamente.

— Ainda não — bufou. O plano era bem conhecido, repassado mil vezes. — Esperamos o sinal. Se a cidade for invadida, vedamos os portões do castelo e recuamos pelo torreão. — Ela pensou nos cofres embaixo do castelo, profundos o bastante para escapar até de fogo do dragão. — Vamos sobreviver.

Ela sentiu o gosto da mentira, amargo na língua. A julgar pela escuridão nos olhos de Corayne, a menina sentia o mesmo.

— Vamos sobreviver — repetiu Corayne, a voz vazia.

Eles ficaram à espera de notícias. Os Anciões de Sirandel eram rápidos em seus relatórios, indo e voltando de seus postos nas muralhas. O coração de Sorasa subia pela boca sempre que um dos imortais aparecia à porta, ofegante com novas notícias. Toda vez, ela aceitava rendição, derrota, morte. Toda vez, dizia um pequeno adeus a Domacridhan e a qualquer esperança que restasse em seu coração atrofiado.

Era uma experiência torturante e, depois de uma hora, ela se sentia exausta.

À porta, outro sirandelo deu seu relatório, detalhando a última investida da linha gallandesa. Parecia um massacre. Sorasa ouvia atentamente demais, voltada para ele, tensa como um rolo de corda.

— Alguma notícia do príncipe de Iona? — murmurou.

De novo, ela se preparou para o pior.

— Nenhuma — respondeu o sirandelo. — Mas ele luta ao lado da monarca. Vi os dois na linha de pique antes de sair das muralhas.

Sorasa soltou um longo suspiro, fechando os olhos por um momento.

— Muito bem.

O corpo dela coçava. Não era do feitio dos amharas entrar imprudentemente na batalha. Eles atacavam das sombras. Porém, o corpo todo dela parecia errado no castelo, escondido enquanto Dom lutava lá embaixo. *Ele está seguro entre um exército ancião*, ela disse a si mesma. Por mais irritante que fosse, Sorasa não conhecia nenhum guerreiro melhor do que Domacridhan. E havia mais centenas como ele.

Com sorte, eles poderiam abater um bom número do exército de Erida, e as legiões se dispersariam, seus comandantes esgotados pela resistência imortal.

Ela se virou, deixando que Lady Eyda falasse com o batedor sirandelo. A donzela guerreira estava envolta por um vestido de cota de malha, o manto grandioso descartado, um machado nas costas. Seu pessoal não chegava a mais de vinte, dispostos em intervalos pelo salão de entrada.

O urso desgrenhado vagava entre eles, bocejando. Sorasa fez questão de manter distância do animal, por mais que lhe garantissem que era bem treinado.

Corayne coçou atrás das orelhas dele, como se fosse um cachorrinho, e não uma fera enorme. Ele se tremeu todo, a língua para fora enquanto apoiava o peso do corpo na mão dela.

— Está com saudade do seu rapazinho, não? — disse Corayne para o urso. Dyrian estava nos cofres com os outros jovens imortais, escondidos da carnificina. — Logo mais vocês se veem.

Andry ficou alguns passos para trás, preocupado.

Embora um ar sombrio pairasse sobre o salão, Isadere não conseguia deixar de sorrir. As velas fracas e os raios finos de luz iluminavam seu rosto bronze e o fulgor de seus dentes brancos.

— Deveríamos dar graças à deusa Lasreen — disse Isadere, com entusiasmo, apontando para os dragões. — Ela atendeu nossas orações.

Do outro lado do salão, Charlie soltou um bufo ecoante.

— Você acha que a deusa da morte nos mandou Valtik?

Sorasa os ignorou e espiou a porta, seguindo o dragão azul. No céu, Valtik duelava, implacável, abrindo a bocarra e disparando chama gelada pelo céu. Mas o outro dragão não cedeu nenhum centímetro.

Amavar? ela se perguntou, citando a serva fiel de Lasreen. *Ou a própria deusa?*

Os deuses da Ala responderam, Valtik tinha dito antes de se transformar.

Restava apenas torcer que fosse suficiente. Seu corpo gelou enquanto assistia à batalha, o olhar alternando entre o campo e os dragões no céu. Ela estremeceu quando o dragão de Taristan rompeu as defesas de Valtik, passando a garra no pescoço dela. Fios de sangue iridescente tremeluziram no ar antes de chover sobre a cidade.

Ao lado dela, Isadere vacilou, seu rosto bronze ficando pálido.

— Ela não pode vencer essa batalha sozinha — murmurou le herdeire. — Preciso tentar meu espelho. Sem dúvida, a deusa vai falar comigo agora que seu olho está sobre nós.

Invocar os deuses não cabe a nós, Sorasa quis dizer, mas mordeu a língua. Em vez disso, deu um aceno sombrio.

Com um silvo dos mantos, Isadere saiu marchando, na companhia dos guarda-costas. Todos os três seguiram para os cofres de Iona, onde os objetos de valor eram armazenados.

— Quem sabe elu não se perde? — riu Charlie com ironia, tirando uma gargalhada rara de Sorasa.

Não durou muito.

Um grito cortante atravessou os corredores de Tíarma, o som como um raio pela espinha de Sorasa. Ela se virou na direção do barulho a tempo de ver Isadere voltar cambaleante pelo salão de entrada, quase carregade pelos guarda-costas falcões.

Isadere olhou primeiro para Charlie, os olhos pretos cheios de pavor.

— É isso que a deusa me mostrou — gemeu, a voz embargada.

Sem pensar duas vezes, Charlie correu para o lado de Isadere.

— Isso o quê?

— O caminho que vi, descendo e descendo pela escuridão...

Isadere arregalou os olhos de pavor, apontando para os cofres.

— Sombras e uma luz vermelha sob tudo — sussurrou. — Um caminho que meus pés não traçariam.

— Do que elu está falando, Charlie? — questionou Sorasa, veemente, parando ao lado dos dois.

Medo envolveu suas entranhas, mas ela ignorou.

O sacerdote destituído fez uma cara estranha enquanto examinava o rosto de Isadere. Apesar da inimizade entre Charlie e Isadere, ele certamente acreditava nas palavras delu, o que quer que significassem. Sorasa murmurou um palavrão. A última coisa de que eles precisavam era um surto de histeria religiosa.

Os Anciões ficaram olhando com expressões confusas, sem entender. Até Lady Eyda erguer a cabeça, os olhos se erguendo de Isadere, de volta à passagem.

— Estão escutando? — murmurou a Anciã.

Ela virou a mão branca, pegando o machado de guerra atrás das costas. O medo no coração de Sorasa cresceu, ardendo como chamas de dragão.

— Escutando o quê? — disse baixo, até que todos os Anciões no salão arregalaram os olhos.

A atenção deles se voltou a algo além da percepção mortal de Sorasa. Enquanto eles se esforçavam para ouvir, todos ficaram quietos, até o próprio castelo ficar silencioso como um tumba. O único som era a batalha distante e suas próprias respirações ofegantes.

Não era o silêncio que incomodava Sorasa, mas os semblantes de pavor se espalhando pelos Anciões imortais. Até em Eyda, uma guerreira de grande renome.

Sem pensar duas vezes, Sorasa puxou Corayne para perto, o aperto forte na gola da armadura dela. Andry seguiu, uma muralha atrás das duas.

— Escutando o quê? — repetiu Sorasa, mais incisiva.

Ela levou a mão a uma adaga, enquanto a espada de Andry saía da bainha.

Do outro lado do salão, Garion encontrou o olhar dela, sua rapieira se soltando.

Eyda não respondeu. O machado pendia em sua mão, o rosto branco como leite.

— Dyrian — sussurrou, saindo salão.

Dyrian. O estômago de Sorasa se revirou. *Embaixo nos cofres com as outras crianças.*

— Esperem! — gritou Sorasa, tentando deter os Anciões.

Eles hesitaram, divididos entre seguir Eyda e proteger Corayne.

Sorasa deu meia-volta e apontou para o batedor que ainda esperava à porta.

— Mande mensagem para as muralhas — vociferou. — Busque ajuda. Algo está errado neste castelo.

O corredor ancião desapareceu num farfalhar de couro roxo, saindo em disparada sob a luz agonizante. Sorasa quis seguir, levar Corayne para o campo aberto. O castelo de repente pareceu uma armadilha.

Ela já sentia as paredes se fechando ao redor deles, ameaçando desabar e enterrar todos.

Outro grito atravessou os corredores de Tíarma, reverberando pelo mármore e pela pedra. Os últimos guardas de Kovalinn correram para seguir o pranto de Eyda.

Sorasa rangeu os dentes, em guerra com os próprios instintos. De novo ela queria fugir. Em vez disso, arrastou todos consigo, correndo atrás dos Anciões que deveriam guardar Corayne, e não correr ao primeiro sinal de confusão. Charlie e Garion também se moveram, logo atrás dela. Tudo que eles podiam fazer era seguir, ficar atrás dos Anciões e dentro de seu círculo de proteção.

Os Anciões entraram apenas alguns metros no corredor seguinte antes de pararem. Alguns metros abaixo, na passagem comprida, Eyda estava sozinha, os olhos cravados nos degraus que levavam às entranhas mais profundas do castelo. Ao túnel em espiral que eram os cofres.

A Dama de Kovalinn estava contra a luz, uma janela fechada sobre ela. Os últimos raios escuros do sol atravessavam fracamente as brechas entre as tábuas, faiscando vermelhos na cota de malha. A Anciã gelou, quase paralisada.

Sorasa agarrou Corayne, mantendo a garota atrás de si. Todos os seus instintos, os com que nasceu e os que os amharas incutiram nela, explodiram no corpo de Sorasa. Eles a dilaceraram, gritando, até ela mal conseguir ouvir nada além do próprio corpo.

Foi o cheiro que a alcançou primeiro.

Sorasa soube num instante.

Não existe nada como o cheiro de carne podre. Nada como os corpos dos mortos-vivos.

Os primeiros avançaram, seus movimentos espasmódicos e estranhos, seus membros pendurados em tendões podres e ossos decadentes. Luz vermelha iluminava os cadáveres enquanto eles se moviam, envolvendo todos em escarlate, encharcados de sangue velho.

— Fuja — gritou Sorasa, empurrando Corayne.

Em seu coração, Sorasa já estava fora do castelo, nos estábulos, enfiando Corayne em cima de um cavalo e galopando para fora de Iona o mais rápido que quatro cascos conseguiam conduzi-las.

Elas mal deram alguns passos para trás.

Sorasa se virou na direção do salão de entrada, Corayne segura em sua mão.

Mais um raio crepitou pela espinha da assassina.

Treze silhuetas estavam do outro lado do salão de entrada, seus contornos marcados contra a luz agonizante que caía sobre o mármore. Enquanto os mortos-vivos subiam dos cofres, os amharas entravam no castelo.

Estamos cercados.

— Fuja — disse Sorasa de novo, mais baixo agora. Soltou o corpo de Corayne e a empurrou para o lado, para os outros corredores que se ramificavam. — Fuja.

Corayne ficou, balbuciante. Mexeu a boca, gritando algo que Sorasa se recusava a ouvir. Ela não tinha o foco para aquilo. Havia apenas os amharas à frente, os mortos-vivos atrás.

Garion fez o mesmo. Como Sorasa, ele empurrou Charlie para longe de repente. O sacerdote caiu duro, mas voltou a se levantar com dificuldade.

— Fuja, ratinho de igreja — entoou Garion, todo seu charme abandonado.

Andry os recolheu, Corayne e Charlie, filha de pirata e sacerdote. Ele era seu protetor. Não um escudeiro, mas um cavaleiro de verdade, a armadura vestida e a espada erguida. Sorasa lançou uma única olhada para ele, encontrando a expressão firme de Andry. Os olhos calorosos dele estavam pretos de medo, mas ele acenou. Devagar, foi recuando os dois para o outro corredor, longe do cruzamento de assassinos e mortos-vivos.

— Proteja eles, Andry — sussurrou Sorasa.

— Sigam-me — disse uma voz, grave e fria.

Sorasa se assustou, a mais leve centelha de alívio subindo dentro dela.

— Isibel.

Como a monarca passara pelos assassinos, Sorasa não sabia, mas não era a hora de perguntar. Era a fortaleza de Isibel, seu castelo. Ela certamente o conhecia melhor do que ninguém.

Isibel acenou do corredor, sua armadura tremeluzindo como um espelho. Respingos de sangue cobriam cada centímetro dela, mas seu cabelo prateado estava solto, deixando-a mais pálida sob a luz fraca. Sua espada antiga, brutal e cruel, estava pior do que a armadura.

— Venham — disse Isibel, erguendo a mão para Corayne e seus Companheiros. — Conheço o caminho.

Não havia tempo para discutir, nem hesitar.

Corayne lançou um último olhar para Sorasa antes de ser arrastada por Andry. Charlie também resistiu a Andry, mas não era páreo para o escudeiro. Eles desapareceram atrás de Isibel, fugindo do cruzamento das passagens e do ataque duplo ao castelo.

Num piscar de olhos, eles desapareceram dos pensamentos de Sorasa, sua mente se focando, até ela sentir apenas a adaga e o pulso do próprio coração.

Uma rapieira silvou pelo ar, dançando lentamente na mão de Garion. O corpo dele relaxou, fluido como um bailarino enquanto assumia sua postura de combate. Sob os cachos cor de mogno, seu rosto era branco como osso. Ele reconheceu o perigo tão bem como Sorasa.

O clangor de armas ressoou atrás deles, os Anciões de Kovalinn resistindo ao exército de mortos-vivos que subiam dos cofres. Seus grunhidos de exaustão ecoavam pelas paredes de pedra e subiam até os tetos, ressoando por todo o castelo como um sino horrendo. Enquanto suas espadas e machados brandiam, cortando membros e decepando cabeças, os cadáveres respondiam, estridentes. Subiam inexoravelmente, arrastando-se dos cofres numa maré tenebrosa, inundando Tíarma de baixo para cima.

Sorasa engoliu em seco.

Não haveria resgate ancião dos amharas. Os terracinzanos eram desafio suficiente.

Ela só podia rezar pelos imortais atrás dela e ter esperança que segurassem a passagem. Esperança que alguém chegasse a tempo de salvá-los.

Esperança que Isibel tivesse o bom senso de tirar Corayne dali, mesmo que precisasse carregá-la sozinha pelas falésias.

Eles estavam encurralados, Sorasa e Garion, entre os cofres e o salão de entrada. Sua única vantagem era o ponto alto, por menor que fosse, com a entrada lá embaixo.

Os últimos raios de sol escorriam pelo piso, e a batalha ainda seguia no campo. Sorasa ouvia a pancada distante de catapultas, o zunido de flechas. Seu coração subiu pela garganta. Ela rezou de novo, dessa vez para que uma silhueta conhecida subisse a rua. Ombros largos e cabelo dourado. Um temperamento furioso.

Ela deixou de lado a esperança inútil, encarando os amharas.

Os amharas apenas encararam em resposta, esperando que a colega exilada atacasse.

Sorasa aproveitou tudo que podia. Procurou por oportunidade, lendo cada rosto, notando cada nome, cada fraqueza, cada força. Catalogando tudo que ela sabia deles num piscar de olhos. Qualquer coisa para ganhar a vantagem.

E qualquer coisa para durar um segundo a mais.

Um dos amharas se destacava dos outros. Não pela altura ou pelo peso, mas pela idade. Ele era o mais velho de todos por décadas, sua pele bronzeada e desgastada por meio século nos desertos de Ibal. Seus olhos verde-claros enrugados, o mais próximo de um sorriso que Sorasa já tinha visto no rosto dele.

— Fico lisonjeada, Lord Mercury — disse Sorasa, dando um passo para dentro do salão.

Atrás dela, os cadáveres bramiam e gritavam.

Garion se mexeu com ela, os lábios repuxados numa linha fina.

Lord Mercury alternou o olhar entre os dois, sem pressa. Sorasa sabia que ele os estava medindo como ela tinha feito, lendo seus corpos e suas histórias. Enquanto os assassinos ao redor dele seguravam suas armas, espadas e adagas e machados e chicotes, Mercury não segurava nada. Ele não se mexeu, as mãos entrelaçadas na frente dos longos mantos pretos.

Sorasa sabia que não era bem assim. Ela se lembrava das facas que ele carregava, todas bem escondidas sob as dobras das roupas. Era chocante vê-lo ali, na frente dela, um pesadelo de carne e osso.

Depois de tantos anos, eu me convenci que ele era apenas um fantasma.

— Que confusão você criou, Sorasa Sarn — suspirou ele, encolhendo os ombros.

Sua voz rasgou algo dentro. Lembranças demais passaram por sua mente, da infância em diante. Todas as lições, todas as torturas. Todas as palavras gentis, por menos que fossem. Em outra vida, ela considerava Mercury seu pai. Mas aquela vida ficara para trás.

Não, Sorasa sabia. Ela era apenas uma ferramenta para ele, mesmo naquela época. *Essa vida nunca existiu.*

Mercury a encarou, como se ela ainda fosse aquela menina, chorando sob a lua do deserto.

— Uma pena eu precisar limpar.

Sorasa mostrou os dentes. Ela deu outro passo para dentro do salão, cortando a distância entre eles.

— Uma pena você não ter feito isso anos atrás — retrucou.

— Sim, concordo — disse Mercury com tranquilidade. — Sei disso agora. Essa é minha fraqueza, deixar um fracasso como você viver. — Ele apontou a cabeça, fixando os olhos claros em Garion. — Vejo que também envenenou Garion.

Sorasa soltou uma risada sarcástica.

— Infelizmente, não posso assumir a responsabilidade por isso.

— Se matar Corayne an-Amarat, a esfera acaba — disse Garion com a voz leve, como se estivesse falando do clima. — É isso que Erida realmente quer, seu velho burro.

Mercury apenas sorriu, deixando as rugas em seu rosto mais profundas. Seus dentes reluziram vermelhos sob a luz estranha, afiados como Sorasa lembrava.

— Vou lhe dar a chance de se afastar, Garion — disse, acenando para a porta. — Mas não você. Seu destino está selado, Sarn. Está assim desde o dia em que nasceu.

Seu coração acelerou e ela xingou a cota de malha. Defenderia contra uma flecha no campo de batalha, mas apenas a pesaria contra os amharas. *Maldito Domacridhan, um incômodo gigantesco até o fim.*

Sorasa deu um meneio de cabeça, devagar, deixando que a frustração viesse à tona. Franziu a testa, um único soluço ofegante escapou de sua boca. Ela sentia Mercury observando, seus olhos devorando sua dor.

Ela deu o sofrimento a ele com todo o prazer, deixando os segundos passarem. Todos merecidos.

Quando ela voltou a erguer os olhos, Mercury riu com desprezo. E o rosto de Sorasa perdeu a expressão. Por trás dele, fora dos portões do castelo, vultos se moveram em silêncio sobre a pedra. Rápidos como o vento, as peças de couro roxas como sombras.

— Traga meu destino, então — disse Sorasa, saltando.

Quando seus pés deixaram o chão, os batedores sirandelos atravessaram a porta, imortais, todos. Mortíferos e silenciosos, até para os amharas.

Os assassinos se viraram, dando de cara com uma companhia nova de guerreiros anciões. Ruivos, de olhos amarelos, temíveis e astutos como as raposas bordadas em seus mantos. Lord Valnir os guiava, seu arco vibrando, um contingente de guardas entrando atrás dele. A primeira flecha trespassou uma amhara, fazendo-a cair de joelhos.

Sorasa caiu com força, a adaga traçando uma linha áspera pela garganta de um amhara. Ao lado dela, Garion girou, desviando do primeiro golpe de uma espada potente.

Na Guilda, os acólitos lutavam com a mesma frequência com que comiam. Nos pátios de treinamento, mas também nos corredores e dormitórios. Rivalidades e alianças brotaram através dos anos juntos, suas histórias entrelaçadas. Sorasa conhecia cada rosto na frente dela. Alguns mais velhos, outros mais jovens, mas todos acólitos um dia. Próximos como irmãos, amados ou odiados. Ela usou esse conhecimento a seu favor, e seus oponentes fizeram o mesmo.

Mercury observou tudo, ficando para trás para observar seus mascotes se devorarem.

Como na colina da trilha do Lobo, Sorasa fechou o coração para emoções, recusando-se a pensar no sangue que derramava até ter completado a tarefa.

A batalha subiu dentro do castelo como duas marés se quebrando na praia. Os sirandelos, os amharas, os kovalinnos, os mortos-vivos ganhando terreno continuamente. Todos guerreavam de um lado a outro, com Sorasa e Garion no meio, encurralados entre martelo e bigorna. Seus instintos de sobrevivência tomaram conta, seu corpo se mexendo sem pensar. Ela só conseguia andar, desviar, aparar, esfaquear. De novo e de novo e de novo. Um cadáver agarrou seus tornozelos, um chicote amhara se curvou ao redor de seu braço. *Atacar, cortar.* Tudo se turvava, levando-a na corrente.

Ela perdeu Garion na batalha, mas entreviu o urso de Dyrian, a cabeça de um amhara na boca. Sacudiu o corpo do assassino de um lado a outro como um brinquedo.

No chão, Eyda chorava sobre o corpo destroçado do filho. O jovem lorde jazia inerte, o rosto branco na morte. Uma espada pequena estava quebrada ao lado deles. Ele morrera lutando, ao menos.

O estômago de Sorasa se revirou ao se dar conta de que Dyrian sofrera um destino melhor do que as outras crianças anciãs.

Os jovens imortais subiam através da batalha, cambaleantes e lentos enquanto saíam da escada. Todos estavam com os olhos mortos, os queixos caídos. Mortos ambulantes.

Os cofres não os tinham salvado. Em vez disso, foram sua desgraça. Sua mente girou com a implicação. Novos mortos-vivos, trazidos dentre os cadáveres.

Criados por...

— Taristan está aqui — murmurou para ninguém, a cabeça latejante.

Até que uma bota acertou seu queixo e a fez voar. Por instinto, seu corpo ficou inerte enquanto ela atravessava o ar. Tensão só a machucaria mais, uma lição que ela aprendera cem vezes. Ela caiu e rolou, seu corpo se enroscando na maldita cota de malha.

Mercury estava lá, mais rápido do que ela pensou que um mortal poderia se mover. Ele a pegou pela garganta, fechando a mão, e apontando uma de suas adagas preciosas contra as costelas dela.

— Falei a sério, Sarn — rosnou Mercury, o hálito banhando o rosto dela. — Você foi meu maior fracasso. Mas a falha estava em sua criação, em mim. Pense por esse lado.

Ele cravou a adaga.

Ou pelo menos tentou.

A cota de malha resistiu, salvando seu pulmão, embora sua costela doesse como se tivesse sido atingida por um martelo.

— Armadura? — riu Mercury, seu hálito na cara dela. Ele continuou segurando, apertando a garganta dela. — Você mudou.

Sorasa arranhou a cara dele, traçando linhas agressivas e sangrentas. Ele não pareceu notar. Desta vez, ergueu a adaga, apontando-a para seu rosto. A lâmina era fria em sua bochecha, a ponta a milímetros de seu olho.

Um vulto atingiu o lorde dos amharas, um corpo maior se batendo contra ele, derrubando o velho no chão. Um demônio se elevou sobre ele, a armadura manchada de sangue, o elmo arrancado. Ele se agigantou, monstruoso, o peito subindo e descendo com respirações ofegantes. Não fosse pelo cabelo dourado e pelo aço verde, Sorasa teria pensado ser o urso de Dyrian.

Dom com certeza lutava como um.

No chão, Mercury levantou com uma cambalhota, mas Dom o apanhou, pelo pescoço e pela perna. Levantou Mercury bem alto, como se não fosse mais do que um fardo de gravetos, e o atirou com força do outro lado do salão. O assassino caiu com um estrépito nauseante, batendo no mármore.

Sorasa quis cair, exausta. Quis abraçar Dom, grata.

Em vez disso, ela se virou para enfrentar o próximo inimigo.

— Obrigada — soltou Sorasa entre dentes, deixando sua espada dançar.

Ela não se daria ao trabalho de perguntar o que acontecera no campo de batalha ou por que ele tinha voltado.

— De nada — respondeu Dom, virando as costas para ela.

Por um momento, ela se apoiou no metal dele, sentindo Domacridhan atrás dela. Sua presença deu poucos segundos para ela, mas tempo suficiente para se recompor.

Ela avaliou o salão, lendo o sangue no chão, a maré de corpos indo e vindo. Os mortos-vivos que não paravam, subindo como espuma dos cofres em fileiras infinitas, inundando o castelo. Os Anciões faziam o possível para os abater. Alguns caíam sobre os degraus, reduzidos a cabeças rolando e troncos arranhando. Mas a maioria avançava, dispersando-se e rosnando em todas as direções.

Restavam seis amharas, mas eles correram para o corpo de Mercury, deixando Garion, ofegante, para trás. Um deles pegou seu lorde, erguendo-o sobre o ombro.

Sorasa quis correr atrás deles, cortar a garganta de Mercury e ver a luz se esvair de seus olhos para sempre. Contraiu os dedos dela, ainda tensos na adaga, o coração acelerado no peito. Memórias vieram à tona, uma mais dolorosa do que a outra. Ser abandonada no deserto quando pequena. Seu corpo quebrado pelo treinamento. Sua primeira morte e como a fez se sentir terrível. O sorriso e a predileção de Mercury, concedidos como um presente, mas tão facilmente tirados. E o rosto dela pressionado à pedra fria da cidadela, o corpo nu, uma tatuagem terrível nas costelas. Mercury não sorriu nesse momento, enquanto tirava tudo que ela já havia tentado construir.

A voz de Mercury pairava no fundo de sua mente. *Meu maior fracasso.*

Mas Sorasa não conseguiu se mexer.

Os amharas, e Mercury, foram ficando menores, fugindo para a cidade. Eles correram, mas ela não conseguiu, observando enquanto desapareciam pelo pátio do portão. Seu lábio tremeu. No fundo da mente, fez uma oração a Lasreen.

Permita que ele morra.

Seus vultos desapareceram, como as memórias. Como a amhara que ela um dia fora.

— Onde está Taristan? — rosnou Dom, esticando o pescoço de um lado a outro.

— Não sei — respondeu Sorasa, desesperada.

Ela rezou para que ele não lhe tivesse escapado na confusão.

Dom se virou para ela, pegando-a pelo pescoço como Mercury fez. Porém, o toque do imortal era muito mais suave, seu polegar leve sobre a garganta dela. Involuntariamente, Sorasa se entregou ao toque, a pele fria dele sobre seu corpo flamejante.

Os olhos dele dançavam, explosivos, o rosto manchado de sangue.

— Onde Corayne está?

— Com Isibel — retrucou Sorasa. — Ela voltou antes de você. Andry e Charlie estão com elas.

Parte da tensão relaxou e Dom soltou um grande suspiro, erguendo os ombros. Isso bastou para Sorasa, alívio a atravessando. Ela baixou a cabeça, apoiando a cabeça no peito de Dom, o aço frio sob sua pele quente.

Respire pelo nariz, solte pela boca, ela disse a si mesma, controlando a respiração. Acalmando o coração. Deixando o medo se encolher em algo que ela conseguisse controlar.

Dom está aqui agora.

— *Merda* — ele disse sobre ela, um raro palavrão mortal escapando entre seus dentes.

Sorasa ergueu a cabeça, virando como ele virava, olhando para onde ele olhava. De novo o mundo se estreitou. De novo o som se esvaiu.

Ela avistou Ronin primeiro, os mantos escarlates contrastando com a maré de cadáveres podres. Mas era seu rosto que se destacava, sua cabeça balançando para trás e para a frente. Ele estava com a mão estendida, segurando alguém ao lado dele, deixando que o conduzisse.

Porque o feiticeiro não tinha mais olhos.

Restavam apenas duas cavidades, escorrendo sangue entre as pálpebras, como se a ferida ainda fosse fresca. Rios vermelhos desciam por suas bochechas pálidas.

Sorasa sentiu seu joelhos cederem enquanto Dom a segurava, o tempo esmorecendo para os dois.

Outra cabeça apareceu sobre a maré de cadáveres, subindo degrau por degrau. O rosto, o pescoço, os ombros. Cabelo ruivo, olhos pretos, veias brancas como relâmpagos na pele. Como Ronin, ele usava escarlate sobre um ombro, um manto ondulando atrás dele. Mas suas roupas de couro eram velhas, manchadas e desgastadas, prova de uma vida de provações implacáveis.

Taristan do Velho Cór.

Embora os Anciões estivessem no caminho, ainda lutando, Taristan olhava reto por eles. Sorasa esperava seu sorriso pérfido, horrendo e cruel. Em vez disso, o olhar dele era distante, revelando mais de si a cada degrau para dentro de Tíarma. O ritmo dele era lânguido, preguiçoso até. Como se já tivesse ganhado.

Sem pensar duas vezes, ela ergueu um braço, pretendendo barrar o caminho de Dom. Ela lembrou como ele entrou num palácio em chamas por uma chance de matar Taristan. Mas o Ancião não se mexeu. Para seu choque, até deu um passo para trás, puxando-a consigo.

— Para onde Isibel foi? — murmurou Dom em seu ouvido, apertando-a com mais força.

Sorasa o apertou em resposta, os olhos ainda em Taristan enquanto ele avançava.

— Vamos descobrir.

41

O CONFRONTO DE IMPÉRIOS

Erida

Parecia uma empreitada simples.

A névoa se dissipou sob o sol nascente, revelando Iona enquanto eles desciam os últimos quilômetros do desfiladeiro. A cidade anciã se situava sobre um triângulo de granito, erguida do vale. Pouco mais do que uma vila grande aos olhos de Erida, irrisória em comparação com as cidades grandiosas de seu império. E insignificante em comparação com o exército enorme ao redor dela.

As legiões vão devorar esse lugar por inteiro, ela pensou, contemplando Iona. Seus olhos arderam, o olhar tão fixo que Erida se esqueceu de piscar.

Atrás de seu véu e sob a armadura, sua pele formigava. Ela sentia como se mil ganchos tivessem se cravado em sua pele. Cada um machucava um pouquinho apenas, puxando mais e mais sobre o terreno rochoso. Quanto mais ela avançava, com mais insistência eles puxavam. Erida contraiu os calcanhares, exortando o cavalo a acelerar o ritmo.

A égua estava arisca, estranhamente nervosa. Erida se perguntou se o cavalo sentia o demônio dentro dela ou se simplesmente cheirava o dragão que subia mais e mais nas montanhas.

Taristan a tinha deixado sozinha entre seus comandantes. Ele partira com Ronin e os terracinzanos na calada da noite, os planos dele traçados atentamente. Antes, ela poderia ter temido por ele ou desconfiado de seu caminho. Mas o Porvir não temia, Sua presença calmante e segura. Portanto, Erida também não temia.

Além disso, não tardaria para eles se reencontrarem na vitória.

Lord Thornwall não falava com ela, para a alegria de Erida. Seus lordes mantinham distância, permitindo que a Guarda do leão rodeasse a rainha, deixando-a num casulo agradável de silêncio. Ela preferia isso a mimar seus nobres fracotes, alguns já se mijando de medo.

Erida se exasperava com eles. *Comandamos o maior exército sobre a Ala. Não deveríamos temer nada, nunca mais.*

Eles sussurravam sobre Ascal, mas ela não deu ouvidos. Sua mente estava voltada para a frente, não para trás.

Pela manhã, os batedores haviam feito relatórios sobre as defesas ionianas. Quando chegaram aos sopés mais baixos, a distância diminuindo, Erida pôde vê-las com seus próprios olhos. Ela quase riu das valas escassas ao redor dos portões da cidade. Mal retardariam suas legiões, muito menos mudariam o rumo do futuro.

Apesar da guerra com Madrence e sua conquista dos reinos do sul, Erida nunca tinha visto um campo de batalha como aquele. Dois exércitos dispostos, enfrentando-se sobre a planície descampada. Enquanto as legiões marchavam adiante, seguindo seus capitães e oficiais de campo, um guarda conduziu o cavalo de Erida para uma elevação sobre o terreno escolhido.

As bandeiras de Galland se agitavam. Sob elas, seus comandantes se reuniam, Lord Thornwall o principal dentre eles. Ele parecia pequeno em comparação com seus tenentes corpulentos ou lordes nobres de armadura exagerada, mas Erida sabia que não deveria subestimar seu general.

Todos continuaram na sela e Erida também, freando o cavalo ao lado de Thornwall. O manto dela voava sobre suas costas e as ancas do cavalo, o veludo verde enfeitado com rosas. Sua armadura não era tão ornamentada, mais grossa do que Erida estava acostumada. Era pesada em seu corpo, o aço reluzente. Era o preço de estar tão perto da batalha. Não havia motivo para douramentos inúteis ou coroas.

— Entrem em formação — gritou Lord Thornwall de cima do cavalo.

Sob seu comando, o exército se formou em linhas infinitas, a infantaria recuando para permitir que os cavaleiros de sua cavalaria pesada assumissem a vanguarda.

Era uma cena maravilhosa, a ponto de fazer Erida perder o fôlego.

— Magnífico — murmurou.

Ao lado dela, Thornwall não tinha como não concordar, seus olhos acesos com a chama da guerra.

O dragão pairou baixo, seu corpo incrustado de joias emanando calor como uma fornalha. Grasnou como uma ave de rapina, deixando um vento nauseabundo atrás de si. As bandeiras foram puxadas em seus mastros, enquanto os comandantes dela se abaixavam sobre a sela. Até a Guarda do Leão se encolheu, mas somente Erida manteve a coluna ereta, sem se incomodar com o monstro do Fuso.

O dragão respondia a seu marido.

E Taristan responde a mim.

Apesar de sua confiança nele e no Porvir, Erida sentiu uma pontada de saudade. De novo, estreitou os olhos através do vale, buscando alguma mancha escura sobre a paisagem. Do lago, não das montanhas. Mas não havia nada. Ou Taristan e Ronin estavam bem escondidos ou já estavam dentro dos túneis, subindo a cidade por dentro, como vermes comendo um cadáver.

Ela suspirou sob os véus, desejando que seu marido triunfasse.

Iona parecia ainda menor do que horas antes. Menos ainda um prêmio para a Imperatriz em Ascensão.

Não é a cidade, sabia. *Mas a garota dentro dela. Corayne e a espada de Fuso.*

A força defensora parecia maior do que o próprio enclave, saindo dos portões da cidade para entrar em formação. Erida pensou que sentiria pena deles, mas sentia apenas asco dos soldados que marchavam contra ela. Eles lutariam em vão e morreriam mortes inúteis.

— Pelo menos dez mil — murmurou Thornwall para um de seus tenentes, respondendo a uma pergunta que Erida não ouviu.

Ela o espiou, estudando sua testa franzida.

Um pouco da luz se apagou dos olhos dele, seu ardor se perdendo. Erida ficou intrigada. O campo de batalha era o único lugar em que Thornwall realmente ficava à vontade, e ele o atacava com uma determinação obstinada. Mas seu semblante ficou carregado, seus lábios comprimidos numa linha dura.

— Dez mil — riu Erida, sorrindo sob o véu. *Menos de duas legiões.* — Vamos passar por cima deles.

A maioria dos nobres refletiu seu sentimento, mesmo que falsos.

Thornwall, não.

— Dez mil sob a bandeira de Ibal e a bandeira de Kasa — disse, incisivo, apontando para os exércitos reunidos no campo.

— Ibal e Kasa não me assustam, milorde — respondeu Erida com frieza.

Ele não se deteve, seu rosto corado ficando vermelho como o céu.

— Sem mencionar todos os Anciões que estão entre eles. Formam o centro.

A rainha de Galland puxou a rédea do cavalo para olhar de frente para Thornwall. Ele a encarou em resposta, impassível. Embora ele fosse pequeno em estatura, Erida nunca tinha pensado nele como um homem pequeno.

Até agora.

— Anciões também não me assustam — disse, furiosa. — Assustam o senhor, Lord Thornwall?

O insulto era claro, arremessado como um dardo. Seus nobres ficaram olhando, sem palavras, alternando entre rainha e comandante. Era quase como se Erida tivesse apunhalado Thornwall no peito.

Ele curvou o lábio e Erida se preparou para a traição. Em vez disso, ele fez a maior reverência que podia ser feita sobre a sela de um cavalo.

— Não, majestade — murmurou.

— Que bom — retrucou ela. — Então continue. Ordene o ataque.

Ela precisou de toda sua força de vontade para ficar em silêncio na sela, as mãos ainda nas rédeas. Ainda bem que suas luvas escondiam os dedos, brancos como estavam de tanto apertar as rédeas. Sua armadura era sufocante, a cota de malha e o aço de qualidade como uma âncora a imobilizando. Era estranho usar armadura de batalha de verdade em vez de saias, vestida como um guerreiro em vez de uma rainha. Os ganchos em sua pele puxaram de novo, e o rio de influência correu ao redor de suas pernas. Eles a arrastavam, o Porvir sempre guiando.

Erida se segurou à sela. Observou os dragões dançarem no céu, engalfinhados num conflito que não se via desde a era dos Fusos. Se o Porvir sabia de onde viera o segundo dragão, ela não sabia dizer. Mas sentia Seu ódio. Escorria dos poros dela, fervilhando a cada batida das asas do dragão azul.

Era difícil saber para onde olhar. Os dragões em cima, trocando rajadas de chama ou o campo de batalha embaixo. Seu exército era uma onda, a maré de cavaleiros batendo contra uma costa implacável.

A cada passagem da cavalaria, cada linha reformulada, sua garganta se apertava, até Erida ter medo de perder o fôlego. A cada vez, ela rezava que a linha anciã desabasse para dentro. Que ao menos um vacilasse.

Nunca vacilavam.

Erida rosnou consigo mesma. O Porvir operava através de seu corpo, como veneno em suas veias, a raiva d'Ele alimentando a dela.

Equilíbrio, ela disse a si mesma, apertando as rédeas. *Equilíbrio.*

— As linhas deles não vão se romper — murmurou Thornwall. Ele se dirigiu a um tenente: — Recuem a cavalaria, levem os arqueiros à frente. Defendam a retirada.

Erida sentiu sua raiva disparar.

— Retirada? — questionou. — O leão não bate em retirada.

— Recuperação, eu quis dizer — disse Thornwall rápido. — Para podermos enviar a infantaria.

Embaixo, o exército gallandês se moveu, respondendo às ordens de Thornwall, o exército ioniano respondendo da mesma forma. Os Anciões recuaram, carregando seus piques consigo. Eram com certeza mais fortes do que homens mortais, a linha de pique como uma floresta em movimento até se reagruparem alguns metros atrás.

Erida sentiu os ganchos na pele, puxando e puxando, fracos mas insistentes.

Em breve, ela disse a si mesma e à criatura dentro dela.

De novo, seus olhos arderam. De novo, ela se esqueceu de piscar.

Dessa vez, ela não foi a única. Por toda a colina, seus lordes e comandantes prenderam a respiração, sem se atrever a desviar os olhos.

A infantaria marchou através do descampado de sangue, encontrando a muralha de Anciões e mortais num estrépito de metal, aço contra aço, ferro e bronze e cobre estridentes. Por mais fortes que fossem os Anciões, eles estavam em números desesperadamente menores. O exército de Erida foi comendo pelas beiradas, onde os soldados mortais eram mais fracos. Bandeiras de Ibal caíram, o dragão dourado pisoteado sob o leão. Os cavaleiros águias de Kasa se destacavam entre os soldados, suas armaduras brancas reluzindo sob o céu vermelho. Um a um, eles foram desaparecendo, dominados pelas ondas de batalha.

Aos poucos, a linha foi recuando, a defesa perdendo terreno minuto a minuto, centímetro por centímetro sangrento.

— Que guerra — murmurou Erida, virando-se para sorrir para Thornwall, uma bandeira de paz entre rainha e comandante.

Ela esperava ver orgulho ou, ao menos, triunfo. Em vez disso, Thornwall olhava fixamente para o campo, impassível. Ao longo da linha de comandantes, ela via o mesmo semblante, até em sua Guarda do Leão.

— Não é guerra — murmurou Thornwall, alternando o olhar entre o campo e o castelo acima. — É massacre. Morte sem motivo.

— Galland prevalece. É motivo suficiente — respondeu Erida com desprezo.

De novo, os ganchos puxaram, de novo o rio empurrou suas pernas, suplicando que ela avançasse para a cidade. A qualquer preço.

Até seu cavalo parecia sentir, batendo as patas no chão com impaciência.

— Mande a cavalaria de novo, milorde — disse.

Thornwall empalideceu.

— Os cavaleiros precisam de tempo para se recuperar, majestade. Deixe a infantaria e os arqueiros fazerem o que foram treinados para fazer. Não vou dar essa ordem.

Os olhos dela arderam, sua raiva crescendo.

— Não? — respondeu Erida, voltando-se contra ele. Sua voz ficou perigosamente baixa. — A linha deles está se rompendo. Mande outra carga e vamos acabar com eles.

Havia certa verdade nisso. A parede de piques tinha caído, deixando os ionianos vulneráveis.

— Não — disse Thornwall de novo. — A cavalaria precisa se recuperar. Vamos apenas perder...

— Está me desobedecendo? Isso é traição, milorde — murmurou, chegando perto.

Seus véus foram soprados pelo vento do dragão, sua face exposta por um segundo.

E seus olhos abrasadores, incandescentes.

Thornwall ficou pasmo.

Sua boca se abriu, mas ele foi interrompido pelo toque de uma trompa.

Não da linha deles, mas do exército ioniano, ecoando por suas companhias maciças. Era um som pungente, diferente dos sons graves das trompas gallandesas. Erida se eriçou, estreitando os olhos no caos, observando enquanto os exércitos se movimentavam.

Ela perdeu o fôlego.

— Os elefantes — disse Thornwall, seco.

Diante de seus olhos, uma muralha em marcha de elefantes de guerra pisoteou o campo, suas patas de armadura atravessando a infantaria de Erida. Arqueiros ibaletes balançavam em suas costas, lançando flechas sobre todos os soldados gallandeses que conseguissem se esquivar de suas máquinas de cerco vivas.

Erida conteve um grito de frustração, o corpo vibrando, dominado pelo impulso de se mexer. Era quase insuportável.

— Eles vão se esgotar com o tempo — disse Thornwall, distante, a voz fraca e já desaparecendo em sua mente. — Conseguimos superar qualquer exército neste vale.

Outro toque de trompa o deteve.

Não era o trinado dos ibaletes ordenando outra investida, nem as tropas gallandesas se comunicando através do campo de batalha. Nem Kasa. Nem os Anciões. Nem mesmo os dragões conseguiam fazer um chamado longo e trêmulo como aquele, um som grave e metálico.

Erida se virou na sela, olhando na direção do horizonte sul, para o longo lago sob a cumeada do castelo. Cintilava vermelho, transformado em sangue pelo céu infernal.

— Não ouço essa trompa há décadas — murmurou Thornwall.

Seu rosto ficou branco, as mãos tremendo nas rédeas.

Seus oficiais sussurraram, trocando olhares confusos. Os lordes de Erida eram menos discretos. Um soltou um soluço engasgado. Outro virou o cavalo e simplesmente fugiu, esporeando a montaria a galope.

Os ganchos em sua pele ameaçaram rasgá-la, tamanha sua força. Erida fechou a cara, tentando compreender o horizonte e seu comandante.

— Thornwall? — chiou ela.

Ele engoliu em seco, os olhos vítreos.

— Temurijon se aproxima — sussurrou.

De novo a trompa soou, de novo seu comandante tremeu. E os Incontáveis foram surgindo, uma sombra rodeando as margens do lago. O horizonte sul ficou preto com seu número, suas bandeiras ondulando sobre o grande exército como uma revoada de pássaros. Todos estavam a cavalo, armados com arco e escudo.

Desde criança, Erida ouvia as histórias de Temurijon. Povos das estepes, um grande império guerreiro, o único verdadeiro rival de Galland em toda a esfera. Seus conselheiros murmuravam que o imperador temurano havia perdido o gosto pela guerra.

Recuperou, com certeza, Erida pensou através da névoa dolorosa que turvava sua mente.

Thornwall, ao menos, se recuperou antes de todos.

— Convoquem o resto da cavalaria, mandem mensagem para as legiões que ainda estão marchando para se apressarem — disse rápido. — Mandem saírem das montanhas a galope se for preciso, recuem a cavalaria, precisamos reagrupar e preparar para uma carga temurana.

— Ou diga para virarem e correrem — disparou outro lorde, o rosto pálido de medo.

Os temuranos vão nos dilacerar, devorando legião após legião enquanto saem das montanhas, Erida pensou, lendo a batalha como um livro.

Sua cabeça se partiu ao meio, um relâmpago cortando seu corpo. A voz de Thornwall ecoou em um ouvido, uma língua sibilante no outro. Ela entendia mesmo assim o que Ele queria, o que dizia a ela.

O que ela precisava fazer para não perder tudo pelo que sangrara, lutara e matara.

Erida mal ouviu a palavra antes de sair de sua boca, os lábios e língua se movendo por conta própria.

— ATACAR — bradou a rainha de Galland, seu cavalo empinando embaixo dela.

Por um momento, ela se ergueu como um herói numa tapeçaria, cavalo e cavaleira envoltos pelo céu vermelho, a armadura resplandecente, o olhar penetrante no castelo adiante. O corcel explodiu num galope, cascos batendo contra a terra escura.

Vagamente, ela ouviu sua Guarda do Leão a seguir, esporeando seus cavalos para acompanhar a rainha. Alguns tentaram detê-la, levando as mãos às rédeas dela, mas seu cavalo saía do alcance. De relance, Erida viu que os olhos de sua égua ardiam, cercados de vermelho como os dela.

Atrás dela, os gritos de seus comandantes soaram altos e longos, o de Thornwall o mais incisivo de todos.

— Atacar! — ecoou, dirigindo a cavalaria fragmentada atrás da rainha.

Mesmo de longe, Erida ouviu o desgosto na voz dele. Mas não havia nenhuma outra escolha que seu comandante faria, não com a própria rainha no campo de batalha.

Erida não sabia aonde o Porvir a conduzia, mas seguiu, deixando que Ele direcionasse seu caminho rumo à batalha. Os cavaleiros entraram em formação com ela, mesmo cansados, seus cavalos espumando de suor.

Através da névoa escarlate, Erida percebeu que seus soldados a festejavam, estimulados pela presença da rainha leoa. Eles também se juntaram à investida, correndo o mais rápido possível, batendo espadas e escudos com estrépito.

Um elefante se empinou, depois outro, assustados pelo barulho estrondoso e pelos cavalos que se aproximavam. Seus olhos se reviraram, brancos, os troncos erguidos para trombetear seu medo enquanto os arqueiros caíam de suas costas.

Quando um dos elefantes de guerra saiu correndo, seu corpo enorme voltando estrondosamente pelas linhas defensivas, Erida puxou as rédeas, orientando o cavalo a seguir, deixando que o elefante atravessasse o exército inimigo por ela.

Em algum lugar, a trompa temurana tocou de novo, um clamor de milhares soando junto. Erida não se importou e não ousou olhar para trás. Um exército derrotado não a incomodava, mesmo se os soldados perdidos fossem dela.

Ainda podemos aproveitar os cadáveres, pensou, sorrindo.

O grande elefante correu até os portões da cidade, soldados de todos os reinos saindo da frente. Para a satisfação de Erida, os portões ainda estavam abertos, seu inimigo recuando com os feridos, entrando na cidade murada. Erida e sua investida seguiram, aproveitando a retirada.

O Porvir puxou seu corpo, dirigindo-o para cima da cumeada da cidade. Havia Anciões dentro, arqueiros e lanceiros, mas poucos. Eles derrubaram sua Guarda do Leão, abatendo um cavaleiro após o outro, até restar apenas a rainha, galopando sozinha. Protegida pela sorte ou por seu deus demoníaco, ela não sabia dizer.

As ruas pareciam estranhamente desertas, mas Erida não tinha tempo para pensar sobre uma guarnição inimiga. Tudo que ela sentia eram o cavalo embaixo dela e o fogo ardendo sob sua pele.

Quem quer que tivesse ficado para defender Iona não estava mais lá, atraídos pela batalha que se desenrolava aos portões.

Ou por algo pior à frente.

42

A TUMBA IMORTAL

Domacridhan

POR QUINHENTOS ANOS ELE ANDARA pelo castelo de Tíarma, mas no momento o castelo lhe era um desconhecido. Dom nunca o tinha visto assim, devastado pela batalha, banhado de sangue. Ele o conhecia num silêncio opressor e numa paz quase enlouquecedora. Agora, o cheiro de morte permeava as passagens por mais que ele corresse, deixando os cofres para trás. E os ecos eram ainda piores. Ele lamentou por Garion e os vederes lutando, contendo a maré incansável de mortos-vivos.

Sua única esperança era que retardassem Taristan e Ronin, ganhando tempo suficiente.

O sol desceu finalmente atrás das montanhas, mergulhando o vale nas sombras. De certa forma, a escuridão era menos terrível do que a luz vermelha amaldiçoada.

Sorasa acompanhou seu passo, o casaco aberto, a cota de malha ainda cintilando por baixo. Hematomas já brotavam em seu pescoço, furiosos como um ferrete. Seguiam os contornos dos dedos de Mercury. Dom ainda via as mãos do senhor dos amharas envoltas ao redor da garganta dela, o rosto dela ficando azul, os olhos se revirando enquanto ele arrancava sua vida.

O coração dela ainda bate, ele disse a si mesmo enquanto corriam, deixando o som do pulso dela encher sua cabeça. O ritmo batia até o coração dele igualar o dela, os dois em perfeita harmonia.

Ele ouviu além do coração de Sorasa, vasculhando o castelo com seus sentidos. Esperando que uma voz ou cheiro conhecido cruzasse seu caminho.

O que soou foi uma trompa, ecoando pelo castelo.

Da direção oposta do campo de batalha, Dom percebeu, diminuindo o passo.

Sorasa parou, o rosto ensanguentado tenso de preocupação.

— Também ouvi.

— Reforços gallandeses?

Ele tremeu só de pensar, por mais impossível que parecesse. Já havia tantas legiões atacando. Mal acreditava que poderia haver mais.

As trompas tocaram de novo e Sorasa sorriu, mostrando dentes igualmente ensanguentados.

— Quem são? — perguntou Dom, embora temesse a resposta.

— Uma chance — murmurou ela. Por mais que a amhara odiasse ter esperança, Dom a viu estampada no rosto. — Os temuranos chegaram.

Ele entendia pouco de Temurijon, mas confiava em Sorasa Sarn mais do que quase qualquer pessoa. Se ela ousava acreditar no exército temurano, Dom também acreditaria.

Seus pés seguiram o caminho familiar através dos corredores infinitos até chegarem ao jardim no centro de Tíarma. Ele soltou um suspiro de alívio, entrando sob a luz fraca de tochas do pátio. Roseiras se enroscavam sob seus pés, ainda desfolhadas, os primeiros brotos lutando para nascer.

Seus olhos se voltaram primeiro para Corayne, segura à sombra de Isibel, cercada por Andry e Charlie. Os três deram um grito, chamando-os do outro lado do pátio.

— Domacridhan — disse a monarca, um tremor na voz.

Ela ainda estava de espada e armadura, o cabelo prateado solto sobre o ombro.

Havia pouco tempo para reencontro, por mais que Dom quisesse envolver os Companheiros mais jovens nos braços. Em vez disso, ele cruzou o jardim, de testa franzida.

— Taristan está no castelo, junto com o feiticeiro — anunciou, chamando Corayne com a mão.

Ela arregalou os olhos, consumindo a luz fraca do roseiral.

— Merda — murmurou.

Merda mesmo, Dom pensou.

Sorasa cuspiu sangue no chão.

— Vamos sair daqui. Os temuranos chegaram. Se conseguirmos chegar ao exército deles...

Com isso, Isibel soltou um barulho gutural, os olhos perolados faiscando. Com um suspiro cansado, ela baixou a espada antiga, encostando a lâmina na terra.

— Os mortos andam em meu castelo — disse, cortante, abanando a cabeça. A monarca lançou um olhar triste para os muros do pátio. A batalha ecoava pelo ar aberto. — Acho que este lugar sempre foi uma tumba.

Embora o tempo corresse contra eles, Dom sentiu uma pontada de tristeza sincera pela tia. Ele já a imaginava ficando para trás, para morrer defendendo seu trono.

— Venha conosco — disse, dando um passo na direção dela.

De novo ele chamou, a mão estendida para ela.

Isibel endireitou os ombros para o sobrinho. Suas palavras ficaram duras.

— Um cemitério para todos nós, nossas almas confinadas aqui, condenadas a definhar longe de casa.

— A Ala é nossa casa — respondeu ele, incisivo.

— Precisamos ir — murmurou Sorasa ao lado dele. — Deixe-a se for preciso.

A monarca respondeu à assassina com a leve curva de um sorriso antes de voltar os olhos para Dom.

— Você não entende, Domacridhan, *nascido na Ala*. E nunca vai entender — disse ela, mostrando dentes demais. Sua voz ficou mais grave. — Vi a luz de estrelas diferentes. E *vou* vê-la de novo.

Um som como um vento uivante encheu os ouvidos de Dom.

Mesmo entre os vederes, havia lendas e histórias antigas. Histórias de Glorian. Contos de heróis e reis poderosos. Isibel esteve entre eles um dia, viva em outra esfera. Ela também era poderosa, um dos seres mais antigos a andar sobre a Ala.

— Isibel — começou.

A espada dela se moveu tão rápido que nem Dom viu o aço, nem sentiu a lâmina que se cravou em seu corpo. Havia apenas o buraco que deixou para trás, através de aço, tecido e carne imortal.

O bramido em sua cabeça se intensificou, como se um furacão atravessasse o castelo. Ele piscou devagar, seus joelhos ficando fracos.

Andry agarrou Corayne, impedindo que ela avançasse contra a tia traiçoeira dele.

— Minha filha está morta por sua causa — gritou Isibel, os olhos cinza transformados em fogo branco. Dom a escutou como se estivesse dentro d'água, distante e abafada. — É justo que eu retribua o favor.

À medida que a voz dela atravessava sua mente, a dor foi atravessando seu choque. Era surda a princípio, depois tão cortante que sua visão girou. Dom ficou esperando a pancada do corpo no chão, mas não veio.

Braços pequenos e musculosos o apanharam, baixando-o para o chão com ela, até as costas dele estarem apoiadas no peito dela. Dedos bronze desafivelaram sua armadura, arrancando as placas de aço e jogando-as fora para expor a pele embaixo. As mesmas mãos rasgaram sua camisa e apertaram os retalhos sobre o buraco em seu tronco. Apesar do raciocínio rápido dela, sangue brotava através dos dedos de Sorasa. O rosto dela se franziu com a imagem, e Dom soube.

Não seria como a adaga nas costelas dele. Sorasa Sarn não teria como costurar aquela ferida.

— Está tudo bem — sussurrou ela, mentindo, ainda aplicando pressão. Com a outra mão, envolveu o peito dele, puxando-o para ela, deixando que ele se recostasse no corpo dela. — Está tudo bem.

— É o que os mortais dizem quando estão com muita dor — balbuciou ele, engasgando com o próprio sangue.

Uma lágrima caiu sobre sua bochecha, a única que Sorasa dispensaria.

— TRAIDORA — gritou Corayne em algum lugar, debatendo-se contra os braços de Andry.

Suas pernas chutaram o ar, os braços balançando, lutando como um gato de rua. Eram apenas os braços longos de Andry que a impediam de atacar a monarca com as próprias mãos.

Charlie não teve a mesma sorte.

O sacerdote destituído não era um guerreiro. Não tinha habilidade com a espada nem os punhos. Não era especialmente corajoso. Ao menos, era o que Dom pensava.

O príncipe de Iona piscou laboriosamente, observando Charlon Armont se atirar contra Isibel. Um criminoso mortal contra uma rainha antiga.

Ela o jogou para o lado como se ele fosse um inseto. Ele caiu duro, rolando entre as roseiras, de olhos fechados e a boca aberta.

Os gritos de Corayne viraram soluços enquanto o mundo se reduzia ao redor dele.

— Taristan nunca roubou a espada de Fuso — Dom se forçou a dizer. — Você a deu para ele.

Isibel não olhou em seus olhos.

— Cortael nunca arriscaria a esfera por poder de Fuso. Você criou um menino nobre demais — respondeu ela com um bufo. — Sorte que não matei Taristan no berço. Sorte que sobrou outro, com a coragem para fazer o que precisa ser feito.

As peças se encaixaram na mente de Dom. Ele tremeu nos braços de Sorasa.

É por isso que você mandou uma força tão pequena contra ele. Que não fez nada depois que fracassamos. Ele amaldiçoou Isibel a todos os deuses que conhecia, naquela esfera e em todas as outras. *Por isso que esperou e desperdiçou toda pouca esperança que tínhamos.*

— Ele não encontrou uma entrada secreta para a cidade — sussurrou Dom. — Você mostrou para ele.

Isibel não respondeu, e isso era resposta suficiente.

Outro braço envolveu seus ombros, mais suave do que o de Sorasa, seu toque leve como uma pluma. Mas suas lágrimas caíam pesadas, frias sobre o ombro nu dele. Corayne o abraçou enquanto ele sangrava, a armadura dela se manchando de vermelho.

Ele queria abraçá-la uma última vez, mas lhe faltavam forças, fraco demais para se mexer.

Em vez disso, Dom manteve o olhar fixo sobre a cabeça de Corayne, cortando Isibel com toda a fúria que lhe restava.

— O Porvir vai destruir tudo, até sua Glorian — gritou.

Para seu horror, Isibel apenas deu de ombros.

— É um risco que estou disposta a correr.

43

ROSAS CULTIVADAS EM SANGUE

Andry

Era como o templo de novo. Os Companheiros derrotados, apanhados nas garras de uma armadilha que nenhum deles previu.

Sorasa embalava Dom, fazendo o possível para estancar o fluxo de sangue. Era impossível, em vão. Até Andry conseguia admitir isso, um soluço subindo por sua garganta. Mas ele se forçou a engolir, dizendo a si mesmo para se concentrar. Não havia tempo para lamentar, não com a monarca de Iona se assomando sobre eles.

Com delicadeza, Andry puxou Corayne para longe de Dom, criando certa distância entre ela e Isibel. Não importaria muito. Mas para Andry importava.

A luz de tochas cintilou sobre a armadura prateada de Isibel, transformando-a em chama líquida. Ela ergueu a cabeça altiva e torceu o nariz, avaliando Corayne como se fosse um objeto, não uma pessoa. Andry imaginava que era o que Isibel sempre pensara. Mortais estavam tão abaixo dela que ela não tinha a capacidade de vê-los como nada mais do que ferramentas.

— Você sente, não sente? — disse a monarca, imperiosa.

Corayne se tensionou em seu abraço, a armadura dela forçando a dele.

— Não sinto nada — rosnou ela, partindo para cima.

Andry a segurou com firmeza, as mãos inflexíveis. Ele cerrou os dentes, fazendo o possível para impedir que Corayne acabasse como Charlie, inconsciente entre as rosas. Andry queria poder se dividir em dois para continuar com Corayne e ir até Charlie ao mesmo tempo.

Isibel continuou em seu ritmo lânguido. As botas rasparam a pedra pavimentada e o chão batido, esmagando roseiras sob os pés. Ela desviou o olhar fixo para espiar os brotos e espinhos.

— Rosas crescem onde passavam os Fusos, em seu rastro, sua ausência e em sua iminência — disse, abaixando-se para examinar as roseiras enroscadas. — É por isso que os habitantes do Velho Cór escolheram a rosa como sua insígnia. Para simbolizar sua herança como filhos da travessia.

Andry perdeu o fôlego quando os botões de rosa ao redor de Isibel começaram a desabrochar, crescendo diante de seus olhos. Por todo o pátio, as rosas se abriram, suas pétalas escarlates como rajadas de sangue fresco.

— Não — sussurrou Corayne, a voz embargada de emoção. — Agora, não.

O Fuso, Andry pensou, mal se atrevendo a dizer mesmo dentro da própria cabeça. *O Fuso está bem aqui entre as rosas, esperando por nós. Esperando por este momento.*

Esse sempre foi nosso destino, pensou, amargurado. *Desde o começo.*

Ele pensou na mãe. Por mais doloroso que fosse, Andry desistiu dela e de qualquer convicção de que a veria de novo. Sua única esperança era que ela morresse pela doença, e não pelo massacre. Que nunca sobrevivesse para ver a uma esfera destruída, a Ala em cinzas ao seu redor.

O aroma de rosas perfumou o ar, uma doçura tão enjoativa sobre o cheiro de sangue que Andry pensou que vomitaria. Ele ergueu a cabeça, na esperança de uma rajada de vento fresco. As estrelas vermelhas o encararam em resposta, o céu aberto o provocando sobre as muralhas do pátio.

Um dragão rugiu em algum lugar, e Andry rezou que fosse Valtik. *Volte, precisamos de você. Vamos todos morrer aqui se não vier.*

— Sei como é se sentir preso entre dois mundos — disse de repente, fazendo Isibel parar.

Ela o encarou a um metro de distância e inclinou a cabeça, um semblante de repulsa curvando seu rosto belo.

— Você não entende nada dessa dor, mortal. *Nascido na Ala* — respondeu, o título como um palavrão.

Devagar, Andry foi recuando, puxando Corayne consigo. *Valtik, Valtik, Valtik*, ele gritou em pensamento, desejando que a bruxa dragão escutasse.

— Eu via isso em minha mãe. Nascida em Kasa, embora tenha vindo para servir a uma rainha do norte. — Ele engoliu em seco. — Ela estava sempre dividida entre dois reinos, entre o lugar de onde veio e onde foi parar.

A monarca abanou a cabeça. Com um olhar de desprezo, ela deu outro passo à frente, voltando a diminuir a distância, até ficar ao alcance de uma espada. Andry considerou a própria espada e a rapidez com que a sacaria enquanto empurrava Corayne para um lugar seguro.

— Vi muito de seu raciocínio rápido nas reuniões de conselho, Andry Trelland — disse Isibel. — Não vou cair em sua tentativa de ganhar tempo.

Sob a armadura, Andry tremeu.

— Merda — se ouviu murmurar.

A espada antiga de Iona se ergueu, ainda coberta pelo sangue de Domacridhan. Chegou à altura da cabeça de Andry, a ponta afiada com um brilho letal.

— Ajoelhe-se, mortal — comandou.

— Nunca — respondeu ele, recuando, esmagando rosas embaixo dos pés.

Ele se mexeu com segurança, os passos o guiando até onde Charlie estava.

Para seu alívio, Andry notou o subir e descer lento do peito do sacerdote.

Apesar de todo seu desdém, Isibel fez um gesto muito mortal: revirou os olhos.

— Muito bem — suspirou ela.

Rápida como um raio, a imortal avançou, jogando Corayne no chão e pegando Andry pelo pescoço no mesmo movimento, virando o corpo dele, obrigando-o a se ajoelhar diante dela. Com a mão, apertou sua garganta até machucar. A lâmina dela se ergueu sobre sua pele. Aconteceu rápido demais para Andry notar, entendendo seu fim muito depois de sentir o toque frio do aço no pescoço.

Ele se preparou para o corte da espada de Isibel atravessá-lo.

Mas Isibel o manteve ali, suspenso entre a vida e a morte, a espada perigosamente perto.

— Ajoelhe-se — disse de novo, a voz rouca em seus ouvidos.

No chão, Corayne se deitou de costas, apoiando-se nos cotovelos. Lágrimas desciam pelo rosto sujo dela. Andry queria tanto secá-las, sentir a bochecha dela na palma da mão. Segurá-la um pouco mais, antes que se separassem para sempre.

— Andry — disse Corayne, sem se atrever a se mexer um centímetro. — Andry, desculpa.

Ele encarou o olhar dela. *Se ela for a última coisa que eu vir, tudo bem.*

— Não há nada que se desculpar — sussurrou em resposta, com toda sinceridade.

— Ainda — disse Isibel atrás dele, a espada ainda encostada à garganta dele. — Corayne an-Amarat, faça o que foi feita para fazer.

Um lado da boca da Anciã se ergueu numa versão cruel de sorriso.

— Ou o veja morrer.

No chão, Corayne engoliu outro soluço. Ao redor dela, rosas continuavam a se abrir, provocantes em seu viço escarlate. Trêmula, ela começou a se levantar. A espada de Fuso continuava em suas costas, as joias cintilando.

— Não — disse, embora sua voz trepidasse.

— Fuja, Corayne — balbuciou Domacridhan, ainda caído sobre Sorasa. As mãos dela ainda apertavam a ferida dele. — Você precisa fugir.

— Conselho tolo de uma alma tola — disse Isibel, apertando Andry com mais força. Ele engoliu em seco com cuidado, a pele se mexendo logo abaixo do aço mortífero. — Sangre a espada, Corayne. E sucumba a seu destino.

— Não — disse Andry com cuidado, com plena consciência do precipício em que estava.

E do que se situava embaixo.

Assim eles ficaram, num equilíbrio terrível, um lado contra o outro, mas qualquer chance aparente não passava de ilusão. Isibel poderia obrigar Corayne a abrir o Fuso. Poderia matar todos para dar a espada a Taristan, e eles sabiam disso. Era apenas tortura, pura e simples.

Corayne desviou o rosto, baixando os olhos pretos. Outra lágrima escorreu por sua face. Para o horror dele, ela ergueu o braço, a mão apontada para a bainha nas costas.

— Não — disse ele de novo, mais baixo desta vez.

O som de uma espada sacada abafou tudo, a espada de Fuso se soltando com um clarão de luz de tochas e rosas. No cabo, os rubis e ametistas brilhavam.

No centro do pátio, no coração das flores desabrochando, algo mais brilhou. Fino, quase invisível, pouco mais do que um fio de ouro impossível.

Atrás dele, Isibel soltou um suspiro baixo de satisfação.

Corayne se curvou de dor, tristeza estampada no rosto.

Andry soltou um palavrão entre dentes, empurrando a monarca para trás. Era como se jogar contra uma parede. Ela não cedeu.

— Corayne — disse, a voz embargada.

Ela não parou, não olhou para ele. Seus olhos estavam na espada e na palma da mão. Ela se crispou quando passou a mão no fio da lâmina, traçando uma linha de sangue vermelho. *Sangue do Cór.*

Tremendo, ela estendeu a espada, como se a oferecesse a Isibel.

A governante anciã a encarou em resposta, os olhos estreitados de confusão.

— Aqui está sua chave — disparou Corayne. — Se quiser o Fuso, abra você mesma.

De joelhos, Andry se preparou para o fim, esperando que Isibel tomasse seu prêmio terrível. Mas ela não se mexeu, a espada ainda encostada ao pescoço dele. Ela nem piscou.

A hesitação dela foi condenação suficiente.

Corayne soltou uma risada fulminante capaz de rachar o pátio.

— Você nos traz à beira da desgraça, mas não tem coragem de dar o último passo — disse Corayne, a voz baixa com um julgamento frio. — Covarde.

Isibel respondeu com silêncio, o maxilar cerrado.

Passos ecoaram dos corredores, através das arcadas abertas do pátio, e Corayne paralisou. Caído nos braços de Sorasa, Dom soltou um grunhido baixo, ouvindo o que Andry não conseguia escutar.

— Então é assim que acaba.

A voz sarcástica e detestável queimava. Se Andry já não estivesse ajoelhado, teria se jogado no chão.

Taristan do Velho Cór estava contra a luz, olhando para o roseiral. Estava como Andry se lembrava dele em Gidastern. Ensanguentado, esfarrapado, os olhos um poço fundo de apetite sem fim. Quando seu olhar perpassou o pátio, Andry não conseguiu evitar um arrepio. *Não, está pior do que em minha memória*, pensou. Taristan parecia cansado, os dedos machucados e sangrando enquanto seguravam uma espada comum. E as veias brancas se espalhavam sob sua pele, subindo pelo pescoço. Parecia apodrecer de dentro para fora. Andry imaginou que fosse verdade.

O feiticeiro vermelho se curvava ao lado dele e o estômago de Andry se embrulhou. Os olhos de Ronin, ou o que restava deles, choravam sangue sobre o rosto. Ele virou a cabeça, cega; alargou as narinas como se sentisse o cheiro do Fuso. *Talvez sinta*. De alguma forma, o feiticeiro sorriu, mostrando os dentes de rato.

Atrás deles, sombras margeavam as passagens, destacando vultos cambaleantes de silhuetas retorcidas. Andry quase riu da situação. *O que são mais alguns cadáveres agora?*

Isibel virou a cabeça, fechando a cara para Taristan e Ronin.

— Dou tudo de que precisam para a vitória e, mesmo assim, vocês, mortais, são tão lentos — resmungou. — Pois bem, venham. Peguem o que é seu, e farei o mesmo.

Ronin desceu a escada primeiro, rindo, os passos pausados e lentos, mancando no jardim. Ele cambaleou, de mão estendida para não cair.

Corayne continuou paralisada, a espada de Fuso na mão. O sangue dela pingava no chão sob a espada, caindo em gotas rubi. Ela inspirou para se acalmar.

Seu tio sustentou seu olhar enquanto se aproximava, lançando apenas um olhar de relance para Domacridhan e Sorasa no chão. Andry quase achou que a assassina se levantaria para atacar.

— Vocês lutaram bravamente — murmurou Taristan ao passar.

Sorasa sibilou como uma cobra em resposta.

— Você vai se arrepender deste momento pelo resto de seus dias.

Em seus braços, Dom deu uma risada úmida e vacilante, mais parecida com um estertor da morte.

— Um rei das cinzas — disse o Ancião, cuspindo gotas de sangue. — E cinzas apenas.

Um rei das cinzas ainda é rei. Andry lembrava que Taristan rosnara aquelas palavras muito tempo antes, quando Cortael ainda estava vivo, quando tudo aquilo tinha apenas começado. À época, ele era um lobo, perigoso e desesperado.

Com um sobressalto, Andry notou que aquele ar desesperado e voraz não existia mais. Taristan ainda era um lobo, mas menos temerário, menos emocional. O homem que havia rido do corpo moribundo do irmão se tornara estoico, sem sorriso ou resposta.

Seu objetivo era o Fuso e nada mais.

— Pode fazer as honras — disse, seco, apontando para Corayne.

— Covardes, vocês dois — xingou ela. — Tão ansiosos para o fim do mundo, mas não pelas suas próprias mãos.

Seus olhos alternaram entre o tio e o feiticeiro, depois de volta a Andry.

Andry observou as engrenagens girarem em sua cabeça, sua mente brilhante buscando alguma chance.

Naquele momento, os mortos apareceram nas arcadas, o horror deles pior do que Andry lembrava. Alguns eram esqueléticos, pouco mais do que restos animados, sustentados por tendão podre e pele solta. Outros eram frescos, de uniformes gallandeses, roupas de tecidos ásperos, até sedas. Andry tentou não olhar em seus rostos e vislumbrar quem os cadáveres eram antes de caírem sob o poder de Taristan.

Mas um rosto chamou sua atenção.

Dentre as rosas, Dom soltou um gemido terrível, o rosto enrugado de tristeza.

Uma princesa anciã cambaleava entre os mortos-vivos que cercavam o pátio, ainda com a armadura verde que usava em Gidastern. Algumas placas faltavam, outras estavam rachadas e manchadas de sangue escuro e velho. O pouco cabelo que ela ainda tinha caía sobre o rosto, uma cortina preta para esconder um rosto podre e horripilante.

— Ridha.

Isibel inspirou fundo, o corpo tenso atrás de Andry. Ele não podia deixar de sentir pena dela, por mais detestável que fosse. Nenhuma mãe merecia aquele destino.

Com cautela, Andry ergueu a cabeça um centímetro, espiando pelo canto do olho. Isibel chorava lágrimas silenciosas, os olhos seguindo o cadáver vacilante da filha. Com a dor, suas mãos tremeram.

E sua espada baixou alguns centímetros.

Uma tempestade desabou dentro do pátio, quando Charlie saltou do chão, a faca longa faiscando em sua mão.

Isibel gritou como um demônio, despertada do estupor quando a lâmina de Charlie se cravou atrás de sua coxa, entre as placas da armadura. Andry saltou para longe enquanto ela caía no chão, apertando a perna.

O tempo deixou de existir, tudo acontecendo por uma névoa de sonho.

Andry pisou no punho de Isibel e o esmagou com a bota, fazendo-a soltar a espada. Com um chute, ele lançou a lâmina antiga para dentro das rosas, cortando pétalas e espinhos enquanto deslizava pela terra.

Do outro lado do jardim, a espada de Fuso de Corayne silvou pelo ar, passando a centímetros da cabeça de Ronin. O feiticeiro cego conseguiu desviar do golpe a tempo, esquivando-se sob a espada de Corayne quando ela avançou, um grito de batalha furioso nos lábios. Ele curvou os dedos, saltando para longe do caminho de Corayne enquanto ela partia para cima de Taristan.

A espada dela encontrou a dele numa chuva de faíscas.

Enquanto eles duelavam, Sorasa escalou pelo chão como uma aranha, deixando que Dom caísse para trás enquanto ela saltava sobre as costas de Isibel. A Anciã silvou, ainda no chão, a perna ferida curvada embaixo dela. As pernas de Sorasa apertaram, as coxas ao redor do pescoço da monarca, ameaçando matá-la asfixiada.

Lâminas colidiram, batendo de novo enquanto Corayne dançava ao redor de Taristan. Pelo canto do olho, Andry viu Charlie assumir o lugar de Sorasa, apertando o pano rasgado de volta na ferida de Dom.

Da sua parte, o escudeiro se voltou contra o feiticeiro, a espada numa mão, o machado na outra.

O jogo virou.

Ao menos por um momento.

44

SEM NOME

Corayne

O Fuso tremeluzia, mesmo quando Corayne ficou de costas para o fio dourado. Ela o sentia sempre, cortante como uma agulha em sua pele. Sua voz chamava por ela como o vento, subindo até virar um bramido constante. E, embaixo, o Porvir também chamava, sussurros sibilantes envolvendo sua mente.

As esferas infinitas esperam por você, Corayne an-Amarat. O cruzamento de todas as estradas, o centro de todos os mapas. É tudo seu, basta pegar.

A espada de Taristan colidiu com a dela, a força do golpe fazendo as mãos dela tremerem. Ele não era o monstro amaldiçoado pelo Fuso que ela lembrava, com as dádivas de um rei demoníaco, superforte e invencível. Era mais mortal do que Corayne nunca o tinha visto, a prova de sua nova fraqueza estampada em todos os hematomas crescentes e cicatrizes novas.

Seu tio se virava na frente dela, e a vida dela ficava por um fio a cada golpe de espada.

Siga seu destino, Corayne, o demônio em sua mente sussurrou.

— Meu destino é meu — gritou, virando o ombro para deixar que um golpe de raspão deslizasse pela armadura.

Todo seu treinamento voltou de repente, todo o movimento de pés e espadas.

Taristan tentou entender enquanto lutava, franzindo a testa ao mesmo tempo que dava uma rasteira. Ela se esquivou por pouco, quase perdendo o equilíbrio.

Enquanto girava, Corayne entreviu Sorasa lutando com Isibel. Suas pernas ainda apertavam o pescoço dela, usando a parte mais forte de seu corpo para dominar a Anciã. Isibel levou apenas alguns segundos para se recuperar o suficiente e jogar Sorasa longe, fazendo a assassina rolar para dentro das rosas. Sorasa voltou a se levantar num instante, de adaga na mão.

Andry teve mais sorte, enfrentando um feiticeiro cego. Parecia uma luta equiparada, apesar da magia de Ronin. Seus dedos curvados, por mais poderosos que fossem, miravam e erravam. A força de sua magia explodiu a poucos centímetros do rosto de Andry, abrindo um buraco entre as rosas.

— Você está derrotada, Corayne.

A voz de Taristan a fez girar e ela reagiu, abaixando sob outro golpe da espada dele. Ele a encarou sobre a espada, seu manto grandioso rasgado para mostrar os couros velhos embaixo.

Corayne o viu como ele já fora, antes de a rainha de Galland unir seu destino ao dele. Um renegado sozinho no mundo, um homem mortal nascido sem nada... e ao mesmo tempo com tudo.

— Essa esfera vai cair — continuou, sinistro.

Ela pensou que ele se gabaria, mas o rosto pálido dele continuava como pedra, insensível.

— E você vai cair junto — retrucou Corayne, ajustando a pegada. Seus avambraços estavam apertados com firmeza, as pontas afiadas reluzindo como a ponta da espada de Fuso. — Ainda não entendeu?

O próximo golpe foi lento, para provocar. Apesar de seu treinamento nos últimos meses, Corayne não era páreo para a longa vida do tio nas sarjetas do mundo. Ele entrou em sua guarda e bateu o ombro no peito dela, fazendo-a cair estatelada no chão com sua armadura.

Ele olhou para ela com uma careta.

— Melhor ser vitorioso ao lado direito de um deus do que morrer sem nome e esquecido.

A espada dele desceu como um raio.

Corayne ergueu os antebraços, a ponta de aço dos avambraços defendendo o golpe. A força fez o corpo inteiro dela tremer e seus músculos gritaram em protesto.

— Não existe vitória, Taristan! — rosnou enquanto ele recuava do ataque. Num instante, ela voltou a se levantar com dificuldade. — Vi as Terracinzas. Vi o que ele vai fazer com esta esfera e todas as outras.

Poeira. Morte, pensou, enquanto o mesmo sussurro tentador atravessava sua mente. O Porvir sibilou a centímetros de distância, louco para atravessar. Ela se lembrava da sombra d'Ele nas Terracinzas, os contornos de um rei monstruoso. Tremulava sob um sol moribundo, rodeado por uma terra de ecos e cadáveres. *A destruição de tudo que já foi caro a alguém.*

Corayne firmou os pés, envolvendo a espada de Fuso com a outra mão para a segurar com toda sua força. Taristan a encarou, os dois concentrados, o resto do mundo se resumindo a eles.

— Você vai ser esquecido de um jeito ou de outro, mais uma mente destruída sob a tentação do Porvir — disse Corayne, desespero em cada palavra. — Você é apenas uma ferramenta, Taristan. Mortal como o resto de nós. *Sem nome.*

Ela não achava que Taristan se importaria, nem que daria ouvidos. Sua voz tremeu.

— Útil até deixar de ser, até o momento em que Ele descartar você para encontrar outro idiota.

Para seu choque, Taristan não avançou, embora a espada dele permanecesse entre os dois. Mechas de cabelo ruivo-escuro se colavam a seu rosto suado, alguns fios se agitando com a respiração ofegante. Apesar das veias brancas sob a pele e do brilho vermelho ao redor de seus olhos, ele parecia mais mortal do que Corayne imaginava que ele podia ser.

Uma emoção rara escureceu seu olhar, o preto consumindo o vermelho infernal.

Confusão, Corayne sabia. *Remorso.*

— Sei o que ele prometeu a você — continuou ela. — Um propósito. Um destino.

Os sussurros voltaram a se agitar. *As esferas infinitas esperam por você.* Mesmo sabendo que as ofertas eram amaldiçoadas, parte do coração de Corayne as ansiava.

— Sei como é isso, para alguém como nós. Divididos como somos, abandonados e perdidos. — Seus olhos arderam de novo, sua visão se turvando. — Mas não é verdade. Tudo que Ele traz é morte.

Eclodia ao redor deles ali, as evidências por toda parte. Sangue envenenava o ar. O exército de cadáveres ainda cercava o pátio. Eles esperavam, como se assistissem a uma peça horrenda.

— Acabe com isso, Taristan — escarneceu o feiticeiro, lágrimas vermelhas escorrendo dos olhos vazios.

Ele lançou uma rajada de magia sobre a cabeça de Andry. O escudeiro se abaixou, evitando o feitiço por pouco. Atingiu Isibel em vez dele e ela rosnou, cambaleando para trás.

— O Fuso está aqui — continuou Ronin, indiferente. — Basta abrir a porta e atravessar.

— Para *onde*? — gritou Corayne em resposta. — Onde acha que isso acaba para você?

Taristan desviou os olhos, perdendo o foco como se algo passasse por sua mente.

Alguém, Corayne entendeu com um rompante de energia.

— Onde você acha que isso acaba para *ela*? — gritou ela, dando um passo ousado para a frente.

Qualquer que fosse a máscara de seu tio rachou, seu rosto ficando mais branco do que ela pensava ser possível. Uma guerra eclodiu na mente dele, os olhos espiralando de repente entre chama vermelha e abismo preto.

— O Porvir vai consumir Erida, como consome todas as coisas — argumentou Corayne, mais um passo à frente. Os sussurros, o vento uivante, o caos da batalha. Tudo assolou, dominando seus sentidos. — Se não salvar a esfera, ao menos *ela* você pode salvar.

Um grunhido baixo de dor a virou de lado, a voz familiar demais. Corayne girou, desprotegida, e viu a espada de Andry escapar de sua mão e cair a seus pés. Ele se curvou para trás, de braços esticados, a boca se abrindo e engasgando, tentando tomar ar.

Entre as rosas, Ronin se plantava, o punho cerrado. Ele não enxergava, mas seus olhos estropiados apontavam para Andry, o braço estendido na direção do escudeiro. Com um sorriso horrível, ele ergueu o punho. E o corpo de Andry se ergueu também.

— NÃO! — gritou Corayne, esquecendo todas as coisas enquanto atravessava a distância.

Ronin não vacilou, erguendo a mão livre. Uma rajada de ar seguiu, acertando Corayne em cheio. Ela caiu para trás, a espada de Fuso tombando a centímetros dela.

— Pegue a espada, Taristan — disse Ronin, os dentes arreganhados, saliva espirrando da boca. — A espada de Fuso é sua.

Na frente dele, Andry estava suspenso, os pés raspando o chão enquanto subia mais e mais.

Ronin apertou o punho com mais firmeza, e Andry gritou.

O feiticeiro sorriu de novo, o sangue se esvaindo de seu rosto.

— Faça o que foi feito para fazer.

No chão, Corayne assistiu, de mãos atadas, lágrimas escorrendo, a cena horrível demais para suportar. Andry se contorcia de dor. O rosto de Dom perdia a cor, sua respiração mais fraca a cada segundo. Atrás dele, Charlie se ajoelhou, rezando a todos os deuses. E Sorasa detinha Isibel com todas as suas artimanhas, por mais que estivessem acabando.

Taristan era o pior de tudo. Suas botas esmagaram as rosas, pisoteando pétalas vermelhas. Ele chegou à espada de Fuso, os dedos envolvendo o cabo da espada.

Atrás do ombro dele, o Fuso ainda dançava. Parecia a fresta de uma porta, separando um quarto escuro de outro cheio de luz.

— O que fui feito para fazer — disse Taristan do Velho Cór, erguendo a espada de Fuso.

Na frente dele, Ronin ergueu a cabeça para trás, a boca aberta, os dentes afiados demais, o sangue ainda escorrendo de seu rosto e sobre o pescoço, respingando sobre os mantos.

— Está feito, milorde — chiou o feiticeiro, mais rato do que qualquer coisa.

Sorrindo, ele ergueu a cabeça para trás como se estivesse relaxando sob a luz de um sol terrível.

— Está feito — repetiu Taristan, passando a espada de Fuso no ar, o gume ainda vermelho pelo sangue de Corayne.

E então de Ronin.

Dois homens caíram no chão no mesmo instante. Andry caiu primeiro, libertado da magia tenebrosa do feiticeiro. Ele tombou na terra, gemendo.

Ronin não fez barulho algum. As duas metades de seu corpo caíram com um baque surdo e definitivo.

45

UMA RAINHA DAS CINZAS

Erida

ERIDA ODIAVA IONA, CADA PARTE. A cidade imortal era feia e cinza para ela, pouco mais do que outra mancha para ser apagada do mapa.

Ela pensou que encontraria alguma oposição na entrada do castelo ancião. Porém, a maioria dos guardas estava ferida, se não morta, e ela passou sem ser importunada. Paralelepípedos e calçadas deram lugar a mármore quando ela galopou para dentro do que antes era um salão nobre. Sentia cheiro de morte em todas as suas formas, nova e decomposta. O piso de mármore estava escorregadio de sangue, uma guerra travada dentro das paredes do castelo. Os Anciões restantes batalhavam contra o número avassalador de mortos-vivos que enchiam as passagens. Corpos jaziam por toda parte, anciões e mortais e cadáveres terracinzanos. Erida passou os olhos por eles, buscando rostos conhecidos. Não viu nenhum.

O cavalo patinou no chão escorregadio, e ela saltou de seu dorso, descendo para a carnificina. Seus pés se moveram sem que ela pensasse, seguindo uma rota que ela não conhecia através do castelo. Os ganchos puxavam, o rio empurrava, o vento uivava — Erida se sentia à deriva na própria pele. Isso a apavorava e emocionava em igual medida.

Estamos tão perto.

Ela virou uma esquina, a armadura pesada nos membros. O Porvir a empurrou, até o cheiro nauseante de rosas a atingir como uma onda.

Morte fedia sob as flores, até ela não conseguir distinguir um odor do outro.

Seus olhos ardiam, um passo mais difícil que o outro. Mesmo assim, Erida sabia que não podia parar de correr nem se quisesse. Encontrou um pátio no centro do castelo, os mortos-vivos espreitando ao redor do perímetro. Embora ainda fossem os primeiros dias da primavera, rosas incrivelmente grandes floresciam por todo o jardim. Vermelhas como sangue, grandes como seu punho. As roseiras se curvavam diante dos olhos dela, espinhosas e ameaçadoras, as folhas de um verde ácido. Ela fez uma inspiração rasa, o peito tenso de expectativa.

Nada poderia tê-la preparado para o que encontrou no pátio.

Havia Domacridhan, sem fôlego, o peito branco nu e ofegante. Um homem baixo e rechonchudo com uma armadura que mal cabia nele cuidava do imortal, apertando retalhos encharcados de sangue no abdome do Ancião. Do outro lado do jardim, a assassina batalhava como uma tigresa contra uma imortal ferida.

Eles importavam pouco para Erida, no quadro geral. Já estavam mortos aos olhos dela, já derrotados.

Pois um Fuso ardia, bem no meio do pátio do castelo ancião. O fio dourado reluzia, quase encantador de tão pequeno. Mas Erida sabia bem àquela altura. Coisas pequenas mudavam o rumo da história.

Todos fomos pequenos um dia. E, para alguns, pequenos é tudo que vão ser, ela pensou, os olhos pousando em Corayne.

A jovem estava caída no chão, o cabelo preto solto. Corayne era uma imagem trágica, como um herói condenado num conto de fadas. Ela também chorava, reduzida ao que sempre fora.

Uma menina no fim do mundo, Erida pensou. *Nada e ninguém.*

O Príncipe do Velho Cór se agigantava diante da sobrinha, o corpo banhado de preto pelas sombras. O cabelo colado ao rosto, úmido de suor. Foi uma longa subida pelos cofres do castelo, nos temores e trevas.

Erida perdeu o fôlego. A imagem dele era um pano frio sobre uma testa febril, e ela sentiu parte do peso se aliviar de seu corpo.

Quando ele ergueu o braço, a espada de Fuso na mão, Erida quis voar. Taristan estava não apenas vivo, mas vitorioso. Um conquistador como ela sempre soube que ele seria.

O Porvir sibilou dentro de Erida, Sua voz se unindo à dela, até os ouvidos dela ecoaram com a mesma palavra.

Vencemos.

Taristan virou a espada devagar, inspecionando o gume escarlate. Sangue escorria ao longo do fio. A julgar pelo corte na palma de Corayne, Erida sabia de quem o sangue era. E o que significava para a esfera.

— Está feito, milorde — chiou Ronin, a voz algo entre homem e monstro.

Ele se empertigou pela primeira vez na vida, com a mão erguida no ar em forma de garra, fazendo um corpo flutuar.

Andry Trelland.

Apesar de tudo, uma pontada ínfima de remorso atravessou Erida de Galland. Ela engoliu em seco, tentando conter uma torrente de lembranças indesejadas. Andry Trelland havia crescido como um pajem em seu palácio e, depois, escudeiro. Sempre gentil, sempre nobre, tudo que um verdadeiro cavaleiro poderia ser. Os outros meninos se incomodavam com sua delicadeza, assim como alguns cavaleiros. Erida nunca, não na época.

E mesmo ali, depois da traição, depois de toda a desgraça que ele causara, Erida ainda não conseguia sentir ódio dele.

Mas também não conseguia encontrar as palavras para poupar a vida dele.

Ao menos, não preciso dar a ordem eu mesma, pensou, observando a magia de Ronin apertar o escudeiro. Andry soltou um ganido de dor, os olhos arregalados demais, um rubor vermelho atravessando o marrom caloroso de sua pele.

Sob ele, Ronin encarava sem olhos, as lágrimas sangrentas ainda escorrendo.

— Está feito — repetiu Taristan.

Com um grunhido baixo de exaustão, Taristan girou a espada de Fuso. Arqueou num lampejo de aço, refletindo a luz de tochas e as estrelas vermelhas. Por um momento, Erida vislumbrou algo mais no gume espelhado. Um vulto, os contornos pretos, duas chamas ardentes onde deveria haver olhos.

Erida se preparou para a sensação de um Fuso se abrindo, esperando a centelha característica de poder crepitar pelo ar. Mas não veio.

Em vez disso, a espada de Fuso atravessou o corpo de Ronin, cortando-o na altura da cintura.

Erida soltou um grito gutural quando o feiticeiro caiu, e Andry tombou de costas no chão. Ela gritou de raiva e confusão, enquanto os degraus passavam trôpegos sob seus pés. Não era seu corpo que se mexia, mas algo dentro dela, puxando suas pernas, guiando-a como guiara seu pobre cavalo.

Os mortos-vivos gemeram com ela, tombando pelas arcadas ao redor do roseiral. Seu feiticeiro morreu, suas coleiras foram soltas. Alguns se desfaziam em pedaços, qualquer magia que os sustentasse desaparecendo.

— Erida — disse Taristan, a voz rouca e baixa.

Ela ouviu como se ele falasse diretamente em seu ouvido. Os olhos dela queimavam, tão quentes que chegavam a gelar. Os contornos de sua visão se enevoavam, brancos, pulsando no ritmo de seu coração.

Ao redor do jardim, Corayne e seus aliados correram para se reunir.

Erida pouco se importava com eles, seu foco em Taristan, e nos olhos dele. Ela desejou que os olhos dele estivessem como os dela. Sem o preto insondável, substituído pelo turbilhão de linhas vermelhas e douradas.

Andry Trelland observava de longe, boquiaberto.

— O que fez consigo, Erida? — murmurou Andry.

— O que era preciso — respondeu ela, antes de agarrar Taristan com as mãos.

Era verdade. Era o preço da liberdade. Dos comandantes e conselheiros, de usurpadores e maridos aprisionantes. De todos os homens que a trairiam, enganariam, prenderiam, até ela não passar de mais uma velha apoiada na bengala, sussurrando em cantos, toda a vida atrás dela, e apenas remorso à frente.

Taristan a pegou pelo punho, segurando-a enquanto a continha.

— Olhe o que seu deus fez com ela — gritou Corayne do outro lado das rosas. — Olhe o que ele exige.

Erida sentiu o demônio gritar dentro dela, tão agressivo que o corpo deu um solavanco. Ela rosnou, partindo para cima de Corayne, mas Taristan a segurou.

— Está feito — disse ele de novo, ecoando as palavras do feiticeiro morto.

Para o horror dela, Erida viu Taristan jogar a espada de lado, deixando que caísse aos pés deles. O Fuso pulsou de novo, chamando a espada. *Me chamando.*

A palma dele era doentiamente fria em sua bochecha. Não mais um bálsamo, mas um bloco de gelo, doloroso demais para suportar. Erida tentou se soltar dos braços dele, mas encontrou o abismo preto de seus olhos. Os olhos dela ardiam, as lágrimas como ácido.

— Não vou deixar que você queime, Erida — grunhiu Taristan, forçando-a a encarar seu olhar.

O corpo dela se debateu nas mãos dele, uma marionete pulando sob as cordas de outra pessoa.

— Você me prometeu — disse ela, rouca. — Me prometeu a esfera inteira.

— Você é esfera suficiente para mim — respondeu ele.

Parte dela queria ceder. Cair nos braços de Taristan, desistir.

Porém, o mapa do mundo surgiu diante dos olhos dela, os contornos gravados dentro de si. Ela conhecia as fronteiras de Galland como os traços do próprio rosto, como a sensação do trono, como o peso da coroa. Nasceram dentro dela, *para* ela. Assim como seu destino.

As mãos dele ainda apertavam a pele febril das bochechas e do punho dela.

— Equilíbrio — sussurrou para ela, os olhos um campo de batalha por controle. — Equilíbrio.

Erida correu pela própria mente, por calor e frio, luz e trevas. Sua voz era fraca, distante, seus pensamentos lutando para se formar. Como antes, algo se enroscou ao redor do toque de Taristan sobre ela, envolvendo seus corpos. Dessa vez, não os aproximou. Mas se esgueirou entre eles, afastando-os.

Ela perdeu o fôlego, as vozes em sua cabeça se confundindo e se misturando.

Até restar apenas uma. E o mundo ficar incrivelmente claro.

Esse é o preço.

Algo mudou em sua voz, um timbre de poder que ela não possuía antes.

— Não há equilíbrio entre mortal e deus — disse, fria. — Se você não for um rei das cinzas, eu serei a rainha.

Ela não sabia de onde vinha a força, mas o punho dela se torceu, desvencilhando-se dele com um salto. Sua mão ferida envolveu o cabo da espada de Fuso, o couro ainda quente, as joias faiscando vermelhas e roxas. Dor lancinante subiu por seu braço, mas ela segurou com toda a firmeza, o chão se movendo sob ela, o Fuso como um farol.

E a espada se moveu também, o fio ainda úmido pelo sangue de Corayne.

O sangue do Velho Cór.

46

SIGA SEU DESTINO

Corayne

Independente do que vá escolher, *a probabilidade de morte ou a morte certa, seja rápida.*

Sorasa dissera isso certa vez, nas sombras de Ascal, numa noite tão distante de onde estavam que fez a cabeça de Corayne girar. Ela lembrava bem a lição.

Morte certa, pensou quando Erida pegou a espada de Fuso e cortou o fio dourado ao meio.

Uma luz se acendeu e Corayne se abaixou, fechando os olhos sob a claridade terrível. Alguém a envolveu, o toque suave mas firme. *Andry*, soube, o abraço familiar enquanto ele tentava protegê-la com o próprio corpo.

Poder e magia crepitaram sobre sua pele, a sensação impossível de compreender.

O cheiro de morte e rosas desapareceu, apagado. Substituído por algo impossível.

Corayne pensou que encontraria as Terracinzas. Um mundo vermelho de poeira e ruína. Outra esfera destruída. *Ou pior*, pensou. *A esfera d'Ele. Asunder, o abismo.*

Em vez disso, abriu os olhos e viu grama verde viçosa sob as mãos, intensa e escura. Uma brisa quente soprava seu cabelo enquanto farfalhava os galhos de inúmeras árvores. Folhas verdejantes tremeluziam ao redor deles, dançando sob a luz de um sol suave escondido.

Devagar, Corayne se endireitou, boquiaberta. Ela girou, contemplando o lugar impossível.

Ao lado dela, Andry fez o mesmo, arregalando os olhos escuros.

— Que esfera é esta? — murmurou para ela.

Longe estavam Tíarma e o pátio. Longe estavam Sorasa, Dom, Charlie e até Isibel. Longe estavam os cadáveres mortos-vivos, os corpos atrofiados já eram só memória. Em vez disso, Andry e Corayne estavam no meio de uma floresta infinita, cercados por árvores impossivelmente perfeitas, todas iguais, os troncos prateados e as folhas verdejantes. Até a temperatura era perfeita, como um lindo dia de primavera. A terra era plana em todas as direções, sem vegetação rasteira, descoberta exceto por um carpete plano de grama fresca e macia.

As árvores se arqueavam juntas, como os contrafortes de uma catedral abobadada, formando um labirinto de corredores perfeitos em todas as direções, todos até onde a vista alcançava. Menos um. Uma única passagem através das árvores terminava a poucos metros, bloqueada por um lance de escadas de mármore esculpido. Subia vertiginosamente para as copas das árvores, sem indicação de onde terminava. Se é que terminava.

O fio do Fuso deles cintilava a poucos metros, brilhando com uma luz interna.

Não era o único.

Outros fios tremeluziam através das árvores, apenas esperando para serem abertos. Inúmeros Fusos levando a inúmeras esferas.

— A Encruzilhada — respondeu Corayne por fim, com o coração na garganta. — A porta para todas as portas.

Andry encarou as árvores, a luz dos Fusos infinitos transformando seus olhos marrons em ouro derretido.

— Pelos deuses — murmurou. — Todas as esferas.

Pelos deuses mesmo, Corayne pensou, tentando entender o enorme peso do mundo ao redor dela. O que cada Fuso continha. O que havia atrás dos fios cintilantes, que terras e novas esferas. Sua mente girou de possibilidade.

E tentação.

Aonde quisesse, eu poderia ir. Mais longe do que qualquer mortal pensou ser possível, além de todos os horizontes que já existiram. Seu coração de Cór cantava e ardia, batendo tão forte que Corayne temeu que quebrasse as costelas.

Qualquer lugar. Talvez até para casa.

Corayne não sabia de onde seus ancestrais vieram, mas isso a assombrava mesmo assim. Desde a infância ou até antes, ela pensou. Desde a primeira vez que erguera os olhos para o céu e se perguntara o que havia além das estrelas, o que a chamava através do azul infinito.

Um rosnado horrível a trouxe de volta ao corpo.

Do outro lado da clareira, Taristan envolvia Erida nos braços. Ela se debatia contra ele, o rosto antes belo torcido e pálido, os olhos terríveis demais para compreender. Veias brancas se contorciam sob sua pele, como vermes num cadáver.

— Erida, lembre-se de si, de quem você é, do que construímos — rosnava Taristan, a esposa lutando contra ele.

Ele a pegou com as duas mãos, e a espada de Fuso escapou da mão dela.

Por mais que o odiasse, Corayne vacilou ao ver o rosto de Taristan. Ele parecia arrasado, inconsolável, o ar insensível substituído por tristeza. Fogo dançava nos olhos dele, mas o preto também estava lá, lutando por controle. Ao contrário da rainha. Todo azul-safira que havia em Erida logo desapareceu, consumido pelo demônio na cabeça dela.

— Sou o que você fez de mim — gritou Erida em resposta ao consorte, tentando sair de seus braços. — Não podia ficar de mãos atadas e ver você vacilar. Não depois de tudo que demos.

Com Taristan distraído pela rainha, sua chance era clara.

Corayne e Andry correram juntos, a grama macia sob as botas. A espada dele ficara para trás em Todala, então Andry sacou a adaga e o machado. Corayne não tinha nada além das duas mãos e dos avambraços afiados, os olhos cintilando.

Ela correu atrás da espada de Fuso, todo o foco na arma.

Um ribombar como trovão atravessou as árvores e toda a Encruzilhada ressoou, o chão tremendo sob seus pés. Corayne quase perdeu o equilíbrio e se jogou de joelhos para se equilibrar, Andry agachado ao lado dela enquanto a terra tremia.

Taristan paralisou, a pouca cor que ainda tinha se esvaindo do rosto. Em seus braços, Erida continuava a se contorcer, a expressão desesperada e devastadora, como uma mulher faminta vendo comida pela primeira vez. Como uma sacerdotisa diante de seu deus.

Ela se debateu nas mãos de Taristan, os olhos ardentes de fúria nos degraus de mármore. Um sorriso horrível se abriu em seu rosto enquanto ela sentia algo que Corayne não conseguia sentir.

Outra rachadura feroz cortou o ar e o mármore se abriu com ela. Uma longa fissura rachou a pedra branca impecável, a fenda como um relâmpago.

Corayne se arrepiou, o corpo se sobressaltando com o barulho.

Algo está vindo.

— Volte para o Fuso — sussurrou Corayne, empurrando Andry. — Fuja.

Mas Andry Trelland não se mexeu. Em vez disso, entrelaçou os dedos nos dela, o toque quente e familiar.

Pela primeira vez na vida, Corayne entendeu a sensação de estar em casa.

— Comigo — disse Andry, puxando os dois para ficarem em pé.

O chão tremeu de novo, mas eles mantiveram o equilíbrio, cambaleando apenas um pouco enquanto corriam para pegar a espada.

Do outro lado da clareira, Erida se jogou dos braços de Taristan, rindo loucamente quando outra rachadura atravessou o mármore.

Taristan fez menção de seguir, mas deu meia-volta. Alternou o olhar entre Erida e a espada de Fuso ainda na grama. Angústia e raiva batalhavam em seu rosto, enquanto ele batalhava consigo mesmo. Os olhos foram escurecendo, mais pretos a cada segundo, até sua testa se franzir. Ele parecia alguém saído de um pesadelo.

Corayne diminuiu o passo e encontrou os olhos dele do outro lado do aço da espada de Fuso. A espada refletiu seus dois rostos, tão semelhantes, acorrentados por sangue e destino.

Ela pensou que Taristan tentaria pegar a espada, mas ele não saiu do lugar, a respiração ofegante.

— Siga seu destino, Taristan do Velho Cór — disse ela, em voz baixa.

Siga o seu, Corayne an-Amarat.

A voz era uma agulha entre seus olhos. Ela gritou, quase desabando, mas Andry a manteve firme. O Porvir arranhou os cantos de sua mente, implorando para entrar. Implorando para dominar Corayne como dominava Taristan. Como consumia Erida.

— Meu destino é meu — rosnou Corayne, para Taristan e o deus demoníaco que atravessava as esferas. — Para seguir ou destruir.

Outro estrondo sacudiu a terra enquanto mais uma rachadura se formava nos degraus. Dessa vez, o barulho era inconfundível.

Um passo.

O ar tremulou, e um clarão de luz atravessou a floresta verde, cegando todos por um instante. Quando passou, Corayne abriu os olhos para dar de cara com brasas, as árvores carbonizadas, os galhos se desfazendo, as belas folhas reduzidas a cinzas por um vento impiedoso.

A destruição assolava, as chamas vorazes se agitando ao redor deles. Era como estar no olho de um furacão. Corayne rangeu os dentes para se proteger do calor súbito, os olhos semicerrados pela fumaça. Mesmo com o ardor das chamas e os gritos do Porvir, ela avançou, firme em seu propósito e sua mente.

Ela pegou a espada de Fuso, as joias brilhando vermelhas e roxas. Seus dedos roçaram as pedras, mas outra mão foi mais rápida, os dedos brancos, ossos quase visíveis sob a pele esticada. Veias se contorciam como vermes perolados.

Erida.

Corayne saltou para trás quando a rainha atacou, arqueando a arma com toda a força de seu corpo. Ela não era nenhum espadachim, seus movimentos espasmódicos e destreinados.

Andry sacou a própria faca para encontrar a dela, disposto a bloquear o próximo golpe atormentado.

Em vez disso, encontrou a adaga de Taristan.

— Fuja enquanto há tempo, escudeiro — disparou Taristan, torcendo o punho para desarmar Andry e jogá-lo para trás no mesmo movimento. — Fuja como fez tanto tempo atrás.

Em resposta, Andry pegou o machado ainda na cintura. Ele o girou habilidosamente.

— Não.

— Escudeiro dedicado — rosnou Erida, cheia de ódio a cada respiração. Raiva a corroía por dentro. — Que fim para você. Morrer tentando matar a rainha que jurou proteger. Seu pai ficaria envergonhado.

Andry deu um grito e girou, o machado circundando com ele para encontrar a adaga de Taristan de novo. Os dois apararam, explodindo num duelo furioso. O escudeiro não era superior a Taristan, mas era quase páreo para ele. O suficiente para segurá-lo.

Por mais dividida que estivesse entre Andry e a espada, Corayne não podia hesitar. Ela partiu para cima de Erida, esquivando-se de todos os golpes atrapalhados da espada de Fuso.

Olhos lívidos em chamas a encararam em resposta, inflamados como o inferno ao redor deles. Erida torceu a boca em algo como um sorriso, mas pior, o esgar largo demais, mostrando dentes demais. Pouco a pouco, ela recuou na direção dos degraus, enquanto Corayne avançava contra ela.

— Não pensei que teria a oportunidade de matar você pessoalmente — disse Erida, a voz rouca.

O treinamento de Corayne voltou a ela em lampejos, as lições aprendidas arduamente. Ela atacou com a mão livre, apontando os avambraços afiados para o rosto de Erida. A rainha se esquivou, mas por pouco, evitando o pior do golpe. Mesmo assim, ela cambaleou, um fio de sangue sobre a bochecha.

Em algum lugar, Taristan gritou, a concentração dividida entre Andry e a rainha.

— Não pensei que você seria burra a ponto de dar ouvidos ao Porvir — retrucou Corayne. — E dar a Ele tudo que você poderia ser.

Outra rachadura atravessou o mármore, outro passou ressoou pela Encruzilhada. O vento soprou, o ar tremulando pelas brasas.

Corayne atacou de novo, forçando Erida a se ajoelhar, a espada de Fuso empunhada fracamente entre elas. Mas Erida ainda era feroz, de dentes arreganhados, mesmo enquanto seu rosto sangrava.

Corayne quase riu da cena. A rainha de Galland ajoelhada diante de uma filha de pirata. Pena tomou conta dela. Erida também fora uma menina um dia, cercada por inimigos, buscando qualquer forma de sobreviver ao ninho de cobras que chamava de lar.

A compaixão de Corayne logo passou. Ela não havia esquecido todos os mortos pela sede de Erida. Pelo próprio desígnio dela, muito antes de o Porvir se infiltrar em seu coração.

Quando Erida atacou de novo, Corayne a pegou pelo braço. Fez a rainha soltar a espada de Fuso com uma torção bem treinada, cortesia de Sorasa Sarn. Dessa vez, Corayne foi mais rápida, apanhando a espada do chão para erguer o aço horrível pintado por sangue demais.

Tremendo, Corayne encostou a espada no pescoço exposto de Erida, o gume contra a pele.

Sob ela, Erida engoliu um grito de frustração. Não havia remorso nela, apenas aceitação encarniçada.

— Esse é o preço — disse ela, ofegante, dividida entre um grito e um soluço. — É o preço que devo pagar.

Corayne quis esbofetear Erida, gritar na cara dela. *Isso é obra sua, sua escolha*, quis gritar. *Sua ganância nos trouxe aqui muito antes de o Porvir se infiltrar em sua cabeça. Você destruiu metade do mundo por nada mais do que outra coroa.* Ao redor do cabo da espada de Fuso, torceu os dedos, querendo esganar Erida.

Porém, Corayne se manteve firme. Ergueu os olhos para os degraus a centímetros de distância. Eles se lascavam, cinzas passando pelo mármore em ruínas. Ela ainda não enxergava o topo, os andares superiores envoltos em sombras.

Uma luz vermelha pulava entre os galhos, batendo no ritmo de um coração acelerado.

— Só nos resta seguir o caminho à nossa frente — disse Corayne, repetindo as palavras de Erida de tanto tempo antes.

De outra vida, quando tinham se conhecido, rainha e filha de pirata.

No chão, o rosto arruinado da rainha se contorceu, lágrimas marejando os olhos. Corayne quase esperou que o choro virasse vapor.

— Entrego você ao caminho que escolheu, Erida — murmurou Corayne. A espada ainda estava apontada entre elas, mantendo a rainha à distância. — O destino que você merece.

Os passos ressoaram, a terra tremendo. Erida cambaleou, o cabelo castanho-acinzentado chamuscado nas pontas enquanto brasas caíam. Por um momento, elas se inflamaram, belas como uma coroa.

Você não tem coragem para isso, minha filha querida.

Corayne se assustou como se tivesse levado uma facada, quase deixando a espada escapar.

Dentro de sua cabeça, o Porvir falou com outra voz, a única que poderia partir o coração de Corayne.

Mãe.

Algo se mexeu na fumaça, uma sombra no alto dos degraus de mármore. Tomou forma devagar, se solidificando nos contornos de uma silhueta horrível demais para compreender. Era alto, os membros muito compridos, a cabeça baixa sob o peso de chifres inacreditáveis. Diante dos olhos de Corayne, paralisada, a luz vermelha cintilou e pulsou mais rápido, até duas frestas de olhos se abrirem nas sombras, luminosas como o coração de um relâmpago, mais quente do que qualquer fogo poderia queimar.

Conforme a pulsação terrível latejava, o coração de Corayne também.

Como odeio essa chama dentro de você, esse seu coração inquieto, o Porvir disse com a voz de sua mãe. *E como invejo também.*

Embora não os enxergasse, Corayne sentia Seus dedos compridos demais se estendendo através da Encruzilhada, as garras arranhando de leve a pele. Ela estremeceu e tentou virar as costas, tentou correr, tentou gritar.

Me deixe entrar, e farei de você a rainha do reino que quiser. A voz vacilou, o tom descontraído da mãe dando lugar a algo mais tenebroso, mais intenso. *Salvarei a vida de seu Ancião. Pouparei seus amigos no castelo. Manterei a Ala como está agora, verde e viva, seu povo livre e seguro. Farei de sua esfera a joia em minha coroa, e de você sua guardiã.*

O Porvir ronronou e rosnou.

Me deixe entrar.

— Não — silvou Corayne, rangendo os dentes, a batalha se travando dentro de sua cabeça. — Me recuso.

Suas pernas tremiam, mas, devagar, um pé se mexeu, deslizando centímetro por centímetro terrível. Até que um braço envolveu seu peito, puxando-a para trás freneticamente.

Foi o suficiente para quebrar o feitiço, e o Porvir uivou, Sua raiva tão absoluta que fez tremer as árvores, ecoando pela Encruzilhada coberta de cinzas.

Corayne caiu nos braços de Andry, a espada de Fuso ainda na mão. Ela não conseguia fazer nada além de assistir, boquiaberta, enquanto Taristan empurrava os dois, de volta para o Fuso. Ele lançou um último olhar para a sobrinha, os olhos completamente pretos.

Eram os olhos do pai dela, e os dela também.

O corpo dela tremeu quando Taristan se virou, para nunca mais olhar para trás.

Se ele temia os degraus e a sombra no alto, não demonstrou. Em vez disso, ajoelhou-se de frente para a rainha Erida. Devagar, pegou a cabeça dela entre as mãos, limpando as cinzas que impregnavam as bochechas cortadas e ensanguentadas dela. Erida estremeceu em seus braços, o corpo se contraindo, tentando se afastar enquanto o puxava para perto.

Por um momento, Corayne pensou ver um lampejo azul nos olhos de Erida.

Os degraus ressoaram, a terra tremendo.
Isto não acabou, Corayne do Velho Cór.
A voz sibilou e sussurrou, falando em todas as línguas. Corayne virou as costas para ela enquanto virava as costas para o tio e a rainha, deixando os dois com as brasas.

O Fuso passou por Andry e Corayne, a espada de Fuso com eles.

Quando suas botas encostaram na pedra, Corayne se virou, pegando a espada com as duas mãos, toda sua força dedicada a um único movimento. A espada de Fuso atravessou o ar, cortando o portal, deixando Taristan e Erida para trás por toda a eternidade.

Pelo tempo que a eternidade durasse.

Eles voltaram para uma vala de cadáveres, o exército terracinzano definhando onde estava. O que quer que restasse vivo neles se esvaía como sangue no chão. Uma já estava caída, sua armadura verde opaca: a princesa de Iona finalmente retornara para casa. Isibel jazia ao lado, de olhos fechados, como se estivesse dormindo. Bastou um olhar para Corayne saber que ela não acordaria nunca mais.

Os vivos inundavam o pátio, soldados anciões despachando os poucos cadáveres que ainda insistiam na vida amaldiçoada. Seus vultos se turvavam, desimportantes para Corayne. Ela vasculhou o chão, os olhos perpassando pedra pavimentada e rosas.

Domacridhan estava deitado no mesmo lugar, com Sorasa ajoelhada ao seu lado de novo. O sangue seco nas mãos dela as deixou numa cor preta horrível. Os olhos dele ainda estavam abertos, vacilantes, mas sempre fixos no rosto dela. Ela não piscou, retribuindo seu olhar.

Charlie também estava lá, apoiado em Garion, que estava machucado, mas vivo. O assassino segurava um pano ensanguentado no rosto.

Quando os olhos de Charlie encontraram os dela, a boca dele se abriu, os pés já se mexendo para encontrá-la.

Corayne não sabia o que sentir. Triunfo parecia errado. Não havia vitória, apenas sobrevivência.

Ainda segurava a mão de Andry e, do outro lado, a espada de Fuso. Era estranha em sua mão, o zumbido mais fraco. O mesmo aconteceu com o Fuso, a luz do fio dourado engasgando até sumir, fechando a porta da Encruzilhada para sempre.

Foi a última coisa que Corayne enxergou antes de sua visão girar, manchas escuras dançando na frente de seus olhos. Até o preto consumir o mundo, e não haver mais nada.

O sol raiou frio e amarelo sobre Iona, as nuvens implacáveis de Calidon sopradas por um vento purificante. A luz vermelha sumiu do céu, como se nunca tivesse existido. Pequenas chamas ainda queimavam dentro da cidade e no campo. A maioria cintilava ao redor do cadáver incrustado de joias de um dragão caído, seu couro de pedras preciosas opaco, as asas como velas pretas sobre o chão.

No campo de batalha, uma companhia de cavaleiros temuranos fez outra varredura, recolhendo os sobreviventes de todos os exércitos. Kasa, Ibal, imortais. E Galland também, quem quer que restasse, feridos demais para fugir com o resto das legiões. Sorte tiveram os que se dispersaram pelas montanhas, fugindo antes de todo o poderio do imperador temurano e seus Incontáveis magníficos.

Corayne se recostou nos reparos da muralha da cidade, voltada para o vento frio, deixando que a arrepiasse. Ela ainda não conseguia acreditar nos próprios olhos. O enorme exército temurano era um mar marrom e preto sobre o fundo do vale, seus números numerosos demais para compreender. Ela mal conseguia imaginar quantos navios foram necessários para transportá-los pelo mar Longo. Ou como sua mãe conseguira liderar uma armada desse tamanho.

Muitas bandeiras ondulavam no ar. Uma asa preta sobre bronze dançava para os temuranos. As bandeiras de Iona ainda resistiam, as bandeiras de Kasa e Ibal também. Verdes e cinza. Roxas. Azuis e douradas. Bronze. Bandeiras dos quatro cantos do mapa. De reinos mortais e imortais.

Eles responderam ao chamado. Viram o que enfrentávamos, o que ameaçava a esfera inteira. E vieram.

Apesar de toda a morte, toda a perda, Corayne poderia se apegar a isso. *Somos, ao fim de tudo, uma esfera unida, e não fragmentada.*

EPÍLOGO

Depois

Não era a primeira vez de Charlie na forca, nem mesmo a segunda. Mesmo assim, ele não gostou da corda áspera em seu pescoço delicado. Irritava e coçava.

Ele observou a aglomeração reunida ao redor da plataforma, em sua maioria camponeses boquiabertos que só então estavam ouvindo falar da guerra, meses depois de seu fim. Apenas dois guardas se davam ao trabalho de vigiar. Charlie estava longe de ser uma ameaça, um fugitivo baixo e gorducho finalmente capturado por crimes desinteressantes. Ao menos, o ar estava quente. A primavera tinha vindo com violência, o mundo todo em flor, como se tentasse compensar o longo inverno sangrento. E o verão finalmente reinava, a esfera coberta por uma luz dourada difusa.

Não havia executor de manto preto. Apenas um homem desdentado que fazia bicos pela cidadezinha. Charlie imaginou que qualquer um poderia chutar um balde debaixo dos pés de um homem.

Quando ele se aproximou, Charlie se preparou para o pior. Por mais vezes que tivesse enfrentado a forca, sempre se perguntava qual seria a última.

A corda se rompeu em cima dele, cortada por uma flecha mirada com perfeição. O amontoado de gente deu um grito de choque quando Charlie saltou do barril, deixando o homem desdentado para trás. Ele correu até a beira da plataforma, bem quando o cavaleiro e a montaria atravessaram a confusão. Os guardas tinham acabado de despertar de seu estupor quando Charlie subiu na sela, abraçado a Garion à frente dele.

Os dois riram por todo o caminho enquanto saíam da cidade e entravam nas colinas madrentinas.

Não demorou muito para encontrarem o acampamento de Sigil, a silhueta larga da temurana marcada contra as árvores.

— Estava começando a pensar que algo tinha dado errado — disse, sorrindo. — Não é todo dia que um caolho acerta um alvo.

Garion deu uma piscada com o olho bom. O outro ainda estava fechado pela cicatriz, ainda machucado, mesmo meses depois da batalha de Iona.

— Fiz meu melhor — disse ele, descendo do cavalo.

Charlie saltou atrás dele, orgulhoso de sua atuação. *Estou ficando melhor nisso.*

— Quanto ganhamos? — perguntou, ansioso.

— Menos do que eu esperava — respondeu Sigil. Ela se agachou entre os pertences e tirou uma bolsa tilintante, erguendo para mostrar um punhado de moedas de ouro. — Sua recompensa baixou. Algo sobre problemas piores do que você na Ala?

Franzindo a testa, Charlie contou as moedas de relance.

— Bom, acho que é melhor eu voltar ao trabalho, então.

Sorasa Sarn estava no limite da cidade, o deserto se estendendo largo e dourado, tremeluzindo com os últimos raios do ocaso. Já estava esfriando, o calor do dia expulso pelas sombras crescentes. Ela acariciou o cavalo embaixo dela, uma égua do deserto. O orgulho de Ibal, mais veloz do que qualquer outro cavalo na Ala. E um presente de herdeire.

Ainda era estranho ter amigos tão importantes. E inimigos tão desimportantes.

Ela observou o deserto de novo. Almasad era a cidade mais próxima da cidadela, embora a sede da Guilda Amhara ainda estivesse a dias de viagem. Era uma jornada extenuante pelas areias, o percurso sem qualquer marcação, encontrado apenas por aqueles que já conheciam o caminho.

Seu coração tremeu com a perspectiva, de medo e ansiedade. Ela não sabia o que esperava por ela entre os amharas. Mercury estava vivo, como diziam os boatos? Ou morrera em Iona como tantos outros? Havia apenas um jeito de descobrir.

O vento se agitou, soprando um fio de cabelo preto sobre seus olhos. E um dourado.

Domacridhan estava sentado placidamente a seu lado, o cavalo ainda embaixo dele, o olhar esmeralda fixo no horizonte. Seu cabelo estava mais comprido, as cicatrizes desbotando, mas ele ainda se inclinava para o lado, adaptando-se à ferida embaixo do braço. Também estava cicatrizando, graças à natureza anciã. Sem mencionar uma boa dose de sorte, oração e habilidade amhara.

Um mortal teria morrido meses antes, esvaindo-se em sangue entre as rosas, o corpo gelando embaixo dela.

— Obrigada por vir comigo.

Ela sabia que não era pouca coisa. Dom era monarca de Iona, o líder de um enclave dilacerado por guerra e traição. Ele deveria estar em casa com seu povo, ajudando-os a restaurar o que quase se perdera para sempre.

Em vez disso, ele voltava o olhar carregado para uma duna de areia, suas roupas inadequadas ao clima, sua aparência se destacando no deserto como nada mais. Embora muitas coisas tivessem mudado, a capacidade de Dom de parecer deslocado nunca mudava. Ele usava seu manto habitual, igual ao que perdera meses antes. O verde-cinza tinha se tornado um consolo como nada mais, assim como sua silhueta familiar. Ele sempre se avultava, nunca longe dela.

Era o suficiente para fazer os olhos de Sorasa arderem e ela virou o rosto para se esconder no manto por um longo momento.

Dom não deu atenção, deixando que ela se recuperasse. Em vez disso, tirou uma maçã dos alforjes e deu uma mordida barulhenta.

— Salvei a esfera — disse ele, encolhendo os ombros. — O mínimo que posso fazer é tentar ver um pouco dela.

Sorasa estava acostumada com os costumes anciões àquela altura. Seus ares distantes, sua incapacidade de entender sutilezas. O canto da boca dela se ergueu dentro do manto, e ela se virou para olhar para ele, sorrindo.

— Obrigada por vir *comigo* — disse de novo.

— Ah — respondeu ele, se virando para ela. O verde de seus olhos dançava, luminoso contra o deserto. — Para onde mais eu iria?

Ele passou a maçã para ela. Ela terminou o resto sem pensar duas vezes.

A mão dele ficou, porém, dedos machucados sobre um braço tatuado.

Ela não o repeliu. Em vez disso, Sorasa se inclinou para roçar o ombro no dele, apoiando parte do peso nele.

— Ainda sou um desperdício de arsênio? — disse ele, os olhos nunca saindo do rosto dela.

Sorasa parou, piscando, confusa.

— Quê?

— Quando nos conhecemos. — O sorriso dele também se abriu. — Você me chamou de desperdício de arsênio.

Numa taverna em Byllskos, depois que despejei veneno em seu caneco e o observei tomar tudo. Sorasa riu da memória, sua voz ecoando sobre as dunas vazias. Naquele momento, ela pensou que Domacridhan era sua morte, outro assassino enviado para matá-la. Finalmente, ela via que ele era o oposto.

Devagar, ela ergueu o braço e ele não recuou. Era estranho ainda, assustador e emocionante em igual medida.

A bochecha dele era fria sob sua mão, as cicatrizes dele já familiares em sua palma. Anciões eram menos afetados pelo calor do deserto, um fato que Sorasa usava a seu favor.

— Não — respondeu, baixando o rosto dele para o dela. — Eu desperdiçaria todo o arsênio do mundo com você.

— Isso é um elogio, amhara? — murmurou Dom em seus lábios.

Não, ela tentou responder.

Na areia dourada, suas sombras se encontraram, grão por grão, até não restar espaço nenhum.

O convés do navio balançou sob ela, a brisa quente do mar Longo enroscada em seu cabelo preto. Corayne engoliu o gosto do sal com avidez, como se pudesse beber os próprios mares. Voltou o rosto para o sol, ainda subindo no leste, amarelo e radiante.

Quando era mais jovem, Corayne teria feito de tudo para tripular o convés da *Tempestade*. Era a liberdade, era o mundo todo. Agora o navio parecia pequeno, pouco mais do que madeira flutuante balançando sobre o mar infinito.

Seu coração ainda ansiava, mas qual coração não?

— Como estão os ventos? — perguntou uma voz.

Ela se virou para ver a mãe diante da amurada, Meliz an-Amarat em toda sua glória terrível. O sol cintilava vermelho em seu cabelo preto e suavizava as curvas já gentis de seu rosto dourado. Mesmo depois de tudo, Corayne ainda invejava a beleza da mãe. Mas apreciava também.

— Ótimos — respondeu Corayne —, pois me trouxeram para casa.

Casa. A *Filha da Tempestade* não era sua casa, mas parecia perto. Um lugar em que ela poderia se encaixar um dia, se quisesse. Talvez fosse esse o verdadeiro significado de casa. Não um lugar ou uma única pessoa, mas um momento no tempo.

— Estamos viajando depressa — disse Corayne distraidamente, estudando o arco do sol.

A julgar pelo ângulo e pelas cartas náuticas, eles chegariam em terra firme em poucos dias.

Ao lado dela, Meliz soltou um bufo incrédulo. Abanou a cabeça, sorrindo.

— E você lá sabe?

Calor se espalhou pelas bochechas de Corayne e ela resistiu ao impulso de baixar a cabeça. É verdade que ela não sabia nada daquela rota. Não em primeira mão, pelo menos. Sabia apenas o que seus mapas e cartas lhe disseram, o que outros marinheiros descobriram. O que sua mãe vivenciara inúmeras vezes.

Em vez de se se encolher, Corayne endireitou a coluna.

— Acho que estou aprendendo — admitiu. — Finalmente.

Meliz abriu um sorriso largo.

— Que bom. Não tolero burrice em meu navio.

Em vez de sorrir com ela, Corayne se voltou para o mar. Não com raiva, mas em paz.

— Obrigada por isso — murmurou.

Ao lado dela, Meliz se ajeitou, apoiando-se nos cotovelos para inspecionar as ondas. Nem o fim do mundo havia mudado a aversão dela a emoções, boas ou más. Ela encolheu os ombros e sorriu outra vez.

— Existem lugares piores no mundo para você estar.

Corayne resistiu ao velho impulso de revirar os olhos. Virando-se, ela encarou a mãe, recusando-se a piscar. Obrigando Meliz a ver exatamente o que ela queria dizer.

— Obrigada — disse de novo, significados demais vindo à tona, sua voz embargada de emoção.

Por seu amor, sua bravura, por dar espaço quando precisei seguir em frente.
Por tudo que fez de mim e tudo que se recusou a deixar que eu me tornasse.

Corayne pensou que os dias depois da guerra seriam difíceis, de dor e pesar e angústia. Que se odiaria, veria sangue por toda parte. Morte, destruição. O Porvir em todas as sombras. Que se sentiria atormentada por tudo a que sobrevivera e tudo que fizera para sobreviver.

Em vez disso, ela se lembrou do jovem dragão. Chorando pela mãe. Ferido, mas teimando em viver. Protegido pela misericórdia de Corayne.

E de Erida. Indefesa sob ela. Um fim fácil, uma morte merecida. Mas Corayne se recusara a matar. Embora a espada de Fuso estivesse cheia de sangue e o mundo todo parecesse queimar, a alma de Corayne estava limpa.

— Você disse certa vez que eu não tinha coragem para isso. Para essa vida — disse, olhando para o horizonte infinito. Abrigava tantas possibilidades que sua cabeça ficava zonza. — Você tem razão.

Algo cintilou nos olhos de Meliz. Uma lágrima ou um efeito da luz, Corayne não sabia dizer.

— É claro que tenho razão, sou sua mãe — respondeu ela, chegando mais perto.

Meliz estava quente quando apoiou a cabeça no ombro de Corayne, um braço envolto em suas costas. Elas se abraçaram, segurando uma a outra, mãe e filha. Seus caminhos se separariam de novo. Mas, por enquanto, seguiam juntos, lado a lado.

O porto de Nkonabo era uma profusão de cores, sons e cheiros. Andry tentou absorver tudo do convés do navio. A águia branca nas bandeiras roxas, vozes gritando em todas as línguas, o cheiro penetrante de água salgada e do mercado de especiarias. Os monumentos de alabastro, famosos por toda a Ala, se elevavam por toda a cidade, esculpidos à semelhança dos muitos deuses. Seus olhos cintilavam, cravejados de ametistas impecáveis.

Da posição elevada no navio, Andry logo encontrou a estátua de Lasreen. A seus pés, estava enrolado seu leal dragão, Amavar. Apesar das joias roxas, seus olhos cravejados pareciam brilhar azuis.

Algo na doca chamou sua atenção, e todos os pensamentos no dragão desapareceram.

Andry quase caiu do navio, tropeçando nos próprios pés para desembarcar. Como a cidade, as docas estavam caóticas, cheias de marinheiros e comerciantes. Seu olhar atravessava tudo, fixado num único ponto.

Numa única pessoa.

Valeri Trelland não precisava mais de cadeira de rodas. Ela apoiava o peso numa bengala, mas andava com sua própria força. Mesmo de longe, seus olhos verde-primavera brilhavam sob o sol kasano. Membros de sua família, os Kin Kiane, andavam com ela, acompanhando seu ritmo lento.

Andry queria correr até ela, mas se segurou. Sua mãe era uma dama e odiava maus modos. Em vez disso, ele esperou como um filho educado e respeitoso, embora sua garganta ameaçasse se fechar, lágrimas não derramadas ardendo.

— *Madero* — disse ela, estendendo a mão para ele.

Meu querido.

Ele apoiou a bochecha na palma da mão dela, a pele dela mais macia do que ele lembrava.

— É tão bom ver você — disse ele, quase se engasgando com as palavras.

Valeri sorriu, secando as lágrimas dele.

— Quando parti, você ainda era um menino.

Ele não conseguiu segurar o riso.

— Vai dizer que sou um homem agora?

— Não — respondeu ela, e alisou sua gola. — Você é um herói.

Não fosse pelos passantes, Andry teria chorado no meio da doca. Em vez disso, ele se forçou a conter as lágrimas, pegando a mãe pela mão livre.

— Há alguém que quero que você conheça — disse, apontando para o navio atrás dele.

As velas roxas da *Filha da Tempestade* já estavam fechadas, sua tripulação começando o trabalho meticuloso de ancorar a galé. Corayne apareceu ao batente, o cabelo amarrado numa trança, um novo bronzeado no rosto.

— Já nos conhecemos — disse Valeri, quase repreendendo o filho. Então, ela lançou um longo olhar de esguelha para ele. — A menos que eu a esteja conhecendo em alguma outra capacidade.

— Espero que sim — respondeu Andry, sorrindo quando Corayne se juntou a eles.

Ela se empertigava, um manto azul sobre o braço, uma bolsa pendurada no ombro. Naqueles dias, ela carregava uma faca longa, escondida na bota.

E nada mais.

Valeri Trelland a cumprimentou com carinho, beijando Corayne nas duas bochechas. Andry só podia assistir, um pouco chocado pelo momento que se desdobrava. Ele sonhara tantas vezes com aquilo que mal podia acreditar que era verdade. *Corayne. Minha mãe. A terra de meus ancestrais.* Seus olhos arderam e seu coração cresceu no peito até ser quase demais para suportar.

O ombro de Corayne roçou no dele e ele estremeceu. Ainda inseguro em relação a sua proximidade, em que pé cada um estava. Ela sorriu para ele, estimulante, fazendo sinal para ele as acompanhar. O sorriso dela era como o sol, banhando-o com uma luz quente.

— Comigo — disse Corayne baixo, para só ele ouvir.

Devagar, o rapaz soltou o ar. E, junto, o último peso de seus ombros. Qualquer escuridão que restasse desapareceu, afugentada por luz dourada.

— Comigo — sussurrou Andry em resposta.

A esfera inteira.
Erida pensou em suas coroas, tão variadas. Ouro, prata, todo tipo de joia. Algumas para celebração, outras para guerra. Todas para marcá-la como o que ela era: a rainha de Galland, a pessoa mais poderosa a andar sobre a Ala.

Sua coroa tinha virado cinza; suas joias, brasas.

Sua esfera estava longe de ser o que tinha em seu corpo, e nem isso era dela.

Minha mente é minha. Ela repetiu várias vezes, até parte da sensação voltar a seu corpo, parte do controle, a sua mente. Suas mãos ainda se contraíam, o arranhão do Porvir sempre presente em sua cabeça. Mas era um pouco mais fácil de suportar.

— Você deveria ter ido com eles — disse, erguendo o queixo para olhar Taristan.

A fumaça estava tão densa que ela mal o enxergava através das sombras, a esfera estranha queimando ao redor deles.

Mas ela ainda sentia os braços dele, envoltos ao redor dela, abraçando-a até a chegada de algum fim.

— Para quê? — respondeu ele, a voz rouca pela fumaça.

Erida fez outra inspiração engasgada, o calor das chamas fustigando suas costas. Com lágrimas escorrendo, Erida se encolheu nele, como se pudesse desaparecer completamente em Taristan.

— Para qualquer coisa menos isso — gritou, olhando para trás, para onde antes estava o Fuso. — Não existe nada para você aqui.

Taristan apenas a olhou.

— Existe, sim.

As chamas se alastraram, tão perto que Erida temeu que sua armadura pudesse se derreter no corpo. Mas não havia para onde ir, o que fazer. Eles não tinham espada. Não tinham portais. Havia apenas Taristan na frente dela, cujos longos anos de vida enchiam os olhos dele de lágrimas.

Ela os conhecia melhor do que ninguém. Um órfão, um mercenário, um príncipe. Uma criança rejeitada para o abate, colocada nesse caminho terrível por um tempo terrivelmente longo.

Tudo estava nos trazendo até aqui?, se perguntou. *Esse sempre foi nosso destino?*

Os degraus tremeram atrás dela, um deles ruindo por completo. O Porvir sibilou com a pedra rachada, mais perto a cada segundo. O demônio de dentro chamou o demônio de fora, os dois atados como uma corda tensa.

Erida conteve a sensação, sentindo o controle se perder.

Ela apertou Taristan com mais força, piscando furiosamente.

Minha mente é minha. Minha mente é minha.

Mas sua voz começou a enfraquecer, mesmo em pensamento. Ela viu o mesmo em Taristan, a mesma guerra travada atrás de seus olhos. Antes que os dois pudessem ser apanhados, Erida pegou o príncipe pelo pescoço, puxando o rosto dele para o dela. Ele tinha gosto de sangue e fumaça, mas ela se deleitou.

— Isso significa que você é minha? — sussurrou Taristan, a mão no maxilar dela.

Era a mesma pergunta que ele fizera uma vez, tanto tempo antes, quando Erida não conseguira responder. Parecia ridículo, uma besteira hesitar. Ainda mais quando outro dominava sua cabeça, conquistando sua mente como ela havia tentado conquistar o mundo.

— Sim — respondeu, beijando-o de novo.

Beijando-o até as chamas os alcançarem, até ela não conseguir respirar. Até sua visão escurecer.

Até o primeiro passo chegar à grama, a terra virando cinzas sob Ele, e todas as esferas tremerem sob Seu peso.

AGRADECIMENTOS

Estou realmente atordoada por estar escrevendo estas palavras, porque escrevê-las significa que *Destruidor de destinos* chegou ao fim, e que a série Destruidor de Mundos terminou. Era de se esperar que eu já estivesse acostumada a isso depois de publicar oito livros, mas ninguém nunca se acostuma. Eu, pelo menos, nunca vou me acostumar. Como se acostumar com viver seus sonhos? Porque é realmente um sonho para mim. Cada segundo da minha carreira de escritora foi um presente, e sou muito grata por isso tudo.

Esta série foi escrita tanto para mim como para meus leitores, porque o Destruidor de Mundos é tudo que eu queria quando era uma adolescente nerd vasculhando fanfics. A simples tentativa de escrever o que minha versão adolescente precisava é um privilégio enorme. E fico continuamente surpreendida por encontrar leitores como eu, procurando histórias como essa. A todos vocês que amam Destruidor de Mundos como eu amo, que veem o que vejo nestas páginas, obrigada. Estamos juntos.

Claro, eu nunca estaria nesta posição sem o apoio imenso de minha família. Meus pais são educadores, que me deram meu amor por histórias e, talvez mais importante, minha curiosidade e força de vontade. Obrigada, mãe, pai e Andy, por tudo, sempre.

Também sou abençoada por ter um círculo incrível de apoio aqui na Califórnia, meu novo lar (por novo, quero dizer que moro aqui há quinze anos). Obrigada à família que escolhi — Morgan, Jen, Tori e todos nossos queridos amigos que de algum modo me toleraram por mais de dez anos.

Desde a publicação de meu último livro, me casei com meu marido, que continua sendo meu centro estabilizador. E, de certa forma, um superfã de Destruidor de Mundos. Além de ser o melhor amigo do nosso amorzinho, Indy, a luz peluda da minha vida. Amo vocês mais do que as palavras podem expressar, e olha que até que tenho jeito com as palavras. Ah, e um agradecimento para a melhor segunda família que alguém poderia pedir. Acabei por encontrar outro par maravilhoso de pais, cunhadas e cunhados incríveis, e uma avó extra, nossa queridíssima Shirley.

Eu listaria todos os meus colegas literários que se tornaram amigos queridos, mas ia parecer que estou me gabando. Vocês são uma série arrasadora de artistas fenomenais e pessoas ainda melhores. Obrigada por seus conselhos, seu incentivo e, mais do que tudo, por entender o espaço estranho que ocupamos juntos.

A criança de cidade pequena que eu era nunca poderia nem sonhar com a mulher que sou hoje, com a carreira que tenho. Nada disso seria possível sem minha agente literária, Suzie Townsend. Que venham mais cinco anos e tantos livros quanto o mundo me permitir escrever. Obrigada por ser meu verdadeiro norte. Eu seria negligente se não mencionasse o resto da equipe sensacional da New Leaf Literary — Pouya, Sophia, Olivia, Jo, Tracy, Keifer, Katherine, Hilary e Eileen. Obrigada por seu talento para levar minhas palavras ao redor do mundo, para as telas e tudo quanto é lugar. E minha gratidão eterna a Steve, meu guerreiro jurídico e amigo leal.

Na HarperCollins, tive a grande sorte de trabalhar com uma equipe incrível para levar minhas histórias para as prateleiras. Acima de tudo está Alice, minha editora já há quatro livros, que me conduziu tão bem de uma série a outra. Obrigada por seu talento, sua gentileza e seu apoio infinito. Obrigada a Erica por sua orientação e sua liderança firme. E muitos agradecimentos infinitos a Clare, que nos guia com uma graça extraordinária. Tenho muita sorte pela equipe que tenho, e meus livros também têm muita sorte. Obrigada a Alexandra, Jenna, Alison, Vanessa, Shannon, Audrey, Sammy e Christina — eu seria um desastre sem vocês! E uma saudação especial a Sasha Vinogradova, cujas capas foram um sonho realizado.

Meus livros conseguiram encontrar seu caminho mundo afora, para países em que nunca pus os pés, impressos em línguas demais para aprender. Obrigada a todos meus agentes estrangeiros, todos os editores, todos os tradutores, todos os agentes. Vocês fazem milagres e magia. Torço para ter a sorte de conhecer todos vocês um dia.

Eu diria o mesmo para meus leitores, mas vocês são sinceramente demais para eu imaginar. Ainda não acredito que vocês existem, muito menos que gostam de algo que escrevi. Obrigada a todos os livreiros, bibliotecários, professores, blogueiros, leitores — por todos os posts ou vídeos, todas as palavras de incentivo, todas as recomendações que fazem. Eu não existiria sem vocês, nem minhas histórias. Prometo que vou fazer de tudo para proteger sua confiança em mim e continuar criando mundos para vocês habitarem e personagens para amarem. Ou odiarem. 😊

Claro, por fim, devo agradecer a J. R. R. Tolkien. Sua influência está em toda esta série, tanto nas histórias que ele me deu como nas que não deu. Eu não seria quem sou sem a Terra Média e, por isso, vou ser eternamente grata. Agora, de volta a minha casa de hobbit. E à próxima aventura.

Todo o meu amor, para sempre,
Victoria

ESTA OBRA FOI COMPOSTA POR OSMANE GARCIA FILHO EM BEMBO
E IMPRESSA PELA LIS GRÁFICA EM OFSETE SOBRE PAPEL PÓLEN NATURAL
DA SUZANO S.A. PARA A EDITORA SCHWARCZ EM JANEIRO DE 2025

A marca FSC® é a garantia de que a madeira utilizada na fabricação do papel deste livro provém de florestas que foram gerenciadas de maneira ambientalmente correta, socialmente justa e economicamente viável, além de outras fontes de origem controlada.